细说大明第一家庭（下）

原著◎许啸天

编著◎西江月色

时代出版传媒股份有限公司
安徽文艺出版社

……

离东乡半里多路的九龙冈下，

有一块龙穴，

如果在那里埋葬，

不但子孙贵不可言，

三年之内，

还有出帝王的希望。

……

朱元璋十七岁时，

凤阳又是大疫流行，

朱世珍夫妇相继染病去世。

朱元璋一个人孤苦无依，

只好去皇觉寺投奔昙云长老。

昙云长老常常对他徒弟悟心说：

“朱元璋不是凡人，

你们要好好对待他。”

乱宫系列·凤蕤

细说大明第一家庭·目录

迷点

【凤甍

细说大明第一家庭】

◎正德皇帝与李凤姐之间有怎样一番情缘故事？李凤姐与后文的冯侍嫔之死有无关联？

◎刘贵人是如何被淫僧掳走的？她还能不能够再次回到宫中？

◎倡导知行合一的王阳明文武兼备，他是不是对宁王不臣之心早有察觉？他是怎样平定宁王的叛乱的？

凤甍·细说大明第一家庭

第柒章

乐在民间

·正德戏凤姐·

正德皇帝自从被群臣强劝回京后，心里一直非常不高兴，游览宣府的心情也更加强烈。正德七年，江彬派家仆到宣府通知家属，让他们建造一座大宅子，题名叫国公府。又把豹房中的美女童子用骡马暗暗载出京城，送到国公府。事情办妥，密奏正德帝。君臣两个商议好，乘春祭这个机会，江彬预先雇两头驴，在德胜门外等候。正德帝祭祀完毕，写下诏书交给张永，自己便急急忙忙更换衣服混出宫门，大踏步走向德胜门。江彬已经牵驴等在那里，二人立即向居庸关进发。不久来到关前，谷大用出来接驾，大开关门，放正德帝出关，等到梁储、杨廷和赶到，正德帝已经出关两天了。江彬随正德帝出发，一路上做向导。正德帝来到宣府，在国公府中住下，见府中美女童子无一不有，地方比豹房精致，雕梁画栋，黄瓦朱檐，一切装潢比宫中好得多，乐得心花怒放，连声叫江彬好儿子。江彬又领着正德帝游览各地，只见六街三市富丽繁华，的确和京城不同。宣府最多的是妓院，因为宣府是塞外使臣必经之路，官府特许设立乐户教坊，专备外邦使臣游玩。

正德帝到了这里，真是心旷神怡，每天红日西沉时，便和江彬在街市闲逛。见到美貌女子，不问是否良家妇女，任意调笑留宿。如果合意就送进国公府充当侍女。这样闹了一个多月，宣府谁不知道圣驾出游关外？那些州县治吏也都十分注意。消息传到京城，群臣担心皇上出关的事被蒙古人知道，闹出大祸，纷纷上奏章请皇上回京。正德帝哪里肯听，把群臣的奏疏一起交给江彬收藏，连姓名也不愿看，更不用说阅读奏章了。日复一日，正德帝在宣府住久了，路径已经很熟悉，有时竟不用江彬陪伴，经常单身出游。一天正德帝独自一人信步走出宣府东门，一路游览景色。这时正是阳春三月，风景宜人。只见道路两边绿树荫浓，碧草如茵，风景非常清幽。正德帝喜欢春景，只顾向前走，渐渐来到一个市集，大约有二三十户人家，村舍临湖，长堤上一片樱花开放得鲜艳可爱。小湖中飘着片片花瓣，一幅桃花随流水的景象。

正德帝沿着湖堤游玩一圈，口渴起来，远远看见市集中有个小店，酒帘飘飘，分明是卖酒的。正德帝跨进店门，见两间小屋虽然不宽敞，收拾得倒是很清洁。

正德帝坐了半天，不见有小二出来招呼，忍不住在桌角上拍两下。这时忽然听到竹帘子里面莺声呖呖地传出一声："是谁？"竹帘轻轻掀起，走出一位亭亭玉立的姑娘。虽然是小家碧玉，却出落得雪肤香肌，脸上施着薄薄脂粉，穿一件月湖色裙衫，青色背心，系一条绯色湘裙，素服淡妆，更加显得妩媚可爱。姑娘并不走到桌前，只是斜靠在竹帘旁，用手捋着头发，含笑问道："客人要什么酒菜？酒可是要热的？请吩咐下来，我给客人去拿。"正德帝也笑着说道："你们这里有什么酒？有什么下酒菜？说给我听听。"姑娘答道："我们乡村只有村酒蔬菜，客人要山珍海味可没有，只好请到大市镇。"正德帝笑道："我喜欢村酒蔬菜，麻烦姑娘打一壶村酒，弄几碟蔬菜，我慢慢品尝乡村风味。"姑娘对正德帝嫣然一笑，卷起竹帘走进去了。

过了半天，姑娘一手托着木盘，一手拿着酒壶，侧身从竹帘旁边出来，轻轻地走到桌边，放下酒壶，把木盘中的蔬菜一样样摆好，低低说声："客人用酒吧！"托起木盘独自走了进去。正德帝拿起酒壶，斟上一杯黄酒，细看碟子里面，原来是豆腐、青菜、黄豆芽、咸竹笋之类，果然都是素菜。正德帝平时吃的鹿脯熊掌，本来有些腻口，难得吃到这种乡村蔬菜，因此觉得非常可口。自斟自饮地喝了一会儿，正德帝不免觉得有些寂寞，用筷子在杯上敲了两下。姑娘掀开竹帘问道："客人是要添酒吗？"正德帝把壶摇摇道："酒还有半壶。"姑娘道："那么是要添菜？"正德帝答道："莱还没有吃完。"姑娘说道："酒菜都有，客人要什么？"正德帝见姑娘口齿伶俐，有心逗她，便厚着脸皮说道："我要问姑娘一句话。"姑娘道："客人问什么话？"正德帝微笑道："这里有没有好姑娘？"姑娘笑道："好姑娘到处都有，客人要干什么？"正德帝笑道："我独自一人喝酒，又乏味又寂寞。麻烦你替我去找一个好姑娘来陪酒。"姑娘正色说道："客人想必已经喝醉，人家好好的黄花闺女，怎么肯给客人陪酒，你这不是做梦么？"正德帝笑道："什么是黄花闺女？我在城中酒馆，哪一家没有姑娘陪酒？"姑娘扑哧一笑道："那是粉头。"正德帝接口说道："正是粉头，我们那里叫姑娘。"姑娘嘤嘤笑道："我们乡村没有粉头。要她们陪酒，也得到城中去，我哥哥又不在家里，我一个女孩家，怎么去找。"正德帝笑道："你姓什么？你哥哥是做什么的？"姑娘答道："我姓李，我哥哥叫李龙，兄妹两个靠着这家村店度日。"正德帝道："你哥哥去哪了？"姑娘答道："早晨进城买些下酒菜，快要回来了。"说完回眸一笑，又走进去了。

正德帝想：这姑娘娇憨可爱，反正闲着也是闲着，再逗她一会儿。想完又敲打酒杯。姑娘只好走出来问道："客人又有什么事？"正德帝笑道："我还没有问姑娘芳名。"姑娘把头一扭道："我们乡村人家，女孩的名很不雅，说出来怕客人笑话。"正德帝说道："人们都有姓名，自然各人不同，有什么好笑。"姑娘道："那么我就告诉客人，我哥哥叫李龙，我叫凤姐。"正德帝哈哈笑道："好名字！一个是龙，一个是凤，取得真巧。"姑娘红了脸："我就是说客人要笑话嘛。"说完又要掀帘进去。正德帝急忙拦住道："慢走，我还有话问你。"凤姐站住。正德帝假装酒醉，斜眼涎脸地说道："我想乡村没有粉头，独饮又很冷清，麻烦凤姐陪我喝几杯酒吧。"凤姐听了，立刻沉下脸说道："客人请放尊重些，我是女孩家，怎么能陪你喝酒？"正德帝笑道："喝几杯酒有什么事？"凤姐说道："客人是读书人，难道忘了'男女授受不亲'那句话么？"正德帝说道："你还读过《礼经》？我是士兵，这些经书早不知扔到哪里去了。"凤姐道："不论读书不读书，这句古话谁都知道。"说完一掀帘走了进去。

刚才正德帝一边说话一边仔细打量凤姐，见凤姐说话时粉颊上微微现出两个酒窝，加上她樱桃小嘴，显得十分有趣。正在兴致勃勃时，凤姐忽然走进去，正德帝怎么舍得？便摆出皇帝进宫的架子，也在后面掀帘跟进去。凤姐听到脚步声，回头见正德帝跟在背后，急忙变色问道："客人进来干什么？"正德帝笑道："我要和姑娘说几句话。"凤姐道："说话请到外面，这里不是客人乱闯的地方。"正德帝道："你哥哥又不在家，我进来和姑娘玩玩。"说完想伸手拉她的玉腕。凤姐见正德帝不怀好意，急忙缩手，一转身逃进闺房，砰的一声把门关上。正德帝上去敲门，她死也不肯开，正德帝没办法，只好退出来，眉头一皱，计上心头，故意把脚步放重，高声嚷道："哦！你就是李龙吗？失敬！失敬！"凤姐听到他哥哥回来，把门打开，不料正德帝藏在竹帘后面，凤姐一开门，他恰好挤了进去。凤姐吓了一跳，不禁喝道："青天白日，闯入人家闺房，不怕王法么？"正德帝笑道："皇宫我都直进直出，更不要说是你小小的闺房。"凤姐啐一口说道："好一个能吹牛的油头光棍，我不看你是酒后胡闹，喊叫起来，被四邻八舍听见，把你捆绑送到官府，还不打你三十大板？"

正德帝仰天呵呵大笑，把外罩青缎披风解开，露出五爪九龙灿烂的绣花锦袍说道："这是油头光棍穿的么？"凤姐愣了愣道："我听说皇帝穿龙袍，你难道是皇帝吗？"正德帝道："不是皇帝是什么？"凤姐经常听他哥哥说，当今皇帝现在游览宣府，常有闯入民家闺房的事。这时见正德帝仪表不俗，举止英爽，芳心已有几分羡慕，又见他身穿灿烂的衮龙袍，知道有些来历，双膝不知不觉跪了下去。正德帝笑道："小孩子！怎么跪起油头光棍来了？"凤姐道："那叫做不知不罪。"

正德帝道："好个伶牙俐齿的丫头，我不怪你，快起来吧！"凤姐还是跪着说道："要求皇帝加封。"正德帝道："你求我封你，哪有这样容易。皇帝封妃子，必须大臣持节授册，怎么能这样草率？"凤姐听了，含着眼泪起身说道："不封就不封。"正德帝只是逗她玩，见她当真，带笑说道："傻丫头！我怎么会不封你？我现在封你做贵人吧！"凤姐这才破涕为笑，盈盈跪下叩谢。正德帝乘势把她一把抱起，轻轻搂在膝上道："你现在是我的人，万一你哥哥回来，怎么对他？"凤姐微笑道："皇帝封他一官半职，给他娶妻成家，还有什么话说？"正德帝点头道："等你哥哥回来，叫他把你送到城内国公府候旨！"说完放下凤姐，起身出门径回国公府。

江彬上来请安。正德帝把酒肆遇见凤姐的事对江彬讲了一遍。侍役摆上酒菜，君臣谈说对饮。酒过三巡，正德帝忽然想起太监钱宁，在豹房的时候，正德帝每夜枕着钱宁大腿睡觉，真是温软如绵，十分舒服。江彬见正德帝有些不高兴，急忙问道："钱大哥远在京城，不知道我可以代职吗？"正德帝巴不得江彬有这句话，不禁眉开眼笑地说道："当然！当然！"当夜拉着江彬上床睡觉。江彬自从进入豹房，被正德帝收为干儿子，有钱宁在，还没有和正德帝睡过觉。今天正德帝故意提起钱宁打动江彬。江彬原来做过娈童，也乐得见风使舵。江彬脸蛋胜过钱宁几倍，正德帝早已经看上。今夜正德帝居然遂了心愿，自然快乐万分。两人一直睡到日上三竿还没有醒。正在此时猛然听到门前人声鼎沸，一阵呼打，听到有个男子的怪叫声和众人的吆喝声。江彬刚要叫侍役询问，接着天崩地裂的一声巨响，把正德帝惊醒。正德帝问道："什么声音？"江彬还没有回答，一个家人在帘外探头探脑地张望，好像想进来禀报，见里面没有声音，不敢冒失，只在门外等候。江彬回头看见，喝问道："你鬼鬼祟祟地干什么？"吓得家人慌忙跪倒说道："回二爷的话，外面有个少年壮士，送来一位美女，说是他妹妹，硬要闯进府。我们去阻拦他，他抡起拳头逢人就打。我们打不过他，把大门关上，不料他把大门也推倒了。现在还在府门前厮打，我们不敢做主，特地来报告二爷。"江彬听了，丈二和尚摸不着头脑，忽然见正德帝坐起身，用手揉着眼睛说道："是李龙兄妹吗？四儿（江彬行四）出去探听明白。"

到了大厅前，见家人纷纷逃进来，一个黑脸少年挥起醋钵般大小的两只拳头雨点似地打来。江彬见他来势凶猛，急忙站在台阶上高声叫道："壮士先住手，我有话和你说。"少年听到有人叫他，才停手不打。抬头见厅上站着一位鲜衣华服的美少年，知道不是常人，走到阶前说道："他们这帮狗娘养的，欺负我是单身汉，半句话没说清楚，一哄上来和我动手，不可恶么？”江彬安抚他之后，命家人打开大门，叫李龙把他妹妹的车推进来。李龙走出去，不一会儿便把车推到大厅台阶下。

江彬仔细端详车上美人，不禁大吃一惊，半天说不出话，心里想道：美人果然妩媚温雅，和她黑脸哥哥截然不同。真是一母生九子，各自不相同。正在江彬发愣之际，正德皇帝已梳洗完毕，亲自出来观看，一眼看见凤姐坐在车里，笑着说道：“正是她们兄妹两个。”李龙见到正德帝，大大咧咧说道：“皇帝哥哥，我见个礼吧！”正德帝见李龙身高八尺，狮鼻环眼，相貌威武，不禁大喜道：“李龙虽然莽撞，倒是个猛将。四儿替朕下谕，送李龙进京，到礼部学习三个月礼仪，再让他回到宣府护驾。”江彬听完领着李龙出去办理。正德帝拉着凤姐走进后院寻欢作乐。

·武宗遇刺·

宁王朱觐钧是太祖高皇帝十四子朱权五世孙。朱觐钧是个没有主见的懦夫，平时除去纳妓听歌之外，其他事一点也不知道，更不用说国家政事。宁王朱觐钧府中姬妾很多，只有两个最得宠。其中一个是许氏，她是妓女出身，却生下两个世子，大的叫朱宸浔，小的叫朱宸濠，宁王都十分喜欢。许氏仗着有儿子，对宁王正妃胡氏十分轻视，还经常和胡妃吵闹。胡妃是个忠厚女人，怎么能斗得过做过妓女的许氏？许氏又讥笑胡妃生不出儿子，女人家最在乎会不会生育，这是人工力气办不到的事，不能勉强。胡妃挣不到这口气，只好任她讥讽，自己忍气吞声，经常暗自落泪。世间妇女谁没有嫉妒心？胡妃虽然嫉妒许氏，但因为自己没有生过一男半女，许氏却接连生下两个世子，这样一来胡妃也没有任何办法。她心里当然有说不出的怨恨，又因为经常受到许氏冷嘲热讽，自怨自艾，不久染病去世了。

许氏见胡妃去世，便把王府大权独揽在手。宁王是个糊涂虫，从来不过问家事。府中姬妾和仆人见许氏虽然不是正妃，却有正妃权力，都尊称她大夫人。许氏独揽府中大权，一时也不好要求宁王把自己扶正，反正在府中说话算数，没必要争王妃虚名。宁王还有一个爱妾，也出身妓院，芳名叫娇奴，年纪比许氏小一半，还不到十八岁，宁王娶她还不到一年。娇奴在宁王府中权力虽然不如许氏大，但宁王对她的宠幸倒要胜过许氏十倍。府中大小姬妾仆役对待娇奴跟许氏不相上下，尊称她二夫人。宁王纳娶娇奴时，许氏和宁王吵过很多次。后来权力终究敌不过媚力，宁王仍然把娇奴娶回王府。许氏嫉妒娇奴得宠，经常找娇奴吵架，娇奴笑她年纪太大，如果要争宠，先把鸡皮换成玉肤再说，这句话气得许氏暴跳如雷，之后便一病不起。天理循环，娇奴也算替胡妃间接报仇。两位世子朱宸浔、朱宸濠长到十七八岁，举止行为跟宁王很像，弟兄两个最像宁王的地方则是喜欢嫖妓。说起嫖经谁也望尘莫及，只是谈到史书两个字，却要连嚷头痛。宁王溺爱他们，任他们兄弟两个胡闹。许氏见两个儿子已经成人，心里十分快活，满心希望朱宸浔、朱宸濠替她出头，心想不难把娇奴压倒。不料这两个宝贝一见到二夫人娇奴，不但不记得母亲许氏的仇恨，反而眉开眼笑，口口声声叫娇奴母亲，比对自己母亲还恭敬。许氏看在眼里非常生气，好像被人一拳打中心窝，那种痛苦滋味更加令她难受。

一天，许氏大病初愈，由侍女搀扶在回廊散步，走过一所空房时，听到里面有说话声。许氏诧异道："这里是堆积木器的空房，怎会有人来？"猛然想起三个月前，有个侍女被自己痛打一顿，晚上吊死在这间空房里。许氏不禁十分害怕，刚要离开那里，又听到一阵笑语声，声音非常熟悉。许氏有些忍不住，自己不敢上去，叫侍女从窗户缝里偷看。侍女捅破窗户纸，向里面张望，恰好阳光照在空房里。侍女在窗缝里看得十分清楚，又不好声张，只好打手势让许氏自己来看。许氏见侍女这样鬼鬼祟祟，知道事情必定非同一般，急忙亲自走到窗前，闭上一只左眼，右眼在纸窟窿中看进去。许氏看完立刻满脸通红，半天说不出话来。原来空房中木床上躺着一对一丝不挂的男女，正在那里大演活剧。男的是世子朱宸濠，女的是二夫人娇奴。许氏又气又恨，心想怪不得两个逆子都和妖精（指娇奴）十分要好，原来他们暗中干些禽兽行为。不过要进去捉他们，朱宸濠是自己儿子，不好意思。如果任他们胡作非为，眼睁睁放掉冤家娇奴，不趁这个机会报仇，还等什么？许氏站在窗外进退两难。这样过了一会儿，听到空房内一片寂静，许氏从窗缝看进去，朱宸濠已经离开，剩下娇奴还在床前穿衣服。许氏见儿子离开，正好进去把娇奴羞辱一番。偏偏娇奴嘴硬，见许氏骂她无耻，非要她拿出证据。许氏反而被她堵住嘴，只好气冲冲地回房。娇奴却哭哭啼啼，说许氏说她坏话，寻死觅活的要和许氏拼命。

正在这个时候，朱宸浔从外面进来，一听见娇奴吃亏，一口气跑到内宅和他母亲许氏大吵大闹。许氏见自己儿子居然替娇奴出头，非常生气，使出平时的泼性把朱宸浔大骂一顿。好不容易把朱宸浔骂走，朱宸濠又来找事，而且比他哥哥朱宸浔闹得更凶。许氏明知朱宸濠和娇奴有暧昧关系，心里越想越气，拿起一根门闩向朱宸濠没头没脸地打过去。朱宸濠知道自己母亲性情，怕真的吃眼前亏，便乘着家人劝住许氏，从后门一溜烟逃走了。许氏被两个儿子闹得头昏眼花，正没好气，不料宁王也听信娇奴哭诉，怒气冲冲地来责骂许氏。宁王才发作两三句，许氏气不过从房里跑出来向宁王怀里拼命撞去，接着把头发打散，两只手拉住宁王乱哭乱嚷，把宁王一袭绣袍都扯碎了。宁王气得脸色铁青，连声嚷道："怎么世上有这种泼妇，把她给我捆起来！"家人们不敢动手，只在一边相劝。宁王大怒，把许氏向地上一推，转身向门外走去。

许氏想追上去，被家人们拦住。许氏一头倒在台阶下大哭大骂，在石砖地上滚来滚去，和村妇撒泼一样，没有一点儿王爷夫人模样，把侍女仆人都看呆了。许氏这样闹到黄昏，气力用尽，喉咙也骂哑了，侍女们把她扶进房中，足足睡了三天三夜没有起床。朱宸浔、朱宸濠听说母亲得病，谁也不肯探望。而宁王也巴不得许氏早一天死，自己早舒服一天。许氏病了一个多月，慢慢地能扶着拐杖下床走路了，宁王自己倒染上重病，一天比一天重，半个月后已经奄奄一息。二夫人娇奴索性不来奉承，一天到晚和朱宸濠在一起鬼混。宁王虽然病得说不出话，心里却十分明白。

他知道娇奴和朱宸濠的事，心里更加生气。临死前几天，宁王房里连鬼都没有上门，药水茶汤也没人送。晚上灯都不点一盏，房中漆黑一片，非常吓人。幸亏宁王有个老保姆，已经九十多岁了，一天夜里无意中到宁王房中探望，只见房中灰尘很厚，好像已好久没人收拾。再看床上的宁王，直挺挺地躺着，已经去世，也不知道什么时候死的。老保姆看见这样凄惨的情形，不禁流泪说道："一个堂堂王爷，结局却是这样，还真是可怜。"老保姆报告了许氏。许氏带病起身，召集府中姬妾仆人，给宁王发丧。

朱宸濠和娇奴正打得火热，听说宁王去世，两人更乐得寻欢作乐。这两位世子一直到宁王入殓，才见他们兄弟两个勉强出来招待来客。勉强敷衍几句，朱宸濠最先溜走。朱宸浔也忍不住，打个招呼一溜烟走出后门，去实行他的计划。宁王还没有出殡，两位世子已经弄出纷争。原来，宁王一死，应该是朱宸浔袭爵，朱宸濠想夺王爵，暗中不免和朱宸浔竞争。朱宸浔对爵位倒不放在心上，他和朱宸濠势不两立是因为娇奴！弟兄二人一个觊觎爵位，一个志在美人，各有各的心事，明争暗斗非常激烈。朱宸濠要夺王爵，更把宁王死讯隐瞒起来，暂时不奏知朝廷，于是袭爵的上谕始终没有下来。好在朱宸浔也不放在心上，只和一群党羽商议怎样把娇奴弄到手，他就心满意足。不料有人把这个消息告诉了朱宸濠。朱宸濠听了，一面要谋夺爵位，一面又要照顾娇奴。

一天晚上，朱宸濠和几个心腹私下商议，想把娇奴弄出王府，另用金屋藏娇，免得朱宸浔把娇奴夺走。其中一个家仆说道："这件事世子必须要秘密，否则儿子纳父亲爱妾，名义上说不过去。"朱宸濠笑道："当然。"于是大家商议好，朱宸濠准备一顶软轿等在王府后门。预先告诉娇奴三更天乘人熟睡悄悄走出王府登轿，藏到朱宸濠私宅。押轿的仆人在王府后门一直等到四更天，还不见娇奴出来。又等一会儿，天已经亮起来，仍然不见娇奴踪影。仆人没办法，急忙抬着空轿回去报告朱宸濠。朱宸濠知道事情有变化，慌忙赶到王府，亲自去看娇奴，然而娇奴却已不知去向！朱宸濠急得满头是汗，比失去一件宝贝还要痛心，立即派家人四处打听，才知道自己金屋藏娇的计划被朱宸浔知道，朱宸浔也准备了一乘轿子，黄昏时到王府后门等候，正遇到娇奴的侍女。朱宸浔的仆人打个暗号给她，叫侍女通知娇奴。娇奴迟疑道："二世子约在三更天，怎么这么早来了？"侍女又出去询问，朱宸浔的仆人撒谎道："二世子怕走漏消息，所以提前来接夫人。"娇奴信以为真，匆匆收拾好溜出后门登轿。到了地方，娇奴问："二世子呢？"只见朱宸浔走出来，厚着脸皮笑道："二世子没来，大世子倒在这里。"娇奴吃了一惊，知道上了朱宸浔的当，但也没有办法只好忍气吞声服从朱宸浔。朱宸浔得到娇奴，满心欢喜，天天和党羽饮酒庆祝。

第三天，朱宸浔喝得酩酊大醉回到私宅，忽然狂喊腹痛，向地上一滚，七窍流血而死。朱宸浔去世，朱宸濠给他发丧，说是暴病死的。并派人上奏朝廷，说宁王朱觐钧逝世，世子朱宸浔暴死。圣旨下来，自然由朱宸濠袭爵。这样一来，不但王爵被朱宸濠荫袭，连二夫人娇奴也归朱宸濠所有。当地百姓谁不说朱宸浔死得奇怪，然而也没有人敢替他出头。朱宸濠自从袭爵宁王（以下称朱宸濠为宁王），渐渐不守本分，并且私自蓄养勇士，经常强抢良家妇女，又从高丽弄来一把锦椅，椅子四围垂着绣缎锦幔。这把椅子底下藏着机关，如果遇到倔强女子，哄她坐上椅子，把机关一开，即使是力大如牛的健妇也弄得骨软筋疲，无力抗拒，只好任人所为。宁王把这把椅子叫做“销魂帐”。后来宁王反叛，失败被俘，这座“销魂帐”被王守仁毁掉。

正德帝在宣府左拥江彬，右抱凤姐，非常快活。不料凤姐身体孱弱，经常生病。忽然京城飞马来报，纪太皇太后驾崩。正德帝听了，虽然不愿意回京，但在礼仪上说不过去，只好匆匆赶回京城奔丧。凤姐有病不能随驾，正德帝嘱咐她安心静养，自己和江彬、接驾大臣立即起驾回京。正德帝回到京城，给太皇太后发丧。当年六月，正德帝亲自送太皇太后梓宫安葬到皇陵。日月如梭，转眼到了中秋，正德帝下旨御驾南巡。谕旨一下，群臣便纷纷上奏章劝阻。这时朝野人心惶惶，好像大难就要降临，十分不安。大学士杨廷和、太师梁储、翰林院侍读舒芬、郎中黄巩、员外郎陆震、御史张缙、太常寺卿陈九皋、吏部主事万超、少师梁隽等人纷纷上疏，劝正德帝不要出远门。

正德帝不肯听从，反而把万超、黄巩、陆震、张缙等人关进大牢。陈九皋、舒芬发配云贵，杨廷和、梁储、梁隽三人降级罚俸。这样一来，群臣谁还敢多嘴？正德帝立即传旨：到江南巡查，从津沽渡江，把金陵旧宫改为行宫。正德帝带着刘贵人、江彬和护驾官李龙、将军杨少华、蒙古侍卫爱育黎、侍卫郑亘、右都督王蔚云、女护卫江飞曼一行二十多人渡江南行。不久到了金陵，金陵守臣裕王、蔚王及大小官员远远前来接驾。正德帝这时也没有心情观赏风景，和裕王、蔚王并马进城。走到金陵行宫前，蔚王刚要扶正德帝下马，忽然一个大汉冲出人群，一道寒光向正德帝飞来。将军杨少华眼快，连忙叫声“不好”，急忙拔腰刀去挡，已经来不及。正德帝也觉得眼前寒光一闪，慌忙跳下马。噗地一声，只见鲜血喷射，一人中镖落马。护驾李龙抽刀在手，把刺客截住。杨少华、王蔚云、郑亘、爱育黎、江飞曼五人一起上前，刺客招架不住，被李龙一刀砍倒。杨少华急忙上前按住，护驾禁军七手八脚把刺客捆起来。众人把受伤落马的人扶起来一看，原来是蔚王朱厚炜，杨少华等人把他搀进行宫大门。还没有走到殿上，只见蔚王两腿一伸，眼睛上翻便死去了。

正德帝听说蔚王死了，不禁落泪说道："朕刚到江南，就失去一个弟弟，叫朕怎样去见太后！"王蔚云奏道："刺客杀死蔚王，这是皇上福大，也是蔚王命该如此，跟陛下有什么关系？"说完江彬保护刘贵人进来。听说有刺客，问："捉住了吗？"正德帝道："朕倒几乎忘了。"命人把刺客推上来。李龙把刺客带到正德帝面前。刺客不跪，李龙在他腿弯一扫，刺客站不住脚，坐到地上。正德帝怒道："朕和你无怨无仇，竟敢在白天行刺朕，你受谁指使？说出来！"刺客瞪着眼说道："老子想杀谁杀谁，用不着别人指使。今天被捉，是老子晦气。快把我杀掉，不用多说，否则我还要骂人！"正德帝刚要再说，江彬插言道："这种浑人交给地方官去审问，陛下何必劳神？"正德帝点头，命李龙把刺客带下去，交给南京都佥刘建山，让他审讯明白回奏。第二天，刘建山通过对刺客严刑拷问，知道刺客名叫李万春，是受宁王朱宸濠指使，以前在京城借斗鹌鹑为名曾经行刺过正德帝，因为匆忙没有得手，这是第二次行刺。刘建山记录口供，据实上报。正德帝听完大怒道："朱宸濠是朕叔父，朕从来没有亏待他，为什么两次三番派人行刺？"说完传谕把李万春凌迟，并派人通知江西巡抚张钦，令他监视朱宸濠，等御驾回到京城再处理。

·和尚拐走刘贵人·

正德帝装扮成商人，在金陵游览各处名胜，只带上刘贵人及李龙、杨少华、江彬四人，其他人一律留在行宫。一路上正德帝自称朱寿，刘贵人改称刘夫人，每到一处寺庙都施舍很多。

正德帝一路游览，到处题诗，都被江彬记下来。回到京城之后，经过翰林学士毛啬删改整理，刊行御制南游诗集。正德帝和刘贵人、江彬、杨少华、李龙君臣五人游山玩水，十分快乐。正德帝游完梅冈，又经过几个村镇，远远看见绿荫丛中一角红墙，好像什么宫殿。正德帝指着红墙回头对江彬问道："那是什么地方？"江彬愣了愣，回答不出来。他是宣府人，对关外路径和风俗人情自然十分熟悉。正德帝巡幸宣府，都是江彬做向导。现在来到江南，江彬也不熟悉。幸亏杨少华是江都人，对于江宁名胜古迹稍微知道一些。他看到江彬的窘状十分好笑，忍不住代他答道："那里大概是天宁寺，我们进寺休息一下吧！"正德帝见已经接近中午，点点头令杨少华在前面带路。

不久来到一所大寺院前面，匾额上写着"敕建天宁寺"五个大字，落款是"唐天凤元年建，元庆元年间重修，大明洪武十二年臣朱钧再修"。正德帝笑道："这寺庙建于唐朝武后年间，也是一座古庙啊。"江彬道："庙前四大金刚，塑得多么威严雄壮！"杨少华笑道："这四大金刚不是木雕泥塑。"江彬说道："不是木雕泥塑是什么？"杨少华道："我听老辈讲，江宁天宁寺中四大金刚是白石凿成。"江彬惊骇道："石头能凿得这样细致，真是鬼斧神工。"正德帝见金刚长有四丈，杨少华说是石凿，也觉得有些不信，带着大家走进头山门去验证，果然是石头凿成。君臣十分惊奇。

大家一起走进大雄宝殿，殿宇也非常宏伟。这时后殿走出一个知客僧，见正德帝等人进去，急忙上前行礼，随即请大家坐下。小和尚端上茶，正德帝拿起茶杯喝一口，觉得茶味清芬甘芳，和宫里常喝的茶迥然不同，笑着问道："和尚的茶味很好，不知道茶叶是哪里产的？"知客僧笑道："出家人有什么好东西，这茶叶是一个施主施舍给老和尚的。施主是姑苏洞庭山人，茶叶是那里土产，叫洞庭碧螺春。老和尚嫌它太好，怕没福消受，所以珍藏起来，专门准备给游寺施主解渴。”正德帝听了，不停点头。忽然听到咳嗽声，知客僧说道：“老和尚来了。”话音未落，只见西院月亮门中走出一个古怪老僧：须发雪白，年纪有八九十岁，步伐轻健。老和尚走到正德帝等人面前一一行礼，互通姓名，自称法号禅明，四川人，躲避明玉珍叛乱才来江南，今年已二百四十五岁，来江南时已经九十多岁。正德帝听了，不禁大吃一惊。当年明玉珍占据蜀西，太祖高皇帝还没有建国，即使从那时算起来，老和尚至少也有一百三四十岁了。

江彬站在一边撇嘴，似乎不相信老和尚的话。老和尚耳目敏锐，似已觉察江彬的举动。正德帝怕老和尚生气，急忙搭讪说道：“和尚藏的茶叶真不错，我们应当道谢。”老和尚微笑道：“一杯清茶何必道谢。何况茶叶是土里所出，清水取自地泉，都是土地上的东西，老衲不过转手借花献佛罢了。”说完知客僧呈上缘簿，要求布施，正德帝笑了笑，提起笔刚要写下去，老和尚阻拦道：“施主慷慨施舍，老衲却不敢消受。但愿施主早回家乡，赐福万民，比施舍老纳银钱强上万倍。”正德帝见老僧说话古怪，拱手问道：“和尚可知道过去未来？”老和尚笑答道：“过去人人都知道，未来不可泄漏。老衲只是稍微懂一点，跟各位谈谈吉凶怎么样？”正德帝大喜道：“君子卜凶不卜吉，希望您直言不讳。”老和尚正色道：“朱施主富贵非凡，只是不久恐怕有事发生，收敛形迹自然能躲过。”又指着刘贵人说道：“这位夫人年轻多福，但是要防备被蛇咬。”对李龙说道：“施主忠勇，将来必能施展才能。”对杨少华说道：“富贵善终。”最后看到江彬，老和尚凝视半天，皱眉说道：“江施主相貌奇特，将来权力很大，只可惜天庭有煞纹，要非常小心。”江彬被老僧说得呆呆发愣，恰好小和尚送来斋饭，老和尚便站起身告退出去了。

正德帝和刘贵人一桌，江彬、李龙、杨少华另设一桌。大家饱餐一顿，江彬掏出三两纹银递给知客僧，起身走出天宁寺。没走出几步，只见小和尚追上来说道：“我家师父说，不要各位施主银子。”说完把银两递给江彬，转身跑了回去。江彬说道：“老和尚似乎会邪术。”正德帝接口说道：“不是这样，山寺野村有很多有道高人，不要轻视老僧。”江彬唯唯诺诺，心里却十分不赞成。这时刘贵人累得有点走不动了，杨少华叫来一乘椅轿让她乘坐。一行人走到牛头山下，牛头山有两个尖峰，遥遥相对，形状好像牛角，因此叫牛头山。

走过牛头山，是一个大市集，叫集贤村。走进村中，见乡民童叟妇女都打扮得衣裳整洁，纷纷走向西村，好像有什么集会。正德帝令江彬上去打听。那些乡民不懂他关外口音，言语不通，险些打起来。杨少华急忙去打招呼，乘机问他们去西村的原因。一个乡民答道："今天是王母生日，白云长老在西村荒寺开坛讲经。据说他和梁武帝时宝志法师一样，讲到妙处，天上会落下花瓣，沾一瓣在人身上，可以延年益寿，驱走不祥。男女老少没一个人不想得点好处。全县百姓都知道，各村镇上人也全都赶来了，说不定连寺也能挤塌呢。我们赶去抢花瓣，晚了恐怕来不及，不和你多说了。"乡民说完，飞快地向西走去。江彬听了半天，一句也不明白。杨少华对江彬笑笑，回来把乡民的话禀告正德帝。正德帝笑道："又是什么和尚捣鬼，跟他们去看看热闹。"李龙听到有新鲜事，非常高兴。江彬、杨少华带路，正德帝居中，李龙保护刘贵人轿椅，一行五人也向西村走去。

走了半里多路，见一座黄墙寺院赫然呈现眼前。寺院前面人山人海，水泄不通，寺院四周都是荒芜空地，空地上搭满布棚帐篷。这些布篷帐棚中有卖茶的、卖食物的，酒肆莱馆，样样俱备。西边草场上是一群江湖人：什么卖拳的、卖狗皮膏的、走绳索穿火圈的、针灸科、祝由科等等，真是无所不有。那座寺院门上匾额字迹多半剥落，只能隐隐辨认出是"上方禅院"四个大字，原来是座年久失修的古庙。寺门口的人一个个伸长脖子、张开嘴，两只眼睛向寺中观看。正德帝想弄清楚，只是挤不进去。李龙大吼一声，两臂往四周一挥，百姓跌跌撞撞被李龙推倒，众人齐声大骂。李龙也不理睬他们，保护刘贵人的轿椅向寺中冲去。后面是杨少华在前，江彬断后，保护正德帝进寺。走进寺中是一条长廊，大雄宝殿还在里面。于是又把众人分开，走完长廊，才见大雄宝殿。殿上摆着一座三尺高的经坛，坛上坐满僧人。正中一张长案，供着神像，摆着九只铜香炉，香炉中香烟缥缈，僧众寂静无声。经坛后面有一只莲花宝座，上铺虎皮毡子，绣花垫褥。座下放一对金漆狮子。座上空着，讲经长老还没有登坛。

坛下四周排列一百多把绣垫缎椅，大概是准备给本县官员家眷和绅士家属坐听讲经的。十几个知客僧招呼男人在坛后木凳上坐下，以分男女界限。至于平常百姓，只好在大殿廊前廊下站听讲经。坛前有一只七八尺高的大炉子，点着满满一炉檀香，烟雾迷漫，殿上听讲经的家属都被熏得眼泪鼻涕流个不停。

正在这时，忽然一个小和尚跑出来，向坛中首席和尚低声说了几句话，说完又匆匆走进去。首席和尚拿起槌子当当当连击三下玉磬。其他和尚也敲木鱼相应，接着撞钟擂鼓，顿时铙钹锣鼓一齐响起来。经坛上共有四十九个和尚，坛下擂鼓打钟的小和尚不在其中。四十九个和尚每人手里敲打一样法器，几乎把人的耳膜震破。这样敲打一会儿，忽然听到当的一声，又清越又尖锐，冲破嘈杂空气，超出众法器之外。铙钹锣鼓不约而同戛然停住。接着响起悠扬的丝竹声。什么笙、箫、管、笛、胡拨、琵琶、筝、锦瑟等，一起演奏起来。皇帝春祭时音乐也不过如此。大家知道长老快要登坛讲经了，纷纷圆睁双眼等待瞻仰佛容。

不一会儿，听到殿后院中奏着音乐，十二个小和尚身穿五色百家衣，秃头黄鞋，手里各拿六对大红纱灯。随后是十二名知客僧，法衣黄帽黄鞋，手中都提着香炉。这样一对对在前面走，领长老上坛。大家一齐站起来，见长老年纪不到三十岁，面如满月，唇红齿白，双眼有神。加上他是悬胆鼻，方口大耳，头戴紫金毗卢帽，两旁垂下绣花套云飘带，身披一袭云锦绣金袈裟，看上去金光灿烂。脚穿衔环炖形布鞋，双手雪白，手上套一串云母珠念珠，上面有九枚舍利子，光芒四射，念珠下端是一颗红樱。这副打扮和平常僧人不同，加上长老相貌不凡，坐在经坛上谁不称赞一声如来转世！长老上坛，诵完召神咒，开卷讲大藏宝经。长老一边讲一边向妇女座中乱看。猛然看见刘贵人，长老故意大吃一惊，立即停止讲经，走下坛向刘贵人连连行礼说："女菩萨！你是菩萨化身，小僧能见到女菩萨，真是万幸。"说完请刘贵人进后院，实行香花供奉。李龙在一边也被弄得莫名其妙。刘贵人被长老说得心动，不由自主跟随长老走进后院。听经的人个个惊讶，议论纷纷跟进后院。

长老领刘贵人走进静室里面。啪的一声，室门自己关上。外面听讲经的本县缙绅和县丞姜菽水远远跟长老走到后院，后面正德帝、江彬、杨少华、护卫官李龙也走进去。还有经坛外许多百姓纷纷挤进殿内。正德帝等人走进院中，不觉诧异起来：这座寺院是一座荒寺，内院却金碧辉煌。院中松柏参天，台阶下是无数奇花异草，水池里养着金鱼。庭院深深，落花遍地。正德帝失声称赞道："好一座院落！"李龙说道："长老领刘娘娘走进静室去了。"江彬说："和尚想必不怀好意，我们紧跟着他，保护刘娘娘要紧。"正德帝点点头，李龙和杨少华大踏步走上前。这时那些绅士和县丞都走进静室，人多地窄，顿时挤满一屋。杨少华与李龙也挤进静室，却不见长老和刘贵人。李龙、杨少华齐吃一惊，急忙向四周一看，才看到静室南面还有侧门。长老和刘贵人进去，门就关上。县丞和众绅士不能进去，大家站在门外大喊道："青天白日，和尚领良家妇女闭门不出，这算什么？"县丞姜菽水为人很迷信，他以为长老是高僧，刘贵人或许真是菩萨化身。性子急的绅士要开门进去，姜菽水阻拦道："你们先不要着急，再等一会儿看他怎样。我想长老一定是施展什么佛法，否则他领妇女入室，当着这么多人，谅他也没有这样大胆。"众绅士听完姜菽水的话，觉得有理，静静在门外等待。

只有李龙咆哮道："人家妇女被贼秃关在里面，你们还在那里说什么风凉话。"

杨少华也喝道："我们打进去。"姜蔌水见李龙怒气冲冲，知道是妇人家属，于是也不敢阻挡。杨少华和李龙两人并力向前，狠狠地敲门。敲了半天，不见长老来开门。李龙飞起一脚，轰的一声，那扇侧门倒下来。李龙当先冲进去，见室内陈设幽雅，案堆诗书，壁悬琴剑，花种阶下，树植庭前。李龙四处寻找一圈，哪有什么长老？刘贵人更是无影无踪。杨少华也冲进来，不见刘贵人，两人都着急了。这时众绅士也挤到里面，正德帝和江彬也走进来，听说刘贵人丢了，把正德帝急得连连顿足。众绅士诧异道："分明看见和尚与妇人走进去，怎么会逃走？难道和尚有隐身术么？"大家正在议论纷纷，忽然杨少华失声喊道："逃了！逃了！"众人定睛看去，见杨少华用手举起画轴，画背后有一扇小石门，平时用画掩盖，别人以为是墙壁，万万想不到墙上还有小门。众绅士才恍然说道："和尚不是好人。他推说讲经，却来拐骗妇女。"

县丞姜蔌水站在一边不停咋舌，正德帝却十分愤怒。杨少华和李龙已经跑出寺追赶，追了半天先后回来说道："村东村西都找到尽头，没有和尚踪迹。问村中百姓，他们刚才也到寺中听讲经，没有见到什么和尚经过。"正德帝听了，半天说不出话。江彬也不知所措，李龙很没好气，一眼看见县丞姜蔌水，一把把他抓住道："我家夫人不见了，你去给我找回来，否则老子可不饶你。"姜蔌水大怒道："你是哪里来的野种？自己不小心，被和尚把人骗去，还在这里撒野！"李龙喝道："你还想狡辩，刚才大家要开门进去，都因被你阻拦，使秃驴能安然逃走。如果不是你阻拦，他也逃不掉。这样看来，贼秃是你放走的，你和他是同伙！"姜蔌水跳起来道："反了！反了！我官职虽然小，也是这里的父母官，怎么说我拐骗妇女，这还像话吗？"

姜蔌水说完，叫进两个差役想抓李龙。李龙大怒，抓住两名差役，一手一个向人群摔去。外面又冲进五六名捕快，从袖子里拿出铁尺，蜂拥而上围住李龙。绅士和百姓见出了乱子，吓得四散逃走。院门前又挤着许多人，院内的人排山倒海跑出来，外面的人来不及退后，摔倒很多。大殿上四十九个和尚还是很恭敬地侍候在坛上，女客座上的家属们，不方便去看热闹，只好坐在那里交头接耳，议论纷纷。忽然听到里面传出哭喊声，百姓纷纷逃出。坛上和尚和坛下妇女都站起身观看。不料人多地窄，经坛一下被大家挤倒了，四十几个和尚从坛上摔下去，都摔到家属堆里。妇女和和尚聚成一团。有几个和尚摔得头破血流，有几个被坛上铜香炉压伤，有几个被坛前大鼎烫伤。一个年轻和尚光头刺在蜡烛杆上，被刺得鲜血淋漓，昏死过去。这时李龙把捕快从院内打到外殿，捕快们打不过李龙，一交手就被打倒，只好爬起来往外逃走。李龙追出来，不管是谁，逢人就打，殿上殿下乱成一团。杨少华怕打伤百姓，急忙劝住李龙。两人回到院里，只有正德帝和江彬还呆呆坐在静室。

正德帝见杨少华、李龙进来，无精打采地说道："刘贵人一时半会也找不到，不如回去再说。"江彬等人也没有好办法，大家跟随正德帝出院。大殿上和尚已经走散，家属们都被接走，只有经坛仍然倒在那里，钟磬法器满地都是，香烛果品胡乱撒落一地。正德帝非常不高兴，四个人走出上方禅院，两名轿夫来要工钱，他们刚才抬过刘贵人。江彬随意给他们几十文钱，两个轿夫道谢离去。正德帝君臣四人匆匆回去，真是乘兴而来，败兴而归，一路上也无心观赏风景，只是低头向前走。

回到金陵行宫，已经万家灯火。王蔚云、郑亘、爱育黎、江飞曼等人跟随裕王出来迎接。王蔚云不见刘贵人，心里很诧异，又不敢询问。正德帝走上殿坐下，大家分两边站立。正德帝令裕王也坐下，说起游览的经过，把在上方寺听讲经被和尚骗走刘贵人的事细细讲述了一遍。裕王大惊道："秃贼胆大包天，不过他借讲经引诱妇女，房中另有机关，想必谋划时间不短。她拐骗妇女应该不止在江宁一个地方，其他地方一定同样有人上当。他这次即使漏网，不久必定到别处故技重施。陛下颁下秘旨，让各地地方官暗地侦察，妖僧不难捉到。"正德帝点头，立即颁下谕旨。又派人通知江宁县令，让他通缉妖僧，并下令把县丞姜菽水捆到南京都督府，以故意纵盗治罪。事情办妥，正德帝回到后宫。王蔚云、杨少华等人和裕王又议论一会儿，才各自回去休息。

第二天早晨，正德帝由于刘贵人失踪闷闷不乐，白天只是带李龙等人在金陵街市游玩一圈，很快回到行宫。第三天江宁县令梅谷亲自到行宫奏报，说一接到上谕便立即派捕快到城镇四处搜查，但没有妖僧行踪，想必已经逃出江宁，县丞姜菽水也已经逃走，现在通牒抓捕。正德帝听完，让他退下。第四天又接到溧水县令奏章，说两天前见一个游方道人带着一个美妇人过江，事后才知道道人是和尚改装，正要派人追赶，恰好接到谕旨，于是急忙派人骑快马去追，但是仍没有追到。大概妖僧还在镇江淮扬一带。正德帝听了，和江彬商议，决定亲自到扬州打探消息。于是带上李龙、郑亘、爱育黎、江飞曼等人，悄悄起程去往扬州。不久到了扬州，住到馆驿。当天到后土祠赏琼花。元朝时，蕃厘观有个道士金雨瑞把琼花铲掉，种上聚八仙，倒也十分茂盛。聚八仙和琼花非常相似，所以后人仍然称它为琼花。

·淫僧落网·

正德帝和江彬、杨少华等人在扬州游过后土祠，第二天又去游览万寿观。他们先在偏殿游览一圈，刚要去大殿，忽然听到殿角一声怪响，一把剑直奔正德帝。接着跳出一个大汉，手中剑好像蛟龙一样。江飞曼急忙拔刀挡住，当的一声火星四射，两个人在大殿下打斗起来。李龙见大汉十分勇猛，也大喊一声上前助战。大汉同时对付两人却毫不吃力。杨少华对郑亘说道："看来雌雄两条龙打不败大汉（江飞曼又称龙女），我们不要让他逃走。"郑亘答道："大家一起上！"于是杨少华、郑亘两人冲出围住大汉，五个人越打越激烈。蒙古侍卫官爱育黎也要上前帮忙，江彬拦住道："你在这里护驾！有武艺的都走开，没人保护皇上，怕贼人暗算。"大汉渐渐抵挡不住，忽然跳上屋顶，沿着房檐逃走了，江飞曼、杨少华也上房追赶。李龙、郑亘不会纵跳，只好眼睁睁看着他们。江飞曼和杨少华并力追赶大汉，大汉使出本领，专门在屋檐最窄的地方走，江飞曼和杨少华已经累得气喘吁吁。大汉呵呵大笑几声，忽然三四个翻身，弄得江飞曼、杨少华眼花缭乱，定睛看时，大汉已经无影无踪。两人知道大汉武艺很高，也不去追赶，跳下房回到殿上。郑亘、李龙齐声说道："刺客逃走了么？"江飞曼一笑道："大汉好武艺，倒要留神他。"随后把刺客逃走的情况告诉正德帝。江彬怕再次遇到危险，劝正德帝早点回到馆驿，正德帝点头同意。大家保护正德帝回到馆驿休息。

到了晚上，江飞曼提议道："今天刺客想必受人指使，或许已经知道我们行踪。白天又没有捉住他，夜里难保不再来行刺。我们必须小心防备。"杨少华道："这话有理，我们夜里轮流保护皇上。大家认为怎么样？"爱育黎说道："我和杨将军前半夜值班，江飞曼和郑侍卫后半夜值班，互相呼应。"话还没有说完，李龙接口问道："难道我不配保护皇上么？"江飞曼笑道："你不要着急，要做的事很多，你问杨将军，自然有需要你的地方。"李龙看杨少华，杨少华道："你愿意巡逻吗？"李龙正色答道："都是为保护皇上，有什么不愿意？"大家分派完毕，分别去做准备。

这天夜里星月无光，迷雾重重，对面不见人。大概三更天，正德帝想念刘贵人，不能入睡，正和江彬下棋，猛然听到院中李龙嚷道："刺客来了！"里面值班的是江飞曼和郑亘，两人急忙抽刀跑出问道：“刺客在哪儿？”李龙说道：“我亲眼看见屋顶有一个黑影。现在可能已经躲到什么地方了。”杨少华和爱育黎还没有睡着，听到有刺客，两人先后冲出，见没有什么动静，才放下心。李龙说道：“现在刺客已经知道我们行踪，肯定不会空手回去。”爱育黎说道：“这个时候最危险。”大家正在议论纷纷，忽然听到正德帝大声喊道：“刺客已经在这里了！”众人大惊，慌忙争先跑进去。李龙一脚跨进正德帝卧室，见正德帝前面跪着一个大汉，灯光下见他正是白天那个刺客。李龙大怒，不管好歹一声大喝抡刀就剁，大汉来不及躲闪，又没有兵器抵挡，慌忙中用胳膊往上一迎，嚓的一声，左臂被砍落在地，李龙还要上去杀他，正德帝亲自站起身拦住，大汉已经疼得摔倒在地。正德帝埋怨李龙道：“谁叫你这样莽撞？他不是坏人，他误听别人唆使，前来行刺，现在他已经醒悟，情愿到朕面前自首，你却把他砍伤？快去找些金创药给他敷上，扶他进房休养。”李龙被正德帝一顿埋怨，目瞪口呆不敢出声，等到正德帝命他去找金创药，才如梦初醒。江飞曼和杨少华、爱育黎、郑亘都站在旁边，听正德帝训斥李龙。这时见李龙要去找金创药，江飞曼说道：“我这里有上好的金创药，拿去给他擦上。”李龙停住脚步，俯身搀起大汉，江飞曼随手取药给大汉涂在断臂上，用一条药布包扎好，大汉道谢，又向正德帝谢恩，回去静养。

原来，这大汉是赫赫有名的侠盗马刚峰，绰号飞天大圣。他受宁王朱宸濠指使，行刺正德帝。马刚峰奉命进京，恰好正德帝南巡，于是也随后赶到南京。一天见正德帝带着五六个人离开江宁，马刚峰也尾随追赶，和正德帝先后到了扬州。白天在万寿观见护驾侍卫四散游览，一剑飞去，满心希望成功，忽然被一个女子把剑挡住。马刚峰以为江飞曼是个文弱妃子，不料也是护驾卫士。见一击不中，心凉半截。又想正德帝驾前女子都能保护他，足以说明他命不该绝。女护卫本领这样高强，男护卫武艺可想而知，于是立即飞身逃走。之后他又到处打听宁王为人，才知宁王劣迹很多。马刚峰不禁后悔自己明珠暗投，连夜去见正德帝悔过自首。正德帝见他心诚，戏说声“刺客在这里”，不料却被李龙冒冒失失砍去左臂。忽然正德帝传江彬，连呼几声不见回应，杨少华等人四处一找，原来他在正德帝床下，已呼呼睡着。

正德帝在扬州整天和江彬寻花问柳。这样过了一个多月，刘贵人仍然没有消息，正德帝有些厌倦。听说镇江名花很多，正德帝君臣便乘船去往镇江。到了镇江，大家游览金山寺古迹。这时又多个马刚峰，君臣一行八人步行上山，走到金山寺前。金山寺在山谷中，殿宇巍峨，十分庄严。寺里铙钹叮咚，大殿上也摆设醮坛，坛上高坐一个大和尚。杨少华眼快，指着正中和尚说道：“他不是妖僧么？”李龙大吼一声拔刀冲上去，和尚看见正德帝等人，急忙下坛逃走。杨少华、江飞曼、郑亘、马刚峰、爱育黎和李龙上前把和尚团团围住。和尚忽然从袈裟中抽出双剑，舞得跟旋风一样，大家不能靠近。不到一会儿，李龙、郑亘都被和尚砍伤，爱育黎被剁去一指，江飞曼刀被削断。马刚峰大怒，索性叫杨少华也跳出圈子，自己舞动一口鬼头刀从剑光中冲进去，大喊一声："着!"和尚叫声"哎呀"摔倒在地。马刚峰走上前一脚踏住和尚胸脯，和尚躺在地上仍然用剑乱砍，被马刚峰用刀逼住。杨少华等人把和尚按住。 慌乱中又找不到绳索。李龙见大殿上有一根粗绳，约有碗口粗细。李龙大喜，急忙提刀割下那根绳子。只听到轰隆一声巨响，大殿正中掉下一件东西，热油四溅，弄得殿上满地是火，正德帝和杨少华等人都大吃一惊。大家仔细一看，才知道是大殿上一盏琉璃灯。系灯绳索被李龙割断，琉璃灯掉到地上摔得粉碎。李龙也不管三七二十一，仍然拖着那根粗绳来捆和尚。可是绳子太粗，很不容易捆绑，大家七手八脚硬把和尚捆住。正德帝见已经捉到和尚，想到很快会知道刘贵人下落，心里十分高兴，和江彬在前后殿游览一遍。

这座小金山寺在江苏丹徒县西北，金山矗立江心，山势极其险峻，原来叫浮玉山。有一个头陀僧裴飞航挖山土挖出金子，后人改名为金山。山的西南有一口冷泉，称为天下第一泉。金山寺后院有一座望海亭，登高远望，水天相接。寺的左边有一座钓龟矶，是以前张侯钓龟的地方。唐朝天宝年间，张侯坐船经过金山，把船停在金山下吃饭。船上其他人告诫他说："江中有大龟，不要在船上煮肉。"张侯登山游览，家属忘记别人告诫，竟然煮起肉。忽然见波涛冲天，白浪如山。浪里浮出一只头像小山似的大龟，张开嘴把船拖进海里。等到张侯下山，不见船只。有一个船夫从洪波中逃出，告诉张侯说家眷已经被大龟吃掉。张侯决心报仇，立即另雇一条船，回到城中打造一千多斤的铁链，铁链上装上几百斤铁钩，把钩藏在猪肉里，铁链一端系在金山石矶上。张侯布置妥当，把铁钩投进江中，便开始在山下煮肉，香气飘散。大龟踏浪而来，见到猪肉，猛地吞下去。不料肉里有铁钩，把脏腑钩住，再也吐不出来。大龟在江中闹了七天七夜，肚腹朝天而死。张侯找人把大龟拖到岸上，煮它的肉吃。大龟有五丈多长，重三千九百斤，龟壳足有七百多斤。这样一来，也算除掉一个大害。此时的张侯已经万念俱灰，不久削发进山，不知去向。因为他有杀龟的功绩，所以后人刻字纪念这件事。

·宁王造反·

正德帝等人在寺中到处游览，寺里的和尚见他们使刀弄枪，吓得屁滚尿流，一个个躲在禅房中死也不肯出来。等到把淫僧捉住，正德帝和江彬把寺里警钟撞个不停，寺中拜经禅师才走出来。正德帝问他寺里僧众都到哪里去了，禅师答道："他们听到大殿上住持和尚被人殴打，怕连累自己，所以都躲进禅房。"正德帝问道："你们住持叫什么名字？到这里多长时间了？"禅师答道："据他自己说，法名叫镜远。当初我们寺里有住持僧，上个月被这和尚杀死，把尸体投进江中，他才做上本寺住持。"正德帝道："和尚杀死住持，你们不去告他么？"禅师摇头道："谁敢呢？就是去告他，他背后有靠山，地方官也不敢处罚他。"正德帝急忙说道："他靠山是谁，有这种势力？"禅师踌躇半天说道："罪过！"说完对正德帝道："施主是外地人，知道也不要紧，谁不知道这个恶僧是江西宁王心腹。他在外面作恶，有宁王给他撑腰。听说镜远和尚还到处借讲经名义拐骗妇女，引诱美貌妇女进寺，用迷药迷倒，任意奸淫，随后献给宁王。镜远在这里也做过几件拐骗案，地方官只当做不知道。江浙两地的官员没一个不是宁王党羽，大家自然不会管他。据说宁王势力已经很大，江西红缨会也帮助他，将来必定一发不可收拾。宁王早晚登基，镜远和尚就是国师。你想宁王这样宠信他，那些手下党羽谁敢不奉承他！"

正德帝听了，点头说道："你说话很诚实，我让你做本寺住持，你叫什么？"禅师不知道正德帝是什么人，竟然派自己做住持。但又想到他敢捉镜远和尚，必定有些来历。于是笑笑说道："小僧法名尘空，别人都叫我尘空和尚。"正德帝记在心里，辞别尘空，和江彬走出后殿，见大殿上杨少华、马刚峰、郑亘、爱育黎、江飞曼、李龙六人看守镜远和尚。正德帝吩咐大家上船，自己和江彬、杨少华、爱育黎、马刚峰、江飞曼等人先走，李龙和郑亘押着镜远和尚随后。一路扬帆，回到镇江馆驿。正德帝令江彬起草谕旨，命李龙、杨少华押解镜远去见镇江府尹王云波，命他审讯镜远。王云波领旨，立即升堂审问。李龙和杨少华回去复命。第二天王云波率领各县县令到馆驿见驾。王云波奏道："镜远已经招供，在江宁拐的女人自称是皇帝侍嫔，镜远不敢私藏，已经献入宁王府。"正德帝听了，命人把镜远凌迟处死，金山寺住持由尘空和尚担任。王云波领旨回去办理。

正德帝和江彬等人商议。正德帝说道："现在刘贵人已经有消息，只是在江西宁王府中。朕想把宁王削爵抄家，谕知江西巡抚张钦帮助处置，你们认为怎么样？"杨少华说道："一向听说宁王蓄养死士、私通大盗，早有反叛之心。现在如果突然夺爵抄家，宁王狗急跳墙，必定反叛。我想应该先解除他的兵权，砍掉他左膀右臂。他如果抗旨，到时削爵就有借口。万一再抗旨，便可立即派大军征讨，必然能活捉宁王。但是在没有反叛前，无缘无故削夺爵位，容易引起众王猜疑。皇上不能重蹈建文帝覆辙，应该谨慎处理。至于刘贵人，若让宁王送回来，宁王必然不肯承认。只有派能人设法把她偷出来。”正德帝说道：“朕身为堂堂天子，怎么能做偷鸡摸狗的事。”江彬在一旁奏道：“杨将军的计策十分周全。刘贵人失踪是被和尚骗走，这件事如果张扬开，有损朝廷体面，还是派人偷回比较妥当。否则小题大做，宁王肯定要赖。如果他早作准备，把刘贵人藏到其他地方，我们反而会弄巧成拙。”正德帝沉吟半天道：“就这样办吧。谁去接回刘贵人？”杨少华、爱育黎、江飞曼、李龙四人齐声说要去。正德帝笑道：“干这件事，要胆大心细才行，李龙太鲁莽，爱育黎容易引起别人注意，都不合适，还是杨少华和江飞曼去吧！”江飞曼、杨少华大喜，回去收拾妥当，辞别正德帝去往宁王府。

正德帝自从杨、江两人走后，在镇江又游玩三四天，随后带上江彬、爱育黎、李龙、马刚峰、郑亘等人回到金陵。裕王朱耀焜、都督王蔚云来问安，呈上京师送来的奏疏，正德帝立即批阅。见其中有御史干宝的奏折，说宁王朱宸濠暗地勾结红缨会，意图反叛，请皇上提前防备。正德帝看完，递给江彬道：“朱宸濠居心叵测，天下人人皆知，可见若要人不知，除非己莫为。”江彬仔细读完奏章，也微笑说道：“星火燎原，必须提前防备。”正德帝道：“朕也是这个意思。”于是下谕令江西巡抚张钦，把宁王府卫卒调入总兵周熙部下，以加强兵力。明朝藩王身份地位只是比皇帝低一级，藩王府也有亲军，只是不能超过三千。明太祖祖训里有“君主昏庸，小人专权，藩王可以起兵清君侧”一条。宁王府亲军名义上是两千人，实际有三四千名。接到谕旨要调走亲兵，宁王大吃一惊，急忙召军师刘养正、参议汪吉秘密商议。刘养正说道：“皇上调走我们的亲兵，分明是想剪除我们的羽翼。”汪吉道：“我们现在还没有准备，如果抗旨，皇上必然派兵征讨。这样看来，不如暂时忍耐，以后再想办法！”刘养正犹豫一会儿，也没有好对策。宁王知道自己实力还不行，只好接见使者，眼睁睁看着卫队长把花名册呈上。使者看过，总兵周熙收下兵符印信，辞别宁王回去。宁王深深叹口气，当夜传大盗首领凌泰、吴廿四、大狗子、江四十等人，还有红缨会大首领王僧雨、副首领李左同、大头目杨清商议对策。众人当场决定，因为洞庭大盗首领杨子乔名声很大，宁王派人请他为行军总都督，大狗子为副都督，吴廿四、凌泰为都指挥。又封红缨会首领王僧雨为大师公，李左同为副师公，杨清为总师父。大家加紧训练兵马，准备反叛朝廷。

江飞曼和杨少华奉旨去江西偷回刘贵人。两人晓行夜宿，不久到了南昌。这时宁王将要叛变的消息各处流传，南昌城中更是谣言四起。杨少华、江飞曼不敢住在城内，只得在离城很近的荒寺中落脚。到了晚上，两人换上夜行衣服，爬进城，潜到宁王府。见宁王府巡逻卫兵很多，杨少华和江飞曼商议道："他们防备森严，一时不容易下手。"江飞曼说道："你在墙上望风，我进去探听消息。"杨少华点头答应。江飞曼轻轻纵上墙头施展一个燕子掠水势，蹿进院内。杨少华躲在墙垛上，等待江飞曼回音。

等了半天，见墙内黑影一闪，杨少华担心是敌人，急忙拿出兵器，仔细一看，原来是江飞曼。杨少华低声道："怎么样？"江飞曼答道："很顺利，我怕你着急，特地来和你说一声。"杨少华点头道："你放心进去。"江飞曼也不回答，又蹿进去。这一次去了很长时间，左等不见，右等不来。杨少华焦躁道："莫非出了岔子？可又没听到有什么动静。"等到五更，仍然没有江飞曼踪影，弄得杨少华十分着急，眼看天快要亮了。杨少华着急起来，自己和江飞曼都穿着夜行衣，再等下去，天亮后在路上很不方便。何况南昌风声很紧，被王府中人看见，势必当奸细捉去，那不是耽误事么？杨少华正万分着急，忽然看见屋顶上一个人猿猴一样跑过来，正是江飞曼，背上负着一个大包袱，气喘吁吁地打个手势给杨少华。杨少华知道已经得手，急忙从墙角站起身，两人一齐跳下墙头，一前一后，施展飞行术，一直跑到城门，放下百宝钩，相继出城。路上江飞曼背不动，杨少华接替背上大包袱。幸亏没有遇到什么人，他们回到荒寺，天色恰好刚刚放亮。

两人休息一会儿，吃些干粮，江飞曼解开床上包裹，一看不禁愣住了。杨少华也走过来，见包裹里是一个玉肤香肌的美人，只是星眸紧闭，脸上微微泛着红霞，好像喝醉酒似的，正在熟睡，大概是中了江飞曼的五更鸡鸣香。再仔细一看，却不是刘贵人。江飞曼也看出不是刘贵人，所以发愣。两人对看一会儿，谁都没有出声，忽然见美人略略转身，慢慢醒过来。江飞曼顿足道："我刚才是背着刘贵人，怎么会变成她？"杨少华笑道："一定是你一时匆忙，看错了人。"江飞曼自己也觉得好笑。美人睁开秋波向四面看看，好像十分惊讶。杨少华看着江飞曼道："虽然不是刘贵人，刘贵人消息倒可以从她嘴中问出来。"江飞曼被杨少华一句话提醒，走到美人跟前。美人十分诧异地问道："我怎么会在这里？"江飞曼笑答道："是我背你来的。你忘记夜里窗上怪声了么？"美人如梦初醒，急忙下床谢道："我和您并不相识，现在您救我出来，真是感激不尽。"江飞曼说："先不要谢，你叫什么名字，为什么也在宁王府？"美人听了，不禁眼圈一红，含泪答道："我姓郑，名叫雪里青，是靖江人。自幼父亲去世，母亲误嫁给坏人。我十六岁被继父送到淮扬，强行卖进妓院。老母不敢反抗，我为了老母，不得不忍辱屈从。今年春天，突然来了一个北方客人，出巨金留宿，等到天色大亮，我才发现自己睡在船上，心里明白，但不能动弹。这样在水上走了六七天，离船登岸，又走了好多天，才到宁王府。我进宁王府已经半年，没有和老母通音信，不知道还能不能见到她？”雪里青说到这里，呜呜咽咽哭了起来。

江飞曼安慰她道：“你不要伤心。我们回去经过扬州，把你带回去。”雪里青又跪下道谢。杨少华忍不住接口问道：“姑娘在宁王府中见过姓刘的夫人么？”雪里青答道：“她住在我隔壁，据刘夫人自己说，她还是一位皇妃。昨天夜里她正和我闲谈，听到窗户上有怪声，刘夫人很胆小，急忙回到自己房间。后来我也睡着了，醒来就已经在这里了。”江飞曼听完，知道自己过于莽撞，当时在屋顶看见刘贵人和一个女子闲谈。江飞曼在外面等了半天，担心天亮误事，急中生智，装鬼声吓她们，果然一个女子走了，不料走的正是刘贵人。江飞曼进屋背人时，屋里一点光都没有，她以为肯定是刘贵人，不料偏偏误背雪里青。江飞曼见没有救回刘贵人，有些无精打采，勉强和雪里青闲聊一会儿，预备天黑再去。

到了晚上，江飞曼和杨少华穿上夜行衣，直奔宁王府。这次轻车熟路，江飞曼在前，杨少华在后，来到雪里青隔壁房檐上，探身往屋中观看，然而却漆黑一片，不见一物。杨少华疑惑道：“昨天他们丢了雪里青，恐怕把刘贵人也藏到别处了。”江飞曼也觉得有些不妥。两人跳下去，撬开窗户走到屋中。江飞曼从百宝囊内掏出火绳，向四边一照。屋内空空洞洞什么都没有。江飞曼低低说道：“莫非在隔壁么？”话音未落，一声锣响，屋门大开，冲进十几条大汉，嘴里骂道：“贼人又来偷谁？我们王爷果然神机妙算。”说完刀枪齐上，把江飞曼和杨少华围住。杨少华担心寡不敌众，打个招呼，飞身跳出窗外，江飞曼也跳出去。不料窗外也有人把守，猛然一刀砍来，杨少华闪身躲过，正砍中江飞曼右腿，她“哎呀”一声，几乎摔倒。杨少华且战且退挡住敌人，等江飞曼走出很远，才虚晃一刀飞快逃走，奋力追赶江飞曼。两人拼命跑了一阵，江飞曼身受刀伤，渐渐有些走不动。幸亏后面敌人不追，两人才得以安全出城。

路上杨少华对江飞曼说道：“我们这样一闹，宁王必定严密防备，刘贵人看来偷不成了。即使能混进王府，又不知道刘贵人藏在什么地方。等到打听出来，也不是三天五天的事。我看不如回去再说吧！”江飞曼听了，只好答应。杨少华又笑道：“我们回去，虽然没有偷回刘贵人，倒也弄到一个美人。雪里青是扬州名妓，容貌十分可爱，我们在皇上面前也好复命。”江飞曼笑笑，指着刀伤道：“我却吃了亏。”

杨少华不禁好笑道："这是你晦气。"两人说说笑笑回到荒寺，开门进去，走进房里，见雪里青已经无影无踪。两人正在发愣，不料屋外一声呐喊，十几个打手把房门挡住，大喊捉贼。江飞曼和杨少华慌了，急忙丢下行装，各拿兵器，拼命杀出去。好在那些打手武艺不是十分高强，两人冲出室外，纵身上房逃走。杨少华手腕上中了两枪。这些打手是从哪里来的？原来驿卒见杨少华、江飞曼一男一女，日来夜走，形迹可疑。又见昨晚平空多了一个女人，急忙到窗下偷听，知道是从宁王府偷来的，于是悄悄地去向宁王报告。宁王立即派家将十名先把雪里青接回去，让家将埋伏捉贼。江飞曼、杨少华哪会知道，险些被暗算。

两人逃出荒寺，身上都有伤，也不敢再去冒险，只好垂头丧气地连夜赶到镇江。到了镇江，见皇上已经回到金陵，又随后追去。回到金陵，见到正德帝，把误盗雪里青、重进王府、江飞曼受伤、荒寺被暗算的经过，详细奏述一遍。正德帝听了，不禁长叹一声，命江飞曼、杨少华退去。忽然京城飞章来到，是大学士兼监政大臣梁储奏说宁王朱宸濠已经反叛，南昌、南康失守，已经命前兵部主事王守仁为左都督，进兵江西。江西巡抚张钦抗贼殉难。正德帝大惊道："朱宸濠果然反了。"屈指计算日期，江飞曼和杨少华离开南昌第二天，宁王便已率众造反了。

·王守仁平乱·

王守仁奉监国命令，领兵进攻豫章。朱宸濠听说王守仁来到，急忙分兵抵挡。命红缨会人马打头阵，统兵大将是师父杨清。双方相遇，红缨会立即冲杀过来，被王守仁杀得大败。王守仁连夜收复新城，捷报送到京城，又转呈正德帝，正德帝封王守仁为经略使。红缨会是成祖时红巾白莲党唐赛儿分支。自从唐赛儿被杀，她的徒众大多漏网，在山东站不住脚，悄悄地来到江西，改名叫红缨会。当时有个大头目伍如春，武艺高强，也很圆滑。整个江西上至督抚，下至县令，都和他勾结在一起。伍如春随后创立红缨会，不论男女老少，入会只要交纳两百文钱，就正式成为红缨会会徒。会徒有几种好处：如果是贫苦百姓，会里施米、施茶，病了有药，冬天有衣被，于是贫苦百姓纷纷入会。伍如春死后，他的徒弟继承。这样一代代传到王僧雨手里，他和结义兄弟李左同、杨清等人，大力整顿红缨会。入会改为交纳二百文钱和一斗米。杨清担任枪棒教头，教授徒众拳术。一些无赖流民争先入会，他们学习枪棒，好去厮打索诈。 红缨会一天比一天兴盛，徒众也越来越多。一些会徒渐渐倚仗会中势力欺压平民百姓，横行乡里。闯出祸时，如果会徒被绑到衙门，只要首领一张纸条，立刻可以释放。江西布政使袁馥为人很迷信。他的夫人江氏忽然难产，经过王僧雨一阵捣鬼，竟然母子平安。江氏十分感激，也加入红缨会。袁馥见他夫人入会，自然十分赞成，还赠给红缨会一块匾额，称其为“近世神教”。江西百姓见布政使都大力提倡，便越发把红缨会当做神佛。

王僧雨又经过袁馥推荐，投到宁王朱宸濠门下，这样一来势力更大，地方官没有人敢违背他。江西各州郡说起王僧雨，人人知道，也人人害怕。红缨会信奉道教，会里祖师是太上老君。会规开始十分严格，会徒要经常拜望祖师，不准喝荤酒，不准犯奸淫，有病不准吃药，只是在祖师面前祈祷。不应该死的祖师会给病人仙丹，无论什么重病都会痊愈。婚嫁也要报知祖师，祖师如果不答应终身不许婚嫁。祖师在香盘上写出“可以”两字，才能回去预备婚嫁。

到了迎娶那天，必须请祖师到家，由师公代祖师前来（红缨会大首领称师公），新郎新娘摆上香案，跪接师公走进新房。新郎叩头退出去，师公吩咐新娘把门关上，屋里灯烛一齐熄灭，师公和新娘互相抚摸，叫做传道。天亮师公开门出来，新郎新娘要跪下恭送。师公在房中给新娘传道时，新郎和亲戚朋友不许偷看，否则祖师就要降下灾祸。传道后别人问新娘跟师公干些什么，新娘涨红脸，对自己的丈夫和父母也不肯实说。有个会徒心里始终觉得有些疑惑，等到自己娶亲那天，师公按例到他家，关上房门熄灯给新娘传道。会徒悄悄从窗口看进去，只见火光一闪一闪，隐隐看见新娘一丝不挂躺在床上，双脚露在帐外。师公跪在床前，低头伸着脖子，嘴里喃喃地诵咒祷告。会徒看得浑身打战，不禁怪叫一声，房中火光立刻熄灭。第二天早上，师公出来责骂会徒偷看。会徒再三狡赖。师公气冲冲头也不回地离去。没过两天，会徒被人杀死在路上。从此以后，师公传道，谁也不敢再偷看了。还有求子女的，也和传道相似。请师公到家里，师公和无子女妇女关门祷告，听说有的灵验有的不灵验。总之祖师喜欢女性。不论去求什么事，妇女去祈祷最好，美貌妇女更灵验。那些会徒都要听师公命令，师公说怎样就怎样，不能稍有违背。

红缨会大师公王僧雨和副师公李左同有些神通，又能用符箓治病，非常灵验。大师父杨清武艺高强，几百个壮汉不能靠近。杨清自己说："舞起大刀，即使千军万马都毫不在乎。"他的大刀是用纯钢打成，有一百四十四斤。杨清拿在手里非常轻松，施展得五花八门，呼呼生风。等到停住时还可面不改色，真正是好本领。江西百姓都称他为杨大刀，没有一个人能打过他。杨清在红缨会中地位很高，王僧雨、李左同下来就是杨清，所以会徒称他师父。师父比师公小一级。师公最大，祖师（指太上老君）以下第一是大师公，第二是副师公，再次是师父，师父以下一律称师兄。师兄们就像军队中的排长什长之类，专门管辖师弟。

宁王听到红缨会盛名，一心想结交他们，以便将来充作军队。布政使袁馥要讨好宁王，便把王僧雨推荐给他。宁王得到王僧雨，把他当做神佛敬重。自从正德帝命江西巡抚调走宁王卫队后，宁王急忙和王僧雨商议，叫他弄些会徒保护王府。王僧雨自然答应，发令下去，派来会徒三千五百名，由大师兄红孩统领，驻扎在宁王府。宁王见那些会徒一律白衣黄帽、短衣窄袖，帽顶上有一束红缨，一个个雄赳赳气昂昂，都是英雄好汉。宁王十分高兴，立即赏给每人二两纹银。这些师兄的确个个武艺不凡，不过大半是无赖出身，有钱就滥嫖狂赌，开始时和百姓还能相安无事，时间一长就渐渐露出狐狸尾巴：见到美貌妇女，当街任意调笑。红缨会势焰熏天，百姓怨声载道。大师兄不管这些事，宁王也只当做不知道。可怜南昌百姓，真是有苦说不出，没有地方喊冤，人人叫苦连天，一些百姓只得拖家带口到别处谋生。

王守仁奉旨平乱，攻下新城，大败红缨会师父杨清。师公王僧雨、李左同亲自率领大军和王守仁开战。宁王朱宸濠也派都督大狗子、指挥凌泰前来支援。王守仁进攻丰城，王僧雨率领徒众迎战。这群亡命会徒听信王僧雨鬼话，上阵都不顾死活拼命向前冲。王守仁见来势凶猛，令兵士分到两边，任王僧雨人马冲过去，然后突然从两边杀出，把王僧雨和徒众团团围住。李左同急忙率兵救应，不料王守仁部下指挥边英分兵从侧面杀出。那些会徒平时只知道欺压百姓，没有上过战场，这时已经吓得魂飞魄散，各自弃械逃走，王守仁和边英率兵追杀。

这场大战杀得这帮会徒人仰马翻，血流成河。会徒们头上红缨散落了一地。王僧雨和李左同在乱军里逃命，忽然一箭飞来射中李左同面颊，当即倒地而死。王僧雨逃出半里多路，忽然当头闪出一队人马。王僧雨大惊道："完了！我今天必死无疑。"忽然败兵欢呼起来，王僧雨仔细一看，来的不是敌军，而是大师父杨清。杨清听说丰城被围，率部众前来救应，恰好遇到王僧雨。杨清让过王僧雨，摆开人马，拦住王守仁。迎面遇到指挥边英。杨清跃马舞刀大喝："杨大刀在此！"边英也不答话，挺枪直取杨清。两人大战三十多个回合，不分胜负。王守仁指挥兵马赶到，见贼众有人接应，即鸣金收兵。边英不敢恋战，勒马回营。杨清也不追赶，急忙收拾残兵，和王僧雨回到丰城。指挥边英向王守仁道："我正要捉拿贼将，为什么鸣金收兵？"王守仁答道："我军打退强敌，已经十分疲乏。况且穷寇莫追，敌军被追急，我军恐怕难以抵挡，这不是贪功的坏处么？"边英点头同意。忽然兵士报说马指挥已经收复丰城。王守仁大笑道："果然不出我所料！"边英惊问，王守仁笑道："我知道贼众有勇无谋，必定倾城而出，所以命马指挥领一千人马袭击丰城。"边英不禁拜服道："经略真是神机妙算。"

杨清和王僧雨合兵一处赶回丰城，猛然东西两面杀出两队人马，王僧雨急忙催马逃走。杨清和大师兄红孩分兵两路迎敌。走近一看，原来是自己人马。都督王大狗子、都指挥凌泰下马和杨清相见，说宁王听说新城失守，特地命我们来助战。杨清大喜，急忙叫王僧雨也和凌泰、王大狗子相见。王僧雨见兵马很多，胆子也大了。于是三路兵马从丰城大道前进，不一会儿走到城下，王僧雨一马当先，大叫开门。

城上忽然一声鼓响，一员大将站在城楼，乃是王守仁部下指挥马群。马群高声大叫道："我已经占领丰城，你们快下马投降吧！"王僧雨一惊，几乎摔下马来，不禁大怒，用鞭梢指着城头大骂。马指挥弯弓搭箭，嗖的一箭正射中王僧雨耳朵，把耳边戳破，那支箭直直地飞过去，不偏不倚正好射在王僧雨背后大师兄红孩脖子上，红孩翻身落马。徒众急忙过去搀扶，红孩已经奄奄一息，没过一会儿死在阵上。

马指挥能拉开五石硬弓，射出的箭力量很强，所以接连射伤两个。把王僧雨气得暴跳如雷，令徒众攻城。杨清跳下马，抡起大刀，大踏步跳过吊桥，亲自攻城。城上马指挥令军士放箭，一时万箭齐发，射得会徒纷纷退下去。杨清也身中两箭，急忙逃回本阵。王僧雨咬牙切齿喊道："我今天不夺回这座城，死也不回去。"

王僧雨传令军士扎营暂时休息，准备傍晚攻城。将近傍晚，王僧雨令军士造饭，打算饱餐一顿再攻城。不料徒众之前听到休息令时一齐卸甲坐卧，连饭也懒得起来吃，更不用说再叫他们攻城了。王大狗子和凌泰的军队都是乌合之众，散队后和没事一样，笑的笑，唱的唱，没有一点军队的样子。王大狗子传下命令，兵士们并不听从。城内马指挥是个能征惯战的大将，他见敌营灯火散乱，不禁笑道："贼兵一点纪律都没有，还想对抗王师？"于是和副指挥马荣、游击赵秉臣、副总管杨义商议道："贼人援军来到，锐气很盛。但白天攻城受挫，人心懈怠。我们不如乘他们不备，分四路杀出去，肯定杀得贼众片甲不留。"赵秉臣拍手道："妙计，我愿意打头阵。"杨义也说要去。马群大喜，立即命赵秉臣带兵三百，从敌人右营杀到左营。又命杨义领兵三百，从敌人左营杀到右营，大家在大营前会合。又命郎千总率兵两百，在贼人大营后擂鼓呐喊，不必交战，以迷惑敌军。又嘱咐副指挥马荣守城，如果敌人攻城，只用强弓射住，不要出战。马群分派完毕，自己率领一千人马悄悄去袭击敌军大营。

这天夜里，云黑风凄，星月无光。王僧雨心里烦闷，和杨清摆酒对饮。到了二更天，左营中忽然人声嘈杂。王僧雨令左右出去查看，回说树林里好像有敌人。杨清说道："要防备敌人劫寨，应该小心谨慎。"王僧雨大笑道："敌人城中人马不足两千，敢出来么？"杨清正色道："王守仁诡计多端，他万一连夜偷袭，我们必须小心防备。"王僧雨大笑道："王守仁屯兵的地方，离这里有八九十里，除非他兵马会飞，否则他一有举动我们肯定会事先知道。"话音未落，右营中鼓声大震，喊杀声不绝。杨清惊道："莫非敌人真来偷营？"说完左营又响起喊杀声。杨清慌忙提刀上马，只见迎面一队人马杀进大营，见人就砍，勇不可挡。杨清知道情况不妙，想向后营逃走，猛然听到后营鼓声如雷，喊声喧天，不知道敌人有多少人马。杨清不敢再去后营，拨转马头挥动一口大刀，保护王僧雨冲出前营。官兵毕竟人数有限，杨清杀开一条血路，向东逃走。迎面正遇到总管杨义，两人大战二十多个回合，杨清无心恋战，只顾夺路逃命。这时赵秉臣又从右营杀出，急忙拦住杨清。

马群从大营里冲出来，只见一员敌将舞动一口大刀，十分勇猛，所到之处人马纷纷后退。只见头颅滚滚，热血飞溅，赵秉臣、杨义两员大将也打不赢他。马群不禁暗暗喝彩道："贼人有这样好本领，真是可惜。"从雕囊中抽出铁胎弓，一箭向杨清咽喉射去。杨清苦战两将，没有留心暗算，马群那支箭正中左胳膊，杨清翻身摔下马。杨清还没有站稳，被杨义一枪杆打倒。兵士冲上前把他绑起来抬走。马群见捉住了敌军勇将，用鞭梢一指，军士士气大振，顿时喊声震天。杨义、赵秉臣生龙活虎一般，杀人如同切菜砍瓜，顿时死尸遍地。会徒们只恨没有翅膀，飞不上天，都被官兵杀死。杨义尽力追杀，王僧雨已经逃走。王大狗子和凌泰，一个从右营逃出，一个从左营逃走。两人合兵一处，向南康逃去。在大营后擂鼓呐喊助威的郎千总听说获胜，便率领两百名小兵从羊肠窄道上冲过去，截击败兵。

郎千总迎面正遇到王大狗子手拿画戟杀过来。大狗子见郎千总人少，丝毫不放在眼里。偏偏郎千总武艺高强，他见大狗子画戟来得凶猛，急忙闪过戟锋，回手就是一铜锥。大狗子用戟抵挡，虎口几乎被震碎，叫声："好狠！"把手中画戟接二连三向郎千总刺去。郎千总不慌不忙举锤相迎。不料凌泰在一边看得着急，大喝一声，跃马横枪突然冲过去。郎千总没有防备，肋下被他刺中，坐不住鞍蹬，一个倒栽葱摔到马下。大狗子趁势一阵掩杀，两百名小卒一哄而散。杨义、赵秉臣、都指挥马群等人正在追杀敌兵，远远看见东南角火光冲天，传来一阵喊杀声。马群说道："郎千总被贼兵围困，我们快去救他。"大家赶到时，郎千总已经被凌泰杀死，凌泰和大狗子追杀两百名小卒，正在大显威风。杨义飞马赶到，后面赵秉臣和马群也冲上前把凌泰围住。大狗子想催马逃走，马群拦住，只两三个回合，大狗子便被马群活捉。

凌泰被赵、杨二将打得气喘吁吁，见大狗子被活捉，心里一慌，被赵秉臣一刀削去半个天灵盖。赵秉臣以为这功劳是自己的，不料当他的刀劈到凌泰脑袋时，杨义枪尖也刺进了凌泰前胸，直透后心。杨义使劲拔枪，赵秉臣跳下马割下凌泰首级。等到杨义抽出枪，赵秉臣已经把凌泰头颅悬在自己马脖子下。杨义见赵秉臣夺功，心里大怒，沉下脸大喝："你把人头留下。"赵秉臣也恨杨义抢他捉杨清的功劳，这时见杨义变脸，自然不肯相让，不禁冷笑一声道："贼将是谁杀的？只是你有这本领，别人不许立功么？"杨义更加愤怒道："明明是我刺死他，却被你赖去？"赵秉臣也怒道："你枪尖能劈去他脑盖吗？你这一枪是打死老虎，谁不趁现成！"杨义听见说他打死老虎，不禁大怒，也不回话，举枪就刺。赵秉臣大叫道："你敢动手么？"杨义又是一枪，赵秉臣忍耐不住，舞刀相迎。两人一来一往，一去一还，刀对枪大战起来。

马群活捉了王大狗子，指挥兵士杀贼，猛然看见赵、杨二将厮杀，急忙过来解劝，一支枪想挡住两件兵器使他们分开，于是施展双龙入海势搅进去，赵秉臣的刀被挡住了，杨义的枪却没有被挡住，杨义乘机一枪，正中赵秉臣咽喉，赵秉臣中枪身亡。马群大吃一惊道："这下怎么办？"杨义仰天叫道："大丈夫一人做事一人当，我去见经略，绝不连累别人。"说完转身离去。马群收拾兵马回到丰城。第二天王守仁大兵来到，马群把他迎接进城，讲述退敌经过，又把赵秉臣、杨义的事告诉王守仁。王守仁令人传杨义，杨义已经不知去向，王守仁亲自率领三军进攻南康，又命人把杨清、王大狗子两人押解进京。王僧雨已经逃进南康，守将江四十、吴廿四两指挥见王僧雨全军覆没，早已经心惊胆寒，竟然连夜逃走。王僧雨也只好溜走。王守仁兵不血刃收复南康。宁王朱宸濠接到各处警信，十分害怕。又听到江四十、吴廿四、王僧雨等人都逃得无影无踪，宁王急得手脚乱颤，急忙派人去找谋士刘养正、参议刘吉，仆人去了半天，回报说刘军师等人不知什么时候已经离开王府。

宁王听了更加手足无措，正在发火，忽然小太监跑进来说："琼楼起火！"宁王大惊，急忙叫家将们快去救火。又见兵马总管飞奔进府，喘气说道："王守仁大兵已经围在城下，大都督杨子乔已经被敌人派刺客刺死。"宁王惊道："王守仁兵马怎么来的这样快？"他也顾不上什么琼楼，颤巍巍地上城瞭望，只见旌旗耀目，剑戟如林，一座南昌城被围得如铁桶一样。宁王忍不住打了一个寒噤，回头见琼楼烈焰冲天，里面的美人一个个被烧得走投无路，都跳进湖中。当夜王守仁令军士撤离北门，让宁王逃走，却预先派指挥边英埋伏在十里之外，等宁王一到，人困马乏之时，一鼓捉住。其余各门，命兵卒连夜攻打。到了二更天，忽然东门喊声大振，城门大开，一员大将高叫："我要献城！请王经略大兵进城。"王守仁听了，刚要催马向前，指挥担心有诈，急忙阻止道："经略不要冒险，让我去看看实情再说。"说完军马进城，竟然没有人阻挡。才知道宁王早已率领三百多名卫卒逃出北门，兵将也已经各自逃散。

王守仁进入南昌，在宁王府升堂，下令扑灭大火，出榜安民。又令人把献城大将传进来，马群在旁边吃了一惊，献城大将正是刺死游击赵秉臣的副总管杨义。杨义见了王守仁，噗地跪下，叙述刺死赵秉臣后，自己知道罪大，连夜逃出丰城，在南康散布流言，吓走吴廿四、江四十。但还觉得不能抵罪，便又混进南昌，刺死都督杨子乔，并放火焚烧琼楼以乱敌人军心。夜里又大闹东门，放王师进城，希望能将功抵罪，说完把杨子乔首级呈献。王守仁点头道："你有这样大功，可以免罪。"杨义拜谢。不一会儿，边指挥押解宁王和侍姬秋娘及家人婢仆七十多人进入南昌。王守仁命人把他们关进大牢。王守仁派马群、边英办理善后事情，自己带领三千二百名精兵，五百名护卫押解宁王囚车，到杭州献俘。

·皇帝打鱼·

正德帝在南京到处游览，不把宁王叛乱的事放在心上。朝中大臣都说皇上远游人心不安，将来必定酿成大乱，宁王还只是开始，劝正德帝立即回京。正德帝仍然不听。梁储、毛纪等人亲自到南京，在行宫长跪，请求正德帝回京，否则长跪不起。正德帝命都督王蔚云劝说几次，让他们暂时回去，梁储等人不答应。正德帝没有办法，只好传旨第二天起程回京。

第二天正德帝起程，裕王朱耀焜和全城文武都来恭送。裕王又派将军罗兆先率兵马护驾。正德帝命车驾从金陵过镇江，经淮扬到苏州停驻。从苏州到杭州游览西子湖，然后再赶回北京。秋光晴碧，湖水如镜，鸿雁排空，桅樯林立。金山寺立在江心，一叶渔舟出没在烟波深处，真是风景如画！人们到了这里，往往留恋美景，不想离去。正德帝游览过金山，便下谕去往扬州。梁储、毛纪等人见正德帝已经下达回京的旨意，只好随驾到处游览。不久到了扬州。扬州府尹鲁贤民是个爱民如子、两袖清风的好官。听说正德帝君臣来到扬州，急忙率领扬州文武官员远远地出城跪接，把扬州琼花观作为正德帝行宫，一切费用都很节俭。正德帝也不计较，倒是供奉官江彬嫌鲁贤民做事吝啬，百般挑剔，弄得清廉的鲁府尹几乎走投无路，只好典卖妻女的首饰衣服供应穷奢极欲的皇帝。鲁贤民已经竭尽全力，而江彬心里还是不满意。

一天正德帝乘船出去游玩，经过汎光湖，见湖水碧绿，湖面平静，清澈得可以看见水中鱼虾。正德帝不禁十分高兴，回头对江彬笑道："如果在这里钓鱼，一定非常有趣。"府尹鲁贤民站在一边，江彬正想找他的碴，便对正德帝说："扬州水上生活本来极其有名。皇上如果要亲自尝试，叫扬州府尹回去准备吧。"正德帝更加高兴了，立即命鲁贤民去准备钓鱼用具。鲁贤民不敢抗旨，把钓鱼用具准备妥当，又雇了三四十名渔夫和三十艘捕鱼小船。正德帝由江彬扶上大船，船上放着一把虎纹锦披的太师椅，正德帝坐在椅子上远远望去，见江心茫茫一片，风景秀丽。江彬在船头高声下令捕鱼，只见三十艘渔船一齐驶出，渔夫各拿渔网抛向湖中。不一会儿，收网一看，满网是鱼，倒在渔船上还活蹦乱跳，十分好看。三十艘渔船整齐的排列在正德帝面前，向皇上献鱼，正德帝令人重赏渔夫。见那些闪着金光的鱼实在可爱，正德帝不禁想要亲自下渔船打鱼，鲁贤民急忙劝阻道："皇上身为天子，怎么能冒险？"正德帝不肯听，江彬也不阻拦，竟然任皇帝去冒险。正德帝巡幸江南，身边没有太监服侍，在旁边侍候的除随驾官之外，都是护兵。这天正德帝乘船游湖，只带了二十名护兵和供奉官江彬。护卫李龙、侍卫官郑亘、女护卫江飞曼等人都没有来，侍驾的只有知府鲁贤民和三四名衙役。鲁贤民见阻拦不住，只好选出最结实的一艘渔船，和三名亲随搀扶正德帝上船。

一艘小船荡漾湖心，遥望湖西，水波泛澜，水天一色，虽然不是乘风破浪，倒也能涤荡胸襟。正德帝是北方人，本来不习惯水上活动，最近经常乘船，倒也并不十分害怕，江彬反而被吓得浑身哆嗦。府尹鲁贤民是镇海人，熟悉水性。他见江彬不熟悉水性，要乘机报复，故意叫亲随时时掉转船头，弄得小船摇摆不定。江彬晕船，趴在船帮呕吐。正德帝却很高兴，还嫌护卫的小船碍事，令他们各自散开撒网，谁网到的鱼最多，必有重赏。这些渔夫贪恋钱财，巴不得有这个命令，大家散开各自打鱼。这样一来，二十九艘渔船在江面上来来往往，翻江搅海，平镜的湖水被二十九艘渔船弄得水波激射，船上的人前仰后俯站立不稳。江彬更加难受，一直在船上呕吐。三四名亲随陪着正德帝网鱼，鲁贤民站在船头，他们倒也打到很多大鱼。正德帝见别人撒网觉得很有趣，竟然从亲随手里拿过一张渔网，网的四周都缀着锡块，分量很重。正德帝长时间沉湎酒色，体质十分虚弱，没有力气撒下渔网，但一时不好下台，只好硬着头皮尽力扔出去。这一用力，正德帝顿时觉得眼前一黑，身体不自主地往后倒下去。这艘小船经不起这种大动作，船身倒向一边，扑通一声，正德帝掉进了河中。鲁贤民吓得面如土色，大叫："快来救驾！"二十名护兵慌忙跑过来。大家七手八脚一阵忙乱，把正德帝托出水面，慢慢地送回大船。

大家忙着救护正德帝，湖中二十九只渔船上的渔夫，还在四处打捞。猛然听到一声大喊，回头一看，四五个渔夫正把江彬抬上大船。鲁贤民这才知道江彬也掉进湖中。救皇帝要紧，谁还顾什么江彬。也是江彬命不该绝，被渔夫们用挠钩搭住捞起来。三名府尹亲随去救江彬，见他两眼翻白，嘴里鼻子里塞满污泥，气息时有时无，差不多快死了。幸亏几个亲随都有经验，把污泥除去，又把他倒挂在船舷上，慢慢揉着肚子。江彬吐出一斗多清水，手脚逐渐温暖，缓缓地醒过来。鲁贤民赏了那些渔夫，吩咐护兵们加紧摇橹。赶到后土祠，王蔚云等人早已在那里等候，听说正德帝落水，慌忙走上御舟问安。这时正德帝稍微能够说话，身上还穿着湿衣服，王蔚云、李龙、郑亘等人把正德帝扶进琼花观。梁储、毛纪都埋怨江彬不劝阻皇上。后见江彬也被护兵们扶着，鼻青脸肿，衣服沾满污泥，倒不好意思责难他了。梁储等人派人找来扬州名医给正德帝诊治，可是一点也不见效。

正德帝整天昏睡，急得梁储等人好像热锅上的蚂蚁。毛纪还把扬州府尹叫来大骂一顿。鲁贤民说："江供奉的主意，下官不敢不听从。"毛纪又传江彬，江彬已经复原，也被毛纪责骂一顿，江彬再三谢罪。夜里大家秘密商议对策。毛纪极力主张回京，都督王蔚云也十分赞成。梁储说道："现在皇上昏睡不醒，不应该立即回京。可是留在这里也不是办法，万一出事，这责任谁敢承担？"江彬听了这句话，心里也有点害怕，默默地不敢出声。梁储见大家意见一致，立即传谕扬州府尹，命他准备五艘快船，十二艘篷船和两百名亲兵。第二天清晨，扬州府尹准备齐全。梁储选出一艘大船作为御舟，船内铺着黄缎锦毯，上面盖着绣幔，船头插上一面百官免朝的黄旗，御舟上只有梁储、毛纪、江彬三人陪伴，还有六名亲随，十二名船夫。其他人分别登上其他船只。分派完毕，把正德帝抬上大船。大家巴不得早点回京，纷纷上船。扬州府尹率领三州七县的官员跪送。

后土祠前后看热闹的人接踵摩肩，道路拥挤得水泄不通。梁储担心匪徒乘机捣乱，预先令两百名亲兵排列在观门前，五步一哨，三步一岗。又命护驾武官张起黄幔掩护正德帝。御舟离开扬州时，的确有几个红缨会会徒想趁机行刺，只是不知道正德帝在哪艘船上。这是梁储细心的地方。梁储等人陪伴皇帝，轻车熟路，又遇上顺风，不久便回到通州。李龙骑着快马进京报知监政杨廷和、蒋冕等人，准备仪仗銮辇，连夜出京到通州迎接皇帝。这时正德帝病已经差不多好了，梁储、蒋冕等人扶正德帝登辇，从通州起驾。不久正德帝进入中门，祭祀完太庙、社坛，又在皇宫周围转了一圈，才进乾清门登上奉天殿，接受百官朝见。

这一年是正德十四年。正德帝自从正德七年出巡林西，不久回京。正德九年又去宣府，十一年太皇太后驾崩回京奔丧。到了十一年八月，又出巡江西，直到十四年九月回京，足足在外面游玩四年。十四年中，正德帝有七年不理朝政，只是到处游玩，所以当时人称他游龙，简直是个荒政淫乱、沉湎酒色的纨绔皇帝。正德帝退朝回宫，去拜见张太后，太后自然十分高兴。只有戴太妃想起自己的儿子蔚王朱厚炜在南京被刺客李万春刺死。她见到正德帝，更加伤心，忍不住掉下眼泪。又想起刺客是受宁王朱宸濠指使的，不由得把宁王大骂了一顿，嘱咐正德帝处治宁王时，要挖出他的心脏，祭奠蔚王，说完放声痛哭。正德帝急忙用话安慰戴太妃。走出慈庆宫，皇后夏氏和何妃、王妃、云贵人、龙侍嫔都来参见。正德帝这时才想起宁王谋叛的事。又见到何妃、云贵人、龙侍嫔等人，不禁想起花容月貌的刘贵人被恶僧镜远骗进宁王府，江飞曼到南昌盗取，受伤而回，从此没有刘贵人消息。现在王守仁捉住宁王，刘贵人一定有下落了。

正德帝召杨廷和到便殿，询问处置宁王的事。杨廷和回奏说："宁王还没有押解进京，现在只有王大狗子、杨清两名正犯关在刑部大牢，听说王守仁已经把宁王押到杭州，准备皇上到杭州时献俘。"正德帝说道："立即命王守仁把宁王押解进京。"杨廷和领旨，派人通知王守仁。王守仁接到圣旨，不敢耽误，连夜押送囚车进京。不久来到京城，到刑部备案。

第二天早朝，刑部尚书夏芳奏说王守仁已经把宁王押解进京。正德帝下旨："文武大臣随驾在乾清门受俘。"侍卫押着宁王和侍妾秋娘及家人七十多人，跪在地上，一一点名。正德帝满心希望刘贵人也在里面，不料并没有刘贵人。正德帝心里很不高兴，又不好明说，问王守仁道："宁王在江西作恶，专门强抢良家妻女，他的姬妾应该不止这区区十几人。"王守仁把琼楼被烧毁，姬妾大半投江自尽的事从头到尾奏述一遍。正德帝知道刘贵人也在其中，不禁怒发冲冠，指着宁王喝道："朕对你不薄，你却三番五次派刺客行刺朕，还敢造反，真是死有余辜！你有什么脸去见列祖列宗？"宁王听了，知道自己必死无疑，也朗声说道："朱厚照！不要闭着眼睛胡说，忘了本来面目。我虽然触犯国法，也是触犯太祖高皇帝的法，不是犯你的法。你说我背叛朝廷，你的祖宗燕王还不是篡夺建文帝的天下吗？我没脸见列祖列宗，不知道你的祖宗燕王有没有脸去见太祖高皇帝。况且燕王是建文帝的叔父，我也是你叔父。现在不幸大事不成，否则我不是第二个燕王吗？"正德帝听了宁王一番话气得脸色发青，命人立即定罪。刑部尚书夏芳说道："按律应当凌迟处死，诛灭九族。"正德帝也不顾及祖训，立即命锦衣卫把宁王拖下去。

据照明朝旧例，亲王没有被斩首的，赐死也不过是白绫毒酒，最多以刑绞处死。宣宗时用铜炉烧死汉王，已经违背祖制。正德帝杀宁王，因为一时激愤，也不管什么祖制了。正德帝受俘完毕，又想起那个安乐窝，便和江彬重新回到豹房。正德帝在豹房住了几天，天天想到刘贵人，也想起宣府的凤姐，于是又想去宣府游玩。恰好鞑靼小王子率兵第十一次侵犯边境，朝臣派行军总管朱宁去征讨。正德帝笑道："朕应当亲自征剿。"都御史兰寅急忙奏道："陛下是天下至尊，怎么能轻易冒险？"正德帝不悦道："朕就不能领兵打仗吗？"当即提起笔自封为镇国威武大将军、总督天下兵马，立即出师居庸关。皇帝自称臣子，也只有这位正德皇帝做得出来。大学士梁储等人虽然上疏劝阻，但正德帝急于游幸宣府，没有把这些奏牍放在心上。于是点起五万兵马，只带着护驾官李龙、供奉官江彬，随辇大臣蒋冕、毛纪，浩浩荡荡地出居庸关。不久到了大同，总兵周凤岐前来迎接，奏陈小王子兵马听说御驾亲征，已经逃走了。正德帝听了不禁哈哈大笑，下谕安营扎寨，和江彬、李龙偷偷去往宣府，仍然住在国公府，见到凤姐，自然有一番亲密。过了几天，毛纪、蒋冕苦苦劝谏皇帝回京。正德帝不好推托，只好传旨回京，又命人用銮舆迎接凤姐进关。不料凤姐又得了病，坐不住銮舆，正德帝命她改乘卧车。

快到紫荆关时，正德帝下令大家暂时住在馆驿，凤姐病得更加厉害，眼看就要死了，又没有宫女服侍，三四名塞外丫头都粗心大意。正德帝正在烦恼，恰好江彬进来，听了正德帝的话乘势说道："我的小妾在后帐，让她侍候李娘娘吧。"正德帝大喜，立即传江彬的侍妾进来，见她玉肤丹唇，容貌艳丽，心里十分喜欢。床上的凤姐忽然翻过身来，微微睁开双眼叹口气说道："我没有福分，还是不进关吧。"正德帝安慰她道："你安心静养，身体好了，朕带你进宫，共享富贵。"凤姐摇头说道："乡下女儿，哪有这种福命，今天恐怕要和陛下永别了。愿陛下早日回京，以安人心，我就死也瞑目了。"说完掉下眼泪。正德帝也忍不住流泪。凤姐消瘦的玉臂握住正德帝左手，流泪说道："我死后没有别的牵挂，只有一个哥哥，希望陛下看在臣妾分上，多加照顾。"凤姐说到这里，已经哭得说不出话，勉强支撑一会儿，哇地吐出一口紫血，两眼往上一翻，双脚挺直，离开了人世。正德帝不禁失声痛哭，李龙在外面听到也冲进来抚尸号啕大哭。正德帝哭了半天，下谕在馆驿给凤姐发丧，按嫔妃礼从丰盛殓。

这几天，正德帝心情不好，晚上拉着江彬侍妾冯氏侍寝。又过了三四天，蒋冕、毛纪等人请求皇帝回京。正德帝下令把凤姐的灵柩抬上凤辇，走进紫荆关。到了京城，正德帝又命人排列全副仪卫迎接凤姐的灵柩，一直走进京城正门。这样一来，廷臣梁储、杨廷和、蒋冕、毛纪等人上疏极力劝阻。但正德帝决意施行，把凤姐的灵柩从大明门抬进，一路上仪卫煊赫，历朝后妃都比不上，这也算凤姐死后的荣耀了。灵柩进城，放在德胜门内的玉皇殿中，天天有僧道建坛超度。过了一百天，正德帝又给她举殡，葬在北极寺的三塔旁，并建坊竖碑。正德帝还要给凤姐建祠，但毕竟怕后世讥评，只好作罢。

·冯侍嫔之死·

碧草如茵，花开满院，万紫千红，真是遍地芳菲。什么奇花异草，到处都是。一到春光明媚、莺啼燕唱的时候，香风吹拂衣服，花瓣到处飞舞，正德帝从宣府回到京城，转眼已经是正德十五年春天。他触景生情，十分思念刘芙贞和凤姐。幸亏江彬的侍妾冯氏被正德帝纳为侍嫔，倒也还能解闷。正德帝伤感时，冯氏就做出一些有趣的事，打破郁闷空气，经常逗得正德帝哈哈大笑。这样一天天过去，正德帝渐渐有些离不开冯侍嫔，对她自然慢慢地宠幸起来。冯侍嫔为人聪慧，干什么像什么。有时模仿杨玉环醉酒，故意做得骨柔如绵，醉态婆娑，轻摆柳腰，微微睁开两只秋波，万种妩媚。即使杨贵妃在世，也不过如此。把酷嗜声色的正德帝看得目瞪口呆，忍不住哈哈大笑。有时冯侍嫔又学西施捧心，旁边的宫女太监也都觉得有趣。有时模仿戏剧中的昭君出塞，手抱琵琶，骑在小马上，身上披着雪衣红氅，伸出纤纤玉手拨弄琵琶，弹奏一曲如泣如诉的《昭君怨》，凄惋苍凉，宫女们都为之落泪。正德帝只击节叹赏，命太监斟上半盏玉壶春，赐给马上的“昭君”。冯侍嫔真的一口喝下，正德帝自己也喝下三杯。然后冯侍嫔下马道谢，和正德帝一起喝酒。

冯侍嫔又善于化各种各样的妆，什么赵飞燕轻妆、貂蝉夜妆、洛水神女妆、西子淡妆、大小乔浓妆、素小青红妆、苏小小素妆、娥皇古妆、虞美靓妆、木兰武妆、齐双文半面妆、杨太真艳妆、寿阳公主梅花妆等等数不胜数。尤其是齐双文的半面妆，把半边脸搽得红红的，是个浓艳的美人。另外半边脸却涂上黄水，满脸病容，再加上发髻蓬松，变成了阴阳脸。正德帝每次看到冯侍嫔的半面妆，即使心情非常不好，也往往为之一笑。冯侍嫔的房术很好，据她自已说，是江彬亲自教授的。第一样好处是她虽然是个少妇，却仍然跟处女一样。进一步讲，虽然已经破身，还是和处女毫无差别。而且真的处女经过半年也会明显的变化，她却永远这样，不会变更。正德帝开始时不相信冯侍嫔的话，时间一长觉得夜夜搂着处女，这才有些诧异。如果她自已不说破，谁也辨不出真伪。正德帝让她把这个妙术教给嫔妃们，冯侍嫔不肯，并正色说道：“这是以前彭祖的房术，不是人人都能学会的。学会这种房术的人，大都具有仙骨，只要悉心研习，自然能够成功，但是不要淫乱。夫妇房事，君子喜欢而不过分，那才配谈到正道上去，如果贪淫纵欲，元神耗虚，活到一百岁也没有用。彭祖修道，的确获得长生，后来被美色迷住，忘记八百年的功行任情纵欲，只过了三个月就死了。可见功行无论怎么高深，一旦纵欲必然失败。”

正德帝听了，问冯氏道："江彬家里像你这样的人有多少？"冯侍嫔笑道："江二爷依据古代方法，派人到各地遴选七八年，千万个女子里面，只有我一个人。江二爷在我身上不知道花费了多少心血。现在我来侍候陛下，江二爷不知道该有多么悲伤!"冯侍嫔说到这里，不禁流下眼泪。正德帝微微笑笑，点头说道："江彬会这种奇术自己享受，朕明天叫他进宫，把内外嫔妃宫女都让他选择一下，看谁能学习异术，立刻跟他去学。"

这冯侍嫔听了，又暗暗替江彬捏一把汗，后悔自己说话不慎，怕又害了江彬。冯侍嫔自从十九岁做江彬的侍妾，两人真是一对璧人。冯侍嫔美貌不凡，江彬也风姿俊美。妇女谁不喜欢美貌郎君，所以她对江彬死心塌地，发誓白头偕老，两人感情很深。偏偏不识相的正德帝，一见到美貌妇女就不顾人伦，什么婶母父妃都要玩一会儿，更不要说是臣子的姬妾，当然占了再说。冯侍嫔不敢不从，但芳心始终牵挂着江彬。她给君王侍寝，承恩雨露，枕头上常常泪痕斑斑。有时候被正德帝看见，便推说思念父母，想念故乡。正德帝很怀疑，于是她并不是很得宠。否则以冯侍嫔的容貌，还怕压不倒六宫粉黛吗？一次正德帝讨厌她爱哭，几乎把她贬入冷宫。冯侍嫔受到这次教训，就改变了以往的态度，一天到晚嬉笑浪谑，又弄些花样出来，什么炫妆、歌唱之类，用声色博取正德帝欢心，希望有机会请求正德帝让她和江彬破镜重圆。正德帝本来嗜好声色，冯侍嫔的一拳正好打中红心，果然把淫佚昏聩的正德帝逗引得日夜合不拢嘴，冯侍嫔也一天比一天得宠。

正德帝每天在西苑端纯殿上朝，退朝后便回宫看冯侍嫔梳妆。宫女们忙着梳发刷鬓、搓粉调脂、打水递巾，至少需要半天时间。正德帝躺在绣龙椅上，静静地看着冯侍嫔梳妆。宫女们给冯侍嫔妆扮好，正德帝到院中花棚里亲自摘些鲜花，给冯侍嫔插在头发上。宫女和被冷落的嫔妃们把皇帝插花视为殊宠，冯侍嫔却看惯了，把它当做一件极其平常的事。可怜那些失宠的贵妃，连皇帝的面都见不到，真是天壤之别!正德帝早上看冯侍嫔梳妆，一到晚上，又来看她卸妆，然后携手上床。这样一天天过去，每天都是这样。早晨冯侍嫔起床，宫女们便在妆台边摆好龙垫椅，妆台上摆上各种果品珍饼，鸡鸣罐里煮着人参汤，杯中倒上杏酥，金瓯中蒸上鹿奶。正德帝退朝回宫，就坐在妆台边，一面看梳头，一面吃点心。

宫女先端上鹿奶，鹿奶是西苑内老鹿身上所产，由司膳太监采来，专门供给正德帝早晨食用。每天清晨，太监拿着金瓯去采鹿奶，打听到皇帝昨夜留幸哪一宫，便交给哪一宫宫女。皇帝晚上睡在哪里，退朝后必定到那里吃早餐，吃完早餐才能到别的宫里去。如果皇帝事多忘记了，听政回宫时记不得昨晚住在哪一宫，尚寝局的太监会等候在宫门总门，负责给皇帝带路，到昨夜临幸的宫中。因为怕皇帝错走到别的宫，那里没有预备晨餐，不是叫皇帝挨饿吗？比如鹿奶等物，每天不过半瓶，皇帝昨晚在哪一宫留宿，司膳太监就送到哪里，别的宫是没有的。所以皇帝留宿哪一宫，就由这个宫准备，又有太监带路。正德帝喝下鹿奶，宫女们又冲上两杯杏酥，这可不比鹿奶，侍嫔也可以饮用，和皇帝每人一杯。其他如参汤、鸡仁、虎髓冲，嫔妃一般在一边陪皇帝食用。最后是一杯香茶，给皇帝和妃子漱口。到了晚上，皇帝留宿的宫中也烹茗煮汤地侍候，这是明朝皇宫的规矩。正德帝在冯侍嫔那里，黄昏时来看卸妆，斜倚在躺椅上，一面喝着参汤，一面和冯侍嫔谈笑，这在别人看来已经习以为常了。

可是这天夜里，正德帝没有进宫，想必是留宿其他宫了。本来没有什么稀奇，偏偏冯侍嫔不能安心，叫老宫女去打听，老宫女回说："皇上独自坐在水月亭，在那里仰天叹气。"冯侍嫔听了，不禁惊骇道："莫非有什么乱事，皇帝心里烦闷？"于是不敢卸妆，扶着两名宫女，盈盈地走向水月亭。这座水月亭是水榭改建的，里面很宽敞。孝宗三十大寿时，亭上还摆过三四桌酒筵。正德帝住在西苑，把亭子截成两间。外面的小屋有时用来接见大臣。后屋却比较宽大，正德帝令人摆设一张牙床，作为午休的地方。因为正德帝住在西苑，太监们把里外房间收拾得窗明几净，又清洁又雅致，正德帝也经常带冯侍嫔到这里谈笑坐卧。这里冯侍嫔非常熟悉，带着宫女走来见圣驾。正德帝好像不大高兴，只是微微点头。冯侍嫔察言观色的本领很强，知道正德帝心里有事，搭讪着闲聊了一会儿，正德帝便慢慢地谈起来。冯侍嫔听口风，知道正德帝不高兴的原因多半是因为政事，不过好像还有一件什么委屈事隐含在里边，一时倒猜不出来。

两人聊了半天，正德帝抬头看着天空中一轮皓月，不禁笑道："这样的好月色，如果吹一回玉笛，唱一出好剧，不是点缀风景吗？"冯侍嫔想使正德帝高兴，巴不得他有这句话，急忙叫宫女取过琵琶，唱了一段《明月飞鸿》。正德帝静静听着，时而点头，时而拍手。转眼到了三更天，太监们都躲在墙角打盹，只有两个老宫女在一边侍候。正德帝吩咐一个去煮茶，一个去打酒，并命人通知司膳局置办下酒菜，两个老宫女奉谕各自离去。正德帝站起身推开亭下的百叶窗，见湖心正把皎月映在水底，微风吹动碧流，好像有千万个月亮在那里激荡。正德帝叹口气道："'人生几见月当头'，咏的是好景不长。又说'今人不见古时月，古月依旧照今人'，人生短暂，月亮还有阴晴圆缺，人死却不能复生，怎么能比得上月亮万世不灭？”冯侍嫔见正德帝感叹人生，怕他想起刘芙贞和凤姐更加悲伤，也走过来趴在窗口，笑着说道：“别人说李青莲是个酒仙才子，他为什么那样愚蠢，会到水中去捞月亮？”正德帝大笑道：“你说他愚蠢，他毕竟有志竟成，结果被他把月亮捞到了。”冯侍嫔也大笑道：“哪有这么一回事？”正德帝说道：“你不信吗？朕现在就可以证明。”冯侍嫔刚要回答，正德帝突然把冯侍嫔推进湖中，隆咚一声，只听到湖中划水声和灌水声，过了半天才恢复平静。正德帝背坐在百叶窗下，不忍去看。

两个老宫女端着茶和酒走回来，看见亭子水窗下有个东西浮在水面上。一个宫女低声说道：“湖里的大龟又出来了。”另一个应道：“湖中只有拜经的老鳖，没见过什么大龟。”前面的宫女笑道：“老鳖会吃人，你要小心。”另一个道：“油嘴丫头，等一会儿不要挨鞭子，看你说得有趣。”两人站在亭前石梁上，见水里的东西不见了。冯侍嫔想必已经沉到水底。两人走进水亭，见亭内静悄悄的，听不到正德帝和冯侍嫔的说话声，以为他们到别处散步去了。正德帝却假装打盹，两个宫女惊讶地四面看，不见冯侍嫔，只有正德帝一人，急忙出亭去找，正德帝暗暗好笑。两个老宫女找不到冯侍嫔，心里有些着急，一路叽叽咕咕地走回亭子。正德帝说：“冯嫔人在哪儿？”两个宫女不敢说找不着，只用“大约回宫了”来支吾。正德帝令一个宫女去传唤，去了半天，那个宫女三步并作两步地回来报道：“宫里也没有冯嫔人。”宫女太监们议论纷纷，两个老宫女说起湖中的声音，太监疑心到投湖。总管太监钱福急忙命人准备拿钩铁搭，在湖中四处打捞，不一会儿，竟然捞出一个女尸，不是冯侍嫔是谁？宫中投河自尽的事本来经常发生，并没有什么稀奇，倒是宫女们私下议论纷纷，当做一件怪事。太监们捞起冯侍嫔，报告给正德帝。正德帝听了，好像并不怎么悲伤，只是下谕司仪局，依嫔人例从丰葬殓。但是这天晚上是来不及了，于是只命两个小太监看守尸体，等到第二天早晨盛殓。正德帝独自在水月亭上呆坐一会儿，冷冷清清地回到宫中。

凤薨

细说大明第一家庭

迷点

◎ 宫禁深深的紫禁城里为什么会有一座魔殿？

权臣严嵩是如何发迹的？

他是怎么样的一个人？

◎ 严嵩的儿子严世蕃过着一种怎样奢侈糜烂的生活？

一个道士到皇宫中做什么？

世宗皇帝为什么要遣散宫女？

◎ 翠琴为什么要行刺世宗皇帝？

她失踪之后，又去了哪里？

柳如眉又有着怎样的一番艳遇？

◎ 洪仙女到底是什么人？

大奸臣严嵩最终获得了一个什么样的结局？

戚继光又是怎样平定倭寇的动乱的？

第捌章

权奸误国

·世宗进京·

第二天清晨，西苑出了一件怪事，冯侍嫔的尸身忽然不知去向。总管太监钱福再三盘问看守尸体的两名小太监，甚至对他们用刑，吓得两个小太监痛哭流涕。两名小太监说："我们奉谕守在这里，后来渐渐地睡着了，醒来时尸体已经不见了。"总管太监钱福问不出什么头绪，只好据实上奏。正德帝听了，也觉得有些奇怪。人已经死了，一个死尸有什么用，所以也只是淡淡地命钱福追查，并不催促。冯侍嫔的尸体究竟去了哪里？原来，江彬听说冯侍嫔投河，几乎气得昏倒，却不知冯氏为什么投河，一时又打听不出。正在没办法的时候，恰好碰到管事太监毛坚，毛坚平时和江彬十分要好，他把冯氏从河中捞起已经气绝的事大致讲了一遍。冯氏究竟为什么死，毛坚也不知道。江彬让毛坚把冯氏的尸首盗出来，许诺给他大量钱财。毛坚是个爱财如命的人，于是命两名小太监半夜悄悄抬走尸身，潜出后宫。宫门钥匙都是毛坚掌管，这样便人不知鬼不觉地把尸体交给江彬。江彬抬回去盛殓埋葬。

正德帝自从杀了冯侍嫔，觉得更加清冷寂寞，心里逐渐有些后悔。他之所以杀冯侍嫔，是因为冯侍嫔无时无刻不牵挂江彬，对江彬总是念念不忘，这引起了正德帝的醋意，心中一狠，就把冯侍嫔推进河中。从此正德帝身边再没有如花似玉的妃子了。这位正德帝风流惯了，怎能过这种冷冷清清的日子？所以一天天忧郁气闷，慢慢一病不起。正德十六年春天，正德帝还带病去郊祀。等到回到豹房，已经不能开口说话了。太监急忙去报知张太后。奉祭大臣都还没有退去，听到正德帝病危，纷纷跑到豹房。不一会儿，张太后也到了。正德帝已经奄奄一息，见到张太后，只是微微点点头，随后便瞑目晏驾了。张太后痛哭一场，当即命人拟遗诏。这时梁储、蒋冕等人大多已经退休，只有杨廷和还在。杨廷和与阁臣密议继统人选。正德帝在位十六年，终年三十二岁，没有子嗣。大臣都主张在皇族子侄辈中选一人继承皇位。杨廷和独排众议，把兄终弟及的祖训搬出来，依照英宗被虏、景帝继统的旧例，说应该迎接兴王进京继位。

兴王朱祐杬是宪宗次子，和孝宗是亲兄弟。正德帝出生第二年，兴王也生了世子，取名朱厚熜，和正德帝算是隔房弟兄。兴王朱祐杬死后，世子朱厚熜袭爵，仍然居住湖北安陆州。这时杨廷和提议迎立兴王，张太后也同意，群臣不便争执。杨廷和于是起草诏书，派人到安陆州迎接兴王。没过几天，兴王朱厚熜来到京城，杨廷和急忙令人以太子礼节出城迎接。兴王见了却要回湖北，群臣跪下询问原因，兴王说道："以太子礼节迎接我，难道我是来做太子的吗？"群臣劈头就碰了个大钉子，只得去报知张太后，张太后传出懿旨，大开中门，迎接兴王进城，一切依新君登位的礼节。群臣奉兴王在奉天殿继位，他就是世宗。世宗追谥正德帝为武宗，改第二年为嘉靖元年，大赦天下，罢革弊政，百姓无不欢呼雀跃。

第二天早上，世宗命尚书毛纪到安陆州迎接生母蒋氏、妃子陈氏进京。蒋氏和陈氏到了京城，世宗命礼部拟两太后尊号，晋封张太后为慈寿皇太后，生母蒋氏为兴国太后。册立陈氏为皇后，武宗皇后夏氏为庄肃皇后。还有皇太妃王氏晋为寿安皇太后。太后的名号拟定后，世宗又提议兴王朱祐杬的谥号，由此引起极大的争端。世宗因为兴王是自己的生父，想尊为皇考。大学士杨廷和上疏，请求世宗以孝宗为皇考，对兴王朱祐杬、王妃蒋氏只能称为皇叔父母。这样一来，世宗就是过继给孝宗，和武宗成为亲兄弟，兴王不是没有后代了吗？杨廷和说以近支宗派益王的儿子朱厚炫为兴王继子。这本奏疏递上去，世宗看了大怒道："父母弟兄，可以这样胡乱更换吗？"毅然提起笔批驳杨廷和的疏牍，仍然主张以兴王为皇考。上谕传下来，群臣议论纷纷。翰林学士杨慎说道："皇上如果以兴王为皇考，孝宗皇帝不是没有后人吗？我们作为大臣，不可不争。"

太师毛纪、吏部尚书江俊、兵部尚书郑一鹏、礼部尚书金献民、侍郎何孟春、都御史王元正、都给谏张翀、上柱国太傅石瑶、给事中陶滋、侍读学士余翱、大理寺卿荀直、光禄寺监正余觉等六部九卿二十七人，御史二十一人，翰林二十四人，给事十九人，并各司郎官九十五人，统凡大小官职三百五十九人，纷纷上疏谏阻。世宗只当做没有听见一样，把所有奏疏一概搁起，下旨给兴王立庙。进士张璁、吏部主事萼桂奉承世宗，请求给兴王修撰实录。世宗大喜，立即提升萼桂为兵部尚书，张璁为翰林学士。世宗以兴王为皇考的谕旨一宣布，廷臣张翀、陶滋、余翱、何孟春、王正元等三百七十四人大会朝士，与张璁、萼桂等人互相争辩。大家争了半天也没有什么结果，于是以学士杨慎为首，三百多个朝臣跪在奉天门前，齐声大喊高皇帝、孝宗皇帝。世宗在宫内听到奉天门外喊声喧天，令太监出去打探，回禀说是众官员在那里跪着号呼。世宗心里大怒，吩咐太监传谕让群臣退下。杨慎等人不肯领旨，还是不断高呼，一直喊到声嘶力竭，索性放声大哭，奉天门前顿时哭声震天。

壮丽堂皇的皇城，立刻罩满愁云惨雾。世宗听到哭声，怒不可遏，拍案大怒道："这群可恶的奴才，朕想留些脸面给他们，他们却蹬鼻子上脸。"立即命锦衣校尉把奉天门外所有跪哭的官员一齐关进刑部大牢，等第二天早朝发落。锦衣尉奉谕旨如狼似虎地把众官员像赶牛一样关进大牢。

·魔殿·

到了第二天，世宗升坐奉天殿，命太监记下大牢里众官员姓名，共三百七十七人。世宗把为首的王充正、何孟春等三十三人戍边。其他官员，四品到五品夺俸，五品以下的廷杖贬职。大学士杨廷和降级，太师毛纪、太傅石瑶闭门自省三个月。这样一场大风波总算被世宗的专制手腕罚的罚、责的责，勉强了结。兴王称皇考的事，六部九卿没一个再敢多说了。世宗见众官员已经屈服，便趁机把兴王尊为献皇帝，蒋氏为章圣皇太后，孝宗皇帝为皇伯考，孝宗皇后为皇伯母，并亲自草诏，颁布天下。又命翰林学士张璁祭祀献皇帝，以兵部尚书萼桂为主祭官。不到一个月，献皇帝的宗庙落成，世宗亲自题写庙额，以示隆重。那座庙宇丹阶玉陛，建造得异常华美。上至郡王公侯相卿，下及各部官员，无不前来祭祀，场面的热闹可想而知。

世宗定了父母尊号，建了世庙，并由张璁做修纂主管，编辑实录，种种都已经做到，心里自然十分快乐。一天，世宗从慈寿宫出来，经过大明宫，见石廊对面有一座没匾额的大殿，殿门紧闭，金环上还有一把大锁，下面隐隐约约有一张小封条。世宗对宫中的殿宇本来很生疏，于是向身边太监问道："为什么把那座大殿锁上？"其中一个老太监禀道："这殿是历代相传镇压宫内妖怪的，所以永久封闭。"世宗不信，道："天子宫殿，怎么会有妖怪？定然是你们妖言惑众，却推说什么妖怪。快把门打开，朕要亲自查看。"老太监吓得战战兢兢地说道："奴才不敢欺骗陛下，确实是镇压妖怪的。"世宗喝道："你敢阻拦吗？"老太监见世宗发怒，慌了手脚，急忙去总管太监赵鄞那里取钥匙。赵鄞又不肯给，和老太监一起谏阻世宗，被世宗顿足痛骂一顿，骂得赵鄞退了出去。老太监硬着头皮打开殿门上的大锁，把封条揭下，慢慢把门打开，身体索索发抖。世宗看了，又是好气，又是好笑，也不管什么，领着两名小太监昂然跨进殿去。两个小太监心里十分害怕，只是不敢不走。

世宗走进大殿中门，见大殿上塑着普贤、观音等像，像高五六丈，十分庄严。殿下槐树亭边有一块白石碑，字迹十分模糊，只能大约辨出年月，还是元代顺帝时所建。经过大殿就是中殿，也有弥勒伽蓝等像，佛像上堆满灰尘，布满蛛丝。中殿进去是寝殿，那里的佛像和大、中两殿又不同，什么罗汉阿难等像，是铜浇成的，日光映射在殿上金光灿烂，跟新铸的一样。世宗诧异道："大殿上佛像浑身灰尘，这里却这样干净，可见这里常有人来。"说着又走进后殿，只见六扇花格紧紧地关着。从门缝中看进去，和嫔妃居住的宫院差不多。世宗令小太监推门进去，见殿上殿下所供的佛像都是男女并坐，大约有四五十尊。一对对像身完全用白玉琢成，洁白粉嫩，一点儿尘沙也没有。世宗赏玩一会儿，转身再往里走，还有六间房屋，屋门上加着铜锁，钥匙都一个个挂在门边。

世宗叫小太监上去开锁，两个小太监互相推诿，谁也不敢去开。一个小太监说道："经常听宫中传说，这殿中藏着妖怪，外殿的还不是十分厉害，最后锁着的六间小殿里面的妖怪非常厉害，所以不敢开门，否则妖怪要跳出来吃人。"世宗笑道："你们不要胆小，刚才大殿中殿都走过了，你们看见妖怪了吗？那是宫人们的谣言，有什么凭证？"两个小太监没办法，只得每人去开一间，砰地把门一推，让世宗先进去，两人跟在背后。世宗走进小殿，见殿中的佛像用白石凿成，男的、女的各种形象都有，像身并不穿衣服，一概赤裸，站的、坐的、卧的共有五六十尊。世宗笑了笑，又走进第二个小殿，也是一样的石像，有獠牙的，有张眉吐舌的，奇形怪状很恐怖。世宗看了半天，笑着对小太监们说道："你们所说的妖怪，这就是。它会吃人吗？"两个小太监毕竟是小孩子，贪看这些石像竟然不怕什么妖怪了。世宗命他们去开第三殿，两人抢着上前，一个开第三殿，另一个已经把第四殿大门打开。

世宗走到第四殿，走进中门，见殿内的佛像用粉质捏成，面貌栩栩如生，和真人一样，两个小太监本来胆小，猛然看见粉像，吓得转身要跑。世宗带笑喝道："你们逃什么？这也是石像，怕什么？"两个小太监听了，勉强站住脚，远远地跟在后面，一时不敢走近。见世宗照常走到石像前观看，两人才走进殿中。殿上许多人像不但一丝不挂，还男女拥抱，横竖颠倒、穷形极状，各有各的姿势，形态活泼，举动逼真。世宗看了，不禁叹道："这殿是元代所建，清净的佛地塑这样的春像在里面，怪不得元朝要亡国了。"说完又去游览第五殿。只见第五殿内的佛像更加奇怪，里面全是粉塑的人像兽像，互相抱在一起，有美人和骡马相配的，和牛犬相配的，有男子和猪羊相耦的，有俊男与狸奴强合的，那些光怪陆离的形象，真是闻所未闻。大殿正中有一块方匾，写着四个字："欢喜佛缘"。

世宗玩了一圈，刚要走出殿，忽然听到佛龛中轰然一响，接着是呼呼的嘘气声，好像牛在喘气。世宗吃了一惊，两个小太监更是惊慌，连滚带爬地跑出殿外。世宗虽然胆大，但也有些疑惧，不敢上前。恰好两个内侍奉章圣太后的谕旨，来阻止世宗进魔殿，世宗便令两个内侍到佛龛中探看。内侍向佛龛内一看，只见一个很大的蛇头，双眼圆睁在佛龛中嘘气，直吓得两个内侍往后倒退。这座殿建于元末，太宗时命人封锁起来，不论谁没有奉旨不准擅自进入。因此殿中很长时间没有人来过，大蛇得以盘踞在里面。世宗担心大蛇害人，立即传集内外太监，各拿器械跑到殿中去杀大蛇。大蛇见有人打它，忽然昂起头，把身体一绕，五六尺高的佛龛一下子便被它绞得粉碎。蛇身露出来，有两丈多长，蒸笼一样粗细，张开血盆大口，对着人呼呼吹气，嘴里喷出一阵阵黑烟。前面的三四个太监闻到烟味，都倒在地上死了，其余的太监远远站着呐喊。世宗也远远地看着，见太监们不能上前，便吩咐人把殿门暂时关上。随后下谕在京城张贴皇榜，把大蛇的形状画成小图，说谁能捕杀大蛇，赏银千两。皇榜贴出三天，不见有人揭榜。大蛇依然盘踞在大殿里面。又过了三四天，给事中王康带着一个大汉来见世宗，大汉说能够捕蛇。世宗大喜，令王康领大汉退出，第二天到殿中捕蛇。

到了第二天，世宗亲自带着十几个太监到魔殿看捉蛇。文武百官和嫔妃宫女听说捉蛇的事，都随御驾去看热闹。章圣太后担心有什么危险，劝世宗不要亲自前去。世宗好奇心强，哪里肯听，连声命人备轿。太监们不敢违背，只得保护世宗从大明殿出发，走向魔殿。后面随驾的武臣紧紧跟随。不一会儿到了魔殿，王康和大汉已经等在那里，世宗传旨捕捉大蛇。只见大汉脱去身上衣服，只穿一条短裤，握住匕首，嘴里叼着解毒草，雄纠纠地走上殿，把大门推开。那条大蛇盘在大殿正中，团团地拥满一地。大汉站在廊下，把嘴里的药草嚼烂，下雨一样向大蛇喷去，草汁溅满蛇身。大蛇忽然怒目张嘴，直向大汉扑来。大汉急忙闪身躲过，但被蛇尾横扫过去，正打在腿上。大汉站立不稳，翻身倒地。那蛇把大汉缠住。众官员和太监等人都替大汉担心，因为蛇的绞力极大，佛龛都能盘碎，更不用说人了。这时只见大汉尽力鼓气，身体拼命打滚，这样滚了半天，蛇身慢慢松缓下来，大汉也越滚越快。大蛇渐渐没了力气，大汉趁机抽出右手，把匕首刺入蛇腹。一时鲜血四射，大蛇怪叫一声，从地上跳起来，尾巴打在殿檐上，瓦砾乱飞，蛇身散开，大汉被抛出三四丈，也瘫在地上爬不起来。大蛇折腾一会儿，逐渐落在地上。世宗命持械的太监一哄上前，刀剑齐下，把大蛇剁成几十段。顿时血肉狼藉，腥臭气味不断传来。太监、宫女等人都低头不停呕吐。护驾大臣担心世宗被毒气伤害，急忙请御驾退后。

世宗见毒蛇已死，命甲士进殿，把六殿的佛像一律烧毁，又重赏大汉。大汉躺在廊下，丝毫不能动弹，甲士们把他抬出殿，才到门口，便已毒气攻心死了。世宗命人厚葬大汉，又命王康抚恤大汉家属。这时太监甲士把魔殿的佛像和死蛇的躯壳一齐搬到郊外焚烧，臭秽之气传出很远。于是京城盛传宫廷出现怪事，说的和真事一样。百姓认为宫廷出现怪事是不祥的预兆，担心有大祸发生，人心惴惴不安。京师卫戍将军兼五城兵马司袁宽见百姓趁机造谣，怕弄出事，便命人在京城张贴布告，讲述宫中捕蛇的经过，以便澄清事实。不料后来果真弄出了大变乱。

嘉靖四年春天，世宗举行郊祭大典。这一年礼仪比往岁格外隆重，朝臣自相卿以下，都随驾祭祀。这天世宗回宫时已经是黄昏时分，司膳局正进晚膳，猛然听到乾清门外一声巨响。世宗听出是炮声，康永刚要出去打探，又听到一声炮响，接着喊杀声连天。世宗急忙站起身，见乾清宫前火光冲天，照得四周通红一片。世宗大惊道："难道有什么变故吗？"说音未落，两名太监跑进来，喘着粗气说道："贼人杀进宫墙二门了，陛下快走。"世宗不禁心慌，急忙拉着康永向承光殿跑去，喊声却越来越近。报警的太监络绎不绝，世宗也无心听他们报告，只顾着逃走。

跑出承光殿，对面是大明殿，世宗想越过围廊，绕到慈庆宫去看看章圣太后，一路上见太监宫女们牵三拉四，五个一群、三个一伙地纷纷从外面逃进来。嘴里喊道："不好了！贼人杀进宫了。"世宗听了心里更加着急。才走出大明殿，忽然三五个太监慌慌张张地跑着，口口声声说慈庆宫着火了。世宗惊道："慈庆宫如果被烧，太后一定性命难保。"康永说道："这时候听不到真消息，等到了慈庆宫再说吧。"世宗点点头，和康永向前跑去。慈庆宫离坤宁宫不远，必须经过华盖殿、正大光明殿、涵芳殿、华云阁、排云殿等宫殿，世宗慌不择路，只向间道上乱跑。康永也被弄得头昏眼花，君臣两个慌慌张张地见路就走。快到正大光明殿时，侍卫官马云匆匆逃进来说道："贼人人多势众，值班侍卫恐怕阻拦不住，要调御林军来才行。"世宗道："慈庆宫怎样了？"马云答道："慈庆宫恐怕也被贼人围住了。"说着跑向后殿出宫调兵去了。世宗又和康永向前跑，见护卫统领袁钧满身是血，步履蹒跚地走过殿外，世宗也不理睬他，匆匆向前跑去。跑到华云阁，远远看见排云殿上火光冲天。内侍邱琪跑过来说道："贼人杀进银光殿了！"世宗高声问道："可以去慈庆宫吗？"邱琪连连摆手道："不能去，不能去！"说完自己逃向后殿。接着侍卫牛镜走过，见到世宗，慌乱中也来不及行君臣礼，只顾各自逃命。

这时排云殿上已经到处是火，宫女太监都从烈焰中逃出来。世宗和康永呆呆地站在偏殿门口，也分辨不出什么路径。不一会儿，墙壁倒了，断砖瓦砾把一条甬道塞满，更加无路可走。世宗一心挂念慈庆宫，不禁急得眼泪都流了下来，只盼望大火早点熄灭，好去看望章圣太后。呆呆地看了半天，连偏殿也烧着了，世宗站不住脚，想要退到涵芳殿，于是转身从仪仗道上走去，走出那条长道，抬头一看，连连叫苦。康永也吓得面如土色，身体瑟瑟发抖，一句话也说不出来。原来涵芳殿里也遍地是火，雕梁画栋都被烧毁，身边只听到哔哔剥剥地火声。世宗被困在火中，前面没有出路，后面火又烧上来，眼看就要葬身火海，幸亏康永急中生智，急忙向世宗说道："奴才记得涵芳殿左侧有一个狗洞，是武宗皇帝时专门供狗进出的。现在已经万分危急，也顾不得许多，只好从狗洞钻出去吧！"世宗道："狗走的墙洞，人怎么能钻过去？”康永道：“可以走，当年犬奴也从洞中经过。”世宗道：“这样快去找狗洞吧！”康永听了，飞快跑到狗洞前面，那里有烟没有火，还能暂时躲一会儿。康永打开狗洞小门，刚要探身过去尝试，不料对面有一块大石头，康永的头伸出去，恰好撞在石头上，被撞得头昏脑涨，分辨不出东南西北，几乎昏倒在地，这才想起在正德帝末年，方士张恂说这个狗洞有碍宫中风水，所以在另一面用巨石堵住了。康永定一定神，奋力去推那块巨石，巨石却纹丝不动。

世宗站在台阶上，大火越烧越近，世宗被烈焰烤得热汗直流，不禁顿足着急道：“狗洞找到了吗？”康永这时见狗洞走不通，简直急死了，急忙回报世宗道：“洞是找到一个，可是已经被堵死了。”世宗道：“除了狗洞，还有别的通道吗？”康永愁眉苦脸地说道：“只有正门了。”世宗着急道：“正门早已经烧毁，说它还有什么用！”这时康永也已经绝望，除了痛哭之外，再也想不出办法。世宗见走投无路，想起章圣太后，想必今生再不能相见，心里一酸，和康永抱头大哭。正哭得伤心，忽然见侍卫官陆炳跑进来，大叫：“陛下不要惊慌，小臣前来救驾。”说完背上世宗就走。康永见有了救星，急忙跟在后面。陆炳背着世宗在前面大火中奔跑。脚下的瓦砾都被火烧得通红，康永走在上面，脚被烧得万分痛疼，但是为了逃命，不得不忍痛向前跑。跑出大火时，康永的两脚已经红肿。陆炳救出世宗，双脚也被火烧伤，头发胡须都被烧掉了。世宗在涵清阁坐下，见陆炳全身都是火泡，两脚也站立不住，倒在地上。康永也被烧伤好几处。世宗亲自扶起陆炳，令他坐在龙垫椅上。

这时陆炳已经昏昏沉沉，人事不省了。世宗点头叹息，再听外面喊声越来越远，心神才安定一些。不一会儿，宫女太监慢慢地聚在一起，涵清阁中挤满了人。内侍杨任来报，说贼人已经被都督朱亮臣带领御林军马杀退。世宗听了，这才放心。又过了一会儿，群臣纷纷来宫门口请安，世宗传谕让他们侍候在华光殿。又有人来报说都督朱亮臣杀败贼人，并捉住贼首，请旨发落。世宗也命在华光殿候旨，随后令人请太医给陆炳及康永两人诊治，之后又带着五六名内侍去往慈庆宫看望章圣太后，昭圣太后张太后也在那里，世宗见两太后都平平安安，心里很安慰，和章圣太后说了几句话，随后升坐华光殿。

·严嵩发迹·

世宗升坐华光殿，群臣请过圣安，都督朱亮臣立即出班跪奏道："团营都督兼京师兵马总监江彬反叛，率领部下骗开宫门，杀进乾清门，烧毁排云、涵芳两殿，又烧掉紫光阁、玉皇阁。臣率领羽林军和他厮杀，当场杀死叛贼部下副总管杰臻美、都监王云芳、副将张达、副指挥罗公亮。江彬见事败想逃走，被指挥刘光云捉住，现在连同家眷十三人，等候陛下发落。"世宗听了，勃然大怒道："江彬是先帝宠臣，原本是市井无赖，不但不报皇恩，反而率兵反叛，实在是罪不可赦。"杨廷和说道："江彬的罪行很明显，不用经过审讯就应该定罪。"世宗点头提起笔写上一个"斩"字，令朱亮臣为监斩官，把江彬一家十三人斩首示众，江彬凌迟处死。还有王云芳等人一概斩首，其余党羽不再追究。又令内务府拨款重修排云、涵芳两殿以及紫光、玉皇阁等建筑。

这件反叛案了结后，京师百姓转危为安，都佩服世宗英毅果断。当时上有英主，下有能臣，世宗又起用前大学士杨一清、尚书王守仁等人，真是万民庆幸，天下承平。世宗也更加励精图治，对于内外章疏，虽然经过阁臣批阅，世宗也要亲自过目，而且批答奏牍，均能洞中要害，连多年从事政事的老臣都比不上他。但世宗还有一样不足，即是和陈皇后不和。所以世宗想册立贵妃，宫女当中却没有一个看得上眼。一天，世宗想起武宗经常微服出行，现在自己要选立贵妃，也可以私行出宫，到民间去选，肯定会遇到个称心如意的美貌佳人，于是带上太监胡芳微服出宫，一路向大街上走去。这天是四月初八，俗称浴佛节，不论男女老少都到寺庙进香。一群纨绔浪子趁机饱餐秀色，那些淫娃荡妇也趁机会情人。当时寺观里非常热闹，粉白黛绿的妖冶艳丽。在各寺观附近，江湖术士、医卜星相都趁机做些买卖。世宗由胡芳带路，到拈花寺中游玩。这座拈花寺在东安门外，是京城里有名的大寺，香火旺盛。世宗进寺闲逛，见进香的妇女千百成群，老少美丑各有不同，全都装饰得袅袅婷婷，脸上涂脂抹粉。世宗从来没见过这种打扮，当年在兴王府，一年只出来一两次，每次总是仆从们前呼后拥，差不多把他的视线全部遮住，哪有现在这样自由？

拈花寺两旁布满了江湖人的篷子，有卖拳的，售药的，看相的，测字的。其中一个术士，招牌上写着“严铁嘴知机测字”。世宗生性好奇，遇到奇怪的事，往往喜欢亲自尝试。这时见严铁嘴测字很奇特，就和胡芳挤上前，分开众人，在严铁嘴摊旁坐下。严铁嘴见世宗举止不凡，急忙笑着说道：“先生是要测字还是问字？”世宗笑道：“我要问字。”严铁嘴道：“请先生写一个字，我就能测出你的来意。”世宗随手写个“也”字。严铁嘴笑道：“先生是为选妻而来。”世宗听了，不禁暗自纳闷：“朕要选贵妃，他怎么知道？”想着故意沉着脸问道：“为什么说我是来选妻子的？”严铁嘴说道：“您这个‘也’字，是文章中的助词。这个字既然是助词，‘也’加‘土’又是个‘地’字，坤为地，是女子，所以我知道先生是来选妻子的。”世宗连连点头道：“你这个字测得不差，但是现在我已经有妻子了，你怎么说？”严铁嘴笑道：“从‘也’字看来，恐怕您夫妻不和睦。因为‘也’字加‘人’为‘他’字，尊驾有‘也’无‘人’，不成‘他’字，是有妻子，其实和没有一样。‘也’加水为‘池’，加马为‘驰’，现在‘池’无水，是夫妇不能水陆并行，明明是不和睦。现在先生的妻子是三十一岁吗？”世宗惊道：“不错！的确是三十一岁。”严铁嘴笑道：“您的‘也’字，很像‘卅一’两个字。”世宗道：“我现在气色怎么样？”严铁嘴道：“我不会看相，不知道气色是什么，只能就字论事，尊驾必定已经受过惊吓，这是小人作祟，以‘也’字加女为‘她’，她是妖的意思，想必尊驾被妖捉弄过了。”

世宗见严铁嘴论事和事实一样，不禁十分相信他，随手又写个“帛”字道：“你看我是做什么的？”严铁嘴正色道：“‘帛’字有皇者之头，帝者之足，你肯定不是平常人。”世宗怕他说穿，急忙用话支开。世宗再问严铁嘴姓名，严铁嘴说：“我叫严嵩，字山岳，号仙峰，是分宜人。弘治十六年举孝廉，因为家里清贫流落江湖，靠测字糊口。”世宗记在心里，辞别严铁嘴，又到各大寺院游览一遍。在昭庆寺中看见两个女子，罗衣素服，都是花容月貌，十分娇艳。世宗本来要选嫔妃，就和胡芳跟随女子慢慢回去，见两人并肩走进丞相胡同。世宗记下地名，带上胡芳匆匆回宫。第二天颁下两道上谕：一道召测字的严铁嘴，一道到丞相胡同，下聘礼给昨天看见的两个女子。不一会儿，致聘的太监回来说，那两个女子，一个是方通判的女儿，一个是张尚书的侄女。方通判和张尚书听说是皇帝要选女儿和侄女做贵妃，自然不敢违背，亲自跟随内监把女儿送进宫。世宗一并纳做嫔人。这时严铁嘴也宣到了，世宗在便殿召见他。严嵩奏对十分称旨，世宗封他为承信郎。不到一个月，又提升严嵩为户部司事。

严嵩自从步入仕途，对各部上官竭力逢迎，又善于钻谋，做事本领虽然不大，阿谀奉承却十分在行。这时的礼部尚书夏言，和严嵩恰好是同乡。严嵩借同乡之名，见到夏言总是口口声声自称小辈。谁不喜欢阿谀献媚？夏言见严嵩为人诚朴而且自谦，以为他是好人，在部中事事提拔他。不到半年，严嵩已经是吏部主事了。那时杨一清已经回乡，杨廷和被罢相，王守仁被张璁进谗言贬职。夏言和顾鼎臣同时入阁。严嵩是夏言提拔的，夏言为相，礼部尚书一职给了严嵩。这样一来，严嵩一跃成为尚书。世宗最信佛道，自从登基以来，宫中每天都设醮坛。光阴荏苒，又是深秋了，世宗命黄冠羽士在宫中祈祷，必须撰写一篇祭文，命阁臣起草。顾鼎臣本来是个大儒，奉谕后立即握笔写成。夏言虽然是科甲出身，学问却赶不上顾鼎臣，他自己也知道，但又不敢抗旨，猛然想到严嵩，于是把写祭文的事委托给他。

严嵩是个奸猾小人，他得到这样的好机会，把毕生本领都施展出来，写成一篇字字珠玑，句句金玉的好文章。夏言是个忠厚长者，他哪里知道严嵩的深意，当时看到严嵩的祭文写得很好，心里十分高兴，以为严嵩是帮助自己。祭文呈上去，世宗心里只要文辞华丽，古朴典雅的反而不觉得好。严嵩揣透了世宗的心意，把祭文做得分外华美。严嵩才学并不十分高明，他写的祭文只不过虚华好看罢了。偏偏世宗很赞赏他，不但看不上顾鼎臣的祭文，还说夏言的祭文不是自己做的。夏言见事情已经拆穿，只好实话实说。世宗大喜，立即召严嵩奖励几句。从此这位严尚书一天比一天得宠。严嵩得到世宗信任，暗中竭力营私结党，把自己的同乡赵文化、鄢懋卿、罗齐文三人都授给要职，他的长子严世蕃不久也已经位列少卿。

严世蕃为人聪敏多智，不论什么紧急大事，别人吓得要死，唯独严世蕃面不改色，谈笑自如。有时世宗的批答下来，经常使用佛家用语。大臣们必须仔细详解，一个不留神，就要遭受责斥。严嵩见到这种奇特的批语，往往弄得丈二和尚摸不着头脑，于是递给严世蕃看。严世蕃一看就明白，还教严嵩怎样做。严嵩听了儿子的话，照样去做，果然得到世宗欢心。于是严嵩简直不能离开严世蕃了。但是严世蕃的贪心比严嵩要狠上几倍，他把纳贿营私视为一种正当事，严氏门庭天天和市场一样。日月流光，不到一年，夏言罢相归田，世宗命严嵩入阁，取代夏言。严嵩入阁后，权力越来越大，又有他的儿子严世蕃为虎作伥。凡大臣的奏对不合世宗心意，只要严嵩一到，都可以立刻解决。如果有决断不下的事，最迟到第二天，严嵩也能对答如流。这都是回去和严世蕃商量的结果，严世蕃叫他怎样回答他便怎样回答，总是能得到世宗赞许。严嵩对严世蕃唯命是听，从来没有碰过世宗的钉子。原来，严世蕃闲着没事的时候，曾把世宗的批语和行为举动细细揣摩，什么事怎么做，什么话怎样答，一一地集合起来，先叫严嵩去尝试。这样一次两次，见世宗很喜欢，他便渐渐摸透了世宗的心理，所以他们父子能够专权二十多年。

当年朝鲜内乱，世宗曾经派军队前去平乱。朝鲜国王陈斌感激明朝，把朝鲜第一美人送进皇宫。这位美人姓曹，芳名叫喜子，长得粉脸桃腮，媚骨冰肌，一双秋水似的杏眼，看了令人心醉。世宗恰好少个美丽妃子，见到曹喜子，乐得一张嘴几乎都合不拢。当夜召幸曹美人，第二天封她做贵妃。曹妃带着两名侍女，一个叫秦香娥，一个叫杨金英。两人的相貌虽然比不上曹贵妃，倒也出落得亭亭玉立，十分可爱。世宗见两个侍女相貌俊俏，便每人临幸一次。但是曹贵妃嫉妒心极重，深怕两个侍女夺她的宠，心里暗暗怀恨。对她二人做的事总是挑剔，非弄到两人哭泣为止。可是哭多了，曹妃又对她们厌烦，命老宫女把秦香娥和杨金英每人杖打四十。两人天天受折磨，又不敢在世宗面前多说一句，真是有苦没处诉，只好暗地里相对哭泣。秦香娥受不了这种折磨，一天夜里，乘宫女太监们不备，跳到御河中死了。秦香娥一死，剩下杨金英一个人，比以前更加痛苦。曹妃经常动怒，动怒就要杖打。秦香娥没死时，两人还可以分受痛苦，现在只有杨金英一个人承受。偏偏曹妃又不肯放松，而且防范更严，担心杨金英也像秦香娥似的寻死。杨金英的一举一动都有老宫女监视。一天曹妃又因为一件小事把杨金英痛打一顿，还用烧红的铁针乱扎杨金英的脸，弄得杨金英白玉一样的肌肤乌焦红肿，异常难看。

世宗突然见到杨金英，竟然认不出来。杨金英见到世宗只是一言不发地流泪。世宗心里明白，知道这是曹妃的醋意。然而曹妃正在得宠，不能为了一个宫女责罚贵妃。幸亏过了几天，杨金英脸上的伤慢慢地好了，只是留下红一块白一块的疤痕，一时不能消去。杨金英见雪肤花容被弄成这个样子，心里怎么能不恨？美貌女子大半喜欢顾影自怜，杨金英本来十分欣赏自己的容貌，好好的玉颜，现在几乎不成人样了，杨金英真是越想越气，哭一会儿叹息一会儿，像疯子一样。曹妃毫不怜惜，反而骂杨金英做作。杨金英由怒生恨，因恨变怨，咬牙切齿地说道："我的容貌也毁了，今生做人还有什么意思？即使侥幸能够出宫，这样一副嘴脸，怎么去见那个人？"

原来，杨金英自幼和邻居的儿子耳鬓厮磨，常常住在一起，长大以后私下订下婚约。后来杨金英的父母把她卖给一家富户做侍女，后又辗转流落到朝鲜，被曹妃看见，曹妃喜欢她娇小玲珑，便留在身边。曹妃被献进皇宫，杨金英自然也随同进宫。杨金英是淮阳人，她随曹妃进宫，心里十分高兴，希望将来有机会好和她的情人团圆。不料杨金英的情人虽然是扬州名士，但是家里非常穷困。杨金英被她父母卖去，这位名士早晚盼望，茶不思饭不想，书也不读，功名二字被他看为虚名，哪里还放在心上！这样忧忧郁郁，不久酿出一场病。名士家中虽然贫困，却只有这一个儿子，父母把他看成掌上明珠。名士的病一天比一天重，却无法查明病因。他的父母再三询问，名士见自己已经病入膏肓，只得老实说出是因为杨金英。他的父母知道杨金英被她父母卖掉，早已经没有消息，也没办法去找她。眼看儿子生病，只有相对叹息，不久名士便病死了。名士去世那天正是杨金英回国的时候。可怜两个人天南地北，哪里能够知道？如果杨金英回国时能递个消息给他，或许名士还不至于死。名士死了，杨金英并不知道，心上只是深深地印着情人的样子。

现在杨金英容貌被毁，不能再见他的情人了，芳心便存下必死的念头。一天早上，曹妃带着两名老宫女到温泉沐浴去了，宫中只留下杨金英一个人。恰好世宗听政回宫，见曹妃不在，便躺在绣床上休息，不想一会儿竟沉沉睡去。这时凑巧张嫔人来探望曹妃，走到宫院闺门前，听见里面有呼呼的喘气声，非常急迫。张嫔人有些诧异，想到睡觉的呼吸绝不会这样厉害，便悄悄地蹑进宫，猛然见宫女杨金英很惊慌地走下床，张嫔人更加疑惑，急忙向床上一看，见世宗直挺挺躺着，脖子上套着一幅红罗，紧紧地打着一个死结。张嫔人大惊，说声："不好！"急忙去解红罗，随后派宫女去报知陈皇后。不一会儿，陈皇后赶到，帮着救世宗。这时世宗只剩下一口气了，喉间一条勒痕深深陷进皮肤。如果张嫔人晚到一步，世宗必死无疑。也是世宗命不该绝，再加上杨金英是个女子，没有多少力气，否则世宗哪儿还能活？

张嫔人和陈皇后救醒世宗，令太监去请太医来诊治。太医按按世宗脉息，回说只要静养几天就可以恢复了。太医留下一张药方，太监配制好了，陈皇后亲自煎给世宗喝下。过了一会儿世宗的眼睛已经能够转动，但是不能说话。陈皇后咬牙切齿地说道："好狠心的奴才，竟敢行刺皇上！"说着曹妃已经回来了。陈皇后见到曹妃，平时的一腔醋意从鼻管直冲到脑门，把脸一沉，含怒喝道："皇上待你不薄，你为什么要存心行刺？快老实招供。"曹妃听了，惊得目瞪口呆，半句话也回答不出。张嫔人和曹妃平时感情很好，她见陈皇后要诬陷曹妃行刺，急忙走过来替曹妃辩白，把目睹杨金英的事向陈皇后讲了一遍。陈皇后命太监去捉杨金英。太监去了半天，回来禀告道："杨金英已经吊死在宫门了。"陈皇后说道："这是她畏罪自杀。不过杨金英是曹妃宫中的侍女，她胆敢行刺，必定是曹妃指使。"于是喝叫老宫女拿过刑杖。曹妃想要辩解，陈皇后不等她开口，令宫女们先打她五十杖。可怜娇嫩的玉肤，怎能经得起这样的杖责，一会儿就已经被打得皮开肉绽，血染罗裙。

曹妃哭哭啼啼喊着冤枉。陈皇后大怒道："皇上在你宫中被人行刺，你怎么会不知道？说不是你主使，这话谁相信？你还想仗着花言巧语逃脱关系吗？我知道你不受重刑是不肯实说的。”曹妃哭着说道：“这件事贱妾的确不知情，娘娘不要血口喷人。”张嫔人在一旁看不过去，跪下求道：“杨金英既然已经畏罪自杀，行刺的主意一定是杨金英自己的，和曹贵妃并没有通谋，否则杨金英怎么肯自杀？至少也要把曹贵妃供出来啊！”陈皇后不等她说完，娇声喝道：“你能保证她没有行刺的心吗？不关你的事不要多嘴！”吓得张嫔人撅起一张樱唇不敢出声。陈皇后吩咐宫女把曹妃的上身衣服脱去，鞭打后背，打得曹妃在地上乱滚，嘴里就是不承认。陈皇后冷笑道：“我知道你受刑还轻，所以咬定不招。”回头对宫女说道：“去凤仪殿把大杖取来，叫太监们用刑。”太监们奉命不敢留情，这一顿大杖，打得曹妃血肉横飞，昏死过去。陈皇后命太监把曹妃叫醒，强逼她招供。曹妃知道招供也是死，反而落下骂名，所以紧闭双眼，索性一声不吭。陈皇后连问几句，曹妃始终不说话。陈皇后大怒，猛然站起身亲自执杖来打。太监们也挺杖齐下，雨点般打在曹妃嫩肤上。可怜金枝玉叶的曹妃一口气喘不过来，竟然被打死在杖下。

太监们打了一会儿，见曹妃开始时身体还有些动弹，到了后来渐渐不能动弹。其中一个太监去试曹妃鼻息，已经一点气都没有了，立即跪禀陈皇后道：“曹贵妃已经气绝身亡。”陈皇后听了，似乎有些不信，亲自去验看，见曹妃花容惨白，玉肌上鲜血滴个不停，鼻子里呼吸果然已经停止，分明早就死了。陈皇后却不动声色地对太监们说道：“这个贱人既然死了，算便宜了她，赐个全尸吧！快把她抬出去。”太监们抬起曹妃的尸体出宫，草草地收殓。陈皇后打死曹妃，到绣床上看望世宗，哪知道世宗虽然不能说话，心里却很清楚。陈皇后拷问曹妃，杨金英畏罪自杀等，他已经听得明明白白，知道曹妃冤枉，陈皇后一味用刑强逼，完全是公报私仇。所以这时陈皇后走到床前，世宗恨她把爱妃打死，转过身去，跟没有看见一样。陈皇后不知道，并且眼中钉已经拔去，心里反而十分快乐，对世宗服侍的十分殷勤：什么递汤侍药、嘘暖问寒，事事必定亲自动手。世宗却打定主意，无论陈皇后怎样小心侍候，她总是一百个不讨好。过了三天，世宗有些恢复了，不禁想起曹妃，每当想起曹妃，就十分恨陈皇后。

一天陈皇后陪世宗吃饭，世宗无意中提起曹妃，陈皇后变色说道：“这种谋逆的贱人，还提她干什么？”世宗听了，不禁心头火起，把手里的一碗饭向地上猛力一摔道：“你说她谋逆，有什么证据吗？你和曹妃究竟有什么解不开的仇恨要诬陷她？现在她已经被你打死，你还不肯放过她吗？”世宗说话时声色俱厉，陈皇后没有料到世宗会这样，又被摔碗吓了一跳，这时真有点忍不住了，一倒身趴在桌上呜呜咽咽地哭起来。世宗更加愤怒，在桌上一拍道：“你喜欢哭，回宫去哭个痛快，不要在这里惹朕厌恶！”这一拍又把陈皇后吓了一跳，弄得她坐不住，只得搀扶宫女一步一步回宫了。

陈皇后本来已经有了三个月身孕，被世宗连吓两次，回宫后觉得肚子痛，而且越疼越厉害，在床上不停打滚。宫女们慌了，一面去请太医，一面去报知世宗。世宗听说皇后肚子痛，拍手骂道："她这个恶妇，活生生把曹贵妃害死，朕不收拾她，老天也容不下她。”内侍把世宗的话传给陈皇后听，气得陈皇后手足发颤，几乎昏厥，当夜堕胎。陈皇后从此得了病，不到半个月就一命呜呼了。世宗见陈皇后去世，她打死曹妃这口气才算消去一半，命司仪局照皇后礼安葬，谥号为孝安皇后，一切丧葬仪节都十分草率。由于六宫不能没有统率的人，世宗急于重立皇后，于是在张、方两嫔人中指定张氏，下谕册立张氏为皇后。

·穷奢极欲的严世蕃·

严嵩入阁后，长子严世蕃也被提升为户部侍郎。朝中政事不论大小，都要经过严嵩，然后才能上奏世宗。严世蕃仗着严嵩的势力，卖官鬻爵胡作非为，想做官必须走严世蕃的门路，金银的多少决定官职大小。吏部主事王涌不过是举人出身，他投在严世蕃门下，一开始就纳金两万两。严世蕃收到他这么多钱，觉得没办法报答，在三个月中把王涌接连提升六次，居然做到吏部主事的位置。又有严世蕃的同乡人牛贵，只献给严世蕃千金，不久就被封为溧阳县知县。这样一来，官职有了价钱，只要凑足千金去献给严世蕃，马上可以做一个现成的知县。自从王涌献两万两之后，严世蕃的胃口越来越大，王涌出手就是两万，严世蕃知道，做官的人没一个不剥削百姓的，手头自然十分富有，还是乐得敲他们一下，于是钻谋官爵，动不动必须上万。至于几千两、几百两，严世蕃连看都不看一眼。

严世蕃钱财极多，什么吃喝穿戴，没一样不是穷奢极欲，单讲他所住的房屋，室内的陈设富丽堂皇，和皇宫相差无几，有些地方甚至胜过皇宫。厅堂直到内室，都是大红毡毯铺地，墙上嵌着金丝，镂成花纹，镶着珠玉。还有姬妾的房里，不但雕梁画栋，简直是满屋金绣，珠光宝气，照得人眼花缭乱。严世蕃家里共有姬妾四十多人，这四十多人中要算荔娘最得宠。荔娘是青浦江畔人，还不到二十岁，长得雪肤花貌，玉容艳丽，性情温柔聪敏，严世蕃的穷奢极欲，都是荔娘想出来的，如玉屏风、温柔椅、香唾壶、白玉杯等，名目出奇，行动别致，有几样花样，历史上从来没有过。就是玉屏风，说起来也很好笑，什么叫做玉屏风？严世蕃和姬妾们喝酒，一边抱着荔娘，一边令三四十个姬妾脱得一丝不挂，团团围在酒桌周围。每人斟一杯酒，递给严世蕃。酒过三巡，严世蕃让姬妾们抽签，谁抽到签谁陪严世蕃睡觉。一年三百六十五天，没有一天不是这样，这就叫做玉屏风。

还有温柔椅，姬妾们一丝不挂，两人并排斜坐在椅子上，斜伸着粉嫩的玉腿，严世蕃躺在腿上，慢慢喝酒。又让三四个美妾躺在躺椅上，把身体当成椅垫，十分舒服。严世蕃在这些美姬身上起坐倒卧，把她们当躺椅一样看待，竟然忘记所坐的是人了，这就是温柔椅。还有一种香唾壶，严世蕃每天起床痰很多，起床前唾壶必须换两三个。后来荔娘想出一个香唾壶的办法：到了每天清晨，姬妾们赤身蹲伏在床前，仰起粉颈，张开樱口接受严世蕃的痰，一个香口中只吐一次，三四十个姬妾轮换受唾，直到严世蕃吐完起床为止。这个香唾壶的名称很新颖别致，十分稀奇。还有白玉杯，是在酒席上应用的。比如严世蕃大宴群僚，除了令美貌的姬妾照例斟酒外，大家酒过三巡的时候，他叫人拿上白玉杯，只见屏风后面嘤咛一声，走出三四十个姬妾，都打扮得妖妖娆娆，身上熏着兰麝，嘴里各含一口温酒。这些姬妾走到席上，用嘴代替杯子，每个人嘴对嘴像接吻似的，把酒送进宾客口中，有这种温软馨香的玉杯，酒味当然别有佳味了。据当时在座的人说："美人的香唇又柔又香，含在嘴里的酒，既不冷又不热，只能说微温。"有的故意慢慢咽着，用手钩住美人香颈，用嘴接着美人樱唇，轻轻地把酒吸出来，等到喝完酒，美人很知趣的把她那柔腻的纤舌也顺着酒微微送进宾客口中。

这样一来，不论是什么样的男子，恐怕都要情不自禁了。他们正在温柔甜密的时候，严世蕃又是一个暗号，三四十个人的樱口玉杯纷纷集队，排列着走进去。这时宾客个个好像中了邪一样，被弄得神魂颠倒，再也坐不住了。严世蕃见到宾客局促狼狈的情形，忍不住哈哈大笑。宾客们也觉得酒后失礼，被玉杯引得心猿意马，丑态毕露，所以往往等不到酒席结束，多数人就已经离席。严世蕃的恶作剧大都如此。他每举行一次宴会，必定有新花样。这些花样弄得宾客人人神魂飘荡，情不自禁。因而那些同僚一听说严世蕃请客，都不禁伸一伸舌头，大家实在不愿意受他的捉弄，但又畏惧他的势力不敢不来。

严世蕃喜欢淫乐，姬妾们到了他手里，无论什么事都做得出来。尤其是那个荔娘，更是助纣为虐，想出许多办法，帮助严世蕃淫乐。严世蕃最喜新厌旧，一个姬妾至多不过玩一两夜，到了第三天晚上就要换人。而且他玩女人，经常在白天进行。不管什么时候，高兴就玩一个痛快，玩过之后仍然出去办事。办了一会儿公事，又回来和姬妾们玩闹。俗话说"当粥饭吃"，严世蕃玩弄妇女，时时取乐，简直是"当粥饭吃"了。严世蕃家里有三四十个姬妾，时间一长他还是不免感到厌烦，自然要到外面去找。凡是被严世蕃看上的，不论是官家还是百姓家的，严世蕃那些如狼似虎的家人都是冲上去拉住女子就走。

等到严世蕃玩过三四天，有些厌烦，仍然命家人把她送回去。他这样强抢来的、人家送给他的和出钱买的，一年之中，真不知要糟蹋多少妇女呢。严世蕃自己也记着数目，叫做淫筹。淫筹是每奸淫一个妇女，留一根淫筹在床下，到了年终时，把淫筹取出来计点数目。听说最多的时候，一年淫筹共有九百七十三只。严世蕃这一年中，玩过九百七十三个妇人。一个人能有多少精力，照上面的数目看来，每天至少要玩三个妇女，不是很惊人吗？当时的青州府尹王僧缘，曾经亲眼见过严世蕃的淫筹。

王僧缘做上青州府尹，也是向严家买来的。他要上任那天，到严世蕃家里辞行。王僧缘和严世蕃十分要好，和平常宾客不同，一进门听说严世蕃还没有起床，便一口气走到严世蕃房里。严世蕃正抱着荔娘躺在床上，他含含糊糊地命王僧缘坐下，仍然昏昏睡去。王僧缘自幼在乡间读书，从来没有见过这样华丽的地方。只见金珠嵌壁，宝玉镶床，地上一律铺着绸绫，桌上全是宝物，青罗为帐，象牙雕床。走进房中，只觉得珠光灿烂，宝气纵横，连眼都要看花。王僧缘坐着觉得无聊，站起身在房中东瞧西看，房间里的东西都是王僧缘从来没有见过的。他忽然看见严世蕃床边放着一个明瓦方架，架子上叠着一块块的白绫方巾，约有半尺多高。王僧缘随手取下一方走到窗前细看，白绫有二尺见方，边上绣着花朵，看上去十分精致。王僧缘以为是女子手帕，暗暗地偷了三四方，藏在袖子中。

不久严世蕃起床，和王僧缘寒暄几句，留王僧缘吃午饭。吃完午饭王僧缘辞别严世蕃，匆匆去往青州上任。到了青州，恰好遇到同僚宴会。席间有人提起严嵩父子大家都很羡慕，只恨没有门路可以投在严氏门下。人人都知道，阿谀奉承严嵩父子，就可以升官发财。王僧缘听了同僚们的话，很得意地说道："我在京城的时候，和严世蕃交往过，也经常到他家里去。"于是把他家中怎样华丽、怎样精致说得天花乱坠。听得同僚都目瞪口呆，赞叹声啧啧不绝。王僧缘讲到起劲的时候，令家人取出所偷的手帕，传示同僚道："这是严世蕃府中姬妾们所用的手帕，我喜欢它绣得精致，随手取下几方。你们看看，这手帕多么讲究！"

同僚们看了，又称赞一会儿。最后递到一个知县手里，知县看了看，急忙扔在地上道："这是妇人家的秽亵东西，怎么可以在桌上传来传去？"同僚们听了，个个惊问原因。知县笑道："严世蕃每玩过一个妇女，必定记淫筹一只，等到年终时，统计淫筹数目，看看一年内玩过多少女子，记在帐簿上。据他自己说：'等到临死的时候，再把帐簿上的妇女计算一下，看一生到底玩过多少妇女。'这一方方白绫就是淫筹。严世蕃交欢完毕，用白绫擦干净，放在床边。家中专门有一个姬妾管理淫筹，如计点数目，分别颜色。到月终报告一次。怎么淫筹还要分别颜色呢？因为玩少妇和处女，淫筹各自不同。处女用过的淫筹，有点点桃花艳迹，少妇是没有的。所以严世蕃府中，淫筹有处女筹和少妇筹两种。记起帐簿，少妇筹若干，处女筹若干，都要分开。那么总计起来，少妇和处女，就可以比较多少了。"同僚一齐听得呆了。知县又说："王大人所取的手帕，就是少妇筹。"知县说起严嵩的家事非常熟悉，还把淫筹分出颜色。王僧缘却不知道底细，还以为是女子的手帕，现在被知县说穿，倒弄得不好意思起来，赶忙把那幅方巾摔在地上。这时有个同僚刘通判，笑着问知县道："严家的事你怎么知道得这样清楚？"这句话把知县问住，半天回答不出来，过了一会儿，知县借着更衣告便，离席回去了。知县走后，刘通判笑着对同僚们说道："你们知道知县的来历吗？"众人都说不知道。刘通判笑道："他说起严世蕃如数家珍，他原来是严嵩的同乡，自从严嵩进京，他投在严氏门下做一名小厮，为人十分勤俭，很得严老儿欢心。他从十三四岁跟严氏到现在，对严家的事，当然了如指掌。去年他哀求严世蕃要些差使做，严世蕃知道他不识字，不能做高官，所以直到今年春天才委任他做了知县。"大家听了，不禁倒吸一口冷气。刘通判也叹息道："有势力就是好做事，像这样一个家奴，也配做百姓的父母官。我们读书人，不是只好气死吗？"说完散席，大家各自回去。

·皇宫里的道士·

世宗自从陈皇后堕胎死后，立张氏为皇后，但是六宫粉黛从此再没有人怀孕。世宗已经三十岁了，对这件事十分忧虑。他巴不得皇后妃子们生下一男半女，聊慰眼前的寂寞。可是天下的事，越是希望，越觉得办不到。转眼又过了一年，宫中嫔妃仍然没有一人怀孕。世宗非常郁闷，暗中吩咐心腹太监怀安去找生儿子的偏方。怀安原本是个市井无赖，由于嗜赌如命，把家产输得精光，过不下去日子才进京做了太监。这时奉上命去求偏方，他便去和莲花庵的道士商量。道士举荐他的同道邵元节，说邵元节有呼风唤雨的本领，令他设坛求子，一定心想事成。只是邵元节不在京城，现在住在太华山，必须要有上谕他才肯下山。怀安听了，急忙回禀世宗。世宗极相信道士，见怀安说有道士能够求子，不禁高兴起来，立即下谕晋封邵元节为道一真人，赏赐黄金千两，让他立即来京求子，并任命怀安为钦使，奉旨前往太华山去请邵元节。

世宗又听信张璁的话，认为宫中应该多封嫔妃，以求早生太子，于是传谕在民间选秀女，献进宫中选为侍嫔。这道上谕下去，各处地方官忙得屁滚尿流，闹得乌烟瘴气。不久各处纷纷进献秀女，绣车络绎不绝。脂粉红颜满载车中，沿途相望，真是好看极了！京城百姓每天看秀女，一有外地的车辆进城便拥挤道上，都嚷着："看秀女！看秀女！"世宗整天忙着点秀女，太监宫女也为了秀女弄得手忙脚乱，把外来的秀女接进来，等世宗选过，太监又忙着送出去。选中的留在宫中，选不中的退还地方官，仍然送回民家。这样乱了三个多月，各处的秀女已经献齐。世宗亲临翠华轩，把选中的秀女又重新选择一遍。三百六十名秀女中，只选出十六名，交给检验处，把这十六名秀女一一检验过了，可以充当嫔人的只有九名。其余的三百五十一名分发给各宫，充当宫女。世宗把合格的九名，全都纳为嫔人。这九名是：郑淑芬、王秀娥、阎兰芳、韦月侣、沈佩珍、卢兰香、沈碧霞、杜雅娘、仇翠英。这九位嫔人，个个出落得花容月貌，非常娇艳。其中的杜嫔人更是长得沉鱼落雁、闭月羞花。还有卢嫔人，也是冶艳无双。世宗对杜、卢两嫔人，比别的侍嫔格外宠幸。其他嫔人世宗难得临幸一两次。一个月中，杜嫔人召幸二十次，卢嫔人四五次，其他嫔人有的一个月只召幸一次，有的一次也不会召幸。

宫闱规矩虽然严格，但是争风吃醋的风习，帝王家的嫔妃和百姓家的妻妾没有两样。何况女子们天生狭窄妒忌。一样是嫔人，杜嫔人为什么这样得宠，韦嫔人等嫔妃怎么如此被冷落呢？这样一天天下去，得不到召幸的嫔人，自然由恨生妒，由妒而怨，慢慢地暗斗起来。在韦嫔人、沈嫔人佩珍、沈嫔人碧霞、王嫔人、郑嫔人、仇嫔人、阎嫔人中，学问要首推韦嫔人，聪敏伶俐要算王嫔人，奸恶狠毒要算沈嫔人佩珍，乖觉是阎嫔人，郑嫔人最忠厚，仇嫔人极其和蔼，沈嫔人碧霞最呆笨。七个嫔人，性情行为各自不同，容貌却都十分娇美。可是做人总是聪敏伶俐的占先，乖觉的也还不吃亏。王嫔人虽然得不到宠幸，但她聪明，总能想出许多妆饰的花样儿，打扮得和天仙似的。俗话说得好，三分容貌七分妆，王嫔人本来就很艳丽，再加上她善于修饰，更加显得亭亭玉立、临风翩翩了。

一天世宗驾游西苑，九位嫔人都在身边侍候，王嫔人打扮得异常妖艳，站在众人当中，自然和别人不同。世宗见她光艳照人，妩媚可爱，不禁心里一动，伸手拉住王嫔人玉臂，仔细端详，越看越觉得可爱，赐王嫔人坐下，和她一起喝酒。嫔人无论怎样得宠，皇帝不赐坐是不敢坐的。所以世宗叫王嫔人坐下，最得宠的杜嫔人和卢嫔人倒在一边站立。还有沈嫔人等人，比杜嫔人站得还远。最气人的是，世宗还命沈嫔人佩珍斟酒，沈嫔人斟过世宗的酒，不能不给王嫔人斟酒，王嫔人虽然低低谦逊一句，沈嫔人心里还是非常不高兴。心想同样是个嫔人，为什么一个喝酒，一个像侍女一样在一旁给她斟酒呢？当时是世宗的旨意，不可违背，任你沈嫔人怎样刁钻，也没有办法，只好硬着头皮勉强去做。这天晚上，世宗命王嫔人侍寝。从此这位王嫔人渐渐地得宠了。还有乖觉的阎嫔人，她能看出世宗的喜怒哀乐，也深得世宗的欢心，世宗还常常称赞阎嫔人为人伶俐。这样一来，阎嫔人也跳过了龙门。

于是杜、卢、王、阎四个嫔人一样得宠，可算是并驾齐驱。这四位嫔人暗地里又争妍斗胜，各自显出狐媚手段笼络世宗。只有两位沈嫔人和韦、郑、仇这五位嫔人始终爬不上去，心里怎么不愤恨呢？尤其是沈嫔人碧霞，背地里不时怨骂，施展出她狠毒的心计，弄得最得宠的杜、卢、王、阎四位嫔人互相猜忌，在世宗面前互相攻击，几乎两败俱伤。杜、卢、王、阎四位嫔人暗斗，卢嫔人首先失败，她在世宗诵经的时候笑了一声，触怒世宗，被贬入冷宫。第二个是阎嫔人，没过一年，她生下一个皇子，赐名朱载基，世宗倒十分高兴，更加宠幸阎嫔人。不料她没福消受，朱载基满月后一病死了，世宗心里一气，把阎嫔人幽禁了起来。杜嫔人也险些被王嫔人倾轧出宫，幸亏她的肚子争气，生下一个皇子，世宗非常高兴。接着王嫔人也生下一个皇子。杜嫔人生的赐名朱载垕，王嫔人生的赐名朱载壡。在冷宫中的卢嫔人也生下一个皇子，赐名朱载玺。

世宗接连得到三个儿子，这种快乐可想而知。世宗还亲自抱着三个皇子去祭告太庙。到了满月那天，把三个皇子的日期定在一起，朝中大小臣工纷纷上章庆贺，外地官吏都来献呈礼物，这其中要算浙江抚台进献的那座长命百岁龛最讲究。那座神龛是用金丝盘绕成，龛中一个南极仙翁像用珍珠缀出，两旁是福禄两位星官，福星拿着如意，禄星手捧寿桃。龛下有个小小的机关，只要用手指微微一按，龛门便会自动打开，走出福禄两星。一个把如意一摇，变成一座小亭，亭中一只白鹿，衔着一朵灵芝，叫做灵芝献瑞。禄星的蟠桃也化开，变成一株梧桐。梧桐树上栖着凤凰，树下伏着一只麒麟，名叫麟凤呈祥。到了最后，南极仙翁走出来，手里的龙头杖略略一挥，变成一幅黄缎匾额，匾上写着“长命百岁”四个金字。这时机关停止，必须得再拨一下才能恢复原状。世宗看了，不停惊叹，把这件礼物赐给皇子朱载垕。世宗最喜欢朱载垕，爱屋及乌，杜嫔人依赖这个聪敏伶俐的皇子，由嫔人一跃成为贵妃。

太监怀安到太华山去请道人邵元节。到了太华山，邵元节已经去往四川峨眉山了。于是怀安又赶到峨眉山，可不料邵元节又去了泰山。怀安于是又赶到泰山，但仍然没有遇到邵元节，仔细一打听，才知道他到江西龙虎山拜会张天师去了。怀安没办法，又赶往江西才和邵元节见面。怀安呈上聘金，读过圣旨。邵元节回说：“现在没有空闲时间，必须三个月之后才能进京。”怀安没办法，只好在江西等了三个月，才和邵元节起程。一路上怀安借着奉旨的名义到处索诈，地方官被他弄得叫苦连天。经过临清时，他硬逼地方官吏供应。当时的临清知县海瑞别号刚峰，为人刚毅倔强，做官却很清廉。他到任临清已经三年多了，依旧是两袖清风，一副琴剑而已。这时他听说怀安太监经过，勉强带个差役出城迎接。怀安沿途作威作福惯了。多数地方官员听到怀安是皇帝亲信内侍，又是奉旨钦使，谁不想巴结一下？一切供应铺张，十分奢华，以博取怀安欢心。所以把怀安奉承得趾高气扬，几乎忘了自己的本来面目。他所经过的州县，那些知府县尹除了竭力供应之外，还要再送他些银子。

怀安的行车上装满了金银珠宝，引得绿林中人一个个垂涎三尺。但怀安每到一个地方，地方官总是派兵护送出境。到了邻县，该县的地方官则派亲兵来接。绿林中人没有空隙可乘，只好望洋兴叹。不料到了临清，不见县尹派人来接，怀安心里很诧异。邻县护送的兵士见已经出了自己的境界，照例辞别怀安回去。怀安眼巴巴地望着临清县有人来迎，走了半天，鬼也没有半个。怀安不禁大怒道：“知县难道是聋子瞎子吗？为什么还不来接我？”说完回头对从人说道：“你们把知县抓来，等我发落！”从人领命，正要去临清县衙狐假虎威地发作一番，远远看见两个敝衣破履、乞丐一样的乡民从大路上一步一蹶地走来。怀安大声问道：“你们两个花子，可知道本县知县在什么地方？”两个人当中一个面色白皙的人拱手说道：“卑职就是本县县尹。得知张公公驾临，特地前来迎接。”怀安听了，不觉呆了半晌才高声喝道：“你这副德行也配做父母官吗？”那个人正色说道：“为官只要廉洁爱民，岂在相貌好坏？”怀安被他一句话堵住，弄得不好开口，愣了半天，又喝问道：“你既然是本处父母官，为什么装得这样贫穷，连做官的威仪都没有。你自己看看，像个什么样！”那个人笑道：“本县连年荒歉，百姓十分贫苦，知县身为百姓父母，应该和百姓同尝甘苦。何况卑职天生不愿意剥削百姓，只有拿自己官俸去救济百姓，怎么能不穷呢！”怀安听了，也拿他没办法，接着问：“你叫什么名字？”知县答道：“卑职海瑞。”

怀安猛然记起海瑞的名字。一路上听人说起，说他是个清官，也是个强项县令。怀安知道今天到了这里，只好自认晦气，看他那个样子，是榨不出什么油水来的，于是垂头丧气地和邵元节两人一同跳下马，跟着海瑞来到馆驿。到了馆驿，只见驿中也没有驿卒，只有一个老妇、一个少女在那里当差。怀安问海瑞为什么不用男仆，海瑞笑道：“那些仆人嫌这里穷，做不到几天都走了。卑职没办法，只好令老妻和女儿暂时来这里侍候公公。”怀安听了，才知道馆驿中的老妇少女还是知县的太太小姐呢。走进馆驿里面，只见一张破桌子，四五只有底没背的竹椅，两张半新不旧的卧床，床上各放着一床粗布被褥。怀安看了，不禁连连摇头。过了一会儿，海瑞供上午餐，却是粗茶淡饭，非常草率。怀安平时穿绮罗，吃肉食，这种粗茶淡饭，他哪里能够下咽？邵元节勉强吃了一些。到了晚上，海瑞又亲自掌上一盏半明不灭的气死风油灯。这一夜冷冷清清，在破窑似的馆驿里面，寒风飒飒，村外犬吠狺狺，野树上鸮声恶恶，那种凄凉的情景真是生平从来没有遇到过。穷奢极欲的怀安睡在粗布被上，不盖冷，盖了实在有些难受，翻来覆去，一夜没睡着。好不容易听到远远的鸡鸣声，天渐渐亮了。怀安好像坐了一夜牢狱，巴不得早点天亮，匆匆忙忙地起床，胡乱梳洗完毕，和邵元节两人带上从人，匆匆地赶往别处。

怀安离开临清，走出不到半里多路，忽然一声大喊，十几个大汉驰马飞来，不问青红皂白，把怀安载着的金银珠宝全部抢走。从人想上去争夺，被一个大汉挺刀砍翻三四个，其余的不敢上前。怀安见遇到暴客，性命要紧，丢下所有东西空身逃走。逃出很远，邵元节也追上来，不见强盗追来，大家才把心放下。不一会儿，从人也全都赶上，受伤的三四人及索诈来的金银珠宝全没了，连车也被强盗抢去了。怀安十分懊恼，比住在临清时更加生气。但是强盗不怕王法，任你怀安怎样威风也拿他们没办法。怀安只得兼程赶往邻县前去报失。知县虽然竭力替他查找，但一县差役忙得一天星斗，仍然毫无踪影。怀安限定他们一个月破案，到了期限，不要说强盗连小偷也没有捉到半个。怀安等得不耐烦，只得择日起身赶路。知县虽然巴结怀安，但是捉不到强盗，也是无可奈何的事，只好在怀安临行时，拼拼凑凑地送了他三千两白银。知县已经挣扎出一身大汗，怀安却连正眼都不看一眼。他以为多的都没了，这点自然不放在心上。不过怀安自从经过这次巨创，把海瑞恨得牙痒痒。他恨的是海瑞不派从人护送，以致多日收罗亡于一旦。

怀安一路进京，搜刮和剥削兼施，越弄越凶，要把失去的金银珠宝全部搜刮回来。这样游游宴宴地到了京城，果然满载而归。这时已是冬末春初，又是一年了。怀安去请邵元节，足足用了一年半时间。怀安领着邵元节觐见世宗，把路上寻找的经过细细讲述了一遍。好在世宗的几位嫔妃已经生下了几位皇子，不用邵元节求子了。

邵元节见到世宗，行完礼，世宗问过姓名，见邵元节仙风道骨，的确和普通道士不同，便问他长生的方法。邵元节说寡欲清心。世宗很同意他这个说法，把邵元节留在宫中，给他建起一座真人宫。又在内宫特地修建一座醮坛，邵元节天天登坛祈祷，世宗亲自叩头礼拜。只见香烟缥缈中经常有一只仙鹤，护住炉鼎。世宗看了，暗暗称奇，于是越发信任邵元节。世宗一心想求长生不老，白天听政回宫，就来坛上行礼。晚上住在坛下，什么杜贵妃、王嫔人等等，好久没有召幸了。一天世宗和邵元节谈禅，直到三更多天才回坛下睡觉。经过坛台左侧的青龙门时，见有三四个少女在那里打秋千玩耍。世宗也觉得有趣，呆呆地站在青龙门边，一声不响地看着。几个少女你推我拥地闹了一会儿，其中一个十五六岁的才爬上秋千，只甩动两下，秋千的绳子忽然断了，把少女抛出一丈多远，恰好撞在世宗身上。

世宗怕她闪疼了，慌忙伸手把她扶住。少女笑得前仰后俯，莺莺呖呖地，一时站不起身，蓦然见世宗站在旁边，不禁吓得花容失色，低下头跪了下去。世宗把她扶起来，细看少女一张娇小的脸，觉得她很娇憨可爱，忍不住心里微微一动，牵着少女纤纤玉腕，走进坛下禅室里，在雕牙床前和她并肩坐下。世宗搂着她的酥肩，笑嘻嘻地问道："你叫什么名字？进宫几年了？"少女似惊似喜地红着脸答道："民女叫萍儿，青柳人，那年和杜娘娘一块选进宫来的。"世宗想了想，却又想不起来，便又笑着说道："你有姐妹兄弟吗？家中还有父母没有？"萍儿低低地答道："民女从小没有父亲，家里很清贫。那次选秀女，被县令钱如山强行指派。母亲只有民女一个，心里很舍不得，又没银两去孝敬县令，母女两个只好生生地分离。隔壁陈家五小姐，他们有钱去贿赂县令，就没有被选进宫。"萍儿说着，不禁想起她的母亲，眼圈一红，流下眼泪。世宗从袖中掏出罗巾给萍儿擦泪，安慰她道："你不要伤心，将来朕封你做个嫔人，你说好吗？”说着故意瞪着两只眼睛，一眨一眨地看着她。萍儿本来还是天真烂漫的孩子，被世宗这样一逗引，眼泪还挂在脸上，却扑哧地笑出来，自己又觉得不好意思，从世宗手中抢过罗巾，掩住她半个粉脸，向世宗怀里一倒。世宗哈哈大笑，萍儿伏在世宗膝上也咯咯笑起来。世宗趁势把她一抱抱在膝上，俯身去嗅她的粉颊，嗅得萍儿倚身不住，倒在床上打滚，香躯被世宗按住，不能动弹，两只凌波纤足一上一下乱颠。世宗伸手到萍儿怀中去挠她的痒筋，萍儿忍不住痒索性放声大笑。

萍儿是个情窦初开的小女孩，天真未泯，憨态可掬。世宗和她玩闹，引得萍儿笑声吃吃，媚眼带妍，香颦微晕，似有情又似无情。小女儿家往往有这样的情形。世宗正和萍儿打趣，不料门外跳进一个神头鬼脸的东西，把萍儿和世宗都吓了一跳。只见那怪东西似人非人，慢慢地走到床前，灯光下看去，更觉得十分恐怖。萍儿本来就胆小如鼠，这时已经吓得往床上乱躲，用一幅绣被掩住头脸，瑟瑟发抖。世宗倒还胆大，等那个怪东西走近，从床上跳起来，飞起一脚把那怪东西踢了一个跟头，那怪东西哇地一声哭出来。世宗很诧异，急忙用灯去照，原来是一个十二三岁的小宫女，反披一件绣服，把罗裙系在两肩，头上套一个鬼脸，又加上在夜里，突然和它遇上，谁都要吓得跳起来。世宗看了也觉得好笑，问：“谁叫你扮成这个样子的？”小宫女见是世宗，吓得浑身哆嗦，含着眼泪答道：“外面的姐姐们听到房中笑得起劲，特地推我进来吓人的。”世宗听了，转身向门外看去，那些宫女已经逃得无影无踪了。原来一群宫女听到禅室中咯咯的笑声，分辨出是萍儿和人玩闹，知道她胆小，所以叫小宫女扮鬼吓她。等到看见世宗从床上跳起来，才知道萍儿是和皇帝玩耍，吓得一个个魂不附体，都转身逃走了。

世宗也不动怒，只是叫小宫女出去，随手把禅室门轻轻关上，回头再看床上的萍儿，还在那里发抖。世宗在她肩上微微拍着说道：“别害怕了，那不是怪物，是宫女们扮鬼来吓你的。”萍儿听了，才敢钻出头，对着灯火呆呆地发愣。世宗知道她惊魂未定，顺势把萍儿的粉臂一拉，抱在怀里安慰她。过了好一会儿，萍儿渐渐恢复原态，依旧有说有笑，显出她一派天真烂漫来。世宗一面和她说笑，一面替她解去罗襦。这时的萍儿，又欢喜，又惊惧，十七八个画师怕也描画不出来。夜里萍儿在禅室中侍寝，但是她年龄毕竟还小，不懂什么情趣，只知道一味孩子气。这一夜禅室里，一会儿嬉笑，一会儿又啼哭，一直闹到鸡声乱唱才沉静下去。世宗很宠爱萍儿，从此命她在禅室侍候。世宗每晚奉经，萍儿在一旁站立。等世宗诵完经，两人手拉手上床。萍儿已经不像前几天那样啼哭了，世宗也对她更加怜爱，又命总务处赐给萍儿的母亲黄金两千两，作为养老费用。

一天世宗无意中问萍儿道：“你们民间女子，为什么听见选秀女时都要害怕？难道将来不嫁人吗？”萍儿把粉颈一扭道：“当秀女和嫁丈夫差得远呢！女孩儿们嫁给丈夫，虽然和父母暂时分离，但不久就可以见面。如果做了秀女，一旦被选进宫，便永世不能和父母相见了。那么有女儿和没有女儿又有什么分别？所以女儿被官吏选中，做父母的只当女儿死了。若侥幸选不中，退回来算是再生。做父母的重新和骨肉相逢，像天上掉下一件宝贝。可是选中的人家，眼睁睁地看着别人的女儿回来，自己女儿却没有消息，这时的伤感和悲痛，就是在心头割一块肉也没有这样难受。”世宗听了不禁说道：“生离死别，本是人生最伤心的事。”于是下谕，宫中所有宫女，年龄在二十岁以上的，一律退回原籍，令父母自行婚配。这道谕旨下来，宫女们欢呼雀跃。总管太监一一录籍点名，满二十岁的均列在遣归的籍中。那些宫女拔簪抽饵，纷纷贿赂太监，巴不得早点回乡。可怜深宫里面，竟有年龄在三四十岁以上的老宫女，半生不见天日了，得到这道恩旨，连眼泪都几乎笑出来。管事太监录名完毕，共一百九十二人。有四十几名还是孝宗朝的老人，都四十多岁了。世宗每人赏白银三百两，各自按籍贯令该处的地方官查询父母姓名，立即回乡。

遣散宫女那天，路上车辆络绎不绝，老宫女款段出都，多数已是半老徐娘，所谓来时绿鬓青丝，回去已经是白发苍苍。她们回到家中，父母多半已经亡故，想起和父母分别，今天回来，只剩下一抔荒土，凄凉情形，真是不堪回首。世宗遣散一百多个老宫女，自然要添进新宫女，于是选秀女的风潮又闹得乌烟瘴气。这次挑选宫女，世宗亲自过目，四百五十二人中只选一百十七人，一个个都丰姿秀丽，美目娇盼。其中一个宫女是青阳人，芳龄只有十九岁，长得十分秀丽。世宗见她妩媚动人，便把她留在禅室中。这个宫女姓徐名翠琴，为人很伶俐，不过每逢世宗和她说笑时，她总是愁眉苦脸，不是推托躲避，就是默默垂泪。世宗知道她一定有心事，但是盘问她时，她却不肯吐露。

·翠琴行刺·

光阴似箭，转眼又是初春。鸟语花香，微风送暖，人间最好的时光莫过于春天。世宗这时除了参禅之外，就带着杜贵妃、王嫔人等人游览西苑。聪敏伶俐的王嫔人采集百花，酿成一种佳酿，世宗称赞她的酒味甜醇美，特地在西苑涵芳榭里设下百花酿会。王公大臣、后妃嫔人，每人赐三杯百花酿。世宗又传谕，大臣每人吟一首百花诗。一直喝到日落西山，王公大臣由太监掌上明角灯送出宫门，各自乘轿回去。世宗等大臣们散去，见东方一轮皓月升起，照得大地如同白昼，不禁十分高兴，命嫔妃们陪自己接着喝酒。这时张皇后也在旁边，她见世宗闹酒，越喝越起劲，心里早有几分不高兴。恰好宫女翠琴也站在一边，世宗命宫女赐给她一杯百花酿，翠琴跪下谢恩，站起身把酒喝下。但是她不会喝酒，一杯下肚脸泛桃花，白里透红，红中透白，显得更加娇艳可爱。世宗有些醉了，忍不住一伸手拉住翠琴的玉臂，抚摩把玩，看了又看，嗅了再嗅，恋恋不舍。

张皇后在旁边见到世宗这种丑态，心里很难受，一股酸意由丹田直透脑门，她猛然站起身，把手里的筷子向桌子上一扔，转身离开。世宗一向刚愎自用，又是在酒后，怎么肯任张皇后耍性子，立即勃然大怒道："你当年不过是个侍嫔，朕封你做了皇后，也没有亏待你，你倒在朕面前发脾气，以为朕不会废掉你吗？"说完把手中的玉杯向张皇后扔去，幸亏张皇后走得快，只是衣裙上稍微溅上酒汁。张皇后回到宫中，心里越想越气，不禁放声大哭。世宗也怒气不息，立即命太监取过笔砚，写下废去张皇后的手谕，盖上玺印，吩咐太监明天早朝颁示阁臣。

翠琴呆呆地站在一边，见世宗对皇后尚且这样无情，对其他的嫔妃也可想而知了。人说帝王大多喜新厌旧，一厌恶就弃如敝屣，毫无情义，这话的确不假。翠琴呆呆地想着，心里十分害怕。忽然见世宗拟好谕旨，醉醺醺地走过来，一把握住自己的手腕向禅房走去。两边侍候的太监慌忙掌灯带路。世宗不等太监点灯，已经乘着月色走出涵芳榭。翠琴见世宗酒气冲天，不敢借故推托，但是心里却十分紧张。世宗听到脚步声，回头见四五个太监手里掌着灯，就叫他们退回去，不必来侍候。

太监们领会，纷纷退下。翠琴察觉到世宗的举动似乎有些不妙，他连侍候的太监都赶走了，这不是明明要翠琴侍寝吗？到了坛下禅室前面，世宗和翠琴并肩走进禅室，世宗令翠琴关上门，老实不客气地让她脱衣侍寝。翠琴听了，大吃一惊。她担心的那件事真要发生了，今天或许不能躲过去了。翠琴真有点为难，她要是不领旨，罪名可不小，如果低头从命，岂不是遭受玷污？思来想去，一时想不出一个两全的办法。

翠琴心里七上八下，呆呆站在房中。世宗上床盖上绣被，连声催促翠琴，弄得聪敏伶俐的翠琴走投无路。世宗见她还是站在那里，以为她女孩儿家怕羞，故意在那里忸怩作态，于是裸体跳下床，一把抱住翠琴，往床上一按，一只手替翠琴脱衣服，差不多要用强力了。翠琴没想到这位堂堂的皇帝竟然会用这种急色手段，想站起身，两条腿却被世宗压住，已经不能动弹，左手又被世宗紧紧握住，转眼上衣已经被世宗解开，酥胸微露。世宗带笑用手抚摩，觉得温软柔滑、细腻无比。世宗得到便宜，又要进一步去解她的小衣。翠琴非常着急，又不敢高声叫喊。即使她叫喊，也不会有人来救的。在这千钧一发的时候，翠琴忽然柳眉倒竖，杏眼圆睁，娇嗔一声，从罗裙中猛然抽出一把锋利的尖刀，向世宗喉间刺去。世宗眼快，灯影下觉得白光一闪，急忙扭头躲过，但脖子已被划伤，鲜血直流出来。世宗觉得脖子上有些疼痛，用手一摸湿腻腻的，仔细一看是鲜血，不禁大喊一声："哎呀!"

此时恰好侍卫总管陆炳在坛下巡逻，听到世宗的喊声不是无故而发的，好似惊骇地叫喊。陆炳是个细心的人，他前次在大火中救出世宗后，两脚受伤，太医院给他治愈。世宗嘉奖他忠勇，封为伯爵，又提升他做侍卫总管兼京营兵马都督。陆炳做了侍卫总管，每晚黄昏必定亲自进宫，在宫中四处巡逻，叮嘱侍卫小心值班，自己再出宫回到都督府。这是陆炳的规矩，简直是风雨无阻。这天夜里，陆炳为了应酬同僚，进宫晚了一点，也是世宗命不该绝，所以喊声"哎呀"，正好被陆炳听到。陆炳向禅室里面张望。见世宗全身赤裸，脖子上、胸前都是鲜血，床上一个美貌女子，手里拿着明晃晃一把尖刀，正从床上跳下来，一手系着衣襟，粉脸上杀气腾腾，一双杏眼瞪着世宗，好像要动手的样子。这时陆炳已经知道十分危险，大叫一声"不要伤害皇上"，尽力一脚，将禅室门踢倒。世宗和翠琴都吃了一惊，见是陆炳，世宗急忙道："快来救朕!"话音未落，陆炳已经大踏步冲进来，叉开五指向翠琴抓去。

翠琴见陆炳雄赳赳的那副形状，担心受辱，用尖刀向自己咽喉刺去。陆炳怕翠琴一死没有活口，追究不出主使人，怎么肯轻易地放过她呢？说时迟，那时快，翠琴的尖刀才到脖子前，陆炳便已扳住她的粉臂。翠琴见情况不妙，索性一刀对准陆炳头上刺来。陆炳把头一偏，翠琴刺空，但因她用刀太猛，香躯和刀一齐扑过来，刀尖刺在陆炳右腕上，鲜血直冒。陆炳也顾不上疼痛，骂一声："好厉害的泼妇!"两手把翠琴的粉臂一搭，翠琴那样弱不禁风的娇女子，怎经得起陆将军的神力，早被陆炳掀翻在地，纤腕握不住尖刀，当啷一声，抛了出去。陆炳按住翠琴，从自己身上解下一根丝绦儿，把翠琴的两手结结实实地绑好。转身来看世宗，只见世宗赤身蹲在床边，呆呆地睁着双眼。陆炳知道他受到惊吓，急忙俯身下去，把世宗扶上牙床，取个枕头做背垫，又拉过一幅绣被给他轻轻盖上，低声说道："陛下受惊了吗？"世宗没有说话，只是略略点头。陆炳回头倒了一杯热参汤，递给世宗慢慢喝下去，自己跑到警亭下面，叮叮当当打起云板来。警亭云板没有紧急事是不能打的，宫里的太监、宫女、侍卫纷纷跑来。陆炳令侍卫退下去，吩咐太监去找太医，又选了几个灵敏的宫女去禅室里服侍世宗。世宗在禅室中，难道连宫女、太监都没有一个吗？世宗身边那个萍儿又到什么地方去了？原来禅室不比宫廷，是世宗参佛的禁地，太监、宫女不奉召唤不敢进来。世宗回禅室的时候，本来有五六名太监跟着，但都被世宗赶走了。那个萍儿，自从翠琴进宫，世宗喜新厌旧，命翠琴在禅室中侍候，将萍儿封为嫔人，住到其他宫里。陆炳仓促中不知道传唤哪一宫太监，所以只好去打云板。过了一会儿，太医来了，诊脉完毕，留下药方，太监忙着煎药，给世宗喝下。

又过了好半天，世宗心神略定，才能开口说话。太医已经替世宗把头上的伤痕包扎好，擦去血迹，站起身退出。太医走后，世宗令陆炳把翠琴押过来跪在床前。世宗慢慢问道："朕和你有什么仇怨，非要持刀行刺？你身上带着利刀，想行刺已经不止一天两天了，你受谁指使？从实供出来，朕决不难为你。"翠琴朗声答道："今天的事，全是我自己的主意，并没有谁指使。至于我要杀你，不是和你有仇，实在是你逼人太甚，我才拔出刀自卫。"陆炳在一旁禀道："陛下不用多问，臣带她回府刑讯。"世宗摇头道："朕已经明白她的用意了，传总管太监把翠琴领到景春宫去暂住。"景春宫即是以前的景寒宫。夜里陆炳留在宫中，到了第二天上午才出宫。世宗在禅室里养伤，足有三天没有临朝理政。翠琴被禁在冷宫，知道世宗不杀是还有不舍之意，但她已经打定主意，无论如何，宁死也不受辱。翠琴为什么如此坚决，后文自有交代。

·金钩少侠尚玉·

嘉靖年间，有个著名的北方大侠叫红燕，是顺天人。他生平没有姓名，江湖上都称他红燕。红燕往来大江南北，做了很多侠义的事，专门杀贪官污吏，干下案子，留一只红绒燕子在事主家里。红燕于是名震四方。做官的听到红燕的名字，一个个魂飞胆破。当时官府也曾经派得力探捕四处抓捕红燕，结果不但红燕捉不到，承担这差使的捕役倒被他杀死了。这样一来，捕役们要顾性命，从此谁也不敢再去尝试。一天红燕经过通州，见一群少年在练武，其中一个美少年使一对虎头钩，虽然并不十分高超，却也算得上少年英雄。那群少年使完兵器，开始比试射箭，恰好天上有一群鸿雁飞过，美少年连射三箭，三只雁先后掉下来，看得全场的人齐声喝彩。红燕看了，不禁暗暗点头，走上去和美少年打了招呼，问起姓名，少年说姓尚，单名一个玉字，是本地人。红燕和尚玉一交谈，倒十分投机，两人成了朋友。

尚玉小时候父母双亡，由他的族叔抚养长大。他五六岁时喜欢舞枪弄棒，不大喜欢读书。他族叔说道："现在天下太平，用不着什么武艺，还不如弃武学文。"尚玉答道："我学武艺，即使不替国家出力，专杀那些乱臣贼子，给百姓除害也是好的。"他族叔听了点点头，从此不再禁止他习武。后来，尚玉找到一位名师叫李胜芳，他是个有名的武师，十八般武艺样样精通。李胜芳在京城专教那些官宦子弟，俸金极高，普通人家请不起他。他的弟子在疆场上建立功业的很多。如靖远侯永希，做到三边总制，也是李胜芳的弟子。许多荫爵封官的弟子都想叫他做官，李胜芳却淡于名利，除了教徒弟之外，再没有其他兴趣。严嵩父子专政，严世蕃出重金聘请李胜芳，命他教授家将，李胜芳推说年老力竭、武艺荒疏，坚决拒绝。严世蕃再派人去请他时，李胜芳已经回到通州原籍。

尚玉听说李胜芳告老还乡，知道他武艺高强，要拜他为师。李胜芳再三不答应，说自已年老，回家休养，从今以后不再收徒弟。无奈尚玉苦苦哀求，李胜芳见他心诚，不禁有些动容，于是允许尚玉做他的关门徒弟。尚玉很聪敏，李胜芳也因为尚玉是自已的关门弟子，尽心极力地指教他，又教他使一对虎头金钩，有神出鬼没的技能。不到三年，李胜芳的所有本领，十分中尚玉已经学会了九分。李胜芳见尚玉伶俐，又肯用心，说他将来必定大有作为，所以把最小的女儿嫁给他。尚玉学得一身好功夫，又获得一个美丽娇妻，他这时心里还会不快活吗？

李胜芳有三个女儿，没有儿子，他把生平绝技都传授给他三个女儿。不过三人之中小女儿本领最强，长相也最美，于是尚玉非常高兴。迎娶那天，亲朋好友都来贺喜，一半倒是想看看新娘的绝技。新娘芳名叫珍姑，是李胜芳最喜欢的女儿，附近村庄中无人不知珍姑武艺高强。尚玉迎娶珍姑过门，许多亲朋好友都嚷着要新娘表演，否则大家不走。尚玉也急于要看看妻子的武艺，也帮着亲友去劝珍姑，叫她随便使一会儿刀枪，好让亲友们死心塌地。珍姑无奈，吩咐侍女取出两把宝剑，又命侍女把两个鸡蛋放在地上。珍姑脱掉外衣，露出一身银红的紧身袄裤。把手腕掳一掳，拿着两把宝剑走出房间，轻启朱唇嫣然一笑，说声："献丑了。"飞身跳上鸡蛋，一双凌波纤足踏在鸡蛋上面，手中剑光霍霍，舞得呼呼风响，寒气逼人。亲友们看了，齐声喝彩。珍姑舞了一会儿，侍女笑嘻嘻地端出一笆斗黄豆，分给亲友们，让他们每人抓一把，向珍姑扔过去。

等到黄豆撒完，珍姑也舞完了，她依然站在鸡蛋上，面不改色。再看黄豆都在珍姑一丈开外，一丈内的圈子里面连半粒黄豆也没有。圈子以外却堆了半寸来高，而且黄豆不偏不倚，整整地分成两半。一斗多黄豆，竟然找不出一个完整的。这时那些亲戚朋友忍不住齐声叫好。珍姑在喝彩声中跳下鸡蛋，一笑进房去了。亲戚们纷纷散去，赞叹不绝。尚玉见妻子有这种绝技，自己万万比不上她。于是哀求珍姑要她教授武艺。珍姑正色说道："你保身本领已经足够，还要学它干什么？何况你性情急躁，武艺高强必然惹祸，那又何苦。"尚玉不肯听，一定要她传授。珍姑没办法，只得说道："你学会我的武艺，如果出去闯祸，我自然会知道，那时你不要怪我，我可要终身不许你出门一步了。"尚玉急着学艺，连声答应。此后尚玉随他妻子珍姑天天习武，这样过了两年。

尚玉的族叔想去山西，让尚玉保护他。尚玉是族叔抚养长大的，不好违背，于是叫珍姑料理行装。尚玉想把金钩带在身边，珍姑不肯，道："你有钩在身边，又要出去闹事吗？"尚玉只得把钩留下。临行那天，珍姑嘱咐道："你这次去有叔父相随，自然不至于胡来。但是你自己回来的时候，我怕你没有耐性，因而吃别人的亏。天下奇人很多，高人之外有高人，你万事不可莽撞。"说完在尚玉胳膊上，用手指掐了七下，现起七点红痕。珍姑说道："这红痕是记号，你一闹事，红痕就会消去，七点如果消去五点，你就不要回来见我！"说完又把一对象牙筷子塞在尚玉靴统里道："这是你的防身器具，不要丢掉。"尚玉一一受教，保护族叔起程。

不久到了山西，族叔去办自己的事，尚玉辞别族叔回家。一路上倒也没有遇到什么。尚玉自己暗笑道："珍姑嘱咐我不要惹祸，我不去惹人，人也不来惹我，会闯什么祸？"尚玉在陆地上走了两天，前面是玉带河。河虽然不是很大，却没有石桥，必须得坐船过去。尚玉慢慢走到河岸上，见二十几艘渡船一字排在那里。尚玉选了一只最宽大的，上船坐在舱中。坐了一会儿，渡船上客人已经坐满，但船还是不开。船上的乘客一齐哗噪起来。船夫急忙安慰道："客人们不要着急，现在跟过去不同，没有和尚爷爷的命令，我不敢开船。"其中一个客人大声说道："什么秃驴我不怕他，快给我开船。"船夫不肯答应，客人破口大骂。此时早有和尚的恶党跑去报知和尚。不一会儿，和尚来了，只见他身长面黑，身体魁梧，相貌极其凶恶，右手提着一根铜鞭，长约五六尺，后面跟着十几个无赖赶到船头，恶狠狠地问道："谁敢骂和尚，和尚跟他较量较量。"船上的客人猛然从船中跳起来，手里抡着一条木棍，直奔和尚。和尚急忙用铜钱鞭相迎，打了有四五个照面，客人的木棍被和尚一鞭打断。和尚乘势一鞭扫来，把客人的足骨打折了，客人倒在地上爬不起来。和尚哈哈大笑道："这种饭桶，也想在太岁头上动土吗？"和尚说完，倒拖着铜鞭走了。二十多艘船上的客人见和尚仍然不让开船，都有些愤愤不平，但又惧怕和尚勇猛，谁敢多嘴？尚玉坐在船上，想试试自己的武艺，但想起珍姑的嘱咐，就忍了下去。过了中午，船依旧停泊，毫无动静。有几个客人悄悄地去问船家，据说不到天黑，一定不会开船，因为和尚的命令到那时才会下来。

众人听了面面相觑，都不出声。那些有急事的客人差不多要哭了。但除了这个渡口，又不能飞过江去，只好静静等着，等和尚吩咐。等到天黑，和尚还是没有影踪。尚玉真有点忍不住了，站起身低低向那些客人说道："你们想现在过江吗？"众人齐声道："怎么不想？可是和尚太厉害，也是没办法的事。"尚玉笑道："我能除掉这个和尚，你们肯帮助我吗？"众人说道："我们都手无缚鸡之力，怎能相助？"尚玉道："我不要你们动手，和尚自有我去对付，只是他有一根铜鞭，我急切中弄不到家伙，空拳和他厮斗，和尚凶猛，一时制不住他。等会我与和尚对打，你们见我往来躲避时，每人把铜钱一把撒向地上，并齐声叫：'和尚铜鞭打散了'，那时我自有办法打倒他。"众人听了，见尚玉神采奕奕，知道不是个没本领的人，于是都点头答应，去准备铜钱。尚玉走到船艄，故意做出要解缆开船的样子，又大喝船夫道："快给我开船！和尚来时，我去对付他。"船夫也听到尚玉的嘱咐，巴不得把和尚打死，他们能够自由渡人，便真的去拔篙撑船。和尚的党羽又去飞报，和尚提着铜鞭赶来，高声叫道："谁敢不奉我的命令开船？"尚玉挺身应道："是我。"和尚见尚玉赤手空拳，想必有几分本领，微笑道："刚才使棍的被我打倒，你是见过的，你空手和我较量么？"

尚玉见和尚背后跟随着三四十人，担心寡不敌众，于是激和尚道："你有兵器，我是空手，好汉应该单打独斗，不许叫人相助。"和尚见尚玉空手，欣然说道："要人帮忙，算不上英雄好汉！”说完令众羽党退下去，扬一扬手里的铜鞭，向尚玉的头顶打下来，尚玉急忙闪过，回手就是一拳，和尚用鞭架开。一僧一俗，两人在空场地上来来往往地斗了起来。这样战到三四十个回合，和尚越斗越勇，把一根铜鞭舞得呼呼风响。尚玉毕竟是空手，斗到五六十个回合，渐渐有些乏力，转而使用猴拳，只是上下左右地跳跃躲避。和尚想自己用兵器还打不败尚玉，心里又急又气，那根铜鞭更使得神出鬼没，一步一步地向尚玉逼来。尚玉这时已经累得一身是汗，虽仍与和尚狠斗，却只能遮拦架格，并没有还手之力。正在危急的时候，船上的客人和船夫见尚玉逐渐倒退，于是发个暗号，每人抓了一把铜钱，豁啷一声齐齐撒在地上，嘴里大嚷道：“和尚的铜鞭打散了！”和尚正使鞭如风，猛然听到众人说他鞭散了，不禁吃了一惊，急忙抬头看鞭。这时众人只听一声狂叫，和尚已倒在地上乱滚。和尚的党羽想来救，被尚玉一顿拳脚打得落花流水，四散奔逃。众人再看和尚，已经躺在地上不能动弹，眼睛里插着两只象牙筷子，眼珠突出，筷子尖直透脑后，流着花红脑浆死了。原来尚玉让众人撒钱，齐嚷和尚铜鞭散了，知道和尚一定着急顾鞭，尚玉趁和尚向上看鞭的空，从靴统中抽出象牙筷，戳进和尚双眼，手脚敏捷迅速，真是出人意料。众人当时瞪着眼看着，只见尚玉稍一俯身，和尚已经倒在地上。

这时二十艘船上的客人，无不称赞尚玉武艺高强。船夫见和尚已死，于是解缆开船。从此这个渡口，百姓随时可以渡河，再没有人阻挡。众人渡到对岸，都向尚玉道谢，船夫也再三叩谢尚玉替他们除去一害。尚玉头也不回自己走了，快到家的时候，看手上的红痕，已经消去四点。到了家里，珍姑验看红痕，七点消去四点，问尚玉出了什么事。尚玉不好隐瞒，把用象牙筷戳死和尚的经过说了一遍。珍姑大惊道：“这个和尚是我父亲的师弟，叫做乌钵和尚，你现在把他弄死，他还有一个徒弟金灵子，本领十分高强。他打听到是你下的毒手，还会不来报仇吗？”尚玉听了，急得面色如土，半天说不出话。珍姑叹口气说道：“我叫你路上不要多事，现在真的闯出大祸。如果我父亲还在人世倒不用害怕，现在我父亲已经去世，金灵子如果来，没有人是他的对手，应该怎么办呢？”尚玉道：“我打死和尚，又没有说出姓名，金灵子怎么会知道？”珍姑顿足说道：“交手时你用的象牙筷，除了我父亲，谁都没有。内行人一看，就知道是我父亲手下的人，还打听姓名干什么？”尚玉见珍姑这样着急，料想不是假的，心里十分忧虑。

时光飞逝，转眼又是春尽夏初。一天通州来了个少年和尚，一路打听李胜芳家。有人来告诉珍姑，珍姑惊道：“金灵子来了，我前去会他。”尚玉说道：“他又不找上门，我们反而去找他吗？”珍姑说道：“他既然来了，躲是躲不过的，不如和他去拼一下再说”。于是珍姑匆匆收拾妥当，带上应用的利器，独自出门去了。尚玉在家里眼巴巴地等着，从早上等到下午，还不见珍姑回来，尚玉心里万分着急。天黑以后珍姑依然没有踪影。尚玉不禁心慌意乱，正要出门去探听，忽然听到檐上瓦声一响，珍姑跳了下来。灯光下见她玉容苍白，一言不发走进屋中，扑地倒在炕上，沉沉睡去。一直到三更多天，尚玉翻来覆去睡不着，猛然见珍姑从炕上跳起来，叹了口气又睡下。过了好一会儿，珍姑才转过身，握住尚玉右手，垂泪说道：“我和你三年恩爱夫妻，不料今天就要分别。”尚玉听了，忍不住眼泪纷纷地道：“你好好的人，为什么说出这样的话？”珍姑答道：“我早上出去，和金灵子相遇，他使出平生绝技和我打斗，用金爪法把我抓伤，伤到心肺，恐怕不能活了。但是他也被我击到一掌，虽然不至于死，治愈后必定残废。我死之后，残废和尚就是我的仇人，你要给我报仇。”珍姑说到这里，声音慢慢低下去，两眼往上一翻，气绝身亡。

珍姑死了，尚玉大哭一场，用上等衣棺盛殓，即日抬到南山安葬。尚玉遇见红燕时，珍姑已经死了一年多了。尚玉自从结识红燕，知道红燕武艺比自己好，请红燕帮助他给珍姑报仇雪恨。红燕慨然答应。两人一路打听金灵子的住处，后来听说他在江西狼山山谷里，搭着茅棚子在那里静修。尚玉前去见他，金灵子一只左臂已经残废，只剩下一只右臂。可尽管如此，他斗起来还是十分凶猛。尚玉有些抵挡不住，红燕在一旁暗暗发出一支金镖，打在金灵子右腕上。金灵子“哎呀”一声，刀掉在地上。尚玉手里有兵器，终究占着上风，又有红燕相助，金灵子不能抵挡，转身刚要逃走，红燕大喝一声，飞剑把金灵子半个天灵盖劈去，尚玉抢上一步，对准金灵子前胸一刀把他杀死。两人把金灵子的尸首抬进茅棚，放起一把火，把金灵子的死尸和茅棚一起烧得精光。报了珍姑的仇，红燕和尚玉辞别，去往西蜀。

·有情人终成眷属·

尚玉也和红燕一样漂泊江湖，做些除暴安良的事。当时通州圆光寺里有个老和尚叫普明，年纪九十多岁了，还能使一百四十斤的铁禅杖。尚玉经常到圆光寺里和普明闲谈，交情很深厚。一天尚玉又到圆光寺与普明闲聊，无意中回头，见禅房中坐着一个秀士打扮的少年在那里独自落泪。尚玉问道："那少年是谁？"普明叹息道："说起这个少年，话很长啊。据他自己说，他是青阳人，因为打探他爱妻的消息，从青阳赶到北京。到了本寺，已经身无分文。听说他妻子已经被幽禁，他十分伤心，在寺后解带想要上吊。老衲听到隐隐的哭声，走到寺后，见他在那里吊上去，便把他救下来。然而老衲也帮不来了他，正在为难呢。"尚玉听说少年秀士千里来找妻子，料他定是个有情的男子。但是他的妻子怎么会到北方来的呢？其中肯定有隐情，于是让少年秀士出来说个明白。少年见尚玉相貌不凡，英俊之气流露眉宇，知道不是平常人，急忙行礼。尚玉谦让一会儿，两人相对坐下，尚玉问少年自尽的原因。少年还没开口，反而先落下了眼泪。尚玉安慰他道："你先不要伤心，有什么隐情告诉我，我可以替你出力。"

少年道谢，慢慢说出事情的原委。原来这少年姓程名鹏，字万里，是青阳人。妻子姓徐名翠琴，还没有娶过门，便被县令甘黎棠强选为秀女，献进宫中。以前曾经辗转托人送进一封信去，但始终没有回音。现在听太监们传言，说妻子做了宫女，因为拒绝皇上召幸，被幽禁在冷宫，从此更加没有消息。程万里说到这里，又不禁痛哭起来。尚玉愤然说道："专制的皇帝，又有那些贪官为虎作伥拆散人家夫妇，这罪恶还是贪官污吏造成的。皇帝虽然权力大，他一天到晚待在宫里，哪里知道外面的事。"说完对程万里道："你要和妻子见面吗？"程万里急忙答道："我日夜盼望见到妻子，只是办不到。"尚玉笑道："我既然已经答应你，你只要安心住在这里，我早晚会让你们相见。"程万里听了，连连叩头。尚玉把程万里扶起，笑着对普明和尚说道："按你们出家人说法，我又要多事了。"普明也笑笑，尚玉站起身告辞。这样过了半个多月，程万里天天盼望尚玉，把脖子也望长了。一天晚上，猛然听到急促的敲门声，程万里出去开门，只见尚玉领着一位美人进来，仔细一看，美人不是翠琴是谁？两人见面，好像在梦中一样，不知道是悲是喜，弄得一句话也说不出来。还是程万里想着，急忙回过头拉翠琴向尚玉拜谢。等到两人站起身，抬头一看尚玉已经无影无踪。

程万里诧异道："怎么没有一点声音，人就不见了。"说音未落，普明也走出来，笑着说道："侠客做事，都是这样的。"程万里听了，和翠琴感激尚玉。程万里和翠琴、普明和尚三人一同走进禅房。普明向翠琴笑道："姑娘刚从宫中出来，可以把宫里的情景说给老衲听吗？"翠琴说道："我自从进宫到现在，侍候了几个月皇帝，就被贬入冷宫，宫里的事，却一点也不熟悉。大师既然要听宫廷琐事，就把我的经历说一遍吧。"普明道："姑娘不说，老衲也要问了。"翠琴说道："我被选为秀女，进宫时由皇上亲自挑选。别人都派发各宫，去侍候嫔人、妃子，只留下我在禅室中服侍皇帝。那个禅室是皇帝修行的地方，但是召幸宫嫔等事，也都在这个禅室里。当时我担心皇帝要我侍寝，心里始终惴惴不安，身边暗藏了一把利刃，准备到关键时刻用来自卫。万一不幸，我就一刀了却残生，以报我的程郎。"翠琴说到这里，看着程万里嫣然一笑。

程万里听了瞪着两眼，似乎很替翠琴着急，普明在旁边却听得津津有味。翠琴又继续说道："一天宫中开什么百花酿会，皇帝喝得大醉，强拉我进禅室，谕令侍寝。我在这个时候，肯定不会答应，但不答应又怕获罪，真是进退两难，只好呆立着不动，拖延一会儿再说。"程万里急忙道："你拖过去了吗？"翠琴笑道："他满心不怀好意，你想拖得过吗？当时我站着不动，皇帝就亲自跳下床，生生把我横拖倒拽地拉上床。"程万里吓得跳起来道："有这种野蛮皇帝！后来怎么样呢？"翠琴说道："在这种紧急时刻，我就要用那把利刃了。我右手拔出尖刀猛力刺去，明明是对准皇帝咽喉，不知怎么被他躲过去，这一刀却砍在他脖子上，流出血来。"

普明听了，抚掌说道："善哉！这叫做皇帝不该死，脖子吃苦。"翠琴扑哧一笑，引得程万里也笑起来。翠琴又说道："皇帝负痛逃下床。我想祸已经闯大，横竖活不成，索性追下床去杀了他，我就是死了也值得。正要跳起来去追，不料天崩地塌地一响，禅室门倒了，冲进一个雄赳赳的莽汉，嘴里嚷着"救驾"，叉开蒲扇大手过来捉我。我见他有救星，自知一定必死，提起刀向自己脖子扎去。"程万里叫道："不好了！"翠琴笑道："你不要着急，等我慢慢讲下去。"普明笑道："那叫一击不中，两击当然不会中了。"翠琴笑了笑道："我要自刎时，一只右手被莽男子扳住。他气力极大，我的手不能动弹，因此引得我心头火起，一不做二不休，乘他握住我手臂的空，向莽男子一刀刺去，他的手腕上中了一刀，也流出血来。”普明大叹道：“勇哉！勇哉！我都赶不上你。”翠琴笑道：“大师不要说笑话，当时我也是万不得已。莽男子被我刺了一刀，大吼一声，把我的双手抓住，一把刺刀也抛得老远，不知扔到什么地方去了。我被捉住后，知道皇帝肯定发怒，非得杀了我不可。谁知偏偏出人意料，皇帝似乎还很怜惜我，竟然一点也不难为我，只是传进管事太监，把我幽禁在景春宫里，冷冷清清，意思是想让我悔过。我住在冷宫里面，虽然暂时脱离虎口，但想皇帝未必肯死心。一天我独自坐在桐荫树下落泪，忽然一个老宫女进来，递一样东西给我道：‘为了你这件小事，提心吊胆，不知道转了几十个手呢’。我把那件东西拆开一看，原来是程郎寄给我的书信。”翠琴说完，笑着向程万里说道：“我一见到你的笔迹，想起你的人，再想想这时的伤心惨恻，无论怎样的事，也没有这样可悲了。那时我拿着信读一句，滴一点泪，直到读完，索性大哭一场。”

普明笑道：“伤哉。”程万里也笑道：“大师为什么只在一旁挖苦人，我对你磕几个头吧！”普明哈哈大笑，站起身来说道：“以后就是尚玉来救姑娘了，是不是？我都知道了，不听了。”普明说完，狂笑着走出去。程万里和翠琴也含笑相送。普明走后，程万里对翠琴道：“我们不如他，这个老和尚才算得上洒脱！”翠琴点点头，又继续说道：“我自从接到你那封信，想寄个回音给你，只是宫廷里面规矩严密，想来想去，始终没有机会。当时我写好复信，连同你的来信一块放在身边，不料皇帝又来召幸，怕我身上带着利器，命宫女们把我全身一搜，两封书信一起被她们搜去。皇帝把书信看了一遍，才知道我别有所属，于是把我送进昭阳宫。这座宫院是最冷落、最僻静的地方，我独自一人住在里面，真是形影相吊，十分凄凉。我早想自尽，因为有你在外面，我希望还有重逢的一天。那天夜里，我正在伤心痛哭，忽然听到檐瓦上有脚步声，我又是诧异，又是心慌，不禁瑟瑟发抖。猛然见宫门打开，走进一个短衣窄袖的男子。他对我说道：‘程万里正在等你回去，快跟我走吧！’我刚要问个明白，男子却不由分说，取出一条褡裢，向我腰上一套，翻身背着就走。我在他背上，只觉得耳边呼呼风响，好像腾云驾雾一样。这样走了一程，天色已经大亮，男子把我放在僻静的树林里，去弄些东西吃了，一直到了黄昏。这时我昏昏沉沉的，也忘了饥饿，看着明月，男子又背起我飞跑。到了这里，他推我进来，不料竟然和你相见。我还以为是梦呢。”程万里叹口气道：“人生聚散离合，本来已经注定，越是想合，偏偏分离。今天相逢，真是出乎我的意料。”翠琴想起前后离合的经过，不禁也深深叹息。

·柳如眉的艳福·

严氏父子自从专政以来，飞扬跋扈，大小臣工差不多都投在严氏门下。当时权力最大的，第一个是鄢懋卿，第二个是赵文华，第三个是罗龙文。这三个奸臣在朝中帮助严嵩狼狈为奸。三人中尤其是赵文华，笼络手段又好，又善于钻营。他除了奉承严嵩以外，又拜严嵩的妻子欧阳氏做干娘。赵文华曾经出使海外，带了些奇珍异宝回来献给欧阳氏。欧阳氏贪财如命，得到赵文华的珍宝，心里十分高兴，每次见到赵文华，总是眉开眼笑，口口声声叫着孝顺儿子。赵文华有欧阳氏在严嵩面前给他说话，由员外郎升为工部尚书，位列六卿。他官职一天比一天大，作恶也一天天厉害起来，什么强占民田、强抢良家妇女，无恶不作。别的不说，单说他卖官鬻爵的造孽钱，就不知有多少。赵文华既然有了许多钱，家里也造起房子，重楼叠阁，雕梁画栋，简直和皇宫不相上下。他又在这高楼大厦后面，建了一个极大的花园，什么楼台亭阁、池塘花轩，样样齐全。那座花园正中，又建起一座楼台，这个楼台四周都相通，四面八方千门万户，不认识路的人走进这座楼里，根本别想走出来。楼的花样繁多，工程自然非常浩大。它的形式好像古时候西方的迷宫，赵文华称它走马楼。因为骑马在楼里四面走，没有一处走不通。楼中还有七十二个精致房间，每一个房间居住一个美妾，两个美貌侍女。赵文华每天办完公事回来，便在走马楼正中厅上摆上酒筵，面向南坐下，令七十二个姬妾在一边陪酒。

酒过三巡，赵文华取出七十二个牙签，令姬妾们随意抽取。这七十二支签中，有两支是红头签，七十支是绿头签。抽到红头签的两个姬妾侍寝，每天都是这样。乖觉的姬妾暗暗在签上做上记号，取签时自然一抽就中。抽不到的姬妾只得怨运气不好，不免要孤灯一盏，独守空房。这座走马楼是赵文华的秘密私宅。他在京城里还有正式府第。京城府第中从赵文华的正室夫人以下，还有四五个姬妾，赵文华有时也去应酬一会儿。一个人有这么多美貌的姬妾，即使他有彭祖那么精神，恐怕也难以应付。

赵文华有一个外甥叫柳如眉，年纪刚满二十，却是个风流放荡的少年。柳如眉自幼就不喜欢读书，专喜欢寻花问柳，进出的是秦楼楚馆，总而言之，专门在女人身上下工夫。三月三那天，京城中的妇女都到郊外踏青，柳如眉是个著名的浪荡子弟，遇到这种好机会，他怎么肯落后？自然也要去流连胜地、饱餐秀色了。他信步游览郊外，只见仕女如云，春花似锦。粉白黛绿与百花争妍，更加显出她们的娇艳和妩媚。柳如眉贪恋佳丽，很晚了还不肯离去。

夕阳西沉，游览的人纷纷离去，荒郊之中只剩下一个探花游宴的柳如眉，独自走在路上，怎么不心惊胆战呢！柳如眉越走越心慌，天上的月牙又不是很亮，他匆匆忙忙向前走，接连摔了几跤，摔得他头昏眼花，分辨不出东西南北，一时走错了路。柳如眉拼命向前乱走，仍然看不见城门，心想莫非走错了路？又走了半里多路，见前面有一座大楼。抬头望去，大楼的侧门开着。柳如眉探头向里面张望，却是一个极大的花园，园里花香一阵阵传出来，不禁令人心醉。柳如眉是个得到住处就安身的人，遇到这样一个好地方，又恰好开着园门，他也不管好歹，信步走进园去。到了里面，果然又是一番景象，路上碧草如茵，树木葱郁茂盛，高楼峻亭，朱檐碧瓦。草地上每隔五步有一支长约七尺的风烛灯，满园中计算起来不下千盏，照得一座花园光明如同白昼。柳如眉虽然也是个富家子弟，却从来没有到过这样的地方。他越看越喜爱，慢慢地走进去，竟然忘记自己是偷偷进来的。柳如眉正走着，忽见一座八角四方的琉璃亭子，亭子内点着雪烛。这种雪烛是外邦进贡的，遇风不灭，一支烛一年都不会熄灭，也不见它变短。据使臣说，雪烛是用真犀精做成的，夏天点起来，即使在烈焰之下，也会顿时觉得微风习习，凉爽无比。而且它的光线又亮，一支雪烛可抵得上平常的油烛一百支。柳如眉见亭中明亮，大着胆子走上亭去。亭内的陈设，都是白玉为椅，紫檀作桌。椅子上一律披着大红锦披，绯红绣花的垫子，地上铺着青缎毡子。人走在亭中，好像进入仙人洞府，世外桃源恐怕也没有这里精美富丽。柳如眉在亭上徘徊一会儿，忽然听到外面有咳嗽声，大吃一惊，看亭中的景象好像贵族人家的闺房，现在无故闯入她人闺房，罪名可不轻。若是不幸被捉进官府，自己还会有好下场吗？柳如眉心里想着，倒有几分害怕。再听脚步声越来越近，柳如眉怕被他们看见，急切中没处藏身，只好到亭后躲避。

柳如眉走到亭后，侧着头睁大眼睛，在屏缝内看出去，来的人却并没有上亭，低着头匆匆地走过去了。柳如眉这才放心，慢慢地刚要走出去，回头见亭后有一座楼梯，楼梯上都平铺着银缎，向楼上看去，却是珠光宝气，哪里是人间楼台，简直是龙王的水晶宫。柳如眉不禁又不想离去，暗想道："反正进来了，又没有人看见，干脆上去玩个痛快。"打定主意，悄悄地走上楼。到了楼上，见那里的摆设和布置与亭中又有天壤之别。单说墙壁上嵌着的珍珠宝石，便已经价值连城。还有许多玉石雕器，什么玉马、玉狮、白玉虎象等等，高有三四尺，雕琢精巧，鬼斧神工。其中有一只白玉小猫，浑身洁白如雪，紫鼻金睛，眼中闪闪发光。细看它的眼珠，是用真猫眼镶成，能随着时辰忽大忽小，时尖时圆，的确是一件宝物。柳如眉一样样赏玩，好像身入宝山，目不暇接。正玩得有趣，猛然看见身旁的那张古画自己卷了上去。柳如眉吃了一惊，不料悬画的地方突然打开一扇门，走出一个美人来。美人见到柳如眉，也好像十分诧异，急忙转身去叫了一声，里面又出来两个丫头。柳如眉有点心虚，可想溜下楼已经来不及了。丫头跑到柳如眉面前，娇声喝道："你是哪里来的男子？私自进入别人闺房！我们告诉老爷，把你捉到有司衙门。"柳如眉见丫头连说带笑，知道她没有恶意，便假装害怕，低声哀求道："小子莽撞，错走进贵府。求姐姐饶恕我吧！"丫头喝道："天下有这样容易的事吗？"说完咯咯地笑个不停。开门出来的美人向两个丫头丢个眼色，姗姗地走了进去。

丫头喊道："我们不用管他，去见老爷再说。"柳如眉这才有些心慌，只得向她们求情，两个丫头只当没有听见，拥着柳如眉向门内走去。经过几重闺门，进入一个香房，绣床珠帘，鸭炉中焚着兰麝，牙床锦帐，陈设精美。两个丫头把柳如眉推到里面，见刚才开门的美人含笑坐在床前。柳如眉忽然计上心头，在美人面前扑地跪下，流下两行眼泪，求她释放自己。美人扑哧一笑，把柳如眉轻轻扶起，让他在一旁坐下，询问了姓名和年龄。美人笑道："既来之则安之，你在这里暂住几天吧！"于是不由分说，命丫头们摆上酒席，和柳如眉面对面坐下。美人亲自给柳如眉斟酒，两人有说有笑，渐渐亲热起来。这时柳如眉才知道这座花园是赵尚书的私宅，美人是赵尚书第十九个姬妾，芳名叫娟娜，只有二十岁，长得玉容如脂、肌肤如雪，真是人间尤物。

柳如眉色胆包天，对着这样一个美人，还管他什么赵尚书，乐得对花饮酒。正在两人唧唧哝哝、情趣横生的时候，忽然听到门外一阵咯咯的笑声，走进七个婷婷袅袅的美人，见娟娜和柳如眉对饮，一齐笑着说道："好啊！赵姨娘倒会作乐！"娟娜见众人都看着她，不禁满脸通红，急忙令丫头看座，添上酒杯，让七个美人入席同饮。柳如眉见粉白黛绿，脂香扑鼻，只觉得昏沉沉的，不知道应酬谁好。三杯过后，娟娜给柳如眉介绍，指着穿青衫的道："那个是吴姨娘。"又把樱唇一撅，看着穿紫罗衫的道："那位是秦姨娘。"又指着碧衫的道："这是罗姨娘。"又指着穿淡红衫子的道："这个是洪姨娘。"又指着自己身边穿浅湖色衫的说道："这位是常姨娘。"又指着穿大红衫的说道："这是沈姨娘。"又指着右边穿秋香色衫子的说道："这是苗姨娘。"柳如眉一一点头，心里暗自想道："舅父真是好艳福，这里藏着这么多美人。怪不得城内的府第中，早晚都不见他的影踪。"众美人欢饮一会儿，各自散去。

洪姨娘临走时，回眸向柳如眉嫣然一笑，把柳如眉的魂都笑上了天。夜里柳如眉和娟娜双双携手走进罗帏，共游巫山十二峰去了。第二天早上，罗姨娘派丫头来请柳如眉到她房中饮宴。娟娜明知道她也想分一杯羹，但是又不能阻拦她，只得让柳如眉前去。

·洪仙女的真面目·

冷月凄凉，香魂欲断，隔帘花影，疑是倩人。赵姨娘娟娜满心想和柳如眉双宿双飞，不料春光易泄，被人撞破。一个个都是年少佳人，谁不爱风月勾当？于是今天吴姨娘把柳如眉请去饮宴，第二天苗姨娘请柳如眉去看花。此来彼往，弄得柳如眉顾东顾不上西，虽然左拥右抱，却也有些疲劳。尤其是洪姨娘，芳名叫湘娘，星吴县人，年纪最轻，容貌也最漂亮。说起话来，那种莺声呖呖的娇喉，已经令人心醉。柳如眉在群芳当中，和湘娘最亲密，差不多你恋我爱，形影不离。旁边的吴姨娘、沈姨娘、常姨娘、罗姨娘、秦姨娘、苗姨娘六个美人，谁不含着一腔酸意。娟娜更不用说了，她是个起头人，倒落在最后，心中十分气愤和嫉妒。郁闷恼恨交迫，把玲珑活泼的娟娜弄得骨瘦如柴，病容满面。

柳如眉明知道她是因为自己，可一时又舍不得艳丽娇媚的洪湘娘，只有偷空去探望一下。娟娜见柳如眉来看她，非常高兴，好像得到一样珍宝似的，病也好了四五分。哪里知道柳如眉心在洪湘娘身上，和娟娜说话，也是胡乱敷衍几句，多半前言不搭后语。娟娜是何等聪敏的人，早已经看透八九分，心里一气，眼前顿时天昏地暗，哇地吐出一口猩红的鲜血，恰好吐在柳如眉衣袖上。这时柳如眉也良心发现，不禁落下几滴眼泪。娟娜已经泣不成声。柳如眉见到这种情形，料想不容易脱身。这天晚上便睡在娟娜房里。不料洪湘娘不知趣，还叫丫头来叫过柳如眉好几次，气得娟娜手足发颤，拍着床痛骂："贱人好没廉耻！"来叫柳如眉的丫头被娟娜骂得目瞪口呆，半天不敢回话，悄悄地溜回去，把娟娜大骂的情形一齐告诉洪湘娘，还加上些不好听的秽语。洪湘娘被丫头一顿挑拨，不禁粉脸通红，也恨恨地说："她自己也偷汉子，难道是当官的吗？我明天叫姓柳的不许到她房里去，看她有什么办法和我斗。"

柳如眉见娟娜发火，急忙用话安慰她道："你是病人，应当自己保重身体，怎么这样生气，万一动了肝火，还是自己吃苦。"娟娜听了，深深地叹口气道："我这病是绝症，恐怕就快死了。我和你是前世的冤孽，今世已经用身子报答你了，这怨结想必可以解开。我死后，你能念生时的恩情，在我坟上祭奠一会儿，烧几吊纸钱，我也感激不尽了。"娟娜说到这里，忍不住趴在枕头上，抽抽噎噎地哭起来。柳如眉和她并排躺在床上，手紧紧地搂着她，再三劝慰。娟娜越想越伤心，含泪说道："我是个上无父母、下无兄弟姐妹的人，十七岁进入赵府，到现在依然孤苦伶仃。生前做孤女，死后还不是做孤魂吗？将来我的骸骨，还不知道葬在哪里，冷月凄风绕着一抔黄土，还有谁记得我呢！”说完泪珠纷纷落下，把衣襟沾湿一大块。柳如眉倒也没话慰藉了，只好陪着她落泪。两人哭了一会儿，娟娜觉得困倦，在柳如眉怀里昏昏沉沉地睡去。

等她一觉醒来，早已经红日三竿，柳如眉不知在什么时候已起身走了。娟娜想起洪湘娘，想必柳如眉一定到那里去了，心里十分气愤，想挣扎起来，和洪湘娘去吵架。两个丫头见娟娜面白如纸，气喘汗流，神色很不好，急忙劝住道：“姨娘不要这样，还是等养好病再说。”娟娜不肯听，勉强起床，已经气喘吁吁，只好重新躺下。休息一会儿，又要挣扎起来，这一次可不比前次了，竟鼓起勇气，由两个丫头左右扶持，身体颤颤巍巍，一步一步走出房去，沿着楼台，慢慢地向洪湘娘房中走去。丫头搀着娟娜到了洪湘娘房门前，湘娘的丫头一眼看见，慌忙转身进去报告，娟娜已经一脚跨进门口，看见柳如眉和湘娘正在喝酒。最叫娟娜生气的，是湘娘坐在柳如眉膝上，两人脸对脸厮磨，显得十分亲密，谁见了都会眼红。何况柳如眉是娟娜嘴里的羊肉，被洪湘娘生生夺去，心里已经十分气愤，他们还要做出这种丑态，任你再能忍耐，到了这时也忍不住。

娟娜只看了柳如眉一眼，冷冷地说声：“你好自在。”这句话才出口，娟娜的香躯突然昏倒下去。两个丫头搀扶不住，三个人一齐倒在地上。柳如眉和湘娘见了都大吃一惊，急忙站起身，帮丫头们把娟娜扶到床上，柳如眉倒了一杯热水，慢慢地灌入娟娜嘴里，可是娟娜银牙紧咬，星眸紧闭，鼻息有出没进，好像有些不妙。柳如眉回头对湘娘道：“赵姨娘的病危急，还是叫丫头们送她回房吧！”湘娘点点头，正要吩咐丫头们动手，忽然看见娟娜粉脸逐渐变色，双脚一挺，一命呜呼了。娟娜的两个贴身丫头见娟娜死了，不禁号啕大哭。湘娘娇嗔道：“你们不把她的尸身抬回去，却要在这里痛哭。万一闹出去被老爷知道，可不是闹着玩的。”两个丫头本来就怀恨湘娘，现在娟娜已死，一口不平之气正没处发泄，被湘娘用话一激，那个年纪大的丫头也翻了脸，向湘娘说道：“你倒会说好话，我家姨娘活活被你气死，连哭也不许吗？”湘娘听了，忍不住心头怒火，娇声喝道：“好一个不知道高低的贱人，你们姨娘自己病死的，跟我有什么关系？你敢来诬陷吗？”说着伸出玉腕打了那个丫头一巴掌，打得丫头眼中火星直冒，捂着脸索性大哭大骂，年纪小的丫头也帮着骂。湘娘的两个丫头当然要加入战团，于是丫头对丫头大骂起来。后来骂得不痛快，竟打了起来，四个丫头扭作一团。

湘娘被丫头大骂一顿，气得脸色发青，心里越想越气，也呜呜咽咽地哭着道：“我到了赵府，谁敢得罪我一句？现在反而被丫头糟蹋了。”湘娘哭着，想起自己身世更觉得伤心。四个丫头一面哭一面乱撞，一间闺房顿时闹得乌烟瘴气，一片啼哭声。隔房的姨娘都闻声来看，还以为是怎么一回事。当时床上躺着一个死人，房内哭的哭，打的打，弄得柳如眉坐立不安，劝也劝不住。吴姨娘、秦姨娘、常姨娘、沈姨娘、苗姨娘、罗姨娘也都纷纷走过来，看到这种情形，又好气又好笑。又因为洪姨娘霸占柳如眉，大家心里已经和她有些不和。此时见娟娜死在床上，倒又觉得她可怜，不禁微微叹息。丫头们只顾打闹，也没有人去劝她们，也忘了床上还有死人。只有柳如眉心里暗暗着急。大家正在议论纷纷，不料门外响起靴声，走进一个紫裳微髭的中年人。那些姨娘见了便一哄散去，房中只剩下柳如眉和湘娘，还有四个厮打的丫头。中年人正是尚书赵老爷。四个丫头见赵文华进来，慌忙松手，每人撅着一张嘴一言不发地站在旁边。这时把柳如眉吓坏了，浑身不停哆嗦，想做得镇定一些，可越想镇定越发颤，只好硬着头皮走上前，低低叫了一声："舅父。"赵文华看了他一眼，也不问他怎样会到这里来，也不答应他，自己走进房内。

赵文华一眼看见床上直挺挺躺着娟娜，不禁愣住了，用手拈着胡须说道："赵姨娘怎么死在这里？"湘娘绯红了脸，说不出话。一个丫头屈着半膝禀道："赵姨娘刚才还是很好的来玩耍，和洪姨娘讲了一会儿话，忽然倒在地上死了。"赵文华听了，回头看柳如眉，他早已经没了踪影，想必已经趁机溜走。赵文华冷笑一声道："你们怎么认识柳如眉的？"这一问把丫头们问住了，洪姨娘自己心虚，更是不能回答。赵文华察言观色，心里已明白了八九分，当时也不说穿，站起身背着手出去了。府中的老妈和家人把娟娜的尸体抬出去草草收殓，安葬在东郊荒地上。

又过了几天，京城长安街上发现一个被人杀死的无名尸首。有人辨认出来，是著名的探花浪子柳如眉。柳如眉的母亲听说儿子被人杀死在路上，哭哭啼啼地找到兄弟赵文华，要求赵文华找出真凶。赵文华点头答应，命各衙门捕捉凶手，闹了一个多月，凶手的影子都没有找到，这件暗杀案只好暂时搁起。柳如眉倒霉，白白地送掉一条命。有人说那是柳如眉淫恶的报应。到底是怎么回事，谁也不知道。

世宗自从那天宫中开百花酿会，醉酒后和张皇后大吵一场，还下谕把张皇后废去。廷臣见到谕旨，想上疏劝阻，却不见世宗临朝，无法奏陈。原来世宗当夜被宫女翠琴戳伤，不能临朝听政。大家见不到皇帝，只得按例散朝，张皇后也废定了。世宗养了几天伤，总算复原，于是又要提议册立皇后。众嫔人中，除了杜嫔人生了皇子晋封贵妃之外，阎嫔人、卢嫔人、沈嫔人碧霞、韦嫔人、仇嫔人、王嫔人、郑嫔人等，也都生下皇子。这七人里面王嫔人最得宠，卢嫔人和阎嫔人也很受宠爱。世宗主张立后，杜贵妃希望最大。王嫔人听了，心想杜嫔人和自己同时进宫，她生了皇子，被晋封为贵妃。现在自己也生下皇子，名分不在杜贵妃之下，因此心中不服。何况皇后管理六宫，是天下国母，这个位子谁不想坐一坐？不仅是王嫔人，杜贵妃心里也以为皇后之位肯定是自己的，心想自己已经是贵妃，她们只不过是嫔人，肯定不会册立她们。

后来听说王嫔人在私下竞争，并贿赂中宫，在宫内传颂王嫔人的德容。杜贵妃怕真被王嫔人得手，急忙也去贿赂有职权的太监，替她宣传盛德。于是太监宫女从此分成两派：得到王嫔人贿赂的，竭力赞成王嫔人；得到杜贵妃钱财的，自然要说杜贵妃好。双方各自吹嘘，你说你的，我讲我的，渐渐地斗起来。开始双方只是暗斗，最后索性大吵大闹，竟然明争起来，由口头争执变为武力争斗。双方的太监头目各自约集党羽，择定日期，在西苑碧草地上打起来。大家正在拼命斗殴，恰好世宗回宫，见太监这样胡来，十分生气，立即传总管太监王洪问话。王洪早已经知道这件事，把为首的十二名太监绑上来见世宗，讯问斗殴的原因。太监们知道赖不过去，只得把王嫔人和杜贵妃暗地竞争的事供述出来。世宗听了不禁大怒道："立后的事朕自有主张。她们敢在暗地竞争，连礼仪都不顾。这样的嫔妃怎么能做皇后？朕偏不立她们两个。"过了几天，册立皇后的上谕下来，世宗册立方侍嫔为皇后。方嫔人是方通判的女儿，是世宗在拈花寺选中的，和张废后同时被选进宫，被世宗纳为侍嫔。自从杜贵嫔等人进宫，方侍嫔不是很得宠，但是论起资历，方嫔人进宫最早，为人端庄稳重。世宗册立她为皇后，自然十分合适。杜贵妃见到嘴的肥肉被太监们闹糟了，心里很懊丧。

嘉靖二十九年，道一真人邵元节病死，之前他举荐他的徒弟陶仲文代替自己。陶仲文上书，说京师城西经常有仙气上升，必定有仙人下凡。世宗信以为真，令陶仲文去寻找。第二天陶仲文回来复旨，说仙人已经找到，是个女子。世宗大喜，立刻派人去迎接仙女。仙女迎来，路上旌旗飘飘，侍卫官带领甲士一队队地走过，最后是一辆插着龙凤旗帜的銮驾，銮驾上端坐一位仙女。銮驾直进东华门，到水云榭停下。陶仲文领仙女拜见世宗，行完礼世宗赐座。仙女娇声谢恩。世宗听到她那种清脆的声音，已经觉得和常人不同。再看她的容貌，只见她长得粉脸桃腮，玉颜雪肤，头戴紫金道冠，身穿平金紫绢袍，腰系一根鸾带，脚下蹬着一双小小的蛮靴，更加显得她媚中带秀，艳丽多姿。世宗大喜道："朕能够见到仙人真是幸运，从前汉武帝苦苦祷告，也没有见到仙人下凡，朕现在胜过汉武帝了。"说完哈哈大笑，随即下谕传六宫嫔妃，在御苑侍宴。又命司膳局准备酒筵大宴群臣，一起庆贺仙人下凡。

这时正是酷暑，一轮红日悬在空中，好像火炉一样。到了黄昏，御苑中已经摆好酒席，世宗令太监点上雪烛，顿时通明一片，清风习习。这时众臣陆续到齐，在御苑的落华轩中侍宴。世宗和那位仙女洪紫清、道士陶仲文在涵萼榭中设席，宫嫔妃子一字排列在一边侍宴。世宗和洪紫清、陶仲文喝得兴高采烈。酒过三巡，已经到了三更天。群臣谢恩散去，世宗令各妃嫔回宫，陶仲文告辞退出，仙女洪紫清夜里在紫云轩侍寝。到了第二天，上谕下来，册立洪紫清为瑜妃。把紫云轩改为宜春宫给瑜妃居住。瑜妃又教世宗炼丹：是用少女的初次月经血，和人参一起蒸炼，叫做元性纯红丹。说只要服下这种丹药，可以长生不老。世宗最希望能够长生，立即传谕出去，让各处的地方官挑选十三四岁的女童三百名，送进宫中听瑜妃使用。

经过三个月，瑜妃炼成十丸红丹，献给世宗，每天晚上用人参汤送服。不料世宗服下丹药，竟然能夜御六个嫔妃，还嫌不足。陶仲文又筑坛求仙，什么蟠桃、琼浆、火枣、交梨，凡是仙人所有的食品，无不进献，世宗因此也越发相信他。瑜妃又说："众大臣中，只有尚书赵文华有仙骨，可命他帮助陶仲文求仙。"世宗听了，立即下谕赵文华居住在御苑，帮陶仲文炼丹。这样一来，赵文华权力越来越大，平时出入禁宫，和进出自己的私宅一样。严嵩见赵文华渐渐得宠，不禁大怒道："老赵自己得志，忘了他还是我提拔的吗？"这话传到赵文华耳朵里，赵文华微笑说道："皇上要宠信我，我也不能推辞，万一要砍我的脑袋，我也只好任他去砍，这都是各人的命运，和严老头毫不相干。"严嵩听到赵文华有不干他事的话，气得胡须根根竖起，拍案大怒道："我扳不倒赵狗儿这家伙，誓不为人！"自此严嵩把赵文华恨得牙痒痒，经常搜寻他的短处，告诉言官上奏章弹劾。

世宗正在宠任赵文华，无论奏章上说得怎样厉害，都一概置之不理。偏偏严嵩不肯放松，令御史们天天上疏，连续不断。奏章上所说的，都是赵文华往日作恶的事实，什么强占民妇、霸夺良田、私宅盖着黄瓦、秘室私藏龙衣等等。世宗虽然宠任赵文华，但也经不起众人攻击，弹劾赵文华的奏疏，堆积得有一尺多高，世宗不免也有些怀疑。最后都御史罗龙文也上奏章，说赵文华出入禁宫，夜里私卧龙床，实在罪当斩首。世宗看了这段奏章，倒很惊心，慢慢地留心赵文华的形迹。可是宫中的太监、宫女得了赵文华的好处，在世宗面前只是替赵文华说好话，没一个人讲他坏话。世宗是何等聪敏的人，已经看出他们的行迹，知道太监、宫女必定和赵文华是一丘之貉。否则即使再好的人，总有几个人说他好，几个人说他坏，怎么会众口一词，这样齐心呢？所以从那天开始，世宗便开始仔细观察赵文华的举动，但始终看不出他一点破绽。原来世宗怀疑赵文华的事，已经有太监报知赵文华，赵文华处处格外小心，所以即使世宗有四只眼睛、八只耳朵，也休想看得出他的坏处。

这样过了半年，世宗对怀疑赵文华的事，逐渐有些忘了，赵文华的狐狸尾巴又很快显出原形。有一天晚上，世宗召幸阎嫔人，但不知她怎么触怒了圣心，世宗气冲冲地转去了宜春宫。皇帝临幸，照例要有两对红纱灯，由太监提着带路。这天世宗匆匆出宫，乘着月色疾走，太监们急忙点上红纱灯，慌忙在后面追赶。世宗到了宜春宫，进了宫门，忽然听到里面有男女的笑语声。世宗十分诧异，慢慢放轻脚步，蹑手蹑脚地走进去，只见妆台上红灯高挂，绣床上锦幔低垂。世宗走到绣床前面，猛然揭起罗幔，见一个宫女和一个小太监搂着在那里玩闹。一看床前站着世宗，两人吓得滚下床，像狗一样趴在地上，磕头如同捣蒜一样。世宗大怒，喝道："这里是什么地方，你们这样胡闹？洪娘娘在什么地方？"宫女和小太监听了，不禁目瞪口呆，半天回答不出。世宗更加疑心，正在恼怒的时候，瑜妃走了进来。世宗见她云鬓蓬松，满脸通红，娇喘吁吁，好像受到惊吓的样子。瑜妃见到世宗，行完礼，慢慢说道："我刚才到玉雪轩去清静一会儿，却不知不觉睡着了。听到太监来报，急忙赶来，让陛下久等了。"世宗听了，也不和她辩驳，只是点点头，夜里住在宜春宫中。此后世宗对这位号称仙女的瑜妃，不免也有些怀疑。

光阴似箭，又是秋尽冬初，江上芙蓉盛开。每到芙蓉开放的时候，世宗和嫔妃们饮酒赏花，围坐谈笑，高兴时还和嫔妃吟诗联句，做些半通不通的歪诗，也算为好花点缀。那天世宗喝完酒，带醉去往涵春宫。住在涵春宫的嫔人是萍儿。不料这天晚上涵春宫里忽然闹起鬼来，太监宫女跑得一个不剩。世宗见他们这样胆小，只得走出涵春宫，重新回到宜春宫。这时宜春宫的宫女、太监都已经睡着，万万想不到世宗会临幸。世宗走进宜春宫门，见闺门半掩，推门进去，里面只点着一支绿烛，光线很暗。世宗知道瑜妃已经睡了，故意咳嗽一声，把床上的瑜妃惊醒。借着烛光，只见绣幔中好像有两个人，世宗随手揭开幔帐，这一下大家都呆了。原来是瑜妃和赵文华，两人一丝不挂地躺在床上发愣，正在进退维谷的时候，恰好世宗揭开幔帐。瑜妃吓得只是瑟瑟发抖，赵文华也吓得和木鸡一样。世宗心里大怒，放下幔帐，愤怒地向绣龙椅上一坐，一言不发。瑜妃和赵文华穿好衣服，走下床跪在世宗面前不停地磕头。世宗冷笑一声，猛然站起身，独自走出去了。

赵文华知道事情不妙，跑又跑不了，与瑜妃四目相对，除了痛哭之外真是一筹莫展。过了一会儿，果然见两名太监进来，不管三七二十一，拉起赵文华就走。这时瑜妃已经哭成泪人，不知道自己会受什么惩罚。这个瑜妃是陶仲文找来的仙女洪紫清，怎么会和赵文华鬼鬼祟祟地干出那样的勾当呢？原来瑜妃就是以前和柳如眉相恋的洪湘娘。赵文华看破他们的事，暗地里派人把柳如眉杀死在路上。他杀了柳如眉之后，本来也要把洪湘娘杀死，后来他又想利用洪湘娘，博取皇上的重视。于是买通道士陶仲文，把湘娘更名为洪紫清，说是城西仙人，把洪湘娘献进宫。世宗是个好色的君王，管她是真仙女还是假仙女，当夜就临幸，册封她为瑜妃。瑜妃感念赵文华不杀之恩，在世宗面前替他说话，说什么赵文华有仙骨，可以令他求祷仙丹。世宗宠信瑜妃，自然言听计从，于是把赵文华宣进宫，命他住在御苑。赵文华得到这样一个机会，当然和瑜妃藕断丝连，少不得要重温旧情。那天世宗见宫女和小太监在绣床上玩闹，正是瑜妃和赵文华在朵云轩私会的时候。等到宫女悄悄地去报告，瑜妃慌忙赶来，已经被世宗看出破绽，心上早已经怀疑。事有凑巧，世宗又突然从涵春宫回来，赵文华和瑜妃真是做梦也想不到。

世宗把赵文华亲自审问一遍，赵文华不敢隐瞒，把这些隐情一齐吐露出来。瑜妃进的元性纯红丹也是赵文华给她的春药，并不是仙丹。世宗十分愤怒，立刻把赵文华和陶仲文关进大牢，命人用毒酒赐死瑜妃。瑜妃痛哭一场，端起毒酒一饮而尽，不久毒性发作，可怜一位如花似玉的美人，两脚一挺，在地上滚了几滚，一命呜呼。瑜妃死后，赵文华在狱中听到消息，知道自己必死无疑，立即央求和严嵩最亲近的鄢懋卿，再三地向严嵩求情认不是。总算严老儿念及旧情，替赵文华从中斡旋。最后赵文华被判迁戍边疆。这道谕旨下去，赵文华并不去边疆，他暗中买通押解人，在路上把他放走了。赵文华连夜悄悄回到家中，收拾起金银珠宝，把姬妾遣散，只带上两名最宠幸的爱妾，偷偷回到原籍安享清福去了。

·严嵩的末日·

刚正不阿的海瑞此时已经做到吏部主事。他见严嵩父子朋比结党，实在看不过去，便和御史杨继盛联名上疏弹劾严嵩。世宗读完奏疏，认为有几句话好像在讥讽自己，不禁勃然大怒，倒不去追究严嵩，反而把杨继盛和海瑞关进大牢。都御史邹应龙十分气愤，也上奏章说严嵩有反叛之心，家里盖着朱檐黄瓦，和皇宫一样。世宗器重邹应龙，常常称赞他忠心勤劳。这时看完他的奏章，心里不免有些怀疑，想微服出宫，亲自到严嵩的私宅看看真假。不料宫中的太监把这个消息秘密告诉了严嵩，吓得严嵩走投无路，连夜雇人把厅堂上的雕龙凿去，黄瓦朱门一齐涂黑。房中的许多陈设都搬到密室里，外面草草地摆些屏风桌椅之类，什么古玩字画，一律藏起来。明朝功臣家中，大门原本是朱漆的，还是太祖高皇帝所赐。自从严嵩怕皇帝怀疑他，把朱门改为黑门，京城的大臣私宅也统统改成黑色。此后官吏的住宅和百姓家没什么区别。世宗到了严嵩的私宅，见统统是黑色，并没有黄瓦朱檐，还以为邹应龙有意陷害严嵩，反而更加信任严嵩。世宗把严嵩当做左右手，朝廷大事任严嵩办理，世宗最多也只是咨询而已。世宗又经常到严嵩的私宅喝酒下棋，经常深夜才回宫，严嵩亲自提着纱灯，送世宗回西苑。这是经常的事，君臣之间也没有什么猜疑了。

一天黄昏，世宗忽然想起冷宫里幽居的徐翠琴，命太监去宣召。不一会儿翠琴被太监宣到。世宗担心她暗藏凶器，命老宫女搜翠琴的身，却搜出程万里的情书和翠琴的回信。世宗读了一遍，只是点点头，仍然令人把翠琴关在冷宫里。不料过了几天，太监来报翠琴失踪了。世宗听了，令太监们四处查找，连御河荷塘中都打捞过了，都没有翠琴的踪影。世宗很诧异，还亲自查找一遍，见宫门紧闭，窗户高峻。翠琴如果跳下来，除了摔死之外没有别的可能，可见有人把她放走了。于是把看守宫禁的两名太监、六名宫女一起交给总管太监。总管太监亲自拷问，宫女太监们死也不肯承认。总管太监只得回奏世宗。世宗猛然想起宪宗时也有嫔妃失踪的事，或许是本领高强的人进宫来偷走的，于是立即召武宗时护驾旧臣前来询问。这时护驾官李龙、侍卫官郑亘、右都督王蔚云、蒙古卫官爱育黎、殿前指挥马刚峰、将军杨少华等人已经去世，只有女护卫江飞曼还住在京城，已经五十多岁了。世宗知道她去过南昌，盗过一回刘妃，武艺高强，命太监把江飞曼召来，令她在禁宫里查看一圈。江飞曼也看不出什么形迹，只说有本领的人，可以越过宫墙。世宗叫她试验。江飞曼两脚在地上一顿，轻轻一纵便飞上宫墙。世宗这才相信翠琴的确是被人偷走了。

世宗因为翠琴失踪，心里很不高兴，恰好严嵩又请病假，世宗无聊，便换上便服，到严嵩私宅去散心。到了相府门面，由于世宗经常来，所以家人也不去通报，任他自己进去。平时来严嵩私宅，世宗担心招摇，都自称和严嵩是老朋友，家人们都不知道他是皇帝。这天世宗带着两名小太监，走进严嵩府中。一路走进去，到了二堂还没有遇见什么人。世宗便向严嵩的书房走去。见书房中也静悄悄地，连书童也没有一个。世宗刚要令小太监去通报，回头看见书房后面一扇角门开着。这个角门从来不开，平时都用书橱掩盖着，世宗还是第一次看见呢。再向角门里一看，里面有一个小小的院子，正中是一座小亭，也设有厅堂轩榭，建造得十分精致。什么雕梁画栋、碧瓦朱檐，俨然是座小皇宫。世宗想道："邹应龙说严嵩家中盖着黄瓦，或许指这个地方，何不进去看看？就能知道虚实了。"主意已定，叫两名小太监跟在后面，慢慢地走进去。到了小厅上，见左右列着石狮、石象。厅的四周白石雕栏，云砖砌阶，刻着狮虎纹。堂中是紫檀桌椅、玉鼎金炉，摆设十分讲究。世宗看了，埋头自语道："怪不得别人说他私宅好像皇宫。"又见墙上名人书画极多，书画上的署名，不是义儿就是弟子，大多是六部九卿。世宗暗暗记在心里。从外厅走进去是后厅，只见后厅珠帘双垂，里面传出一阵笑语声，听起来十分热闹。

世宗跨上台阶，掀起珠帘，不禁吃了一惊。原来后厅正中摆着龙案宝座，座上高高地坐着一个龙冠龙袍的小皇帝，御炉内香烟缥缈，两边是绣衣大帽的小侍卫。宝座后面有六名绿衣太监，也不过十三四岁。还有两个女童，张着曲柄黄盖。严嵩和他的妻子欧阳氏及尚书鄢懋卿、翰林王广、侍郎罗龙文等人坐在龙案两旁。殿前玉阶丹陛、金碧辉煌，那种堂皇气象，活像一个小朝廷。这时严嵩和他的家人万万没想到世宗会突然走进来，鄢懋卿眼快，慌忙站起身跪倒在地。吓得严嵩手忙脚乱，率领一群妻女都来跪接，嘴里连称死罪。世宗这时也愣住了，忽然想到自己身在虎穴，恐怕激变，于是故意装出没事一样，微笑着把严嵩扶起，命罗龙文、鄢懋卿、王广和严嵩的妻女站起身赐座。龙案上那个小皇帝和侍卫、宫女都吓得呆呆地在那里发愣，严嵩把他们喊下来，叫小皇帝也给世宗磕头。

严嵩在一旁战战兢兢地禀道："这是臣的小孙子严鹄，真是该死。"世宗不等他说完，急忙笑着说道："小孩子玩玩，当什么真。你是朕的股肱，这点小事何必放在心上。"说完吩咐严鹄站起身去换下衣服，又回头对严嵩道："你是朕的老臣，朕一向知道你忠心，但是如果被廷臣谏官知道，未免就要谣言四起。以后你不要让小孩们这样玩闹，免得被人指责，引起我们君臣之间误会。"这一席话说得严嵩感激涕零，跪下再三磕头拜谢。世宗命严嵩的家人们都回避，摆上筵席，和严嵩、鄢懋卿、罗龙文、王广等人开怀畅饮。严嵩心里始终觉得有些局促不安，见世宗谈笑自如，才放下心。

这桌酒宴一直吃到三更多天，世宗才站起身回宫，严嵩亲自提灯相送。世宗只叫小太监掌灯，命鄢懋卿和罗龙文两人在后面相随。两人不知道世宗用意，很高兴地陪侍，一路走进皇城。到了乾清门，值班侍卫跪倒接驾，世宗突然沉下脸，喝令把鄢懋卿、罗龙文两人拿下。鄢懋卿和罗龙文齐声说道："严嵩不法，我们不知道底细，实在冤枉。"世宗冷笑道："你们两人既然不知道，为什么也坐在那里？为什么不告发？"说得两人哑口无言，低头服绑。原来世宗这时已经知道罗龙文和鄢懋卿是严嵩党羽，担心自己走后，他们人多好商量，以致弄出大事，所以先把鄢懋卿和罗龙文带走，使严嵩势单力孤，不至于生变。世宗又下谕，派锦衣校尉十二名率禁军两百人，连夜去抓捕严嵩父子，校尉领旨出宫办理。

严嵩家的小皇帝严鹄，是严嵩的小孙子，也是严世蕃的儿子。严世蕃有三个儿子，长子严鸿，次子严鹤，最小的就是装小皇帝的严鹄。严鹄出生时，门前有白鹤飞鸣，严嵩心里十分高兴。又经常给严鹄算命，术士都说他有九五福分，将来必定登上大宝。严嵩听了，经常自言自语道："想不到小孙子能够光宗耀祖。"严鹄十二三岁已经自命不凡，口口声声称孤道寡，于是家里的人都叫他小皇帝。严嵩见他孙子志向很高，便给他制起冕冠龙服，建造一间密室，作为上朝的金銮殿。又雇了十几名男女童子，充当小太监和小宫女。严嵩每天领着爱孙到密室中坐殿上朝，鄢懋卿、罗龙文、王广等几个无耻小人要讨严嵩的好，甚至同样跪倒称臣，三呼万岁。严鹄年纪虽然小，却有皇帝的架子，引得严嵩和欧阳氏等人都大笑起来。严嵩天天和严鹄在密室中做皇帝，他这样胡闹，外人是不知道的，就是家中仆人，也不许他们走进密室。可天网恢恢，一天欧阳氏领儿媳妇进来，忘记把密室门关上。又因为严嵩在密室中，仆人们乘机都去偷懒，所以世宗直闯进来，也没一个人来通报，恰好被世宗看到。

严嵩只说这个孙子能光宗耀祖，不料几乎因为他灭门，只做了几年关门皇帝。严嵩送世宗走后，严世蕃从外面回来。严嵩把世宗闯进密室、看破机关的事讲了一遍，还说皇上很宽容，反倒安慰自己。严世蕃听了，顿足说道："糟了!糟了!你做了一辈子官，连这点也不知道吗？他安慰你，明明是不怀好意。他在我们家中，担心一时激变，不得不暂时忍耐，又用好言安慰你，使你不怀疑，他好借此脱身，你怎么会放他走？你想皇上是个多疑的人，他肯轻易放过你吗？"严嵩听了严世蕃的话，惊得目瞪口呆，半天说道："还有鄢懋卿和罗龙文两人送皇上回宫，等他们两个回来再商议吧。"严世蕃大声说道："你真是做梦，他令鄢、罗二人相送，是调开你的左膀右臂，他二人这时恐怕已经在狱中了，还能回来吗？再过一会儿侍卫就要来我们家捉人了。"严嵩急忙问道："可有什么办法？"严世蕃道："我们手无寸铁，只好束手就擒，再想办法吧!否则靠几个家将和他厮斗，横竖不中用，反而落下反叛的罪名。现在不抗拒，推在小孩子身上，倒还可以强辩一下。只怪我不在家，不然绝不会放他走。"话音未落，门外呐喊一声，如狼似虎的校尉率领禁军赶到，把严嵩全家大小一百三十三人，连同严嵩父子、严鸿、严鹄等人一起捆绑起来，只有严鹤已经事先逃走。

第二天早朝，群臣纷纷上奏章弹劾严嵩父子。邹应龙主张把严嵩抄家，世宗准奏，立即命邹应龙办理。邹应龙奉谕，带领锦衣校尉，把严嵩家产检点一遍，登记在册，呈皇上御览。总计严府中，除去金银之外，珍珠宝石、羊脂玉器、白璧珍玩之类，不计其数。邹应龙忙忙碌碌，足足查抄半个多月，才算理清，回去复旨。世宗亲自审讯严嵩父子。严世蕃卖官鬻爵，私通大盗，被群臣查到实据，不能抵赖，只好承认。严嵩却没有别的赃证，只不过纵子为非作恶。于是世宗提笔判决：免掉严嵩官职，严世蕃勾结海盗，卖官鬻爵，发配边疆。还有鄢懋卿、罗龙文、王广及严世蕃的儿子严鸿、严鹄，当然也和严世蕃一起发配边疆，家产一律没收。世宗处置严氏父子，也算轻极了，廷臣议论纷纷，心里愤愤不平。原来世宗提审严嵩时，见他家属中有一个美人，盈盈地跪在丹墀下面。世宗看在眼里，命太监荣光把美人暗中送进宫。到了晚上，世宗到杏花轩看美人，见她黛含春山，神如秋水，姿态婀娜，容光焕发，果然艳丽如仙。世宗看了不禁意乱神迷，微笑着向美人询问姓名。美人自称罪女，说是严嵩的女儿严月英。当夜世宗在杏花轩中召幸严月英，虽然极尽欢娱，但严月英始终不高兴。世宗再三问她。严月英流下眼泪，求世宗法外开恩，把严嵩从轻发落，世宗点头答应。严月英这才眉开眼笑，不再愁容苦脸。严嵩有女儿为自己求情，处罚轻了一半。

严嵩被免去官职后，带上家眷回到家乡分宜。严世蕃和他两个儿子严鸿、严鹄，党羽鄢懋卿、罗龙文等人，奉旨发配边疆。严世蕃买通押解官，偷偷溜回京城，把私宅中藏的珍宝装满几十车，连夜跑回家乡。严嵩才到家，严世蕃也从后面赶到。于是选定吉日，在家建造房屋。又出重金招募有力气的仆人，说是搬运土木，实际是暗暗招兵。府中蓄养三百名死士，叫家将。这些死士都是绿林大盗，被严世蕃收在门下，无恶不作，横行乡里。

一天，袁州参议卢方乘轿经过严氏私宅，仆役们正在搬运砖石，把官道挡住了。卢方的家仆上前叫他们让路，恰好府中家将们出来，见坐轿的是个官员，一齐大喝道："什么鸟官，要我们让路给他？识事务的赶快绕道，不要吃眼前亏吧！"卢方刚要和他们争辩，那些如狼似虎的家将不管三七二十一，砖石泥土雨点一样打来，卢方见不可理喻，只好退回去。卢方吃了这个亏，心里非常气愤，随后去拜见御史罗镜仁，说严氏父子在家大兴土木，借名招工，实际是私养勇士，想要反叛。罗镜仁和严嵩本来有仇，听到卢方的话，匆匆进京，递上奏疏，揭发严嵩。世宗看完，不禁大怒道："朕对严嵩父子也算格外开恩，他却这样不知悔改。"于是立即下谕，命袁州州尹把严嵩父子押解进京。

这次世宗把严嵩和严世蕃交给刑部尚书审讯。徐阶掌管刑部，以前徐阶落魄时，曾经被严世蕃当庭叱骂，并被仆役乱棒打了出去。徐阶有这口怨气，现在严世蕃犯在他手里，也不问青红皂白，审讯一遍上奏世宗，说严世蕃私自蓄养死士，想要反叛的确是事实。这一个罪名已经足够严世蕃受的了。上谕下来，判严世蕃凌迟处死，严嵩发配边疆。可怜老严嵩，只得踉踉跄跄上路。后来世宗大寿，被赦免回来，家产荡然无存，在亲戚家乞食，被人驱逐出门。茫茫无家可归，到看坟的石廓中居住。严嵩日夜吃不到饭，饿了两天，竟然饿死在荒草中。严嵩没有中进士时，有相面的说他将来肯定会做大官，但是最后必然饿死。严嵩笑了笑问道："既然做了大官，还会饿死吗？"所以相士的话他也没有放在心上，不料今天果然应验。世宗杀掉严世蕃，又把严氏党羽鄢懋卿、罗龙文、王广三人一起绞死。其他人如万寀、项充、胡世赖等等，全部关进大牢。后来万寀等人也死在狱中。还有道士陶仲文，因为赵文华的事被连累，最后病死在狱中。

·戚继光·

嘉靖年间鞑靼侵入大同，经过古北口，到达通州。世宗听了大惊道："俺答（鞑靼首领）进兵这样迅速，守将们都在那里干什么？"立即召群臣商议，集合京城人马，严密防备，同时下旨命各地勤王。这道诏令一颁发，各地兵马纷纷前来，最著名的有大同总兵仇鸾、保定参将王文山、巡抚杨守谦、山西总兵夏珪、安庆都佥杭星坡、义乌义军戚继光等等，都率领部下军马前来保卫京城。这些兵马中，仇鸾最没用，戚继光最勇敢。戚继光是义乌人，有大志向，平时非常严肃。戚继光曾经排石列阵，引人走进阵中，进阵的人只觉得天昏地暗、风雨骤来，吓得在阵内狂叫。戚继光把他领出石阵，那人向四周一看仍然是些石头，东三西四地堆在那里，看不出有什么特别。戚继光说道："这是从前诸葛武侯困住陆逊的石子阵。看着是些乱石，却是按五行八卦排列的。不知道阵图，误走死门、杜门、惊门，就会有风雷云雨拦住去路。无论你多么英雄，也别想走出去。"大家听了戚继光的话，无不惊叹。乡里的人没有一个不敬重他。

听到鞑靼侵入通州，皇帝下诏勤王，戚继光挥臂大喊道："大丈夫立功的时候到了！谁愿意立功沙场，跟我打鞑靼去？"一声号召，跟随他的不下一千人。戚继光见这些人大多没有上过阵，对于行军打仗多半不懂，步伐都不整齐。但要训练起来，恐怕鞑靼已经饱掠北去了，还来得及吗？还有一件最困难的事，就是有人没有兵器。戚继光没办法，只得东奔西走去找刀枪。忙了半天，才找来不到一百件兵器，而且大半已经生锈，不能用了。戚继光非常着急，忽然想出一样特别武器：把山中的翠竹去掉枝叶，把头削尖，枝干留着用刀削出锋头，好像狼牙棒一样，又轻巧又锋利。打起人比铁蒺藜还要厉害，削成的竹尖猛然戳在人身上，也能穿透衣甲。戚继光有了这件东西，不禁大喜道："这是天助我成功。"于是率领一千多部下冲向通州。一路上边走边操练，到了通州附近，这一千多名部下已经步伐整齐、进退有方了。戚继光见自己的计划能一一如意，非常高兴，随后颁布军令：听到鼓声必须勇往直前，鸣金时必须退兵，不准抢夺，不许扰民，违抗命令者斩首。后来有一个部下兵丁私自拿了百姓一根萝卜，被戚继光看见，大怒道："军令如山，你敢违背吗？"随后拔出刀把那个兵丁砍死。这样一来，全军没有人敢再违抗军令了。

到了通州，戚继光和仇鸾等人相见。仇鸾因为戚继光是个平民百姓，很瞧不起他，令戚继光跪着来见。戚继光大怒道："现在是乱世，大家为国出力，这个时候居然还摆架子？"于是率领部下驻扎在城外，不和仇鸾合兵。巡抚杨守谦知道戚继光是个英雄好汉，私下派人把酒肉等物送到戚继光营中。第二天，俺答领兵出战。杨守谦率领各路军马，问谁敢出去应战。那些参将游击都怕俺答勇猛，不敢出战。戚继光挺身上前道："我愿意领部下出战。"杨守谦大喜，递给戚继光一支令箭，吩咐道："今天和鞑靼第一次交战，不要失去锐气。"戚继光领令出营，率领一千名兵丁出去交锋，官军见戚继光的兵士都拿着竹竿，身上背着黄布袋，好像爬山樵夫一样，一齐大笑起来。仇鸾由于戚继光不参拜他，心里已经有些不舒服，这时见戚继光的兵士神态委靡，手中又没有兵器，因此勃然大怒道："像他那样的兵士，能出阵冲锋吗？山西兵马比他强十倍，还被杀得片甲不回，他这种没用的人出去，明明是送死。"杨守谦正色说道："人不可貌相，戚继光既然出战，肯定有些本领。万一不能取胜，我们后军再接应他。"仇鸾不好阻拦，眼睁睁地看着戚继光率领兵士耀武扬威地出营。

戚继光率领一千多兵丁冲到鞑靼阵前。鞑靼兵见了，都大笑道："汉人死光了吧，派几个老弱残兵来送死。"话音未落，戚继光一声令下，兵士拿着竹枪冲过去。俺答急忙挥兵抵挡，不料戚继光的兵士从黄布袋内摸出石子，乒乒乓乓一阵乱扔，打得鞑靼兵头破血流。石子打过去，接着竹枪上来，打在人身上血肉模糊。戚继光命兵士向鞑靼兵冲去，用竹枪四面横扫，扫到肚腹的流血倒地死去。鞑靼自从进兵以来，一路势如破竹，没有遇到过敌手，已经十分骄傲。在他们看来，汉兵个个是酒囊饭袋，不料戚继光的兵士这样凶狠，这是他们做梦也想不到的。又见汉兵使的兵器既不是狼牙棒又不是铁蒺藜，打人戳人却十分厉害。鞑靼兵疑心戚继光的兵卒会妖术，不等主将下令，转身逃走，自相践踏。戚继光乘胜指挥兵士用竹枪横排成阵，一字排开在后面追赶。鞑靼兵跑得慢的都被竹枪戳破肚皮，走得快的算捡条性命。杨守谦见戚继光大胜，下令铁骑在前、步兵在后，乘胜追击。鞑靼人马拼命逃走，戚继光也尽力追杀。俺答率领败兵正走投无路，又被杨守谦军马赶到一阵冲杀，鞑靼兵七零八落，各自弃械逃生。还有摔在潭中河里，都被活活地淹死。这一场厮杀，把俺答三万多兵马杀得只剩六七千人，连夜逃出古北口，回塞外去了。

戚继光大获全胜，缴获鞑靼兵器马匹无数。杨守谦鸣金收兵，亲自慰劳戚继光，杀牛宰羊犒赏三军。仇鸾见戚继光取胜，悄悄率领本部人马回大同去了。杨守谦派人送捷报进宫：通州鞑靼兵已经被打退，京师一切恢复正常。杨守谦进宫觐见，受到世宗奖励。论功行赏，戚继光功劳最大，被封为参将，统兵五千追逐俺答。又封杨守谦为征虏大都督，率兵五万出师大同。杨守谦奉谕立即誓师起程。到了大同，戚继光已经和俺答打过两阵。俺答增加人马卷土重来，都被戚继光杀退，并夺回明军老营，占领敦煌。俺答屡次打败仗丧失锐气，鞑靼兵马见到戚继光的竹器兵士不战而逃。当时塞外人称戚继光的队伍为戚家兵，远远看到戚字帅旗，鞑靼兵便相顾惊骇道："戚家兵来了，我们快走吧！"一哄而散。俺答没办法，只得率领部族来打最后一战。戚继光知道俺答想做困兽之斗，如果不用奇兵恐怕难以取胜。

到了第二天，戚继光命自己的兵丁冲锋，每人手里拿一个纸包，一见到鞑靼兵就把纸包打开，官兵在后面掩杀。纸包里面是化开的石灰，一旦打开，顿时白雾纷飞，把鞑靼兵的眼睛迷住，鞑靼兵都各自去擦眼睛，哪里还有心思厮杀。官兵一声呐喊，猛虎扑羊一样冲上去。鞑靼兵抵挡不住大败逃走。俺答喝止不住，也只好回马逃走。不料戚继光冲到眼前，和俺答交战，戚继光一支点钢枪使得出神入化。俺答虽然勇猛，这时已经无心恋战，虚掩一刀，拨马落荒而逃。戚继光在后面紧追不舍。戚继光的那匹坐骑叫桃花胭脂马，跑起来一天可以走八百多里。塞外虽然骏马很多，怎么能比得上戚继光的神马。快要追上时，戚继光从袋中摸出一件东西，好像捕鱼网似的向空中一撒，哧唧一声把俺答连人带马牵住，奋力一拉把俺答拖下马。戚继光也跳下马，想去缚住俺答，不料俺答力气大，双手一挣，把绳索拉断了。戚继光眼快，用手抓住俺答右臂，两人在草地上厮打起来。正在二人奋力厮打的时候，由于鞑靼兵都骑着快马，此时正有三十骑飞一样赶来救援，戚继光只是孤身一人，又和俺答厮打不能脱身，真是危急万分，幸亏戚继光的卫兵也及时赶到，一拥上前，七手八脚把俺答横拖倒拽地拉走。鞑靼兵赶到，却晚了一步。接着戚继光的部下全部赶到，鞑靼兵人少不敢来抢，眼睁睁看着明军唱着凯歌得胜回去。

戚继光又获得大胜，还捉住鞑靼兵主将俺答，亲自到杨守谦军中报功。杨守谦大喜，用手抚着戚继光的背说道："为军立功疆场，功在国家，将军镇守边疆，胡人自然丧胆，将军真是中流砥柱。"杨守谦令戚继光镇守宣府，自己押着俺答班师回京。不久上谕下来，提升戚继光为宣大总兵官，节制宣府、大同两处人马。这道旨意一下，别人都不放在心上，边地百姓齐声欢呼，却把仇鸾气坏了，想起自己以前笑他是个鄙夫，现在反而要受他的节制，这怎么能够忍受？仇鸾部下有个幕府叫柳广地，本来是个桂林苗种，辗转流入汉族中也成为汉人。柳广地为人奸刁狡猾，想出来的计策都十分恶毒。当时俺答刚刚侵入大同，仇鸾不敢出战，向柳广地问计。柳广地笑道："胡人喜爱金银珠宝，你只要给他金银，叫他到别处去，不会办不到的。"仇鸾大喜，令柳广地为使者，到俺答军中把仇鸾的意思向俺答转述。俺答索要五万两白银、三百石米，仇鸾一一送去，还和俺答订立密约。这件事除了柳广地之外，只有三五名心腹家将知道，其他人包括仇鸾的妻妾都不知道。仇鸾满心要陷害戚继光，他自己是严嵩门人，现在严嵩已经革职，少了一个后台，势力上当然敌不过戚继光，而且现在戚继光职位已经在仇鸾之上，又有杨守谦竭力保举，仇鸾一点办法都没有。于是把柳广地找来，托他想个计策扳倒戚继光。柳广地点头答应，与戚继光的亲随结交，两人交情越来越深厚。

戚继光有个护印亲随，因事被戚继光痛打一顿，心里非常气愤，和别的亲随说起，十分恨戚继光。此事恰好被柳广地听见，急忙上去安慰几句。护印亲随见是同伴的朋友，和柳广地也一见如故，柳广地又和护印亲随成为好朋友。一天柳广地故意做出愁眉苦脸的样子，似乎很担心。护印亲随不知道柳广地的奸计，问他为什么不高兴。柳广地摇摇头说道："说了也办不到。"护印亲随着急道："既然是好朋友，说出来又有什么关系？"柳广地叹口气说道："我有一个女儿，今年十八岁，还没有嫁人，却被鬼怪迷惑住了。我非常着急。后来有人说只要用武官或巡抚的印信镇压一夜，鬼怪就不敢来了。但是这颗印信又到什么地方去找呢？"护印亲随不知道柳广地是仇鸾的走狗，脱口答道："武官的印信倒有，不知道我们老爷的印信可以吗？"柳广地大喜道："如果得到你们老爷的印信去镇压一夜，还有什么话说？即使有十个鬼怪也吓走了。"护印亲随拍着胸脯说道："这事包在兄弟身上，一定给你办到。"柳广地连连道谢。护印亲随站起身走出去，不一会儿，果然把宣大总兵官的印信取来交给柳广地道："这是重要东西，你用完之后必须立即送还，不要耽误时间！"柳广地满口答应，拿起印信欢欢喜喜地去见仇鸾道："这回可以扳倒戚继光了。"

仇鸾大喜，第二天早上借着催粮的名义到总兵府中去请印。戚继光命人去取印信，却只剩一个空盒，不禁大惊，急忙找来护印亲随。护印亲随只得老实说出，说是某亲随的朋友借去了。又叫来那亲随诘问，回说那人是仇总兵府中幕府。戚继光听了，心里已明白了八九分，也不责怪亲随。一时没有大印可用，只好托病不理事，慢慢地想办法取回印信。仇鸾却一步都不放松，天天派人来催，气得戚继光几乎眼中喷火，又不好说明，担心传扬出去。守将丢掉印信，至少革职。戚继光有个幕宾叫徐渭，字文长，浙江山阴人，善于文章书画，是个有名的才子。戚继光倾慕他的才学，行军打仗也颇得徐文长帮助。戚继光把仇鸾骗去印信的事和这位徐文长先生商议。徐文长沉吟半天，拍案说道："有了！有了！"在戚继光耳边轻轻说了几句。戚继光欣然说道："妙计！就这样办吧。"这天晚上总兵府厨房失火，各处官员都率领兵士和衙役来救火，仇鸾也和十几名亲兵在府前巡逻。戚继光捧着印盒从府中跑出来，手忙脚乱地把印盒递给仇鸾，又转身进去了。仇鸾匆忙中接过印盒，等戚继光进去不出来，才猛然省悟道：“上当了！他的印信已经丢失，现在把空盒交给我，当面又没有打开，护印的责任落在我肩上。等一会儿火熄了，我怎么能把空盒交上去？这分明是要加罪在我身上。”仇鸾想着，又和柳广地去商议。柳广地顿足道：“你怎么能接受它？现在除了把印信放回盒中，没有别的办法了。”仇鸾不得已，只好把总兵官印信放在盒中。这时火已经扑灭，仇鸾呈上印盒，戚继光亲自验看，见印信在里面，心里暗自好笑，又称赞徐文长的妙计，表面上却只是不露声色地慰劳仇鸾几句。

过了几天，蒙古人又来侵犯，直扑大同，要求索还俺答。仇鸾慌忙又派柳广地和蒙古人商量，情愿出白银十万让蒙古人退兵。蒙古人假意允许，等仇鸾的白银送到，仍然率兵攻城。仇鸾大惊，亲自写信责问蒙古人首领那颜。不料这封书信被戚继光的哨兵得到，交给戚继光，戚继光把信连夜派人送进京城交给兵部尚书杨守谦。杨守谦看了大怒，把仇鸾通敌的事据实上奏。世宗立即下谕把仇鸾革职押解进京。圣旨到大同时，仇鸾已经病死，家属扶丧回汴梁去了。钦差扑了个空，正要上疏奏闻，不料俺答在狱中供出前次侵入古北口、掳掠通州是仇鸾指使的。世宗听了，勃然大怒，颁谕汴梁守吏把仇鸾戮尸，家人全部斩首。汴梁官吏接到谕旨，立即把仇鸾满门斩首。又派人挖开仇鸾的坟墓，开棺取出尸首却一点也没有腐烂，看上去和活着一样。行刑官砍下尸身头颅，尸腔竟然流出鲜血。在场的人很诧异，都说仇鸾应该受王法，应该得到身首异处的下场。

·唐伯虎与眉云·

世宗自从罢免严嵩后，令徐阶入阁，正想整顿朝纲，忽然章圣皇太后驾崩。世宗大哭一场，立即发丧举哀，丧仪十分隆重。不料章圣太后还没有安葬，昭圣太后又崩逝了。世宗按例给昭圣太后发丧，不过没有章圣太后隆重。世宗接连遭遇两场大丧事，不免哀伤过度，身体十分不舒服，朝廷大事都由徐阶相国一人主持，好像武宗时的杨廷和一样。这位徐相国是吴中人，二十一岁进入翰林苑，慢慢地升为相国。当时徐相国的家眷还在吴中，于是派几名得力家人把相国夫人接进京城。相国夫人魏氏很敬佛，自从到了京城，每天到各处寺院进香，还带上她的女儿眉云，母女两个坐着青布小轿，在庵庙寺院中来来往往。在吴中的时候，也没有一天不是这样。魏氏这样好佛，徐相国极不赞成，然而也没办法禁止她。

当时吴中有三位名士，第一个是人人知道的唐伯虎，第二个是祝枝山，还有一个叫文征明。这三位名士一样的文采风流，学问渊博，可惜他们都不在功名上用功，只喜欢吟风弄月，干些寻花问柳的事，尤其是唐伯虎最放任不羁。唐伯虎擅长书画，每写一首诗，吴中大家闺秀必争相诵读。一些放荡的侯门姬妾往往借着求画为名，暗地里免不得红杏出墙，所以唐伯虎在吴中艳事很多。有一天早上，魏氏和眉云到净坛寺进香，顺道游览虎丘。不料冤家路窄，偏偏风流才子唐伯虎和文征明、祝枝山、徐昌谷等名士也在那里。魏氏领着这位千娇百媚的眉云走过他们面前，把这几位风流名士都看花了眼。眉云一副玉容的确生得沉鱼落雁、艳丽无双，可以称得上吴中第一美人。唐伯虎看了又看，觉得越看越爱，抛下众人悄悄地跟在后面。一阵阵翠袖余香，弄得自命不凡的唐伯虎意乱神迷，几乎连走路都不会了。

魏氏和眉云见背后有人跟随，以为是市井浪子，急忙叫仆人抬过轿子，母女两个上了轿，飞快地回去了。唐伯虎一直等到看不见轿子影，还在那里呆呆地站着。文征明远远看见，感到十分好笑，轻轻地走过去在唐伯虎肩上一拍道："天快黑了，你还站在这里干什么？"这一拍把唐伯虎下了一跳，回头见是文征明，不禁也笑道："美人、名马人人喜欢，你没看见刚才的美人，只怕夫差的西施也不过这样了。"说完大家笑了一阵，各自回去。唐伯虎独自一人回去，心里还想着美人，一直念念不忘。他回到家里，把美人的相貌画成一幅画，一天到晚对着画叹息，废寝忘食。

五月初五，按吴中风俗在湖中赛龙舟。到了那天，仕女如云都来看热闹。唐伯虎也没精打采地信步走到湖畔，只见十几只龙舟排列在湖中，数十个壮汉雄赳赳地拿着划桨在那里等待。只听到画角一响，十几艘龙船一齐用力划水，龙舟在水面上好像出洞的蛟龙昂首摆尾地向前飞驶。跑出半里多路，其中一艘黄龙船猛然一跃，超过后面的龙舟，飞一样向前跑去。有一艘青龙金头的龙舟也不示弱，见黄龙舟争了先，舟上划桨的壮丁吆喝一声，施展一个蛟龙扰海势，猛然把船头往下一沉，船尾朝上一翘直追过去。划水的桨声好像狂风骤雨。龙舟前进的速度比前面快了几倍，超过其他龙舟，向前追赶黄龙舟去了。其余的红龙舟、黑龙舟、蓝龙舟等也一齐使劲追赶。远远看见青龙舟已经追上黄龙舟，两只船一起掉头往回划。这时舟在水上如同飞箭离弦，眨眼之间已经快回到出发点，距离还有十来丈左右，青黄两舟不分输赢。大家不甘心，拼命向前划，两舟此时紧紧相随。正在千钧一发的时候，青龙舟上响起一声呼哨，竟然跑到黄龙舟前头，超过半只船身。这时岸上的人不禁齐声喝彩，掌声不断。黄龙舟上的人都十分着急，也呐喊一声，飞快地向前划去，不料船不平稳，却翻了，几十名男子都掉进河里，龙舟头轻脚重沉到水里。其时青龙舟已经到达终点，后面的十几艘龙舟也赶到。大家七手八脚把黄龙船内的壮丁一个个捞起来，幸亏他们都熟悉水性，倒一个也没有淹死。只不过船上的花彩等等被水浸过，颜色褪下，湖水都被染花了。

唐伯虎看了一会儿赛龙舟，背手在河沿散步，觉得很没意思。正要去找文征明、祝枝山，转身才走几步，突然空中掉下一样东西，打在唐伯虎头上，十分疼痛。唐伯虎抬起头刚要发作，只见楼上站着一个美人，秋波盈盈地看着唐伯虎嫣然一笑，转身进去了。唐伯虎的怒气早已经消失得无影无踪，又觉得美人十分面熟，猛然想起那天在虎丘见到的美人，不是她是谁？再低头看地上掉下来的东西，原来是一把折扇。扇面上题有诗句，书法非常娟秀，分明是女子手笔。另一面画着一幅画，上款是“眉云大姐雅正”，下款写着“妹丽云绘题”。画虽然不见得好，笔法却含有古意。唐伯虎是个中能手，自然能够分辨出好坏。他正在仔细端详扇面上的画，忽然有人轻轻牵了一下他的衣袖，唐伯虎转过身，见是一个侍女，只见侍女粉脸微红，微笑说道：“我家小姐拜上相公，刚才得罪了您，真是惭愧，那把扇子可以赐还了吗？”唐伯虎听了侍女的话，不禁暗暗羡慕道：“强将手下无弱兵，主人是天上仙女，侍女自然是人间尤物了。”想着笑答道：“你家小姐贵姓？”侍女道：“姓徐。”

唐伯虎笑道："这扇子上的题款可是你家小姐的芳名吗？"侍女微微把脸一侧道："我家小姐的名字我不方便对相公说，相公也不必问。"唐伯虎笑了笑，收起扇子，把自己的扇子换给她。侍女拿着扇子匆匆离去。唐伯虎抬头向窗上看了一会儿，不见美人踪影，只好一步一步往回走。

之后不到半个月，在这条河隔岸小楼的一角，总有一扇窗户大开，一个少年士人经常倚窗浏览，江上帆影不断，水鸟飞来飞去。士人伏案吟诗，悠然自得。每到月上黄昏，少年士人便临窗抚琴。一曲未终，只见对面楼上碧窗打开，一个雪肤花貌的美人出现在窗边，临窗听士人抚琴。士人见到美人，不禁心花怒放，施展出平生的本领，弹得格外好听，真是琴韵悠扬，令人神往。弹琴的士人自然是唐伯虎，而那个美人不是徐家的眉云小姐是谁？这样一天天过去，光阴似箭，转眼已经深秋，这个时候，吴中士大夫都到胜地看花。唐伯虎也邀请文征明、祝枝山、徐昌谷等人整天玩山游水，到处吟诗留句。一天黄昏，唐伯虎刚从文征明家里豪饮回来，微带醉意，忽然看见那天要扇子的侍女笑嘻嘻地走上小楼，把一封信向桌上一丢，又咯咯笑着跑下楼去。唐伯虎把信打开，里面是一张紫兰花信纸。纸上写着两首词，左角写着"求正吟坛"四个字，字迹娟秀，十分可爱。唐伯虎朗声读道：

碧窗秋露冷如冰，素月半帘明。白云依旧，夜色凉深。
何处步云行？虫声懒，草霜轻，不胜情。
湖畔琴韵，楼下吹箫，梦回乍醒。（诉衷情）
人生悲秋无限，韶华去难见。山水重重，遥瞰天远。
院落沉沉，人声寂寂，图书仙馆。叶凋残萧瑟，
柔情似水，佳人肠断。（撼庭秋）

唐伯虎读完，也提笔写道：

绿窗朱户，小楼听微雨。意无聊，炉火温香醑，江边候信潮。
花香含粉黛，寒雨打芭蕉。情深有谁知？恨迢迢。（女冠子）
晴窗明，绿杨前，倚花边。燕掠水，日如年，风袅袅，
香阵阵，望婵娟。花儿好，满庭院，蝶流连。山起云，柳锁烟。
松涛急，湖水碧。不尽言。（三字令）

唐伯虎写完，仍然装进同一个信封，等候侍女来取。第二天晚上，侍女果然来了，笑着问："词改好了吗？"唐伯虎也笑道："早已经封好了，不过我的文字很粗俗，请你们小姐不要见笑！"说完把信封递给她。侍女也不回话，从唐伯虎手里拿过信封，下楼走过小桥。从此以后，侍女做牵线红娘，这样朝往夜来，眉云闺房中渐渐有了唐伯虎的足迹。以前琴音吟声都是隔河相应，现在却是一对璧人并肩倚窗对月唱和。

不料好事多磨，徐相国打发家人接家眷进京。魏氏急忙收拾东西，眉云却和唐伯虎在那里分别。两人依依不舍，相对涕泪纵横，连侍女秋香也在一旁为他们落泪。唐伯虎和眉云正哭得伤心欲绝，魏氏忽然走进绣房，吓得眉云花容失色，唐伯虎更是无地自容。两人不约而同地齐齐跪在魏氏面前，把魏氏弄得愣住了，半天说不出话。眉云哭得婉转娇啼，好像一朵带雨梨花，看了真叫人又怜又爱。魏氏虽然心里生气，可毕竟是亲生女儿，膝下又没有别的儿女，不禁深深地叹口气，把眉云搀扶起来，回头叫唐伯虎也站起身，吩咐秋香立即送他下楼，不许在这里逗留。唐伯虎好像被特赦的犯人，又像丧家狗一样随着秋香匆匆下楼。到了楼梯口，转过身看着眉云，只见她玉颜带晕，泪盈盈地倚在妆台边只顾俯首弄带。这时唐伯虎真是一步三回头，心里十分难受。唐伯虎走后，魏氏怕眉云得病，所以并不多说，只令眉云赶紧收拾东西，准备第二天起程。

到了第二天，徐相国家眷进京。唐伯虎眼睁睁地看着心上人离去，他怎么舍得，刚要雇船跟到京城。恰好文征明、祝枝山、徐昌谷三人进京会试，四人便一块也扬帆北上。不久到了京城，文征明等人准备考试。唐伯虎却一心只在眉云身上，暗暗打探徐相国的私宅，终于探听到在东安门外。但是侯门深似海，没办法通消息。幸亏魏氏信佛，经常带眉云到各处寺院进香，唐伯虎远远跟随，和眉云相逢，大家心中会意，就是不能说话。侍女秋香给他们两个想办法，偷偷地在相府后花园约会过几次，但始终赶不上在吴中的快乐。眉云因此愁眉不展，整日愁容满面。女孩家一长大，都有几分心事，眉云也是这样。魏氏知道女儿的心事，便经常在徐相国面前提眉云的婚事。徐相国说："一时没有合适的人，过一阵再说吧。"这年文征明官星高照，在三千举子中夺魁，进入翰林院。

文征明当时的老师正是徐相国。发榜之后，新科翰林都去参拜老师。徐相国见自己的门生一个个少年英俊，不禁眉开眼笑，心里想着给女儿选一个女婿。送走门生之后，徐相国急忙回到内室跟魏氏商量，说起门生们都是少年高才，尤其是姓文的同乡，更是才貌双全。魏氏听了，极力赞成。徐相国命人去打听，知道文征明还没有娶妻，不禁大喜，上朝时在驾前保举文征明。不久上谕下来，封文征明为翰林院侍读，少年学士更加显得翩翩风流。徐相国把文征明找到家里，把女儿许配给他。文征明不知道眉云跟唐伯虎有关系，见宰相小姐肯配给自己，又加上徐相国是老师，自然十分愿意。不料徐相国和文征明师生两人在内堂谈论婚事，凑巧被乖觉的侍女秋香听到，急忙去告诉眉云。眉云听到婚姻二字，已经心惊胆战，她和唐伯虎早已经订有婚约，但是在老父面前又不好明说。正在忧愁，听说老父给她选了个佳婿，是个少年翰林，不禁芳心一动，搀着秋香懒懒地走下楼，在屏风背后悄悄地偷看，只见文征明蓝袍玉带、云锦乌纱，潇洒出尘、文采风流的气概不亚于唐伯虎，或许还胜过几分。

女子大多爱慕虚荣，眉云见到唐伯虎，觉得他风仪俊美、举止隽雅，普天下男子没有比唐伯虎更好的了，于是发誓非他不嫁。现在见文征明又胜过唐伯虎，而且是少年翰林，如果嫁给他，自己不就是一位翰林夫人了吗？眉云想着又偷看几眼，真是越看越爱，越看越胜过唐伯虎。今生能和这样一个美郎君做夫妇，那才算得不枉一生，也不辜负我的花容月貌。然而想起与唐伯虎的誓约，呆呆地沉吟半天，低低叹了一声，仍扶着秋香上楼去了。徐相国翁婿两个欢笑畅饮，酒过三巡，徐相国向文征明索要聘礼，文征明从腰间解下一双玉燕渔舟，很郑重地递给徐相国。徐相国笑道："姻缘巧合，不能没有诗，你做一首吧。"文征明笑了笑，命仆人取过文房四宝。文征明要显示他的才学，稍加思索便写道：

珠翠飘灯画小舫，箫声引凤月映窗。
佳酿还须花前醉，玉洁冰清燕一双。

徐相国读完赞不绝口，急忙叫侍女拿到闺房给眉云小姐。过了一会儿，侍女拿着礼物下楼，却是一根羊脂玉钗，晶莹洁白，是汉代的佳品。外面是一张信纸，写着一首诗：

碧水舟轻趁急流，十弯九曲落花江。
堤边垂有丝丝柳，系住穿帘燕一双。

徐相国看完笑道："献丑了！"文征明谦逊几句，站起身告辞。

又过了半个月，唐伯虎天天到相国府打探眉云的消息，想等秋香出来，趁机和眉云相会。他对徐相国把眉云许给文征明的事一点儿也不知道。因为这时祝枝山和徐昌谷会试名落孙山，早已经匆匆回乡，只有文征明留在京城。唐伯虎非常骄傲，见文征明高中榜首就不愿意和他相见。文征明事情很多，自然没有时间去拜访唐伯虎，这样一来两人弄得音讯都不通了。一天唐伯虎又到相国府的后花园，见秋香两眼红红地走出来，见到唐伯虎忍不住流泪满面，呜咽得说不出话。唐伯虎急忙问道："你怎么这样伤心？"秋香含泪答道："我家小姐死了，你不知道吗？" 这个死字才出口，唐伯虎几乎昏倒在地，抬头看着四面的景色，觉得没有一样不可悲。唐伯虎很凄惨地问道："你家小姐怎么死的？患的什么病？怎么这样快？"秋香一面擦眼泪，一面呜咽着说道："还不是因为你，否则也不至于死。"唐伯虎惊道："真的为我死的吗？"秋香叹了口气道："说来话长，我也不愿意说，可实在也不忍说。小姐留下绝笔遗书，你自己看吧！"说着取出一封信递给唐伯虎。唐伯虎接在手里不停颤抖，只见信上写着一行"伯虎知己亲启"六个大字。把封信拆开，里面用蝇头小楷写道：

伯虎知己者如览：一别吴江，再逢燕地。两意缠绵，双心怆恻。夫以家庭受制，难缔鸾凤之俦。月老无情，未定鸳鸯之谱。古云君子，本淑女好逑。昔者相如，调求凰之曲。忆曩者，小楼并肩对语，促膝共谈，相偎相依，情犹水乳，至怜至爱，义若芝兰。素手携来，金钩鸣乎罗帐。玉藕挽处，春心动于衾中。云雨巫山，入襄王之好梦。潋滟逝水，会神水之阳台。斯情斯景，宁堪为外人道乎？讵知好事不长，偏来磨折，老父书至，于是乎屏当而北行焉。幸君多情，追踪北来，虽别离黯然魂销。不久复重续旧，竟谓从此天长地久，作永远之欢娱。将来得冰人之一言，即可偕老白首矣。孰之祸事之来，有出人意料者，老父毅然为选佳婿耳。彼人者，新进学士，翰苑才人；尔雅温文，少年俊美。相偶固不辱没，亦堪称一对璧人。无知吾之与君，已订约在前，岂容改志于后？然坚守吾约，则违父母之命。苟顺亲情，则负君矣。就事而论，两不可背。以情而言，乌能独从。转辗思维，进退皆难，追本寻源，是吾之命薄耳。嗟乎六如！今且别矣。红颜如花，其艳不永，是古人已先为吾言之。盖吾欲从君，则遗羞老父，世将詈为无耻，留丑名于千古。进而从父，则君必百志俱灰，遂至磨折以终。我不杀伯仁，伯仁为我而死，吾心岂忍出此乎？吾计之熟矣，不幸事急，赖有三尺白绫，作吾护身之符，身既属君，则唯有一死报君耳。噫！吾之死期至矣！吾死之后，君幸无悲，天下多美女，以君之才，能奋力上进，掇高科，取杏紫，犹拾芥耳。身登仕籍，则区区如薄命人者，何患不得，届时恐嫌其多且烦也。虽然，果有此日，君志得意满，志高气扬，而薄命人则夜台孤眠，尝风餐露，白杨枫树绕吾荒丘。谁复有忆及斯薄命人者乎？悲已！顾君有情人也，倘能金榜题名，洞房花烛之夜，三呼吾名而稽首者，吾死亦无憾矣！更有一言，为君告者，秋香小婢，事吾多年，情同骨肉，君如情深念吾者，而纳秋香而列诸妾媵，吾之所愿也。则君见秋香，犹对吾无异。要之彼一孤女，伶仃可怜，得君援之，亦属功德，而吾心亦从斯安矣。别矣唐郎，幸自珍摄！薄命如吾，不足怜惜，祈君毋过哀，致吾在九泉因此而增吾悲，亦所以增吾之罪孽也。呜呼！不谓花亭，乃成永诀。纪念之言，遂为谶语。吾忆及是，吾心伤矣！悲已哉！夜漏三更，春寒多厉，吾书至是，泪湿云笺者数重，吾乃不忍书矣。

妹徐眉云绝笔

唐伯虎读完信，顿时泪如泉涌，含泪问秋香道："不料你家小姐真是为我而死。此后我万念俱灰，从今遁入空门，不再步入红尘。"秋香也呜咽着说道："唐相公不要说这样的话，叫人听了伤心，我家小姐生前也再三嘱咐，告诉相公不要灰心，不要增加小姐的罪孽。"说完放声痛哭。唐伯虎也几乎失声大哭。两人越哭越伤心，不料园门忽然有个声音很清脆地叫道："秋香姐！老夫人叫你。"秋香听了，急忙擦着眼泪离去。唐伯虎独自一人呆呆地站在园门口。一个老仆见唐伯虎在门口发愣，以为他是个市井无赖，走上前把唐伯虎一推，说道："请你走远些，我们里边有事，要关园门了。"说完也不等唐伯虎回话，"砰"的一声关上园门。

唐伯虎在园门前呆呆站了半天，只得长叹一声，慢慢走回客栈。忽然文征明垂头丧气地走进来，两人相见，略略寒暄几句，文征明劈口说道："怪事都让我遇见了，你知道我又遇到什么怪事吗？"唐伯虎自已有心事，淡淡地答道："什么怪事？"文征明拍着膝盖说："徐相国把女儿许配给我，不知怎么的，今天据相府里的仆人说，他家小姐昨天晚饭还好端端的，黄昏忽然死了，这不是让我莫名其妙吗？"唐伯虎听了，不禁吃了一惊道："你说的是徐阶老相国的女儿吗？"文征明道："还有几个徐相国。"唐伯虎猛然站起身说道："那可糟了！"文征明诧异道："你为什么也这样着急？"唐伯虎不等他说完，从袖子里拿出那封眉云的绝命信，向桌上一扔道："你看了就会明白。"文征明把信从头到尾慢慢读了一遍，边读边叹，读到"徐眉云绝笔"时，不禁目瞪口呆。唐伯虎把在吴中时和眉云的经过详细说了一遍。文征明叹息道："我如果早知道，就不会答应这件婚事。这样一来，倒是我害了你们。不过信中眉云嘱咐你纳秋香为妾，这件事我必定成全你。"说着站起身走出去。徐相国听说女儿无故自尽，悲痛欲绝，但不知道眉云为什么要自尽，传秋香询问，也没有头绪。后来魏氏无意中说出吴中的事。徐相国大怒，立刻拷问秋香，才知道眉云已经私自和唐伯虎订立婚约。徐相国恨恨地说道："这贱人该死，她自己没福做翰林夫人，还可惜她干什么？"

于是命人草草殓葬，同时派人抓捕唐伯虎。风声传到文征明耳朵里，急忙通知唐伯虎躲避，又亲自到相府，求徐相国把秋香赐给自己。徐相国和魏氏一商量，即然眉云已经死了，老两口又没有儿女，秋香为人很伶俐，不如收她做干女儿，仍然嫁给文征明，做眉云的替身。徐相国把想法对文征明说了，秋香虽然是侍女，但是已经被徐相国收为干女儿，文征明不好不答应。过了几天，秋香正式嫁给文征明。结婚那天，群臣都来贺喜。大家不知道其中底细，一齐说相国小姐和文翰林真是一对璧人。世宗听说徐阶的女儿嫁给文征明，特赐文征明龙凤金锁、彩细百端、黄金五百两和绣袍一袭。翰林夫人秋香赏贡花一对、凤钗两双、碧玉龙纹玉簪一对。又御制燕尔新婚诗二十四首赐给文征明夫妇，一时传为佳话。只是苦了唐伯虎，弄得两手空空。文征明本来想把秋香送给唐伯虎，不料弄假成真，秋香嫁给自己，倒几乎没脸去回复唐伯虎。唐伯虎知道了事情经过，只是叹息一会儿，也不去见文征明，自己回到家乡。此后唐伯虎在吴中再也不狂妄，他一有空就吟诗作画，这些书画流传到现在已很值钱，他和祝枝山、文征明、徐昌谷合称"吴中四才子"。

·海瑞断案·

嘉靖三十年，世宗的第三个皇后方氏去世，世宗非常悲痛，方皇后的丧礼十分隆重。方皇后梓宫安葬永陵，世宗还亲自送到大明门，经过群臣跪请才含泪回宫。这一年又册立杜贵妃为皇后，这是世宗第四次立后了。这时方士陶仲文已经死了多年，世宗又想起陶仲文，命人把陶仲文的儿子陶世恩、侄子陶仿、徒弟高守忠、申世文等人陆续召进宫。世宗谕令陶仿、陶世恩上坛炼丹，申世文、高守忠祈禳灾祸，拜求上天保佑。世宗的儿子也都已经长大，阎妃所生的皇子朱载基已经去世，谥号哀冲太子，王妃所生的皇子朱载壡才册封为太子七天就病死了，谥号庄敬太子，世宗又改立杜贵妃所生的皇子朱载垕为太子，并封朱载圳为景王，朱载蓟为蓟王，朱载墉为威王，朱载佩为均王，朱载玺为颍王。朝中大臣以徐阶为首领，统率百官处理朝政。世宗经常患病，对于朝事不太过问，全听徐阶主持。

嘉靖四十四年冬天，世宗已经卧床不起，有时不得不处理朝政，只好勉强躺在床上裁决。但时间一长，就觉得眼前发黑神志不清。太医们在一旁侍候，一会儿验脉搏，一会儿进汤药，十分忙碌。世宗吃了药，仍然一点也不见效，而且睁开眼就看见一团黑气在床前滚来滚去，把胆大心豪的世宗吓得心惊胆战，半夜里经常吓醒，讲述他所见的怪现象。宫女太监们都信以为真，于是宫中传言发现了什么黑煞，必须建坛祈祷。世宗召陶世恩等面谕，让他们施五雷正法镇压妖邪。陶世恩等奉谕找来几十个方外道士，在宫中叮叮咚咚地做起法事。其实宫里哪有什么黑煞？只是世宗体虚心悸，所以眼中发暗，看出去好像一件怪物，这叫疑心生暗鬼。世宗又想到仙丹，命陶世恩等人昼夜炼丹，终于炼成一种仙药名叫九转还元丹。

陶世恩、陶仿、申世文、高守忠用玉盘盛上金丹三粒献给世宗，说吃下去可以立即康复。世宗大喜，在床上坐起身，取过玉盘中的丹药，见金光闪闪，香气扑鼻。世宗不等把丹化开，随手往嘴里一丢，咽了下去。不料到了半夜，世宗忽然从床上跳下来，好像疯了一样。太监宫女慌了手脚，急忙去奏报杜皇后及六宫嫔妃，皇后等人都来到床前，又召阁臣徐阶、高拱、郭朴等人进宫。大家见世宗这种情形，徐阶说是吃错了药。太监把世宗服丹丸的事讲了一遍，又说："没吃金丹以前说话很清楚，吃下丹药就牙关紧闭，说不出话了。"徐阶听了大怒，立即命人把陶世恩、陶仿、申世文、高守忠四人关进大牢，等候惩办。

世宗这样闹了三四个月，已经是冬尽春初。世宗一天不如一天，内外臣工进宫请安，只是微微点点头，既不能说话，也听不到声音，只有眼睛还能看见东西。嘉靖四十五年春天，徐阶进宫见世宗，见世宗情况不妙，急忙命人去找太子朱载垕。不一会儿太子朱载垕来了，一眼看见世宗口吐白沫，不禁放声大哭。徐阶顿脚说道："现在不是哭的时候，快给皇上料理大事要紧。"于是徐阶立即书写遗诏，给世宗过目。世宗这时哪里还能看什么诏书，只是拿在手里含含糊糊地一瞥，就算已经看过。诏书的大意是说：朕继承皇兄帝位，兢兢业业，励精图治。现在劳累过度身染重病，听信长生之方，信赖炼丹之术。方士进宫，以邪气迷惑朕，使万民失望，贤者纷纷退避。杖责劝谏大臣，自己封闭言路。我死以后，原来获罪的官复原职等等。这道谕旨完全是世宗自责。假如这位英明骄傲的世宗不是在临死的时候，怎么肯这样说，恐怕书写诏书的大臣早就脑袋搬家了。夜里世宗即不省人事，嫔妃都来到床前，徐阶等人听受遗命，太子朱载垕更是痛哭流涕。哭了一会儿，只见世宗忽然两眼一瞪，双腿一挺，气绝身亡。

朱载垕和群臣以及嫔妃大哭一场，徐阶传出遗诏，召集群臣宣读。天亮以后徐阶、高拱、郭朴扶朱载垕登位，朱载垕就是穆宗，改第二年为隆庆元年，追谥世宗为肃皇帝，庙号世宗。又尊生母杜皇后为宇恪皇太后，立妃陈氏为皇后，以徐阶为上柱国右丞相，高拱为吏部尚书兼谨身殿大学士，郭朴为工部尚书兼文华殿大学士。并大赦天下，以前监禁的谏官御史杨继盛、罗文炳已经病死，于是让他们的儿子袭爵，吏部主事海瑞这时也关在牢里，穆宗放出海瑞封他为吏部侍郎。

海瑞出狱，见新君继位，想起过去的弊政，想要竭力整顿一番，所以递上奏折弹劾上柱国右丞相徐阶，说他独断专权，阻止言路。这下触怒了徐阶，把海瑞调到外省。没过几个月海瑞又被提升为都御史，巡抚江南。海瑞奉命，身穿便衣赴任，到了江南，把那些贪官污吏的姓名一一记录下来。一上任就把这些官员弹劾的弹劾、革职的革职。江南的属吏一听到海瑞的名字无不畏惧，不敢再胡作非为。海瑞既廉明又善于断案，江南百姓都叫他海青天。当时上元县有个著名的恶讼叫冯如冈，为人奸险狡诈。同县有个土豪叫侯馥堂，他自己虽然不是善人，但对冯如冈的行为却很不赞成。

一天，冯如冈和侯馥堂在一位绅士家祝寿，两虎相逢自然不能相容。侯馥堂借着酒劲大骂，把冯如冈过去的劣迹一一说出来。冯如冈只当做没有听见，拿着酒杯谈笑自如。侯馥堂见冯如冈没有反应，骂了一会儿也停下了。第二次侯馥堂又在河边遇见冯如冈，正是酷暑，侯馥堂脱得赤条条的在河里洗澡，刚要站起身，恰好一眼看见冯如冈。侯馥堂拍着肚皮顿足大骂，冯如冈却一点也不生气，只是含笑向侯馥堂全身打量一下，背着手走了。侯馥堂还带笑骂道："冯如冈这个混浑蛋，你看爷爷的玉体，是要替你的妻子女儿选丈夫吗？"这句话说得路上的行人一齐哄笑。冯如冈并不恼怒，反而仰天哈哈大笑。冯如冈平时不肯轻易忍让别人，一支笔更是厉害。不论什么案子落到冯如冈手里，没理也能赢。现在被侯馥堂几次辱骂竟然忍气吞声，如果换成别人，不是被他捆送县衙，也会家破人亡。于是大家知道冯如冈也怕狠的，议论纷纷。

不到半个月，上元县忽然发生一桩人命案，是妻子谋杀亲夫。不料妇人到了县衙大堂，坚持说丈夫不是自己谋杀的，是侯馥堂来强奸她，她大喊起来，她的丈夫闻声赶到，侯馥堂急了，顺手拿起案上的菜刀把她丈夫赵狗活活砍死了。县令把侯馥堂拘押。侯馥堂喊冤，要看强奸和杀死赵狗的证据。县令问妇人，妇人朗声说道："侯馥堂强奸我时下衣已经褪去，我见他小肚子上有一点红痣，还长着很长的黑毛，我看得很清楚。"县令叫人检验侯馥堂的小肚子，果然有粒小小的红痣。这样一来把侯馥堂的嘴堵住了，只好低头承认。县令录下口供，作为定案。以侯馥堂强奸未遂、持刀杀人为罪名，依法判处斩刑。

恰好海瑞巡查案卷，见到上元县的案卷，沉思半天，拍案说道："这件案子还有疑问，侯馥堂腹下的痣并不是很大，在强奸急迫恐惧的时候，妇人怎么能看得这样清楚？分明有隐情，我非要亲自审问不可。"于是命上元县押解人犯来省里重新审讯。海瑞亲自坐堂，先带妇人上堂。海瑞和颜悦色地说道："当天侯馥堂强奸你是在晚上吗？"妇人答道："是！"海瑞又问："侯馥堂推你房门时，你知道是他吗？"妇人摇头道："当时门前很黑，没有看清楚。"海瑞微笑问道："难道你房中没有点灯吗？"妇人道："灯在房门旁边的桌子上，他蹑手蹑脚地进来，只能看到他的影子，却没有看见他的脸。直到走近床前，我才知道不是我丈夫，吓得喊起来。"海瑞道："这样说来你睡在床上，离灯很远，所以你看不清他的脸，是不是？"妇人答道："是。"海瑞突然把惊堂木一拍，变色喝道："你这淫妇，杀死亲夫，还敢诬陷别人，企图逍遥法外，左右给我夹起来！”妇人大叫：“青天大老爷，小妇人冤枉。”海瑞冷笑道：“你刚才自己说的，睡在床上离灯很远，侯馥堂又是背灯进来，你连脸都看不清楚，他小腹上的红痣又很小，你怎么能看见？显然有人指使。”

这一番话说得妇人哑口无言。海瑞令人给妇人用刑，妇人杀猪一样叫起来，一时熬不住，只得老实供道：“赵狗是被奸夫刘健三杀死的，侯馥堂确实冤枉。”海瑞喝道：“你和侯馥堂有什么仇恨却要陷害他？”妇人流着眼泪说道：“刘健三杀死赵狗，我去求讼棍冯如冈，是冯如冈教我这样说的。”海瑞听了，立即把妇人收监，命人到上元县提冯如冈和刘健三。冯如冈还要狡赖，被妇人当面质证，最后抵赖不过，只得招供：原来，他和侯馥堂结仇，想报复却始终没有机会。一天在河边见侯馥堂赤身洗澡，看见他小腹上的痣。恰好刘健三来找自己商量，于是教他诬陷侯馥堂，以报私仇。海瑞怒道：“好个狡猾的狂徒！”令左右重打冯如冈一百杖，把冯如冈打死在大堂上。又传刘健三上堂，刘健三也没办法抵赖，供认不讳。海瑞提笔判刘健三和妇人斩首，侯馥堂当堂释放。这件案件判完，百姓齐声传颂海瑞是个青天。海瑞做了五六年外任官，卸任时依旧是两袖清风。他临走时百姓无不痛哭流涕，大家极力挽留他。海瑞因为上命难违，只得安慰百姓一番，匆匆进京。穆宗皇帝也知道海瑞正直廉明，封他为礼部尚书。当时朝中群臣都对他有三分惧怕，连太傅高拱也畏惧海瑞刚直，从此做事不敢过于放肆。群臣见穆宗比世宗皇帝英明，也不敢蒙骗他。

穆宗做太子的时候很聪明机敏，世宗本来封他为裕王。一天晚上，世宗见中宫失火，登上高处观望。当时做裕王的朱载垕急忙牵住世宗衣袖躲到暗处，世宗问他做什么，裕王禀道：“天子万乘之尊不能站在火光下，被人看见恐怕会发生意外。”当时裕王只有五岁，世宗听了，喜欢裕王聪明，从此存下立他做太子的念头。恰好庄敬太子朱载壡病死，世宗便下谕立裕王朱载垕为太子。穆宗继位时已经三十岁了，穆宗做太子时的妃子李氏生的儿子朱翊钧，三四岁就夭折。李妃十分悲痛，不久也离开人世。穆宗又娶陈妃，生了两个儿子朱翊钧、朱翊铃。穆宗继位之后立陈氏为皇后。把朱翊钧立为太子，朱翊铃封为靖王。尊生母杜贵妃为孝恪太后，已故方皇后追谥为孝烈太后，张废后追谥为孝贞太后，陈皇后追谥为孝洁太后。当时王守仁已经去世，穆宗追念他的功绩，追封他为新封侯，谥号文成。又下旨把陶世恩、陶仿、申世文、高守忠斩首。又封三边总制戚继光为大将军，晋封武毅伯。这时徐阶上奏章请求告老还乡，穆宗挽留不住，赐给徐阶田地三百顷，黄金万两作为养老俸禄，提升徐阶之子徐弼为光禄卿。徐阶拜辞回乡，还乡过了六年后病逝。穆宗又封张居正为大学士，高拱为内阁大学土，徐贞吉为文渊阁大学士，李春芳为户部尚书。

当时君明臣谨，天下一片太平。蒙古人派来使臣求和，进贡珠宝请求放俺答回去。俺答在世宗时被戚继光捉住，关在天牢已经十多年了。穆宗命王崇古与蒙古订立盟约，蒙古人答应年年朝贡，穆宗才把俺答放回。穆宗又选立六宫，宫女王氏、李氏、阮氏封为嫔人。又册立锦衣卫杭瑷的女儿、尚书梁宽的女儿、侍郎江叶田的女儿为贵妃。三位嫔人与三位贵妃都很贤淑，知书达理，陈皇后也很贤惠，所以宫中十分和睦。蒙古首领俺答回去后，把部族整顿一新，还一心想报被捉之仇。俺答的儿子巴勒图中年去世，留下一个孤儿叫那吉。俺答见那吉已经长大成人，便给他在部族中选了一房妻子迎娶过门。蒙古人本来不知道什么良辰吉日，也没有日历，下了聘礼就可以迎亲成婚了。

迷点

【凤甍】

细说大明第一家庭

◎神宗皇帝是如何登基的？
他与刘秀媛姐妹之间发生了怎样的故事？
是谁要行刺皇帝？

◎白莲教妖人掀起了怎么样的腥风血雨？
朝中党案究竟是怎么结束的？
太子之位最后落到了谁的头上？

◎魏忠贤是如何起家的？
他和文盲皇帝熹宗是如何勾搭在一起的？
客氏又是如何秽乱宫廷的？

第玖章

秽乱宫廷

·宸妃投井·

那吉的妻子是头目杜纳乌拉西的爱女，名叫花花奴儿，长得神如秋水，脸似芙蓉，杨柳细腰，凝脂玉肤，在蒙古有第一美人之称。杜纳乌拉西对花花奴儿非常疼爱，说她出生时香气满屋终日不散，大家都说花花奴儿将来必然大富大贵，杜纳乌拉西越发把她看成掌上明珠。平常的族中少年向杜纳乌拉西求婚，都被他一口拒绝道："我女儿不做皇后皇妃，至少也要做个夫人，怎么能嫁给常人做妻子？你们不要妄想了！"别人听了杜纳乌拉西的话，再也不敢来求亲了。俺答知道这件事后，派人找到杜纳乌拉西，给他孙子那吉求婚，杜纳乌拉西见是首领的命令，又是俺答的孙子，将来俺答一死那吉继位，自己女儿不是个首领夫人吗？于是立即应允。等到把花花奴儿娶过门，亲戚族人以及部中兵卒无不称赞新娘美丽。那吉也唇红齿白，戴着金边纬帽，穿着绣袍，更加显得英姿勃发。一对璧人在红毯上交拜，亲友们看得出神，赞美不断。

蒙古风俗，新娘拜见公婆和祭奠灶神，都是新娘独自前去，新郎不和她一起去。花花奴儿祭完灶神，又去拜见公公巴勒图的遗像及婆婆那马氏，最后去参拜祖父俺答。俺答见花花奴儿容貌美丽，不禁兴致勃勃，急忙亲自把花花奴儿扶起，一手拉住她的玉臂细细打量。花花奴儿穿着银红绣服，外罩青缎氅衣，头上带着燕尾金凤宝髻，玉容十分娇嫩，粉脸白里透红，妩媚中含有几分妖冶，再加上她一双勾人魂魄的秋波，真是让人神魂颠倒。俺答越看越爱，忍不住在她脸上乱嗅。蒙古女子不讲究贞操，也不知羞耻，乱伦的事常常发生，也是一种风俗。俺答嗅着花花奴儿的粉脸，引得花花奴儿一面缩手，一面低头咯咯地笑起来。如果是汉人，做祖父的这样无礼，孙媳早就变脸了。但蒙古人以为是祖父喜欢孙媳，什么嗅臂、接吻、按乳、舐面都不算什么。俺答见花花奴儿一笑，好像一朵海棠被风吹得左右摇摆，婆娑起舞，更加显得婀娜娇艳。俺答欲火焚身，转身轻轻把花花奴儿抱在膝上，花花奴儿刚要挣扎，俺答力气大紧紧地把她抱住。花花奴儿不能脱身，只有倚在俺答胸前吁吁地娇喘。不料俺答一手搂住花花奴儿的纤腰，另一只手已经把她衣扣解开，伸手抚摩她的酥胸，觉得腻滑温馨。花花奴儿是个初嫁的女孩，正是春情蔼蔼的时候，被俺答这样一引，弄得只是吃吃地笑，香躯索性倒在俺答左臂上。俺答用左臂托住她的粉颈，慢慢地吻了一下樱唇。花花奴儿面带浅笑，媚眼斜睨，云鬟蓬松，神情如醉，这样倚在俺答身上，俨然是一幅美人春睡图。俺答已经情不自禁，一手钩住花花奴儿香颈，一手搂住她的纤腰，猛然站起身把花花奴儿抱进后帐，老翁少女自有一番乐趣。

那吉娶了花花奴儿，俊男美女天缘巧合，那吉当然心满意足。不料花花奴儿进大帐到祖父那里，一直到中午都没有出来。那吉正当新婚燕尔，恨不得打做一团，忽然离开半天，不是很着急吗？那吉见花花奴儿还不出来，午饭也吃不下，一直在帐篷前踱来踱去，一会儿探头遥望，一会儿又转身走到帐后。那吉坐立不安地一直等到红日西斜，仍然没有花花奴儿的踪影。令小校到大帐前面探望，回说不见什么动静。那吉没办法，只得静静等待。夜里依旧没有消息。那吉在帐中走进走出，远远看见灯光闪闪，以为是小校送花花奴儿回来了，飞快地迎上前，等到走近一看，原来是巡逻的兵士。

那吉没好气，把几个巡兵痛骂一顿。巡兵无故挨骂，真是丈二和尚摸不着头脑，但见他是首领的孙子，不敢得罪，大家默默离开继续巡逻。那吉一口气骂回帐中，疯子似的见人就找事打骂，小校们晦气，被那吉骂的骂，打的打。这样到了三更多天，不但花花奴儿不回来，连送他去的两个小校也没有踪影。那吉忍不住，命小校提着灯去大帐探听消息，到了大帐门口，管帐篷门的兵士把门打开让那吉进去。那吉匆匆进帐，先到他母亲房里，一问花花奴儿还是上午来的，行过礼回去了。那吉问道："怎么还不见她回来？"他母亲道："要么你祖父那里留她，否则想是顺道到她的母家去了。"那吉听了，急忙到他祖父帐内去探望，又不敢进去，在门口问亲随。亲随回说早晨看见的，这时想必已经回去了。那吉听了，跑回自己帐里牵出那匹青鬃马，也不挂鞍，加上一鞭腾云驾雾一样赶到他的岳父家。杜纳乌拉西还没有睡觉，独自在帐中看书，见他的新女婿匆匆赶到，站起身接他进帐。那吉不好说来找妻子，推说打猎经过，天色晚了，马也走累了，所以暂时歇息一会儿。说完站起身告辞。杜纳乌拉西知道他们新婚夫妻恩爱正浓，不便强留，令兵士护送。那吉和四名护卒上马同行。在路上那吉问护卒道："姑奶奶来过吗？"护卒笑道："姑奶奶在姑爷家里，她怎么肯回来？"那吉点点头。

那吉一路回到自己帐前，打发走四名护卒，独自下马走进帐中，见小校们都倚在门上打盹，里面静悄悄地，知道花花奴儿还没有回来。走到房中一看，果然是绵幔高卷，连个人影也没有。那吉没精打采地坐下想道："花花奴儿没有回娘家，我母亲那里又没有，莫非祖父把她留住了？祖父是七十多岁的人了，不良的念头是不会有的，可是他留下孙媳妇做什么？"转念一想莫非花花奴儿走错了路？但是有小校跟随。那么被强盗劫走了？那吉正一个人胡思乱想，忽然见刚才给自己掌灯到大帐里去的两个小校和护送花花奴儿的两名小卒一齐走进帐中。那吉急忙站起来问道："你们新夫人没有回来吗？"两名护送的小校答道："新夫人被部长留下，明天回来。"那吉跳起来道："为什么要留她过夜？你们两个狗奴才不会和新夫人一块回来吗？"两名小校半跪着答道："部长爷爷的吩咐，谁敢违背？"那吉没办法，挥手叫他们退了出去。

夜里那吉孤零零地躺在床上，真是凄凉满目，几乎要哭出来了。好不容易熬到天亮，那吉一骨碌爬起来，草草梳洗完毕，也不带小校，独自走进大帐，见到他母亲，把祖父留住花花奴儿的事说了。他母亲皱眉道："你快接她出来，恐怕你祖父别有用心。"那吉听了更加着急，急忙向他祖父帐中走去，到了帐前被几个兵士拦阻道："那吉！你来找新夫人吗？"那吉应道："是的！"民兵笑道："部长爷爷有命，任何人不许进去。"那吉道："却是什么缘故？"兵士笑道："部长爷爷和新夫人正搂着睡得香呢。"那吉听到这句话，不禁怒火上升，鼻子里青烟直冒，顿足大叫道："天下有这样的事吗？我那吉就是死也要进去！"吓得那些兵士慌作一团，颤巍巍地哀求那吉道："小部主请息怒，都是小的们多嘴，你如果声张起来，不是害了小的们吗？"那吉被兵士一求，心软下来，只是一股醋意一时不能消除。那吉转身恨恨地回到他母亲房中，把他祖父霸占孙媳妇的事讲了一遍。他母亲听了，愣了半天没有出声。那吉拍案大怒道："俺答这老贼，他如果做出那种禽兽行为，我不把他一刀两段，今生誓不为人！"说完从墙上抽下一口剑，转身要去杀俺答。他母亲那马氏一把把他抱住，垂泪说道："我儿不要这样做！你父亲只有你一个孩子，如果你这样莽莽撞撞地前去，他万一变脸，现在兵权都在他手里，我儿虽然勇猛，毕竟寡不敌众，还是慢慢地想办法吧。"那吉被那马氏一说，不禁清醒过来，把剑归入鞘口，叹口气道："依母亲应该怎样办呢？"那马氏道："你若肯听你母亲的话，现在就只当做没有这件事一样，看他怎样对待你，何况天下美女多得很，何必非要花花奴儿，如果花花奴儿死了，你又有什么办法？"那吉愣了一会，站起身一言不发地回到自己帐中。

恰好家将阿力哥进来，见那吉闷闷不乐，笑着说道："小部主为什么不高兴？不到外面去打猎吗？"那吉长叹道："哪还有兴致去打猎。"阿力哥笑道："小部主有什么心事吧？”那吉低声道：“不要提了，我都快气死了。”阿力哥故意吃惊道：“这是为什么？”那吉把祖父强占自己妻子的事细细说了一遍。阿力哥愤然说道：“他竟然做出这种事。别的可以忍，这件事也可以忍吗？”这一激把那吉激得咆哮如雷，大叫道：“我非把老贼杀了，才能出这口怨气！”阿力哥急忙劝道：“我们要慢慢想办法，包你出这口气。”那吉大喜道：“你有什么办法可以杀掉老贼？”阿力哥附耳说道：“我把新夫人偷出来怎么样？”那吉道：“就是偷出来，老贼也不肯放过我们。”阿力哥道：“我们把新夫人进献给明朝皇帝。我们投降明朝，率领明朝军队，杀出关打他一个落花流水，你认为怎么样？”那吉拍手大笑道：“妙计！我们就这样办吧！”两人商量妥当，阿力哥回去准备。

第二天晚上，四更天时阿力哥满头是汗地走进来，背上背着一件东西。那吉知道他已经得手，急忙叫醒小校，牵来一头健驴和那匹青鬃马，两人匆匆上马，那吉回头对小校道：“我有急事要办，你们好好看守帐篷。”小校答应。那吉和阿力哥两骑一前一后尽力往前奔跑。到了第二天五更来到居庸关前，恰好守关官员传令开关，放商人通行。那吉一马当先冲进关，被守关官员看见，见那吉是蒙古人打扮，急忙拦住他问道：“你到哪里去？进关做什么？”那吉把自己来投降明朝的事对关吏说了。守关官员见事情重大，带着那吉、阿力哥两人去见守关御史胡瀶昌。胡瀶昌也不敢做主，又同那吉、阿力哥去见边抚王崇古。王崇古见到那吉和阿力哥，低头沉思半天，令他们暂时在馆驿中居住，又派人到京城奏报皇帝。群臣听到这个消息，都主张拒绝，只有张居正主张收容。穆宗说道：“收下他们，以示天朝大度。”众臣见穆宗也这样说，自然无话可说。

不久边抚王崇古派五十名护兵护送一辆高车，车内端坐着塞外第一美人花花奴儿，两旁随行的两位大将，骑青鬃马、着绣袍、戴大纬帽的是那吉。还有一个短衣窄袖、骑着一匹健驴的是阿力哥。两人和花花奴儿一路来到京城，先投奔兵部衙门，在馆驿休息。

第二天早朝，兵部侍郎何茂瀶带那吉入朝觐见，奏陈来意，又献上美人。穆宗大喜，封那吉为殿前指挥，又封阿力哥为游击，命两名太监接美人进宫。花花奴儿跟着太监拜见穆宗，盈盈地行礼，俯伏在地不敢抬头。穆宗令内侍把她扶起来，细看花花奴儿，的确是个沉鱼落雁的美人，而且她全身蒙装，更显得异常妩媚。穆宗有生以来哪见过这样的美人，这天晚上就在万春宫中召幸花花奴儿，一夜恩情胜过百年夫妇。第二天早上，穆宗下谕，封花花奴儿为宸妃。宸妃宠幸远在六宫之上，宫中嫔妃谁不忌妒？不料蒙古侍卫努亚以前和花花奴儿是旧相识。花花奴儿进宫，努亚正在值班，两人见面，花花奴儿难免生情，于是两人经常在宫中私会。不久宫内太监宫女及六宫嫔妃已无人不知，只有一个穆宗皇帝还蒙在鼓里。

隆庆五年正月，一天穆宗祭祀先农坛回宫经过漱玉轩，猛然看见花花奴儿正和蒙古侍卫官努亚搂着低语，这副亲密秽亵的情景令人不堪目睹。穆宗不禁怒火中烧，喝令左右校尉把努亚拖出去砍了。花花奴儿与努亚两人不知道穆宗来了，正在相亲相爱神魂飘荡的时候，突然冲进五六名校尉，像黄鼠狼抓鸡似地把努亚拉了出去。花花奴儿手足无措，见穆宗站在门前怒容满面，顿时慌了，知道事情已经弄糟，猛然站起身，把银牙一咬索性大着胆子冲出门。漱玉轩旁边有一口井，名叫漱玉泉，是通玉泉泉脉的。花花奴儿跑到井前扑通一声跳了下去。穆宗怜爱花花奴儿，并没有杀她之心，不料她会自己寻死。花花奴儿投入井中，穆宗大吃一惊，急忙令内侍和侍卫赶快捞救。等到把花花奴儿拉上来，见她的头已经磕破，脑浆迸出。穆宗不禁顿足叹息，流下眼泪，下令司仪局依照贵妃礼从丰葬殓。穆宗自从宸妃花花奴儿死后，整天郁郁寡欢，长吁短叹十分凄凉，又在宸妃投井时受到惊吓，得了一场大病。到了隆庆六年春天，穆宗皇帝驾崩，遗诏命太子继位。

·神宗继位·

穆宗皇帝驾崩后，遗诏命张居正、高拱、高仪等人扶太子朱翊钧继位，朱翊钧就是神宗皇帝。神宗继位，改第二年为万历元年，追尊陈皇后为孝安太后，晋贵妃李氏为太妃，后来尊为孝定太后。追谥穆宗为孝庄皇帝，庙号穆宗。以张居正为大学士晋太师，高拱为太傅兼华盖殿大学士，高仪为吏部尚书兼武英殿大学士。神宗皇帝继位，立太子妃王氏为皇后，册封郑氏为贵妃，封刘秀媛为晋妃。郑贵妃是侍郎郑扬的妹妹，刘秀媛是刘馥的女儿。刘馥是山西人，原来是个古董商，在塞外做买卖。蒙古落魄贵族拿些古物出来卖钱，刘馥随意估价，蒙古贵族子弟毫不懂行，任刘馥胡说。因此刘馥逐渐富起来，不到十年居然成为一郡首富。恰好神宗选妃，刘馥和中官冯保暗中勾结，把自己的女儿刘秀媛送进京城。但是晚了一步，神宗已经册立王氏。冯保又把刘秀媛送进宫内，神宗见刘秀媛风姿绰约，也纳为侍嫔。这时神宗登位，刘秀媛也被立为妃子。不久神宗又纳郑扬的妹妹做侍嫔，她进宫比刘秀媛晚，而封典却在刘秀媛之上，刘秀媛当然十分不高兴，私下不免有怨言。于是又和冯保秘密商议想抑制郑贵妃，但一时也想不出办法。

刘秀媛还有一个妹妹刘秀华，才十七岁，容貌却比刘秀媛出色。冯保把刘秀华也带进宫，故意打扮得妖妖娆娆，经常在园亭楼阁中走动，或是在花阴下徘徊，有时坐在树阴下唱歌，这样过了一个多月。一天神宗游览御苑，见绿阴中有个美人的倩影，心里疑惑，背着手慢慢地走向树阴，那个美人扑哧一笑，缩身躲进竹林去了。神宗觉得美人十分艳丽，惊鸿一瞥就不见了，心里不舍，跟着追了进去，见美人还盈盈地向前走。神宗跟在后面，脚步声橐橐作响。美人好像已经知道神宗跟在后面，也加快了脚步。神宗快步追上去，见美人走进春华宫。春华宫是晋妃刘秀媛的住所。神宗追进宫门，只见晋妃独自坐在里面，却不见美人踪影。这时晋妃站起身来迎接，神宗笑着说道："刚才进来的美人到什么地方去了？"晋妃急忙跪下禀道："那是臣妾的妹妹，臣妾没有奏明陛下，请陛下恕罪！"神宗随手把她扶起，笑着说道："朕不怪罪你，快叫你的妹妹出来见朕！"晋妃命宫女去请刘小姐。不一会儿，刚才进去的美人已经袅袅婷婷地站在面前行礼。神宗一把拦住，还赐她坐下，回头问晋妃道："她叫什么名字？"晋妃答道："小名叫刘秀华。"神宗笑道："好名字！秀媚华丽，真是名副其实啊！"

刘秀华听了，粉脸微微地红起来，更加显得妩媚冶艳。神宗忍不住伸手拉住她的玉臂，厚着脸皮问道："你今年多大了？"刘秀华低声答道："臣妾今年十七。"神宗点点头，和晋妃搭讪几句，便离开了春华宫。晋妃在神宗走后，急忙找来中官冯保，告诉他皇帝已经上钩，我们必须预备以后的事；又嘱咐她妹妹刘秀华要留心郑贵妃，有机会就在皇帝面前说她的坏处，我们姐妹两个早晚要扳倒郑贵妃；又令冯保暗中打探郑贵妃行动，随时报告消息。晋妃这种计策，叫做“设下窝弓擒猛虎，安排香饵钓鳖龙”。

晋妃的妹妹刘秀华曾经读书识字，而且善于画花卉。她是在姑表亲任芝卿家读的书。与任芝卿既是亲戚又是同学，自然格外亲热。任芝卿比刘秀华小两岁，长得双眼有神，唇红齿白，天真烂漫，很得大家喜欢。任芝卿当年只有十三四岁，虽然还是个小孩子，却也很喜欢刘秀华。任芝卿每天都会和刘秀华手挽手送她回家。一年三百六十五天，天天如此。随着时间的推移，两人渐渐互相爱慕。刘秀华的母亲也愿意把刘秀华配给任芝卿。

刘秀华探出了母亲的口风，私底下告诉给任芝卿，两人暗自庆幸。刘秀华十五岁时就不读书了，第二年春天又得了病。任芝卿知道后，对自己的母亲说表姐病中寂寞，想去陪伴她，讲些笑话给她解闷。任芝卿的母亲十分疼爱儿子，又知道刘秀华将来就是自己的儿媳妇，平时也很喜欢刘秀华，于是就答应了。任芝卿高高兴兴地跑到刘秀华家里，坐在她的床前东拉西扯地说故事给刘秀华听。其他的如递汤递水，都是任芝卿一手操办，刘秀华见不到任芝卿就不高兴。任芝卿晚上回去后，刘秀华就沉沉地睡去，连口也不想开了。第二天天还没亮就问任芝卿来了没有，如果还没有来，刘秀华就会很伤心。如果吃过早饭任芝卿才来，可怜刘秀华已经问过五六遍了。有时刘秀华的母亲为了使女儿高兴，就骗刘秀华说任芝卿已经来了，正在外面浇花呢。然后赶紧偷偷打发人去叫任芝卿快来。刘秀华听到任芝卿在外面心就放下一半，心情也好了。任芝卿真的走进来，刘秀华也顾不上询问，两人唧唧哝哝地讲起他们缠绵的情话。这样过了三个多月，刘秀华的病还没有痊愈，任芝卿的母亲却十分着急。任芝卿天天去陪伴刘秀华，也没有心思读书，于是她命任芝卿在家里读书。刘秀华见任芝卿不来了，强迫她母亲去叫任芝卿。仆人回来对她说：“任公子读书去了。”刘秀华听了，又呜呜咽咽地哭了，病也加重了几分。刘秀华足足养了一年多，直到十六岁那年才算痊愈。任芝卿读完书，依旧找刘秀华谈笑。

转眼又过了一年，任芝卿的母亲正要提起他和刘秀华的婚事，突然京城来了使者，说奉晋妃的命令接刘秀华进京。刘秀华见姐姐来接她，不好违背她的意旨，对芝卿说了，便随使者动身进京。任芝卿在后面相送，一路上恋恋不舍。刘秀华也希望和任芝卿一起进京，但是办不到。任芝卿和刘秀华一路谈谈说说，转眼已经走出三十多里。刘秀华垂泪说道："送君千里，终有一别。你母亲还在家中盼你回去，就送到这里吧。"任芝卿舍不得，不禁流下眼泪。两人哭哭啼啼，又走出了十里。刘秀华苦苦劝说任芝卿回去，任芝卿只是不答应。正在推让，忽然背后响起马蹄声，两个仆人追上来，大叫："任公子！老夫人命你回去。"任芝卿只好与刘秀华分别，和两个仆人转身回去，刘秀华的绣车也疾驰而去。任芝卿一步三回头，一直到看不见刘秀华的绣车才含泪回家。刘秀华坐在车上想着任芝卿，哭得像泪人一样。到了京城，刘秀华进宫见晋妃，姐妹见面，自然十分高兴。

刘秀华在宫里虽然天天游览园林，但心里总觉得很伤感。晋妃又命宫女领着刘秀华在皇宫到处游览，其实晋妃醉翁之意不在酒，她是把刘秀华当做诱饵去引诱神宗皇帝。一天刘秀华在御花园中看花，恰好被神宗看见，悄悄地跟在她后面。刘秀华已经看出神宗不怀好意，却不知道他是皇帝，所以急忙逃进春华宫。神宗随她进宫，晋妃叫刘秀华出来见驾，刘秀华没办法，只得硬着头皮出来。行完礼，神宗仔细打量她一番，见刘秀华十分妩媚艳丽，和晋妃相比，简直不可同日而语，神宗不禁暗暗惊叹。夜里神宗帝在永宁宫召幸刘秀华，尚寝局的太监捧着绿头签到春华宫来宣召。刘秀华不肯领旨，晋妃苦苦劝说，连吓带骗，刘秀华只好勉强答应。

刘秀华跟随太监到了永宁宫前，颤巍巍地不敢进去，最后被宫女们推进去，给她打扮一会儿，脱去外衣扶上绣床。这时刘秀华真是心惊胆寒，芳心跳个不停，粉脸红一阵白一阵的，好像登上断头台的囚犯，香躯不住哆嗦。宫女们在一边觉得好笑，弄得刘秀华更加无地自容。等到锦帐下垂，宫女们退出去，绣床上只有刘秀华和神宗两个人，刘秀华吓得缩在那里一动都不敢动。神宗知道第一次接近男子的女孩都会很害羞，所以格外温存体贴。刘秀华毕竟年轻，再加上又是情窦初开，过了一会儿就有说有笑了。神宗见刘秀华娇憨天真，也十分喜爱。第二天早上神宗便册立刘秀华为昭妃，对她十分宠幸。

晋妃见妹妹得宠，心里十分高兴，暗地里和冯保相互勾结，势力一天天大起来。神宗的王皇后性情温和，为人温顺谦恭，神宗十分敬重她。明宫的规矩，嫔妃必须朝拜皇后，而晋妃却不去朝见，又嘱咐昭妃也不去参拜。王皇后心里虽然不高兴，但还是忍住了，并不露一点声色。一天，晋妃和昭妃在御苑轩中侍宴，恰好王皇后经过，神宗命她入席侍餐。王皇后对神宗行了常礼，正要落座，回头见晋妃、昭妃坐着不动，连站也不站起来。妃子在皇后面前，必须要在一边站立。皇后不赐坐，妃子就不敢坐。现在晋妃和昭妃当着皇帝面这样无礼，王皇后怎么能容忍？不禁沉下脸，离席回宫去了。神宗知道王皇后已经生气，向晋妃说道："你们也太大意了，她是皇后，不能对她这样放肆。”晋妃听了流下眼泪，昭妃更是撒娇撒痴，呜呜咽咽地哭了起来。神宗见两个妃子都哭了，只得低声安慰她们。晋妃、昭妃这才收住眼泪，依然高高兴兴地陪皇帝吃饭。

王皇后回到宫中越想越生气，趴在梳妆台上哭泣。忽然杜太后召皇后赴宴，王皇后不好推辞，草草梳洗一番去往寿圣宫。杜太后见皇后眼睛红红的，急忙问皇后为什么啼哭。王皇后也不隐瞒，把晋昭二妃无礼的事告诉了太后。太后大怒道：“以下欺上，还有没有规矩。”传谕命人立即宣神宗和晋妃、昭妃进见。内侍奉懿旨来御苑中宣召神宗及二妃。神宗正在欢饮，听了内侍来传谕太后相召，只得领着晋昭二妃去往寿圣宫。杜太后一见到他们，大声喝道：“不肖逆子，纵容妃嫔、酒色荒淫，你难道忘了先帝的遗言吗？祖宗创业艰辛，不希望在你手中断送。你敢再这样胡来，我就在近支里面选一个人取代你。”神宗连声谢罪，跪在地上抬不起头。昭妃和晋妃吓得直哆嗦。杜太后指着二妃怒道：“你们这两个贱人迷惑皇帝，别人不敢得罪你们，我却不怕。”说完令宫女取来鞭子，每人责打二十鞭。

宫女上前要扒二妃的上衣，神宗见太后真要脱衣行刑，觉得太不像样，跪在地上代二妃苦苦哀求。杜太后也不想太过分，改口说道：“你虽然替她们求情，但刑罚却不能免掉。”回头命宫女隔着衣服责打二妃各二十鞭。可怜昭妃那样娇嫩的身体，怎能禁得起二十鞭子？虽然隔着衣服，也被打得几乎哭出声。杜太后喝令二妃退出去，晋妃和昭妃姐妹两个才敢含泪站起身，哭着回宫去了。

神宗陪杜太后吃完饭，回到春华宫中，见昭妃也在那里。两妃见神宗进来，哭得分外伤心。神宗一面安慰晋妃，一面把昭妃抱在膝上低声说道：“今天都是皇后不好，她去寿圣宫挑拨，因此太后发怒才责打你们。太后是朕的生母，她要怎么样朕也拿她没办法。皇后这口气却很容易出，将来抓住错处，朕可以废掉她。你不要再伤心了，哭坏了身子。朕早晚给你出这口气。”昭妃听了顿时破涕为笑，用手擦着眼泪，倒在神宗怀里，故意娇声说道：“皇上肯为臣妾做主，臣妾死也瞑目了。”神宗捧着昭妃的粉脸嗅了嗅笑道：“傻丫头，什么死不死，你这样的年纪哪里说得到死字。”昭妃把粉颈一扭道：“如果太后要臣妾们死，那不是只好去死吗？”神宗笑道：“有朕在，决不会让你们去死的。”晋妃接口说道：“到了那时恐怕不由皇上做主了。刚才我们挨打，皇上只有听任太后摆布，为什么不阻拦呢？”神宗被晋妃一句话问得哑口无言，急忙搭讪着说道：“太后的意思是要脱去你们的上衣行刑，不是朕阻拦的吗？”晋妃还要说话，昭妃担心她姐姐言语上触怒神宗，急忙用话岔开。

那天神宗帝说出废皇后的话只是为了安慰昭妃，即使真要废去王皇后，上面还有杜太后，也轮不到神宗做主。昭妃却当做真事，还经常去探听王皇后的行为，说她诅咒皇上、怨恨太后等等，经常讲种种诬蔑王皇后的话给神宗听。神宗听了也只是付之一笑，一点也没有发怒的意思。昭妃忍不住，每当神宗临幸她的时候，就吹耳边风，并催促神宗废去皇后。一天，神宗带醉进宫，昭妃又提起废后的事。神宗已经有了几分酒意，不禁勃然变色道："皇后是天下国母，岂能轻易废掉？不像你们妃子，要立就立，要废就废。要废去皇后，除非她出现大过错。否则不但太后不会答应，群臣也会极力劝阻。历史上一向批评这种做法，朕怎么能做失德之君！你就死了这个心吧！"昭妃听完神宗的话，好像冷水浇头，泪汪汪地站在一边不敢出声。神宗叫她侍寝，她才勉强卸妆上床，忍气吞声地奉承神宗。

从此昭妃想做皇后的美梦醒了一大半，对神宗也不像以前那样欢笑奉承了。知道做皇帝的大都无情，喜欢的时候是爱妃，厌烦了就是冤家。于是昭妃不免渐渐想起了在家时相怜相爱的任芝卿。天下的女子大多爱慕虚荣，无论什么都打不破这一点。昭妃进京的时候和任芝卿依依不舍，恨不得把心挖出来送给任芝卿。等到进了皇宫，也会经常想起他，一颗芳心遥遥牵挂着家里的情人，一有空闲就偷偷落泪，向她姐姐说要回家，晋妃总是安慰她。后来被神宗召幸，封为昭妃，眼光立刻高了起来，以为嫁给任芝卿不过是一个平民的妻子，哪里有做皇妃威风呢？这样一来，就把任芝卿抛到了脑后，再也想不起那段缠绵的往事了。自从遭到杜太后毒打，昭妃心里已经有三分悔悟，渐渐知道做妃子也不容易，还是做普通人的妻子快活。但后来怎经得起神宗的甜言蜜语，说将来要废去皇后。昭妃的心又重新燃烧起来，甚至生了做皇后的妄念，巴不得神宗立刻实行。不料神宗醉酒后把实话说了出来，昭妃听了才知道神宗并不想废掉皇后，自己是上了他的当。思前想后，又想起了任芝卿，觉得他又年轻又俊秀，言语温存，举动体贴，实在是少有的好男人。昭妃越是想任芝卿，就越觉得神宗无情，也就越来越厌烦神宗了。

恰好这时任芝卿来到京城，他央求中官给昭妃带一封信，那个中官恰好是冯保。冯保把任芝卿的信交给昭妃，把遇见任芝卿的事讲述了一遍，又说幸好是自己见到任芝卿，万一落在郑贵妃党羽们的手里岂不糟糕。昭妃点头，谢过冯保，并笑着说道："以后麻烦你的事还很多，你又要受累了。"冯保笑道："您有什么事尽管吩咐就是。"说完告辞出去。昭妃拆开任芝卿的信，信中大半是怨恨的话，说昭妃贪恋富贵，忘记了旧情。昭妃读完，十分伤心，眼泪不停地流下来，顿足咬牙，只恨她的姐姐，因为这件事全是晋妃要扳倒郑贵妃才弄出来的。

·行刺昏君·

任芝卿送走刘秀华，回到家里痛哭一场，茶不思饭不想，一天到晚神经病似的独自坐在书房里，一会儿大笑，一会儿又痛哭。这样闹了十多天，每天只喝些粥汤，让他吃饭比吃药还要难过。一个人能有多少精力？不到一个月，任芝卿已经是面黄肌瘦不像个人了。好好的少年变成这个样子，朋友亲戚们见了，几乎都认不出来了。任芝卿的身体一天不如一天，病倒在床上。

他母亲只有这一个儿子，他变成这样，急得他母亲求神问卜，请神禳鬼。任芝卿的病还没见好，他母亲倒快要病倒了。任芝卿平时很孝敬母亲，知道自己太不爱惜身体，让老母亲忧心，于是开始耐心养病，身体渐渐复原。不料祸不单行，一天清晨，任芝卿拄着拐杖起来散步，见他的母亲突然一下了摔在地上，他吓出一身冷汗，忘了自己有病，急忙撇了拐杖过去扶持，不料病后浑身无力，脚骨一软也摔倒在地。任芝卿一面挣扎起来，一面扶起母亲，一步步走进房中。任芝卿的母亲怕任芝卿着急，故意强打精神不肯躺到床上，经过任芝卿苦劝，他母亲才勉强斜靠在床上。不料一躺到床上，立刻觉得天昏地暗头晕目眩，身体不停地哆嗦。任芝卿心慌，拄着拐杖走到门外，叫仆人去请大夫。大夫诊过脉，说是体虚受惊，须用调和安心的药。大夫开出药方，任芝卿让仆人去买药，亲自煎好给母亲服下。

到了傍晚，任芝卿的母亲气色好了很多，任芝卿这才放心。但是母子两个成了一对病人，觉得很不方便，便找来邻居王妈妈帮着料理些杂事。刘秀华的母亲听说任芝卿的母亲病了，亲自来探望，姑嫂相见无非说些家常。刘秀华的母亲忽然眼圈儿一红又提起了刘秀华，任芝卿的母亲在她手上搭了一下。刘秀华的母亲心里明白，就止住不说了。不料任芝卿见了刘秀华的母亲，又想起刘秀华，心里早已经十分难受，眼泪几次要流出来，怕被母亲看见，竭力地忍住了。刘秀华的母亲已经看出任芝卿很难受，随意聊了一会儿便站起身告辞回去了。任芝卿的病渐渐痊愈，他母亲的精神也已经恢复。任芝卿向他母亲提议，要进京去探听刘秀华的消息。他母亲不好过于阻拦，只得让任芝卿动身，又雇了一名仆人给他做伴。

不久，任芝卿来到京城，住在一家客栈，天天去茶坊酒馆打探消息。他先从结交太监入手，开始结识了几个小太监，但他们对宫里的事都不太清楚。后来由小太监代他介绍，又和那些中官认识，后来居然和冯保结识。任芝卿打听宫中妃嫔，冯保一一说出来，任芝卿知道刘秀华已经被册封为妃子，做了昭妃，一股酸气直透脑门，当夜写了长长的一封信，托冯保带到宫中交给昭妃。昭妃读完任芝卿的书信，痛哭一场。想到任芝卿是为了自己才来到京城，现在自己身处深宫，不能和他见面，抚心自问觉得很对不住任芝卿。想来想去，只有召冯保进宫和他商量，想和任芝卿叙一叙旧情。冯保沉思半天，点头说道："好，您等着好消息吧。"昭妃大喜，谢了冯保，叮嘱他赶紧想办法，并令冯保去安慰任芝卿，免得他望眼欲穿。冯保点头答应，退出宫去。

冯保走后，三四天没有回音，昭妃脖子也望长了。一天正在闷闷不乐，忽然见她姐姐晋妃高兴地走进宫说道："好了！郑贵妃今天可被人扳倒了。"昭妃无精打采，淡淡地问道："为什么呢？"晋妃笑道："大概是她恶贯满盈，不知从哪里弄来一个陌生男子，在她宫中闲谈，恰好被皇上撞见。现在那男子还被侍卫绑在宫门前呢。"说着一把拉住昭妃走向永春宫。二人穿过承云殿远远看见永春宫前站着五六个侍卫，两名武士押着一个少年，昭妃仔细一打量，不禁倒退几步，两手瑟瑟发抖，流下了眼泪。晋妃不懂昭妃为什么落泪，刚要询问，昭妃在晋妃衣袖上一拉，姐妹两个回到永宁宫。昭妃一面擦泪，一面呜咽着说道："郑贵妃宫中的那个男子就是任家表弟，你不认识了吗？"晋妃吃了一惊道："任家表弟不是叫任芝卿吗？"昭妃答道："正是他！"原来晋妃自幼进宫，那时任芝卿不过五六岁，如今任芝卿已经成人，晋妃怎么会认识呢？这时昭妃才把自己和任芝卿联络的事告诉了晋妃。

晋妃皱眉道："他既然进京来找你，又是谁把他带进宫的？"昭妃说道："我曾经叫冯保想办法，可能是他又委托别人把宫名记错了，因此弄出这件事来。"晋妃道："但事情已经这样了，不能眼看表弟被砍头，必须想个良策救他出来。"昭妃着急道："有什么办法呢？"晋妃回头对一个太监说道："快去请冯中官，我有事和他商议。"太监领命，匆匆地去找冯保。过了一会儿，太监回报："冯中官奉了紧急上谕，已经出城去了。"晋妃愤然说道："冯中官不在宫里，这事可就糟了。这样吧，我们到皇上面前说明真相，如果能挽救他最好，万一不成功，我们无非一死。"晋妃说完，头也不回走出永宁宫。

昭妃刚要阻拦，可是想到任芝卿已经十分危险，除了晋妃没人能救他；但是不阻挡她，如果触怒皇上，罪过可不轻。昭妃左右为难，只是呆呆地站在永宁宫门前发愣。想了一会儿，究竟骨肉连心，晋妃此去吉凶未卜，自己眼睁睁地看着晋妃去冒死，心里觉得不安。人总是会急中生智。昭妃急得和热锅上的蚂蚁一样，忽然灵机一动，猛然想到："姐姐去承认任芝卿是表弟，皇上不信也没用。如果触怒皇上，姐姐性命难保，任芝卿也休想活得成。可是姐姐去承认表弟，我难道不能去承认吗？索性姐妹两个都去承认，皇上如果变脸，要死大家死在一块，倒也干净。"她打定主意，急忙向永春宫走去。

到了永春宫，晋妃正跪在神宗面前涕泣陈奏。神宗因为郑贵妃宫中有外人，心里十分不高兴，晋妃说的话他也不肯相信，还以为是郑贵妃贿赂了晋妃，否则晋妃也不是个好人，怎会帮她说话？神宗心中疑云重重，正要喝骂，忽见昭妃匆忙地走进来，和她姐姐并排跪在地上，还没有开口眼泪已经落下来。神宗冷笑道："你们为什么都跪着？想替郑妃求情吗？"昭妃垂泪说道："臣妾自己也有罪，比郑贵妃更要重上几倍，怎么敢给她人求情？"神宗诧异道："你有什么罪？这件事和你没有关系，你为什么这样着急？"昭妃说道："因为郑贵妃宫中的男子是臣妾的表弟，他来探望臣妾姐妹，却走错了地方，以致遭到陛下谴责。这都是臣妾大胆，敢让亲戚进宫，闹出这样的事。不过臣妾违犯祖训，虽死不足惜，但是连累郑贵妃，臣妾心里过意不去，所以臣妾特地向陛下说明，请皇上处罚！"说完放声痛哭，晋妃在旁边也不禁落下眼泪。郑贵妃正在百口难辩的时候，得到晋妃、昭妃两人前来替她说明，心中十分感激，忍不住也哭了起来。

永春宫顿时哭声一片，就是铁石心肠的人到了这时也要被这些燕语莺啼般的娇声哭软，何况神宗是个风流好色的皇帝，平时又十分疼爱昭妃，被她这样一番陈诉，气早消了一半。此时见她哭得如此伤心，急忙伸手把她拉起说道："既然是你的表弟，那是朕错怪郑贵妃了。"说完令晋妃也站起身，叫侍卫放了任芝卿，并叫太监把任芝卿带进来。任芝卿见到神宗只是发抖，哪里还敢抬头？晋妃和昭妃在一边着急，想告诉任芝卿只管大胆陈说，又不好开口。神宗问任芝卿道："你姓什么？叫什么名字？是哪里人？"任芝卿听了，虽然脑子已经被吓昏，对地方和姓名却并没有忘记。他颤巍巍地一一答复。神宗听到地方和姓名与昭妃所说相符，也就完全相信了，命侍卫把任芝卿带出宫去。临走时又吩咐道："今天的事是晋妃、昭妃求的情，朕饶你一命。你要尽快返回故乡，如果以后再私自进宫，必定按国法处治。"任芝卿急忙磕一个头，随着侍卫走出宫去。

昭妃见任芝卿得救，心里暗暗替他高兴。这时见侍卫押走了任芝卿，满心柔情离恨不能叙谈，真是哑巴吃黄连有苦说不出。昭妃又不清楚任芝卿到底怎样进的宫，怎么会到郑贵妃宫中，这些疑团一时也解不开。后来才明白，这件事是冯保一个人做的。原来冯保和郑贵妃互相怨恨。冯保几次要陷害她，都没有找到机会。恰好昭妃托他想办法把任芝卿带进宫。冯保领着任芝卿悄悄地进入宁安门，经过永春宫时忽然想起和郑贵妃之间的仇恨，知道任芝卿不认识路，就指着永春宫让他进去。自己三脚两步地回到紫云轩，见神宗正在垂钓，冯保走上去半跪着把郑贵妃宫中有生人的事告诉神宗。神宗听了大怒，扔下钓竿，亲自去永春宫察看。

任芝卿大着胆走进永春宫，宫女们都很诧异，把他拦住，问他要干什么。任芝卿不知道这里是郑贵妃的寝宫，只是一言不发地向里面走。宫女们一齐喧哗起来，太监们听到也过来盘问。任芝卿只说探望刘娘娘。宫女们说这里不是刘娘娘的宫，任芝卿不肯相信，硬说有人领自己来的，怎么会弄错？问他是谁带来的，他却又说不出名字。

其实任芝卿除了冯保领他到永春宫之外，并不知道第二个地方。宫侍说这里不是，任芝卿想出去也是没地方找，又不知道昭妃住在哪一宫，还是在这个宫里找吧。所以他只是向宫里走，不管是不是，进去再说。宫女和太监们哪肯放他进去，双方一争吵，被里面的郑贵妃听见，就问是什么人。宫女回答说："有一个男子自称要找刘娘娘，却走错地方，强要到这里来找，对他说不是这里，他又不肯相信，于是太监和他争吵起来了。"郑贵妃听到是个陌生男子来找刘妃，他能够独自进宫，想必其中肯定有暧昧的事情。郑贵妃和刘家的晋妃、昭妃是冤家对头，巴不得你有错事我捉，我有坏处你拉，大家暗中斗得十分激烈。郑贵妃想弄些晋妃或是昭妃的错处，借此推翻她们，便立即命宫女们把男子带进来，郑贵妃亲自盘问任芝卿，问他和刘妃怎样认识的，为什么要进宫。任芝卿正要回答，宫门响起一阵靴子声，神宗走了进来。郑贵妃心里大喜，以为神宗来得凑巧，正好神宗亲自审问这个男子，如果问出刘家二妃的暧昧事，不怕晋妃、昭妃不受贬罚。

郑贵妃笑吟吟地迎上去，不料神宗把脸一沉，喝令太监把男子拿下，回头对郑贵妃冷笑几声，怒气冲冲地坐下。郑贵妃被弄得丈二和尚摸不着头脑。神宗大声喝道："这个男子是你什么人？你说出实情，朕决不难为你。"郑贵妃听了神宗的话，才知道神宗误会自己，把男子当成自己的私人。于是急忙跪下说道："他是来找刘娘娘的，和我并不认识。"神宗怒道："他找刘娘娘怎么进入你宫中？还想赖到别人身上去吗？"郑贵妃见神宗不肯相信，后悔自己多事，又恍然大悟道："我上当了！这明明是刘家姐妹陷害我，我太糊涂了，不把他打出去，反而让他进宫，今天这不白之冤怎么能说清楚呢？"郑贵妃正在呆呆地发愣，见晋妃走进宫。仇人相见，郑贵妃眼中几乎冒出火。又听到晋妃在神宗面前承认那男子是她表弟。郑贵妃不禁暗暗叫声“惭愧”，心已经宽了一半。不一会儿，昭妃也来了，两妃跪着一起求情，口口声声说不要连累郑贵妃。郑贵妃这时十分感激晋妃姐妹，自然不用多说。

神宗放走任芝卿，这场风波总算平息，郑贵妃的冤屈也得以洗刷。此后郑贵妃对晋妃和昭妃不像以前那样仇视了，双方变得十分和睦。这一年郑贵妃和王嫔人各生下一个皇子，王嫔人所生的赐名朱常洛，郑贵妃所生的赐名朱常洵。神宗生下皇子，百官纷纷上表朝贺。神宗虽然糊涂，但有杜太后把持，也不敢十分放肆。朝廷有张居正为相，边地守将有戚继光、李成梁等人，都是名将。神宗以为天下已经太平，于是整天在宫中游宴，不理朝政，群臣奏事见不到皇帝，只能由中官传达。

徐州的杨树村，有一个少年叫张怿，为人性情豪爽，好替人打抱不平，在江湖上很有名气。因为张怿身材魁梧，仪容俊美，唇红齿白，面如冠玉，所以有玉金刚的称号。他的父亲张纪常做过一任衮州通判，后来慢慢做到大理寺丞，不久又出任袁州巡抚。当时正好赶上神宗采办花石，太监张诚奉旨经过袁州。知府杨信箴竭力讨好，送给张诚三万两白银。张诚大喜，命人讽示张纪常索要白银，美其名曰“路金”。张纪常做官，并不像杨信箴那样任意剥削百姓，他清廉自持，没有这么多银两，但碍于张诚的脸面勉强凑了五十两，命一个家人送去。张诚一看，见名帖上写着“路金五十两，望您笑纳，”便把名帖和银子一齐扔到台阶下说道：“张纪常装穷，我不稀罕这一点东西。”说完怒气冲冲地走进后堂。张纪常的家人捡起银帖，踉踉跄跄地回来据实报告一遍。张纪常也怒道：“我因为他是内廷中官，留些面子给他，把我的俸金送去。他反倒这样无礼，我就是没有钱，看他怎么对我。”有人把这番话传给张诚，张诚怒气冲冲地离开袁州。

不到三个月，上谕下来，把张纪常调到京城，封为吏部主事。郑贵妃自从生下皇子，神宗晋了她的封号，是“端淑”二字。群臣都不服道：“王嫔人生下皇长子都没有封号，郑贵妃不应该得到晋封。”张纪常也上疏劝阻。神宗不管什么国体不国体，下旨把张纪常关进大牢。群臣凡是上疏劝阻的，全都受到处罚。张诚听说张纪常被关进大牢，就买通狱卒把张纪常毒死在狱中。张纪常的女儿绣金小姐得到父亲的噩耗，大哭一场，上吊自杀。全家只剩下张怿一人，他越想越悲伤，哭得死去活来，咬牙切齿要为父亲报仇。张怿草草地埋葬了妹妹，连夜进京，去收他父亲的尸骨。幸亏张纪常生前的好友周小庵御史到狱中收殓了张纪常，把他安放在禅檀寺内。张怿到了京城，遍访他父亲的故旧，遇见周御史。周御史亲自领他到禅檀寺中领了灵柩。张怿哭谢周御史，回到徐州原籍安葬。张怿料理完父亲的丧事，静心待在杨树村练习武艺，准备替父亲报仇。但他只知道仇人是皇帝，却不知道张诚才是毒死他父亲的大仇人。

转眼又过了三年。徐州杨树村一间茅屋内，一个美少年正在挑灯夜读，茅屋门突然开了，走进一个披发的女子，樱唇微启地向少年笑道："你什么时候去京城啊？刚才我父亲回来，说皇上好久不理朝政，人心十分慌乱。又听说关外的建州满人已经进兵夺取辽东，声势很大，关中谣传满洲人就要进攻山海关了，不知道这消息是真还是假？京城现在一片混乱，你要办事，这时候正合适。"少年猛然站起来说道："我明天就动身。"女子笑了笑，转身走了。这个少年正是张怿。女子是徐州有名的侠士罗公威的女儿。张怿曾经跟随罗公威学艺，和罗公威的女儿碧茵认识，两人感情很深，已经私定终身，只要张怿大仇得报，他们就结婚。碧茵从小就没有母亲，她父亲罗公威十分喜爱她，碧茵想要怎样，罗公威无不答应。至于婚姻问题，罗公威更不过问，任碧茵去选择她的如意郎君，罗公威只在一边指示罢了。现在碧茵爱上张怿，罗公威十分赞成，他们两个人的婚事就此定下。第二天早上，张怿动身去往京城，只带着一把宝剑。碧茵也来相送，儿女情长，少不了一番叮嘱。张怿报仇心急，快马加鞭兼程进京。不久到了京城，张怿在一处僻静的寺院住下。白天在热闹的街道闲逛，晚上到皇宫探路。当时京中人心惶惶，"鞑子杀来了"这种谣言到处传开，连小孩子都这样乱喊乱叫。有人说这只是一种童谣，有识之士知道这不是吉兆。这个时候，经略宋应昌奉谕出征，去剿灭倭寇。京师的军队纷纷调动，一队队人马走出德胜门，街道上的步伐声和马蹄声昼夜不断，百姓更加不安。

金炉焚香，碧筒斟酒，娇笑的美人站在面前，那种脂香粉气令人沉醉。神宗和郑贵妃对饮，众嫔妃唱的唱，跳的跳，娇音婉转，如空谷莺啼，余韵袅袅。神宗拥抱艳妃，坐对许多佳丽，怎么能不迷恋声色。正在欢笑高歌的时候，忽然从树荫中飞来一道白光，直射到桌上，郑贵妃眼快，叫声"哎呀"，身躯往旁边一躲，伸出粉臂去挡白光。神宗却没有提防，被郑贵妃身体一带，因为酒后无力，不禁连人带椅往后摔倒。神宗摔倒在地，郑贵妃也支撑不住，恰好摔在神宗身上。接着只听哗啷一响，一口宝剑落在地上，猩红的鲜血飞溅开来，吓得一群侍嫔、宫女、太监都不知所措。外面值班侍卫听到霁玉轩中出了乱子，一齐吆喝着冲进来，见有个人影一闪，转眼就不见了。众侍卫大喊："有刺客！"一起冲向树荫。这时月亮已经升到天空，照得大地如同白昼。一个侍卫喊道："房檐上有人逃走！"喊声未落，一支短箭飞来，正中侍卫头上，侍卫倒地身亡。

宫中有两名侍卫，一个叫徐盛，一个叫丁云鹏，都能飞檐走壁，两人纵上屋檐，月光下见一个黑衣人已经跑过大殿的屋顶。丁云鹏一面尽力追赶，一面用手掏出哨子，嘘嘘地吹个不停。这种哨声是宫中遇警的暗号，也是叫帮手的意思。前殿的侍卫听到哨声从大殿的顶上吹来，知道出现了意外，于是能跳跃的纷纷上房，顿时来了五六名，都向殿后赶来。原来，张怿自从来到京城，白天休息，夜里进宫探路。这天晚上，张怿又跳进御花园，看见神宗皇帝抱着一个美人，两边粉白黛绿围着许多美女，欢笑畅饮，十分快乐。张怿看了不禁怒火中烧，暗骂一声："糊涂虫！你还在那里沉迷酒色，却没有想到自己死期到了！"想完跳下屋檐，躲在树林深处。当时霁玉轩中灯烛辉煌，张怿看得十分真切，把昆吾宝剑对准神宗的咽喉刺了过去，只听到"哎呀"一声，神宗和美人一起倒在地上，轩中立刻乱成一片。

张怿见已经击中，急忙飞身上房。这时檐下脚步声杂乱，一个侍卫嚷着檐上有刺客，张怿回头射了一箭，正中叫喊的侍卫，转眼又跳上来两个侍卫，各提钢刀大踏步赶来。张怿无心和他们交手，只顾向前狂奔。忽听见背后响起哨声，前面的房上又来了五六个短衣窄袖的侍卫，迎面把张怿拦住。张怿见前后受敌，担心自己寡不敌众，施展出鹞鹰捕鲸的招数，忽然一个蹿身翻过大殿屋脊，飞跃出宫墙，落在平地拼命向前跑去。那些侍卫在后面紧紧追赶，徐盛扬手一镖，打在张怿腿上，因为跑得太快，腿上又中了一镖，张怿被地上的草根一绊，摔倒在地，慌忙爬起来，脚下软绵绵的，走路就慢了。侍卫们又不肯放松，张怿料想这次难以脱身，一咬牙拔出腰刀大喊一声，挺刀拦住侍卫。徐盛、丁云鹏也舞刀相迎，五六名侍卫一拥上前，还有前殿、中殿、大殿、宫门前、御苑中的那些不会轻功的侍卫也已经从偏殿上跑过来，加入战团。侍卫把张怿团团围在中间，你一刀我一枪，任张怿有三头六臂浑身是本领也难以逃走。张怿奋力苦斗，一个失手，被丁云鹏劈在左腕上，豁啷一声腰刀落在地上。张怿慌了，挥拳乱打，徐盛又是一刀剁在张怿左肩上，接着张怿又被侍卫一枪刺中大腿。张怿大喊一声摔倒在地。徐盛、丁云鹏和五六个侍卫七手八脚地把张怿按住，这时大殿上的甲士也纷纷赶到，把张怿牢牢地捆了起来。大家捉住了刺客，丁云鹏去禀告皇上。

当时神宗和郑贵妃摔倒在地，郑贵妃用手去挡白光，粉臂被剑擦伤，剑掉下去，刺中神宗足骨，鲜血直冒出来。太监宫女们慌忙搀起神宗和郑贵妃，忙着去宣太医替神宗敷了药，裹上一幅白绫，又给郑贵妃包扎好。太医走后，神宗觉得脚上十分疼痛，行走很不方便。郑贵妃的臂上只擦去些皮肤，还不算很严重。神宗定了定神，忽然大怒道："皇宫大内竟然有贼人行刺，这还了得！"正要传谕去召总管太监，恰好侍卫官丁云鹏进来禀道："刺客已经捉住。"神宗命人把刺客押上来，侍卫们押着张怿在石阶前令他跪下。张怿哪里肯跪？徐盛怒道："到了这时你还逞强吗？"说完从侍卫手中拿过一把仪刀，向张怿的腿弯砍了两刀。张怿站立不住，翻身坐倒在地。神宗含怒说道："你到底是谁？受何人指使胆敢到禁宫来行刺朕？"张怿朗声答道："我行不更名，坐不改姓，老子名叫张怿！因为和你有不共戴天之仇，自己要来行刺，没有什么指使不指使。"神宗还要再问，郑贵妃在一边说道："这个人好像有神经病，不必问他，推出去砍了就是。"神宗道："且慢！他敢这样大胆，其中必有隐情。"于是吩咐侍卫把张怿交给刑部严加拷问。徐盛、丁云鹏奉谕把张怿拉了出去。张怿大喊道："我既然被你们捉住，要杀就杀，留下我干什么？"徐盛和丁云鹏也不理睬他，把张怿押到刑部衙门，两个人回宫复旨。

·翠华园·

神宗嫌御花园中地方太小，命中官冯保在西苑空地西边建起一座极大的园林。这座园林四周宫墙都用大理石堆砌而成，从大门到里面，是一重重的铁栅栏，屋顶和亭子顶上都护着铁网，园中种满了奇花异草。正中一座叫做玉楼的宫殿是郑贵妃的寝室，玉楼旁边是一间精致的小屋叫金屋，是神宗和郑贵妃休息的地方。屋内设有象牙床、芙蓉帐、翠帏珠帘，正中一字摆着云母屏。真是雕梁画栋，精致非凡，即使是嫦娥的广寒宫、龙王的水晶宫也未必能够如此。这座园林落成时，神宗亲自题名，叫做翠华园，又派太监到外省搜罗珍贵的鸟兽送进园中。

太监们奉旨出京，有的驾着大车，锦幔绣帘，黄盖仪仗，声势浩大。有的特制一艘龙头大船，船上都盖着黄缎绣幔，名叫采宝船。一路上笙歌悦耳，鼓乐震天，所经过的地方都有官吏迎送，稍微有一点不满意，不论是知县府尹还是司道巡抚，都任意谩骂，强索路金多达十余万两白银，最少的也有几千两。地方官吏没有这么多钱，只好剥削百姓。百姓叫苦连天，怨声载道。其中被派到云南采办大理彩纹石的太监杨荣，性情更是贪婪无厌。如果不是熊掌鹿脯就不吃；所住的馆驿，必须用锦毡铺地绫罗作帐；凡是经过的街道，一律要悬灯结彩。

当时正是酷暑，杨荣怕太阳晒伤皮肤，勒令地方官在路上搭盖漫天帐，延绵数百里，县与县必须要相互衔接。杨荣乘坐十六名轿夫抬的绣帏大轿从漫天帐下走过，沿途看不见阳光，又命五六名差役各自拿着大扇子，步行跟着大轿打扇。漫天帐是用红绿彩细盖成，每县就这帐篷一项就已经花去五六万两白银。可怜有些穷苦的小县，哪里有这么多钱去奉承这位太监老爷，但是又不敢违背，只是苦了那些平民百姓。

杨荣经过石屏县时，早在三天前就令使者通知石屏知县，叫他依照各县的办法，搭盖漫天帐、打扫馆驿、供给饮食等等，一切供应必须奢华。石屏县是有名的穷县，又刚闹完蝗灾，官民都十分贫穷。石屏知县黄家骧接到杨荣的命令，怎么敢不照办呢？可是县里实在很穷，短时间弄不到这么多钱。别的县还可以支挪国库银子，等到事后再设法弥补，可是石屏县连仓库银子都没有。黄家骧急中生智，和百姓们商议，向富户每家借若干银两，平民百姓也要每家出纹银一两。这样一来，百姓一齐到县衙大堂上来吵闹，说灾荒连年，连饭都吃不上，到哪里去弄一两纹银？何况剥削百姓的血汗去供给一个太监实在不值得。

黄家骧见触犯众怒，就把事情都推在杨荣身上，亲自出来安慰百姓道："百姓生活艰苦，我作为父母官怎么会不知道？我恨不得典质自己所有财产来救济你们，无奈自己也穷得要死，有心无力。现在又接到这样的上命，我是个小小的知县，怎么敢违背他？你们如果不肯出钱，等杨太监来时你们求他就行。"众人见黄知县说得有理，齐声说道："知县老爷爱护我们老百姓，这都是那个杨太监不好，他如果到我们这里来，我们求他就是。"众人说完一哄而散。

到了第三天，将近中午的时候，百姓四五千人在十里外等待杨荣。大家站在空地上，头上烈日像火一样，一个个汗流浃背，热得气喘如牛。正午时分，远远听到锣声震天，百姓们嚷道："来了！来了！"这时知县黄家骧也率领县里所有官吏在烈日下等候。不一会儿，四匹清道马飞快地跑过来，大喊："石屏知县在哪里？"黄家骧急忙上前答道："下官就是！"马上的人喝道："杨总管快到了，必须小心侍候。"黄家骧连声答应。百姓见了这种情形，心里已经不服："他不过是杨太监手下的清道夫，知县官职虽然小，也是朝廷命官，怎么能够这样吆喝？"

大家正在议论纷纷，杨荣的仪仗已经到来。只见绣旗锦帜、白麾朱幡，竟然是公侯王爷的排场。一对对执事仪仗过去，是两百名亲兵，后面是五十名锦衣护卫，护卫过去，是四十八名蓝袍纱帽、骑着高头大马的官员，看上去品级还在知县之上。骑马的官员后面是白袍红带、戴宽边大凉帽、手拿豹尾红缨枪的亲随，其实就是皇帝的侍卫。有句古语说"在京和尚出京官"，更不用说出京的太监了，自然在外面横行霸道，谁来管他？即使是英明的皇帝也管不了外面的事，何况神宗还是个糊涂昏聩的皇帝。官员的奏疏他一概置之不理，有几个忠直的御史上奏章弹劾太监，结果往往会被关进大牢。所以杨荣在外面闹得天昏地暗，也没有人敢多嘴。杨荣也越弄越胆大，用的仪仗差不多和皇帝一样，连金爪银钺都齐备，只缺驮宝瓶的御象，其他的没有一件不齐全。其中什么金响节、红杖、金炉、白麾之类，都是外省没有的东西，全部是杨荣偷出来私自使用的。知县黄家骧看得目瞪口呆，暗想怪不得别人称他为皇帝太监，原来他竟然摆起皇帝仪仗。黄家骧是三考出身，由翰林改封知县，曾经亲眼见过皇帝的仪仗，因此看得他只是发愣。

杨荣的前导仪仗走过去，最后是两个黄衣黄帽的武官，是杨荣跟前的亲信。他见石屏知县在那里迎接，既没有布置彩棚，也没有搭盖漫天帐，就把黄家骧喊到面前，高声大喝道："杨总管的命令你难道没有接到吗？"黄知县急忙打拱手答道："接到了。"黄衣武官又喝道："那么你为什么不执行？"黄知县赔笑说道："不是下官违抗命令，本县实在贫穷，没有能力准备，只有委屈杨总管了。"话音未落，只听啪的一声，马鞭已经打在黄知县背上，接着又喝骂道："好大胆的狗官，你有几个脑袋，敢违抗杨爷的命令！"黄知县吓得不敢回话，低着头垂着两手一言不发。黄衣武官冷笑了两声，策马走了过去。

后面是杨荣乘坐的十六人大轿。轿的四周垂着大红排须，绣幕锦披、黄幔青幛，轿顶上五鹤朝天，杠上双龙蟠绕，俨然是皇帝的排场。轿中端坐老太监杨荣。黄知县急忙上前参见，却不行跪拜礼，杨荣不禁大怒。他进入石屏县地界时没有看见搭盖彩棚，心里已经非常不高兴；走在街道上，又不见百姓张灯结彩，心里又已十分愤怒。这时见黄知县只行常礼，满肚子的怨气再也忍不住了，探头向四周一看，见空地上聚集了许多百姓，因为平时每到一处，百姓总是这样聚集，他倒也不放在心上，只向黄知县大喝道："我们来到贵县，贵县连一点场面也没有，莫非瞧不起我吗？"黄知县躬身说道："怎么敢小看总管？实在是敝县贫穷，求总管见谅！"杨荣怒道："我早就知道石屏是鱼米之乡，你却装穷，看我怎么处罚你？"说完，回头对左右说道："把他给我拿下！"

这句话才出口，轿后便冲出五六名紫衣黄帽的随从，把黄家骧两手捆住。杨荣又喝道："石屏知县极其可恶，先打他一百鞭！"左右应了一声，走过两名兵士，一个把黄家骧按在地上，另一个举鞭就打，黄家骧叫喊连天。正在这个时候，观看的百姓都有些愤愤不平，为首的人发了一个暗号，把事先准备好的香一一点燃，双手捧香齐齐的跪在杨荣轿前，高喊："石屏县的百姓给黄知县求情！"人多势众，杨荣看了，更加大怒道："你这知县倒很狡猾，串通百姓想压倒我吗？我偏要处罚你！"说完令左右把黄家骧带在轿后，十六个轿夫吆喝一声，三十二条腿迈开大步抬着杨荣进城。

百姓见黄知县像囚犯一样被绑在轿后，便也跟着轿子进城。杨荣到县衙下轿，升坐大堂，令人传本地的千总、营副进见。千总黄翰鸣是黄知县的弟弟，听说黄家骧被绑，正领着几十名营兵来探听消息，见杨荣传他，穿着便衣就进去见他。杨荣怒道："本县的官吏都这样自高自大，身为一个千总，连官服都不穿。"黄翰鸣是个武举出身，听了杨荣的话，心里十分生气，冷冷地答道："我不知道杨爷到来，没有准备。"杨荣大声说道："你没有看到我的命令吗？"黄翰鸣道："我是武官，只知道上司的兵符，不知道别的命令。”杨荣大怒道：“你以为我管不了武官吗？”说完喝令左右把黄翰鸣拖下去打一百军棍。左右刚要去捉黄翰鸣，不料外面的营兵冲进县衙，不问三七二十一拉着黄翰鸣就走。等到杨荣命家将去追，黄翰鸣已经没有踪影了。杨荣大叫：“反了！反了！我非杀一儆百不可。”说完命家将把黄知县推出去砍头。

家将拖着黄家骧向外走，外面许多百姓都双手拿香跪在县衙前苦苦哀求。杨荣咆哮如雷，令家将出去赶走那些百姓。家将们领命，提着藤鞭向人群中乱打。黄知县泪流满面地哀告道：“你们杀了我吧，不要伤害手无寸铁的百姓！”百姓们听了个个怒气冲天，大喊一声，一齐冲进县衙。为首的是个白胡子老头，他伸手抓住杨荣。家将们也呐喊一声，各拿兵器冲过来，百姓也抢夺刀枪互相打斗。县衙成了战场，大家一阵混战。那些家将不满四百人，百姓有五六千人，杨荣所带的一群人一个个被百姓打得鼻青脸肿，四散逃命。大家打走那些狐群狗党，又把杨荣的轿子拆了，大家乱了一会儿，白胡子老头放下杨荣想教训他几句。不料杨荣上了年纪，经不起惊吓，被老头在他领圈上一抓，丝绦扣紧咽喉，已经一命呜呼了。众人见打死了杨荣，知道祸已经闯大，各自逃得无影无踪。

黄家骧被松了绑，看见大堂上直挺挺地躺着杨荣的尸首，连连叫苦，不知所措。杨荣的家将、随从及亲兵见百姓散去，才敢陆续走上前，见他们主人杨太监已经死在地上，大家狐假虎威痛骂黄家骧，又把这位知县老爷绑起来。黄家骧也知道性命攸关，只有束手等死，家眷们哭哭啼啼，县衙中顿时哭声一片。忽然听到县衙外喊声震天，几百名兵丁冲进来，打跑了杨荣手下的家将。后面黄翰鸣赶到，大叫：“哥哥！我们不要这官了，快收拾一下，我们走吧！”黄家骧到了这时也没有话说，只好听他弟弟的话，吩咐家人收拾一番，驾了一辆骡车，匆匆打开东门回家乡去了。杨荣的家将把杨荣草草埋葬，又把这件事报给云南府尹。巡抚王眷上奏章说百姓变乱，打死太监杨荣，知县黄家骧、千总黄翰鸣下落不明。这王巡抚明知道黄知县已经逃走，却没有禀明，这叫做官官相护，也是杨荣作恶太多、人人愤恨的缘故。神宗看完奏疏，不禁勃然大怒道：“杨荣死不足惜，纲纪为什么废到这种地步？”于是下谕令云南府尹逮捕为首的百姓按律惩办。圣旨一下，云南巡府当然雷厉风行，立刻把石屏县为首的几个百姓斩首。

神宗处理完这件事，怒气难消，恰好刑部侍郎夏元芳进宫禀告：审讯刺客张怿，他承认行刺属实，并没有人指使。神宗立即下令把张怿凌迟处死。夏元芳领旨，把张怿从狱中提出，验明正身，带领刽子手赶到校场肢解了尸体，回宫复旨。张怿被凌迟处死的消息传开，京中百姓才知道神宗被刺是确有其事，不过神宗并没有因此驾崩，只是受了一点轻伤。这个消息渐渐传到京城外，也传到了徐州，罗公威听到这个噩耗，担心女儿伤心，回家后并不提起。不料过了三四天，杨树村中的人也都知道了。大家议论纷纷，都说张怿可惜，说他是个英俊少年，为父报仇不幸死于非命。一传十、十传百地传到碧茵耳朵里。她正伸长脖子，天天盼望张怿的好消息，眼看过了三四个月，竟然没有一点音讯，想必他没有得到机会，然而芳心始终十分不安。

这天听到村中人说张怿行刺被捉，碧茵不知道消息是真是假，可是心里已经十分不放心，她草草地梳洗一番，走到村前鲁如民家去探个真假。鲁如民是徐州掾吏，对官场中的消息比别人灵通。碧茵见到鲁如民，笑着叫了一声："鲁伯伯！"接着问他京中张怿行刺的事。鲁如民先叹了口气，说道："不要提了，张怿倒是个男子汉，现在为了给父亲报仇，已经被凌迟处死了。"碧茵听了，立刻花容变色，急忙问这是什么时候的事。鲁如民道："这是十几天前的事。听说张怿黑夜入宫，一剑刺在皇帝身上，却没有刺死他，反倒被侍卫们捉住。皇上下令把他凌迟处死，据说尸骨至今还没人收呢！"碧茵听完哇地吐了一口血，昏倒在地。吓得鲁如民连声叫喊，鲁如民的妻子跑出来把碧茵扶起，把热水灌下去，又掐人中、拎头发，忙了半天，碧茵才悠悠醒过来，只是掩面痛哭。鲁如民知道碧茵和张怿有密切关系，当面不好说破，只用好话安慰几句，让妻子牛氏送碧茵回家。

牛氏走后，罗公威从城里回来。碧茵见到父亲忍不住顿足大哭道："张怿死了，连尸都没人收，不是很悲惨吗？没想到孝子有这样的结局，苍天也太不长眼了！"说完又哭。罗公威叹道："人的生死早已注定，不过张怿的死的确很可惜！他学得一身好武艺，还没有显身扬名就这样死了，我算空费一番心血。但人死不能复生，你也不必过于悲伤，还是保重自己身体要紧！我这副老骨头还要靠你呢。"碧茵含泪答道："父亲疼爱女儿，这我知道，可怜张怿身首异处，露尸暴骨，叫女儿怎么能忍受？我要进京把他的尸骨收回来葬殓，女儿即使死也瞑目了。"罗公威说道："你是个女孩儿，怎么能自己去冒险？"碧茵答道："这不要紧，古时候的女子经常独自出门，人只要有志气，没有办不成的事。至于报仇这件事，等父亲百年之后再说。"罗公威不好阻拦，又不放心爱女孤身进京，于是毅然说道："你既然决意要去，不如我同你一起去吧！"碧茵见老父肯一起去，不禁破涕为笑，急忙进房收拾些衣物，父女两人把家事托付邻居张妈，匆匆起程进京。

不久到了京城，才知道张怿的尸体已经有人收殓。收殓的人就是误进皇宫死里逃生的任芝卿。原来任芝卿被放出宫，胸中一口怨气一时难消，当即匆匆地回到山西，才得知他的母亲已经去世，任芝卿大哭一场。葬殓完毕，把家中所有东西典卖干净，得到些现银仍然进京。他整天痴痴呆呆地到处闲逛，希望遇到一个机会再和刘秀华见面。等到见张怿被凌迟处死没有人收尸，任芝卿叹道：“我恨自己没有这样的本领，也进宫去和秀华见一面，那样就死也甘心了。想必姓张的去行刺，当然也有说不出的隐情，和我算是志同道合。现在他暴尸在那里没有人过问，我就把他收殓了吧！”任芝卿这一个恻隐之心，倒得到了好报。

罗公威父女见任芝卿已经收殓张怿，况且他和张怿并没有交情。罗公威称赞任芝卿仗义，碧茵尤其感激任芝卿。大家一谈，才知道任芝卿的未婚妻被选做妃子，弄得鸳鸯分离，整天逗留京师，倒是个多情少年。罗公威见任芝卿孤身无依，便收他做义子，一起回到徐州。

神宗把爱妃、选侍等人都迁进翠华园中，天天寻欢作乐，日复一日，往往通宵达旦。郑贵妃又善于吹笛子，酒过三巡，悠悠扬扬地吹起来。神宗听得心旷神怡，喝得酩酊大醉，差不多没有一天不是这样。这时正是酷暑，神宗觉得玉楼和金屋中都太热，便拉着郑贵妃的手走上翠华园的楼台顶，那是园中最高的一座楼台，原来叫摘星楼，神宗厌恶纣王有摘星楼，于是改名叫做琴台。这座楼台里的布置也是银屏玉栏，四面临风。热天到了这里，自然觉得暑气全消，非常凉爽。一天，神宗在琴台上豪饮，宫女们唱歌跳舞，正在兴高采烈的时候，选侍中有个名叫金莲的，长得娇小玲珑，神宗平时很喜爱她。这时金莲因为婆娑曼舞失足摔倒，指甲划在郑贵妃粉脸上，立刻起了一条绽痕，鲜血都滴了出来。神宗大怒，以为金莲有意抓破郑贵妃玉容，借着酒劲把金莲一脚从琴台上踢到园中空地上，吓得那些侍嫔宫女一个个花容失色，只是瑟瑟发抖。神宗怒气未消，把杯盘扔了一地。郑贵妃再三劝说，神宗才含怒扶着郑贵妃一颠一跛地走回玉楼休息。神宗自从被刺伤腿骨，走路时右腿变成跛足。

第二天早上，神宗听说选侍金莲死了，十分诧异。郑贵妃把昨天夜里酒后脚踢金莲的事大概说了一遍。神宗听了后悔道：“朕怎么会醉到这种地步，你也不拦我？”郑贵妃笑道：“那时候谁敢阻拦，恐怕也会和金莲一样下场。”神宗笑笑，亲自去看金莲，只见她头颅粉碎，脑浆迸出，玉容已经模糊得看不清楚了。神宗长叹一声道：“是朕负了你！”说完不禁也流下几滴眼泪，之后吩咐司仪局，厚葬金莲。从此以后，神宗不敢再喝太多酒。每到酒兴正浓的时候，郑贵妃就把金莲死的经过说出来，神宗听了便立即放下酒杯道：“朕决不再辜负金莲，宫中不会再有第二个金莲了。”说的时候非常忧伤。

·杨应龙叛乱·

光阴似箭，转眼又过了几年。宰相张居正早已经去世，戚继光、李成梁也先后去世，明朝朝政越来越败坏了。申时行做宰相的时候，还能够维持，没有闹出什么事。后来申时行告老回乡，沈一贯继任宰相，就闹出党案来了。沈一贯自恃才高，态度十分傲慢，朝中的名臣故吏他一个也不放在眼里。这时神宗还没有立储，皇长子朱常洛已经成年。神宗虽然有立他为太子的心意，但郑贵妃却阻拦，强迫神宗立她自己的儿子。皇长子朱常洛是王嫔人所生，郑贵妃所生的皇子即朱常洵。群臣当然提议立皇长子朱常洛，神宗也认为废长立幼不合规矩，一时犹疑不决。郑贵妃整天在他耳边吵闹，神宗只是含糊敷衍，始终没有立太子。这样一年年过去，闹出不少是非。

郑贵妃让神宗立福王朱常洵的事被大臣们知道了，群臣一齐着急道："皇上废长立幼，我们身为大臣如果不力争，留传到后世，肯定会留下骂名。"于是御史孙丕扬、侍郎赵南星、主事高攀龙、学士邹元标等人纷纷上奏章谏阻，无奈这位神宗皇帝除了元旦临朝接受朝贺之外，平时从来不会上朝，群臣即使有奏疏也无法传达，即使呈进去，神宗也无心批阅。文选司郎中顾宪成起草请求神宗立太子朱常洛的奏疏，其中涉及到郑贵妃，说她蒙蔽皇上，企图废长立幼等等。顾宪成写好奏疏，贿通太监冯保，把奏疏夹在阁臣白事折里面。神宗对外来奏疏一概置之不理，只是命阁臣代阅。有紧要的事，摘录在白事折上，由中官送呈批答，这样十多年来已经成为一种牢不可破的规矩。所以神宗深居宫中，只看阁臣的白事折，其他奏疏不闻不问。

这天神宗见白事折很多，随意批阅，忽然发现顾宪成的奏疏，忍不住翻阅一遍，不禁大怒道："朝廷立太子自有祖宗成规，顾宪成为什么要干涉？朕岂能背却祖训废长立幼，让后人讥评？"说完即命人查究这奏疏是谁呈进来的。冯保在一旁叩头道："想必是奴才取白事折时误夹在里面的。"神宗点点头，含怒说道："顾宪成这样无礼，如果不处罚他，恐怕其他人也会效仿。"于是在原疏上批了革职两个字，交给阁臣办理。顾宪成罢官后，高攀龙、邹元标、赵南星、孙丕扬等人也纷纷辞职，不等神宗批答便离开京城。辞职之后，他们在无锡东林书院开堂讲学，许多士人纷纷前来依附，号称东林党，顾宪成是东林党首领。因为当时儒林很多人都赞成顾宪成和高攀龙，所以前来依附的人越来越多，势力自然越来越大。朝廷六部九卿，多半是东林党人。他们和顾宪成一个鼻孔出气，专门攻击郑贵妃，弹劾宦官，保护皇长子朱常洛。

东林党人有担任言官的，经常借机弹劾大臣，奏疏连绵不绝，朝廷大臣听到"东林党"三个字人人胆寒心惊。首辅沈一贯见东林党十分厉害，多半是顾宪成、高攀龙一类人物，自己处在孤立地位，未免非常不安。于是密令御史杨隽、翰林汤宾怡也建起一个儒党，一时也有许多人归附沈一贯，号称浙党。两党比较起来，顾宪成、高攀龙的东林党势力自然大于浙党，东林党人一坐上官位，往往任意上疏弹劾阁臣。浙党党人也以其人之道还治其人之身，互相争斗。时间一长，东林党势力蔓延到齐楚晋豫各地，江淮一带的儒生大多归附东林党，以巡抚李三才为首领，作为东林党外援，朝中东林党的势力又进一层。结果两党竞相上奏章互相攻击。奏疏越来越多，足足堆积三四尺，神宗看不完，头都被他们闹昏了，从此把两党的奏章一概置之不理，只有言官弹劾廷臣的奏疏才立即批答，也大半准奏。这样一来，言官弹劾朝臣，奏疏才递上去，被弹劾的人不等皇帝下旨就弃官离去。朝中规章杂乱，群臣没有首领，办事也不一致，处理问题时也是各行其是。明朝朝仪被弄得败坏不堪，亡国的征兆已经出现。后来东林党和浙党攻击到了极点，东林党人捏造谣言，说郑贵妃将要谋害皇长子朱常洛，立自己儿子朱常洵。并写成无数大字报，连夜张贴在京城各处。

太监揭下大字报进呈皇帝，神宗看了，拍案大怒道："贼子闹得这样厉害？"立即下令追究张贴大字报的党羽，司仪郎沈令誉因嫌疑被捕，由刑部侍郎李廷机审讯，株连到东林党人。神宗下令把侍御胡宪忠、翰林黄思基、主事陈骏、员外郎赵思训、大理寺丞何复等一百三十七人关进大狱。李廷机负责审讯，黄思基、赵思训等人被屈打成招，并株连许多言官。又捉来高僧达观，也再三拷问，又逮捕多人。尚书赵世卿见案情越闹越大，永远牵连下去会没有休止，上书请求让沈一贯从中主持。沈一贯也觉得株连太多，不免良心发现，于是在神宗面前竭力维持，总算勉强结案，只杀了袁衷、徐有明等人。结案以后，统计前后两案东林党人死者三百六十多人，浙党死者数目也差不多，也算是明朝自建国以来的一件大案。神宗见京城谣言四起，人人都说郑贵妃要谋害皇长子，于是召沈一贯进宫，亲自书写诏书，立皇长子朱常洛为储君。

郑贵妃本以为自己可做太后，此时得到太监密报，听说立了朱常洛为储君，自然要来争执。神宗和郑贵妃在床上欢爱的时候，曾经答应她立朱常洵为太子，现在突然变卦，郑贵妃怎么愿意？娇啼婉转地要神宗收回旨意。神宗正色道："立长子是祖宗成规，朕怎么敢因私废公，受人讥评？"郑贵妃不依道："皇上曾经说过立福王朱常洵为太子，君无戏言，怎么能够抵赖？"神宗笑道："那是朕和你开玩笑，怎么能当真呢？何况皇长子已经成年，天下人谁不知道？万一废长立幼，群臣议论倒没有关系，如果因此人心疑虑闹出乱子，不是误了大事吗？"郑贵妃见神宗意志坚决，不禁放声大哭，一头撞在神宗怀里，立刻要寻死觅活。神宗令宫女们把她劝开，郑贵妃索性倒在地上打滚，大哭大喊，口口声声要神宗册立福王为太子，否则情愿死在皇帝面前。神宗见郑贵妃这样撒泼，不禁大怒，猛然站起身，走到光华殿召集群臣，下令把立皇长子的事立即布告中外。又命尚书赵世卿、大学士杨廷珪持节迎接太子朱常洛。处理完毕，神宗才回宫。大事已定，郑贵妃知道争不回来，也只好死了这个念头。不料群臣还不满意，说福王自从受封，已经成年，留在京城有许多不便，应该令他立即赶赴封地。

郑贵妃怎能舍得母子分离，于是又在神宗面前哭闹，弄得神宗打不定主意。吏部侍郎夏静安把这件事秘密告诉太后，李太后急忙召来郑贵妃，把她大骂一顿。郑贵妃不敢回话，忍气吞声地回宫。第二天皇太后传出懿旨，催促福王朱常洵去往封地。郑贵妃没办法，只得让福王起程。福王临行向郑贵妃辞行，母子二人哭得十分伤心。经过宫女们相劝，福王才含泪出宫，赶赴河南封地。福王走后，宫中大殿角上发现了三个木人，上面写着皇帝、太子、李太后的生辰，木人身上有四十九根钉子，大约是苗人的一种魔法。神宗见了，怒气冲冲地，追究木人的来源。司理王日乾奏称，木人是道士孔学制造的，孔学和郑贵妃宫中的太监姜田稼互相串通，要谋害太子。神宗听了怒不可遏，以致推倒御案，命人立即逮捕孔学刑讯，孔学死不承认。尚书叶向高禀道："王日乾也是京城无赖，如果追究这件事，小题大做，反而使小人得逞。"神宗听了，恍然大悟道："如果不是你提醒我，几乎又是一件大案。"于是把木人一案搁置不提。

当时四川宣慰使杨应龙和他的儿子杨朝栋占据险要地形，拥兵反叛。杨应龙是宋代名将杨业后人，抚治西蜀苗人很有威望。后来被妖人所迷惑，才起了反叛之心。妖人说自己得到神人传授，能呼风唤雨，撒豆成兵，在鄂西一带传道，名叫白莲教。鄂西巡抚刘光汉见妖人举止怪异，下令把他驱逐出境。宣慰使杨应龙有个爱女名叫妙姑，忽然被妖邪迷惑，白天裸体嗷叫，好像与人交媾一样。杨应龙只有这一个女儿，平时把她看成掌上明珠。这次患上怪病，杨应龙急得走投无路，用重金做赏赐，称有谁能治愈妙姑，立即赏一千两黄金，并把妙姑嫁给他。

这个消息传到各地，谁不愿意得到黄金和美女？上门自荐的人络绎不绝，但都没有治愈妙姑，妙姑的病情反而越来越重。那妖人被鄂西巡抚赶走，正愁没处容身，就来见杨应龙，当天设坛建醮，焚香请神，居然把妖邪驱走了。妙姑清醒过来，不再像前几天那样裸体号叫。杨应龙大喜，立即赏给李赞黄金一千两，并要把妙姑嫁给他。李赞辞谢道："我是世外之人，要黄金美女也没用，只求您赐给我一所小屋，使我能够修炼传道就行。"杨应龙连声答应，立即命土木工人在蜀西建起一座大宅子，正厅上供一尊白眉真人，大概是白莲教的祖师。

不到一年，江淮荆楚教徒遍地，愚人纷纷来归附，足有十万人。有人劝杨应龙自立为王，杨应龙动了心，暗中和儿子杨朝栋商议。杨朝栋跳起来道："天下有这样的奇人肯来相助，是天助我们。"杨应龙私下派遣兵卒把守要隘，于中秋举旗起义，拥兵二十万，声势浩大。

当时江淮南北谣言四起，相传有妖人剪鸡毛的怪事：夜间听到鸡叫声，急忙提着灯去看，鸡身上的毛已经被剪光了。时间一长，大家知道是妖术，养鸡的人拿着犬羊血等在笼边，一听到鸣叫，就用犬羊血泼过去，只听砰的一声，落下一个手拿纸剪的泥人，长不过三四寸，形状好像小孩子。这个法术一破，剪羽毛的事就很少发生了。后来又换成剪人头发的妖法，民家妇女早上睡醒，经常失去青丝。于是民间十分恐慌，半夜互相叫醒，敲锣打鼓，奔走相告，说妖人来剪头发，弄得妇女们晚上不敢睡觉。后来有人指点，说妖术最怕污秽。妇女们听了，都把亵带绑在头发上，剪头发的怪事才平息下去。后来越闹越厉害：美貌妇女经常无缘无故失踪。失踪的时候，无论在白天还是夜里，家人正坐在一起谈笑，转眼人就无影无踪了。可是杨应龙营中，妇女却一天天多起来。杨应龙好色成性，又喜新厌旧，一个少妇共枕三四次就会厌烦。

四川百姓受杨应龙父子蹂躏，怨愤冲天，被害的人家大都敢怒而不敢言。当时有个无赖阮小二，他的妻子也被杨应龙霸占。阮小二愤怒叫骂，杨应龙的党羽把他捉去打了二百鞭才释放，杨应龙又命三四个小卒当着阮小二的面轮奸他的妻子。阮小二十分气愤，聚集一百多同党连夜杀进杨应龙大营。杨应龙正和妇女们淫乐，听到喊杀之声，不知来兵有多少，急忙叫左右吹号。不一会儿，杨朝栋带领亲兵五百名杀到，杨应龙从营中杀出。阮小二不过一百人，怎么能抵挡杨应龙的大队人马？

转眼间一百人被杀得干干净净，只逃走了阮小二一个人。事后杨应龙查点人马，也被杀伤不少，不禁大怒道："区区几个贼人也敢来太岁头上动土，一不做二不休，索性杀死府尹，占了城池，倒也不过如此。"

杨朝栋听了，踊跃争先，率领一千苗兵杀入永宁。知府马知忠没有防备，被苗民乱刀剁死。游击柳成美、参将罗成听到府衙被苗人攻破，急忙点起本部人马来救，刚到西门，正好遇到杨朝栋的苗兵。杨朝栋见柳成美带兵到来，大吼一声，举起一支浑铁点钢矛飞马杀过去。柳成美挥刀相迎，罗成赶到也舞刀助战。杨朝栋一支矛左右轮动好像旋风一样。柳成美胳膊被刺中，拨马逃走，罗成抵挡不住，也只好策马落荒而逃。杨朝栋乘机大杀一阵，官兵死伤大半，柳成美死在乱军之中，罗成身负重伤，逃回建昌。四川巡抚王如棠上疏奏报。神宗看到奏疏，回头对沈一贯道："几个跳梁小丑，没有早日剿除，现在成为大患，当地官员难以逃脱罪责。"随后命沈一贯拟旨：知府马知忠、游击柳成美已经战死不再定罪，参将罗成戍边，巡抚王如棠革职，总督罗兆铭降级。神宗又命李如松为讨贼大将军，率兵十五万剿平四川叛乱。不料李如松浮躁轻进，被杨应龙父子诱入重地四面围杀，几乎全军覆没。

消息传到京城，神宗大怒，立即下旨处罚李如松，又命刘綎为大都督，调齐陕甘绥贵四省兵马，立即出兵剿灭叛乱。刘綎曾经做过大同总兵，因为征寇有功改封都督兼五城兵马司，勇冠三军，每次战斗都身先士卒，他平时生活很简朴，和士兵同甘共苦，不分将士。他指挥作战时号令严明，不留一点情面，所以军纪很好。他在宣府的时候，不过是个游击，出兵上阵时却具有大将风范。总兵戚继光经常说他有大将之才，几次保荐他，改封为参将。当时蒙古人经常侵扰边境，刘綎领兵迎战，手拿一口九环大刀，重七八十斤，舞起来呼呼有声。他常嘴里大喊着冲锋陷阵，所向无敌，蒙古兵见了纷纷倒退。于是刘大刀的威名远震关外，蒙古人一见到刘綎就纷纷逃走，嘴里喊着："刘大刀来了！"这次奉旨去平乱，刘綎率大军浩浩荡荡地杀向四川。

杨应龙早就知道刘綎能征惯战，十分勇猛，心里十分害怕。杨朝栋年轻不知道厉害，摩拳擦掌地准备迎敌。刘綎率领大军在离永宁城三十里的地方安营扎寨，又命副指挥岑范、李齐、慕容孙等人在各营安放鹿角，提防敌人袭营劫寨。杨应龙听到刘綎的大军已经到达，嘱咐他的儿子杨朝栋、干儿子杨奉、伪将军舒寿、彭毓灵等人小心巡城。到了晚上，杨应龙亲自登城瞭望，见明军营中火光冲天，像长蛇一样，刁斗声不断。杨应龙看了打个寒噤道："朝廷军队的声势到底和普通军队不同。”又回头对众将道：“你们看刘大刀的人马多么整齐！”杨朝栋大声道：“父亲不要长他们的锐气，我们的兵马不见得比他们弱，谁胜谁负，还不一定呢。”杨应龙道：“话虽然这样说，总是小心谨慎好。”杨朝栋不等杨应龙说完，就要领兵出城前去劫寨。杨应龙慌忙阻拦道：“刘大刀不像别人，他在边庭镇守十年，现在的官职还是枪刀上争来的，可算是一位能征惯战的勇将。现在率军征讨我们，难道会不提防我们去偷袭他的营寨吗？你不要轻举妄动，和军师商量一下再说。”

说完走下城墙回府，杨朝栋和众将也陆续到来。杨应龙连声命人请军师来商议军情。不一会儿，军师带着两名亲随，掌着大红纱灯，骑着高头骏马来到帅府前。杨应龙说道：“我们自从把李如松打败，这次朝廷又派来了刘大刀。他是一员名将，倒要留神一下，不知道军师可有什么妙计破他？”军师举手笑道：“主帅不用担心，明天敌人如果出战，先试他一阵，我已经观察到黑子出现，这血光之灾应当在敌人身上。不出三天，包管杀得他片甲不留。”杨应龙大喜道：“全仗军师帮助。”夜里商量妥当，准备第二天和明军交锋。

刘綎回营后亲自巡视一圈，进帐坐在虎皮交椅上按剑看书，直到五更才朦胧睡去。早上众将进帐，刘綎草草梳洗完毕，全身披挂，升帐点卯，问：“今天和贼人交战，哪位将军愿意出马？”副将何兆威应道：“末将愿意打头阵。”刘綎点头，立即发下一支令箭，叮嘱道：“何将军领人马五千，先去刺探敌人虚实，但不可丧失锐气。”何兆威领会，出去点齐人马，顶盔贯甲，耀武扬威地杀向营外。刘綎又传来指挥马进忠、慕容孙道：“两位将军领兵马三千接应何先锋。”马进忠和慕容孙领命出去。刘綎亲自率领李齐、岑扬，押着大队观阵。何兆威率领五千人马，直抵永宁城下挑战。杨朝栋领三千人马，左有杨奉，右有舒寿，一声炮响城门大开，三匹马并肩跑出，兵丁一字排开。双方压住阵脚，何兆威暗暗喝彩道：“杨氏父子到底是武官出身，兵容齐整，不像乌合之众，怪不得李如松会败在他们手中。”想着一马当先，大骂：“逆贼杨应龙，朝廷没有负你，你却据城造反？现在天兵降临，还不束手投降，更待何时？”杨朝栋大怒，也不回话，正要挺矛出战，舒寿已经舞刀跃马而出，直取何兆威，两马相交，双刀并举。打到三四十个回合，杨奉忍耐不住，飞马出阵助战。明军阵上慕容孙持枪而上，挡住杨奉。

四匹马带着两对战将团团打转。杨朝栋见杨奉、舒寿不能取胜，大喝一声，舞动钢矛冲上战场，一矛向何兆威刺来，何兆威来不及躲避，右腿上中了一矛，负痛败下阵。舒寿在后面紧追不舍。明军阵上马进忠一马飞出救回何兆威，抢枪挡住舒寿。舒寿大怒，暗自骂道："你敢救他，我就捉你。"这时舒寿手中的大刀舞动如飞，只见白光闪闪，看不出一点破绽。刘綎在阵上远远看见，问岑范道："贼兵中有这样的能人，叫什么名字？"李齐是李如松的部下，还没等岑范回答便接口答道："他叫舒寿，还有一个叫彭毓灵，都是贼人中有名的勇将。前一次李将军一半败在妖法，一半吃了他们的亏。"刘綎惊道："贼人会妖法吗？倒没有准备破妖法的方法。"说完忽然见马进忠翻身落马，兵士急忙冲上去把他救回。刘綎大怒，刚要亲自出马，岑范已经催马直奔舒寿。杨朝栋刺伤何兆威，回头帮杨奉双战慕容孙。慕容孙一个失手被杨朝栋轻舒猿臂活捉了去。李齐想去抢救，可哪里还来得及。刘綎气得咆哮如雷，这时再也忍耐不住，把乌骓马一拍，直取杨朝栋。

慕容孙已经被杨奉押进城中，杨朝栋正在得意扬扬，见刘綎一马飞出，脸如锅底，两道八字浓眉，乌盔玄甲，坐下乌骓马，手提九环大刀，威风凛凛，和常人不同。杨朝栋心想："他们说的刘大刀，难道就是他吗？"杨应龙在城楼上观战，认得是刘綎亲自出马，急忙令军士下城通知杨朝栋：黑大汉正是刘大刀，必须要格外小心！杨朝栋仗着勇猛，没把刘綎放在眼里。他手持钢矛奋力一矛刺去，刘綎用刀架开，还手一刀劈来，杨朝栋不知深浅，用矛去迎，只觉得刀碰在矛上十分沉重。杨朝栋在马上晃了几晃，才有些吃惊道："刘大刀果然凶猛！"刚想回马逃回城中，又想到身在阵上万万不能下台，只得硬着头皮，拼死力战了七八个回合，累得头昏耳鸣，出了一身冷汗，正想策马逃命，刘綎手疾眼快，一手拉住杨朝栋的马缰向前一带，杨朝栋坐不住，翻身离开马鞍，被刘綎像提小孩一样扔在地上。明兵冲过来，七手八脚捆住杨朝栋就走。杨朝栋手下士兵也想来救，都被刘綎拦住，一个也不敢上前。岑范力战舒寿，李齐催马上前相助，舒寿力战两将却毫不畏惧。

杨应龙见儿子杨朝栋被俘，急得双脚乱跳。彭毓灵和杨奉冲到阵前，刘綎挡住他们厮杀。杨应龙急忙叫人去请军师，军师赶上城头，嘴里念念有词，不一会儿，忽然一阵大风向明兵阵上刮来，吹得士卒睁不开眼。李齐知道妖法来了，急忙拨马逃走，岑范也拍马回阵。舒寿无心追赶，掉转马头回到本阵。刘綎正在大战两员敌将，见忽然起了大风，担心出现闪失，虚晃一刀策马跑回阵中，传令鸣金收兵。彭毓灵和杨奉知道刘綎勇猛，不敢追赶，双方各自回营。刘綎回营计点人马，死伤五六人，指挥慕容孙被俘，何兆威、马进忠受伤。捉住贼将杨朝栋，算起来还不是十分吃亏。

刘綎吩咐何、马二将去后帐休息，令左右推上杨朝栋。杨朝栋站着不肯下跪，刘綎笑道："你到了现在还要逞强吗？"喝令左右把杨朝栋打入囚车，等捉住杨应龙，一起押解进京。杨朝栋破口大骂，刘綎只当做没有听见一样。过了一会儿，杨应龙派来使者，要求刘綎用慕容孙交换杨朝栋。刘綎沉思半天，对来使说道："这样办吧，明天走马换将。"使者走后，刘綎立即击鼓升帐，何兆威、马进忠不过受一些轻伤，这时也上帐听令。刘綎说道："我们打败杨应龙，明天就是个好机会。"接着把杨应龙提议交换被擒将官的事，对众将宣布一遍。又接着说："我知道杨应龙一心在儿子身上，他便衣出阵，后方虽然有防备，城里必然空虚。我们趁这个时候偷袭北门，攻进城去，再从南门并力杀出来。贼兵以为飞将军从天而降，必定会自相践踏，那时我领兵攻入，前后夹击，贼兵必败，永宁也唾手可得。"众将听了，无不摩拳擦掌，跃跃欲试。刘綎立即下令，岑范、李齐各领步兵五百人，悄悄偷袭北门。马进忠、何兆威各在离营三里处埋伏，只待听到鼓响，便率兵杀出。分派完毕，各自回帐休息。

第二天，刘綎点鼓传将，忽然兵士来报说贼兵已经便衣列阵等候。刘綎点点头，命千总仇勇先率领便衣兵一百人也去列在阵上，自己却故意迟到不出，以便两路兵马能够安然到达目的地。这样过了好一会儿，刘綎才同五名亲随击鼓出阵，兵士押出杨朝栋，杨应龙也命人把慕容孙推出阵前。双方各一声鼓响，杨朝栋和慕容孙各自跑回本阵。不料慕容孙与杨朝栋相遇时，扬手一镖打在杨朝栋额头，杨朝栋翻身摔了个跟头。明军阵上咚咚地连续打起鼓。杨应龙见儿子中了一镖，十分愤怒，想指挥士兵杀过去。这时刘綎已经回营，阵上只剩下一百个兵丁和擂鼓的几名亲随。彭毓灵怀疑道："刘綎战又不战，只是令军士擂鼓，其中必然有阴谋。"舒寿也说道："他这时候回营，一定会披挂冲杀出来。"说音未落，果然见刘綎顶盔袭甲立马在营门前，却并不出战。杨应龙十分疑惑，刚要令探马去打探，猛然听到城内喊声大震。杨应龙惊道："我们中了贼人奸计了。"急忙令兵士火速进城，但为时已晚马进忠已经从左边杀过来，何兆威从右边杀来，刘綎率领大军和慕容孙直扑南门。杨应龙抵挡不住，人马自相践踏。

彭毓灵保护杨朝栋，舒寿保护杨应龙，大败进城。迎面正遇上李齐、岑范杀来，杨应龙前后受敌，无心恋战，急匆匆逃到帅府，想保护家属从西门逃命。等到家人聚在一起，府门外明军已经团团围住。舒寿被绊马索绊倒，被明军活捉，杨奉死在乱军之中，彭毓灵见大势已去自刎而死。杨应龙万分着急，知道必定难以脱身，和他儿子杨朝栋、妻子彭氏、儿媳尤氏等人一齐上吊而死。不一会儿，明军攻进帅府杀散余党。刘綎进府，令人出榜安民，然后立即派人到京城报捷。随后命人把杨应龙等人的尸身解下来，等候上命定夺。兵士又押舒寿进府，刘綎急忙亲自给他松绑，用好言安慰，并设酒宴给舒寿压惊。舒寿感激刘綎义气，自愿投降。不久上谕到来，命把杨应龙父子戮尸，大军班师回京，所有将士回京听候封赏。刘綎领旨，按律戮杨应龙父子尸首，下令班师。

光阴似箭，大军晓行夜宿，不久回到京城。刘綎觐见神宗，神宗嘉奖了几句，第二天下旨封刘綎为大将军，晋封子爵。李齐、岑范、慕容孙等人各封为将军。马进忠、何兆威升为都指挥，仇勇为游击。又封舒寿为副将，效力刘綎部下，有功再行封赏。四川已经平定，神宗和众嫔妃在宫中大开筵宴，庆贺胜利。正在兴高采烈之时，忽然接到山海关守将总兵刘禹锡的急奏：建州卫满洲人爱新觉罗·努尔哈赤率领建州部属攻破叶赫，略取辽东，现在已经兵进抚顺关。明军屡战屡败，请求朝廷速选强兵猛将抵抗。神宗皇帝看完这封奏疏，不禁惊得目瞪口呆，半天没说话。太监王进在一边说道："满洲人这样猖狂，陛下应该临朝召集文武大臣，商议退敌的办法。"神宗听了，才如梦初醒，连忙叫冯保出去传令。王进知道神宗这时神经已经错乱，自己就冒充冯保，出宫宣召大臣。原来自从张居正死后，冯保勉强支持几年，孤立无援，被朝臣们一再弹劾，这时已经被赐死六七年了，还叫冯保传令，不是神宗昏头了吗？

建州满人自从努尔哈赤独立，部落一天天强大起来，努尔哈赤招兵买马，养精蓄锐，开始时只在塞外征战，渐渐吞并那些小部落。不到十年，那些大部落也纷纷投降。到明万历四十四年，努尔哈赤见部落已经十分强大，也不等明朝封典，自己做起皇帝来了。建元天命，他就是清朝的第一个皇帝。努尔哈赤即位称帝，仗着兵强马壮，常常侵扰明朝边境。不过他还不敢进入内地，只在交界的地方率兵抢掠，然后收兵回去。守边的明朝将领大都苟且偷安，见满人不来逼迫，乐得睁一只眼闭一只眼，任他抢些财物人口，反正是老百姓倒霉。这样一来，满人的胆子越来越大，兵力也越来越强，直到率领强兵猛卒攻占辽东，进兵抚顺。警报传来，京城人心惶惶。神宗登上明华殿，召集文武大臣商议出兵。丞相方从哲主张进兵痛剿，众臣也都同意。神宗于是命杨镐总督兵马到辽东痛剿满人，刘綎为副都督，立即出兵。

这道旨意下来真是雷厉风行，大家纷纷回去准备。可是明朝兵卒多半已经老弱，还没有出兵，先丧失了锐气。杨镐见士兵不能临阵，传令大军暂时驻扎，要挑选一番再进兵，又派人到朝鲜、叶赫两处征兵。可是京城风声越来越紧，百姓人心动荡。神宗下旨，命杨镐火速进兵。兵部尚书黄嘉善接到皇帝催兵的飞敕，不敢耽误，立即派人骑快马拿着红旗，令杨镐进兵。这种红旗是明朝旧制，担心将帅在外不受君命，所以制作一种红旗，上面盖有御宝，中间绣火珠三颗，并写上万急如律令的字样。边将接到这张红旗，无论如何困难也要拼死进兵。如果连发三次将帅仍旧按兵不动，兵部就要奏闻皇帝，下旨拿办了。以前太祖高皇帝的时候，徐达北征，李善长为兵部尚书，给徐达发了七次红旗，令徐达进兵，但徐达只是按兵不动。李善长急忙以徐达有变上奏。太祖惊道："徐达与朕是患难之交，决不至于有二心。红旗是紧急命令，怎么能连发七次？"于是下谕兵部，此后不是万不得已，不得滥发红旗，并将此记在祖训中。自永乐以后，红旗从没有用过。现在到了这位万历皇帝时代，反而重翻旧调，打破规矩，这也是明朝快要灭亡的预兆。

杨镐在山海关驻兵，接到兵部的红珠火旗，知道上命紧急，看来不能拖延，只得召集众将开军事会议。刘綎首先说道："边疆将士多年劳苦，没有战心。在各地强行凑集的兵丁又多没有上过战场，连队伍都不整齐，怎么能出兵打仗？"杨镐说道："可是皇上的命令又不能违背，即使兵士没有战斗力，也只有拼死去干他一回！"众将听了，各自默默无言。杨镐下令：命副都督刘綎带领一万五千人马，会合朝鲜人马，由宽甸绕到兴京，见到满兵营帐移动，立即从东路攻入，截住他们去路。刘綎领令下去准备。杨镐又命开原总兵马林率领铁骑三千，步兵一万，同金台人马越过铁岭，攻打满人北路。马林领命，和副将刘遇节、程贝下去准备。杨镐又命辽东总兵李如柏上帐，吩咐道："你率领大兵三万绕道亚骨儿关，直捣满人老巢。但是那里多半是羊肠小道，人马难以行进，应该昼夜兼程，不要耽误时间。"李如柏领命，率领大军前去。杨镐又命山海关总兵杜松领兵一万五千人，由抚顺关沿浑河攻取西路。杜松领命出去。这四路兵马约有二十多万，杨镐号称五十万，并约定春末在满洲二道关会合，进攻赫图阿拉。杨镐自己率领中军向东面进发。

山海关总兵杜松骁勇善战，塞外称他为杜黑子。因为他交战时捋起双臂，乌黑如漆，持着金刀乱杀乱砍，胡兵十分畏惧他。当时大兵出关，天空飘起纷纷大雪，兵马难以行进，已经耽误了出师行程。杜松急于立功，率领本部人马在漫天风雪中踏雪行进。天寒地冻，路有滑冰，人马经常跌倒。杜松顾不上这些，仍然日夜兼程，兵士已经有怨言。出了抚顺关，越过五岭关来到浑河。那里有满洲皇帝努尔哈赤的长子大贝勒岳勒托和八贝勒皇太极守在河对面，和杜松遥相呼应。大贝勒岳勒托见明军冲过五岭关，便把人马摆开，舞刀跃马站在阵前。杜松正指挥兵马前进，忽然听到喊声大起，前队兵来报：满洲兵拦住去路。杜松大怒，喝令兵士列阵迎敌，自己立马横刀，前来观阵。只见满洲兵人强马壮，衣甲鲜明，黄盖下一员大将锦袍黄挂，纬帽乌靴，相貌很威风。杜松高声喝道："你是哪一路人马，敢阻挡天朝大兵？"岳勒托答道："我是满洲皇帝陛下驾前大贝勒岳勒托！你是哪里的无名小卒？留下头我放你过去！"杜松听了，不禁心头火起，也不再多说，舞刀直取岳勒托。岳勒托也挺刀相迎。两人拼命大战，双刀并举，都舞得和旋风一样。打到三四十个回合，杜松奋起神威，大喝一声，一刀把岳勒托劈在马下。明兵一拥上前，乱杀一阵，杀得满洲兵走投无路，刀下捡到性命的多半落水而死，一千五百名满洲兵被杀得一个也不剩。对岸的八贝勒皇太极见自己的人马大败，岳勒托阵亡，叫一声苦，又不敢渡河来救，只能眼睁睁地看着杜松耀武扬威。杜松割下岳勒托的首级，派人到杨镐军中报捷。杨镐又把捷报送到京城，神宗听到杨镐出兵，西路已经得胜，十分高兴。下谕提升杜松为将军，在宫中大开筵宴庆贺。

当时宫中一天比一天腐败。东宫太子朱常洛的郭妃已经生下皇太孙，赐名朱由校，就是将来的熹宗皇帝。皇太孙的乳母客氏是定兴县人，丈夫叫侯二，已经去世，客氏十八岁开始守寡，遗腹子又不满一岁，不久也死了。客氏十九岁进宫乳哺皇太孙，她正青春年少，整天独守空房，不免有伤春之感。事有凑巧，司礼监王进有个干儿子叫魏朝，本来是京城的无赖，因为巴结上王进，在司仪处充当一名小太监。其实魏朝并没有净身，王进却含含糊糊地把他留下。这也是明朝气数已尽，自然会有奇怪的事发生，明朝的一座江山，断送在他们几个妖孽手中。客氏和魏朝两人平时总是眉来眼去，渐渐地心心相印。有时候魏朝在没人的地方遇见客氏，就摩乳抚腰经常逗引她，客氏也不过一笑罢了。没过多久，魏朝调到千秋鉴，千秋鉴专门负责管理宫女、太监死亡等事务，地方十分幽僻。一天，恰好客氏经过，魏朝见四周无人，一把搂住客氏要和她接吻。客氏把魏朝一推道："空有丈夫相，也和我们一样，发什么雌性？"魏朝听了，知道客氏有意，微笑说道："你不要小看我，你怎么知道我不是男人？"说完，轻轻把客氏拥在床上，慢慢给她解开衣裙，这时客氏已经娇躯无力，只是咯咯地笑，正在含情脉脉、半推半就时，魏朝已经脱光自己的衣服，客氏吃了一惊，一时娇怯怯地说不出话，心里明白魏朝没有受过宫刑。两个人在千秋鉴内情话绵绵，十分缠绵，不料这时一个人冲进来，吓得魏朝和客氏缩成一团。原来进来的是魏忠贤，他来报告慈宁宫宫女云娥自尽的事。神宗命魏忠贤到千秋鉴，召太监去检视收殓。魏忠贤一口气跑进来，见房中没有人，刚要高声叫喊，忽然回头见床上幔钩荡动，急忙去揭开蚊帐，一看之下不禁倒退几步。魏朝见是魏忠贤，心才放下，于是慢慢地走下床。客氏躺在床上，用锦被蒙着脸，羞得不敢抬头。魏忠贤只当做没有看见一样，把神宗的谕旨宣布一遍。魏朝跟着魏忠贤一起去慈宁宫，按例收殓完毕，回到千秋鉴时，客氏已经走了。 从此以后，客氏每天到千秋鉴和魏朝缠绵，俨然是一对夫妇。这时神宗上了年纪，又因为腿被刺客所伤，行动很不方便，连明华殿也难得登临，整天住在深宫里。

·夺宫·

徐州杨树村的罗公威忽然病死，任芝卿帮着料理丧事，碧茵哭得死去活来。任芝卿再三劝慰，自己也披麻戴孝按例守丧。任芝卿认罗公威为义父，当然依子女例守制。过了三年，碧茵和芝卿商议，卖掉家产，选择一块地皮，安葬了父亲罗公威。之后，两个人收拾好应用的物品，一起进京。不久来到京城，碧茵是个女子，不方便住在庙宇，任芝卿便选了一所民房住下。别人以为任芝卿和碧茵是一对少年夫妇，哪里知道他们各自有意中人，两人虽然住在一起，却各不侵犯，而且连说笑也不常有。碧茵自从来到京城，天天到皇宫里探路，经常夜里出去早上回来。任芝卿没有什么武艺，整天在大街小巷闲逛。碧茵急于报仇，和任芝卿说起张怿的事就咬牙切齿，每次都会流下眼泪。一天，碧茵惨然对任芝卿说道："我明天要和你长别了！"任芝卿惊道："姑娘为什么说出这样的话？"碧茵叹口气道："自从张怿死后，我万念俱灰，感觉自己如同枯木，又像孤雁，永远不会和人成双入对了。我只希望老父在天之灵保佑，让我得报大仇，我就心满意足了。现下我已经把宫中路径探明，这就前去取仇人的头颅。先把你的秀华救出来，再去杀死仇人。如果我不幸和张怿一样被仇人捉住，到时不是和你要长别吗？"任芝卿急忙安慰道："姑娘心诚，自然会有神灵保护，肯定会马到成功！"碧茵微微点头。这天晚上，碧茵换上紧身衣，背上宝剑飞身去往皇宫。

任芝卿独自坐着无聊，拿出平时的诗稿，在灯下诵读解闷。到了三更多天，猛然听到檐瓦乱响。他打开门时，碧茵已经负着一件东西跳下来，只见她粉脸上溅满血渍。碧茵让他帮忙解下。任芝卿正要询问，碧茵说道："我已经办完大事，你快打开包裹，看看弄错没有。我们明天清晨立刻出京，否则万一被他们查获，岂不是白费心血？"任芝卿听了，把包袱打开，见刘秀华在里面端端正正地睡着，又惊又喜。刘秀华则星眸紧闭，睡得正香。碧茵笑道："她闻到了我的熏香，所以不容易醒来。"说完取来一杯冷水，在刘秀华脸上轻轻喷了几口。刘秀华打个呵欠，睁开眼见自己身处陌生地方，吓得跳起来，她回头看见任芝卿，不禁一愣，半天才说道：

“我们这是在梦里吗？”任芝卿扶她下床，微笑着说道：“哪有这种好梦？碧茵为了救你，几乎被侍卫所伤。”刘秀华听了，回头打量一圈，指着碧茵说道：“是这位姐姐救我的吗？”任芝卿道：“怎么不是。”刘秀华急忙向碧茵行礼。慌得碧茵急忙还礼道：“这算什么，我自己要报大仇，不过顺便效劳罢了。”于是二人互报姓名。任芝卿把被放出宫，老母逝世，收殓张怿，认罗公威为义父及碧茵报仇，救出刘秀华等事，前后经过细细讲了一遍。刘秀华听了，扑簌簌地落下泪来：“你这样多情，我真是负了你。”任芝卿说道：“都是你姐姐不好，我不怪你。”两人卿卿我我情话缠绵，把碧茵看得悲从中来。碧茵想到自己当年和张怿也是这样情深义厚，现在弄得人亡鸾拆，想起往日，怎能不伤心！任芝卿和刘秀华久别重逢，不啻破镜重圆，两人自有说不出的快乐，还管什么碧茵。碧茵触景生情，只在暗中偷偷落泪罢了。

第二天清晨，碧茵起床草草梳洗完毕。任芝卿和刘秀华睡得正香。碧茵喊道：“任芝卿，快起来收拾走吧！这都什么时候了，却还这样安心？”任芝卿听了，慌忙从床上坐起来，刘秀华却娇羞满面低垂粉颈，似乎十分害羞。碧茵知趣，故意转过身去。刘秀华手忙脚乱地穿好衣服，由碧茵给她梳了个长髻。任芝卿辞别房主，两女一男三个人雇一辆骡车，把衣物放在车上，扬鞭出了京城，回徐州去了。几人到了杨树村，在碧茵家中住下。任芝卿和刘秀华总算有情人终成为眷属。碧茵却自己建起一所茅屋，整年在茅屋中吃素诵经，直到七十多岁无疾而逝。任芝卿那时已死了，刘秀华为碧茵收殓安葬，墓碑上写着“贞烈女子罗碧茵之墓”。

神宗深居简出，大臣们不能见到他，一些新进臣子，只能听到上谕，至于皇帝是怎样的面貌谁也没有见过。皇宫里的嫔妃，不得宠的也整年见不到皇帝。以前神宗多么宠爱晋妃刘秀媛，现在却撇在一边，弄得她像进了冷宫一样。神宗晚年只宠爱郑贵妃，就连王皇后一年中也只是元旦和皇帝见一面，此外遇到什么佳节，或许会宣来王皇后，帝后同饮几杯，其他时间就不常见面。两宫李太后、陈太后已经先后崩逝，神宗没人管束，比以前更加放肆。那天神宗醉酒，扶着郑贵妃一步一颠地回到玉楼。恰好碧茵纵进宫墙，在玉楼窗槛上倒身下去，正对着神宗所坐的地方，碧茵姑娘见到仇人，眼中几乎冒出青烟，她拔出宝剑嗖的一剑刺去，正好戳在神宗胸前，血光四溅。神宗斜倒在椅子上，喊也喊不出声。太监宫女见白光一闪，神宗冒血而倒，一齐嚷起来。众人慌忙把神宗扶起来，神宗早已双眼发呆，气息奄奄。胸口的鲜血还咕嘟嘟地冒个不停，一把宝剑寒光闪闪地落在地上。郑贵妃浑身不停哆嗦，她叫嫔妃们帮忙把神宗衣襟解开，只见前胸深深地一个窟窿，把太监宫女都吓呆了。郑贵妃泪流满面地说道：“你们愣在这里干什么，还不快去请太医来给皇帝治伤？”太监们如梦初醒，两个太监抢着去找太医。郑贵妃又命宫女去报知王皇后及各宫嫔妃。不一会儿，太医来了，王皇后和六宫嫔妃陆续到来。

太医诊过脉搏，知道脉已经下沉，看来皇帝不中用了，当即跪倒在地老实禀告了王皇后。皇后和六宫嫔妃听说皇帝已经日薄西山，个个娇啼婉转地哭了起来。大家哭了一会儿，还是王皇后有主见，急忙令司礼监王进传出谕旨，召集左辅宰相、六部九卿等大臣，火速进宫商议大事。王进连滚带爬地跑出宫去，在侍事处选了一匹快马，到各大臣的府第一一通知。王进办完事回宫，大臣方从哲、朱赓、赵世卿、赵嘉善、赵兴邦等人已经先后入宫。太子朱常洛、皇太孙朱由校也站在旁边痛哭。神宗已经不能说话，只是拉着太子朱常洛的右手和宰相方从哲的右手点头示意，然后两眼往上一翻，双脚一挺，魂归西天。王皇后、皇太子、皇太孙、嫔妃、大臣无不痛哭失声。方从哲收住眼泪朗声说道："皇帝已经驾崩，我们一味恸哭也不是事，大家先商议正事要紧。"群臣听了，都止住哭。群臣在方从哲带领之下，一起来到明华殿上，先拟草诏，传位给太子，又书写正位诏书，以便颁布天下。

处理完毕，天色已经大亮。方从哲命司仪处在奉天殿上撞钟擂鼓，召集各部官吏，扶太子朱常洛登位，是为光宗皇帝。改第二年为泰昌元年，追尊神宗为孝显皇帝，庙号神宗。晋王皇后为孝端皇太后，生母王贵妃为孝靖太后，郑贵妃晋为太妃。册封太子妃郭氏为皇后，侍嫔李雅云为庄妃，李飞仙为康妃，刘嫔人为贵妃，赵氏为选侍。封方从哲为太师左柱国，摄行丞相事，赵世卿为吏部尚书兼华盖殿大学士，赵嘉善任兵部尚书兼文渊阁大学士，加少师衔，朱赓为谨身殿大学士，赵兴邦为武英殿大学士兼礼部尚书。又封左光斗为都御史，给事中杨涟为吏部侍郎。下诏免去百姓赋税，停止神宗时弊政。又下谕停止收取矿税，废掉江浙织造局和云南采宝船，停止山西采人参等事情。

诏书颁发后，天下欢声雷动。新君登极，革新旧政，天下有望治之心。这位光宗皇帝别的都不差，就是太好色。他那两个妃子，一个庄妃，一个康妃，庄妃称东李，康妃称西李。西李是李康妃，长得玉肤花貌，婀娜多姿，光宗十分宠幸她。后来，孝端皇太后、孝靖太后相继崩逝，郭皇后又病死，光宗丧母丧妻，悲伤过度，从此染起病来。郑贵妃虽然被封为太妃，心里还不满足，又见孝端、孝靖两太后逝世，满心想做太后。李康妃也因为郭皇后已死，自己想做皇后。一个想做太后，一个想做皇后。两人都暗暗勾结魏朝，从中想办法。魏朝在光宗还是太子时就已侍候他多年，很得皇上信任，于是他在光宗面前竭力替郑贵妃和李康妃说好话。光宗还算明白，对魏朝说："先帝没有立郑贵妃为皇后，这时封为太后，朝臣不是要议论吗？”魏朝正色道：“陛下乾纲独断，臣子怎么敢违抗圣旨？”光宗没办法，又被李康妃在耳边吵闹，一时打不定主意，只得扶病临朝，把立郑贵妃的谕旨先行向大臣宣布，命阁臣颁发。

宰相方从哲本来就愚痴混沌，不知道什么纲纪礼仪，他正要发上谕，恰好侍郎孙如游听到这个消息，急忙来见方从哲，道：“我听说朝廷要封郑太妃为太后，你怎么看？”方从哲答道：“这是皇上的意思，自然只有照办。”

孙如游脸上变色，说道：“您即使不顾现在的声名，难道不怕后世唾骂吗？”方从哲诧异道：“皇上有旨，关我什么事？”孙如游大声道：“郑贵妃虽是先帝宠妃，但没有被册立为皇后，当今皇上无缘无故把她封为太后，朝廷封典从此乱套，还做什么鸟官，大家只鸟乱苟且一回得了。何况您是当朝首辅，这事您不管谁管？后人不是要骂您吗？”方从哲听了恍然大悟，向孙如游连连作揖道：“多谢见教！我立刻进宫谏阻。你们可以联名上本。”孙如游大喜，辞别方从哲，当夜草奏，第二天进呈。光宗那道尊郑贵妃为皇太后的手谕虽然已经下发，心里却十分懊悔，又被方从哲面陈历朝制度，说从来没有妃子隔朝进尊太后的，恐怕要被后世讥评。光宗听了，心里更加不安。第二天侍郎孙如游、御史左光斗、尚书孙永高等人又纷纷上疏，请求立即收回封郑贵妃为太后的圣旨。方从哲又把那道上谕按例封还。郑贵妃自从逼迫光宗下发晋封她为太后的谕旨后，天天伸着脖子希望内阁发表。过了一天，依然消息沉沉。接连过了十多天后，仍旧音信皆无。郑贵妃有些不耐烦，令魏朝到内阁中打听。方从哲说道：“皇上已经收回成命，所以不敢宣布。”魏朝听了，急忙去报知郑贵妃。

郑贵妃含怒说道：“天子没有戏言，怎么可以半路变更？”于是又来见光宗，拿方从哲的话向光宗质问。光宗也不回答，只把孙如游等人的奏疏一股脑儿递给郑贵妃。郑贵妃看奏疏中无非是说些祖宗成规、朝廷礼仪，每一句都打到郑贵妃心坎，她不禁恼羞成怒，把奏章一扔，气冲冲地回宫去了。李康妃见郑贵妃的事成为画饼，自己当然不能步其后尘，可眼见皇后之位就要属于别人，她又岂肯甘心？女子器量最小，民间正室和偏房经常有许多争执，偏房往往想做正室，其实都是为的名分。现在堂堂一个皇后谁不想染指，就是李庄妃也想过，但没有李康妃那样热烈。康妃要做皇后，除了百般献媚光宗外，没有第二个良策。光宗本来好色，又加上宠爱李康妃，虽然在病中，床笫间欢爱仍然没有减少。一个人患着痼疾又要淫欲，能有多少精力？因此不到两个月，光宗的病越来越重。眼看一天不如一天，群臣便劝光宗立储。

当时皇长子朱由校已经长大，光宗知道自己已经病入膏肓，便下谕立皇子朱由校为太子。鸿胪寺丞李可灼进红丸一枚，说能治愈绝症。光宗巴不得病愈，急忙吞下李可灼的红丸，第一次果然有起色。等到吞下第二丸，光宗当夜便头昏眼花，急忙召来左柱国方从哲、大学士杨涟、御史左光斗等人吩咐后事。等到方从哲等人进宫，光宗已经言语含糊，只是用手拍着太子朱由校，连说几个“唉唉”，说完气绝驾崩。方从哲等人正要扶太子即位，回头不见了太子朱由校。方从哲吃了一惊，急忙同杨涟、左光斗等人去找皇太子，原来太子已经被太妃郑氏拉去。郑贵妃的意思是要大臣拟遗诏的时候，尊她为太皇太后，把她的名分定下，她才肯放太子朱由校出来。方从哲等人不好进宫去搜，又不敢擅自做主，急得手足无措。

御史左光斗找到郑贵妃，道：“太妃的要求自然应当照办，但见不到太子怎么定遗诏？必须太子出来亲自署名，这诏书才有效，然后再颁发出去，天下才不会有异议。”郑贵妃毕竟是个妇人，不知道左光斗哄她，只好领着太子朱由校出来。左光斗一眼看见，乘郑贵妃不备一把拉住太子就走，嘴里大叫道：“方太师！杨尚书！速扶太子登位，早定大事要紧。”杨涟、方从哲等人急忙出宫。大家拥着太子出宫，郑贵妃才知道上当，急忙叫魏朝、魏忠贤、李进忠、王进等一班宦官上前来夺。抚远侯朱靖大喝道：“谁敢夺太子，我请他尝尝拳头。”话音未落，王进第一个上前。朱靖飞起一脚，把王进踢到丹墀下面。李进忠也被朱靖打倒。魏朝和魏忠贤机灵，见朱靖是武将出身，气力又大，各自缩回宫去。那些附和的小太监见魏朝、魏忠贤退下，他们怕挨打，也一哄逃散。朱靖见众人不来追夺，不禁哈哈大笑道：“我在战场上千万军马也不怕，何况你们几个小丑。”说完踏步走出宫去。

方从哲、杨涟、左光斗等大臣已经扶太子朱由校继位，是为熹宗皇帝。改第二年为天启元年，追尊光宗为孝贞皇帝，庙号光宗。尊谥郭皇后为孝元皇太后，郑太妃为太皇太妃，李康妃、李庄妃、刘贵妃依例尊为太妃。册立张氏为皇后，又封方从哲为上柱国，晋太师太傅兼武英殿大学士，加伯爵。左光斗为吏部尚书，加少师衔。杨涟为礼部尚书，随同首辅入阁办事。以朱靖为成国公，赵世卿、赵嘉善均封为供奉大臣，赐紫金玉带，得封章白事。又封史继阶为吏部侍郎，沈灌为右都御史，贾继春为左都御史，王永江为大理寺卿。大赦天下，免各地赋税。光宗登极时革新弊政，停止采运等工程，百姓都称赞他英明，无奈在位不久。万历神宗皇帝在位苛刑暴敛，百姓又嫌他在位太久。光宗英明神武，在位不满四个月，百姓十分惋惜。好的皇帝寿命却不长，这也是明朝气数将尽的缘故。

熹宗继位，正在大封功臣颁发诏书，忽然太监来禀道：“太皇太妃上吊了。”群臣都吃了一惊，熹宗尤其不高兴。他第一天登基就闹出这样的事，太不吉利了。原来郑贵妃想做皇后没有做成，太后又成为画饼，所以气得上吊了。熹宗下谕，把郑贵妃照平常妃子例安葬，并颁旨葬神宗帝后于定陵，光宗帝后于庆陵。梓宫从中门出去，绕东安门，过西直门，再出德胜门到达陵寝。熹宗亲自扶着梓宫，遍体缟素，步行相送。朝中王公以下文武大臣，一律青衣素冠，执绋随驾。灵车经过的地方，百姓都香花灯烛迎祭光宗皇帝，对神宗却连神位也不供设。君民的情感由此可见一斑。熹宗葬了两朝帝后，把光宗帝的庄妃东李妃、康妃西李妃一并迁入哕鸾宫。哕鸾宫是最冷僻的地方，庄妃和康妃两人独守空房，悲痛欲绝，后来竟酿出极大的秽史。自从熹宗继位，客氏是熹宗的乳母，当然也沾了不少光。熹宗亲自书写铁券给客氏，晋封奉圣夫人。魏朝和客氏有密切关系，客氏把魏朝引荐给熹宗。熹宗见魏朝对答如流，命他掌管司礼监。魏朝又引荐魏忠贤，熹宗不问好歹，命魏忠贤留在宫中侍候。

魏忠贤本姓刘，名进忠，是肃宁县人，为人机灵聪明，就是不认识字。在他专政的时候，奏疏要请人读给他听，再讲解一遍，才能定夺。读奏疏的人把关键地方隐瞒不读，以奸蒙奸，因此断送了大明天下。魏忠贤嗜酒，善于骑射，也很有胆力。年轻时和人赌博，欠了很多债。一天债主们把魏忠贤围住，要他偿还债务。魏忠贤急了，用刀把肾囊割去，扔在众人面前，道："你们要我的命拿去！"吓得那些债主一个个抱头逃走。从此以后，大家不敢再向魏忠贤要钱。魏忠贤割去肾囊，投在沈漼门下做一名亲随，沈漼又把他改名忠贤推荐给魏朝。这时魏朝掌权，魏忠贤也做了熹宗的近侍太监。魏朝仗着宠信，和客氏双宿双飞，毫不避人耳目。时间一长，熹宗渐渐知道，索性下一道上谕，钦赐客氏和魏朝成婚。这样一来，群臣都惊诧万分，但又不敢上疏阻谏。客氏魏朝结婚那天，宫女太监纷纷向客氏道喜，羞得客氏满脸通红，只是掩着嘴微笑。不一会儿，司礼高唱吉时已到，宫女搀扶客氏，太监拥着魏朝，在光华殿上双双交拜。

· 文盲皇帝 ·

巍巍高楼被无情的烈火烧着，照得内外宫殿通红一片。熊熊火光中夹杂着哔哔剥剥的爆裂声，喊声和啼哭声混成一片。只见朱檐黄瓦、金碧交辉、雕梁画栋的殿宇一座座倒塌下去，瞬间化为灰烬。宫中太监宫女狼奔豕突到处乱窜，中殿、内殿的侍卫忙着提桶搬梯奋力扑救。不一会儿，外殿侍卫也赶进来，还有五城兵马司、殿前指挥等率领御林军来救火。毕竟人多手快，片刻之间就扑灭了大火。熹宗站在琴台观看，接二连三地叫太监救人。那些太监自己也慌了手脚，还会救什么人？幸亏侍卫们勇猛，在火中抢救宫人，把他们从火窟中拖出来。火熄灭后，总管太监王安战战兢兢地前来禀道："各处宫殿都没有事，只有一座哕鸾宫被烧毁，两位皇太妃不知下落。"王安说完，不停叩头，十分担心熹宗怪罪，俯伏在地上不敢起来。不料熹宗反而笑嘻嘻地说道："康太妃和庄太妃都没有下落吗？倒是烧死干净。"王安听了，觉得出人意料，反而目瞪口呆说不出话来。魏忠贤在一旁说道："现在宫中还比较混乱，或许还有没查到的地方，王总管应该再去查一下才好。"熹宗点点头。王安乘势站起身，出殿查询去了。

原来哕鸾宫起火，是李康妃放的火。康妃纵火，起因是昭妃刘秀华失踪。神宗被刺时，碧茵趁乱背着昭妃飞奔出宫。在这乱纷纷的时候，竟没有人留心昭妃。晋妃虽然知情，但昭妃是她妹妹，别人不追究，她怎么肯说出来。其中还有一个人知道昭妃失踪，那就是李康妃。当时李康妃是东宫选侍，对宫中的事极其留神。神宗临终，东宫太子光宗和妃子、选侍都来侍候，李康妃也在其中。她四处一看，神宗众妃中不见了昭妃。等到光宗继位，康妃向光宗提起这件事，当即追查昭妃，晋妃刘秀媛怕连累到自己，畏罪自尽。后来昭妃的近身宫女说出真相，昭妃失踪前一天，有个女贼从屋檐上跳下来，和昭妃、晋妃密谈半天，第二天神宗遇刺，女贼乘乱背起昭妃走了。李康妃听在耳朵里，暗暗称赞女贼手段敏捷。光宗驾崩，李康妃失宠，被熹宗贬到哕鸾宫。康妃快乐惯了，叫她怎能过寂寞的日子。不久，她和外殿侍卫官邹元龙发生了暧昧情事。当初康妃迁宫时，邹元龙在一旁指挥太监，和康妃不免眉来眼去，双方竟勾搭成奸。夜里邹元龙偷偷溜进哕鸾宫中，和康妃私会。康妃是个水性杨花的少妇，正难以独守空房，一见邹元龙好像枯鱼得水，恩情自然浓重。但每天总是这样偷偷摸摸地太不爽快，康妃生出一计，叫邹元龙在哕鸾宫内纵火，两人乘此机会逃出宫去。只苦了李庄妃和她的七岁幼女，被烧死在大火之中。

魏朝和客氏成为正式夫妻，两个人自由出入禁宫，在宫中总是陪着熹宗游乐。魏忠贤在旁边逐渐得到熹宗信任，几乎夺宠。魏忠贤又密求牛医，替自己补好生殖器。这补肾的方法，则是用驴肾削去前后，取出中心，魏忠贤又偷出宫中的鸾胶把驴肾胶结起来。他接好生殖器，也知道痛痒。据医生说，还能生儿育女，只是必须忌酒。魏忠贤一有空就勾引客氏，客氏见魏忠贤年纪比魏朝轻，相貌又比魏朝漂亮，只可惜他是个太监。魏忠贤知道客氏必定以为自己是个阉人，所以不大亲热。一天清晨，客氏在后苑浇花，魏忠贤从背后悄悄走上去一把搂住她的柳腰。客氏刚要叫喊，回头见是魏忠贤，就忍住没喊。魏忠贤把客氏抱到牡丹亭上。客氏带喘带笑地道："我当是谁？原来是你。"魏忠贤也笑道："不是我还能是谁呢。"说完钩住客氏粉颈甜甜蜜蜜地亲了一下。客氏吃吃笑着，一手掠鬓丝，低低说道："雌鸡也想报晓吗？"魏忠贤歪着头、斜着眼睛拍拍胸脯道："你以为我不如魏朝吗？"说完按倒客氏。客氏在魏忠贤背上轻轻打一下，道："你们这群阉人，原来都是冒充的。"魏忠贤笑笑道："谁不是冒充？魏朝还娶妻子呢。"客氏瞟了魏忠贤一眼，两人又笑谑一会儿，各自散去。从此魏忠贤和客氏打得火热，反把魏朝撇在一边。

熹宗也亲近魏忠贤，渐渐疏远魏朝。熹宗每天临朝，魏忠贤站在龙案旁边代熹宗裁答。这位熹宗皇帝自幼不喜欢读书。神宗立太子时，光宗已经二十二岁，第二年生下熹宗。熹宗十岁时，神宗整日躲在后宫寻欢作乐，哪里能想到皇太孙的读书问题。光宗自己还在武英殿读书，也没有工夫去顾儿子。幸亏郭妃想到，入奏神宗，令皇太孙在武英殿陪太子读书。神宗准奏，下谕封夏寿祺太史为皇太孙师傅。夏老先生上了年纪，精神衰颓，他又不想升迁，只想终生做个老翰林，对皇太孙的讲授不过是敷衍了事。熹宗只要有游戏玩，别的全不顾，读书算是挂个名而已。光宗继位后三个多月去世，熹宗当时已经年满十六岁，却并不认识几个字，平时听政下谕草诏，全由宰相方从哲拟稿，草稿拟成再读给熹宗听，还必须讲解一番，熹宗才能明白。应该修改和意思不对的地方，仍然命方从哲再起草稿，再读再讲。一纸草诏、半张上谕，往往三番五次修改涂抹，直至最后弄得颠倒不通。翰林们所进的文稿，熹宗要近臣读给他听，硬将自己的杜撰文言及似通非通的语句掺揉进去。一篇很好的文章经过熹宗一番指摘，立刻变成一种不可思议的文辞，连圣人也读不懂它。

一次，江西抚军剿平叛乱上奏章报捷，奏疏中有“追奔逐北”一句。熹宗水平有限，左右近臣柳楚材、江焕升、何费等人也多半水平不高。何费看到奏疏上的“追奔逐北”，提起笔来改为“逐奔追比”。之后，他讲给熹宗听，说逐奔是追逐逃走，追比是追求赃物，又说江西抚军错用辞句。熹宗听了大怒道：“身为大臣，连这也弄不清楚，莫非他欺负朕不识字吗？”当即下谕把抚军贬职。大学士顾慥在旁边忍不住好笑，他再三给熹宗解释。熹宗还是不相信，把奏章一扔，道：“你们看着办吧。”当时朝臣方从哲、赵世卿等人因为李可灼进红丸案被免职。杨涟、左光斗入阁，每次替熹宗拟诏，大家人人头疼。自从魏忠贤得宠，所有奏事一概面陈，魏忠贤口头批答。熹宗本来怕的就是文绉绉的文言章句，现在一例口述，乐得省事许多。至于外省的章奏，由魏忠贤令阁臣挪留，等到散朝后魏忠贤亲自把外省奏疏拿回自己家，命进士李实、李天升两人慢慢讲读。魏忠贤记在心里，再进宫面奏。如果事情很小，魏忠贤就随手叫李实批答，竟然不上奏。魏忠贤记忆力非常好，外省奏疏，多达数百起，但只要讲解一遍，就能牢牢记在心里，一会儿进宫面陈，一样都不会遗漏。君臣都不识字，就这样一天天蒙混过去，魏忠贤的权力也一天天大起来，朝政都由他一个人包揽。

当时扶余、琉球、暹逻三国前来朝贡。扶余进的紫金芙蓉冠、翡翠金丝裙等物品。琉球贡的是温玉椅、海马、多罗木醒酒松等物品。暹逻献的是火浣绒、吉里赛布、兜罗呢锦、五色水晶围屏、三眼鎏金鸟枪等物品。他们每月派两名使臣，奉有表章，上面写的都是汉文。这是天朝的规矩，凡是小国进贡，奏疏上必须用上邦文字，否则就是不敬。当使臣跪在殿上，呈上表章，按例由内侍递上御案，皇帝看完抚慰几句，令大臣陪同使臣到仁和殿或光明殿赐宴。赐宴完毕，使臣谢恩，皇帝在谨身殿召见使臣，又勉励一番，赏赐使臣一些珠玉和贵重物品。使臣谢恩退下，仍由大臣相陪到馆驿休息。第二天，使臣再次入朝觐见皇帝辞行。皇帝又赐给他们的国王绵缎宝玉等物品。使臣叩头退出。大臣相送，送到朝门止步，或者送出乾清门，再由四品以下朝臣陪同使臣，送到德胜门外。使臣扬鞭回去，朝臣回来复旨。这是多年形成的规矩，还是当年太宗皇帝所定。

这时太监接过使臣表章，递上御案，放在魏忠贤面前。魏忠贤不识字，他急中生智，急忙把表章转呈给熹宗。熹宗在使臣们面前不好露出丑态，就假意看了半天，忽然大怒起来，把表章一扔，道：“外邦小国好没道理。”说完拂袖退朝。六位使臣被弄得丈二和尚摸不着头脑。其实熹宗也不知表章里说些什么，魏忠贤捡起表章，让给事中刘永看。刘永看完之后，把三国进贡的意思大概说了一遍。魏忠贤令刘永和员外郎傅宽邀请使臣进入馆驿。魏忠贤面奏熹宗，重新下谕召见。熹宗向使臣慰谕几句，命左光斗陪同使臣到明华殿赐宴，使臣谢恩退出。饮宴完毕，使臣要入宫谢恩。左光斗说道："皇上有旨，明天在谨身殿觐见，今天请到馆驿休息吧！"使臣谢了，回到馆驿。六位使臣中，琉球的两个使臣最刁猾。他们见熹宗看完表章，向地上扔去，不知道是什么意思，就悄悄地向驿中的小太监打听。他们一打听才知道熹宗水平有限，把进贡的表章当做什么交涉奏疏看待，所以才发怒。

等到魏忠贤进宫禀明，熹宗懊悔道："他们既然是好意前来，为什么你们不早说。"魏忠贤不好回答，于是代熹宗传谕，在谨身殿召见使臣。琉球使臣听了小太监的话，忍不住笑了。把熹宗不识字的事对暹逻、扶余两国使臣讲了，大家听完大笑不止。第二天，熹宗召见使臣，六位使臣的举动已经没有了昨天的谦恭，而且脸上似乎露出骄傲的神气。熹宗却全不觉得，照例赏赐使臣。使臣们草草谢恩，匆匆退下去。左光斗心里明白，知道使臣们已经知道熹宗水平有限，以致他们有些瞧不起熹宗。左光斗送使臣出乾清门，一路听见他们用土语嘲笑。左光斗稍稍懂得琉球语言，听出使臣们说出许多轻薄话，心里十分难受，面子上也觉得没有光彩。到了乾清门，仍由给事中刘永、员外郎傅宽两人陪送使臣。左光斗则立即回宫复命。从此以后，外邦传言四起，说明朝天子目不识丁，连表章都看不懂。这样你说我谈，不久，各岛国全都知道了，说得熹宗皇帝竟然半文不值。从那年起，外邦各国大都停止进贡。熹宗糊里糊涂，自己的事都管不过来，更不用说海外岛国了。外邦纷纷离心，明朝逐渐势单力孤，衰败的景象越来越明显。

宫廷中的淫乱也日益严重。开始的时候不过是一个魏朝，仗着熹宗宠信，和宫妃侍嫔们任意淫乐，甚至夜卧龙床，白昼奸淫。熹宗蒙在鼓里，一概置之不问。现在则又加上一个魏忠贤。魏忠贤又引进党羽倪文焕、阮大铖等人，也冒充太监进入宫廷。大家瞒着熹宗，奸淫宫女，调戏嫔妃。那些长年得不到召幸的冷落选侍遇到这样的机会，真是久旱逢甘霖。嫔妃宫女们只顾寻欢作乐，想不到珠胎暗结，肚子一天天膨胀起来。内侍外臣议论纷纷，熹宗仍旧像聋子一样。魏忠贤见事情已经闹大，担心被熹宗知道，命大肚子的嫔妃宫女推说有病，躲在宫里寸步不出，等到生下小孩，由小太监接着抛在御河里。魏朝眼睁睁看着魏忠贤胡作非为，心里非常生气，但又不敢在熹宗面前多说。魏忠贤和客氏勾搭，魏朝早已有所察觉，只是没有亲眼见过。客氏对魏朝也越来越冷淡，魏朝心里更加怀疑。

一天晚上，魏忠贤和客氏正在秋色轩私会。恰好魏朝奉谕去春华宫经过秋色轩，他听到里面有笑语声，似乎很熟悉。魏朝心里一动，再仔细一听，笑声明明是客氏发出来的。魏朝诧异道："她到这里来做什么？"想着便轻声蹑脚进去。秋色轩是以前光宗皇帝暑天午休的地方，室内设有牙床几案，收拾得十分精致。光宗驾崩后，静雅的秋色轩变成了冷僻地方。魏忠贤和客氏令小太监把轩中打扫干净，做为他们幽会的地方。秋色轩很少有人来，谁也想不到魏忠贤和客氏会在里面取乐寻欢。这天十分凑巧，被魏朝辨出声音，他大胆冲进去，正看见客氏和魏忠贤一丝不挂地搂在床上。魏朝几乎气得昏倒，他怒冲冲地大踏步赶到床前，把魏忠贤的发髻一把揪住，横拖倒拽拉下床。魏忠贤这时已经吓昏，双手护着头发，嘴里杀猪似的乱叫。

客氏见是魏朝，开始还有些害怕，但一见到魏忠贤为自己受苦，心里便十分不忍。她咬一咬银牙，也顾不得什么羞耻，竟然赤身裸体走下床来狠命地把魏朝的右臂扳住。魏朝向客氏唾了一口，骂道："无耻淫妇！还敢来帮奸夫打我吗？"客氏也不回话，只拉住魏朝右手，在无名指上尽力咬了一下。魏朝痛得跳起来，手一松。魏忠贤借机撤出左手，把魏朝的衣领抓住，挥拳就打。魏朝力气不大，刚才因为拉住魏忠贤的头发，所以占了上风。而魏忠贤一旦挣脱，身体灵活起来，再加上他会些把势，魏朝怎么能打得过他？魏朝被魏忠贤接连摔了两跤，气得他咆哮如雷，大叫："反了！反了！魏忠贤逆贼，我带你进宫，你一得志就忘恩负义了吗？"魏忠贤一面和魏朝扭打，一面大声回骂。

双方这样大吵大闹，惊动了整个后宫，宫中的宫女、太监、嫔妃闻声都来看热闹。魏忠贤越打越起劲，打得魏朝在地上乱滚。客氏忘记自己还没有穿衣服，指手划脚地把魏朝的坏处一齐搬出来讲给宫女嫔妃们听。客氏粉汗盈盈、青丝散乱，一身雪白的皮肤，加上红润柔嫩的一对香乳，说一句话粉乳便跟着颤动一下，引得众人个个掩面嗤笑。客氏这才感觉到奇怪，再向自己身上一看，再一看魏忠贤，原来两个人都没穿衣裳，全身纤毫毕露，羞得客氏用双手护住下体，慌忙跑进室内。魏朝和魏忠贤打个不停，魏忠贤把魏朝揪住乱打，魏朝疼得狂叫起来。再加上看热闹的嫔妃嘻嘻哈哈的笑声，把沉寂的宫廷闹得沸沸扬扬。这时熹宗已经和冯贵人休息，被魏朝的喊声和魏忠贤的喝打声惊醒过来，急忙问宫外出了什么事。宫女们不敢隐瞒，把两魏打架的事说出来。熹宗命人传魏朝和魏忠贤进宫。客氏已经穿好衣服，正要出来劝架，这时，宫女奉谕来召两魏。魏朝听了拖着魏忠贤就走，魏忠贤也扭住魏朝。两人随宫女进宫，魏忠贤却忘了自己一丝不挂。客氏很着急，急忙回身取过衣服，想替魏忠贤披上。等到走出秋色轩，魏忠贤已经走出很远了。客氏没办法，只得捧着衣裳追赶。

两魏走进瑞春宫才放手。魏朝的外衣被魏忠贤扯得粉碎，指头又被客氏咬伤，他噗地跪在熹宗面前，连哭带诉地说魏忠贤和客氏欺负他。魏忠贤看见魏朝的衣服被撕扯得粉碎，急忙向自己身上一看，才发现不但没有碎衣服，竟然连布丝都没有一根。魏忠贤吓出一身冷汗，想这样赤身裸体跪在皇帝面前像什么样子？他心里不禁着急。恰好客氏捧着衣服进来，魏忠贤急忙取过一件外衣披上，仍然跪在床前。等魏朝哭诉完，魏忠贤自有一番辩论。两人你一言我一语又争吵起来。魏朝说魏忠贤霸占他的妻子，魏忠贤说魏朝娶妻子也不是正式的。客氏本是侯二的妻子，大家都可以结欢，不应限定一人独占。魏朝怒道："我娶客氏是皇上钦赐，怎么说不正式？"魏忠贤也怒道："你既然正当，客氏为什么又爱上我？"魏朝被魏忠贤堵住嘴，气往上冲，眼瞪筋暴地又要厮打，魏忠贤也摩拳擦掌不肯让步。两个太监在皇帝面前争风吃醋，熹宗竟一点也不动气，反而呵呵大笑。有这样无礼的太监，自然会有这种呆鸟皇帝。

熹宗笑了一阵，见两魏争执不休，一时不好袒护谁，弄得这位熹宗皇帝左右为难。冯贵人在旁边低低说了几句，熹宗连连点头，向魏忠贤和魏朝说道："你们两人口头相争，朕也不左护右袒，叫老姥姥自己说吧！"明朝时皇帝的乳母称为老姥姥。客氏这时低着头，默默地站在一边，听到熹宗提起她，方才姗姗地走过来跪在魏忠贤身旁。熹宗笑着问道："姥姥听见了吗？朕命你在他们两人当中选一个，从今天起，不得再有争执。"客氏听了嫣然一笑，答道："皇上恩典，肯赐民妇再嫁成婚，感激不尽。"熹宗大笑道："这样说来，你是要换新人啦。"说完令魏朝退出去，批准客氏和魏忠贤成婚。魏忠贤喜出望外，叩完头，挽着客氏亲亲热热地并肩出宫。只苦了魏朝，被魏忠贤白打一顿，又失去客氏，真是赔了夫人又折兵。

第二天早上，忽然谕旨下来，把魏朝迁戍凤阳。这样一来，魏朝虽然十分生气，但又不敢抗旨，只得垂着眼泪出宫去往凤阳。到了半路上，解差突然把魏朝绑住，狞笑道："魏总管吩咐，不必送你到戍地，我们也是按命令办事，你死后不要见怪。"魏朝听了，这才知道迁戍的上谕是魏忠贤矫旨做的把戏，但自己势单力孤，只有向解差苦求饶命。解差当做没有听见似的，把魏朝拖到石梁上，扑通一声推落水中。一个作恶多端的太监，丧生在大江之中，葬身在鱼鳖腹中，这不是上天的报应吗？

·萨尔浒之战·

杨镐出兵山海关，命辽东总兵李如柏出兵鸦鹘关，山海关总兵杜松从抚顺进浑河，开原总兵马林率领叶赫兵出三岔口，辽阳总兵刘綎率领朝鲜兵出宽甸口。这四路兵马约定在满洲境内二道关会合，然后并力进攻赫图阿拉。杨镐自己率领大军向东行进。偏偏天气不好，雨雪连天，塞外人马难以前进。沙漠中结了冰，马脚践踏在上面往往连人带马翻倒。因此，大军前进的速度很慢，预定的会师期限也被满洲人知道了。满洲派人马四路阻拦。明军弄得首尾不能相顾，七零八落地不能聚集。有的在半路上打败仗逃走，有的中了满兵埋伏，等到大兵来到二道关，四路人马接不着力。满兵倾国而来，一战大败明军，明军几乎全军覆没。四路人马之中，山海关总兵杜松急于立功，率领兵马直达抚顺关。他越过五岭关先到浑河，和满洲大贝勒岳勒托交战，斩了岳勒托，大兵渡过浑河，满洲八贝勒皇太极大败而逃。杜松性情急躁，连夜率兵追赶。追到苏子河，正遇到满洲二贝勒代善率领建州铁骑和步兵两万、鸟枪队三千迎上来。满洲兵让过八贝勒皇太极，一声呐喊，把杜松的人马团团围住。杜松大喊一声，挥起大刀左冲右突。满洲兵越围越多，杜松虽然勇猛，毕竟寡不敌众，又被满兵鸟枪队乒乒乓乓一顿乱射，明军纷纷落马。杜松身中五枪，血流全身，仍然奋力死战。忽然飞来一支冷箭，正中杜松咽喉，杜松翻身落马。明军见失去主将，纷纷逃走。代善喝令大队并力向前冲，这一阵大杀，明军大半死在刀剑下面。逃出重围的想要渡河，竹筏已被焚烧，后面又有满兵追来，明军纷纷跳进河里，都淹死了。逃回去的不过三四百人，而且多半身受重伤。

开原总兵马林统率叶赫兵出三岔口，正遇到代善大兵绕道过来。马林猝不及防，兵马纷纷后退。马林喝止不住，连斩两员队官。兵士索性一哄逃走。游击麻岩奋勇上前，大呼陷阵。代善下令放箭，箭如飞蝗，麻岩被乱箭射死在阵中。马林拼死抗敌，突然马失前蹄。代善部下大将扈尔赫催马过来，手起刀落，把马林砍做两段。

第三路兵马刘綎率领朝鲜人马从宽甸口进马家寨，满兵一见到刘綎的旗号就喊："刘大刀来了！"刘綎一路上所向无敌，连破十二寨，进兵三百多里。满洲皇帝努尔哈赤得到各寨败讯，不禁拍案大怒，命额附巴古特、三贝勒阿拜、四贝勒汤古台、六贝勒塔拜、九贝勒巴布泰等人，各领满洲铁骑三千，分六路出兵，务必捉住刘綎。众人领命纷纷带兵而去。二贝勒代善、八贝勒皇太极率领部下回来。代善命兵士取出抢来的明军衣甲暗暗装扮好，冒充明军杜松的人马，骗进刘綎营中大杀起来。

刘綎下令兵士不许乱动。第一营被代善杀得落花流水，三营四营的人马因被刘綎镇住，代善几次冲不进去。巴布泰在刘綎后营放起火，顿时各营一齐着火，兵士大乱。刘綎提刀上马出营观看，迎面遇到恒吉穆特。刘綎舞动九环金刀，大喝一声，穆特措手不及，被刘綎一刀斩于马下。明兵呐喊一声，一齐冲出营。代善叫兵士远远围住，命长枪手立在前排，短刀手在后。枪刺马上人，刀砍马下脚。刘綎几次冲出，都被乱箭挡住。到了黄昏，刘綎回头一看，只剩下三四百人，自己也人困马乏。满洲兵越来越近，箭如飞蝗一样射来。刘綎身中数箭，依然奋力死斗。满兵围得像铁桶一样，重重叠叠休想杀出去，刘綎知道万万不能脱身，仰天叹道："我领军半生，没想到今天死在这里。"说完大叫三声，拔出剑向脖子上一抹，鲜血直冒，一个倒栽葱摔下马。这时八贝勒皇太极、九贝勒巴布泰、三贝勒阿拜、四贝勒汤古台、额附巴古特纷纷提刀跃马，一齐吆喝一声，杀向明军。明军纷纷逃走，逃得慢的都被满洲兵杀死。

明朝的四路兵马三路已经失败，还有辽东总兵李如柏一路，由清河出鸦鹘关。得到马林等人的兵败消息，李如柏吓得不敢出兵，他把兵马停在模特里河口，扎营防守。正在进退维谷的时候，恰好杨镐大令来到，命李如柏立即撤回兵马。李如柏这一路人马总算毫发未伤。杨镐兵败的消息传到京城，京城风声鹤唳，人心惶惶。大家谣传说满洲人已经杀进了山海关。山海关的警报也像雪片一样飞来，群臣一个个交头结耳，议论纷纭。当时神宗皇帝虽然昏昏噩噩地躲在宫里，但接到这样的紧急奏疏倒也有些着急，他急忙召集群臣商议对策。右辅方从哲保举御史熊廷弼为辽东经略使，出师退敌。

熊廷弼奉上谕点起十五万大军誓师祭旗，然后起程。神宗派宰相方从哲代自己告庙祭祀，又发出内帑犒赏兵士。熊廷弼率领大军浩浩荡荡地杀奔山海关，和满洲兵一场交战，把满洲兵赶出了抚顺。捷报传到京城，神宗加封熊廷弼为辽东都督兼经略使，谕令他坐镇辽东。熊廷弼在边地筑敦煌、造象台、建警钟、置镇市、通商贾，训练兵士、筹资集饷、修筑城池、开垦荒地，把冷僻的辽东布置得井井有条，所以那几年边地十分安宁。熊廷弼做御史的时候，和御史冯三元、大学士顾慥、尚书姚宗文等人不和。当时前辽东经略杨镐已经被熊廷弼逮解进京，神宗下旨斩首。辽东总兵李如柏见事情急迫，连夜出关投奔满洲。杨镐被斩，杨镐的叔父杨渊怪熊廷弼不肯保奏杨镐，反而把杨镐押解进京，心里很愤恨。于是，杨渊联合顾慥、冯三元、姚宗文等人，上疏参劾熊廷弼，说熊廷弼是一个庸材，在边地假名增税，勒索百姓，声言筑城御敌，实际上是误国欺君。神宗大怒，下诏把熊廷弼关进大牢。左辅杨涟上疏挽救，神宗下旨将熊廷弼革职，以袁应泰为辽东经略。满人听说熊廷弼被罢官，又来边地扰乱，掳掠百姓，百姓怨声载道。袁应泰担心开边衅，只好任由满人在边地胡来。他一味装聋作哑，满洲人的胆子越来越大，渐渐踏进明朝疆界里面。

神宗崩逝，噩耗传到塞外，满人乘明朝国丧，大掠辽东金鸡镇。光宗继位不到四个月又驾崩，熹宗继位。满洲皇帝努尔哈赤听说明朝更换皇帝，知道新君继位，人心不定，令大将扈尔赫统领马尼刺率满兵侵略辽东。袁应泰出兵抗敌，被满兵杀得大败。努尔哈赤接到扈尔赫的捷报，又令二贝勒代善率领铁骑三千夜袭辽乐。袁应泰是书生出身，不懂什么军事，被代善乘虚而入。明军没有防备，见到满洲人马如狼似虎，吓得不敢迎敌只顾四散逃命。袁应泰从梦中惊醒，慌忙披衣起身，叫左右提灯，还文绉绉地摆经略架子。不料马尼刺领精兵正从右面扑来，袁应泰见眼前火把通明，人马都穿短褂、缚着腿、扎了头，雄赳赳地尽是满洲兵，慌忙拨马逃走。左面又是满将齐齐克杀来，袁应泰回马向南逃走，正遇到二贝勒代善。袁应泰一时着急，只领三十余人策马向北逃去。拼命狂奔了一程，快到北门的时候，远远看见城门大开，袁应泰催马冲出城去。耳边听到喊声大震，火把一字排开，冲出一员大将，正是扈尔赫。袁应泰大惊，刚要回马已经来不及，被扈尔赫追上一刀砍于马下，其他人呐喊一声，各自逃散。

扈尔赫率兵进城，会合代善、马尼刺等兵马。这时经略府前人马四面云集，喊杀声连天，御史兼辽东巡抚张铨、守道何廷魁、监军崔儒秀纷纷迎敌，无奈到处都是满洲兵马，马尼刺等人又分四面杀来。巡抚张铨见大势已去，在马上自杀。监军崔儒秀死在乱军之中。守道何廷魁是个文官，被满洲兵冲落马下，被马蹄践踏得和肉泥一样。明军没有主帅，各自逃走。代善进入经略府，一面出榜安民，一面命大将扈尔赫领得胜军顺势进攻沈阳。扈尔赫令投降的明军扮作袁应泰部下败兵，骗开城门，满洲兵一拥而进，大杀起来。沈阳总兵贺世贤、参将陈世功、副将陈策、游击童仲揆，还有石硅土官秦邦屏、副总兵尤春发等人仓促率兵抗敌。

满洲兵锐气正盛，明军纷纷倒退。贺世贤奋力苦战一昼夜，力尽自杀。陈世功和陈策被敌兵砍死，游击童仲揆、土官秦邦屏还想冲出重围去求救，满兵放箭射来。童仲揆中箭逃走，跑出十几里，落马而死。秦邦屏身中十二枪，头中五支箭，持刀下马僵立在城门口，尸体屹然矗立不倒。满兵以为他还没有死，大家远远围住他，不敢上前。二贝勒代善的大兵也到了，部属急忙去报知扈尔赫。扈尔赫亲自来看，也有些疑惑，又禀告二贝勒代善。代善带亲兵三十名，蜂拥来到城边，见秦邦屏怒目横眉，挺刀要和人厮杀的样子，但身体只是不动。代善诧异道:“这是什么原因？”命左右取过雕弓，嗖的一箭射在秦邦屏脸上，秦邦屏仍然站立不动。代善回头向扈尔赫说道：“不是已经死了吧？”于是令兵士上前，才知道秦邦屏已经气绝，早就死了。代善听了，不禁毛骨悚然道：“这是忠烈之气不灭，所以尸身不倒。以前金兀术攻破潞安州，州尹陆登自杀，尸首也屹立不动。经过兀术祝祷一番，才把尸体抬走。我们要夺明朝天下，应该尊敬忠臣。我们也祭祷一回吧。”说完，令军士设起香案，代善恭恭敬敬地拜了四拜，扈尔赫等人也都来叩头。代善吩咐用上等棺木，照将军礼厚葬秦邦屏。之后，满洲兵列队进入沈阳。代善亲自书写奏章，上报满洲兴京。

满人平定辽东，攻陷沈阳，文武守臣多半殉难。噩耗到达北京，熹宗不识字，哪里会知道外面的事。魏忠贤又好偷安，把外来的羽毛章奏一概没收，不肯上报。尚书杨涟见辽东形势紧迫，和大学士顾慥、左光斗等人密报给成国公朱纯元。朱纯元进宫面奏熹宗。熹宗大惊，急忙召廷臣商议，又把魏忠贤痛骂一顿。魏忠贤因此愤恨左、杨等人，后来这些人被魏忠贤所害。辽东已经丢失，群臣还商议救援。杨涟又举荐熊廷弼，仍以熊廷弼为辽东经略使，巡抚张铨殉难，以参议王化贞继任巡抚。熊廷弼奉命，再次赶往辽东。

·客氏秽乱宫廷·

熹宗在宫中又闹出大惨剧。光宗皇帝的庄妃、康妃一死一逃，还有一个赵选侍住在永寿宫内，宫里太监、宫女都尊称她为赵太妃。赵太妃性情极其严厉，嫔妃们见到她，个个畏惧。客氏和魏忠贤结婚后形影不离，当着宫女太监调笑谑浪，毫不避忌，只是见到赵太妃，虽然是在嬉笑的时候，也立即有所收敛，不敢十分放肆。

一天，客氏从后宫出来，魏忠贤乘她不备，忽然抱住她接吻。客氏惊慌失措，宫女们也都拍手哄笑。恰好赵太妃经过，听到笑谑声，一眼看见魏忠贤。太妃顿时沉下脸来，把魏忠贤骂出英明殿，又把客氏责骂几句。客氏羞得满脸通红，低头一语不发。太妃非常生气，喝散宫女，含怒去见熹宗，痛斥魏忠贤无礼，并说客氏是妖孽，应当驱逐出宫，不准逗留在宫里。熹宗听了，不过敷衍一下。过了一会儿，魏忠贤、客氏来见，熹宗把两人埋怨几句。客氏和魏忠贤心里忌恨赵太妃，不久，假传圣旨把赵太妃赐死。裕妃张氏和熹宗张皇后同时册立，与客氏不和，也被赐死。熹宗最喜爱的冯贵人，因劝熹宗驱逐魏忠贤、客氏，也被魏忠贤假传圣旨赐死。熹宗追究，魏忠贤推说冯贵人是自杀的。还有李成妃也很得熹宗宠幸，客氏心里妒忌她，魏忠贤又假传上命把她赐死。张皇后性静温婉，魏忠贤惧怕皇后，密令客氏等候机会。恰好张皇后怀孕临盆，客氏从床后系住张皇后的脖子，皇后母子同时身亡。宫女们虽然目睹却不敢声张，客氏推说皇后是难产死的。从此熹宗一直没有孩子。客氏又设计害死胡贵人，一时六宫粉黛都被客、魏二人杀光。

一阵阵钟声从浓雾中传出，冲破沉寂的空气，传遍皇城内外，乾清门前顿时热闹起来，那些象简乌纱、幞带金冠、锦袍乌靴的朝臣，一个个走上御道，在这昏蒙的空气中向朝堂走去。依照规矩，皇城里面，朝臣五更上朝，一路不准点灯，只有首辅宰相，可以掌一盏小小的纱灯。而此时唯独奉圣夫人客氏却与众不同。她每天晚上和魏忠贤寻欢作乐，直闹到二更多天，才命八个太监，点起四对大红纱灯，由宫中直出乾清门。乾清门外早有她的仆从婢女们接迎，群星捧月一样，一路蜂拥着她回到私宅。到了五更，听到景阳钟响，仍由那八名太监，提着大红纱灯带路。后面排列旌旗黄盖，红仗仪刀，云炉金钺，白麾金爪，看上去和御驾一样。仪仗之后是明晃晃地一列荷兰晶灯，把那条铺着黄缎的御道照耀得如同白昼。最后是一辆绣帘凤辇，辇上端坐奉圣夫人客氏。朝中大小臣工、王公巨卿大半是客氏党羽。他们每天上朝，在朝房里看见远处的灯光灿烂，如同皓月流星，就知道是奉圣夫人客氏来了，于是大家在御道上等候。距离客氏车辆约有十来步远时，大家齐齐跪下迎接。有叫太夫人的，有称圣母娘娘的，有称圣太太的，有三呼千岁夫人的，还有叫姐姐圣夫人的，也有叫干娘的，有唤义母的。他们嘴里称呼不一，身体都像狗一样俯伏在地上，比迎接圣驾还要整齐。

客氏坐在辇上，见御道上黑压压地跪倒一地，一片呼唤，震人耳鼓，不禁嫣然一笑，凤辇直向奉天殿走去。众官员见客氏车辆已经过去，也一齐起身，回到朝房。奉圣夫人进去好一会儿，才见奉事太监出来列班。王公们先进殿列班，其次是六部九卿，再次是侯伯武臣、御史大夫、主事郎中等。文东武西，一品大臣在殿内；二品以下三品以上的官员，都列在檐前丹陛上；三品以下五品以上，一概排列在阶下；五品至八品，在滴水檐前以外。群臣排班完毕，只听到内殿传出喝道声，四对红纱灯一闪一闪地从内廷御道上出来，这是皇帝来了。这时殿前掌事监把似篾竹扎成的鞭子在殿前拍三下，叫做静鞭。熹宗乘坐銮辇来到殿前，下辇上殿，由太监扶上宝座。文武百官按班级朝见，三呼完毕，六部九卿按例赐座。武官参将以上，六部九卿，都一一赐茶。三孤三公，按例不上朝，必须天子有旨召见，咨询军国重事才入朝见驾。熹宗登上宝座，御案旁摆设一个凤座，是奉圣夫人客氏的位置。客氏等百官朝参完毕才姗姗出来，坐在凤座上，和熹宗一同听政。无论是内政外事，凡是有妨碍到魏忠贤的地方，客氏随时驳斥。御案右边又摆设绣墩，是魏忠贤坐的地方。熹宗自己不识字，虽然坐在上面听政，也和木头人差不多。平常政事，不交阁臣，都是魏忠贤口头批答。

这样一来，朝政大权竟然落到魏忠贤手里。熹宗退朝，客氏也随銮辇回宫。大家一路上嘻嘻哈哈，没有一点君臣礼仪。有时客氏和魏忠贤在熹宗面前干他们的淫亵行为，熹宗只是嘻嘻发笑。看到高兴的时候，群臣们索性互相嬉戏一会儿。宫中内侍太监早已经习惯。等到戏谑完毕，客氏重新掠鬓梳髻，涂脂抹粉，十几个宫女在旁边侍候，搽胭脂的、抹油的、添香的、侍中进花的，大家忙得不可开交。客氏梳妆完毕，陪同熹宗或是看花，或是饮宴，直闹到三更天。之后又去和魏忠贤相会一回，才叫宫监们掌灯，回到私宅。到了私宅中，她再整云鬓，重插花朵，卸去绣服，换上晚妆。沈漼、倪文焕、崔呈秀、许显纯、田尔耕等人纷纷前来侍候她。崔、沈等几个人算是客氏的外夫，进一步讲是她的男妾。此外，还有贾继春、胡仲持、李明、赵福铿、阮大铖等人。客氏另有一所私宅，叫做安乐窝。客氏回到私宅，如果不卸妆，宫女们就知道她要到安乐窝去。于是，宫女暗暗吩咐司事太监，预备车辆等待。统计起来，客氏的丈夫除了魏忠贤、沈漼、阮大铖、倪文焕、贾继春等之外，宫中还有卢太监，宫外又有罗文彦等人，一时也算不清究竟有多少。所以大家称客氏为武则天第二。客氏在宫内专权，嫔妃们没一个不受她使唤。熹宗也宠信客氏，宫中大小事务，一股脑由客氏掌管。当时宫中十分淫乱，真是历朝历代所从来没有过的。朝廷大政一半由客氏主持，一半听魏忠贤做主。宰辅叶向高虽然地位很高，但实际上是个傀儡。在这个时候，塞外满洲人又来侵扰，边抚王化贞是书生出身，喜欢纸上谈兵。他又依附魏忠贤，此时便上书自述，说只要精兵六万，便可以一鼓作气赶走满人，光复辽东。

熊廷弼奉旨担任辽东经略使，到了山海关，辽东已经陷落。经略袁应泰、巡按御史张铨、守道何廷魁等人都兵败殉难。熊廷弼见大势已去，屯驻兵马在山海关，慢慢等待时机。偏偏不识事务的王化贞说能打退满洲人，恢复失地。魏忠贤接到王化贞的奏疏，也不交廷臣商议，竟然假传圣旨令王化贞出兵。王化贞奉谕，和满洲人开战，双方一接触，杀得王化贞大败。总兵刘渠被满洲将军扈尔赫斩于马下。王化贞吓得浑身发抖，不但临阵不去指挥，竟然连压阵也不敢，他扔下令旗，回马就逃。兵士没有主将，各自逃命。满洲人潮水一样杀过来。明兵只顾逃命，哪里还敢对敌？这一阵被满洲兵杀得落花流水，六万人马，死的死，降的降。王化贞败走九十多里，回头见敌军不来追赶，才收集残兵败将，已经不满两万人。王化贞叹口气道："我后悔不该口出狂言！现在遭到惨败，怎么去见关中同僚？"话音未落，喊声又起，满洲兵分四路杀来。王化贞慌忙上马，满洲兵早已把他团团围住。王化贞急忙向西落荒而逃。迎面闪出一员大将，喊声如雷，正是巴布泰舞动三角钢叉拦住去路。王化贞见形势不妙，一跃下马，卸去身上绣袍，只穿一领短衣，混入小兵中逃走。王化贞如同丧家狗，只领三十多人逃进关中。六万大军，逃回来的不满三千，几乎全军覆没。

熊廷弼听说王化贞兵败逃回，顿足骂道："庸愚匹夫！口出狂言，误国误民，简直罪不可恕！"他刚说完，王化贞便来求见。熊廷弼命人带王化贞进帐。王化贞见到熊廷弼，放声大哭。熊廷弼冷笑道："当初你不是说六万人就可以赶走满兵，为什么今天大败而回？"王化贞噗地跪在地上，只求熊廷弼救他。熊廷弼慨然道："现在辽东辽西都已经丢失，也没有别的办法好商量。我这里只有六千人马，你赶紧带兵出关，驱逐百姓进关，烧掉房屋。”王化贞一面领人马出关，一面上疏报告败讯。他把这次兵败都推在熊廷弼身上，说他按兵不救，以至寡不敌众，被满洲兵围困，因此失败。熹宗不辨是非，听任魏忠贤处断。不久上谕下来，押解王化贞和熊廷弼进京，由三法司进行审讯。刑部侍郎许显纯是魏忠贤的门生，审讯时竭力袒护王化贞，把熊廷弼判了斩罪，传道九边，号令军中。王化贞遣戍，他却并不到戍所，不过在刑部门前悬一张牌示。消息传到外省，各镇武官个个心惊胆寒。以后遇到战事，大家你推我让，谁也不敢尽心干事。这又是明朝亡国的一个原因。都御史魏大中、吏部侍郎顾大章、大学士左光斗、尚书杨涟、都给谏周朝瑞、大理寺卿袁化中等人，无不替熊廷弼喊冤，他们纷纷上奏章弹劾魏忠贤和客氏。顾大章的奏疏中有“速把王化贞正法，严惩魏忠贤，以谢天下”一句。魏忠贤得到奏疏，命崔呈秀朗诵一遍，又细细解释一番，魏忠贤大怒。幸亏熹宗不识字，还没有谴责。魏忠贤立即假传圣旨，把杨涟、左光斗、魏大中、袁化中、顾大章、周朝瑞六人关进刑部大牢。又说御史乔南坡、都佥事田尔耕、侍郎许显纯，上奏章纠劾杨涟、左光斗等六人偏袒边将等等。奏章递上去，魏忠贤也不让人过目，匆匆赶到内阁，命倪文焕拟旨，把杨涟等人交由许显纯审讯。许显纯提左光斗、杨涟先行审讯，滥施酷刑。杨涟和左光斗只是连呼苍天，没有半句供词。

许显纯没办法，又提顾大章、周朝瑞、袁化中三人，也用严刑拷打，也没有得到供词。最后许显纯传魏大中上堂，笑着对魏大中说道：“你如果能把杨涟和左光斗扳倒，我就放了你。”魏大中说：“你如果能除去我身上的枷锁，我就照你的意思招供。”许显纯叫左右除去刑具。魏大中猛然跳起来，朗声说道：“杨、左两公都是忠义之臣，不像你们这群逆贼，我怎么能诬陷他们，受后世唾骂？”说完向北拜了几拜，一头向殿柱上撞去，脑浆迸裂而死。许显纯毫不在意，只命人把魏大中的尸首移走，以病死上报。袁化中和周朝瑞听说魏大中死了，两人一个上吊，一个在石级上撞死。顾大章大叫：“周、袁两公慢走，我也来了！”说完，提起狱中铁铐，向自己头上一击，倒地身亡。顾大中、周朝瑞、袁化中、魏大中四人死后，魏忠贤余怒未消，命狱卒把毒药放在食物里面。左光斗吃了，七窍流血而死。狱卒又把杨涟用绳子捆起来，用铁沙袋压住他的胸口，用石头夹住他的头颅。弄得杨涟求生不能，求死不得。这样过了三天，杨涟口鼻出血，怒嚎两昼夜，魂归西天。六人当中，杨涟死得最苦。

这场大狱之后，叶向高见朝事日益腐败，自己也有些不安，于是上疏请求告老还乡。上谕下来，没有批准他的请求。不料六君子的冤案才结束，又有一件大狱兴起。御史李应升见六君子死的冤屈，愤愤不平，他拼死上奏，说魏忠贤有七十二大罪。魏忠贤见到奏疏，不禁咆哮如雷道："死不尽的囚徒，还要来找死吗？"这话被崔呈秀听到，他要迎合魏忠贤，当夜上疏弹劾李应升谤议朝廷。李应升是东林党人，崔呈秀在奏疏中，把东林党人也牵扯在内，如苏抚周起元、御史周宗建、黄遵素、员外郎周顺昌和致仕的高攀龙、赵南星七人，都列为罪魁祸首。魏忠贤假传圣旨，命人押解高攀龙等人进京。

消息传到苏中，高攀龙第一个知道，他吩咐儿子高世儒道："京师要来人捉我了，到那时，你把我的手书给他。他们见了就会回去。"高世儒嘴里答应，心里却很疑惑。等到第二天，高世儒四处找不到父亲，赶到后院，才见父亲已经投入荷池。不久，果然京城来人抓捕高攀龙。高世儒把遗书呈上，钦差拆开一看，原来是高攀龙绝命的谢恩折。钦差见高攀龙已死，只得空手回去。其他人如赵南星、周起元、周宗建、黄遵素等，都不愿受宦官酷刑，纷纷在半路上自尽。钦差又到吴中，抓捕前员外郎周顺昌。周顺昌在吴中很有威望。这时罢官在家，乡中父老极其敬重他。大家见钦差要捉周顺昌，百姓喧噪起来，说："周公顺昌犯了什么国法，要把他押解进京？"钦差瞪眼道："你们这群鼠辈，知道什么！魏总管命令下来，谁敢违抗？"百姓大叫道："我们以为是皇帝的旨意，不料是魏阉捏造的！"众人说完，一个个摩拳擦掌，要打钦差。

众人里面，有五人最激烈，一个名叫杨念如，一个叫颜佩韦，还有沈杨、周文元、马杰。这五人首先倡言道："今天来捉周公顺昌的，是魏阉奸党，我们不如打他一个爽快！"话音未落，大家纷纷响应。于是把那些钦差你一拳我一脚地一顿痛打，当场打死两人。剩下的两个，一人躲在厕所中，被众人拖出来打得血流满面，不一会也死了。还有一个想要逃走，跳墙失足跌伤，众人把他扔在枯井中。逃得性命的只有两名，身上已经受了重伤，他们连滚带爬地去告诉苏抚毛一鹭。毛一鹭也是魏忠贤的党羽，听说钦差被打，正要派兵前去。那些百姓已经赶来，人多手杂，府衙的大门被众人推倒。轰的一声，吓得毛一鹭往厕所里乱钻。众人闹了半天，找不到毛一鹭，大家才慢慢散去。乡里父老知道打死钦差，事情已经闹大。于是吴中的士人，聚了三四百人，各人手捧一炷香，齐齐地跪在苏抚毛一鹭府前，要求其上疏代周顺昌辩白，并请他证明钦差蛮横，触犯众怒，以致众人殴打钦差。毛一鹭听到府外人声嘈杂，怀疑是百姓聚众闹事，慌得他只是发抖。幕宾徐芝泉把毛一鹭从暖阁中拖出来，道："外面的百姓在那里求你，你为什么这样害怕？"毛一鹭没办法，硬着头皮走出去，向众人说道："列位先暂时回去，周老员外的事，我自然会替他求情。"众人见毛一鹭答应，才各自散去。不料毛一鹭表面上虽然这样说，暗中却把周顺昌捉进府衙，连夜亲自押解进京，连官位也不要了。等到吴中百姓知道真相想要追赶，已经来不及了。

毛一鹭进京，把周顺昌交给刑部，由许显纯通知魏忠贤。魏忠贤命许显纯审讯。许显纯把周顺昌、李应升两人严刑拷打。周顺昌的五指和胳膊上的肉都掉了，仍闭目咬牙，一言不发。李应升高喊"大行皇帝陛下"，但没有半句供词。许显纯等得不耐烦，叫左右把周顺昌、李应升关进大牢，暗地里命狱卒把生漆黄炭放入食物里面。周顺昌与李应升吃了变成哑巴，任许显纯捏造供状。于是，许显纯诬陷周顺昌纠集乱民，抗拒钦差，李应升谤议圣上，给两人定了罪。魏忠贤假传圣旨，把周顺昌、李应升两人依法腰斩。又捉住颜佩韦、杨念如等五人，一起斩首。现在吴中有五人墓，即葬的颜佩韦等五人。这道旨意下来，京师百姓没有一个不替周顺昌和李应升喊冤的。吴中百姓尤其愤愤不平。周、李两公就刑那天，天昏地暗，百姓哭声震天。悲惨的情景，真是惨不忍睹！于是，后人称周顺昌、李应升、高攀龙、赵南星、黄遵素、周起元等人为冤狱中的七君子，与前案左光斗等六君子，可算前后辉映。明朝经过这两件大案后，贤臣多半辞职，没有辞职的官员也都不敢多嘴。魏忠贤及其党羽狼狈为奸，同谋作恶，把持朝廷内外，紧要的奏疏、告急的疏牍都被隐藏起来。

当时川中奢崇明父子作乱，贵州水西土目安邦彦响应，被巡抚王三善、总督朱燮元平定。山东徐鸿儒率领白莲教徒，举旗起义。徐鸿儒在万历年间和党徒开堂收徒，聚众三四万人，济南全境响应。天启二年，徐鸿儒拥兵十余万，自称天魔军师。百姓们受邪术蛊惑，一倡百和，声势日渐浩大。又有深州人王森，能放迷香，闻到香味的人，模模糊糊地随王森入党，不到三个月的时间，王森居然也称王，开始攻城略地。抚军赵彦率兵征讨徐鸿儒。他与都佥事徐谦等人都是平乱的功臣，因为不肯依附魏忠贤，不但没有得到封赏，反而被贬职。王三善为国捐躯，因为曾经得罪魏忠贤，也得不到丝毫荫封。外部桩桩乱事被魏忠贤和崔呈秀等人遮掩得和铁桶相似。熹宗躲在宫中，一点也不知道。因此各处盗贼蜂起，文臣不肯出力，武将又多方躲避。跳梁小丑，竟然横行一时。魏忠贤不能调动武将，索性睁一只眼闭一只眼，把外省的事一概置之不理。反正熹宗是个昏庸无能的皇帝，即使有紧急奏疏放在他眼前，也只当没有这回事。除非魏忠贤命人朗诵讲解，否则谁也不敢多嘴。魏忠贤见熹宗好骗，自然乐得偷安。这样一来，明朝祸乱不断出现，永远没有平静的一天，直到亡国，盗贼还是遍布天下，这都是魏忠贤一个人造成的。魏忠贤这样刁顽误国，稍有良心的人，谁不切齿痛恨？不料偏偏那些不顾廉耻的封疆大吏，还舐痔吮痈，百般献媚，弄出种种怪事。

·信王登皇位·

明朝那些封疆大吏，争先恐后地献媚魏忠贤，什么金银珠宝，一时有许多人进献，反而没有什么稀罕。当时恰好赶上魏忠贤四十大寿，外省官员进献寿银，多的进献十几万两，最少也有几千两。大家竭力想讨好巴结于他，不料魏忠贤连正眼都不看一眼。白花花的银子堆积如山，他像没看见一样。

在这时，有个翰林庶士江宽，知道魏忠贤对那种金银珠宝已经厌烦，不大放在心上。于是他独排众议，呕尽心血，寻章摘句，搜索枯肠，撰成一篇万年赋。赋中文词十分华丽，这还在其次，单是词句间歌功颂德的一番吹捧就没有第二个人比得上他。赋中极尽奉承之意，说魏忠贤的功绩超过三皇五帝，又口口声声称他为魏公。这篇万年赋献上去，魏忠贤自己虽然不识字，但经过倪焕文等人朗读并一句句解释给他听后，把他高兴得眉开眼笑，咧着嘴再也合不拢。

天下的事本来相反，越是俗不可耐的人，他越是喜好风雅。魏忠贤目不识丁，心里却喜欢结交文人。以前他的假孙子魏勋死了，他强迫御史徐景渊书写碑铭。徐景渊不肯下笔，因此触怒魏忠贤，被迁戍极边。魏忠贤又花了五百两白银，请名士吴如侨书写碑纪，竖在他假孙墓前。这时魏忠贤正愁没有人替他宣扬功德，见到江宽的万年赋，自然乐得手舞足蹈。他急命人把这篇文辞制成一册万年录，征求天下文人颂词。在野的文士挖空心思，写成各种诗词歌赋，说魏忠贤前无古人，后无来者。一时士林讥讽这些文人无耻，引为翰苑的奇耻大辱。

自从江宽等人的文字运之后，又有浙江巡抚潘汝桢，见江宽小小一篇万年赋，竟然得到魏忠贤青眼，一个月中三次迁升，由庶吉士升为礼部尚书。那些著诗词歌赋的文人，也无不得到重赏。潘汝桢羡慕江宽，深恨自己落后，便想出一条计划，连夜上疏，请求在浙江西湖，给魏忠贤建生祠，说西湖是浙江名胜，魏公功德浩大，应建立生祠在名胜区域，以供万世瞻仰。魏忠贤看完奏疏大喜，立即下谕褒奖。潘汝桢接到谕旨，选择吉日大兴土木，居然建起魏忠贤的生祠来。

到了落成那天，这座生祠果然建得十分讲究。只见雕梁画栋，金碧辉煌，从祠外直到大殿，一律是白石砌阶，石上都刻着龙纹凤篆，精致细腻，皇宫也不过如此。全祠壮丽胜过原有关岳祠十倍。浙中人士来瞻仰生祠，万人空巷，无不啧啧赞叹！奸恶如魏忠贤，竟然能在胜地立祠，和关岳共受万世香烟，老天真是瞎了眼睛！

潘汝桢为魏忠贤建生祠，大获嘉奖，各省官吏也争相仿效。湖广巡抚姚崇文，给魏忠贤建隆仁祠，陕西巡抚祝童蒙建祝恩祠，安徽知府瞿吉鹂建崇德祠，通州督漕李道建怀仁祠，昌平知府刘预建彰德祠，密云巡抚刘诏建崇功祠，江西巡抚杨廷宪建隆德祠，庶吉士李若林建永爱祠，山东登莱巡按李嵩建报德祠，大同巡抚王占建嘉德祠，扬州督漕郭尚友建沾恩祠，河南巡抚郭宗光建成德祠，山西巡抚刘宏光建报功祠，济宁巡按李灿然建昭德祠，河东建褒勋祠，北京庶吉士吕保建隆恩祠，工部郎中李朴建戴爱祠，大理寺丞马真元建普惠祠，侍郎廖云中建德馨祠，尚书贾景耀建成德祠，尚书汪文简建嘉善祠，吏部主事曹衷建怀勋祠，靖宁侯王陆程建高惠祠，北京崇文门外，奉敕建盖宏勋祠。许多生祠之中，要数奉旨敕建的宏勋祠最巍峨高峻。祠中殿宇，大小共二十四间，正中是大殿，占地三四亩，高约一百尺，建筑得碧瓦朱檐，金椽红墙。大殿之上，雕龙佛龛中，端坐魏忠贤的塑像。塑像用檀木镌成，全身涂金，头戴紫金冠，身穿绣花锦袍，脚蹬乌靴，十分威武。木像的相貌和魏忠贤丝毫不差。

太监没有胡须，魏忠贤塑像却有胡须。远远看去，栩栩如生。造像的时候，为像上该不该有胡须，一群献媚走狗曾经激烈的争执过。据士大夫说，魏忠贤是宦官，照例不能有胡须。魏忠贤的宦官同党坚持必须有胡须。双方各执己见，不肯相让，后来打了起来，一起去见魏忠贤。

魏忠贤听了，对大家笑道："你们都是替我出力，大家是自己人，何必要撕破脸？按理说，我的像上，应该没有胡须。不过将来流传到子孙手里，他们见到祠像，就知道我是宦官出身，不是遗笑后人吗？"众人听了，无不会意。第二天各祠的木像上都有了胡须。崇文门外祠中的木像，比别处格外精致，容貌酷似魏忠贤，木像肚腹中，五脏六腑，全是用金银打成，头上一顶珠冠，粒粒如黄豆一样大小，脑门正中一颗大珠，精圆如同龙眼，夜里能放出光彩，灿烂耀目价值连城。像的绣袍上也四面缀着金珠。两旁塑真金罗汉十八尊，每尊重四十八斤，算是魏忠贤生像的陪衬。罗汉铸成后，京师金店中的纯金已被魏忠贤的党羽搜刮一空，说来也真是骇人听闻！

魏忠贤在外面这样胡作非为，坐在上面的熹宗皇帝却一点也没有觉察。最好笑的是，什么钦赐，什么敕建，全是魏忠贤在那里捣鬼。熹宗只知道和嫔妃们寻欢作乐，对于外面的事完全不管不顾，都委托魏忠贤去干，他连问也不问。魏忠贤也乐得偷安，把外省的盗警、灾荒、民变等事，都隐瞒住不让熹宗知道。熹宗以为天下太平，昼夜淫乐，又有客氏在其间导淫。一个人能有多少精力？肥白健壮的熹宗皇帝渐渐面黄肌瘦，不断咳嗽，眼看得了虚痨之症。光阴似箭，转眼已是天启七年，熹宗的痨瘵症越来越严重，最后卧床不起。熹宗知道自己已经病入膏肓，便令人召信王朱由检进宫。信王朱由检是光宗皇帝的刘妃所生，是熹宗的弟弟。熹宗含泪说道："朕已经病入膏肓，朕死以后，弟弟就承继大统吧。"信王垂泪推辞。熹宗只是摇手，命信王退出去。

到了第二天辰时，熹宗已经不能说话，他牵住张皇后的右手不停落泪。懿德张皇后已死，这位张皇后是懿安皇后，即以前的张贵妃。又过了一会儿，熹宗两眼一闭，魂归西天。熹宗在位七年，只有二十三岁。这时张皇后传懿旨，速宣信王进宫。

魏忠贤听说熹宗驾崩，急忙找来崔呈秀、倪文焕等人商议，想乘乱篡位。他们听说信王朱由检将要继位，便吩咐田尔耕暗藏利器，领甲士十人，潜进乾清门，预备刺死信王。这个消息被信王心腹近侍知道，急忙去报知信王。

信王大吃一惊，想不进宫，又不好违抗张皇后的命令，于是身披重铠进宫，并带上干饼，用来代替食品。

信王走进乾清门，勇士张岱佩剑保护。信王慢慢地踱进宫门，忽然一个黑衣人一剑刺来。张岱眼快，慌忙拔剑一挡，叮的一声响，匕首落在地上。黑衣人回头想走，被张岱赶上，揪住衣领。太监们并力齐上，把黑衣人捉住。信王带上张岱，走进大门，一眼看见熹宗直挺挺地躺在床上。张皇后在旁边痛哭，宫中太监不过两人在一边侍候，其他宫女太监都不知道去哪儿了。见室内一片凄凉情景，信王不禁鼻子里一酸，流下眼泪。张皇后见到信王，也哭得和泪人一样。信王对熹宗拜了几拜，下谕召大臣钱龙锡、李标、来宗道、杨景辰等人进宫。一班大臣进宫之后，宣读完遗诏，由钱龙锡等人扶信王出宫，登奉天殿接受朝贺，是为思宗，改第二年为崇祯元年。尊熹宗张皇后为懿安皇后，册封王妃周氏为皇后，替熹宗发丧。以钱龙锡为大学士，李标为吏部尚书，温体仁为华盖殿大学士，钱谦益为吏部侍郎，杨景辰为礼部尚书，来宗道为兵部尚书，又册立田氏为贵妃，袁氏为桓妃。大赦天下，废除熹宗时苛政。

魏忠贤心里害怕，上疏请求辞官，崇祯没有批准。崇祯提升张岱为殿前护驾将军，又命人把乾清宫门前黑衣刺客押上殿，崇祯帝亲自审问。刺客低头不肯说出实情，侍卫用鞭子痛打，刺客大叫道："你们不必用刑，我行刺不成，把我杀了就是。"崇祯令人把刺客交刑部侍郎许显纯，连续审讯也没有眉目，也不说姓名。许显纯没办法，只好据实上奏，崇祯下谕把刺客磔尸，其他人不予追究。朝中大臣多半怀疑刺客是魏忠贤所派遣。员外郎钱元慤、吏部主事史躬盛及御史杨维垣，上奏章弹劾魏忠贤，共十二大罪，分别是欺君、蔑后、灭伦、弄权、欺祖宗、擅削藩封、污蔑先圣、侵轧时贤、滥赐名爵、夺边将功、剥削民财、卖官鬻爵等等。崇祯帝大怒，正要下旨查办，忽见魏忠贤匆匆进来，噗地跪在崇祯帝面前，捧着他的双脚，放声大哭。

崇祯帝想起熹宗临终时的情形，不禁也潸然落泪。过了一会儿，崇祯帝收住眼泪，取过杨维垣弹劾魏忠贤的奏疏，令太监诵读。不料熹宗时的太监大半不识字，把奏疏捧在手中，两眼只是发愣。崇祯帝见到这种情形，不禁勃然大怒，他一手夺过太监手里的奏章，亲自朗诵一遍。吓得魏忠贤汗流浃背，伏在地上，爬不起来。崇祯帝喝退魏忠贤，气冲冲地进宫，他叫来司礼监王承恩，令他即日清宫。王承恩是信王府总管，为人忠诚干练，很得信王宠任。信王登极，封王承恩为司礼监。王承恩奉谕清宫，把各宫嫔妃宫女、内侍太监等，逐一验视一遍。见没有净身的太监十六名，怀孕宫女二十一人。那些太监都是客氏和魏忠贤家的仆人，宫女也是魏忠贤私宅中的姬妾，一旦有孕便送进宫中，想学古时吕不韦。王承恩报给崇祯帝。崇祯帝听了，顿时怒不可遏。

崇祯帝立即下令把魏忠贤关进大牢，又把客氏传来。崇祯怒道："先皇卧病在床，你们这群淫娃逆奴，在宫中任意胡为，实在罪不可赦！"说完，喝令宫女们行杖。老宫女不敢违旨，平时又受客氏凌虐，巴不得她有这一天，所以用起杖来，也格外加重。可怜客氏雪肤玉体，怎能受得住廷杖？不到几十下，已经是鲜血殷红，染遍罗衣。开始还能呻吟，到了一百下左右，她娇呼一声，香魂一缕，杳杳渺渺地去往地府了。崇祯帝打死客氏，余怒不消，又命王承恩率领锦衣校尉十六名，抓捕客氏和魏忠贤两家家眷，一起关进大牢，交刑部审问定罪。客、魏两姓亲戚在朝做官的很多。魏忠贤的党羽如许显纯、崔呈秀、倪文焕、阮大铖、武月明、田尔耕、魏广征、徐美如、赵泗水等人，也都革职听候发落。客氏党羽赵舒安、魏元升、黄化臣等人，当然和魏党一样受罪。

可笑魏忠贤的假子魏良卿，已经封为宁国公，世袭伯爵，魏良卿的两个兄弟魏良栋和魏翼鹏，一个加太子太保，一个加少子少师。魏良栋不过十二岁，魏翼鹏只有两岁，居然做了太师太保。真是乳臭未干，竟膺荣封，岂不是笑话？这时十二岁的太保和两岁的少师一起被关进大牢。两岁少师由乳母带他进狱，他还呀呀啼哭，一口一口的吸着奶。魏忠贤在旁边看了，忍不住流下眼泪，回头对崔呈秀说道："这样小的小孩，也叫他受牢狱痛苦，真是伴君如伴虎！"崔呈秀长叹一声道："我以前劝你早举大事，你却不听，现在怎么样？"魏忠贤听了，低头一言不发，过了半天，也叹口气道："乾清宫前没有行刺成功，我知道事情已经糟糕。"崔呈秀摇头道："那时你才想到，可惜晚了三个月，已经来不及了。"魏忠贤和崔呈秀的话，被管事太监王永秀听见，他当即去报知王承恩。王承恩又转奏崇祯帝，崇祯帝更加愤怒，立即命王承恩把魏忠贤和客氏两家家属，不等刑部审问，一齐从牢中提出，按律凌迟处死。魏忠贤这时虽说被关进大牢，宫中羽党还很多，早有小太监秘密去通知他，魏忠贤知道自己必死无疑，当夜在狱中上吊而死。等到王承恩来提人犯，魏忠贤已经高高地悬在梁上。于是把客氏的家属戮首磔尸。许显纯、崔呈秀两人是魏忠贤党羽罪魁，由刑部定为腰斩。倪文焕、赵泗水等人，迁戍的迁戍，革职的革职，朝中奸党为之一清。天下无不称快！

这位崇祯皇帝虽然英明果断，励精图治，无奈明朝气数已尽，早已元气大伤，泰山将倾，这区区一木，哪里支持得住？又加上连年天灾，人祸继起，陕西延安府蝗虫为灾，庄稼都被吃尽，百姓没有粮食，甚至人吃人。奸民王嘉胤乘势作乱，举手一呼，跟从者有几千人。那些百姓以为与其饿死，不如做强盗。这样一来，饥民多半落草为寇，离开家园，奔入山林。他们盖茅屋居住，削竹为兵器，开始了打家劫舍的生涯。官府平时太平无事，武备一点也不修。军士十有八九都是老弱残兵，除了张口吃粮外，不能上阵交锋。武将们在太平的时候，专门私扣军粮，当兵的一贯钱还没有二三百文到手。年青力壮的人谁肯再来当兵？无非是些老弱病残，凑凑数目罢了。一旦有事，顾自己的命还来不及，更不用说叫他们去剿亡命逞凶、不畏王法的贼寇。于是贼盗横行，官兵往往还没有交手，已经先丢掉兵器逃走。

盗贼所经过的地方，见钱夺钱，见米抢米，甚至奸淫妇女，杀戮小孩。富户人家遇到贼人，钱财全被抢光。那些贼盗抢了金钱衣物，掠夺妇女，又放起一把火，连房舍烧毁，大家才回山。这些盗贼开始不过打劫过往客商，或者村庄市镇，后来渐渐地占城夺池，打破县城，任意放火抢劫。一县官吏，自县令以下，全都杀光。城中经过他们的掳掠，十室九空，奸杀焚掠的惨祸，真是自古未有。在这些盗贼中，要算陕西一路贼兵最厉害，其贼首王嘉胤是个杀人不眨眼的魔王。他带领几千名贼人东抢西掠，到处横行无忌。一般安分良民，见盗贼越来越多，官兵不敢进剿，大家一样受盗贼苦痛，倒不如也落草为寇。这样一来，百姓纷纷投奔贼寇，王嘉胤部众由五六千变为五六万，声势浩大。过了两个月，陕西几乎成了贼窝。

巡抚王有明剿贼吃了一个败仗，只得飞章上奏皇帝。崇祯皇帝接到奏疏，大惊道："贼势这样猖狂才出兵进剿，怎么能不败？朕不知道这些食禄的守吏究竟都在干什么？"说完气冲冲地命钱谦益草诏，颁示各镇剿贼，命陕西巡抚王有明、臬使赵良臣、副总兵颜炳彪、都佥事魏惕安、知府柳元颖等人，进京听候发落。各镇见到谕旨，勉强出兵剿贼。其中有个总兵左良玉，他部下有两千多人，个个本领不弱，上阵打仗，勇往直前，都是不怕死的好汉。左良玉率领部下精兵去陕西剿贼，迎面遇上王嘉胤。左良玉一阵痛击，打得贼兵落花流水，四散狂奔。

左良玉正杀得起劲，忽见贼军齐声呐喊，闪出一员猛将，那人大喝一声，犹如巨雷一样。那员猛将青衣碧褶，蓝面紫唇，发若砾砂，头缠黑布，腰系大红褡裢，赤足草鞋，袒胸攘臂，胸前和胳膊上都长着黑毛，有一寸多长。手握钢背金刀，睁开铜铃大小的怪眼。猛将抡起金刀，大踏步向左良玉砍来。左良玉急忙用画戟架住，觉得来势十分勇猛。猛将见一刀砍不到左良玉，急得咆哮如雷，手中的刀接二连三地乱砍。左良玉也竭力迎敌。两人一步一马，短刀长枪，各显身手。真是棋逢对手，二人大战一百回合，不分胜败。左良玉部下副将吕瑗、游击曹守仁一齐跃马跑出，想要上前助战。猛将大叫道："姓左的！你有本领，我和你斗个三百回合，谁要人帮忙，算不得英雄好汉！"左良玉听了，喝退曹守仁和吕瑗，把画戟紧一紧，抖擞精神，拼死恶战。猛将毫不畏惧，把金刀舞得闪闪霍霍，金光四射，没一点破绽。

左良玉暗暗喝彩道："贼人中有这样好武艺的汉子，可惜他不肯归正！"左良玉右手舞戟对抗，左手偷偷地抽出腰间的九节金鞭，乘猛将一心对敌的时候，猛然飞起一鞭，正打中猛将右肩。那员猛将狂嗷一声，嘴里哇地吐出一口血，虚晃一刀，转身逃走。左良玉纵马追赶，猛将却飞一样逃回贼阵，转眼间不见了。左良玉率兵追杀，贼兵大败。这时官兵人人争先，杀得那些贼兵走投无路，三分之一愿意投降。左良玉计点降兵，不下三千人。左良玉亲自挑选一遍，强壮的编入曹游击部下，老弱的一律遣散。还有战时捉住的，也有五六十名，都是著名的巨盗，就是收编他们，日后也会反叛。左良玉下令把五六十个猾盗枭首示众。王嘉胤吃了一个败仗，才知道官兵厉害。群寇抢城夺池，到处横行，官兵见贼就逃，从来没有遇到过劲敌。那些贼众把官兵看得和木偶土像一样，一点不放在心上。谁知今天遇上左良玉。他带领的官兵一个个刀枪并举，争斗有方，只许官兵冲杀贼人，不准贼人越过雷池半步。官兵们近的刀剑斫，远的长枪戳，能守能冲。贼兵是乌合之众，哪里敌得住左良玉的强兵？这样一阵厮杀，贼兵已经魂丧胆落，远远看见左良玉的旗帜，大家就索索发抖，呐喊一声，撤下器械，各自逃命。

王嘉胤被左良玉杀败，率领残兵败将向西狂窜，正遇到明军督司曹文诏率领部下虎羽军也来剿贼。曹文诏文武全才，在边地屡立战功。王嘉胤不知道厉害，见曹文诏迎面拦住，背后又有左良玉追来，舞起大刀，奋勇前来冲杀。他和曹文诏交锋只三个回合，被曹文诏一声大喝，刺死马下。贼兵大乱，左良玉恰好领兵杀来，前后夹攻，贼众死伤十有八九。只有王嘉胤手下那员猛将，举着大刀，杀开一条血路，率领三十多人，逃往山东去了。

·灾异现象·

陕西逐渐平定，山东又起了乱子。地方长时间干旱，庄稼全都枯死，加上遭到蝗虫嚼食，百姓颗粒无收，饥寒交迫之下，纷纷落草为寇。高迎祥拥众三千人，四处劫掠。贼首李闯尊高迎祥为闯王，自己为闯将，到处焚掠残杀，百姓深受其害。当时王嘉胤已死，部下无所归依。王嘉胤手下那员猛将便把残兵败将集合起来，大约有一两千人，连夜投奔闯王高迎祥。那员猛将到底是谁？他即是将来的八大王张献忠。

当时张献忠受了左良玉的鞭伤，时时想报仇，就投在高迎祥部下。高迎祥喜爱他勇猛，每次上阵，都叫他去冲锋。张献忠东冲西撞，没有人能够抵挡。还有闯将李闯，字自成，陕西米脂县人。幼年不喜欢读书，喜欢射箭骑马，勇力过人。又善于饮酒，五斗不醉，酒醉必定持刀杀人。市镇上的人见李自成酒醉，都很畏惧他。一天，李自成在酒楼喝酒，和县役毛四结识。两人谈得很投机，结义做了兄弟。毛四见李自成闲着没事，就把他推荐给县令，充当一名差役，在县衙里做事。

恰好县中新到一个名妓，和李自成同姓，芳名一盏灯，容貌很妩媚，举止也极其妖冶。李自成见了一盏灯李氏，不禁魂飞魄荡，当夜强要李氏陪睡。老鸨惧怕李自成凶横，只得勉强答应。不料县役毛四也看上了一盏灯李氏，每天到李氏妆阁中混闹。

李自成岂能轻易放弃？他假意喝醉了酒，和一盏灯歪缠。县中富家子弟听说李自成经常到一盏灯家里纠缠，吓得他们裹足不前，把一盏灯弄得冷冷清清，鬼也不敢上门。老鸨厌恶李自成蛮横，悄悄贿通县中书吏，借机把李自成重打五十鞭，并令人劝说李自成别再纠缠一盏灯。李自成大怒，悻悻地去找一盏灯李氏讲话，走进门去，看见毛四坐在那里。毛四见李自成来了，急忙站起身招呼。李自成忽然沉下脸，向毛四大声说道："今天县令打了我五十鞭，不是你撺掇出来的吧？"毛四诧异道："我和你是兄弟，怎么会让你受刑！你不要冤枉好人。"李自成想了想，道："这话也有理，我明天慢慢地打听清楚再说。"于是他命人摆上酒菜，叫一盏灯出来陪酒，自己和毛四开怀畅饮。饮宴完毕，毛四告辞回去，李自成又住在一盏灯家中。到了第二天起身，钱也没有付，竟然扬长出门去了。

过了一天，李自成把老鸨贿赂书吏被打的事打听得一清二楚。他带上毛四，一起到一盏灯家里，仍然像往常一样摆酒对饮。李自成狂喝几杯，酒醉心头事，他猛然拔出明晃晃一把尖刀，大喝道："这是什么地方，老子也是花钱来玩？你们为什么贿通书吏，叫县令打我五十鞭？我今天不和你们甘休！”说完，又取出两封银子，向桌上一丢道：“你们不要以为我是白玩，银子有的是，那个可恶的老鸨，可要吃我两刀子，才肯饶她！”李自成一面说，一面握住尖刀，大踏步要去找老鸨，把一盏灯慌作一团。毛四知道李自成说得出做得到，万一酒后失手，弄出人命来可不是小事。他急忙把李自成拉住道：“你先忍耐一下。我叫老鸨来赔礼就是。”一盏灯也颤巍巍地跪在地上哀求。李自成这才坐下。毛四把老鸨叫出来，让她向李自成叩头认罪。李自成趁势把两眼一瞪，大声骂道：“你知罪吗？”老鸨连声应着。李自成把桌上的银子向地上一扔道：“那么这银子你拿去！”老鸨再三不肯接受。毛四说道：“李大爷赏你，你不要难道是嫌太少吗？”老鸨被毛四这么一说，只得拾起银子，谢过李自成去往后面。等到散席，已经有三更多天。一盏灯想李自成必定要留宿，不料这天李自成竟然不住宿，和毛四说说笑笑地回县衙去了。

第二天清晨，李自成忽然和毛四雇一乘青衣小轿到一盏灯李氏家中，拉住李氏就走。老鸨见情况不妙，哭哭啼啼地拦在门口，不放李自成出去。李自成大怒道：“你昨天晚上已经收下我的银子，今天却不许我领人吗？”老鸨吃了一惊，道：“只是五十两银子，李大爷说赏给我的，怎么说是身价银子？”李自成笑道：“我不是官家子弟，怎么会平白无故赏你五十两？是你自己在那里做梦！”不由分说，把老鸨拉在一边，强迫李氏上轿，飞一样离开了。老鸨哪里舍得？刚要出门去追，毛四上前劝住道：“这姓李的是野蛮种，你和他计较，是占不到便宜的。还是自认晦气吧！”老鸨大哭道：“我半生仗着这义女为生，现在被他抢走，叫我怎样度日？”毛四说道：“那也是没办法的事，你如果再和他多说几句，连那五十两也没有了。”老鸨听了，愣了半天，叹口气回到里面，收拾东西，垂头丧气地回扬州去了。

李自成强娶李氏后，在县衙旁租了一间房屋，给李氏居住。县役毛四在李自成娶李氏时，曾经帮过李自成，李自成也很感激他，两人越来越亲密。但毛四对李氏不能忘情。李氏又是个水性杨花的妇人，常常和毛四眉来眼去，引得毛四心神不定，经常借着探望李自成之机，暗中和李氏偷情。不到半个月，毛四和李氏已经打得火热。只要李自成不在家，毛四就悄悄地来和李氏相会。时间一长，李自成也有些察觉，他装聋作哑和不知道一样。毛四嫌偷偷摸摸不畅快，密令书吏把李自成派往外省公干。毛四和李氏两个好像夫妻一样，天天双宿双飞。等到李自成回来，闲了没几天，又有什么公事，要到山西走一遭。李自成虽然不愿意，也不好违背。从此李自成在外的时间多了起来，家里总是毛四替他主持。一次，李自成奉命去往兰州。走到半路，想起一把护身腰刀忘在家中。当时盗贼蜂起，有些本领的人行路都带着器械自卫。李自成匆匆回家，见大门没有上闩。推门进去，里面静悄悄的，李自成心疑，蹑手蹑脚地到了内室。房门深深关着，房中却有笑语声。李自成透过门缝向里一看，见李氏和毛四抱在一块，正谈笑饮酒。毛四一手举着酒杯，送到李氏面前。李氏微微沾了樱唇，俯着粉脸把香口中的酒送到毛四嘴里。两人十分亲密。李氏更是媚眼斜睨，瓠犀微露，身躯软绵绵的，倚在毛四肩上。毛四勾着她的玉臂，嗤嗤地嗅个不停。李自成看了这种情形，不禁心头火起，飞起一脚，轰隆一声，房门立刻倒塌，吓得李氏从毛四肩上倒仆在椅子上。毛四也没有提防，吃惊之下，连酒杯也摔在地上。李自成冲进来，从墙上抽出那口腰刀，向毛四砍过去。

毛四来不及躲闪，急忙拿起一把椅子，去架李自成的刀。谁知李自成用力极猛，这一刀剁在椅子上，把椅子劈为两半。刀口顺势下去，正好把毛四的左臂削去。毛四痛倒在地，身体乱滚。李自成抢上一步，踏住毛四胸脯，一刀戳在毛四胸前。尖刀直透背心，鲜血向上直冒，毛四一命呜呼。李氏吓得花容惨白，跪在地上只是求饶。

李自成拉起李氏道："我已经杀了毛四，你起来陪我喝酒。"李氏见李自成并不杀她，胆子大起来，做出一副柔媚姿态，百般奉承李自成。李自成谈笑欢饮，命李氏脱去衣裙，又喝了几杯，嬉笑调谑。李氏以为李自成忘了前嫌，渐渐放肆起来。正在这时，猛然见李自成取过腰刀，狞笑着说道："你喜欢和毛四寻欢作乐，我来成就你们的好事吧！"李氏还没有回答，李自成的刀尖已经插入李氏身体，向上一挑，扑哧一声，把李氏削成两半。李自成杀了毛四和李氏，知道自己犯了罪，便收拾起细软，一口气跑出大门，向甘肃跑去。

到了黄昏，已经离城七十多里。李自成一路晓行夜宿，不久到了甘肃。正好甘督王为国在那里招兵。李自成投效于他。王为国喜爱李自成勇猛，收为亲随。过了几个月，又提升他为督署护卫官。那时正值王嘉胤举事，陕中饥民大半响应。王嘉胤被曹文诏杀死，部众逃散。陕中盐枭高迎祥率盐民抗税，打死官兵二十多人。陕抚陈浩谟命总兵梁廷栋出剿。高迎祥听到消息，招集盐民准备抵抗。高迎祥的侄儿高栖，是陕中孝廉，为人很有才智。高迎祥命高栖在军中策划机务。

这时，高栖献计道："官兵远道而来，如果不杀他一个下马威，一朝被他得势，可就难破了！"高迎祥点头，命高栖去布置一切。总兵梁廷栋率领部下一千五百名马队和三千步兵，飞驰而来。经过黄土冈时，游击程枚谏道：“冈南树林深密，必须提防贼人有埋伏。”梁廷栋笑道：“跳梁小丑，哪能有这样高见？你们只顾向前行进吧。”

程枚不敢多说，立即指挥兵马过冈，刚刚走过一半，猛然听到一声号炮，贼兵分四路杀出。官兵没有防备，慌得四处逃窜。梁廷栋听到前队遇到埋伏，喝令后队缓慢前进。兵士已经走滑了脚，一时停不住。等到队伍停住，忽然喊声四起，斜刺里杀出两队兵马，左有高栖，右有牛金星。梁廷栋急忙分兵迎战。后队兵马又大乱起来，原来是高迎祥亲自率领大队贼兵杀到。官兵立不住脚，大败逃走。

梁廷栋虽然是个久经疆场的老将，但到了这时，只靠他一个人镇定，也没什么用处，兵士已经不听命令，各自抱头乱窜。游击程枚战死在乱军中，梁廷栋见军队四散奔逃，他根本喝止不住。贼兵又从四面冲杀，梁廷栋只得下令退兵。高迎祥见官兵大队移动，大叫军士们追赶。

高栖站在土冈上，摇旗指挥，顿时贼兵像潮水一样冲过来。官兵自相践踏，死伤无数。牛金星率领一支人马把梁廷栋围在中心，部将祖大寿高声道：“主帅不要心慌，随末将杀出去就是。”祖大寿在前，梁廷栋在后，两人左冲右突，正要杀出重围，忽然听到一声呐喊，围困的兵士厚了许多，一重重地休想杀出去。梁廷栋顿足道：“我不听程游击的良言，这次性命难保！”说完拔出剑想要自刎。祖大寿急忙拦住道：“主帅是三军司令，如果你死了，三军没有首领，只会更加失败。”说完手指高冈上的少年道：“此人拿旗指挥，围困我们，我先杀了他！”于是拈弓搭箭，嗖地一箭射去，不偏不倚，正中冈上少年。少年一个倒栽葱滚下冈去。贼兵没有这旗指点，不知道梁廷栋从哪一方杀出来。祖大寿乘这空隙，保护梁廷栋杀开一条血路，从西北角逃脱。

高迎祥见梁廷栋逃走，鸣金收兵。牛金星捉住副将柳沈翰。柳沈翰不屈，被高迎祥所杀。护兵又抬着高栖进帐。高迎祥细看他的伤处，一箭射在脑门，已经奄奄一息。高迎祥急忙命人请医生疗治。医士把箭拔去，高栖两眼往上一翻，竟然气绝身亡。高迎祥这次大胜官兵，都是高栖的策划，高栖一死，高迎祥好像丧失了一只右臂，不禁十分感伤。梁廷栋败回，当然卸职听候发落。幸亏巡抚陈浩谟竭力替他保奏，才令祖大寿继任总兵，梁廷栋革职留任，戴罪立功。高迎祥自从打败梁廷栋，声势大振，附近的流贼都来归顺高迎祥。

甘肃盗寇矮老虎率党羽三千人，在峰山一带据寨作乱。官兵屡战屡败，甘督命李自成为统领，率领精兵五千，去剿灭矮老虎。李自成虽然勇猛，无奈官兵都未经战阵，一旦上阵，队伍不齐，手足俱颤，被矮老虎大杀一阵，五千兵马，只剩下两千多人。李自成知道兵败回去必然获罪。正值国家多事之秋，军令如山，主将一旦失败，回去必定性命难保。由于这个缘故，李自成和先行官高杰商议道："现在我们打了败仗，回去横竖是一死，不如率领部下落草为寇吧。"高杰犹豫道："我有家属在甘肃城中，甘督听说我们变叛，家眷必定会遭到杀戮。"李自成笑道："那还来得及，这时我们的败讯还没有到甘肃，你悄悄回去，连夜把家属接出，我在这里等候你。"

高杰听了，真的去接了家眷，回到军中。他向李自成问道："我们现在去投奔谁好？"李自成道："我有个舅父高迎祥，势力浩大。我们前去，一定万无一失。"高杰大喜，和李自成率领两千多败兵，投奔高迎祥。高迎祥见李自成勇猛，封他为右将军，封张献忠为左将军。

这两位聚在一块，势头更加强劲。李自成攻城没有张献忠迅速，往往落后。等到李自成赶来，张献忠已经攻得差不多了。从此李自成和张献忠不免产生隔阂。

这时是崇祯五年，满洲皇帝努尔哈赤已经驾崩，八阿哥皇太极继位。明崇祯皇帝以袁崇焕为边关督师，抵御边寇。副都督毛文龙驻守在东江，部下有十多万兵丁，实力很大。满洲进兵侵扰边境，有毛文龙这一路兵力，实在受到不少牵制。不料袁崇焕一到，第一步就是要把毛文龙的兵丁改编。毛文龙驻守在江东荒岛，完全是自己独立经营出来的，有些不愿意受袁崇焕节制。袁崇焕恨毛文龙藐视自己，把毛文龙骗进寨中，命武士把他绑起来，立刻斩首。毛文龙部下兵丁都替毛文龙抱不平，就是边境百姓也都说毛文龙冤枉。崇祯只当没有听见，把江东毛文龙的军队解散。只因为袁崇焕为泄私愤，杀了副都督毛文龙，满洲兵马少了个牵制，以致能够直寇边疆，这也是明朝亡国的定数。

崇祯皇帝登基五年，外省经常出现灾异现象。崇祯继位那天，半空中有一种怪声，似雷非雷，又像炮声，群臣无不惊惧。新天子登极，大家吓得不敢做声。崇祯元年四月，有大龙三条在睢宁城外狠斗。龙血四溅，好像红雨，百姓房屋都飞到半空。这样斗了半天，一条龙落地，长几十丈，腥味传出几百里，龙身还能转动，向龙身浇水，巨龙不停跳跃。

过了十多天，巨龙才嗷叫死去。百姓割下龙肉煎油，可以点灯，光明胜过普通油十倍，但不能说是龙油，否则霹雳立刻就会击下来。此外，还有天津洪水暴发，水里有十丈高的巨人，身穿白衣，头戴白帽，形状和庙里的白无常相仿，两眼光芒四射，脚长二尺，手有簸箕大小。顽童们用石块投去，大人啾啾作声，过了三天才没入水中。五月又有大星出现在东方，周围光芒十丈。黄昏时分出现，五更时大星忽然化作五颗。变化时有爆裂声，火星四射，落在百姓房屋上，着起大火。后来那颗大星竟然每隔一更变化一次，或每隔一更变化两三次。每变化一次，总得落些火星下来。一天，那颗大星忽然响起来，半空中好像雷鸣一样。百姓吓得四散躲藏。响了一会儿，轰的一声，落在地上，化为长数十丈，大百余丈的一块巨石。房舍屋宇一时压碎不少。

迷点

【凤薨】

细说大明第一家庭

◎信王是怎样登上皇帝宝座的？高迎祥、李自成、张献忠为何起事？

◎准备励精图治的崇祯皇帝遇到了怎么样的艰难险阻？吴三桂是何许人？他和陈圆圆之间有着怎样的故事？

◎美丽多情的文皇后是通过怎样的一番手段将大明朝的督师洪承畴骗到满洲的？

◎原本对大明王朝忠心耿耿的洪承畴会投降清朝吗？吴三桂为什么要杀掉自己贤惠善良的妻子？

第拾章 闯王起义

·天煞星出世·

张献忠和李自成在高迎祥部下，两雄相遇，当然不能和平共处。不久，张献忠率领本部人马，到陕西米脂县和他的结义弟兄杨六郎、一片絮、满天星、大石梁、金罗汉、铁牛精、白水獭、掠地虎、马猴等人会合，称为结义十弟兄。张献忠占据米脂十八寨，自称八大王。张献忠是陕西延安人，他父亲张禄是贩马出身。延安有一座东岳庙，东岳神十分灵验。当时有个秀才罗自颖，学问很好，只是时运不济，屡试不第。罗自颖由于贫困，便在东岳庙中设帐授徒。夜里住在僧房，食宿都在庙中。一天，将要到五更的时候，罗自颖去上厕所，经过后院，听到大殿上有呵殿站班的声音。罗自颖十分诧异，急忙到大殿佛龛后面张望，只见大殿上灯火辉煌，衙役雁行排立，案上高坐冕冠衮服的帝君，旁边站立蓝脸赭须的判官，静悄悄地过了一会儿，听到帝君发言道："把天煞星带上来！"话音未落，衙役牵上一个黑面赤发的厉鬼，跪在案下。帝君说道："命你去投张禄家中，不得耽误时刻！"厉鬼答应，忽然不见了。罗自颖看得明白，心里吃惊道："天煞星下凡，人间必有一番浩劫。"想着，便蹑手蹑脚的潜回住所。

第二天早上，罗自颖到村中打探。果然有个张禄，昨夜生了一个儿子，罗自颖暗暗记在心里。光阴似箭，转眼已是天启二年，张禄的儿子已经年满十二岁，他的母亲杨氏把他送到东岳庙读书。乡村地方，识字知书的人很稀少，难得有个秀才先生在村中教书。全村孩子都要送到秀才先生这里来读书。张禄的儿子进书塾时，罗自颖把他仔细打量一遍，不禁吓得毛骨悚然。原来孩子的相貌和那天殿上所见的天煞星一般无二，也是黑面赤发，双目炯炯有光，十分恐怖。孩子拜罗自颖做先生。罗自颖替他取名，叫做献忠。从此张献忠天天来塾中读书，他的性情异常顽皮，动不动就要和同学们厮打。

张献忠天生力气大，塾中学生没一个不畏惧他。张献忠见人家怕他，更加横行无忌。罗自颖知道他是天煞星转世，心里想设法打死他，以拯救遭劫的生灵。但罗自颖一起这个念头，晚上就有人在他耳边叫道："张献忠是来应劫数的人，千万不要难为他!”罗自颖听了吓得心惊胆战，从此善待张献忠，不敢像以前那样捉弄他。张献忠十七岁时，他父亲张禄去顺庆贩马，赶着五六十匹高头骏马经过顺庆街道，中间一匹马忽然拉起粪来，恰好拉在一家土豪门前。土豪怒以为张禄有意糟蹋他，喝令张禄把马粪吃光。张禄再三哀求，并表示愿意把街上的马粪扫干净，然后焚香请罪。土豪不肯答应，叫出一群恶奴，把张禄捉住，强把马粪灌入他嘴中，把张禄弄得奄奄一息。张禄回到客栈中，又气又恼，没过几天，竟然死在顺庆客栈。张禄的同伙回来，把这件事告诉张献忠的母亲杨氏，杨氏哭哭啼啼地叮嘱张献忠要替他父亲报仇。张献忠听在耳朵里，记在心里。同年和金罗汉等结义十弟兄。十九岁那年，听说王嘉胤作乱，张献忠和铁牛精等九人便去投靠王嘉胤。

王嘉胤被曹文诏所杀，张献忠等人又去投奔高迎祥。由于和李自成不和，自己率领三千多人，和结义兄弟九人，回到米脂，占据十八寨称王。

此时，张献忠想去顺庆，给他父亲报仇。他先拿陕西延安百姓开刀。十个杀星，各自带领三四百人，到各村各镇，见人就杀，连延安的官吏家眷也一起杀个干净。只是遇到姓张的人，张献忠认为是同宗，一概赦免。还有张献忠的先生罗自颖，张献忠念他五年教授的恩情，也没有杀他。其余的不分男女老小，全部杀光。

这样杀了一阵，大家会军在一起，命左右摆上酒坛，猜拳行令狂饮起来。酒过三巡，张献忠笑着说道：“我想替老子报仇，现在我的老母也已经去世，没有问她仇人姓名，这时杀到顺庆，到哪里去找仇人？”众人听了，也都踌躇不回答。忽然左右说道：“在锅中热酒，把酒器放在锅内，酒和水一起混合，要另开一坛了。”白水獭急忙说道：“你们把锅中的水取出来，把一锅水喝尽，酒自然也在肚里了。”

白水獭说得无心，张献忠听了却恍然大悟，道：“我不知道仇人是谁，现在不管他是顺庆，是汉中，把四川人一齐杀光，仇人当然在里面。”金罗汉拍手大笑道：“这话有理，我们就这样干吧!”散席后，分兵四路，杨六郎、大石梁为第一路，金罗汉、一片絮、满天星为第二路，白水獭、铁牛精为第三路，张献忠和马猴、掠地虎等人为第四路。分派完毕，从华阳等地一起杀入四川。

当时四川百姓已经奢华到了极点，淫风盛行，从古未有。妇女的装束光怪陆离，见所未见。平常人家女儿，穿衣必穿绫罗。衣服争艳斗胜，越来越奇怪。富家女儿把衣裳做成龙凤狮象，或者蝴蝶花朵，又用水晶雕成方圆花朵，背涂摆锡，光明如镜，也缀在衣服上，在月光下走过，晶光一闪一闪，远远看过去，霞光万道，好像月宫天仙下凡。后来衣角上又坠一种金铃，数十颗或数百颗，富有者全身缀满金铃，走起路来，叮咚作响，非常好听。当时有咏四川妇女的诗："十万金铃护娇躯，令人一步一魂销。"还有一些妇女的裙子，在白罗裙上用红丝碧线绣成风流诗句。那些大家闺秀都请名士宿儒，撰成香艳诗词，一首首绣在裙子上。穿上这种裙子，盈盈地在街上经过，大家无不注视绣裙，赏鉴裙边文字。有几条最佳绣裙，诗又新颖，绣工又精致，穿在身上，谁不喝一声彩？士人们所说的石榴裙下诵艳诗，就是指绣裙的讲究。绣裙以外，就是裙下的双脚了。

当时川中女子，最讲究的是一双纤足，真是裹得纤不盈指，又瘦小，又尖柔。而她们所穿的绣鞋，厚约三四寸，用檀木雕琢而成，里面藏着降檀雕成的兰花或梅花，高底下面开个小孔，恰好漏出一朵梅花。妇女们穿在脚上，每跨一步，脚底下就漏出一朵梅花。

还有的在鞋底内放上香末，底上小孔雕成花形，香末漏在地上，也成一朵朵花。这个叫做步步娇。川中乞丐捡起妇女们脚下漏出的降檀去烧煮食物，一时香气四布，烟阵迷蒙。檀香是高贵香类，专烧给佛祖的，怎么经得起妇女们脚下践踏，再去燃烧，岂不是要秽气冲天？四川百姓遭劫，一半也是由于妇女们糟蹋得太厉害。总而言之，国家将要灭亡，各种奇怪的事自会有人做出来。

张献忠分四路杀到蜀中，当时四川自从奢崇明叛乱后，守吏大半酒囊饭袋。一听到贼兵杀来，文官慌作一堆，武将携家眷逃命。有几处武官甚至借着贼盗的名义，纵兵放火打劫。张献忠一路占城夺池，势如破竹，三天里接连攻下十七座城，官民都闻之丧胆。

张献忠在成都大杀半个月，然后架起大船，一路顺流而下。经过洞庭湖时，向洞庭君占卜吉凶。结果不吉，又占卜一次还是不吉，第三次占卜是大凶。张献忠怒不可遏，喝令左右毁掉洞庭君像，把大殿上神像打得粉碎。张献忠下令解缆起程。船到中游，大风忽然把船刮翻二十多艘。张献忠大怒，自己驾着大船，往来行驶，几乎掉进水中。张献忠命人把船靠岸，大骂道："风大不叫我渡江，我就不用船只。"立即命兵丁把大船连接起来，上面铺上硫磺等引火物，乘风点燃。数千艘火船，任其随风漂荡江中，绵亘九十多里。到了晚上，火光照在江上，满天尽红，远照百里。这样焚烧了三四个昼夜，大火依然不息。张献忠丢下船只，仍然回到成都，自称大西国王。

当时李自成在陕西任意活动。陕西巡抚孙传庭率领铁骑剿贼。闯王高迎祥大败，被孙传庭围住，高迎祥不能突围，和都督刘哲一起被孙传庭捉住，解往京城，崇祯下旨把他们磔死。高迎祥死后，贼众没有首领，于是拥李自成为闯王，退守陕北，盘据万山丛中，据险自守。孙传庭不熟悉地势，不敢轻易进攻。李自成率领部属和新来归附的紫金梁、扫地王等人，进攻西乡。县令伍应元招募民兵三千名，登城守卫。李自成密令军士堆成石垒，冒雨攻城。伍应元急忙命民兵缚巨木在城上，用壮丁十余人抬木下击。贼兵死伤数百，大败溃散。

李自成大怒道："西乡一个小县，竟这样难攻，还怎么争天下。"说完亲自提上大刀，指挥士兵攻城。他又暗自令人在城下挖地道进去。伍应元觉察，急忙引河水护城，将水灌入地穴，李自成的掘洞兵丁都淹死在穴中。

李自成咆哮如雷，命令兵士立即破城。牛金星说道："西乡城小，伍应元守备有方，强攻是没用的。我看西乡东面面临石河江，如果把石河江上游堵住，灌水进城，还怕城内不自乱吗？"李自成大喜，依牛金星所说。石河江水狂泻进城，城中顿时哭声大震，落水死的不计其数。伍应元在城上看见，知道大势已去，向北叩了个头，在城墙边自刎而死。李自成人马进城，放了河水，下令屠城。只是年少美貌的妇人，却并不杀戮，由李自成亲自挑选美女四十名，剩下的都赏给部下将士。

这一天贼众大吹大擂，欢饮得胜酒。大家正喝得高兴，猛然听到城外喊声大震。左右报说孙传庭率兵追来了。李自成听了大惊，慌忙站起身离席，飞身跳上秃鞍马，向北逃去。牛金星手拿大刀，从后面赶上，保护李自成出北门。幸亏官兵不知道，只围住东西两门。当时城中贼兵没人指挥，一片大乱，自相践踏。县衙门前，百姓放起火，接应城外官兵。孙传庭已经打开西门，大军一拥而入，贼兵不知所措，纷纷溃散。扫地王和紫金梁带领三十多人，也逃出北门。贼兵哄然逃窜，争相出北门，势如潮水一般。孙传庭部下游击周顺源带领一千五百名步兵，也赶到北门追杀，贼兵无心恋战，各自抱头逃命。这时扫地王等人只顾向前狂奔，他们追上李自成，一直向冷僻小路逃走。周顺源大杀一阵，自知兵少，担心中贼人埋伏，领兵回城。

李自成等人逃了一程，见官兵不来追赶，便停下来收拾败残人马，计点起来，共损失马步兵士一千多人，伤者不计其数。李自成正要整队向西行进，忽然探马来报，刚才攻城的官兵不过两千多人马，由游击周顺源带领，并不是孙传庭亲自到来。李自成听了，不禁顿足道："我们上当了！"急忙传报事的人，却又哪里去找。原来那报事人是官军中奸细假扮的，故意说孙传庭到了，以煽乱李自成军心，使官兵好乘势攻城。李自成胆小，真的被他们吓得慌忙逃走，此时听了探马的报告，才如梦初醒，他恨恨地说道："我们这么多人马，反而被他一两千人杀败，不是惭愧死人吗？”说完就要回军再去攻城。牛金星劝道：“西乡不过一个小城，何必这样费力？不如放弃它向西行进，将来养精蓄锐，再图报复不晚。”李自成沉思半天，随后下令进攻西安。

·神秘女尸·

李自成进攻山西，正遇上山西大旱，民不聊生。一般稍有勇力的百姓，早已经投身绿林。残弱百姓只有弄些树皮草根充饥，后来连草木也吃光了，只得杀人充饥。

山西饥荒到这个地步，连人吃人也带抢带夺，还有什么官府治吏？所以李自成兵马一到，好像进入无人之境，竟然一个官兵也没有碰见，顺利地进入了山西城。只见城中尸首堆积如山，百姓十室九空，街道上都是粼粼白骨。李自成因没有什么可以抢掠，只得退出山西，由河南辗转来到江南，直趋六安，从六安攻入凤阳，沿途放火，焚毁市镇和民舍。又把凤阳所葬皇陵也一并焚烧。

李自成听说凤阳有很多唐宋古墓，墓中大都有金银珠宝等殉葬物品。于是下令在山谷草地、树木荫茂的地方，不论新旧遗冢，一概发掘。兵士在郊外掘到一处坟墓，棺木异常宽大，棺中有玉鼎玉碗之类，全是秦汉时期的玉器。李自成大喜，于是掏坟比以前更加起劲。

一天，兵士在凤阳城郭东墙下掘到一个地穴，地穴里面四周用白石砌成墙壁，探头下去，隐隐还有火光。兵士不敢下去，急忙来报李自成。李自成亲自前往看了一会儿，对兵士们说道："这是以前王侯或帝王的古墓，其中必定有宝物，谁敢下去，每人赏五百两白银。"兵士们听了，点起火把，发一声喊，纷纷走入穴中。过了半天，一个兵丁上来说道："穴内有两扇石门，紧紧关闭，却推不开它。"李自成令多下去几十个兵丁，各自拿着石锤铁耙等等，前去攻打石门。轰然一响，石门打开，里面万箭齐发，把兵丁射倒不少。

李自成大怒道："死人巢穴还这样厉害，我们活人反倒弄不过他吗？"他立即令兵士手拿蛮牌下去，走进石门，正中是一所大殿，建造得雕梁画栋，十分精致。大殿佛龛内，坐着一个檀木雕成的女神，看上去栩栩如生。兵士们也无心观看。转过佛龛后面又有一重石门，却是半开半闭。推开石门进去时，猛然听到一声巨响，十几把锋利的快刀齐齐劈下来。兵士们幸亏躲得快，但也有两个人已经被刀截做四段。

这时进石穴的兵士很多，李自成和牛金星、扫地王等人也亲自走下石穴，吩咐兵丁用铁棍架住门上铁板，飞刀就不能下来。大家走进殿后，见是并排五间平房，屋顶上挂着一盏大灯，火光闪闪不绝。五间平房后面还有一间精室，兵士们推进去，却并没有机械设置，室内阴气森森，寒气逼人，犹如严冬。四周陈设石凳、石床、茶灶、药炉，无不齐备。正中一座石台，石台之后是用白石凿成的一座莲花台。台旁雕栏石柱，龙凤飞蟠，雕琢异常精细。莲瓣顶上架着雕龙纹的石棺，长一丈多。李自成一面在石室内浏览，一面命兵士抬下那口石棺，一直抬到石室外面。兵士们不知道石棺里是什么宝贝，大家锄的锄、锹的锹，七手八脚一顿乱打，火星四射，石棺却纹丝不动。李自成诧异道："白石怎么这样结实？"说完在石棺四周细看，见棺盖沿上凿着两个石筍，两边镶合，好像石锁一样扣住，所以不容易打开。

李自成沉思半天，有所领悟，他把锄头轻轻地向石筍上一点，啪的一声，石棺盖漏出一条缝。兵士们并力向前把石棺盖抬去。里面显出一口铜棺，棺里铺着水银，铜棺已经被水银浸成铜绿色。李自成又命人把铜棺打开，大家不禁吃了一惊。原来棺内躺着一个鲜衣浓妆的女尸，头戴紫金凤冠，身披绣龙锦袍，肩垂流苏，罗裙鸾带，俨然是个皇后打扮。那女尸面目娇艳如生，一双盈盈的秋水嫣然含笑，真是万种媚妩，哪里是什么死尸，竟是一个月貌花容的美人。

李自成为人本来好淫嗜杀，他有生以来从没有见过这样的佳丽，不禁馋涎欲滴，呆立好一会儿说不出话来。兵丁们忙着夺取棺内的金珠玉器。其中有一对白玉狮子，光洁晶莹，白腻如脂，大约是最贵重的殉葬品。兵士们互相争执，把一只玉狮落在地上，摔去一个尾巴。宝物落在这些强盗手里，也算是玉狮的厄运。李自成被他们的吵闹声惊醒，再看女尸，实在越看越喜爱。他令牛金星带领兵士们把女尸抬到城内府中。

李自成走出石窟，回到府内，小兵已经抬着女尸进来。李自成命他们把女尸安放在床上，又叫厨役摆起筵宴，一个人独酌独饮，喝一杯酒，回头向女尸看一下，越喝越起劲，也越看越高兴。

正在这个时候，忽然看见女尸口中微微露出一缕金线。李自成不知道金线是什么，伸手把金线一牵，牵出一颗精圆莹洁光润可爱的明珠。明珠大约有龙眼大小，光彩灿烂，必定是稀世珍宝。李自成取在手里把玩，猛然见女尸玉容由白转黄，黄又变成紫色，莹洁滑腻的玉肤也变作了暗黑色，口角眼鼻都流出淡紫色的血水。李自成吃了一惊，他还用手握了一下女尸玉腕，玉腕应手脱下。一个艳丽如生的香躯，立刻腐溃得不成模样。李自成看得目瞪口呆，愣了半天。

恰好牛金星进来，李自成只好披衣下床，把女尸的变化对牛金星说了，又把明珠递给牛金星看。牛金星说道："这叫夜明珠，是无价之宝，不知道是从哪里来的？"李自成说是女尸嘴里的。牛金星说道："怪不得尸首要腐烂，珍珠能保身，虽然经过千百年也可以使死尸不腐烂。一旦把珍珠去掉，尸体遇到空气，自然要腐烂。"李自成听了，连连嗟叹，十分后悔，可是已经来不及了。李自成叫来两名小兵把腐烂的尸体收拾起来，放在铜棺内，仍然埋进石窟。石窟上还立上一块石碑。只是最终都没弄清这女尸是哪一代皇后。

·袁崇焕被杀·

督师袁崇焕自从杀死毛文龙后，组织边地防卫，防备满洲兵入侵。不料毛文龙部下有两个勇将，一个叫孔有德，一个叫耿仲明，这两个人替毛文龙抱不平，暗暗勾结满洲兵，秘密派兵作为向导，引满兵进入龙井关，从大安口直达遵化。警报传到京师，崇祯帝大惊，急忙召周道登、徐光启、梁鸿训、成基等大臣商议对策。成基主张召边疆守军前来保卫，并举荐前尚书孙承宗为督师，以抵御外侮。崇祯一一依从，命徐光启草诏，召孙承宗入朝。诏书才颁布，遵化州失守的警报又到，崇祯帝一时急得没有办法。幸亏孙承宗致任在京，立即奉谕觐见。崇祯帝立即封孙承宗为兵部尚书，兼中极殿大学士，令他守卫通州。孙承宗受命，带领随从十五人，飞奔出京。

到了通州，总兵杨国栋、巡抚解经传都出城迎接。孙承宗一一慰谕完毕，亲自挑选精兵，和解经传、杨国栋等人协力守卫，把一座通州城安排得十分牢固。这时召集边兵保卫京师的诏书已经到达各处。督师袁崇焕、宣大总兵桂满、江西巡抚吕之中纷纷率领大军前来勤王。满洲太宗皇帝却接连攻破蓟州、顺义等地，警报像雪片一样飞来。京师风声鹤唳，人心惶惶不安，崇祯帝也愁眉深锁，彻夜不眠。

蓟州被满洲兵攻陷之后，京城风声异常紧急，崇祯皇帝急得和热锅上的蚂蚁一样。忽然得报边关督师袁崇焕亲自率领大军和总兵祖大寿、宣大总兵桂满军，已经抵达北通州。崇祯帝听了，心里稍稍宽了一些。又有太监禀告说满洲兵已经偃旗息鼓退走了。原来满洲太宗皇帝见明朝势力还很强盛，又见明朝大军纷纷赶到，即使夺取京城，也必然四面受敌。于是在蓟州、顺义各地纵兵抢掠三四天，然后满载而归。满兵退走，京城恢复平静。袁崇焕将大军屯于城外，自已去见崇祯帝。崇祯帝慰勉几句，袁崇焕退出。到了第二天，袁崇焕刚要率兵回边地，突然上谕下来，召他在谨身殿见驾。袁崇焕急忙进朝，三呼礼毕，就见崇祯帝勃然变色道："朕待你不薄，你为什么勾结满洲人？"袁崇焕还没有回答，崇祯帝扔下一封书信。袁崇焕捡起一看，惊得目瞪口呆。崇祯帝令锦衣卫把袁崇焕关进大狱，候旨定罪。

大学士温体仁、侍郎成基等人听说袁崇焕被关进大狱，不知道他犯了什么大罪。后来仔细一打听，才知道是满洲人的反间计。满洲人暗中贿通宫中太监，诬陷袁崇焕，并冒充袁崇焕写成密信，约满洲人即日进兵。太监把伪造的书信传进宫中，崇祯帝看了，不问青红皂白就把袁崇焕关进大狱。消息传到关外，满洲太宗听说袁崇焕下狱，不禁大喜道："袁蛮子去职，我们又少了一个对头！"侍郎成基接连七次上疏，援救袁崇焕，崇祯帝这才有些回心转意。不料魏忠贤余孽御史史范、佥事高捷也上疏弹劾袁崇焕卖国求荣，欺君罔上。崇祯帝本来疑心未消，见到这种奏疏，自然触起他的怒气，立即传谕把袁崇焕凌迟处死。这道旨意下来，谁不知道袁崇焕冤枉？只是不敢多说，担心连累自己。史范等人又说前宰辅钱龙锡是袁崇焕的老师，曾经私自袒护袁崇焕，所以袁崇焕才敢擅自杀掉副将都督毛文龙。又说袁崇焕勾结满洲，钱龙锡是主使。崇祯帝这时深信史范、高捷的话，竟然传旨押解钱龙锡进京。可怜这位致仕的老宰相，已经七十多岁了，还要进京听审。成基等人见事情逐渐闹大，株连到前任宰相，当然忍耐不住，纠集六部大臣联名上疏，给钱龙锡辩白，前后共九十多人，上奏牍十七次。崇祯帝也觉得有些心动，于是把钱龙锡迁戍定海。一场冤案总算了结。这位崇祯帝自从登基，差不多没有一天不在忧虑焦急之中。他批阅政事，往往通宵达旦，非常辛苦勤劳。明朝开国以来，要算崇祯帝最为劳累。

崇祯帝有两个妃子，一个是袁妃，一个是田贵妃。田贵妃是陕西人，父亲名叫田宏遇，迁居扬州。田宏遇生下田贵妃后，异常钟爱。扬州有很多歌妓，田宏遇亲自选出能鼓琴的妓女，纳为侍妾，并令侍妾教田贵妃鼓琴。又请来宿儒，使田贵妃读书识字。田贵妃为人自幼聪明绝伦，十二三岁时已经能吟诗作赋，每作成一篇，总是秀艳典雅，传诵一时。田宏遇性情豪爽，喜欢结交名士高人，当时人称他小孟尝。田贵妃十七岁时，已经无书不读，加上她雪肤花貌，亭亭玉立，那种妩媚婀娜的姿态，当时看见她的人谁不赞一声？那年恰好信王选妃，田宏遇的故交把田贵妃送入信王府。信王见田贵妃长得端庄纤妍，纳为侍姬。当时信王妃周氏是苏州人，性情婉淑贞静，和田贵妃相处，十分投缘。后来信王又纳了一个侍姬袁氏，容貌虽然不如田贵妃，但举止还算端庄，袁妃和田贵妃一起侍候信王，一样得宠。等到信王继承大统，周妃册立做了中宫，田氏晋为贵妃，袁氏晋为淑妃，田宏遇也颇受宠遇。

当时天下多事，内乱外患，闹得不可开交。崇祯帝忧心国事，整天住在御书房里，一个月中进宫不到一两次。幸亏田贵妃善侍人主，崇祯帝每次入宫，总是愁眉不展，但经过田贵妃婉言解释，崇祯帝就会眉开眼笑，忧虑尽忘。因为这层缘故，崇祯帝对田贵妃的宠爱超过其他妃子。即使是警报纷纷到来、军事紧张的时候，崇祯帝也始终忘不了田贵妃，往往抽空进宫和田贵妃谈笑解闷。田贵妃又有小聪明，经常变更宫中冠服旧制。无论什么东西，被田贵妃更制过，就会美丽悦目，令人喜爱。崇祯帝见她更易冠服之后，光鲜胜过旧时，于是也不加责问。如皇帝珠冠，本来用珍珠与鸦青石连缀成，田贵妃把珍珠除去，缀上珠胎，再嵌上鸦青石，戴在头上，显得光彩灿烂，鲜艳无比。还有宫禁中灯烛，经过一番改动，看去果然美观，但光线却不能映照到外面。田贵妃又在灯的四周各绷上轻细的宫纱，顿时灯光四射，一室通明。以前从皇极殿到宫门，御道是露天的，炎夏烈日，严冬风雪，皇上往来，必定要张黄盖。田贵妃以为不方便，命太监们搭起竹架，上面盖上棕叶，翠绿葱茏，既可以避风雨，又不失雅观。崇祯帝看了，称赞田贵妃敏慧巧思。其他如宫中月洞门小路，只能两个人并行。一到秋夏之交，草木茂盛，路径往往被草掩没。清晨经过，草上露珠沾人衣鞋，很不方便。太监把长草割去，不到几天，又是这样。一到秋深，黄花遍地，都垂倒在路上，人们走路，践踏稀烂，石地上弄得腻滑难行，而黄花受到摧残，也十分不雅观。田贵妃见御驾经过，太监预先清道，很是麻烦。于是亲自指挥，以杨木做成低栏，高约一尺，护在小路两旁。从此石径上十分清洁，再也没有残叶乱草。宫中旧例贵妃所乘的凤舆都是小黄门抬的，田贵妃却换成宫女。崇祯帝见了不停点头，说田贵妃知礼。

崇祯帝在闲暇时，令老宫女说宫中的故事解闷。当讲到玉珍妃殉节一段时，崇祯帝惨然不乐。田贵妃立即叫来宫女鼓琴替崇祯帝解忧。田贵妃的琴技很好，调弦和韵，高弹一曲，忽而鞺鞳如奏大乐，忽而幽细如笙簧呜呜。一曲完毕，余音袅袅，绕梁不散。崇祯帝击节称赞。一天崇祯帝突然问道："你琴艺高超，是谁教的？"田贵妃半跪答道："是臣妾庶母所教。"崇祯帝好像不十分相信。田贵妃是个机灵人，担心皇上疑心她有暧昧行为。过了几天，田贵妃向崇祯帝乞恩，召庶母进宫。崇祯帝立即下谕。田贵妃的庶母王氏是扬州著名的花魁。田贵妃的父亲田宏遇花去三千金替王氏脱籍，纳为妾室。王氏为人也很聪颖，当即奉谕进宫。田贵妃令她当着崇祯帝的面，亲弹一曲。王氏当即抚琴一曲。崇祯帝只觉得琴音嘹亮，低时如出谷鸣莺，高时若暴风雷雨，又若行舟大江，江潮澎湃，波涛似万马奔腾。正弹得热闹时，陡然一声，犹如裂帛，接着是叮地一响，如空山击清磬，幽远弥长，直冲霄汉。这一声过去，戛然而止，万声俱寂，而耳畔似乎依稀有风雨之声。崇祯帝神形如醉，不知不觉呆了过去，半天才回复原状。他连连称赞是绝技，命人重赏王氏，又命两名太监送她出宫。

后来明朝亡国，田贵妃逝世。王氏还经常对人讲宫中情景，什么银床金炉，皇上赐她抚琴，坐的锦龙绣椅，玉案上放着八宝瑶琴，御炉中香烟缥缈，直透珠帘。那种富丽华美的地方，坐在那里几乎以为自己进入天宫。又说田贵妃宫内，到处绮罗锦绣，满眼珠光宝气，令人眼花缭乱，坐立不安。王氏讲来，有声有色，听的人目瞪口呆。田贵妃不但善于弹琴，还能谱曲。不论旧调新声，一经田贵妃谱成曲子，然后再令宫女们低声轻唱，就觉得格外悠扬动听。崇祯帝令田贵妃把宫中故事制成新曲。每当开筵夜饮时，田贵妃亲自按拍，宫女们曼声歌唱。宫内故事多半悲哀幽怨，宫女们唱出来，苍凉凄惋，悱恻缠绵。崇祯帝听了，不免会凄然落泪。宫女们唱着歌，也为之声泪俱落。宫中满罩惨雾愁云，使人不忍听完。田贵妃见崇祯帝动了愁肠，担心他过于伤心，令宫女易韵变节，改唱霓裳艳曲。凄楚哀音一变而为绣靡佳曲。歌声清越绝响，又聆声悦耳。崇祯帝不禁也笑逐颜开，欢然畅饮起来。他笑着对田贵妃说道："你的歌曲能令人忽喜忽悲，听的人几乎成为傀儡，任你在股掌上搬弄，要他笑就笑，要他哭就哭，所谓笑哭都由曲中来，足见歌曲入人之深。"田贵妃也笑道："上古时，本来就以音乐立国，春秋必定奏鸣大乐。音乐能移风易俗，惩恶劝善，正因为其入人之深的缘故。"崇祯帝点头叹息。于是令田贵妃制成百曲，颁布各地，令百姓歌唱。曲中主旨，无非是导人向善。崇祯帝想借歌曲挽救当时的颓风。谁知道这种歌曲流行开来，一般百姓都唱得悲感苍凉，音韵出于商声，很像纣时靡靡之曲，最后竟而成为亡国之音。

因为五音"宫商角徵羽"中，商声最凄凉，也最动听。妇女大都喜欢商声，这也是性别原因。有识之士知道商音流行，是柔而不振之象。又有人说，商声去而不返，必有大变。不料不仅有变乱，而且还要亡国。崇祯帝爱听田贵妃新曲，常常同她临幸万岁山、千佛崖。又同登秋水一色处，崇祯帝徘徊远眺，不禁慨然叹道："天下不太平，灾荒连年，百姓流离失所，哀鸿遍野，朕还在筵歌酒宴。从今天起，应该力求节俭，以赈济灾民，也是好生之德。"田贵妃听了，立即脱去艳服，更换淡抹轻妆，并收拾钗钿及连年赏赐的金银珠宝，共计三千多两，令中官送到京郊，充作赈资。崇祯帝称赞田贵妃贤淑。

田贵妃的父亲田宏遇任右都督副将军，极其好客，一时众望所归，名士英雄趋之若鹜。田将军仗义疏财，名满天下。田宏遇在城西建起一座宅院，占地几百亩。其中甲第连云，殿阁巍峨，楼台百尺，都是雕梁画栋，精致超过皇宫。单说他那一座花园，在京城已是数一数二。园中亭台山石、花草林泉，无不俱全。花园四周栽满翠柏苍松。红楼一带在绿树掩映中隐隐显现，景色十分雅致，田宏遇为建这所别墅，什么打样，看模型，足足闹了两年才建造成功。到了落成那天，田宏遇大摆宴席，悬彩挂灯。沿街还搭建彩篷。从德胜门起，直到花园门前，五彩缤纷，极其壮丽。一天到晚，灯火辉煌，照耀如同白昼。街上点燃灯树，一片通明。天空也被照得通红，远处的人还以为是火灾呢。满朝大小官吏自宰辅以下，谁不想讨好皇亲，一时送礼物的、道贺的不计其数，皇亲府门前车水马龙，热闹非凡。田宏遇和他儿子田云岫忙着应酬迎送。府门前鼓乐喧天，正厅上细乐杂奏，南昆北剧，应有尽有。扮演歌剧的也都是十七八岁的妙龄女郎。

说到这些唱歌的女郎，她们也很有来历。当年，李留云听说田皇亲讲义气，不远千里前来投奔。田宏遇见李留云文章超俊，谈吐风雅，倒也十分器重他，并在首辅温体仁面前竭力替李留云说好话。温体仁召见李留云，两人谈得十分投机。过了一个月，上谕下来，封李留云为徐州通判，后来升为淮扬知府，半年后升任湖南守道。等到田宏遇别墅造成，李留云已经成为安徽巡抚兼承宣使。

李留云感激田宏遇推荐自己，时时想要报答他。他知道田宏遇喜好声色，又恰好赶上他的别墅落成，于是花三万金购买了艳姬二十四名，组成一班女子歌剧。二十四名艳姬都是秦淮一带的歌妓，不但技艺超群，姿容也都出落得如花似玉，非常秀丽。田宏遇在家中正大设筵宴，恰好李留云的歌妓班送到。田宏遇见二十四名歌妓个个艳色如仙，自然非常喜欢，又能借此娱乐嘉宾，真是一举两得，所以照单全收。他还赏给李留云的来使纹银三百两，又亲自写了一封感谢信，再三向李留云道谢。使者走后，田宏遇叫过歌妓班头，询问剧目脚本，立即令她们在内室演起来。歌妓班班头谢氏是个半老徐娘，专门出入亲王府第，教授姬妾们唱歌。谢氏的父亲谢龟年，当年在晋豫一带编歌度曲，开堂授徒，是个数一数二的乐师。她的丈夫杨云史是武宗时著名乐师杨腾的四世孙，在秦淮地方颇有盛名。可惜他三十岁时，一病逝世。谢氏对于南昆北曲无一不精。腹中有四五百出名剧，全是现代孤本。于是她承袭父亲和丈夫的衣钵，悬牌教授女徒，一时声名远扬。亲王大臣都请她教授家中侍姬，年薪五百两白银。在那时，这个数目也算是天文数字。好在那些亲王大臣有的是钱，并不在这上面计较。况且爱好声色的王公大臣，之所以全都不惜重金，还有一层原因。谢氏虽然是乐师妻子，却长得雪肤花貌，婀娜多姿。她一张脸蛋又白又嫩，红润中带几分细腻，笑起来嘴角上微微显出两个酒窝，更加显得妩媚动人。尤其是她那双黑白分明的秋波，如果向人瞟一眼，真是连魂也被她勾去。因为有这个缘由，那些亲王大臣你争我夺，三百五百，都请她去教姬妾，其实醉翁之意不在酒，不过是借教曲子的名义罢了。谢氏也很知趣，因此当朝亲王们没有一个不喜欢她的。

这时谢氏受安徽抚台李留云聘请，到田皇亲府中充当班头，教授歌剧。田宏遇见谢氏佳人半老，风韵犹存，加上她应酬功夫又好，心中甚是欢喜。他早已经觉得这个歌妓班头与众不同，因而暗暗注意她的举动。谢氏奉田宏遇吩咐去指挥那些歌妓。田宏遇父子在外面招呼来宾，大摆宴席，开怀畅饮。

来宾当中有一位少年英雄，姓吴名三桂，是辽东人，原籍高邮。他的父亲吴襄现任京营兵马都督。田宏遇和吴襄是莫逆之交，知道吴三桂的为人。这位吴三桂，相貌魁梧，人品俊逸，说起话来声如洪钟，平时举止洒落，谈吐极其高超。他的父亲是个武职，吴三桂当然承袭父业，因而对行兵方略非常熟悉，文才也还算过得去。田宏遇自已是武将出身，常常和吴三桂谈论兵法。吴三桂对答敏捷，所论都能洞中窍要。田宏遇每次对吴襄讲起，总是说吴三桂少年练达，智勇兼备，他日前程不可限量。吴襄见人家颂誉他的儿子，不禁眉开眼笑，嘴里虽然谦逊，心里却十分得意。酒意正浓的时候，吴襄经常拈髭笑道："三桂是我家宁馨儿，将来光耀门庭，荫封祖宗，肯定胜过老夫！"说完哈哈大笑。吴三桂也自命不凡，满朝文武大臣都对吴襄说："三桂英勇有为，前程不可限量。"这样的赞许把吴三桂捧到了天上，使他的声誉一天比一天高起来。不到一年，京城没有人不知道吴三桂是个后辈英雄的。吴三桂在田皇亲家中走动，田府中那些门客，见田宏遇这样器重吴三桂，大家的眼光自然都注在吴三桂一人身上，都认为他是一位大英雄。那天田宏遇大宴群僚，吴三桂也高坐在席上。

酒过三巡，田宏遇一时高兴，叫堂下停止歌舞，令左右吩咐二十四名歌妓一例浓妆，来席间陪嘉宾喝酒。这句话一出口，侍役飞一样跑进去。不一会儿，歌妓班头谢氏领着一群美眷盈盈地走出后堂。席上众宾客听到珠帘一响，一阵非兰非麝的香味从那边射到鼻孔里来。宾客们顿时觉得眼前一亮，精神都为之一振。再看这些歌妓，一个个袅袅婷婷，眉目如画。这时席上的欢笑声和谈天说地声立刻停止。人声鼎沸的大厅上，鸦雀无声。大家睁着光油油的两只眼珠，齐齐地盯在那些美人脸上。田宏遇忽大声道："斟酒！"这一声又高又响亮，冲破厅上寂静的空气，众宾客都吃了一惊。尤其是人人称为英雄的吴三桂，双眼正盯着一个歌姬出神，他也被田宏遇的喊声惊醒过来。只见二十四名歌妓姗姗地走到席上，轻舒玉臂执壶斟酒。

·初遇陈圆圆·

珠灯万盏，把一座大厅照耀得和水晶宫一样，雕梁画栋之间，都悬挂着千丝细彩，远远望进去，花团锦簇，恐怕月殿桂府也不过这样！这时堂下乐声忽然停止，厅上管弦丝竹却悠悠扬扬地杂奏起来。那些艳丽如仙的美人，花枝招展地往来席间替宾客们斟酒。她们轻启娇喉，循着乐声，莺啼鹃鸣地轻歌一曲，那种缠绵婉转，如击玉鸣磬的歌声，把厅上几百个嘉宾听得心迷神醉，目瞪口呆。主人小孟尝田宏遇殷勤地向宾客们举杯劝饮。这样一来，总算把众宾客的灵魂从九霄云外追回。大家定一定神，重新欢呼豪饮起来。只有那位少年英雄吴三桂，依旧在那里发愣，并时时看向歌舞队里的一个艳姬。艳姬也凝视吴三桂，还做出一种似笑非笑的姿态，弄得血气方刚的吴三桂，身体虽然在席上，魂却早已经缠绕到美人裙边去了。那个美人是安徽巡抚李留云送给田宏遇的二十四名歌妓中的一人，姓陈，芳名一个沅字，后来改名叫做圆圆。陈圆圆本来是太原人，是个世家闺秀。她的祖父做过一任侍郎，父亲是太原著名孝廉，陈圆圆出生后不到一周岁，陈孝廉染病去世。陈圆圆的母亲抚养她长大成人。光阴似箭，转眼陈圆圆已经年满十八岁，出落得脸似芙渠，腰同杨柳，冰肌玉骨，妖袅婷婷，芳姿绝代。陈圆圆的母亲夏氏出身名门，识字知书，兼工琴棋，又善画山水。她见陈圆圆聪颖绝伦，便把自己生平技艺全部传授给女儿。

陈圆圆一学就会，并举一反三，简直要胜过母亲。夏氏见陈圆圆聪慧，自然格外疼爱，人家掌上明珠恐怕也未必有她那样怜惜。但有时候夏氏对陈圆圆说："女儿聪明过人，又有如此花容月貌，天生美人只怕福泽太薄。愿你父亲在阴间保祐你，不要应了红颜薄命那句话，我死也瞑目了！"夏氏说到这里，惨然不乐。陈圆圆听了，几乎流下眼泪，她担心母亲伤心，故意强颜欢笑，把话题岔开。这样寡母孤女相守不到半年，夏氏忽然身染重病。临死之前，她含着眼泪，仍握着陈圆圆一只玉臂。夏氏一死，陈圆圆一个弱女子，一天到晚只知道掩面哭泣。隔壁陈姥姥虽然和陈圆圆同姓，却不是同宗。陈姥姥见陈圆圆孤苦无依，就插身进来，帮着陈圆圆买棺材治丧，草草殓葬了她的母亲，又替她典卖祖产，选地安葬，将各种事情料理妥当。陈圆圆心里十分感激陈姥姥，陈姥姥也经常来照顾陈圆圆。陈姥姥有一个儿子，年龄和圆圆相仿，长得蠢笨如牛，出门不知道东西南北，在家不能分辨五谷，除了吃饭睡觉之外，一点人事也不知道。陈姥姥只有这一个儿子，心中十分钟爱。她以为自己对陈圆圆有恩，托人转告陈圆圆，要求陈圆圆嫁给她儿子。陈圆圆想陈姥姥太不自量力，也不去得罪她，只是用婉言谢绝。谁知陈圆圆在家守孝还不到三个月，山西流贼蜂起，百姓到处逃窜，狼奔豕突。

陈姥姥乘乱世挟陈圆圆逃往秦淮，以三百金把陈圆圆卖了出去。出三百金的人是个著名的乐户，他见陈圆圆雪肤花貌，觉得是个不错的摇钱树。陈圆圆出场第一天，有一个泗水公子愿意以三千金代陈圆圆赎身，无奈老鸨贪心，想依靠陈圆圆发大财，区区三千金，哪里能够填满她的欲望？一场好事，中道阻断。陈圆圆悬牌唱歌，芳名日盛一日，大江南北醉心陈圆圆的公子，正不知有多少。想金屋藏娇的人想尽办法，但都没有如愿。一者是老鸨要价太高，第二是陈圆圆过于挑剔，老鸨愿意了，陈圆圆还抵死不从；陈圆圆看得上的，又都是江淮名士，富有才华却没有金钱，只能和他们享一夕之欢。这样耽误春光，转眼又是两年，陈圆圆已经二十岁。恰好巡抚李留云来秦淮搜罗美貌歌妓，见了陈圆圆，惊为尤物，他立即给了老鸨二百金，把陈圆圆接走。老鸨满心不愿意，只是抚台大人的命令，不敢不从，只有忍气吞声。李留云在各地的楚馆秦楼，把那些美貌歌妓，一股脑搜刮起来，凑成二十四名，组成歌剧班，送到田宏遇府中，充作侯门歌姬。这样一来，田宏遇果然享尽艳福，只苦了那些吟风弄月的名士，平时出入花丛，虽然不能身亲香泽，也能发泄牢骚，望梅止渴。现在被李巡抚一网打尽，别的不说，单说醉心陈圆圆的那些士人，无不望洋兴叹!这位李抚台真是煮鹤焚琴，大杀风景。

陈圆圆在田府席上斟酒，见众宾客中有个武生打扮的少年，神采飞扬，相貌不凡，坐在喧嚣的人群当中，俨然鹤立鸡群。那个少年也频频回头看她。两人在大庭广众之间，居然眉目传情，暗牵红丝。可惜转眼已经三更，大家饮宴完毕。田宏遇令歌妓们进入内宅，自己和儿子两人站起身送客。嘉宾纷纷离席谢宴散去，唯独吴三桂却流连不忍离去。他勉强站起身来告别，回头见屏风背后，似乎隐隐站着倩影，更加令他恋恋不舍，几乎一步一回头。陈圆圆自从那天在席上见了吴三桂，芳心中也留下一个痕迹，于是对吴三桂往来府中，总是十分注意。吴三桂心里也时时牵挂着陈圆圆。他进出田宏遇府第比以前更加频繁，差不多一天两三次。众人都以为吴三桂和田家公子有密切关系，却又哪里知道吴三桂别有所恋？

当时明朝武将人才很缺，大学士温体仁与大宗伯董其昌上疏请求开恩科，选拔武将。崇祯帝也以为应该如此。他知道现今内乱不断发生，满清又经常来寇边，老尚书孙承宗已经致任，祖大寿等人又降了满洲，此时总督三边，只靠洪承畴一人。洪承畴虽然是个将才，可是兼职太多，顾了山海关、辽苏等地，又要去管登莱、天津等军务，又要参与山陕战争。又命他督师淮扬，进兵安庆，克复凤阳等地，又要提防浙闽海口，以防御倭寇。这许多重要大事，都要洪承畴一人去办理，任他有经天纬地的才学，百战百胜的能耐，也有些顾此失彼。有这些原因，温体仁和董其昌的主张正合皇上圣意。于是崇祯下谕颁布四方，命武艺高强的士子，不论马上步下，长枪短刀，只要有一技之长，都可以考试。这道圣旨到了外郡，各处习武举子纷纷进京应考。田宏遇劝吴三桂也去赴试。吴三桂日夜想念陈圆圆，哪有心思去取什么功名？无奈田宏遇不断劝说，又要替他在董其昌跟前竭力说好话，他才答应去应试。

到了应试那天，崇祯帝命董其昌为主考官，田宏遇为副考官，曹腾蛟为检阅。三人奉上谕都全身披挂，齐齐地来到御校场。那日天下武生人山人海，只等检阅令下来，大家摩拳擦掌，准备争取夺魁。这天吴三桂也扎靠紧身，打扮得整整齐齐，威风凛凛地站在那里。他父亲吴襄率领京营中三百名精兵，在校场四周照料弹压。检阅官曹腾蛟下令考试开始，数百名武举陆续进场。一个个献技完毕，董其昌点名，记着一二三等级数。武举之后是武生，也一个个施展身手，主考官宣布休息。午后又经过一场复试，复试完毕，那些武举武生各自散去，等待第二天发榜。第二天早上，武榜挂出来。武举中的头名是马宝，武生头名是吴三桂，其他如吴问如、周遇白、马壮图、马雄图、董国柱等人，也都臂力过人，弓马精熟。由董其昌把取中的名单上奏，崇祯帝御笔亲点，封马宝为蓟州副总兵，周遇白、马雄图、马壮图、董国柱、吴问如等人，一律封为指挥，令他们到洪承畴部下效力。吴三桂封为游巡使，即在京营都督吴襄部下效力，有功再行升赏。

那时吴三桂少年得志，更加目空一切。田皇亲府中的陈圆圆听说吴三桂已经被封为巡游使，爱慕之心更加强烈。吴三桂在他父亲部下供职，虽然说在家为父子，在外为君臣，而比别的将士，当然有一点面子。所以他差不多一个月中没有三两次到营，整天在田宏遇府中借着讲论学问的名义盘桓，实则是为了陈圆圆。光阴荏苒，又是冬去春来，恰好田宏遇花园里桃花盛开。田宏遇大摆酒席，请同僚到府中赏花。到了那天，田宏遇府门前车水马龙，热闹非凡。酒过三巡，田宏遇提议请来宾们每人咏一首七绝，并不限定题目，只以眼前的美景随意吟咏。众宾客听了，大家齐声说好，尤其是那些墨客骚人，三杯下肚，早就诗兴勃勃，有了这道命令，正中下怀，各自铺纸润笔，摇头摆尾，在那里吟唱起来。

吴三桂不会做诗，他呆呆地坐在席上，似乎有些不好意思，就站起身离席，背着手到处闲逛。只见园亭偏东一带，碧桃如锦，看去又像一片彩云。吴三桂赏玩一会儿，一步步沿着桃林向东南方向走去。正南松林下，有一座很大的假山，山下有一个三丈方圆的石池，池中金鳞跳跃，五色斑斓，十分可爱。池边围绕白石栏杆，来宾当中也有人倚栏在池边观鱼，也有人散步林荫深处，摘寻诗句。吴三桂无心看这些景色，沿着池边慢慢踱过去，转过假山，路折向西面。吴三桂本来借此解闷，没一定方向，所以顺着园路，往西前进。路的两边全是万紫千红的花草，芳香馥郁，令人胸襟舒畅。在这条西向的路上，又有一条小路，可以通向东面。小路比地面低一尺，要走下台阶，人站在小路上，两旁的花花草木高出人顶，人在里面行走，外面是看不见的。吴三桂不禁称赞道："好一个幽静的地方！"说完顺着小路，向前走了有三百步，见有一所棕叶盖成的八角小亭，亭上设有竹椅床榻，都是湘竹编成，又光滑，又美观，可能是暑天纳凉时所用。经过这座小亭，又有一个石池，也用石栏围着，距离石栏半尺是一座石台。台上凿着石椅石墩，匾上题着"钓鱼台"三个字。钓鱼台右侧又有一条小路，光洁润滑，吴三桂绕过石台，沿小路走去。走到尽头，前面是五间楼房，朱门碧窗，极其幽雅。吴三桂走得脚顺，不问东西南北，径直走进楼房里面。

只见室内陈列的都是古董玉器，香炉鸭鼎，金盆玉壶。照形式上看，不像什么客室，大约是田宏遇自己休息的地方。吴三桂展玩一遍，再跨进第二道门，里面摆设更加精致。墙上挂着名人书画，琴剑丝竹，无一不有。案上玉狮喷雾，金灯银缸，极其华丽。吴三桂正在细看名人书画，偶然一回头，见对面房中，珠帘下垂，不知道是什么地方。吴三桂想索性游一个爽快，竟转身向里面走去。才掀起珠帘，一阵香气直扑鼻管。再看房中，堆满金漆箱笼，镜架倒影，绣帘中隐隐露出牙床。吴三桂到了这里，才知道是女子的闺房，不禁如梦方醒，寻思道："我怎么这样糊涂，如果被田皇亲撞见，叫我有何面目对他？"想着急忙转身想要出去，不料帘外已经姗姗走进一位美人。吴三桂急得走投无路，躲避又来不及，只好硬着头皮冲出去。一揭帘子，两人打了个照面，美人见是陌生男子，不由愣住了。吴三桂也不禁目瞪口呆，原来美人正是吴三桂日思夜想的陈圆圆。陈圆圆突然见到吴三桂，开始很惊讶，此刻见吴三桂呆若木鸡，站在那里一动不动，两眼直勾勾地看着自己，心里暗暗好笑，低头嫣然一笑，盈盈地走了进去。吴三桂这时已目眩神迷，不知不觉也随陈圆圆走进房中。

两个人互相爱慕，隔墙相思已经很久，今天英雄美人第一次相会，这天大的机会岂肯轻易放过？于是陈圆圆请吴三桂坐下，并亲自倒了一杯香茶，递给吴三桂。吴三桂一面喝茶，一面看着陈圆圆一双玉腕，白嫩得和粉琢一样，尖尖十指，如雨后春葱，娇柔细腻，只恐怕无论什么东西都比不上她那样娇嫩。吴三桂看得心痒痒，恨不得把她捉过来，尽兴捏几下。陈圆圆见吴三桂慢吞吞地喝着茶，两只眼珠只管骨溜溜地看着自己双手，很觉得不好意思。她急忙垂手站在一边，低垂粉颈，不停地抚弄衣带。吴三桂在没有见到陈圆圆以前，好像有满腔心事想在心上人面前吐露，现在和陈圆圆见了面，反而觉得没话可说，他搜索枯肠，也想不出什么话。陈圆圆毕竟在秦淮名列花魁，应酬谈吐是她的强项。陈圆圆和吴三桂搭讪，向他问长问短。吴三桂虽然是个男子，但心里已经迷乱到了极点，和陈圆圆一问一答，颇有些生涩。这样两人聊了一会儿，渐渐地亲热起来，不到一顿饭工夫，两个人已经并坐在一块，唧唧哝哝地谈起情话。

吴三桂和陈圆圆说着情话，手则紧紧握住她的玉腕，觉得柔软温馨，滑腻如脂，荡人心魄。陈圆圆却浅笑轻颦，故意缩手，吴三桂哪里肯放？陈圆圆吃吃地笑个不停。这一笑把自称英雄的吴三桂笑得顿时骨软筋舒，几乎坐不住。两人正在甜蜜的时候，不料田宏遇忽然掀帘进来。他见了这种情形，心里怎么能不生气？田宏遇立即沉下脸来，吓得吴三桂和陈圆圆都不知所措。田宏遇大喝道："三桂！我并没有亏待你，还当你是个有为青年，谁知你是个好色之徒！不成器的禽兽！算我瞎了眼，结交你这种人面兽心的败类。好，好！我也不怎么着你，快快滚出去！"这几句话说得吴三桂面红耳赤，心里十分难受。吴三桂平时骄傲自负，今天被田宏遇当面训斥，他怎么肯低心下气！何况事情已经弄到这个地步，还顾什么脸面？于是他也恼羞成怒，大声答道："我吴三桂是顶天立地的男子汉，明人不做暗事，我和陈圆圆早就认识，在没进你家以前，我已经和她相好。今天偶然相逢，叙一会儿旧情，对你也没有损失。况且陈圆圆是歌妓，谁能禁止她不再结识别人？"说完三脚两步走出房门，气冲冲地走了。田宏遇对陈圆圆冷笑两声，也怒冲冲地回到园中客厅上。当时宾客已经大半离去，田宏遇连声叫仆役们备轿。田宏遇平时和蔼谦恭，喜怒不形于色。现在这样愤怒，不但许多门客从来没有见过，就是一天到晚服侍田宏遇的仆役们，也还是第一次看到。大家议论纷纷，一时觉得十分诧异。田宏遇匆匆上轿，不停催促夫役们快走，一路上飞一样地走向西直门。到了大宗伯府门前，田宏遇喝令停轿，急匆匆地下轿，也不等门役通报，直接走进府中，到书房里去找董其昌。恰好董其昌上朝回府，正在那里批阅公文。

田宏遇一见到董其昌，气冲冲地把书案一拍。董其昌大吃一惊，正要询问，田宏遇已经指天画地的大声说道："老董！你看天下有这样的衣冠禽兽吗？我真是瞎了眼睛。"说完，把府中设宴赏花、吴三桂调戏陈圆圆的事，连骂带喘地说了一遍。他越说越生气，咬牙切齿，又打椅击桌地大骂起来。董其昌听清楚事情经过，急忙相劝道："老兄气度一向宽大，怎么今天为了一个歌女，气到这种地步？未免太不值得！"田宏遇此时火气一团，直往上冲，他想对董其昌诉说一番，借此出出气，万不料董其昌兜头浇下一勺冷水，把田宏遇的无名火先熄去一半。田宏遇向董其昌说道："照你说来，难道吴三桂这种行为是应该的？"董其昌笑道："你结交半生朋友，连这点点风色都看不出来也是枉然。你看朝廷许多大臣，哪一个可靠？将来一旦出现变故，又去依靠谁？像吴三桂这样的人，你不要瞧不起他，他将来必然大有作为。我们结交他还来不及，怎么反而去得罪他，以致结下仇恨？如果将来吴三桂得志，岂不是一个大隐患？"田宏遇听了董其昌一席话，好像当头一个霹雳，弄得目瞪口呆，半天才慢慢说道："那么依你又该怎么办？"董其昌正色说道："现在朝廷朝不保夕，我们应该广泛结交英雄。照我看来，你回府去，赶紧派人去请吴三桂，摆酒向他谢罪。酒到半酣时，令歌女陈圆圆出来陪酒，使他见色忘怨。你则乘机把陈圆圆赠给他，不是前嫌尽释了吗？"田宏遇摇头道："我既然已经和他翻脸，再去邀请他，恐怕他未必肯来。还是过一段时间再说吧。"

田宏遇又待了一阵，辞别董其昌，上轿回到府中，想起吴三桂为人，觉得实在可恶，又回想董其昌的话，虽然不无见地，但毕竟有些袒护吴三桂。何况这种好色之徒将来能否成就大事，还是未知之数，我又何必结交这种人。田宏遇想了一会儿，打定主意不再和吴三桂来往。其实田宏遇也是舍不得陈圆圆。

吴三桂自从那天从田宏遇府中气冲冲地出来，一口气回到家里，闷闷不乐地坐在房中，连茶饭都无心吃。这样过了几天，思念陈圆圆的这颗心，比以前更进一层，只苦美人不在眼前。俗话说侯门深似海，吴三桂想得神魂颠倒，也没人来怜惜，有时万分无聊，就悄悄地到田宏遇府花园后门徘徊一会儿。只见碧波滚滚，依然长流，美人却是消息沉沉，他也只有长叹几声，无奈回府了。

·英雄得美人·

当时满洲兵不断侵扰边境，警报络绎不绝传到京城。洪承畴已经进兵安徽，截击李自成，陈奇瑜又在重庆被张献忠杀败，辽蓟总兵唐其仁也被满兵打得落花流水。崇祯帝命总兵祖大寿去支援。祖大寿见满兵势不可挡，竟然带领部下三千名军士，杀了唐其仁投奔满洲。崇祯帝得报大惊，急忙召群臣商议。大学士杨嗣昌力荐吴三桂出镇边地，说他是个将才。崇祯帝巴不得有人推荐奇才，他立即下谕封吴三桂为副总兵，驻守山海关，抵御满洲军队。圣旨下来，第一个兴高采烈地是老将吴襄，见儿子被封为边疆大吏，真是说不出的欢喜。还有许多同朝官吏以及亲戚朋友，都来给吴三桂父子道贺。吴府中大摆宴席，款待来宾，酒热灯红之际，大家猜拳行令，开怀畅饮。座中只有吴三桂一人愁眉不展，好像有什么心事。大家不知道内情，还以为吴三桂初次担任重职，心里忧惧，所以郁郁不欢。只有大宗伯董其昌知道吴三桂的心事。酒过三巡，董其昌含笑向吴三桂耳边轻轻说了几句，吴三桂连忙站起身，对董其昌拱手作揖。等到酒席结束，董其昌告辞离去。

三天以后，吴三桂赴任的期限到了。他好像没有这件事一样，绝口不提。吴襄倒着急起来，急忙召吴三桂到营中，问他为什么违延上谕，万一皇上怪罪，谁敢担当？吴三桂听了，只是唯唯诺诺，什么也不说。吴襄这时真是丈二和尚摸不着头脑。直到第五天早上，董其昌匆匆来到都督府，见了吴三桂，微笑说道："大事已经替你说妥，我们走吧！"于是一把拉住吴三桂，走向田宏遇府中。田宏遇已经领着几名家丁远远地前来迎接。吴三桂见了田宏遇，觉得有些惭愧。田宏遇好像并不介意，而且比以前更加谦恭。三个人携手走进皇亲府，大厅上已经摆好酒席。田宏遇让吴三桂上座，吴三桂哪里肯依？争让一会儿，由董其昌上座，吴三桂在一边相陪，田宏遇在下首主座相陪。酒过三巡，田宏遇回头对家仆说了几句，家仆走出去。一会儿家仆出来复命，听到屏风背后环佩声叮咚，弓鞋细碎，走出一位如花美眷。吴三桂因为有前几天的嫌疑，不敢在席上放肆，只好微微偷眼观看。谁知不看犹可，一看之下，不禁浑身惊颤，好像铁针遇到磁铁一样，两眼盯住，再也转不过来。原来美人正是吴三桂日思夜想的陈圆圆。

陈圆圆姗姗地来到席上。田宏遇叫她和吴三桂并肩坐下。吴三桂吓得几乎跳起来，慌忙起身让位。田宏遇一手按住他道："都是自己人，将军何必见外？快坐下，痛痛快快地喝酒。"吴三桂不得已，重新坐下，但是始终觉得有些不安。田宏遇举起酒杯，笑着对吴三桂说道："将军受皇上寄托重任，将来保社稷，定寇乱，立功卫国，前途不可限量。老夫已经年逾古稀，将来还要将军多加关照呢。"田宏遇说完，指着陈圆圆说道："她是个无依无靠的孤女，老夫年事已高，留她也没有用处，不如把她送给将军，希望将军不要推辞。"吴三桂听了，真是出人意料，反而弄得回答不出来，好半天才站起身说道："老皇亲已经年逾古稀，正应该留下她。小将无德无能，蒙老皇亲错爱，万万不敢领受！"田宏遇见吴三桂推辞，刚要站起身答话，董其昌在一边说道："这是田皇亲一片诚心，将军不要过谦！"说完也不由吴三桂做主，吩咐田府家役抬进一顶小轿。早有田府丫环鬟陈圆圆登轿，一声吆喝抬往吴三桂的都督府。这时吴三桂又喜又忧，坐在席上，手足无措，连应酬都有些拘谨。董其昌知道吴三桂心神不宁，故意笑着说道："将军已经醉了，我们一起告辞吧！"田宏遇还要挽留，董其昌给他丢个眼色，田宏遇会意，只得拱手相送。

董其昌和吴三桂走出田府，董其昌对吴三桂说："美人已经归将军所有，希望将军好自为之！老夫也要告辞了。"说完转身离去。吴三桂看着董其昌走远，才转身大踏步回到都督府看陈圆圆。吴三桂的母亲李氏正在和陈圆圆闲聊，恰好吴三桂跨进门。李氏问道："这女子是田皇亲府中的，送到我家做什么？"吴三桂把田宏遇推崇自己，并赠歌妓的事，细细讲了一遍。李氏只有吴三桂这一个儿子，平时异常钟爱。前几天听说吴三桂被皇上封为副总兵，早晚要出镇边池，李氏不禁悲喜交集，喜得是儿子做了高官，悲的是母子将要分离。这时又见吴三桂说田宏遇爱慕他，馈赠爱姬，把李氏听得张开一张瘪嘴，再也合不拢。吴三桂结发妻子卢氏，听说吴三桂纳了美妾，立刻沉下脸来，一个转身，掩面回房。吴三桂当时魂灵都不在身上，还管什么卢氏，他勉强和母亲敷衍几句，立即拉住陈圆圆玉腕，并肩走进后堂，到翠云轩中去寻欢作乐。他们两地相思，直到今天才算天从人愿，成为眷属。英雄美人得偕燕好，此中滋味自有说不出的快乐。

吴三桂自从得到陈圆圆后，早就把出镇边地的重务抛到了九霄云外，但谕旨期限已过，吴三桂担心皇上怪罪，索性委托兵部侍郎谢廷宇替他请病假。从此一天到晚和陈圆圆守在一起，真是形影不离。两人你怜我爱，恨不得打成一片。大宗伯董其昌听到京城谣传，说田宏遇送美姬给吴三桂，使吴三桂沉湎酒色，置国家大事于不顾。又有人说吴三桂是个有为青年，应当令他远驻边地，使他知道疾苦，将来也好爱国卫民，不应该送美人给他，使吴三桂纵情声色，贻误国家大事。董其昌见大家议论纷纷，不禁大惊道："我竭力成全陈圆圆和吴三桂，是希望他忠心为国，抵御满州人，不是叫他拥抱美人，在家淫乐，我这不是害了他吗？"他回到家中，走进书房，研墨润笔，写成一封书信道：吴将军阁下，多日不见，甚是思念！近日想起将军，美人新宠，自然非常快乐。将军当年名冠武榜，是国家难得的人才。老夫也为国家和将军感到高兴。群臣都寄希望于将军，而朝廷任命将军的旨意早已经下达。朝廷把兵权交付将军，是希望将军忠心保国，内平叛乱，外御强敌，使明朝江山转危为安！然而将军志不在此，为和田皇亲争一名歌妓，甚至废寝忘食。老夫以为将军是英才，不忍使将军困于情网，所以不惜三寸舌为将军做说客。不料事成以后，将军不但不思回报，反而纵情声色。现在哪里是留恋歌妓的时候？周幽王因为褒姒亡国，夫差宠幸西施而身死。儿女情长，英雄气短，我不能不为将军担心啊！陈圆圆是一名秦淮歌妓，路柳墙花，而将军喜爱她，已经足以辱没将军威名。希望将军以国家为重，尽心竭力保国安邦，青史留名，万年传诵。如果不为国家效忠，而整天消磨时光在情天孽海之中，实在是不可取。当年项羽在乌江自刎，前车可鉴。万一将军重蹈覆辙，不仅是将军的不幸，更是国家的不幸！希望将军三思！

董其昌写完，自己又读一遍，随手封好，命家仆把信送到都督府去。吴三桂和陈圆圆正在后花园中饮酒看花，忽然见婢女手拿一个信封进来。吴三桂接过来，见信封上写着"吴将军谨启"字样。吴三桂不知道是谁写给他的信，急忙打开，和陈圆圆并肩观看。读完，对陈圆圆笑道："董老头在那里发牢骚呢。"话音未落，陈圆圆忽然站起身，噗地跪在吴三桂面前，泪盈盈地说道："董宗伯为将军着想，为国家安全着想，必定非要除去我不可。将军想要显身扬名，卫国保民，也非把我杀了或是剐了。飞短流长，人家总要说将军留恋女色，抛撇国事。这样看来，为了贱妾一人，连累将军威名，也耽误将军进取之心，不是叫我罪上加罪吗？如果将来两败俱伤，不如我先死在将军面前吧！"陈圆圆说完，猛然站起身，向庭柱上一头撞去。

这一来把吴三桂吓得心胆俱裂，慌忙把陈圆圆一把拉住，轻轻地抱在膝上，低声安慰道："你不要生气，我主意很坚决，无论他们怎样说，我拼了这副总兵不要，也要和你在一起。况且我千辛万苦地把你弄到手，怎么肯听信闲言，把你抛弃？那是无论如何也办不到的。老实说一句，我头可断，海可枯，石可烂，但我们两人是万万不会分离的！"吴三桂说着，取过董其昌的书信，狠命地一顿乱撕，撕了一会儿，又扔在地上踩了两脚，狠狠地说道："这老头吃饱撑得没事干，写出这样的书信。我不看他成全我们两人有功劳，早就赶到他家中，把他一剑砍死。”陈圆圆见吴三桂正颜厉色，对自己的确是一片诚心，不禁破涕为笑，一头倒在吴三桂怀里，撒娇撒痴的要吴三桂发誓给她听。可怜一位雄心勃勃、自命不凡的大英雄，被陈圆圆迷住，什么父母妻子、富贵声名，一股脑看做浮云一样，哪里还放在心上？从此吴三桂死心塌地地陪着陈圆圆，再也想不起“功名富贵”四个字。

闯王李自成攻陷安徽凤阳，焚烧皇陵，屠杀百姓。警报传到京城，崇祯穿上素服，祭奠祖宗。他俯伏在地上，放声大哭道：“朕无才无德，上天降下妖孽，使列祖列宗遭贼人蹂躏。朕死后无颜面对太祖高皇帝，更没有面目见先哲贤人！”崇祯帝连诉带哭，越哭越伤心，在旁边侍祭的大臣，如魏藻德、钱谦益、孔员运、贺逢圣、薛国观等人以及内侍太监，纷纷落泪。乾清门满罩愁云惨雾，祭台上红烛光焰都成为惨绿色，好像也在那里伤心一样。

这时殿外忽然刮进一阵狂风，把祭祀所点的红烛全部吹灭，案上的历代祖宗皇帝圣像也都被狂风打落在地，群臣无不大惊失色。崇祯帝叹口气说道：“上天不断降下灾祸，贼盗纷纷起事，国家恐怕不会长久了！狂风把祭烛吹灭，分明是不祥之兆。”说完拂袖回宫。过了一会儿，内殿传出谕旨，命洪承畴率兵剿贼。

这时洪承畴正在天津，接到旨意立即移兵江淮，调总兵左良玉、边大绶两支人马，亲自率领大军从正面进攻。李自成的人马都是些乌合之众，左良玉一路人马个个是精壮大汉，只一阵乱砍乱杀，李自成大败而逃。左良玉和边大绶四面围住，把李自成的精锐部队几乎杀了个干净。李自成只带领十八人，拼命冲出重围，逃往河南一带。大家正在大杀贼众余孽，安徽就要肃清，忽然上谕下来，召洪承畴火速进京。洪承畴也不知道是什么紧急军情，等到进京见驾，才知道是满洲太宗皇帝改国号为大清，以天聪十年为崇德元年。

清太宗出征察哈尔，顺道攻入大同、宣府一带。巡抚张凤翼上疏告急，崇祯帝立即召见洪承畴，并封他为经略使，令他立即出兵援救。洪承畴奉谕退朝，回到自己家中，命家人们摆设香案，祭过祖宗，又叫来妻妾子女，一一和她们诀别。全家大小都十分惊慌，不知道洪承畴是什么用意。洪承畴是明朝的名士，军事上的知识也十分高深，至于文章学术也可以称得上一流。像洪承畴这种人物，在明末已经算是数一数二的了。他执掌帅印，出入戎马之中，自以为儒将风流，常以古时名将自诩。他生平也没有过于失德的地方，只是喜好声色，所以家里三妻四妾，一个个貌美如花。洪承畴原本可以闲居家中，安享他的闺房艳福。无奈国家多事，不得不东征西剿，驰骋疆场，以致冷落了家中的艳姬美妾。

洪承畴有个爱妾曹氏，芳名叫做阿香，深得洪承畴宠爱。前几天洪承畴应召进京时，夜里住在馆驿中，忽见爱妾阿香花枝招展地走进来，向洪承畴垂泪叩头道："我要和相公长别了！"洪承畴听了大惊失色，急忙伸手去拉她。阿香却忽然不见。洪承畴大叫怪事，惊醒过来，原来是南柯一梦。他从床上一骨碌爬起来，听到外面打着三更，案上灯火半明半灭。洪承畴一面挑亮灯火，一面仔细回想梦境，觉得不是吉兆，又想阿香是自己心爱之人，自己奉谕剿贼，转眼已经半年多，家中好久没有消息，莫非阿香出了什么事情？洪承畴在馆驿中胡思乱想，翻来覆去，一夜没有合眼。天亮以后，洪承畴披衣起床，草草梳洗完毕，叫起从人，匆匆上马。

洪承畴归心如箭，马上加鞭，日夜兼程。不久到了京城，一口气跑回家中。家人们见主人回来，自然排班迎接。洪承畴也无心和他们闲聊，三步两步跑进内院，见阿香斜倚在一张绣椅上，一个侍女轻轻地替她捶着腿。阿香见洪承畴进来，也不站起身迎接，只把头略略点点，嫣然微笑。洪承畴这时细看阿香玉容惨白，病态满面，不禁吃了一惊，问道："你脸色很不好，不是染上什么病了吧？"阿香摇摇头道："没有什么病，不过胃口不大好，吃不下饭。"洪承畴说道："看过医生了吗？"说着挨身坐在阿香旁边，怔怔地望着阿香等她回答。阿香把头扭扭道："那是妇人家常有的小病，羞答答的，怎么好意思去对医生说？"洪承畴一时摸不着头脑，笑道："什么病不能对医生说？医生治疗百病，有什么害羞？"阿香也笑笑，附在洪承畴耳边低低说了一句，粉颊上不禁绯红起来，把头倒在洪承畴怀里。洪承畴听了忍不住哈哈大笑道："我当是什么绝症，害得我满心不安。你早说明，我也不至于这样着急！"原来洪承畴已经是三十五六岁的人了，家里妻妾满室，婢仆如云，令他愁闷的是膝下没有儿女。现在听阿香说，腹中已经有七个月身孕，洪承畴乐得手舞足蹈，哈哈地笑个不停。阿香满脸通红，在洪承畴身上拧了一把道："你总是大惊小怪，被人家听见，又算什么？"洪承畴道："这不是瞒人的事，将来早晚要被人知道，怕他什么？"两人正在嬉笑打趣，忽然见外面门役飞快地跑进来道："曹公公求见。"洪承畴听了，慌忙叫阿香回避，自己出去迎接。司礼监曹化淳昂着头跨进二门，他一眼看见洪承畴，带笑说道："老洪，你倒安闲自在。皇上有旨宣你去议事，快跟我走吧！"洪承畴惊道："皇上怎么会知道我在家里？"曹化淳笑道："你刚才策马进天安门，恰好被王承恩看见，他便去奏知了皇上。皇上此时正在便殿中等你，命我来召你进宫。"洪承畴不敢怠慢，随着曹化淳去见崇祯帝。

·塞外琴声·

洪承畴在便殿之中见到崇祯帝。崇祯帝把宣大的警报给他看，并谕令他立即出师宣大。洪承畴领旨出宫，心里虽然不高兴，但皇命不好违抗，只得没精打采，一步一步回到家中，和妻妾等人垂泪诀别。阿香忍不住说道："相公以前率兵剿贼，总是很起劲。这次奉谕回来，怎么说出这样的话来？"洪承畴叹口气道："你们哪里知道，边地人马大半是战败的老弱残兵，一旦上阵，经不起一战，就要各自逃命，不像江浙等地人马，训练得十分纯熟，去剿乌合贼兵，当然有几分把握。现在满洲兵强将勇，如果率领这些残兵和他们交战，不是自己送死吗？若是祖宗保佑，能够平安回来自然最好；不幸兵败塞外，或者是被敌人捉住，我身为将帅，受君命担负重任，怎么能够降敌？那时只有一死报国。可怜成为异地孤魂，不知道谁来收我的尸骨！"洪承畴说到这里，声音渐渐颤抖，潸然流下眼泪。姬妾们听了洪承畴的话，都好像洪承畴有死无生一样，大家一齐呜呜咽咽地哭起来。

经略府中顿时惨雾弥漫，涕泣声不绝。大家哭了一会儿，还是阿香止住眼泪说道："相公还没有出师，我们这样哭泣，算怎么一回事？何况吉人自有天相，怎么知道相公这次去，不能马到成功？"说完勉强做出笑容，去劝慰洪承畴。众姬妾也各自收住眼泪。洪承畴吩咐厨房，安排筵席，和妻妾们团团围坐一桌，算是饯行酒。洪承畴心里有事，只顾一杯杯喝酒，直吃到月上三更。洪承畴喝得酩酊大醉，阿香搀扶他踉踉跄跄地进房休息。

第二天起床，洪承畴梳洗完毕，胡乱吃了些点心。兵队中的将校已经来问候过好几次了。洪承畴没办法，又进房向阿香再三叮咛一番，叫她安心保养身体，等自己得胜回来，不论生的是男是女，都给她摆酒庆贺。又说小孩下生时，必须派一个得力家人报信给他，好使他放心。阿香含泪答应。洪承畴这才出来，走到后院屏风后，忽然又回到房中，见阿香已经哭得和泪人一样。洪承畴百般安慰她，还在袖中抽出一幅罗巾，轻轻地替阿香擦泪，又温言慰谕几句。外面云板乱鸣，校场中炮声隆隆，将士都已经等久了。洪承畴虽然舍不得分离，到了这时，不得不出去，只好硬着头皮，走出堂前。仆役们牵过一匹乌骓马，洪承畴跨上雕鞍。亲随们加上一鞭，飞快地跑向校场。

到了御校场中，军士们见主将来了，齐齐地吆喝一声。洪承畴走上将台，演武厅前三声大炮，众将一字排开，都来参见。洪承畴一一点名，发下一支令箭，命总兵曹腾蛟为先锋，带领三千人马，昼夜兼程前进。第二道令，命总兵姚恭领兵两千，为前队接应。洪承畴自己和总兵马雄、田遇春、唐通、李辅国、李成栋、王廷梁等人率领五千名精兵，向大同进发。大军一路晓行夜宿，不久出了居庸关，转眼来到汙陵河，离大同只有四十余里。早有军事探谍前来报道："先锋官曹总兵已经和清兵开过一仗，姚总兵率兵助战，大家混战一场，未分胜负。"洪承畴听了，令他再去探听，下令军马前进三十里下寨。

正行进间，先锋曹腾蛟和副总兵姚恭及大同总兵吴家禄，副总兵李明辅，宣府总兵郑醉云、王国水，副总兵陈其祥，副将王翰，游击曹省之、夏其本、项充、王为蔚，指挥杜云、马杰、仇雄、黄宜孙等人都骑着马，远远地来迎接。洪承畴一一接见，并询问近日军情。曹腾蛟禀告道："清兵这次入侵，号称领兵三十万，实数应当在十五万以上，分为四路。东路一支人马是清朝郑亲王济尔哈朗带领。南边一路是武英郡王阿济格带领。北面一路是肃郡王豪格带领。现在同我们交战的西路兵马是睿亲王多尔衮带领，多尔衮人称他为九王爷，英勇过人。四路人马，西路最厉害。"曹腾蛟说完，洪承畴点点头，曹腾蛟退在一边。于是一行人马继续前进，走到离清兵大营三十里安营扎寨。忽然小校报道："距离寨前不远的地方，发现有清兵旗帜。"洪承畴听了，挥手令小校退出去，随击击鼓升帐。

众将参拜完毕，洪承畴朗声说道："刚才兵士来报，说清军岗哨前来窥探我们大寨。我想清兵以为我们远道而来，肯定已经疲乏，当然急于休息。今夜清军必定出我不意，前来劫寨，这倒不可不防。众位以为怎么样？"众将齐声答道："大帅用兵如神，自然应该防备。"洪承畴略一点头，回头对总兵吴家禄、李明辅说道："宣、大两处，现在共有多少人马？"吴家禄躬身答道："原本有七千五百人。自从去年出征额喀尔沁蒙古，兵卒伤亡过半，至今还没有补足。现在实数，只有三千四百名。还有李总兵、郑总兵、陈总兵、王总兵等人部下兵士，只有千人或五六千人，全部人马不满两万五千人。"洪承畴不禁叹了口气，道："边境连年苦战，人马疲劳，既不补足新军，又不令疲卒休息，掌权的人只知道饱食终日，有没有粮饷一概不过问。有变乱就命将士出征，他们又怎么会知道将士已经十分怨恨，一旦爆发，必定十分严重。难怪那些官兵要叛逃了！"洪承畴说完，连连嗟叹，帐下将士也个个怒形于色。这样默然半天，洪承畴突然厉声说道："现在敌众我寡，强敌当前，我们身受国恩，不能束手待毙。各位可有什么良策？"这一句话把帐下众将问住，大家面面相觑，谁也没有出声。过了好一会儿，总兵曹腾蛟拱手说道："我们愚陋无知，愿意听从大帅指挥。"

洪承畴微微笑道："今夜最紧要的是防备敌人劫寨，我们应该早作准备。"众将应道："末将听令。"洪承畴拔下一支令箭，叫过总兵吴家禄吩咐道："你率领本部人马，埋伏在大寨左侧，听到帐中鼓声炮声齐响，立即领兵杀出。"又命总兵郑醉云率领本部人马埋伏在大寨右边，听见炮声，冲出并力杀敌。又令副总兵李明辅，率领本部人马，埋伏在寨后接应吴、郑两总兵。又命总兵王国永、陈其祥上帐，吩咐道："敌人驻军的地方叫做锦云栅，栅的左右有几处旧土垒，是以前武宗皇帝征蒙古时所修筑，你们各自率领本部人马，乘着月光，到土垒旁边埋伏。令兵卒暗暗哨探，见清兵出发，等到他们走远，你们立即冲入清军大寨，杀散敌兵后，占领寨栅，由王将军驻守，以防备敌兵来争。陈将军率领本部人马，从敌军背后杀回，如果遇见败下的敌兵，应该尽力杀戮，不要让他们聚在一起。切记！切记！"又吩咐副将王翰道："距离这里二十里，有一座土冈，虽然不是很高，但下面可以埋伏人马，你率兵一千等在那里。见敌兵败退，等他们一半人马过去以后，立即指挥兵马杀出。"又令指挥仇雄、马杰领兵两千，埋伏在十里外查家沟，敌兵一旦失败，必定会向那里逃走，不要放他们过去。又令游击夏其本、王为蔚两人，各领兵一千，守在锦云栅北面，多设旌旗，以迷惑敌兵，并截断他们退路。又令指挥黄宜孙、杜雄，各领兵五百，埋伏查家沟南面，预备挠钩套索，准备捉拿敌人马军。又令游击曹省之、项充，各领骑兵五百，到锦云栅东面屯驻，多置强弓硬弩，见到敌兵万箭齐发，阻止清军后队援兵。又令总兵马雄、唐通，各自率领大刀队步兵五百，埋伏在寨内。敌人劫寨，必定是铁骑先冲入，那时大刀队尽力砍敌人马腿。又令总兵王延梁，率领一百步兵，每人拿小纸炮一串，见到敌兵铁骑冲进大营，立即点燃纸炮投过去，以惊吓敌人坐骑。

洪承畴分派完毕，自己和总兵李辅国、白遇春守寨，专等敌兵到来，又令先锋营总兵姚恭严守寨栅，只准用强弓射敌，不得轻举妄动。这时气坏了总兵曹腾蛟，高声大叫道："我蒙大帅不弃，担任先锋，今天大家都要出力的时候，为什么让我落后？"洪承畴笑道："将军不要着急，还有一处最重要功绩也最大的事，只怕将军未必能去。"曹腾蛟挺身说道："为国效劳，即使赴汤蹈火也在所不惜，哪有不能去的道理？大帅未免太小看我了。"洪承畴正色说道："将军果然能去，这就太好了！"说完，抽出一支令箭，递给曹腾蛟道："你率领本部骑兵，三更之前必须抵达横石堡。那里是敌兵屯粮的地方，你多带火种，去烧他们粮草，一得手立即领兵杀出。这是一件大功劳，务必要小心从事！"曹腾蛟领命，出去点齐人马，欢欢喜喜地走了。

大清兵马分四路攻来，把一座大同城围得和铁桶相似。四路人马要算睿亲王多尔衮一路最骁勇善战。其他三路人马，也都十分勇猛。睿亲王多尔衮听说明朝救兵已经来到，领兵主帅是经略洪承畴，便召集众将讨论。多尔衮说道："我听说洪承畴是明朝唯一将才，文韬武略，没有一样不精通，现在他领兵前来，我们大家要小心才好。"说音未落，贝勒莽古尔泰大叫道："十四弟为什么长他人志气？我们自从起兵以来，和明军交战，哪一次不是如同摧枯拉朽？现在只是一个洪蛮子，我们难道还怕他吗？"多尔衮说道："不是我怕他，姓洪的确实诡计多端。以前巴尔泰在蓟州中他的埋伏，几乎被明兵活捉。前车之鉴，五哥，我们还是谨慎一点好！"莽古尔泰自恃勇力，一时哪里肯听从，立刻要领兵出去，和洪承畴去见个高低。多尔衮再三劝住。贝勒巴布海也竭力阻挡。莽古尔泰只是要出战，多尔衮无奈，急忙去请肃郡王豪格、武英郡王阿济格、郑亲王济尔哈朗等人，来营中商议军情。

不一会儿，肃郡王等人陆续来到，相见完毕，多尔衮把贝勒莽古尔泰坚持要出兵去攻打洪承畴的事，细细讲述一遍。武英郡王阿济格说道："如果要出战，也不是不可以，明军远道而来，立足未稳，我们悄悄地前去劫寨，那叫做攻其不备，杀他一个下马威。"莽古尔泰拍手大笑道："好计！好计！正合我的意思，我们就这样办吧。"多尔衮摇头道："这个计策，恐怕未必好。洪承畴是个久经疆场的名将，连这点也会不防备吗？"莽古尔泰大怒道："你总是这样多疑，如此胆怯，将来怎样夺得明朝天下？还是偃旗息鼓逃回去吧！"说得多尔衮哑口无言。

郑亲王济尔哈朗征求将士意见。清军因为屡屡得胜，早已经骄气逼人，自然是主张去劫寨的人多。济尔哈朗见众口一词，便下令将士准备出发。他把人马分为三路，第一路贝勒莽古尔泰和巴布海领兵一万五千去劫寨。第二路肃郡王豪格与贝勒布巴拉图，接应第一路人马。第三路济尔哈朗自己和睿亲王多尔衮做后队援兵。又命武英郡王阿济格和章京图赖驻守大寨。

分派完毕，天色已经傍晚，军士饱餐一顿，贝勒莽古尔泰的第一路人马早已经风驰电掣一般前去劫寨。第二路肃郡王豪格担心莽古尔泰有闪失，急忙领兵随后去接应。郑亲王济尔哈朗也率领大队出发。莽古尔泰鼓着一股勇气，杀入明军大寨，见是一个空营，才知道已经中计。他慌忙挥手退兵，后面兵丁潮水般冲进来，马队被步兵挡住，一时退不出去。忽然连声炮响，王廷梁命兵士点燃纸炮，向前乱抛。马匹受惊，狂跳起来。清兵步兵都被践踏得叫苦连天。总兵马雄、唐通各自率领步兵，手持大刀来砍马腿。

清兵铁骑乱窜，把马雄和唐通连同一千名步兵踩得稀烂如泥。李成栋见势头不好，急忙令长枪队后退，幸亏寨外总兵吴家禄、郑醉云杀到，李明辅又从后面杀来，清兵大败，莽古尔泰落荒而逃。迎面遇到总兵陈其祥，莽古尔泰心慌意乱，转身向东逃走，迎面又遇见一员大将，银盔锦袍，手拿令旗在那里指挥。莽古尔泰知道是洪承畴，急忙又向北面逃去，正好遇上豪格的人马，巴布海也骑马赶来。大家正在后退，又遇到副将王翰大杀一阵。豪格率领残兵向正西逃走，希望济尔哈朗的人马救应。不料半路上夏其本、王为蔚左右杀出。清兵惊得魂胆俱碎，四散奔逃。又遇到指挥仇雄、马杰，两人并力杀到。莽古尔泰夺路而逃，却被杜雄、黄宜孙的伏兵伸出挠钩套索，把马上将士一齐捉去。豪格与莽古尔泰、巴布海催马飞跑，越过土冈，见一队人马杀来，莽古尔泰魂不附体，仔细一看才知道是济尔哈朗和多尔衮的人马。他们被明兵游击曹省之、项充率领弓箭手射住，以致不能前来救应。

三路人马合在一路，垂头丧气地回去。武英郡王阿济格和章京图赖报告说大营已经被明兵夺去。多尔衮大叫道："罢了！罢了！洪蛮子果然厉害，我们回去，整顿人马再来报仇。"清兵大败，洪承畴大获全胜，鸣金收兵，检点人马，损伤不到一千人。只有总兵马雄、唐通被马踩死，还有烧粮的曹腾蛟因为身入重地，被清军活捉。洪承畴叹息道："这都是我太莽撞轻敌，害了曹总兵！"他立即下令犒赏将士，设宴庆贺得胜，又修成表章，派人进京报捷，并下令休息三天。

一天晚上，洪承畴多喝几杯酒，不免想起心事，领着两名小卒出寨去散步。只见月白风清，万籁俱寂。忽然听到琴声悠扬，远远地顺风传来，异常清越。洪承畴不禁诧异道："塞外荒地，哪里来的古乐？莫非沙漠之地，也有高人隐居吗？"洪承畴触景生情，不禁信步顺琴声走去，见野外一个小帐篷，琴声是从帐篷里发出的。洪承畴慢慢地走近帐篷。他听得神迷意荡，忍不住推门走了进去。只见一个雪肤花貌的丽人，在帐内盘着双膝，坐在锦绣毡毯上，轻挑玉指弹着一张古桐琴，声韵铿锵，令人神往。丽人见洪承畴突然闯进来，不禁吃了一惊，洪承畴也呆住了。两人相对愣了半天。丽人把洪承畴上下一打量，见是明朝装束，身披蜀锦绣袍，头戴银盔，足蹬粉底朝靴，面白有须，相貌清秀中带有威武，从外表上看，绝不是个下级将士，肯定是明朝统兵大将。丽人看了一会儿，表现出十分惊骇的样子，又好像恍然大悟，她含笑起身，让洪承畴坐下，又亲自去倒了一杯热腾腾的马奶，双手递给洪承畴，并笑着问将军贵姓。这时洪承畴已经身不由己，一面去接马奶，一面笑着答道："下官姓洪。"丽人听见一个"洪"字，好像又呆了一呆，急忙带笑说道："莫非是这次督师来关外的明朝洪经略吗？"洪承畴见她是个女子，觉得老实告诉她也不要紧，立即随口答道："正是下官。”丽人听了，似笑非笑。在洪承畴看来，只觉得她万分可爱。

洪承畴生平喜爱女色，他经常自诩为中原才子，必定要得到一个绝色美人为偶，才心满意足。家中爱姬阿香虽然也有十分姿色，但是万万赶不上面前丽人的秀媚冶艳。洪承畴心里暗想，世间有这样的尤物，我洪某能娶她做个姬妾，这才不枉一生。洪承畴默默想着，借着灯光，又把丽人仔细打量一遍，见她是旗装打扮，头上戴珠额，鬓边微微垂下一缕秀发，梳一个盘龙扁髻，两条燕尾乌云一样堆着。粉脸上施着薄薄的胭脂，红白相间，看上去又娇嫩又柔媚。洪承畴越看越爱，瞪着两眼，盯着丽人一言不发。丽人被洪承畴看得不好意思，不禁嫣然一笑，慢慢地把粉颈低垂下去。洪承畴见她那种娇羞模样，更显得妩媚动人，竟然有些情不自禁，大着胆伸手去握她的玉臂。丽人慌忙缩手。洪承畴也觉得自己太鲁莽，心里很懊悔，于是凝凝神，喝马奶，搭讪着和丽人闲聊。丽人口齿伶俐，对答如流，洪承畴暗暗称奇。

回头看见桌上的桐琴，洪承畴本来是个内行，这时不免有点手痒。他站起身走到桌前，微微把琴弦一挑，声音异常清越。洪承畴见琴音浑而不激，知道是一把好琴，也坐在毯上，拨弦调音，弹奏一曲。丽人等洪承畴弹完，笑着说道：“琴声潇洒，不愧高手！”洪承畴谦让道：“姑娘神技，俗人哪里赶得上？”说完站起身请丽人重弹。丽人不好推辞，只得坐下来。丽人弹了一段小曲，把宫商校准，才轻舒纤腕，玉指勾挑，弹得如泣如诉，如怨如慕。洪承畴听得连连赞叹。丽人奏完一曲，盈盈地站起身，和洪承畴面对面坐下。两人谈论琴艺，越来越融洽，都有相见恨晚之感。丽人忽然笑道：“月色这样美丽，又有贵客到来，没有酒怎么行。”说完走进后帐篷，叫醒侍女。丽人自己也忙着热炉温酒，又弄些鹿脯羊肉，放在洪承畴面前。

丽人亲自给洪承畴斟酒，自己也斟满一杯，两人慢慢对饮。洪承畴酒量原本非常大，一二十杯毫不放在心上。丽人见洪承畴饮酒豪爽，吩咐侍女换上大杯。侍女取出一双碧玉高爵，能盛酒半升左右。丽人满满筛了一杯，笑盈盈地递给洪承畴。洪承畴这时已经被美色迷惑住，接过酒杯一饮而尽。这样接连喝了五六杯，洪承畴已经半醉。丽人也喝了几杯，酒气上了粉颊，桃花泛面，娇嫩的玉肤现出一朵朵红云。只见她白里透红，红中透白，显得更加娇艳。洪承畴坐对美人，可谓秀色可餐，越喝越起劲。丽人一面劝酒，一面顿开珠喉，击着玉盅，低声唱歌助酒。洪承畴兴致勃勃，已经忘形。丽人只顾斟酒，洪承畴尽量狂饮，一直喝到三更，直喝得烂醉如泥。洪承畴醉倒在帐篷内，外面的两名亲随等得困倦，靠在帐篷竹篱下，呼呼睡着了。天色渐渐放亮，寒露侵人，亲随忽然惊醒过来，赶紧站起身，向帐篷里面一看，见里面空空洞洞，哪有洪承畴踪迹？两个亲随一齐吃惊道：“我们主人到哪里去了？”两人说完慌慌张张地跑回大寨。

·骗来洪督师·

两名亲随回到寨中，侍候洪承畴的护兵一见他们回来，急忙问主人在哪里。两个亲随以为他在开玩笑，回答道："主人被老虎背走了。"护兵正色说道："谁和你们讲笑话，刚才各镇总兵纷纷进帐探询机务，我回说大帅昨晚出去，还没有回帐。他们听了，正在外面吵闹呢!"两名亲随听了护兵的话，心里将信将疑，急忙赶到帐中，问左右侍仆，大家异口同声说道："主人没有回来。"两个亲随这才知道洪承畴确实没有回来，就把昨天夜里的事情向众人细说了一遍。大家听了，都吃了一惊，议论纷纷。有的说美人必定是个妖怪，主人可能已经被她迷死。有的说美人是敌人间谍，主人已被敌人捉走。外面陈其祥、李辅国、王国永、吴家禄等总兵都等候得有些不耐烦了。到了中午，仍然不见洪承畴点鼓升帐，警报雪片一样飞来，急得众将领一个个抓耳挠腮。大家都说洪大帅也太糊涂了，军情这样紧急，怎么可以一去不回，岂不是耽误大事？总兵王国永大叫道："大帅不在寨中，令又不发，万一敌兵乘机杀来，我们不是束手待毙吗？"王国永这一句话，把大家提醒过来，大家你一句我一句，在帐外争吵起来。两名跟随洪承畴出去的亲随，躲在帐后暗暗着急。天色渐渐暗下来，军中号角乱鸣，这位洪大帅仍然没有消息。

清兵已经在离明军三十里的地方安营扎寨，并派人送来战书，已经两次催要回书，无奈洪承畴还没有回来，又没有委托代理人，军机要务，各总兵不敢擅自做主，大家只顾在帐外吵闹。这样闹到黄昏时分，总兵吴家禄见洪承畴依然没有踪影，知道事情不妙，急忙召服侍洪承畴的左右亲随到帐外亲自询问。两个亲随不敢隐瞒，把洪承畴在野外散步遇见丽人的经过，仔细讲述一遍。吴家禄听了大惊，顿足说道："你们这两个奴才，大帅既然出事，为什么不早说？几乎耽误大事。"说完，喝侍兵士把两个亲随各打五十大板，暂时拘押。又传令点鼓升帐，众将到齐后，吴家禄把洪承畴失踪的事对众人宣布。众将听完，面面相觑，大帐内顿时鸦雀无声。吴家禄朗声说道："现在军中没有主帅，军心必然涣散，应该推举一个人出来，暂时主持一切，大家以为怎么样？"众人齐声称是。总兵王国永带头，大家推举吴家禄为总兵官，代行督师职务。吴家禄谦让一会儿，随即升帐，点名完毕，把清军战书批准。又令参议处写好奏稿，把洪承畴失踪的情形，派人骑快马进京奏闻皇帝。

洪承畴喝得酩酊大醉，人事不省，等到醒酒，睁眼一看，见自己睡在一张绣床上，锦幔绣被，芳香之气扑鼻，洪承畴不禁大吃一惊。他一骨碌爬起来，向外面一看，有四名蓬头侍女打扮得十分秀丽。她们见洪承畴已经醒过来，便姗姗地走进来，两名服侍洪承畴起床，另外两名去煎参汤、煮燕粥。等洪承畴走下床，什么盥漱水、梳洗具都已经在镜台前摆放得停停当当。洪承畴被弄得莫名其妙，他草草洗漱完毕，侍女又进汤递粥。洪承畴还不知道自己在什么地方，他胡乱吃些茶汤，问侍女们："这里是什么地方？我记得昨天晚上在帐篷内喝酒，还有一个丽人相伴。丽人到哪里去了？我怎么会到这里来？"洪承畴说完，见其中一个侍女只是掩口微笑，他更加迷惑。一个侍女笑着说道："你已经到了这里，还问那些干什么？"洪承畴正要诘问，一个年龄稍长的侍女道："你不要着急，我告诉你吧。这里是芙蓉沟，我们都是大清皇帝宫里的宫女。"洪承畴听到"芙蓉沟"三个字，大喊一声"哎呀"，连手里的茶杯也落在地上。他的脸顿时变色，身体不停打战，道："我中计了！"，说完昏死过去。侍女们慌忙扶起他，一个在洪承畴耳边高声叫喊，又有一个竭力掐人中。大家七手八脚忙了一会儿，洪承畴才悠悠醒转。原来芙蓉沟是清朝属地，洪承畴已经落进虎穴。

洪承畴苏醒过来，回想昨夜的情形，记得自己和美人对饮，不知怎么模模糊糊会到这个地方来。那个美人当然是清朝奸细，但不知道清朝皇帝骗自己来做什么？又想起家人以及与阿香恋恋不忍离别的情况，她还希望自己这次出师告捷，胜利回去，一家团聚。现在身在敌国，不知道阿香分娩没有，万一已经生育，又不知道是男是女。如果阿香听说自己被人所骗，关入牢笼，不知道她会怎样悲伤。洪承畴越想越伤心，满眼凄凉的他忍不住放声大哭。侍女们见洪承畴这样悲痛，走上前再三慰劝。年龄最大的侍女还低低地对洪承畴说道："经略不要伤心，既来之则安之。我们万岁爷是个宽厚仁慈的主子，比明朝昏聩庸劣的暴君至少要胜十倍！我们万岁爷绝不会难为经略。"侍女话音未落，洪承畴已经听得怒气上冲，只听噼啪一声，侍女脸上早中了一下。她粉面上登时现出五个指印，哇地一声哭出来。洪承畴又气又恼又是悲伤，索性拍案打桌高声号哭。正哭得悲痛欲绝，肩上有人轻轻把他钩住，接着伸过一只纤纤玉腕，给自己慢慢地擦眼泪。洪承畴觉得她那幅罗巾上有一股荡人心魄的香味，直射进自己鼻管。他以为是侍女又来捣鬼，刚要抬起头来发作，忽然眼前一亮，见给自己擦泪的不是别人，正是昨夜帐篷里的丽人。洪承畴突然见到丽人，好像他乡遇到故人，又像婴儿见到乳母，显得分外亲热，恨不得把心里苦处一齐掏出来交给她。他两行热泪不知不觉扑簌簌地流下来，又想起自己被骗到这里，都是美人的计谋，于是不由得说一声："你害得我好苦！"说完又号啕痛哭起来。

美人含笑娇声说道："都是我不好，希望经略千万不要见怪，我就感激不尽了！经略是个聪明人，我这次欺骗经略，也有许多苦衷。但是从情理上看来，我实在愧对经略！听说经略豁达大度，哪一件事看不清楚？想必对我种种得罪经略的地方，必定能够见谅。经略正在壮年，他日前程不可限量，那么经略应该保重自己身体才是。如果过于悲伤，弄出病来，不但使我心里不安，就是经略自己也对不住自己。谁不知道经略是中原才子，我们万岁爷也久闻经略大名，想把经略请来，倾吐衷肠畅谈一下，无奈天各一方。经略是明朝大臣，万岁爷是大清皇帝，以前虽然通过朝贡，现在却成为敌国，双方想见面聚谈，肯定办不到。于是不得不想出这个办法，把经略请到这里来。只是对经略而言，我不免成为罪人。我只求经略海涵，饶恕我吧！"美人说到这里，声音已经呜咽，一双盈盈秋水中，泪珠滚滚，她一头倒在洪承畴怀里，抽抽噎噎地哭起来。

这时洪承畴早被美人一席话说得心软下来，等到见美人也哭了，娇啼婉转，粉颊上泪痕点点，好像雨后樱花，也不禁动了怜惜之心。他伸手轻轻把美人扶起来，美人已经哭得和泪人一样。洪承畴猛然想到这不是美人计吗？我不要受她迷惑，心里一个转变，他立刻把脸一沉，猛然把美人推开道："你不用在我面前做戏。我既然被骗到这里，只有束手等死。你说要我和清朝皇帝相见，我堂堂天朝大臣，去对鞑靼俯首称臣，万万做不到！老实对你说吧，想要我投降清朝，除非海枯石烂，日月倒行。"洪承畴说完，把两只眼睛闭紧，任凭美人怎样说，他只当做没听见。美人知道洪承畴已经打定主意，只得叹口气，慢慢走出去。

从那天开始，洪承畴咬紧牙根，预备绝食，即使山珍海味摆在他眼前，他也只是紧闭双眼，连看都不看。这样过了三天，一直滴水不进。洪承畴觉得身体疲乏，有些坐不住，索性静静躺在床上等死。到了第四天，洪承畴已经支持不住，浑身软绵绵的，睁开眼觉得天昏地暗，耳鸣目眩，心里一阵难受，不禁流下眼泪。

到了第五天，洪承畴已经饿得奄奄一息，连哭都哭不动，眼中热泪也已经流干。在这个时候，忽然那天的美人又姗姗走进来，在洪承畴床上一坐，附身到洪承畴耳边，低声说道："经略何苦这样？你难道不想回去了吗？昨天豫亲王营中押来十几名俘虏，其中一个自称是经略府的纪纲。据说经略的五夫人已经生下一位公子，特地派他来报喜信，还说经略府一家老小都平平安安，经略可以安心。"洪承畴这时虽然躺在床上，但毕竟没有身染重病，不过饿得没有气力，心里却很明白，听美人说五夫人生下儿子，心里不禁一动。阿香是他第五房姬妾，美人能说出见证，想必不是说谎，于是把眼睛微微睁开，有气无力地说道："我的家人在哪里？"美人笑笑道："经略想见他吗？"洪承畴点点头。美人说道："这里的规矩，不能召外仆进来。经略真要和纪纲说话，必须到外面去。可怜经略已经饿成这个样子，怎么走得动呢？我劝经略还是进点饮食好。如果你这样糟蹋自己，消息传到京城，不是叫你那几个夫人急坏了吗？"美人说完，走下床去，倒了热腾腾一杯参汤，叫侍女们帮自己扶起洪承畴。美人把汤用香唇试试冷热，送到洪承畴嘴边。洪承畴这时被美人句句话打中心坎，又挂念阿香，急切要见仆人以询问家中情形，所以美人劝他进食，他不再拒绝，把一杯参汤一口一口喝下去。美人见洪承畴已经回心转意，忙着递茶献汤，亲自服侍洪承畴。到了晚上，美人总是和衣睡在洪承畴身旁。这样过了四五天，洪承畴的精神已经慢慢复原。他本来是个酷嗜女色的人，早晚对着如花似玉的美人，怎能支持得住？没过几天，两人已经打得火热。

一天，洪承畴忽然想起家人，一定要美人领他出去。美人点头答应，侍女们捧进一包衣物，美人叫洪承畴改装。洪承畴见包中衣服却是些萤衣外褂、红顶花翎之类，并不是明朝衣冠，坚持不肯穿着。美人笑道："在我们这里，像你那样装束是不行的。"洪承畴犹豫不肯答应，美人不由分说，叫进两名仆役，扶洪承畴坐下，取出一把小刀，把洪承畴前额头发剃去，结成一条辫子垂在脑后。洪承畴心里虽然不愿意，但知道自己身处异国他乡，不得不受人家支配，于是又脱去绣袍，穿上天青外套，黄缎马褂，腰里悬上荷包，戴上大红晶顶纬帽，尖头朝靴，脖子上又套上一串朝珠。打扮完毕，洪承畴急忙向衣镜上一照，赫然是个满洲人。他看了再看，自己也觉得好笑。美人站在旁边，见洪承畴换了一个模样，咯咯地笑个不停，笑得洪承畴面红耳赤，死也不肯走出去。外面的侍卫官来催促好几次，太监在门口高喊，仪仗已经准备妥当，请洪大人登车。洪承畴诧异道："我去看我家仆人，要他们这样忙乱做什么？"美人笑道："这是这里招待邻邦大臣的规矩。到了那里，你自然会知道。"洪承畴没办法，只得跟随侍卫，出门上车，他见车前旌旗麾钺一对对排列，好像郡王的车驾，不知道是什么意思。

·洪承畴降清·

走了半天，车辆越走越快，始终不见停车。洪承畴心里疑惑，问侍卫道："我只是去大营看俘虏，怎么还不到？"侍卫答道："这次被我们俘虏的明朝官吏很多，不止大人的仆役一人，现在已经迁到白堡城。"洪承畴听了，暗暗吃惊道："白堡城不是清朝皇帝的行宫吗？我到那里去做什么？"洪承畴这时已经身不由己，只好任他们拥车前进。在路上经过清军许多营垒，都是旗帜鲜明，刀枪耀目。

这样一程一程地进去，直到白堡城行宫前面停车。早有祖大寿、陈如松、白广恩、范文程、田维钧等明朝降将站在宫前相迎，洪承畴觉得莫名其妙。众人等洪承畴下车，不等他问，一哄上前拥着洪承畴进宫。走进盘龙门，是一个大殿，殿额上写着"天运"两个大字。到了大殿上，太监屈半膝禀道："上谕众官员留步，只召洪大人进见。"祖大寿等人听了，一齐停住脚步，分列在两边，让洪承畴独自一人进去。洪承畴见到这种情形，心跳个不停，但是骑虎难下，只好硬着头皮，跟随内监向甬道中走进去。经过端谨殿，由一个小太监递上一叠手本。一时，肃郡王豪格、郑亲王济尔哈朗、贝勒莽古尔泰、睿亲王多尔衮、豫亲王多铎、贝勒巴尔海、武英郡王阿济格、贝勒巴布泰、额附克鲁图、贝勒代善、大学士雪福庚伦、贝勒慕赖布、章京冷僧机、庆王阿巴泰、贝勒巴布台等一干人等都来迎接洪承畴。洪承畴一一和他们打招呼。

大家让洪承畴继续向前走，并蜂拥在他周围，好像群星捧月一样，一路慢慢走着。走过仁寿殿，远远看见仁极殿上，银帘深垂，丹墀上排列着雪青绣衣、白边凉帽的二十四名侍卫。殿内鸦雀无声。洪承畴跨上大殿，殿门银帘已经高高卷起。大殿正中露出金漆紫泥龙案。四边金龙抱柱，龙案两边排列十六名内侍。上面绣龙宝座中高高坐着清朝太宗皇帝，那种庄严威武的气概，令人不寒而栗。

洪承畴到了这时，不知不觉屈膝跪下，俯伏在地不敢抬头。殿上传下一声"赐座"，走过两名内侍把洪承畴扶起，让他在金龙绣墩上坐下。洪承畴一面谢恩，一面偷眼端详太宗皇帝，见他面方耳大，两颊丰颐，广额高颧，双眼有神，俨然是龙凤之姿，帝王之貌。洪承畴看了，暗暗称赞。太宗皇帝和颜悦色地说道："朕早就仰慕先生才名，今天有幸相见，希望先生有所指教！"洪承畴听了，弄得不知所措，额上汗珠不停滴下来。他半天才跪下说道："下臣愚昧，蒙陛下赐恩，没有处罚我。臣即使万死，也不足以报答陛下！"太宗皇帝听了大喜，急忙令内侍扶起洪承畴，传谕在笃恭殿赐宴。洪承畴再次拜谢，退下殿来，由肃郡王、郑亲王、武英郡王、豫亲王、睿亲王、大学士雪福庚伦等亲王大臣奉上谕，到笃恭殿陪宴。洪承畴走下大殿，身上冷汗已经湿透朝衣，知道清朝皇帝对自己格外优待，因此心里也非常感激。

饮宴结束，按例要进宫谢恩。这时太监传旨，皇上在勤政殿宣洪经略觐见。洪承畴领旨，跟随太监走向勤政殿，亲王大臣在笃恭殿上候旨。洪承畴到了勤政殿，参拜完毕，太宗命人赐座。洪承畴叩头站起身，猛然看见太宗身边还坐着一个黄龙绣袍、金额流苏的美人，想必是皇后。洪承畴慌忙再次行礼，只听到上面莺声呖呖地说声："赐座！"又清脆又尖厉，把殿上沉寂的空气冲破，一直冲进洪承畴耳朵里。洪承畴觉得这声音非常熟悉，忍不住微微偷看一眼，一看之下不禁大吃一惊，身体不停颤抖，他低头趴在地上，再也不敢站起身。皇后却嫣然一笑。太宗皇帝命内侍把洪承畴扶起，在绣墩上赐坐。这时洪承畴已经汗流浃背，坐在绣墩上局促不安。皇帝见洪承畴那种惶悚模样，不禁掩口微笑。太宗皇帝向洪承畴温言慰谕一番，接着又问些关内的风俗民情、山水地理及明朝的政治状况。洪承畴是明末才子，无书不读，太宗有问，洪承畴必答，真是知无不言，言无不尽。

太宗皇帝笑逐颜开，回头对文皇后说："朕要夺明朝江山，非有洪先生相助不可。朕有洪先生，如鱼得水。你这次功劳，真是非同小可！"文皇后听了，嫣然一笑，一双盈盈秋水时时向洪承畴看来，看得洪承畴只顾低头，不敢仰视。太宗皇帝咨询一会儿，才命洪承畴退出去，暂时在馆驿中候旨，又令亲王大臣也各自回府。洪承畴回到馆驿，身上好像卸掉重负一般，想起他被骗来的经过，不禁连连吐出舌头，半天缩不进去。第二天太宗皇帝圣旨下来：封洪承畴为体仁殿大学士，并赏戴双眼花翎，钦赐宝石顶。上朝时按照三孤例，免行跪拜礼，出入禁宫准带卫士两名，随驾时能够骑马，乘车按照亲王例，赐银灯红杖一对。

汉人受到清朝这样殊宠，在清朝入关以前，不过洪承畴一人。一时边地明臣听说洪承畴大获宠幸，谁不羡慕？所以后来明朝臣子大半投降清朝，就是这个缘故。但是骗洪承畴的美人是谁？洪承畴见到文皇后，为什么吓得抬不起头？原来洪承畴被封为经略督师大同的消息传到满洲，太宗皇帝知道洪承畴是中原才子，韬略精通，有心要招降他，便急忙召亲王大臣，秘密商议。一班亲王大臣多半主张设计把洪承畴捉住，然后劝他归降。太宗皇帝说道："这姓洪的不比寻常人，万一逼急了他自尽，或者捉来之后，他却不肯投降，那又怎么办呢？况且他又善于用兵，手下有几个勇士猛将，想要捉住他谈何容易？"说完召明朝降将祖大寿等人上殿。太宗皇帝说道："你们和洪承畴同殿为臣，知道他平时最喜欢什么东西吗？"祖大寿急忙跪下禀道："洪承畴自命为风流才子，他生平所嗜好的，就是声色，所以他家中姬妾很多，一个个都艳丽如仙。"太宗皇帝点头道："这样说来，必须有绝色女子设法把他迷惑住，然后才能再慢慢地劝他归降。"亲王大臣们都点头同意。可是一时没有绝色女子，就是有，又怎样去迷惑洪承畴呢？

太宗皇帝退朝回宫，因为心里有事，脸色自然不大好看。文皇后在旁边含笑问道："陛下有什么不快乐的事，这样坐立不安？"太宗皇帝摇头道："这事和你说了也没有用。"文皇后正色说道："陛下有为难的事，我理应分忧。先说出来，没准我可以给陛下出个好主意。"太宗皇帝把想招降洪承畴的事大致说了一遍，接着又说道："这个人好色如命，可惜没有绝色女子去引诱他。姓洪的是个才子，对关中地理民情、政治风俗，非常熟悉。朕要夺取明朝天下，必须有他相助，才能成功。"文皇后听了，沉思半天，忽然微笑道："这姓洪的只怕他未必好色吧？"太宗说道："这话也是一个明朝臣子说的，他和洪承畴是一殿之臣，当然千真万确。"文皇后说道："如果他的确好色，我倒有个计策，只要陛下允许，让我去做，不出三个月，我保证把姓洪的弄来和陛下相见。可是不知道洪承畴现在在什么地方？"太宗皇帝说道："洪承畴现在在大同，和本朝兵马对垒。你如果能弄来洪承畴，或者让他投降，无论你怎样去做，朕样样依你。"文皇后嫣然笑道："陛下这话当真？"太宗皇帝正色道："国家大事，怎么能够开玩笑？"文皇后道："陛下既然已经答应我，那我明天亲自去大同。"太宗皇帝说道："你只要办得到就行，但这件事必须秘密小心，千万不要弄巧成拙，那可不是闹着玩的！"文皇后点头道："我自有办法，陛下尽管放心。"太宗皇帝大喜，立即召额驸克鲁图，悄悄地叮嘱他，暗中保护文皇后。

到了第二天，文皇后只带一个小宫女和额附克鲁图，乘坐骡车，昼夜兼程，不久来到大同。当时洪承畴率领大军正和清军交战。一场大战，把清军杀得大败。肃郡王豪格、武英郡王阿济格、睿亲王多尔衮、郑亲王济尔哈朗都狼狈逃命。文皇后在明营附近搭建一座帐篷。每天到了月上黄昏，文皇后便焚香正襟危坐，舞动纤纤玉手地弹起琴来。那一天晚上，恰好被洪承畴听见，顺声来到帐篷内，见文皇后长得花容月貌，不禁心迷神荡。两人谈谈说说，由论琴谈曲，到相对欢饮。文皇后施展狐媚手段，把洪承畴灌得酩酊大醉。一声暗号，额驸克鲁图从后帐跳出来，不问青红皂白，一把挟起洪承畴，跳上日行八百里的良驹，一夜之间就把洪承畴送到芙蓉沟。芙蓉沟离白堡城五十里，白堡城离赫图阿拉一百里，文皇后见大事已经成功，和小宫女慢慢地从后面赶到。到了芙蓉沟，正好遇上洪承畴大哭，文皇后打扮得妖妖袅袅，想去迷惑洪承畴，被洪承畴闭目拒绝。文皇后没有办法，恰好明军中没了主帅，被清兵杀得大败，俘虏了很多人，其中一个俘虏自称是洪经略家仆。豫亲王多铎奉旨前来助战，知道文皇后骗洪承畴的事后，便把那个家人送到文皇后那里。文皇后仔细一盘问，得知洪承畴第五个爱妾已经生下儿子，家人特地前来报信。文皇后听了，不禁高兴起来道："有这个机会，我可以笼络洪承畴。"她立即又来看洪承畴，故意用家事打动他，说得洪承畴十分思念家乡，果然渐渐回心转意。文皇后哄他去见家人，强迫洪承畴改装剃发，驱车去白堡城，引他见太宗。

洪承畴不得不听人摆布。文皇后又赶到宫中，叫太宗做得格外威武，使洪承畴见识大清神威，自然而然虔心投诚。洪承畴见了太宗，果然如文皇后所料，几乎感激涕零，竟然甘愿俯伏称臣，等到洪承畴在勤政殿二次召见，一眼看见文皇后，吓得洪承畴浑身颤抖。原来皇后不是别人，正是月夜弹琴饮酒，曾经在芙蓉沟和他同床共枕的丽人。洪承畴到了这时，才知道太宗皇帝爱自己之深，甚至不惜牺牲皇后。洪承畴怎么会不感激太宗的知遇之恩呢？他从此死心塌地归顺清朝。太宗皇帝又赐洪承畴学士府第，赠他美姬十名。洪承畴倒也乐不思蜀。当他第一次召见后，急忙回到馆驿，传被掳来的家人时，左右回说："家人被文皇后盘问一遍，随即让他回北京了。"文皇后想洪承畴见到家仆，询问起家中情形，必定想家心切，未免降志不坚，她故意不令他主仆相逢。当初文皇后哄洪承畴去看家人，是骗他出降，其实那个家人早已经回到北京了。

·闯王的祖坟·

李自成从凤阳败回陕中，只有十八人相随，势单力孤的他一时非常愤怒。又恰好遇上天气寒冷，风雪蔽空，李自成跑得人困马乏，走进一所荒寺里休息。他回头对猛将小张侯说道："我今日一败涂地，你在神前占卜一下。如果是吉我们就再前进，如果是凶大家就散伙吧！"小张侯掷了三个阴阳交，三掷三吉。小张侯跳起来道："我愿意死从将军！"说完叫过他的部将，吩咐道："我誓从闯王，虽死不悔，你们以为怎么样？"部将齐声说道："愿听将军指挥！"小张侯大喜，于是保护李自成，大家扮作商贩模样，从湖北勋阳潜入河南。

正赶上河南闹大灾，已经到了人吃人的地步，小张侯到外面号召，一时饥民跟从者千百成群，不到二十天，已经找来十万人。李自成的势力又强盛起来，即日率众进攻河南。

当时福王朱常洵听说闯贼兵临城下，急忙和巡抚严其炯商议，命百姓上城守卫。兵民索要军饷，福王不答应。致任大学士吕维棋劝福王开仓放粮。福王变色说道："你为什么不捐些家产去养兵，只顾向我索要？"吕维棋长叹道："王爷在乎家产，一旦城被攻破，只怕后悔也晚了！"这几句话说得福王怒气冲天，喝叫左右把吕维棋乱棒打出去。福王是郑贵妃所生，神宗皇帝最喜欢他，每年赏赐极多。还有郑贵妃私产也都给了福王，他在河南豪富可算天下独一。福王虽然这样有钱，性情却非常吝啬。兵到城下，叫他取些军粮，他也一口回绝。

李自成也知道福王富有，于是命兵丁竭力攻城，并下令道："如果我们攻进城，福王府中所有财产，任凭将士取舍。"李自成用车轴铁辕雇铁匠铸成大铁管，管中灌入火药，以代替巨炮轰城。药线点燃，轰然一声，烟雾蔽天，对面不见人。铁管炸裂，城墙丝毫没有损伤。

当时河南城内没有粮草，兵士大多不肯守城，他们围住福王府，福王却紧闭双眼不理不睬。李自成见铁管炸裂，说铁匠铸得不结实，把铁匠们一齐杀掉，雇人再做。铸成后，仍然在厚约两寸的铁管中装满火药。点燃一发，声音如同巨雷，传出五十多里，城外地面下陷三四丈，沙石腾空，城墙坍倒五六丈，白烟迷漫。巡抚严其焵指挥兵民抢堵塌倒城墙。李自成已经率兵杀到，前仆后继，转眼间城上已站满贼兵，严其焵死在乱军之中。李自成跃马在前，兵丁一拥进城，大家的目的只在金钱，于是一齐向福王府中杀来。

福王朱常洵这时才着急，一手拉住一个爱妾，想从后门逃走。李自成早已经杀到，把王府前后门团团围住。这小小的王府怎能经得起贼众攻打？片刻之间前后都被攻破，贼兵呐喊一声，冲杀进去。

李自成在后面指挥，令人把福王绑起来，严刑追问金珠钱物。福王熬不住极刑，只好照直吐露。李自成命贼兵按福王所指的地方前去搬运。府门前钱帛顿时堆积如山。李自成笑道："他一个人藏着这么多东西，怪不得河南十分贫穷！"又见福王身躯肥胖，不禁怒道："河南百姓一个个骨瘦如柴，你为什么这样胖？"说完叫兵丁剥去福王上下身衣服，用尖刀将其杀了。李自成杀福王的噩耗传到京师，崇祯帝潸然落泪道："贼盗横行，骨肉遭殃，都是朕不德导致。"说完痛哭回宫。群臣面面相觑，悄悄散去。

崇祯帝回到宫内，还是不停落泪。田贵妃在旁边竭力慰劝，崇祯帝勉强止住眼泪。他正要站起身，到御书房去批阅奏疏，忽然擦眼泪的罗巾掉在地上。他弯腰去捡时，一眼看见田贵妃纤足上闪闪发出光来。崇祯帝因为田贵妃的双脚很瘦窄，平时很喜欢，经常用它来解忧。这时见鞋上发光，急忙仔细定睛观看，只见绣履用明珠缀成，所以才发出光。鞋面上还绣着五个字："臣延儒恭献"。崇祯帝看了，勃然大怒，向田贵妃喝道："你身为内宫嫔妃，为什么和外臣交往？"田贵妃还没有回答，崇祯帝已经命内侍把田贵妃拖出去。

崇祯帝自从登位以来，已经整整十五年了。这十五年中，宰辅更换十分频繁，大学士温体仁致仕，杨嗣昌入相。杨嗣昌是杨鹤之子，父子劓贼，先后误国，被御史徐镜仁弹劾。崇祯下谕将杨嗣昌关进大牢。崇祯帝又封周延儒为大学士，参与军国大事，并总督天下兵马。

明朝宰相权力很大，周延儒权力更大。崇祯帝也很敬重周延儒，每逢奏对的时候，崇祯帝总是走下龙位，拱手温言慰勉，还连连向周延儒作揖道："朕没有什么才能，以致现在天下大乱，现在朕把大明江山托付给先生，希望先生不要辜负朕之所托！"慌得周延儒不停叩头，涕泣垂泪道："臣怎敢不尽心报答陛下！" 当时清兵正攻破辽蓟，败信传到京师，崇祯帝不知所措。

朝廷大臣姚明恭、张四知、魏藻德、蔡国用、方逢年等腐儒又都懦弱不足重用。

崇祯帝没有办法，谕令周延儒率军抵御清军。周延儒为人胆小如鼠，逗留在通州，犹豫不敢前进。这样挨了三个多月。清军统主帅豫亲王多铎在各地饱掠一番，满载归去。周延儒见清兵已退，谎言是自己打退，选择吉日班师回京。崇祯帝视周延儒为中流砥柱，听说他获胜回来，自然非常高兴，便派尚书曹黄宣、吕端敏等人远远地出城迎接。

周延儒骑马直进皇城，到九级坛前下马，走进乾清门，上奉天殿见皇帝。崇祯帝亲自走下丹墀，周延儒刚要行礼，崇祯帝一把拉住道："你为国家效劳，功盖日月，朕的列祖列宗在地下也会感激你，你以后不用对朕行这样大礼了。"说完命在承仁殿赐宴。周延儒谢恩，去承仁殿赴宴。饮宴完毕，上谕下来，封周延儒为崇义侯，加公爵。

不料周延儒献给田贵妃绣履，恰好被崇祯帝看见，崇祯帝认为田贵妃私通外臣，立即下谕把田贵妃贬入安华宫，叫她自省。田贵妃被贬，含着两行珠泪，凄凄惨惨地走进冷宫。崇祯帝谴责田贵妃，余怒未息。这件事群臣已经略有所知。锦衣卫骆无野上疏弹劾周延儒拥兵不进，清军自退，周延儒冒认军功。崇祯帝看完奏疏，不禁勃然大怒，又因为周延儒进献绣履，心里本来很鄙视他，再加上骆无野的奏疏，说周延儒误国欺君，简直是个阿谀小人。于是崇祯传旨，宣周延儒进见，崇祯帝痛加斥责。周延儒吓得不停磕头，额角碰在地上，砰砰有声。他零涕认罪，血流满脸。原来周延儒磕头太用力，把额皮磕碎，弄得流血不停。崇祯帝看了，怒气消了一半，反而生出一种怜悯之心，他叫周延儒站起身，念他为官多年，只叫他免职回乡。周延儒奉谕，好像丧家狗一样，急急忙忙，抱头鼠窜地出京回乡。崇祯帝自从贬了田贵妃，虽然还有一个袁妃，但宫中却比以前冷寂了许多。袁妃又不如田贵妃聪慧妩媚。田贵妃未被贬时，每逢崇祯帝忧患不乐，田贵妃总是以温婉的言词，再三譬喻劝解，崇祯帝听后往往一笑之下，忧虑尽释。

田贵妃被贬入冷宫，崇祯帝心里还常常想起她。只是圣旨已经下达，为了顾全皇帝威信，当然不能出尔反尔收回成命。

一天，崇祯帝和周皇后对饮赏花，袁妃在一边相陪。崇祯帝觉得郁郁寡欢。周皇后已经会意，乘机进言道："田贵妃住在深宫，很久不见，现在应该让她侍宴。"崇祯帝默默不语。周皇后代传上谕，命人到安华宫召田贵妃。不一会儿，田贵妃姗姗进来。行礼完毕，崇祯帝见她玉容瘦消，容颜憔悴，不禁为之落泪。田贵妃更是哭得呜咽凄楚。原本快乐的席上，顿时满罩愁云。多亏周皇后在旁边劝说，田贵妃才止住眼泪站起身，提壶斟酒。周皇后把田贵妃手中的金壶夺过来道："这是宫女们的事，你何必那样？”田贵妃一笑坐下，从此皇后贵妃之间感情越来越深，并一直持续到亡国。崇祯帝对田贵妃宠爱得也像过去一样，只是崇祯帝始终忧心忡忡，脾气也越来越坏，稍不如意，就要喝骂鞭挞。外郡警信差不多一天多次，不是这里被围，就是那里陷落。贼势浩大，边庭烽烟，连年不息，把崇祯皇帝急得如热锅上的蚂蚁一样，一天到晚只是长吁短叹。

李自成攻陷河南，杀死福王朱常洵，声势大振。接着，李自成又攻陷开封。陕西巡抚汪乔年命米脂县令挖掘李自成祖坟。县令边大绶奉汪乔年命令，到各处探询，都不知道李自成的祖坟在哪里。边大绶私下探访，捉住李自成族人，严刑拷问。族人熬刑不过，自愿做向导。边大绶大喜，当即带胥役和工人，携带铁锄之类，去往李家村西土山畔。族人指着山谷中一座荒坟，说是李自成的祖父母与父母合葬的地方。边大绶喝令工人锄头铁耙一齐动手，顿时掘开坟土，露出棺木。边大绶命人开棺验视，见尽是些粼粼白骨。到了第四棺，棺内尸身并没有溃烂，衣服整齐。尸体上有一条鳞甲密密、似龙非龙的东西，金光遍体，头生双角，只是两眼还没有睁开，被日光晒得不能动。边大绶叫工役把铁钳烧红，向蛇身刺去。噗刺一声，青烟直冒，蛇身跳起十丈，落下地来，约有胳膊粗细，长三丈多，并释放出毒气。工役被毒气所伤，死伤六七人。边大绶急忙令众工役刀锄齐下，才把那条金甲蛇打死，又命人用巨瓮装上石灰，把蛇投进瓮里，呈解进省。边大绶写下公文，讲述掘坟经过。

汪乔年看完呈文，皱眉说道：“边县令所掘的坟，是李自成祖父母的，还不是他的始祖。听说李自成历代祖宗葬在同一个地方，有十六具棺木，墓中有铁灯两盏。曾经有仙人点他墓穴，又说出‘铁灯发光，李氏为王’这句话。这样说来，没有铁灯的不是李自成祖坟。”汪乔年下令把呈文驳回，说李自成祖坟，不止四棺并葬，还要继续寻觅发掘。边大绶奉谕，又派差役四处寻访，始终也没有头绪。因为这挖掘坟墓的事，属叛逆不道，不能任意发掘。边大绶担心挖错，弄出事来，只得回复汪抚台，说找不到。汪乔年不相信，对左右说道：“陕人既然有‘铁灯发光，李氏为王’的谣言，想必不是没有根据的，边县令找不到，我亲自去找。”汪乔年为人憨直而有胆力。他要发掘李自成祖坟，实际上是他进京觐见时，受崇祯帝密谕，所以不达目的不会罢休。汪抚台带上三四名亲随，两个得力家丁，连夜赶到米脂。边大绶听说抚台汪乔年亲自到来，急忙率领部属出城迎接。汪乔年叮嘱边大绶，不许声张以致走漏风声，让李自成知道，必定会派人防护，事情就难办了。边大绶领命，真的做到密不透风，大家分头寻找。汪乔年又找来著名的堪舆家，在米脂西山周围细勘有没有龙穴。这样明察暗访，双头并进。

没过几天，有一个堪舆家报告，说在西山乱冢丛中找到一处佳穴，虽然说不一定有皇帝之气，但穴间四面都是石头，煞气极盛，子孙应当是盗首。汪乔年听完堪舆家的话，觉得和李自成的情况相符，便领人到堪舆家所指的地方察看。墓冢都已经深陷地下，露在地上的，只有石钵大小的坟顶，恰巧是十六座。原来李自成家世代清寒，祖宗棺木没有地方可埋，便一起抛在乱葬丛里，胡乱搬些土泥掩盖，算是安葬。年深月久，棺木下陷，人家不以为是坟墓，所以无论如何打听不到。汪乔年见墓顶数目与谣言相同，吩咐工役开始挖掘。第一个坟据说是李自成的始祖，棺内尸骨已经尽行销蚀。棺里都是红色蚂蚁，成千上万，不知道是从哪里来的。第二、三、四具棺木打开，棺中全是清水。水里有无数金色鲫鱼，一闪一闪随水游泳。棺材被打开，鲫鱼被土石挡住，不能游出，立刻干死。还有其余棺内，有蛤蟆等等。最奇怪的是一对白鸟，口吐白雾，也从棺材中飞出。汪乔年令手下人追打，追到一百步外，白鸟中石落地，折翅而死。还有一具棺内是一只兔子，大小和野獾相似，开始时还能跳跃，但转眼间又倒地死去。

最后一具棺材，据说是李自成曾祖的，葬在龙穴正中。墓门打开时，有无数白蚁纷纷飞出，半天才全部飞走。再继续挖掘，见棺前有两朵木菌，好像两盏灯。菌上火光熊熊，好像铁灯一样。其实火光是地气所致，并不是真火。汪乔年看了，不禁大喜道："这才是闯贼祖坟，和谣言的确符合。"说完令仆役并力挖掘。过了半天，棺材才全部露出来。棺材上有一条大蛇，护着棺身。那条蛇青鳞白斑，秃尾锥头，遍身盘绕，棺木都被遮掩。工役见蛇体很大，吓得呐喊一声，往后奔逃。蛇被喊声惊醒，忽然腾空而起。汪乔年见蛇来势凶猛，拈弓搭箭，一箭射去，正中蛇的左眼。大蛇长啸一声，好像空山老鹳的叫声。转眼间蛇已经腾空飞走，不知飞到哪里去了。

汪乔年看不见大蛇，命工役开棺。棺盖一打开，众人齐齐吃了一惊。只见棺材内的尸首还很完整，面目焦黑，眼珠通红，好像龙眼，突出在眼眶外面，脸和身上都长满青色细毛，风一吹还微微摆动。尸身手脚指甲已经长到四五寸，蜷旋如钩，又像龙爪。尸脑有小穴，穴上遮有白翳。白翳遇到空气，闪耀不定。汪乔年亲自用铁锥把向脑门里白翳刺砍，轰然作响，如同巨雷。汪乔年吓得面如土色，手下仆役早已经逃出很远。响声过后，尸脑中飞出一条红色小蛇，长约四尺，粗不到一寸，头上有角，颔下有须，腹生四足，尾似棕叶，两眼灼灼有光，俨然是条龙。小蛇飞到棺外，跳起数十丈，向太阳乱叫，好像要吞掉太阳。可惜飞起不过数十丈，突然落下地来。然后又再次腾空，对红日怒吼。这样三起三落，跌到地上乱滚，转眼化作一摊血水。这时汪乔年和仆役都看得目瞪口呆，半天说不出话来。小蛇化成红水，大家才敢上前。汪乔年令人把尸骨抬出，在尸体周围放上柴火，点火焚烧起来。尸体发出臭恶气味，十里外还能闻到腥味。汪乔年见事情已经办妥，便把所有棺木全部烧毁，又命堪舆家镇住穴道，才领工役回到县衙。边大绶按例接待，汪乔年连夜赶回省里，写好奏疏，把掘墓毁尸的事据实上奏。

当时李自成正在围攻襄城，上谕令汪乔年前去支援。汪乔年奉旨率兵赶到襄城。城内粮饷已尽，以致杀老弱民兵充饥。守城的是致任御史韩进辉和知州庞茂公，大家竭力死守，众心不懈。李自成挖土成穴，灌火硝百担，要点火轰城。韩进辉命军士担水进穴，火硝遇到水，不能再点火。李自成正在恼恨，忽然有人报说米脂祖墓被巡抚汪乔年挖掘，有龙飞出。李自成顿足大骂，叫嚷势必回兵攻打陕西，杀汪乔年以泄掘墓之仇。于是令兵士奋死攻城。襄城被李自成攻破，屠杀百姓官吏，全城无一幸免，鸡犬不留一只。李自成屠完城，又听说汪乔年领兵来支援襄城。李自成跳起来道："报我祖宗尸骨暴露之恨，就在今天！"说完，率领兵马迎上去。

汪乔年支援襄城，在半路上听说襄城已经失守，正要退兵。忽然见对面尘土飞扬，人喊马嘶，知道贼兵来战，只好把人马摆开。李自成率领贼众，风卷残云一样冲来。汪乔年部下众将见贼势凶猛，人人面带惧色。汪乔年担心贼兵硬冲，下令压住阵脚。李自成骑着高头乌骓马，挺身一马当先，看见敌阵帅旗上一个"汪"字，李自成用鞭梢遥指，回头对贼兵道："挖我祖坟的就是这个人。你们给我把他捉来！"说完催马上前。贼兵一哄而上，势如潮涌，锐不可当。汪乔年率兵迎战，官兵哪里抵挡得住？被贼兵马队冲得七零八落，四散奔逃。汪乔年率领五百名精兵及勇将孙盛、徐芳突围跑出，向西面逃走。李自成大喝一声，令军士放箭。顿时万箭齐发。汪乔年和孙盛、徐芳两指挥都被乱箭射死在阵上。李自成命人砍下汪乔年的首级，算做泄恨。李自成攻破襄城，杀死陕西巡抚汪乔年，又连陷两城，杀死总督傅宗龙，又攻破商水扶沟，攻陷叶县，将军刘国能遇害。

李自成连占数城，声势越来越大，流贼"曹操"、万里眼、"老回回"左金玉等人都来归附李自成。李自成用兵，每到一处，攻城不下，便召集众将商议。在众口纷纭、莫衷一是的时候，李自成却闭目瞑坐，听众人献计。听到后来，选择众人中最两全的计划，立决立行，从来不会有丝毫犹疑。李自成的兵丁分为黑白两队，黑衣兵都骑马执大刀，临战时冲锋在前，白衣兵是步兵，一律手拿长矛，随在马兵后面。如果与官兵相遇，马兵出战，人马困乏时，下令马兵退后，步兵手拿长矛冲出，勇不可挡。如果步兵再不能取胜，再令马兵继续出战，马、步兵混合力战。若马、步兵仍然难以取胜，便下令分左右后退，把铜铸大炮推出，炮内装满火药铁子，轰然一发，千百人可以立即毙命。这时马、步两兵再分两队冲上。这种野战法可以说是所向披靡，战无不胜。

·唐王殉国·

月冷风凄，夜色迷茫，显现出一种凄凉景象。荒草萋萋，磷磷鬼火，往来犹如游萤。村舍中的百姓，都已经死亡流离，断垣败墙里面，偶有凄楚哭声传出来，呜咽凄惨，叫人听了心酸。路上碎石，处处染满血迹，断臂无头的尸体，东横一个西倒几人，白骨粼粼，遍地都是。 这种惨象，就是铁石人见了也要落泪。闯王李自成屠戮叶县，村舍市镇尽成荒丘，百十里相望，朝不见人烟，夜不闻鸡犬。这样的浩劫，翻开历史，只怕还是第一页呢。李自成占领叶县，又分兵攻占扶沟和商水，接着进兵南阳。唐王朱聿镆是太祖高皇帝儿子朱柽之七世孙，和总兵猛如虎登城防守。

唐王朱聿镆为人性情柔弱，言辞举动温文妩媚，犹如女子，加上他丰姿俊秀，仪容翩翩，平时乘车上街，那些小家碧玉都要倚窗窥视。见到这美貌王孙，谁不艳羡？只恨自己没办法去侍奉这样隽逸丈夫。唐王长得这样漂亮，害得南阳那些没有出嫁的姑娘如醉如狂。唐王每次同府中仆役到外面游玩，一些小女子无不如痴如狂，所以当时名士柳三三曾经作《南阳纪事》诗："绿柳紫烟春色好，路人争说看唐王。"唐王风仪，由此可见一斑。

当时南阳城西有一家做编篱生意的张小二，家境清寒，和他老妻女儿不分昼夜工作。编好竹篱，由张小二担着去卖，一天赚一二百文，一家三口和一只小黄狗，也总算勉强度日。不久，张小二忽然一病身亡，剩下母女二人孤苦相依，倚仗十只手指，一针针刺下来糊口。张小二妻子马氏自从张小二死后，把她的女儿碧桃越发看得和掌上明珠一样，连风吹都要怕肉痛。穷人养娇儿，这话的确不差。但碧桃性情聪敏，什么绣花刺绢，没有一样不是精工绝伦。凡是碧桃所绣的东西，拿到市上去，总是比别人卖得快。那些市侩甚至相互争夺，因此来买碧桃绣物的，几乎把门槛踏平。

一天早上，碧桃正依在窗边向远处眺望，恰好唐王朱聿镆从楼下经过。碧桃已经十八岁，正在伤春的时候，猛然看见唐王那种风度翩翩的样子，不禁芳心沉醉。她呆呆地趴在窗上，手中一幅罗巾不知不觉掉下楼去，不偏不倚，正落在唐王背上。唐王急忙伸手取下那方罗巾，见巾上绣着一朵芙蓉，旁边一头高冠雄鸡，绣得栩栩如生，的确是神针妙手。唐王仔细看了半天，知道是闺中人手迹，他抬起头来向楼窗一看，果然见一个妙龄女郎。碧桃看着唐王嫣然一笑，粉脸微微泛着红霞，蛸蜥低垂，掩窗走进去。唐王把罗巾放在袖中，回到王府，倒并没有把这件事放在心上。

谁知碧桃自从见过唐王之后，芳心已经深深留下痕迹，她经常倚窗眺望，始终不见那天的美少年再来经过。

光阴似箭，春去秋来，黄花遍地。南阳士大夫都在这时载酒看花，他们纷纷到城西金谷圃中摆酒相会。唐王也常常带一群墨客骚人到菊圃中游赏，还借此哼几句五言七古，点缀眼前佳景。金谷圃距离碧桃姑娘家只不过一箭之路，到圃中去都要经过碧桃楼下。王孙公子，车马相接。碧桃也倚在楼窗，看看热闹，突然见那个美貌公子也在人丛中，不禁芳心一动，把香躯斜靠在窗口，一手支着腮，只是呆呆地幻想。

唐王和众士人尽兴以后，各自回去。唐王也跨上一头小驴，背后跟随两名护卫，一路慢慢回府。那时夕阳西垂，暮鸦还巢，烟锁池塘，好一幅天然晚景图。唐王骑在驴背上，不禁触景生情，嘴里还低声吟哦，正在寻觅佳句，抬头看见窗楼上一个美人只顾对自己发愣。唐王见她呆得可笑，忍不住回头微笑。不料这一笑，碧桃在窗楼上看得十分清楚，她以为唐王的笑是对自己有情，急忙也回眸还唐王一笑。唐王却骑驴走过，毫不在意。碧桃是有心的，从此长吁短叹，朝思暮想，不免郁闷出一场病来，渐渐地卧床不起，奄奄一息。碧桃的母亲马氏心里非常着急，请大夫给她调治。医生说她心事太重，必定有什么忧虑挂念，如果想要这病痊愈，非解决心病不可。马氏听了医生的话，再三向碧桃盘问，碧桃只是不肯实说。到了后来，病势一天比一天重，马氏哭哭啼啼到处求神拜佛，又去盘问她女儿。碧桃知道自己病入膏肓，想来是隐瞒不住，便把遇见唐王的事细细地讲述了一遍。

马氏皱眉道，“这件事可难办了！南阳王孙公子很多，不知道你钟情哪一个？”碧桃喘着气道：“不用管他是谁，总之南阳城中，没有再比那人好的了！”马氏听了，四下去询问邻居亲朋，都说除了绰号小潘安的唐王，没有第二人。马氏听了，把舌头吐出来，半天缩不进去。她匆匆回来，对碧桃说道：“好女儿！我已经打探明白，你所钟情的那个人，是帝王贵胄，府中姬妾不知道有多少，怎么会少你一个人？如果他是平常百姓，做娘的还可以替你去想办法，现在他们的亲人是当今皇帝，休说你老子是编篱贫民，即使是一二品大员，恐怕也未必高攀得上。好女儿，你还是死了这条心吧！”碧桃听了，好似当头浇下一勺冷水，浑身冰冷，只装作没有听见，闭上眼睛一言不发。这样又过了几天，碧桃的病症更加沉重，连舌头都僵了。

马氏彷徨失措，坐在床边，泪盈盈地哭又不敢哭，两只眼睛红肿像个胡桃。碧桃嘴里虽然不能说话，但心里都很明白，她眼泪已经哭干，眼睁睁地对着母亲马氏苦笑两声。母女两个厮守竟然寸步不离。直到三更时分，碧桃忽然神气清醒，泪汪汪的向马氏说道："女儿的病，看来不中用了。可怜母亲辛苦了一场，没想到白发人送黑发人，说来也真是伤心！但是女儿这条心，始终不能放怀，我是因爱致死。既然已经为他丧命，也不能不给他一点消息。"说完从绣枕下面摸出一个小小的纸包，递给马氏道："女儿必死无疑，母亲要把这包送给那个人，好叫他知道女儿是为他而死。"碧桃说到这里，一口气上不来，两眼往上一翻，竟然昏死过去。马氏吓得大哭小叫，掐唇提发，闹了好一会儿，碧桃才悠悠转醒，可是昏昏懵懵，气息奄奄，已经失去知觉。

马氏呜呜咽咽地哭到天亮。在碧桃病还不是很重的时候，她见母亲这样悲恸，自然要劝。这时碧桃自己也顾不上，只好任她母亲哭得力竭声嘶。马氏又哭了半天，见女儿仍然昏迷，便拿起碧桃交给她的纸包，一路打听唐王府第。经人指示，马氏放大胆向唐王府中走进去。管门的仆役拦住她，盘问来历。马氏指手画脚说了一遍，弄得管门的摸不着头脑，不许马氏进去。马氏不禁大怒，随手一掌打得门仆火星直冒。门仆大骂："哪里来的疯妇，到王府门上来撒野？"于是把马氏扭住，想撵她出去。马氏死也不肯，乘势倒在地上，大哭大叫地闹个不停。王府中的仆役都赶出来，大家劝马氏出去。因为她毕竟是个妇人，不好过于为难她。马氏哪里肯听劝，哭声反而越来越大。这样一闹，惊动府内书房的唐王亲自出来盘问。马氏坐在地上，见内厅走出一个鲜衣华服、风度翩翩的官人，心想必定是王爷，便猛然从地上爬起来，扑地跪在唐王面前，把自己女儿怎样落下罗巾被王爷捡去，第二次倚窗，又见拾巾王爷经过，对窗上微笑，害得她女儿染上相思病，现在奄奄一息等事情诉说一遍，最后又求王爷大发慈悲，救她女儿性命。她说完，趴在地上放声大哭，又从衣袋里掏出那个纸包，双手呈上。

唐王听了马氏一番话，猛然想起拾巾的事。回想那天从金谷秋圃中看菊回来，在驴背上的确曾经看见一个女子对着自己发呆，难道天下真有这样痴心的女子吗？唐王想着，把马氏的纸包接过来，拆开一看，见又是一幅罗巾，巾上泪痕斑斑，是用猩红的鲜血写成两首七言诗，唐王慢声读道：

依亦风流自爱才，凭窗绣凤数年来。
终缠绮孽楼头望，剩有香魂绕碧梅。
深夜几疑蝴蝶梦，癫狂舞柳岂亲栽？
新愁犹忆憾秋菊，莫道相思付劫灰！
一笑春风逸趣生，天涯消息不分明。

空吟竹影香闺月，愁拨琵琶碧草行。
颠倒梦魂浑如醉，风流终负玉郎情。
红丝难缔成惆怅，何日嫦娥弄玉笙？

诗的上首写着“唐王殿下”，署名是个“碧”字，却写得歪歪斜斜，好像已经写不动。唐王读完，不禁吃了一惊，暗想她怎么会知道我是唐王，又想这种女子也真是痴情极了。于是他笑着向马氏说道：“你女儿这样多情，可惜我府中姬妾已经很多，安插不下，只好辜负你女儿了！”马氏听了，急忙磕个头，流涕说道：“王爷恩典，可怜民妇只有一个女儿，万一不幸死了，将来民妇依靠谁？还求王爷救民妇女儿性命吧！”说完，放声大哭起来。唐王见马氏哭得悲伤，心早软了一半。想世上的事，真是无奇不有，自己女儿染病，却找到我府中，没来由要把女儿送我，这不是叫我很为难吗？又读那诗句，觉得她情意缠绵，词义凄惨。唐王这时也有些心动，以为这种多情女子是天生情种，我既然拒绝她，应当亲自去安慰她一番，使她知道我不是个无情之人，那么她即使死了也不至于怨我了。唐王打定主意，令马氏站起身，微笑说道：“你先不要悲伤，我和你看你女儿去。”马氏听了，立刻转悲为喜，收住眼泪，站在一旁。

唐王吩咐家仆牵过几匹马，带上四五名健仆和两名侍卫，一齐上马。叫马氏在前面领路，一行人向城西进发，转眼来到马氏家门前。马氏把唐王领到她女儿房内，家仆侍卫都站在门前侍候。唐王独自走进房去。马氏向碧桃喊道：“好孩子，你醒一醒，你那个王爷来了。”碧桃正在昏昏沉沉的时候，一听到她母亲的话，两眼微微睁开，看见一个美少年坐在床前，正是那天驴背上的心上人。碧桃以为自己在梦中，看了再看，忍不住一阵心酸，哇地一声哭出来。唐王坐在床沿上，仔细看碧桃，见她玉容憔悴，面庞比在楼头时已经消瘦许多，青丝散乱，却不减她的妩媚。又见她抽抽噎噎地哭得好像雨后芙蓉，更显娇艳。唐王拉住她的玉臂，低声安慰。碧桃越哭越伤感，几乎又哭到喘不过气来。唐王倒被她哭得没话可以慰劝，呆呆地坐在床边一声不出。俗话说，女子的眼泪是最厉害的东西，即使你是坚韧如钢铁，也要被她哭软，何况唐王不是铁打心肠，他对碧桃说道：“你好好养病，我决不负你。”碧桃这才止住哭。唐王领人回王府。从此碧桃的病一天天减轻，不到半个月，已经能起床步行。

光阴似箭，过了两个月，碧桃已经复原。于是要她母亲马氏向唐王去提那件事。唐王感激碧桃情深，把她娶进王府，并给马氏赡养费两千两白银。碧桃自从进了唐王府，唐王对她十分宠幸。王府中婢仆知道碧桃是编篱出身，很瞧不起她。后来见碧桃处事和蔼，大家又都称赞她。府中大大小小，没有一个不和碧桃要好。

不料好景不长，唐王纳碧桃还不到半年，李自成率领兵士进攻南阳。唐王取出家财百万大犒军士，又召集新兵四千，和总兵猛如虎竭力守城。可是新召集的兵丁多半是些无赖游民，他们私下勾结贼兵，乘夜偷开北门。李自成军一拥而进。猛如虎率领部众拼死巷战，毕竟寡不敌众，贼兵箭如飞蝗，把猛如虎射得像刺猬一样，死在路上。唐王听说贼兵已经进城，想逃走时，王府已经被李自成军围得像铁桶一样，喊杀声震天。唐王知道不能脱身，急忙召集府中姬妾和王妃周氏商议大计。这时碧桃也泪盈盈地站在人丛中，唐王高声说道："现在事情紧急，我决不从贼，只有以身殉国。你们各自逃生去吧!"话音未落，碧桃首先应道："王爷为国尽忠，我们理应殉节。"说完，一头向庭柱上撞去，脑浆迸裂而死。唐王只说声"好！"。接着小太监报道："王妃已经自缢。"唐王连说几个"好"字。顿时美妾艳姬纷纷投井的投井，自缢的自缢，莺莺燕燕，转眼一个个玉殒香消。唐王点头微笑，随后自己从墙上拔出一口霜锋宝剑，刚要自刎，外面的李自成军已经打破大门，潮水般冲进来。唐王剑锋刚刺到咽喉，剑把已经被贼兵夺住，叮的一声剑落在地上。贼兵七手八脚一顿乱绑，把唐王捆住。这时王府中人声鼎沸，丫鬟仆妇哭声不绝。

唐王有个儿子朱慈耀，才十三岁，还在书房中念书，听说李自成军杀进王府，吓得大哭起来。在这危急万分的时候，教慈耀读书的西席先生黎崧仗着一把朴刀从外面跑进来道："王爷和王妃都已经为国尽忠，我们快走吧!"说着一把拉起世子朱慈耀，飞一样向后花园逃去。花园的铁门也被贼兵撞破，恰好杀进园来。黎崧大喝一声，一手拉住朱慈耀，一手舞刀，向李自成军乱杀乱砍，好像发狂了一般，贼兵都向后倒退。黎崧杀开一条血路，保护世子朱慈耀向前狂跑。贼众在后面追赶，强弩射来，黎崧身中六箭，还背着朱慈耀，拼命逃走。这样一口气跑出四十多里，后面追兵渐远，喊杀声越来越小。黎崧背着朱慈耀走上一座土冈，遥望贼兵，已经距离很远，他这才放下朱慈耀。黎崧已经筋疲力尽，眼前一黑，哇地吐出一口血，翻身昏倒在地上。朱慈耀本来已经吓得目瞪口呆，这时见黎崧吐血倒下，越发慌得走投无路，一屈膝坐在黎崧身边，号啕痛哭。

不料李自成部下大将牛金星领兵从土冈下经过，听到哭声跑上山来，不管三七二十一，把朱慈耀四马攒蹄捆住。黎崧倒在地上，被李自成军一顿乱踏，肚破肠流，死在冈上。朱慈耀被李自成军抬下冈去，凑巧副总兵马雄率领四五十名兵卒退到土冈前，见李自成军抬着唐王世子朱慈耀，自己一马当先，挺枪杀进贼队，把抬朱慈耀的李自成军杀散。背后五十名步卒一齐上前抢夺。牛金星是李自成的岳丈，为人骁勇善战，凶残无比。他见朱慈耀被抢走，拍马亲自来追。马雄担心寡不敌众，慌忙马上加鞭挟世子朱慈耀，和五十名步卒飞快逃走。牛金星追赶不上，只好领兵撤回。马雄救下朱慈耀，把他送到成国公朱勉府中避难。

·吴三桂杀贤妻·

吴三桂自从得到陈圆圆，整日沉湎酒色，对国事简直丝毫都不放在心上。那时还是温体仁当国，他一力荐举吴三桂驻守辽蓟。上谕下来，命吴三桂立即出京就职。吴三桂一时舍不得离开陈圆圆，上疏告病假。大宗伯董其昌写信给吴三桂，苦苦劝说。吴三桂只是充耳不闻。吴三桂的妻子卢氏小名叫做玉英，也知书识字，是个贤妇。她见吴三桂迷恋陈圆圆，不但寸步不离，甚至弃官不做，违逆上命，眼见荒职欺君的罪名是逃不掉了，万一不幸被朝臣参上一本，这颗头颅就要搬家了。这位卢氏是知书达理的淑女，怎么肯隐忍不劝？于是趁陈圆圆不在吴三桂旁边的时候，卢氏便用大义规劝。吴三桂听他夫人说得义正词严，心里也自觉惭愧，一时无言以对。可等到一见陈圆圆，把他夫人的话又都抛到脑后。卢氏见吴三桂不听良言，将来必定要后悔，只好在平时言语之中，带讽带劝，说美色是祸水，可以亡国败家，万万不可受其迷惑，否则身败名裂，追悔莫及。

吴三桂听了，总是默不作声。谁知卢人的话被陈圆圆的侍女听到，一五一十地告诉陈圆圆，还加上些不好听的言语在里面，把陈圆圆气得玉容铁青。等吴三桂进房，陈圆圆一头倒在吴三桂怀里，号啕大哭。吴三桂急忙问怎么这样悲伤。陈圆圆撒娇撒痴地说道："承蒙将军宠幸，如果别人容不下我，请将军允许我削发入山，虔心修道，来生再报答将军恩德吧！"陈圆圆说完，落下眼泪，从衣袖内掏出一把金铰剪，向万缕青丝上剪去。吴三桂急忙伸手夺住，乘势把陈圆圆抱在膝上，安慰她道："你不要这样烦恼，是谁欺负你？我立刻给你出气。"陈圆圆收住眼泪，冷笑一声道："说的好听，等一会儿狮声一吼，只怕金刚要变菩萨了。"吴三桂听了，知道陈圆圆是讥讽他惧怕妻子，他不禁勃然变色道："我哪里是畏惧她？平时她总是唠唠叨叨，我不和她计较，不过留点脸面给她罢了。"陈圆圆故意粉颈一扭，看着吴三桂道："你如果真不怕，我也不至于被她鱼肉！我当初见将军是个英雄，所以不惜败节相从。如果将军不能保护一个爱姬，空有虚名，我虽然愚蠢，也将不会倾心于将军！"这几句话激得吴三桂跳起来道："玉英贱人！太不识好歹，我和她算账去！"说完转身就走。陈圆圆急忙拉住吴三桂衣袖道："将军何必这样急，这时你无缘无故去找她，不是去碰一鼻子灰吗？还是忍耐些时日，将来慢慢想办法图她。不然弄假成真，又要怪我搬弄是非了！"

吴三桂哪里肯听，心中十分愤怒，眼睛几乎冒出火来。他挣脱陈圆圆，一口气跑到卢氏房里，把妆台拍得像擂鼓一样，大骂："贱人！我一向待你不薄，你为什么去欺负陈圆圆？”卢氏见吴三桂杀气腾腾，明知是受陈圆圆唆使，但自己问心无愧，没有得罪陈圆圆，也从来没有发生矛盾，怎么说去欺负她呢？她想着就要回话。吴三桂不等她说出，伸手啪的一下打在卢氏脸上，接着就是一顿拳打脚踢，打得卢氏莫名其妙。她忍不住放声大哭道：“我自从进你家大门以来，自己想也不会有失德的地方。现在有了那妖精，你竟然忍心来糟踏我吗？你既然这样无情，我活着也没什么意思，倒不如死在你手里吧！”卢氏说完，一头向吴三桂撞去。吴三桂向旁边一闪，卢氏扑了个空，险些摔倒。刚想转过身，吴三桂已经怒不可遏。这时卢氏云髻已经被打散，吴三桂趁势把她青丝扭住，飞起左脚，踢在卢氏小肚子上。可怜踢得她捧着肚子往地上蹲下去。她还怀着三个月身孕，这时蹲在地上呻吟不止。吴三桂冷笑道：“你刚才撒泼，这时又装腔给谁看？”说完又是两脚，踢在夫人腰肢上。卢氏狂喊一声，鲜血吐了满地，两眼一翻，离开痛苦的尘世，去往极乐世界了。吴三桂见夫人倒地不动，回头对丫鬟仆妇道：“你们不要搀扶她，看她诈死到什么时候。”说完，走出房到陈圆圆那里去了。那些仆妇们知道夫人受伤不轻，因碍着吴三桂，不敢插嘴。等吴三桂走后，大家七手八脚把夫人扶起来，哪里还扶得动？仔细一看，原来已经气绝多时，不过身体还略有点温度。丫鬟仆妇吓得慌作一团。其中一个仆妇急忙去报知吴太夫人。

太夫人听了大惊，急忙扶着两个丫头一拐一瘸地亲自前来观看。见卢氏已经口鼻流血，手脚冰冷，吴太夫人垂泪问道：“怎么会弄到这个样子？”丫鬟们把吴三桂殴打卢氏的情形讲述了一遍。

吴太夫人大怒，叫人把吴三桂叫来，气冲冲地说道：“我这个儿媳妇很贤淑，你却听信狐狸精的教唆，活活把她打死。难道没王法吗？”吴三桂很倔强地应道：“孩儿既然已经打死她，偿她的命就是。”吴太夫人越发大怒道：“你为了个妖妓，甘心以身试法。我却偏要那狐狸精来抵偿！”太夫人越说越气，吩咐仆妇去把陈圆圆拖来，叫看家法。陈圆圆装作蓬头散发，满眼流泪，噗地跪在太夫人面前。吴太夫人指着陈圆圆骂道：“你这贱人，迷惑三桂还不算，又撺掇他打死结发妻子。好好一个贤妇断送在你手里。现在我就替我那贤媳妇报仇，也打死你这个妖淫的狐狸精！”太夫人说完，对掌家法的使女说：“给我重重地打这妖精！”丫鬟使女们看着吴三桂不敢动手。吴太夫人看到这种情形，怒气再也按捺不住，一把夺过使女手里的鞭子，没头没脸地向陈圆圆乱打。陈圆圆两手捧着粉脸，伏在地上痛哭。太夫人骂道：“妖狐精！你仗着脸蛋媚人，却把人也害死，还舍不得受刑吗？”太夫人说着，把陈圆圆的玉腕拉开，对准她的粉脸打去。陈圆圆急忙闪避，因为用力太猛，把太夫人也一齐牵带过去。太夫人到底上了年纪，被陈圆圆一扯，一个倒栽葱跌倒下去，恰好趴在陈圆圆身上。婢女们慌忙把太夫人扶起，气得太夫人高声痛骂，仆妇们忍不住都掩口发笑。吴三桂见陈圆圆坐在地上哭泣，刚要上前去搀她，被太夫人喝住。陈圆圆索性放声哭起来。太夫人怒道："贱人还敢撒野吗？"说完又要拿鞭去打她，忽然听到外面人声嘈杂，家人们嚷道："老太爷回来了！"吴三桂听了，转身出去迎接。

不一会儿，吴襄慢慢地从外面踱进来，吴三桂陪父亲一起走进后堂。还没有坐定，吴太夫人已经扶杖出来。见到吴襄，大声说道："逆子已经打死媳妇，相公要怎么办？"吴襄吃了一惊，急忙问怎么打死的。吴太夫人把吴三桂迷恋陈圆圆，无故打死妻子的事，指手划脚地说了一遍。吴襄听完，猛然站起身来道："杀人偿命，欠债还钱。逆子罪有应得。既是知法犯法，不用等台官弹劾，我们还是去自首的好。"说完，一把拉起吴三桂，出门去投刑部衙门。吴太夫人指点婢仆把卢氏的尸体抬到堂前，料理收殓。陈圆圆见没人理睬她，独自哭回房中。

吴襄把他儿子吴三桂送入刑部，侍郎汪煦不敢擅自做主。第二天早朝，奏明崇祯皇帝。崇祯帝下谕，令汪煦审讯明白，按例惩办。大宗伯董其昌听说吴三桂杀妻下狱，四处替他奔走，设法挽救。当时宰相李建泰是董其昌门生，董其昌托他救出吴三桂，李建泰当然一口答应。到了第十三天，汪煦录下吴三桂口供，立即据实上奏。崇祯帝本来厌恶吴三桂不遵从圣旨，逗留京城。这时吴三桂触犯国法，刚要下旨严惩，只见大学士李建泰奏道："吴三桂虽然有罪，但是他确实有带兵之才。现在正值国家用人之际，希望陛下开恩，暂时饶恕他的罪名，令他赴边关拒寇，戴罪立功。"崇祯帝沉思半天，御笔批道："吴三桂凶暴杀妻，本应严惩，姑念他年轻误犯，立即出任副总兵，镇守山海关，戴罪立功，不得违背！钦此。"

这首上谕下来，吴三桂被释放出狱。他垂头丧气地回到家里，又被他父亲吴襄痛骂一顿。接着，董其昌来到，劝吴三桂即日遵旨出京，否则罪上加罪，不能挽回。吴三桂唯唯听命。其时谁不知道吴三桂杀妻的事，幸亏卢氏母族没有什么势力，只好忍气吞声。然而人人说吴三桂贪色无义，迷恋陈圆圆，打死结发妻。平时以大英雄大豪杰称赞吴三桂的，一变而讥笑吴三桂没出息了。就是最佩服吴三桂的皇亲田宏遇也十分瞧不起他。吴三桂内受父母责骂，外遭亲友讥评，又有董其昌一天三次前来催促他出京。到了这时，他心里虽然舍不得陈圆圆，无奈在京城已经四面楚歌，即使强行挨延，也觉得乏味得很，不得不离开京城。于是过了几天，亲自去部中领文书，立即出京。吴三桂想把陈圆圆带去，只是朝廷规矩，武官上任不得带家眷。

何况有董其昌从中阻挡，吴襄也不许他携带陈圆圆，吴三桂万分没办法，只好把这一念头抛开。

出京那天，陈圆圆还坐着一乘小轿相送。一声号炮，画角齐鸣，吴三桂率领五千名步兵，一千马队，耀武扬威地离开御校场，浩浩荡荡地向山海关进发。陈圆圆则一直送到四十里外。参军王为慰催促吴三桂。吴三桂不得已，吩咐把陈圆圆小轿停住，自己跳下马来，两人相对，默默地你看着我，我看着你，这样好一会儿说不出半句话。最后，还是陈圆圆强装笑容，说声："将军保重！""重"字还没有出口，陈圆圆眼圈一红，声音呜咽。吴三桂也忍不住流下眼泪。两人越哭越恋恋不舍。王为慰再三催促，喝令小轿返回。两名轿夫听参军号令，一声吆喝，抬起陈圆圆的轿子，飞一样回城。吴三桂呆呆地看着，等到陈圆圆的轿子已经看不见了，才懒洋洋地上马，领着军队去往山海关。

闯王李自成攻陷南阳，破了禹州，进兵来袭开封。开封巡抚高名衡和副将陈永福登城坚守。周王朱恭枵见贼兵围城很急，城内又缺少粮饷，立刻捐金三百万，作为军饷，又开谷仓赈济贫民，城内欢声大震，相誓死守。周王又飞章进京告急。崇祯帝看完奏疏，十分着急，又没有将才可供调遣，只有前督师孙传庭被关在牢里。这时实在无计可施，只好把孙传庭从狱中提出。崇祯帝亲自慰谕一番，命他领兵去支援开封。孙传庭奉旨连夜率兵起程，无奈遇到大雨，道路泥泞难行，器械也多半发锈，马匹草料受霉湿，吃下肚去，马瘟发作，骑兵营马匹死伤过半。行程越发迟缓。

李自成率领兵士围困开封两个月，仍然没有攻破。李自成大怒，命兵士在城墙下挖掘大坑，灌上火药一百担，点火轰城。一声霹雳，火星乱飞，尘烟障天，火药却倒轰过来，把贼兵轰死三四千人。李自成大惊，又命把所铸红衣大炮取来，向城上轰击。轰然一响，大炮炸裂，贼兵又死了无数。李自成又作了调整，这次果然奏效，城门倒了半边。李自成下令攻城。巡抚高名衡指挥兵丁慌忙放下千斤闸。贼兵又多半压死在闸下，有破头流脑的，有五脏迸裂的。

李自成见不能得手，仍旧败退下去，非常愤怒，用鞭梢指着城上骂道："我如果攻破城池，定杀得你们鸡犬不留！"正在高声谩骂，不料副将陈永福乘李自成不备，暗暗拈弓搭箭，嗖的一箭射去，不偏不倚，正中李自成左眼。李自成大叫一声，从马上翻下来。陈永福急忙开城杀出，来捉李自成。但李自成已经被士兵抢救逃回。李自成左眼受伤，因箭头有毒，眼眶红肿起来。医生拔出箭头，连同眼珠一齐拔出。从此，李自成左眼失明，而且不断溃烂。一天到晚，疼痛欲绝的李自成只是躺在床上，不能起来处理军情。李自成没办法，只好放弃开封，下令退兵。高名衡见李自成退去，一面开城令百姓担柴取水，以资军用，一面令警骑刺探李自成消息。李自成虽然退兵，心里却咬牙切齿地发恨。过了两天，左眼肿胀消去，忽然听到开封城门大开，百姓出城砍柴。李自成听了，从床上跳起道："火速进兵！报这一箭之仇。"说完，下令进兵袭取开封。

·水淹开封·

开封巡抚高名衡听到李自成军忽然杀到，急忙命兵士关闭城门，并引来黄河水，环绕在城四周，使贼兵不得靠近。李自成领兵赶到，见沿城四面是水，连炮火都不能攻击，不禁咆哮如雷，独眼中几乎迸出火星。

正在这个时候，忽然军中捉到奸细，李自成叫人绑上来，却是一个身高不满三尺的矮人。李自成怒喝道："你叫什么名字？谁使你来探听军情的？从实讲来！"矮人磕个头道："小人名叫宋献，字献策，并不是奸细，我是来助大王破城的。"李自成大笑道："胡说！我这里多得是强兵猛将，围城三次，都没有攻下。你这个相貌，有多大本领，竟敢信口狂言？"宋献正色道："这种事情怎么能开玩笑，自找苦吃？"李自成说道："那么，你说说怎样攻城？"宋献答道："现在城内引水护城，大王只需要堵住上游，把河水倒灌进城，不出三天，这城还怕它不破吗？"李自成大喜，命牛金星看管宋献，等到破城之后放他。李自成命士兵决水，不到半天，河水汹涌好像万马奔腾向城中灌去。高名衡正亲自巡城，猛然见白浪滔天滚滚而来，想命人堵截，哪里还来得及？顿时满城是水，平地水深一丈。高名衡急得连连顿足，不知道应该怎样处理。城内兵民大乱，号哭之声连天。副将陈永福保护周王朱恭枵驾一艘小船爬山逃走。等到李自成军进来，周王、高名衡、陈永福等人已经走远。

李自成乘坐大船，从城头冲进城内。百姓蹲在屋顶上，逃也没法逃，只好束手待毙。可怜城中已经绝粮三天，百姓们都饿得面有菜色。贼众绑好百姓，杀散官兵，才去上游堵截，水势立刻退尽。

李自成下令，所有百姓，男子不论老幼，一概斩首，女子选年轻美貌的留在帐里侍寝，年老的妇女发给各营，替兵士们洗涤做饭。又把周王府中姬妾侍女一并捕来，李自成选出几名最美的，其余的都派给帐下兵士。又把仓库打开，令贼众任意取舍。

这样闹了十几天，京中派孙传庭领兵来救援开封。李自成听了，吃了一惊道："孙老儿不比别人，倒要留神一下。"他立即派马文宗为先锋，自己率领大兵前去迎敌。孙传庭已经得知开封失陷，他按兵不动不敢轻易前进。过了几天，陈永福领败兵来投奔孙传庭，说周王和高名衡已经星夜去往浙江。孙传庭听到贼兵势大，越发觉得胆怯。孙传庭是个身经百战的名将，出兵从来不肯退缩，这时遇到李自成，不知怎么就畏首畏尾起来，令贼众威势日盛，以至后来酿成大患，岂不是天数吗？李自成也怕孙传庭，他见孙传庭不前进，也驻兵自守，双方对垒，一个多月没有交战。

李自成军中本来没有多少粮饷，一个多月不动兵，弄得无处劫掠，营中眼看就要断粮。李自成担心军心变乱，被孙传庭所乘，于是急忙召牛金星、宋献策商议粮饷问题。宋献策笑道："急救方法倒有一个，不知道大王愿不愿意施行？"李自成大喜道："参议的妙计，我没有不从的。"宋献策道："大王军中有很多妇女，千百成群，一旦有事，不是累赘吗？不如把那些妇女一并释放。但她们脱身后，仍旧无家可归，现在又是乱世，任她们到处漂流，早晚要落在匪人手里，不是弄巧成拙吗？我看不如把这些妇女，无论老少，全部用布袋装上，叫士兵们弄到市上，听人购买，每袋卖钱两吊，或是米谷五斗。没有妻子的人，出两吊钱可以得到妻子，大王也积少成多，军中不愁没有粮饷。"李自成听了，拍手笑道："这个计策很好，我们立刻去办吧！"他立即派牛金星为监督，命妇女们缝成布袋一万只，把老少妇女一齐装进袋内，抬往市中，悬榜招买，每人五斗米或钱两吊，即可取得布袋一个。这样一来，没有娶妻的都到市中来换妻子。不过放在布袋内的妇女，看不出面貌和年龄，又不能打开布袋挑选，于是弄出不少笑话。

有一个少年男子出两吊钱买下一个布袋，很高兴地背到家里。等到解开布袋，不禁目瞪口呆，原来袋中是一个七十多岁的老太太，做祖母还赚老，更不用说做妻子。少年没办法，只好自认晦气。

又有一个少年也买下一个布袋，当场在市上打开，是一个五十多岁的老太太。少年愣了半天，又去购买一只布袋。打开一看，仍然是一个老太太，而且年纪比刚才的老太太还大。少年满肚懊丧，恨恨地说道："我是来娶妻子，不是来认祖母和母亲的，要这些老太太回去养老吗？"说完转身就走。市上的人一齐大笑起来。兵士们见少年逃走，吆喝一声，飞步追上，一把扭住少年，高声骂道："你这个浑蛋！既然出钱买下妻子，为什么不把她带回去？"少年被兵士一拉，吓得面色如土，颤巍巍答道："我不要这样的老妻。"兵士也笑道："你嫌她老，难道别人就不嫌她老吗？况且这是你运气不好，自己挑得，不能怪别人。如果大家都像你，嫌年老撇下，自己一走，叫那些老太太孤伶伶地去依靠谁呢？"少年没办法，只得领着两个老太太，哭丧着脸，唉声叹气地回去。市上的人又笑了一阵。

还有一个老翁老年丧偶，也拿出两吊钱想买一个老妻回去，以慰晚年寂寞。不料打开布袋，竟是一个娇娆美人。老翁不禁喜出望外，笑得一张瘪嘴几乎合不拢。美人嫌老翁年纪太大，心里十分不愿意。恰好旁边一个美少年买到一个老太太，在那里发呆。美人悄悄对少年丢了个眼色，两人一个撇下老太太，一个撇下老翁，手拉手地走了。老太太明知自己配不上少年，呆呆站在那里一声不出。独有那个老翁却不肯相舍，急忙三脚两步赶上去，拉住美人说道："你是我买的，已经是我家的人了，怎么跟别人？想逃走吗？"少年听了，不等他说完，把两眼一瞪，高声喝道："谁是你的人？哪个是你买的？"少年又指着美人道："她是我妻子，是我刚才买来的。你这样大的年纪，还要冒认人家少妇，不是痴心妄想吗？"老翁气得火星直冒，大喝道："什么话！这少妇是我买的，怎么说是你的？青天白日，容得你这样胡赖吗？"少年怪叫起来，大骂："你这个老贼！我的妻子，你想胡赖，倒说我胡赖！你这一把年纪，难道是活在狗身上？"老翁被少年一顿羞辱，越发咆哮如雷。一老一少，为一个女子，由斗嘴到殴打，两人扭成一团。

旁观的人围了一大群。少年撇下的老太太，这时也走过来。少年看见，指着老太太向众人说道："列位请看老头不是无理吗？他自已买了这位老太太嫌她老，见我的少妇，他忽然说少妇是他买的，硬要把我的妻子认做是他买的。列位想想，我肯甘心吗？"众人听了，又把老太太打量一下，都来劝老翁道："老人家，即使少妇真是你买的，你这么大年纪，要她也没什么用处，少妇也未必愿意跟你，何况这位老太太恰好和你是一对，以老配老，天凑姻缘，足够娱老相公晚景。何必要少妇呢？"

老翁见众人都帮助少年说话，气得胡须根根倒竖，他一手扭住少年，一手拉住少妇，嘴里不停说："反了！反了！少妇是我买来的，当然是我的人，怎么赖我的？世上没有公理了！"众人见劝不醒老翁，也没有办法，如果要劝少年放弃少妇，让给老翁，这当然更办不到。少年被老翁拉着手臂不能脱身，不禁也心头火起，猛然拉住少妇，趁势把老翁一推。老翁站立不稳，倒在地上，挣扎起来，死命向少年一头撞去。众人见老翁来势凶猛，急忙七手八脚把他拉住。老翁被少年摔了一跤，撞又撞不着，气得他手脚发抖，面皮铁青，说话连舌头都已经僵硬，他指天画地地说着，脖子胀得很粗，青筋根根绽起，嘴边涎沫四溅。又因为舌头僵硬，说话含糊，别人也不知道他说些什么。大家看到老翁这种怪相，都忍不住哈哈大笑。老翁被众人拦住，不许他去打少年，他十分生气，瞪着两只昏花老眼，大有遇人就吃的气概。

正在难分难解，恰好游巡官马文宗经过，见众人围在一起，以为什么人闹事，分开众人，走上前去。

少年眼快，见一个军官挤进人丛，急忙迎上去对马文宗深深地鞠了个躬，把自己买到一个少妇，老翁要冒认的事，从头到尾详细讲述一遍。马文宗点点头，接着询问老翁。老翁已经气急败坏，哪里还说得清楚？又加上他是闽浙口音。马文宗是山西人，一点听不懂。老翁只顾滔滔不绝，马文宗也不理他，回头问少妇道："你怎样想？"少妇指着少年道："他既然买我，我自然是他妻子。"马文宗听了，把手一挥，叫他们走，少年和少妇高高兴兴地走了。老翁刚要去追，被马文宗伸手拦住道："你这老头好没道理！人家娶少妇，有你什么事？"又指着老太太道："快领她回去吧！"老翁哪里肯听，还要倔强，马文宗大怒，猛然拔出一把宝剑，大声喝道："还不走吗？"老翁这才慌了手脚，不知不觉地双膝跪倒。马文宗叫他站起身离去，老翁不敢违背，只得领老太太，抱头鼠窜地走了。大家又大笑一场，说老翁不识时务，最后还不是领着老太太走路，早听大家相劝，不至于出这个丑。

还有一个老头，是个员外打扮，也出两吊钱买回一个布袋，心里想弄个美人，纳做偏房。回到家命家仆解开布袋，里面果然是位俊俏佳人。知趣的仆人向老主人道贺，老员外眉开眼笑，万分得意。不料美人忽然跪在地上，呜呜咽咽地哭起来，还不停叫着舅父。老员外听了她的呼声，睁大花眼，定睛细看，不禁大喊一声："哎呀！"急忙把美人扶起来。原来美人不是别人，正是自己的外甥女。布袋美人买的人很多，得到佳妇淑女的也有，买到半老徐娘和龙钟老媪的也有。其他如兄弟买到姐妹，老父买到女儿，儿子买妻得母，老翁买妾得媳，酿成种种笑话，一时说也说不完。

李自成卖掉这些妇女，得到白银数十万两，米一千多斛，充作军饷，又可以支持一个月。光阴似箭，转眼又是半个多月。李自成见孙传庭兵马不进不退，想自己和他对垒，只是白白耗费军饷。想到别处发展，前进恐怕不是孙传庭对手，后退又怕官兵来追，真是进退维谷。于是和宋献策等人商议，设法进兵别的地方。宋献策说道："孙传庭是一员老将，我们营寨如果移动，官兵必定会趁势袭剿，那时军心一乱，就不容易收拾了！"李自成说道："那么怎样才妥当？"牛金星说道："依我的意思，主帅可以领兵先走，我们随后慢慢进发，就不怕官兵来追了。"李自成点头同意，当夜率领五千名精兵，向确山进发。孙传庭得报，见贼兵大本营不动，不敢轻易追赶。牛金星等李自成走远，连夜带兵追去，等到孙传庭觉察，贼营内不过悬羊击鼓，贼众早已经踪影全无。

李自成兵进确山，攻陷汝宁，捉住崇王朱由樻并其弟朱由榑。朱由榑是英宗第六子朱见泽的六世孙，封在汝宁。当时汝宁监军孔会贞、总督杨文岳率兵登城死守。

李自成令人设云梯千架，一声鼓响，三军齐上。杨文岳率兵拒敌，孔会贞急忙领家将来救应，贼兵已经入城。杨文岳与孔会贞亲自挥戈巷战。

李自成的人马越来越多，杨文岳力尽被捉，孔会贞受伤落马，也被贼兵捉住。李自成攻破汝宁，令人推崇王朱由横上前。朱由横吓得面容失色，愿意拜伏投降。唯独朱由樽不答应，并破口大骂。李自成怒道："你已经被捉，还敢逞强吗？"喝令左右推出去砍了。朱由樽回头对朱由横高声说道："哥哥，兄弟要和你长别了！"这一声又悲怆又惨痛的呼唤，就是石头人也要落泪，何况朱由横和他毕竟是同胞兄弟，又不是甘心降贼，因此忍不住走下台阶，一把抱住朱由樽，放声大哭。朱由樽更是哭得喘不过气来。李自成大怒，叫随行亲兵用皮鞭把朱由横打开。左右拖着朱由樽，带拽带推地出去。

不多一会儿，小兵捧着一个血淋淋的人头进来。朱由横看了，大叫一声昏倒地上。杨文岳和孔会贞认出首级是崇王兄弟朱由樽的，不禁义愤填膺，顿足痛骂李自成："逆贼！擅杀皇亲。我生既不能吃贼肉，死后变为厉鬼也要杀贼！"李自成听了狞笑道："你这样求死，我偏让你慢慢死。说完，命人先把杨文岳绑出城外，架起九级钢管大炮，装入火药和铅丸，点燃药线，对准杨文岳前胸，轰然一炮，杨文岳前胸顿时出现了一个血肉模糊的窟窿，心肺五脏都流出来。孔会贞在城门上看见，大叫："先把我杀了，和杨总督一块去！"李自成叫人把孔会贞拖到草地上，将他也倒伏在炮门口。轰的一声，一个忠心耿耿的孔监军肤肉迸裂，肠胃纷飞。李自成坐在马上，拍手哈哈大笑。朱由横目睹这种残酷情形，掩面不忍观看。李自成杀了杨文岳和孔会贞，下令屠城。可怜汝宁百姓，被杀得男哭女啼，惨呼声一片。贼兵分头杀掠，只有美貌女子不杀。贼众将她们捉进帐中，任意取乐。贼寨内妇女大都不穿衣服，只披玄色轻纱，遮掩上下体。但从轻纱中看去，仍然纤毫毕露。

当时汝宁城中，道无行人。夕阳西垂，鬼声啾啾。兵灾之后，又发生瘟疫。崇王悲痛弟弟惨死，命人私自收殓，又不敢公然祭奠。他悄悄叮嘱小校把朱由樽的棺木暂时放在荒寺里。崇王偷空去痛哭一番，并暗暗祝告道："弟弟如果英魂有灵，保护兄长脱离虎口，早晚为你报仇。"说完叩头起身，走出荒寺，再也不回贼寨，一口气狂奔出城。

这一夜星月无光，一路上阴风淅淅。崇王急急逃走，倒也忘了畏惧。忽然听到脑后响起马蹄声，火光乱射，原来李自成已经追来。崇王心慌，几乎摔倒在地。贼将孙文宗率领五十名铁骑来追。崇王一时着急，急忙跑进路旁土地祠内躲避。土地庙年久失修，根本无处可以藏身，崇王只得向神座下面一钻，蜷体俯伏，连气都不敢喘一下。转眼孙文宗赶到，令左右进庙搜寻，吓得崇王全身颤抖。贼兵几次到神座下来看，都被阴风吹熄火把，看不清楚神座下的东西。兵士见看不到什么，又被冷风吹得毛发悚然，回说找不到人，孙文宗吩咐出祠去追。

崇王伏在神座下，觉得阴风飒飒，好像有迷雾保护自己。等到贼兵出庙，崇王爬出神座，叩了个头，飞身向西逃走，嘴里默默说道："弟弟保佑，现在已经脱险，求你再保护我一程。"话音未落，突然刮起旋风，好像在前面引路。崇王随旋风飞跑，一口气跑出六七十里。天色已经渐渐放亮，崇王觉得困倦，坐在道旁树下休息一会儿，站起身再走。当时左良玉驻兵襄阳，崇王饥餐渴饮，只好跑到襄阳，投入左良玉军中暂时躲避。

·李自成称王·

李自成攻破汝宁，听说崇王逃走，孙文宗没有追到，不禁大怒，连夜兵进承天。承天副使张凤翥、巡抚宋一鹤、总兵钱中选、知府王玑、县令萧汉都协力守城，发誓以身报国，有“城亡人亦亡”的宣言。宋一鹤在承天很有名气，县令萧汉百姓也称他萧青天。所以城内百姓齐声说道：“父母官如果殉城，我们小百姓也自愿同归于尽。”

李自成围城，三四天攻不下，领兵后退。百姓打开城门出城砍柴，奸细乘机混进城内，到了半夜打开东门，贼兵蜂拥进城。官兵大乱，自相践踏。众将一面迎敌，一面保护宋一鹤杀出西门，宋一鹤大喊道：“疆吏有保土之责，城陷则殉城。我怎么能怕死，让人唾骂？”说完，奋力杀进城去，和贼兵巷战。当时总兵钱中选中箭落马，被乱马踏死。知府张凤翥自尽，知县萧汉被活捉，宋一鹤也被贼兵围住，乱箭齐发。宋一鹤身中六箭，血流满身，大叫三声，自刎而死。贼兵畏惧他忠烈，不敢靠近。贼将杨永裕活捉知县萧汉，李自成说道：“他是个好官，不要难为他。”杨永裕领命把萧汉关在荒寺中，夜里萧汉也上吊而死。

仁宗皇帝的灵寝也在承天，守陵巡按李振生跪迎李自成，还请他挖掘陵寝。李自成听了，叫士兵下锄。猛然听到显陵内一声巨响，好像天崩地塌，山谷皆震。贼兵吓死三四十人。李自成吓得不敢再挖，并派贼卒四人看守，居然也出榜安民。

那时李自成声势浩大，杀死流贼罗汝才、左金玉、老回回、千里眼、袁时中等人，并得到贼众二十多万，接连攻破荆襄等地。开始时闯贼攻陷城池，必定会杀戮奸淫，烧抢一空，攻陷河南以后，贼众超过一百万，牛金星、宋献策、顾君恩等人都劝李自成收买人心。李自成也自以为雄霸天下，逐渐萌生建号立国之心。于是众将推举李自成为新顺王，以襄阳作根据地，改名为襄京，封牛金星为右丞相，宋献策为左丞相。以顾君恩为都督新顺大元帅，杨永裕为副都督，孙文宗为中军大帅，设府尹、州牧、县令，建设六部，居然做起开国皇帝。

张献忠连夜进攻黄州，他下令黄州士人，投降者有赏，躲避者全家斩杀。那些士人惧怕张献忠残暴，不得不出城迎接。张献忠又下令道："士人出西门，百姓出东门。"又命贼兵埋伏在东西两门。看见士人和百姓出城，贼兵呐喊一声，围住百姓和士人，见一个杀一个，不到半天，城内四十多万百姓杀到一个不留，只有美貌女子不杀，捉进营内，昼夜奸淫。张献忠又沿江进攻，攻破汉阳，进逼武昌。太祖高皇帝七世孙楚王朱华奎，被封在武昌，听说张献忠自称西王，来攻打武昌，急忙召集文武官员商议。长史徐学颜说道："王府有很多钱财，应该先拿出十万犒赏将士。"楚王愤然说道："我有钱犒赏城中老弱，不如另外招募新军。"他没有听从徐学颜的话，当天竖旗招兵。在那种乱世，兵民本来不分，盗贼被官兵剿败，也都来投新兵。所以招兵不到三天，已经有五六万人。楚王又没有军事知识，不管新兵是不是乌合之众，只要人多，便自以为足以抗拒流贼。张献忠兵到，围住武昌，楚王率兵出战，军士哗噪不肯向前。楚王正在想办法，参将崔文荣、致仕大学士贺逢圣、长史徐学颜再三劝说士兵，甚至声泪俱下，新兵才稍稍出战。崔文荣的部兵却个个争先，人人奋勇，一场血战，杀贼五六千名。张献忠大怒，亲自在城下擂鼓，指挥贼兵攻城，限半天攻下。城外前仆后继，城内矢石如雨，崔文荣竭力督战，贼众无机可乘。这样闹了半天，官兵贼军死伤各几千人。谁知楚王新招的兵士里面有流贼党羽，他们乘机煽乱军心，竟然开城投降。张献忠部将孙可望一马当先冲进城中，恰好遇到参将崔文荣，两人交战，贼兵潮水一样冲进城内。崔文荣无心恋战，回马逃走，不料濠边贼兵拽起绊马索，崔文荣翻身落马。他拔出腰刀向前胸一刺，血溅袍袖，倒地而死。

随后张献忠进城，绑住楚王朱华奎，命人把王府嫔妃姬妾拉来，对着楚王奸淫。前大学士贺逢圣、长史徐学颜听说城已经攻破，贺逢圣自杀，徐学颜上吊。楚王府金银珠宝不下三四百万，都被张献忠掠取，当场散给兵士。张献忠又改武昌为天授府，修葺楚王宫殿，作为王府，铸西王印信，开科取士，取进士二十人，张姓状元一人。其他百姓，一概杀戮，尸首投进江中，蔽江顺流而下，江水呈现红色。张献忠取得的张姓状元只有十九岁，美丽如同女子，张献忠十分喜欢他，饮食起居，寸步不离。这样过了十几天，张献忠突然对左右说道："那个新状元，可算得上才貌兼备，我实在太爱他，将来如果被别人夺去，叫我怎样放心得下，不如把他杀了，叫我撇去这条念头。"说着，令新状元进帐，张献忠亲自动手，将其杀害。又把二十名进士也一个个杀死，挖个泥潭掩埋，上面竖一块石碑，写着：新进士二十名，西王张立。又命人把楚王装入布袋，沉入西湖。

武昌失陷，噩耗传进京师，崇祯帝听说楚王被杀，又大哭一场，谕知兵部调兵救援。兵部尚书任逢龙飞檄总兵左良玉，命他率部剿贼。左良玉因为河南失陷，正愁无处容身，接到上谕，找来总兵方国安、常安国各率领部众分水道、陆路双方并进。李自成听说张献忠袭取武汉，自称西王，铸印录士，欲和自己分庭抗礼，就写信给张献忠道："'曹操'罗汝才、老回回马守殷、千里眼贺一龙、左金玉、袁时中等等，都已经被我灭掉，现在屈指一算，早晚要砍你的头颅。"张献忠看完书信，又气又畏，但李自成势力大，他只得准备金银珠宝数十车，献给李自成。李自成收下金银珠宝，斩杀来使。张献忠大怒，正要起兵和李自成拼命，忽然得报总兵左良玉领兵杀到。张献忠仓促出战，被左良玉杀败。左良玉飞章告捷，崇祯帝大喜，下旨加封左良玉为右都督，方国安、常安国各升为将军。

洪承畴被满州文皇后所骗，投降清朝，当时部下将士如总兵吴嘉禄、王国安等人，只知道洪承畴失踪是遭敌人暗算，不知道洪承畴已降清。清军又乘明军没有主帅，由武应郡王阿济格，肃郡王豪格，豫亲王多铎，郑亲王济尔哈朗，贝勒巴布达、巴布海，睿亲王多尔衮等人，率领精兵一阵掩杀。明军抱头四散，无心迎战。总兵吴嘉禄等人阵亡，白遇春、陈福祥两总兵降清，其他副将游击多半被捉投降，二十万大军逃散一小半，死伤一半，还有一小半投降清军。清军乘胜进兵，宣府危险，大同陷落，关内震惊。幸亏清军担心明朝大军会剿，并不继续前进，只是任意掳掠一阵，只是把抢到的财物装满五百多车，绵延六七十里，一路唱着凯歌，满载而归。

崇祯得到宣、大兵马败信以及洪承畴失踪的消息，以为洪承畴已经为国尽忠，十分伤心，当时下谕赐祭十六坛，并命设立专祠，春秋祭奠。洪承畴的儿子才出生六个月，就以国学记名，封洪承畴公爵，谥号命礼部拟定，子孙世袭公爵。又赐洪承畴家中丧葬金万两，派大学士李建泰、尚书方逢年两人为洪承畴主持埋葬事宜。又谕令翰林院撰写祭文，崇祯帝亲自吊奠，由大礼官朗读祭文，词意哀切，一时随驾大臣以及亲王等无不为之落泪。祭文内容如下：

呜呼洪卿，智冠三军。沙场血战，昼夜不分。忠心贯日月兮，义高乎云天；为国而捐躯兮，碧血犹留膻；事迹表史册兮，名当题诸凌烟；万古不磨灭兮，豪气奠于山川。哀卿济世才兮，英毅掌握师干；拒侮定内乱兮，解人民之倒悬；是国家砥柱兮，冀朝野相周旋！嗟天之不佑兮，悲君臣之无缘。折朝廷股肱兮，殆气数之使然？怜卿遗孤雏兮，血泪沾润衣颤。风凄凄而月冷冷兮，幸无痛乎重泉；雪霏霏而云惨惨兮，其是羽化而登仙。魂缈缈兮，遗恨河边；沙濛濛兮，魄化杜鹃。叹国事之蜩螗兮，朕心如困重闱；患萑苻之遍地兮，卿盍骑鹤而归！于戏！月落霜凋兮，夜色生寒；微星隐约兮，更漏敲残。卿灵不昧，魂祈来飨。哀哉！痛哉！

那篇祭文被崇祯帝读得非常凄楚悲伤。读完祭文，崇祯帝忍不住放声痛哭，几年来的郁愤忧愁也一齐涌上心头，他越哭越觉得感伤。文武百官，侍礼下臣，宫监侍卫，个个痛哭流涕。尤其是洪承畴的几个姬妾，都哭得哀痛欲绝。一座经略府顿时罩满惨雾愁云。大家正哭到难解难分的时候，周皇后乘坐銮舆领着田贵妃与袁妃来到经略府，再三慰劝，总算把崇祯帝劝回宫中。当时朝中大小臣工，见崇祯帝这样优遇洪承畴，谁不羡慕？不料没过几个月，塞外传进消息，说洪承畴并没有死节，而是已经投降清朝。崇祯帝听了，不禁万分懊悔，立即下谕把赐给洪承畴的爵禄谥号一一剥夺，又命人毁掉专祠，把洪承畴的家属一齐关进大牢，家产一律充公。这样一来，京城把这件事情当做笑话讲。崇祯帝气得连话也说不出来，足足叹息三四天，还是愤恨不已。

这一年李自成占领襄阳，自称新顺王，并写成檄文，颁行各地。二月初，崇祯帝上朝，接到李自成的檄文，见上面写道——新顺王李，诏尔明臣一体知悉：昔汤武兴义师而有天下，周武假伐罪以承殷祚，乃知得天下者，首在顺天而得人心。从志归，则天下事定焉。今而明朝，久席泰宁，废弛纪纲。君非甚暗，孤立而炀蔽恒多。臣尽行私，比党而公忠绝少。贿通官府，朝廷之福威日移。利入戚绅，闾左之脂膏尽竭。公仆皆肉食纨绔，而倚为腹心，宦官皆糠犬豚而借其耳目。狱囚累累，士无报礼之心。征敛重重，民有偕亡之恨。朕本起自布衣，目击憔悴之形，心感民痛之痛。黎庶日沉水火，宁忍袖手坐视？地方频陷灾荒，自应起而拯援。普天率土，成罹困穷。易水燕山，未甦汤火。是仁人咸切齿痛恨，而忠义者之攘臂以起也。朕上承天心，下顺民意，以十万雄师，效吊民而伐罪。维尔君若臣，未谕朕意，兹以直言正告，尔能体天念祖，度德审几。朕将加惠前人，不鄙异数。如杞如宋，享祀永延，有室有家，人民胥庆。章尔之孝，章尔之仁。赓嘉客之休声，绵商系之厚禄。今其诏告，允布腹心，君其念哉！罔怨恫于宗公，勿阽危于臣庶，臣其慎乎？尚效忠于君父，广贻谷于身家。勉哉！檄到如律令！

崇祯帝看完，脸色惨白，把那道檄文传给群臣。众官员都面面相觑，半天说不出话来。崇祯帝叹道："君不是亡国之君，臣都已经是亡国之臣。"说完，不禁潸然泪下，含泪回宫。没过几天，田贵妃又病死，崇祯帝更加觉得悲伤无聊。当时外省纷纷失陷，警信传入京师，络绎不绝。李自成还没有称王以前，督师孙传庭进兵阌乡，夺取宝丰，杀伪州牧陈可新，攻破唐县，贼众家口都被孙传庭杀个干净。贼兵听到这个消息，满营哀声，发誓与官兵死战。孙传庭又夺回郏县。李自成亲率大兵来迎，孙传庭设埋伏，中途出击，李自成抵挡不住，大败而逃。总兵高杰本是李自成的先锋，很熟悉李自成军中情形，这时在孙传庭部下连战连胜，又打败左金玉、千里眼旧部。李自成儿子李过率兵作战，三战三败，李自成站不住脚，败回襄阳。

李自成军行军从来不会携带过多粮草，大都沿途抢掠。孙传庭进兵襄阳，贼兵粮草缺乏，只好杀老妇童子，暂时充为食粮。李自成见军心不稳，恐怕闹出内变，急忙召牛金星、小张侯、顾君恩、杨永裕、白旺等人商议进取良策。牛金星主张进兵河北，直捣京师。杨永裕说去袭取河南。顾君恩说道："河南不是成大事的地方。如果进攻河北，直捣京师，不幸失败的话，官兵大军云集，我们没有退路，不是成为瓮中之鳖吗？依我之见，不如先攻取关中，然后再取山西，直向京师，大事可成。"李自成听了，非常同意，刚要进兵关中，恰好遇到大雨，几天不停。孙传庭军中也没有粮草。兵士纷纷怨愤，李自成乘势袭击。孙传庭大败，退走河北。

李自成兵进潼关，恰好孙传庭也整兵向潼关，双方一场厮杀，孙传庭败走。贼兵夺获督师大旗，扮作官兵，骗进潼关。一只虎李过攻陷华阴。孙传庭屯兵在渭南，李自成领兵赶来，把官军围住。监军杨暄与督师孙传庭都战死在阵中。李自成长驱直入，由潼关进攻西安，攻破西安城，捉住秦王朱存枢。朱存枢怕死，投降李自成。李自成占据秦王宫殿，宫内王妃嫔人都投井自尽。巡抚冯师孔以身殉城，孙传庭妻子张夫人听到贼兵进城、孙传庭战死，也上吊而死。总兵白广恩投降，总兵陈永福担心李自成记他射目仇恨，不敢投降，后来李自成折箭发誓，陈永福才领兵投降。李自成又率兵攻榆林，总兵汪世钦等人战死，贼兵又攻陷宁夏，屠庆阳，杀韩王朱亶塉，并攻破西宁，占领甘肃，一时三边都落到李自成手中。

这时李自成建国称王，又颁檄文分发各地，京城震惊。崇祯帝急忙和群臣商议，大学士李建泰请求亲自率兵剿贼。崇祯帝大喜，向李建泰再三奖谕，又赐给他金节上方剑，让他见机行事。临行那天，李建泰身穿戎装，跨上战马，崇祯帝亲自为他执辔，一直送出京城。李建泰才离开京城几十里，忽然警报到来，报说山西失陷。李建泰是山西人，听说家乡被焚烧，十分伤心。李建泰见家破人亡，不敢再前进，每天只前进三十里，到了保定，就病倒了。

那时风声越来越紧，李自成又攻陷太原，晋王朱求桂、巡抚蔡懋德为国捐躯。张献忠攻打长沙，被左良玉杀败，只好放弃武昌，直奔长沙，占据桂王宫殿，开科取士。又攻陷新喻、分宜，到处烧杀奸淫。都督吕大器和左良玉会合，大破张献忠，张献忠率领败兵进入夔州，攻陷重庆，瑞王全家自尽。当时四川土司女官秦良玉，与众部商议，死守石硚。张献忠在四川屠杀，多次侵犯石硚，都被秦良玉据守要隘，奋力击退。这位女将军是石硚土司秦邦屏的妹妹，长得非常娇艳，但婀娜中带着英雄之气，上阵杀贼没有一点脂粉气。熹宗时清兵攻打沈阳，秦邦屏战死，秦良玉发誓给她哥哥报仇。川督魏君威代秦良玉奏请，让她率领秦邦屏部众，以秦良玉为石硚女官。清兵攻打辽、蓟，进逼通州，崇祯帝下诏令各部勤王。秦良玉率领士兵八千人，前来保卫京城，和清兵交战，多次获胜。清兵败退后，崇祯帝论功行赏，秦良玉也来朝见崇祯。崇祯帝见她是个女子，刚毅气概，不减须眉，于是亲加奖勉，封秦良玉为将军。又赐给她御制褒奖诗四首，其中一首道：

蜀锦征袍手制成，桃花马上请长缨。
世间不少奇男子，谁肯沙场万里行？

之后，秦良玉仍然率领部下回到四川。这时张献忠已经攻陷成都，杀戮极其惨烈，千古以来从未有过。川中数百里路上没有行人，真是十室九空，炊烟绝断。唯独石硚这个地方，张献忠却不敢侵犯，这全是秦良玉一人保全。一时女将军英名传遍海内。

李自成攻陷太原，杀死晋王朱求桂，又进兵代州，京师戒严。崇祯帝坐立不安，昼夜不进内宫，批答奏牍，经常通宵达旦。三更以后，内廷太监还捧着黄封到内阁，外郡警报络绎不绝，上谕颁发更是经常的事。当时天津总兵徐标从保定进京，崇祯帝召见，徐标叩头奏道："臣从江淮到天津，数千里空空荡荡，城郭村镇不见人烟，房舍只剩下四壁，遍地都是蒿草，没有鸡犬声。沿途所有田地，没有一个人耕种。外省已经成为一片废墟，陛下将要怎样治理天下？"崇祯帝听了，忍不住流下眼泪，随即下谕设坛祭奠阵亡将士和殉难的忠臣。宫中召来僧众做佛事超度亡灵，并祈祷太平。崇祯帝又令徐标率兵剿贼。徐标急忙顿首道："现今仓库空虚，就是有兵，没有军饷也要内乱，怎能出兵剿贼？"崇祯帝没有说话，沉思半天后令徐标退下。

第二天早上，内宫拿出一万两白银暂时充为军饷。徐标奉谕，颁发兵饷，出兵去往保定。崇祯帝亲自撰写一张助饷诏书，词句非常哀痛，令内监徐高把诏书悬挂各门，并命他向勋戚大臣劝谕助饷。嘉定伯周奎是皇后的父亲，家资不下三四百万，徐高领上谕，劝周奎助饷。周奎性情最吝啬，听了徐高的话，急忙推辞道："不瞒徐公公说，家乡连年荒歉，收成不好，最近一段时间连肉都吃不上，全家只靠蔬菜度日，哪还有闲钱助饷？"徐高大怒道："你是皇上的岳父，坐看国家垂亡，还这样吝啬，其他大臣更要推脱得干干净净了。”周奎没办法，只得勉强捐出一万两。

太康伯张国纪、皇亲田宏遇、永宁伯袁化，经徐高劝说，上奏各捐一万两。太监曹化淳、王之心、王永祚等人，家资都有一千万以上，却只捐助两万三万不等。那些大臣和后妃勋戚，担心朝廷勒捐，故意把朱漆门墙刷黑，墙垣及砖瓦弄得七歪八竖，表示房屋破旧，没有钱修葺。又令家人姬妾换上荆钗布裙。皇亲们也多半改穿布衣，甚至露出败絮，所穿朝靴，不是破头即是没底，连发丝网都改作绳头，一时丑态毕露。过去锦绣罗衣，现在都变成破旧的布衣。而雕梁画栋的府第，顿时呈现出断垣败墙，更有那些王公大臣，也改扮得和乞丐相似，五更上朝，一律穿着敝败朝衣，大摇大摆地踱进乾清门。不知道他们官衔的人，还以为他们是乞丐呢。

还有那些坐八人大轿、绣幔珠帘的夫人小姐，以前到庵堂寺庙去进香，轿前轿后跟满卫士家人和婢女佣妇，招摇过市，吆喝声不断。现在这八人大轿已经绝迹，艳妆夫人改穿布衣，乘坐二人抬青衣小轿，与平常百姓，没有什么分别。又有几个狡猾的皇亲，在自己府门前，摆起古玩摊，把不值钱的竹刻器具，破碎白玉人佛，估价出售，售下的钱就去市上买米。他们又在自己的府门上，写上此房出售。崇祯帝见入朝的皇亲大臣都是敝衣败履，形状怪异，不禁又是好气又是好笑，明知道他们在那里装穷，自己也只能叹口气罢了。

迷点

【风蒐】

细说大明第一家庭

◎闯王李自成是怎样攻入北京城的？李自成进了北京城后，又对百姓做了什么事？

◎镇压李自成、张献忠起义的明朝将领都有谁？他们之间又有着怎样的一番激战？这些将领的结局又是怎么样的？

◎李自成带兵围攻北京，明朝即将亡国，当时的明朝皇帝崇祯在做什么？他的结局又是怎样的？

◎李自成是怎样建立他的大顺王朝的？他手下的大将李严又是如何死的？

第拾壹章

无力回天

·京城被围·

徐标到了保定，向西面进军，偏偏又吃了一个败仗，被闯王打得落花流水，几乎全军覆没。李自成乘胜进攻代州，总兵周遇吉寡不敌众，退守宁武关。周遇吉立足未稳，李自成已经领兵追到。周遇吉召集部下众将，用大义劝说，声泪俱下。众将个个摩拳擦掌，誓杀李自成。周遇吉见众志可用，当即分兵四路，各自率领五百人登关守御。周遇吉又抬红衣大炮上关，向贼中轰击。李自成命美貌妇女裸体列在关下，关上大炮轰然一声，从后面炸裂，死伤官兵多人。周遇吉大惊，急忙令兵士到各寺搜罗僧众数十名，也裸体站在关上，然后再把大炮点燃，果然轰了出去，贼兵死伤无数。李自成急得咆哮如雷，亲自率兵攻城。周遇吉率兵杀下关来，战斗不到一刻钟，转身就走。李自成率兵追赶，到了关下，不料伏兵四起，一顿混杀，李自成军大败，死伤近千人。李自成急忙传令退兵，周遇吉已经领兵上关。

等到李自成率领大队来救，关上檑木石炮雨点一样打下来。李自成不敢进攻，只得下令休息。他召集牛金星、白小旺、小张侯等骁将，商议取关良策。宋献策说道："宁武关险峻，我们仰攻上去，必然吃亏。不如在关外围困，使他们粮草断绝，兵士自乱，那时不攻自破。"李自成也觉得没办法，只得听宋献策的话，把宁武关围得水泄不通。这样过了半个多月，周遇吉见宣、大各处救兵不来，关内粮食又尽，知道此关早晚要破，但自己誓死力守，到时候大不了以身殉关。部下众将也没有一个不视死如归的，甚至杀马屠犬充作军粮，将士并没有半句怨言。关内百姓也自愿抽拔壮丁，帮助官军守关。又命小孩妇女在荒地山谷中掘取树皮草根，以作食粮，众志成城，虽然绝粮，但大家极力支持，又守了一个多月。宣府、大同的监军都是胆小如鼠的太监，任宁武关怎样告急，他们还是拥兵不救。

周遇吉只好想尽一切办法尽心死守。这时关内的草根树皮已经吃光，连老鼠麻雀也没有半只。周遇吉向众将说道："贼兵围困不退，我们坐着等死，不如出战。"众将齐声答道："愿听将军指挥。"周遇吉令兵士穿上李自成兵号衣，改扮得和李自成兵一模一样，只在前胸缀一条红布，作为暗号。装束完毕，一声令下，官兵开关杀出，李自成仗着兵多，巴不得关内出战。等到双方交锋，官兵和李自成军衣装分辨不出，李自成军大乱，自相残杀。官兵在李自成军中左冲右突，贼兵大败，退走二十余里下寨。李自成计点人马，死伤不下一万人，又失去粮饷辎重数十车。周遇吉得到粮饷，士气为之一振，准备第二天再出关杀贼。

第二天早上，周遇吉一马当先，杀入贼阵。李自成兵认不出谁是官兵，谁是自己人马，混杀一阵，李自成兵又大败。这样战了三天，李自成兵伤亡无数，李自成气得拔剑砍石道："我如果攻不破这座宁武关，从此再不领兵！"宋献策献计道："官兵少我十倍，众寡相去悬殊，他们能够取胜，只是衣服和我们一样。现在要破他，只需要在交战的时候，我们兵士一齐摘帽为号，辨认出戴帽的是官兵，大家见到有帽子就杀，不愁官兵不败。"李自成见他说得有理，暗令小张侯到各营密传号令。

第四天开战，周遇吉领兵出关。两军才混杂在一起，李自成军中响起一声呼哨，李自成兵纷纷摘掉帽子，官兵被他们辨出，区区四五千人哪里挡得住十万李自成兵？官兵大败奔逃，周遇吉阻挡不住，也只好率众进关。后面李自成军如潮水一样冲上来，周遇吉待转身抵御，已经来不及。李自成军冲进关内，分头放火抢掠，百姓哭声震天。周遇吉还率领众将，奋力巷战。李自成军越来越多，箭像飞蝗一样射过来。周遇吉身中十二箭，血流全身，只是持枪不倒。李自成军一拥上前，把周遇吉捉住。众将见总兵被擒，拼死相救。周遇吉的家属登上屋顶发石抛瓦助战，李自成军被砖石打伤很多。李自成大怒，命兵卒放火，周遇吉一门妻小都葬身火海。守关八十天，周遇吉被捉，大骂李自成，因而遇害，部下大小将士四十三人，竟然没有一人投降，五千名兵丁除了交战以外，其余三四百名全部投河自尽。李自成不禁叹道："我所经过的城池关隘，如果都和周将军部下一样，我怎么能纵横河南，占据秦晋？"说完，令杨永裕到灰烬内捡出周总兵家属尸骨，连同众将遗骸，与周遇吉的尸身，一并用上等棺木安葬。

李自成自从攻破宁武关，一路长驱直入，接着攻陷大同，杀死代王朱传济。总兵朱三乐、巡检卫景瑗都被李自成捉住。朱三乐大骂逆贼，李自成亲提大刀，把朱三乐砍成两段。卫景瑗也不屈服，向石柱上一头撞去，血溅满身。李自成军慌忙把他救下。李自成叹道："卫巡检是忠臣，要好好看待他。"于是把卫景瑗留在馆驿内，由牛金星派人劝降。卫景瑗只是紧闭双眼不出声，到了半夜，自缢而死。李自成闻报大怒，杀死看守兵士十六名，命人从丰葬殓卫景瑗。

第二天，李自成进兵保定，御史金毓峒及一门妻妾十三人全部投井自尽。督师李建泰当时正在保定养病，听说贼兵进城，急忙带病起身，出城迎接。李自成得到保定，又率军到宣府。监军太监杜勋和宣府百姓约定，等李自成兵到，开城投降。当时巡检朱之冯独自带两名亲随巡城，见兵士都趴在城垣上，贼兵屯驻城外，双方并不交战。原来杜勋约定投降，与李自成前锋小张侯在那里商议降后酬劳，所以大家罢兵，只要商议妥当，就开门放贼兵进城。朱之冯明知道杜勋等人通贼，他见城墙边上架设大炮，便吩咐守兵道："你们点炮轰贼，这一炮必定可以打死贼兵数百人。贼兵死了，我死也没有遗憾了。"守兵和百姓不肯点火，朱之冯令亲随取过火种，刚要自己去点，百姓们竭力挽住朱之冯手臂，不让点燃。朱之冯非常愤怒，夺过民兵手中大刀，大声说道："你们不许我杀贼，那么就杀我吧！"说完把刀向脖子上一刎，鲜血直流，倒地身亡。过了一会儿，响起号炮，城门大开，杜勋身穿蟒袍，出城迎接。李自成骑着高头大马，昂首挺胸进城。第二天又率兵向居庸关进发。守关总兵唐通、太监杜之秩也出关投降。李自成进居庸关，攻破昌平，太监高起潜逃走，总兵李守煤战死，李自成的士兵又烧掉十三陵亭殿。李自成军又攻占通州各地。

警耗传到京师，崇祯帝升殿，召集王公大臣，商议退贼良策，群臣默默不语。过了半天，崇祯帝掩面垂泪。忽然军报又来，崇祯帝急忙打开观看，不禁大惊失色，推开桌案走进内宫。众大臣等候谕旨，直到中午，太监谕令各大臣退回去。等到黄封传到内阁，才知道昌平已经失守。昌平是京城门户，有一夫当关，万夫莫入的作用，无奈太监高起潜等人竟然毫不防备，贼兵一到，只管各自逃命。夜里李自成率兵直进卢沟桥，进犯平则门，又围攻彰仪门。崇祯帝急忙下草诏，加封吴三桂为平西伯，命他率领部下勤王。又命京师三大营到齐化门外屯驻，以抵御贼兵。襄城伯李国桢统率三营昼夜巡逻。又命太监王承恩为京师辽蓟兵马总督。当时京城外贼兵不分昼夜烧杀抢掠，火光冲天，哭声震地。京师内外只有五六万守城残兵，又多半是老弱病残。京城缺少军饷，崇祯帝万分无奈，拿出内宫铜钱，分给兵士，每名不过一百钱，兵士怨声不断，守城也更加懈怠。襄城伯李国桢进内宫奏陈，请求劝谕公侯助捐粮米，上谕令他照办。李国桢奔走一天一夜，各亲王大臣捐米不满五百石，当即分给兵士，一时又没有釜锅可炒。李国桢不得已，亲自到城中店铺买饭为食。这样过了两天，贼兵攻城越来越猛，京城内外哭声震天。

李自成命人用大炮射城，守兵被击死的不计其数。守兵们大半不愿意守城，都睡在城墙下唱歌。李国桢骑马进内城，直进乾清门，守门太监和侍卫上前阻拦。李国桢大声喝道："现在是什么时候了，还作什么威福！"说完放声大哭，太监这才放李国桢进宫。见到崇祯帝，李国桢叩头大哭道："兵卒都已经变心，睡在城下，这一个起身，那一个又睡下，这样看来，恐怕大势已去。”崇祯帝也不停流泪，于是传旨命内宫太监侍卫登城守卫，总计两千多人，命太监曹化淳率领。又把宫内后妃的金钗钏珠，大约二十万，分赏城内兵士。正在分配，忽然警骑太监来报，城外三大营已经哗变，十分之六投降，其他人都已经逃散。李国桢大惊，崇祯帝也惊呆了。君臣相对愣了一会儿，各自大哭一场。李国桢含泪出宫，率兵守城。城外三大营军械都被李自成兵劫去，其中有大炮十二尊可纳火药一百斤。贼兵得到大炮，向京城轰击，炮声隆隆，京城百姓惊惶号哭。崇祯在宫内听到炮声不断，如坐针毡。他一会儿哭，一会儿大笑，让内侍太监不知所措。礼部尚书魏藻德奉前大学士李建泰表章入奏，劝崇祯帝御驾南迁。崇祯帝大怒，把奏疏往地上一扔道："李建泰已经降贼，还有脸面来劝朕吗？"魏藻德不敢回话，叩头退出宫去。大学士范景文、御史李邦华、少詹事项煜等人也上疏请皇上南迁，并说愿意保护太子先去江西督师。崇祯帝大喝道："你们平时经营门户，为子孙万代算计，现在国家有事，就要南迁，朕城破则国亡，南迁有什么用？"群臣听了，不敢出声，只好各自退出去。

山海关总兵吴三桂接到勤王诏书，惧怕李自成势力大，不敢进兵，但又不好不奉诏，便当天下令大兵十五万人向京师进发。每天只走三十里，故意缓慢前进。吴三桂是想拖延时间，等到各处援兵到齐，兵力较雄厚时再和李自成交战。不料刚到丰润，京城已经失守，吴三桂见大势已去，索性屯兵观望，不再前进。

贼兵围困京城，李自成命人奋力攻打平则、德化、西直三门。太常卿吴麟征命人架起万人敌大炮，向南直门下轰击，打死贼兵数千，城上守兵，也误伤几十名。发炮时，轰然一声，好像天崩地塌，守兵惊惧溃散。贼兵也架炮轰城，西直门被射塌，吴麟征亲自带人垒土堵城。之后，吴麟征骑马进皇宫，报告贼兵攻城，形势危急，兵士没有粮饷，已经纷纷逃散。刚到乾清门，宦官守门不让他进去。吴麟征用马鞭乱打，夺门而入。走到午门前，恰好遇到礼部尚书魏藻德，他对吴麟征说道："兵部已经筹有巨饷，你不用惊慌。"说完挽住吴麟征走出去。吴麟征仰天痛哭。

李自成大军围住京师，城内人心惶惶，朝不保夕。崇祯帝也坐立不安，整天长吁短叹。周皇后和懿安皇后以及六宫嫔妃，无不以泪洗面。那时报警内监进出大内，络绎不绝。太监统领曹化淳见京营兵马溃散，知道大势已去，就和太监王之心商议献城投降。守城太监受到曹化淳的煽动，在城上发炮，除去弹药，只把硝磺装在炮内，向空中燃放。曹化淳还担心伤到贼兵，让贼兵退远，然后发炮，这样勉强支持几天，李自成命贼众在彰仪门外席地铺上红毡，李自成盘膝坐在毡上，手握藤鞭对城上太监道："你们快快献城，我进城断不难为你们。如果执迷不悟，我要把你们杀得鸡犬不留！快去劝说那个昏皇帝，还是早日让大位给我吧！”城上太监听了李自成的话，一个个面面相觑，谁也没有出声。这天晚上，有十几名小太监偷偷逃出京城，投到李自成营中。第二天清晨，降贼太监杜勋潜进城中，劝崇祯帝下诏让位。崇祯帝大怒，喝退杜勋。杜勋出宫，到处散布流言，城内人心更加浮动。兵部尚书张缙彦得到这个消息，想入宫奏闻，守宫太监不肯放他进去，张缙彦气冲冲地走出乾清门，要亲自去巡城，又被太监们拦住。张缙彦大哭下城，竟然走上钟楼上吊而死。

·巾帼将军沈云英·

张献忠攻陷重庆，又去攻打荆襄各地。他听说李自成去了北方，越发横行无忌。当时张献忠攻陷衡州，守备沈至绪调兵抗贼，正在集队，张献忠的人马突然杀到，沈至绪来不及防堵，被张献忠一拥进城。沈至绪率兵巷战，张献忠喝令放箭，沈至绪身中九箭，倒地身亡。贼众刀枪齐下，把沈至绪剁死，装在车上，又在城中抢掠一番，才满载出城而去。

沈至绪有个女儿沈云英，芳龄十九岁，倒是个将门之女，练得一身好武艺，又知书识字。这时得到老父阵亡的噩耗，不禁放声大哭。哭了一会儿，愤然收泪说道："父亲为国尽忠，我要为父报仇，等我和逆贼拼个你死我活。"说完，命贴身婢女芙蓉召集她父亲残兵，计点人数不满一百名。

沈云英淘汰去伤残和老弱，选出精兵二十名，垂泪向二十名兵士磕头道："我父亲为国尽忠，尸骨被贼抢去，请各位将军帮助我，夺回父亲尸骨，虽死无恨。"二十名士兵见沈云英这样孝顺，个个义愤填膺，誓共杀贼。沈云英大喜，当即走进内宅，除去钗钿，换上装束，额上戴一幅白绫，素服青裙，腰佩宝剑，娉娉婷婷地走出外厅。四名婢女也一例戎装，各执雁翎刀，在后面跟随。二十名精兵列队在前。

沈云英骑上一匹银鬃白马，手拿点钢枪，率队出城，正遇到牙将贾万乘。贾万乘是沈至绪部下，所以认得沈云英，他急忙问："姑娘带兵到哪里去？"沈云英含泪答道："父亲被贼人所杀，我去寻老父的遗骸。"贾万乘听了，不禁攘臂说道："姑娘孝心可嘉，但人数太少，我部下有一百人，愿意帮助姑娘杀贼。"沈云英下马叩谢道："得到将军相助，何患逆贼不败！"于是贾万乘招集一百名精兵，跟随沈云英，风驰电掣一样出衡州城，向前面追赶上去。

当时张献忠人马已经越过石家寨，在玉龙潭扎营休息。沈云英赶到石家寨，天色已经接近黄昏，遥望贼营中，灯火连天，绵延三十多里，刁斗声不断，巡哨兵士往来如云。贾万乘道："贼众还没有休息，我们应该在这里等一阵。"沈云英说道："正是要趁他们还没有睡觉，我们一鼓作气杀过去，捣乱他的营寨，成功即退，不要贪功，以致寡不敌众，被贼人取胜。"大家商议妥当，沈云英一马当先，贾万乘随后，一百二十个兵丁呐喊一声，一齐冲进贼寨，见人就杀。沈云英一杆铁枪，好似出海蛟龙，向人丛中搅去。贾万乘那柄铁锤，也如流星赶月，舞得神出鬼没。贼营中人人倒退，因为是在夜里，贼众不知道官兵有多少，又是仓促迎敌，各人自相践踏。贼兵右寨将军孙可望毕竟经验丰富，喝令军士不准乱动。沈云英向右营中冲了几次，都被强弩射回。贾万乘刚要冲上去，沈云英阻拦道："贼兵是我军一百倍，他十二寨已经被我们攻破六寨，可算是侥幸，我们趁他们自乱的时候，赶快进城吧！"说完，命兵士押着粮车，装进她父亲沈至绪的尸体，率领一百多名精兵，飞奔回城。

贼营内除了右寨按兵不动，张献忠的大寨和前后四营没有杂乱外，张欣所管辖的六寨，在暗中互相厮杀，等到弄明白，五万大军已经死伤一大半。张献忠正在帐中醉卧，听到左营内喊杀声连天，以为是官兵劫寨，急忙披挂上马，手提九环大刀，亲自前来救应。当时寨外火把照耀犹同白昼，张献忠见寨内人喊马嘶，杀得很厉害，却不见有人杀出。再定睛一看，才知道自己人在暗中互相砍杀，并没有官兵影踪。张献忠把兵士喝住，前锋张欣已经杀昏了头，见寨外火把通明，还以为是官兵援军，骑上秃鞍马，横刀杀出寨来，见张献忠在寨前大声吆喝，这才住手。

张献忠大怒道："你们这样混杀，可杀死一个官兵？"张欣定了定神，回说刚才的确有官兵劫寨，因为在暗中分不清楚，以致自己人杀起来。张献忠说："像你这样糊涂，怎么能带兵打仗？"说完手起刀落，把张欣斩于马前。贼众都吃了一惊，异口同声说有官兵劫寨。此时，探马来报，见到一百来个官兵，劫持沈守备尸首，正跑向城中。张献忠咆哮如雷道："只是一百来个官兵，竟被他连破六寨，不是让人笑话吗？"于是把六寨人马检点一遍，死伤十分之五六。张献忠怒不可遏，下令把六寨军官一齐绑出去砍头。孙可望赶到，向张献忠再三劝阻，又派铁骑一千名去追赶官兵。

正在这时，忽然兵士报说吕大器率领五万精兵，从水路杀来。张献忠听了，急忙下令迎敌，把追赶沈云英的人马立即调回。因此，沈云英和贾万乘率领一百二十名精兵，能够安然回城，没有折损一人。也是沈云英纯孝感天，得以逢凶化吉。沈云英进城，令人紧闭四门，贾万乘率兵守城。

沈云英回到府中，把父亲尸身暂时停放在大堂上，立即全家挂孝举哀，又准备上等棺木，按例收殓。一切井然有序，无不符合礼仪。又选择吉日，安葬灵柩。丧事处理妥当，又向贾万乘拜谢。

这时张献忠兵被吕大器杀败，逃向荆州道。衡州逐渐安静如常。一时衡州百姓都称颂沈云英功德，又说她是个孝女。湖广巡抚王聚魁听说沈云英杀张献忠人马经过，替她上疏奏上。圣谕下来，封沈云英为女将军，贾万乘为副总兵，又命沈云英仍然统率她父亲部众，以便杀贼立功。王聚魁还替贾万乘向沈云英求亲，沈云英感激贾万乘相助杀贼之恩，又知道他是一位少年英雄，于是慨然应允。王聚魁大喜，选择吉日令贾万乘与沈云英结婚，一段美满姻缘谁不称赞一声佳偶天成？

张献忠逃到荆州，州尹马端叙急忙出城迎接。张献忠进府坐下，他听说荆州有很多美貌歌妓，传谕马端叙选美女进献。马端叙不敢违背，亲自到楚馆秦楼中搜罗，得到十六名美女，送进府内。张献忠细细打量一遍，只留下两名，其他十四名分给部下将士。张献忠所选的两名歌妓，一个名叫琼枝，一个名叫曼仙，是吴江人，都是神如秋水，脸同芙蓉，那种娉婷姿态，真是花中之王。

张献忠吩咐："备酒，我要和美人喝几杯。"不多一会儿，酒已经端上来，张献忠令琼枝斟酒，还强迫她唱歌。琼枝愤然站起身，把酒杯向张献忠扔去道："我虽然是个妓女，但也不会给贼寇斟酒！"说完向外走去。张献忠大怒道："贱人不识好歹，我杀了你下酒！"话音未落，已经拔出腰刀，在琼枝粉领上剁下一刀，鲜血直冒。琼枝大骂："逆贼，你只有杀人本领，我却不怕死，任你怎样，要我从贼，情愿断头！"张献忠见琼枝倔强，立即亲自动手，一刀砍下琼枝首级。张献忠帐中畜养着几十条金毛大犬，犬身高三尺，全身的毛和金丝一样，十分凶恶，吠鸣时声音很响亮。到了晚上，张献忠把犬放在帐前，帐外再排列卫士，以防止有人行刺。有一次，贼将中有个叫野白狼杨娘子的，白天受到张献忠指责，晚上进帐行刺。不料呼的一声，跳出十几条猛犬，把野白狼两腿咬住，野白狼大叫倒地。张献忠从梦中惊醒，卫士已经纷纷赶到，把野白狼剁为肉泥。从此以后，张献忠对凶恶的猛犬越发寸步不离。这时杀死琼枝，把肉喂犬，片刻之间一个玉雪琢成的美人，已经葬身在犬腹中。

张献忠又看着曼仙，狞笑道："你怕吗？"曼仙用翠袖掩着脸，低声答道："我的胆都吓碎了。"张献忠笑道："这样说来，你愿意陪我喝酒？"曼仙正色道："我能够侍奉大王，已经侥幸万分，还有什么不愿意？"张献忠大喜道："好！来来，给我斟上一杯！"曼仙含笑手拿酒壶，筛了满满一杯，双手递给张献忠道："大王喝这一杯，祝大王千岁！"张献忠一饮而尽，曼仙又筛上第二杯道："大王请喝个双杯。"张献忠喝下半杯，笑着说道："成什么鸟双，就是和你两个罢了！这半杯应该是你喝。"曼仙也不推辞，喝下那半杯残酒，又给张献忠斟上。这样左一杯，右一杯，把张献忠灌得酩酊大醉，踉踉跄跄地挟着曼仙走进后帐。这天晚上，一个杀人魔君抱着娆娆婷婷的美人，自有说不尽的欢爱。

张献忠有曼仙百般献媚，奉承得他手舞足蹈，因为生平多在战场上度过，从来没有尝过这种温柔滋味，所以被曼仙迷住，整天在后帐欢饮取乐。张献忠抱着曼仙，有七八天不升帐处事，外面官军已经围得铁桶一样，警骑进帐禀告，被张献忠轰赶出去，接连几人都如此。随后兵士探子，吓得不敢进去禀报。

张献忠纵情淫乐，忽然他那十几条狰狞恶犬不知怎么七孔流血，死得一条也不剩。张献忠大怒，叫人把管理恶犬的兵士和守帐侍兵一齐杀掉。又想起恶犬七孔流血，必定是中毒死的，军中必有谋害自己之人，张献忠事事留神，帐外卫兵重重，防备有人行刺。

一天，张献忠已喝得半醉，歪歪斜斜地走进帐后，见曼仙正在那里独自饮酒。张献忠笑道："美人倒很会作乐，不许我喝上半杯吗？"曼仙听了，急忙盈盈地站起身，筛个满杯递给张献忠。

张献忠见杯中火光闪闪，不禁有些心疑，把那杯酒一推道："美人先喝半杯。"曼仙被张献忠一推，杯子一斜，酒溢出杯外，溅在地上，火星四迸。张献忠大惊道："酒里怎么有火？"曼仙辨解道："酒烫得过热，应当这样。"张献忠笑道："那么你先喝给我看！"曼仙不好推辞，只得一口喝下，又斟上一杯递过去。

张献忠刚要来接，恶贼命不当绝，他才接酒在手，还没有喝下，曼仙已经酒毒发作，仆地倒下。张献忠不知道曼仙中毒，赶忙撇下酒杯，俯下身去搀曼仙，见她口鼻中都流出紫血，已经玉殒香消。

张献忠更加疑惑，叫过一个近侍，令他把壶内酒喝下，近侍也流血倒地死去。张献忠大怒道："原来这贱人想要谋害我，毒死我的爱犬，莫非是她吗？"于是叫左右把曼仙拖出帐外，张献忠一声令下，顿时乱刀齐下，把一个轻颦浅笑的美人，立刻剁得稀烂。张献忠还怒气不消，下令把城中所有歌妓全部杀掉。又命人传州尹马端叙进帐，不由分说，一刀结果性命。

这时吕大器已经围住荆州，昼夜攻打，张献忠杀死州尹，听到城外炮声震天，问左右道："谁在那里开战？"左右禀道："官兵攻城，已经好几天了。"张献忠怒道："怎么不报告我？"左右不敢回话，张献忠气冲冲地出帐，提上大刀，亲自去巡城。张献忠见将军孙可望和先锋小张侯在东门和官军交战，猛然觉得天崩地塌的一声巨响，官兵轰倒城墙，从烟雾迷漫中冲进城来。张献忠见情况不妙，飞身上马，不管自己人马和官兵，奋力杀出一条血路，一口气逃出北门，不辨方向，飞一样加鞭逃走。张献忠一昼夜跑出一百多里，背后孙可望、小张侯、白旺、杨永裕等人率领残兵败将，陆续赶上。大家休息一会儿，张献忠问这里是什么地方，部下回说是黄风寨，由大路走过去，越过青牛江，可直达涪州。张献忠计点人马，还有四万多人，下令向涪州进发。涪州一点也没有防备，张献忠日夜兼程赶到，一拥进城，兵不血刃，得到涪州。州尹素知张献忠凶暴，早已经逃得无影无踪。

·亡国前夜·

崇祯十七年三月十六日，李自成命士兵攻打平则、西直、德化、彰仪等门，炮声震天，彻夜不绝。崇祯帝在宫内听到隆隆炮声，不禁叹口气，回头对周皇后说道："贼兵众多，城内守备空虚，这区区京城，只怕早晚难保。"说完，潸然泪下，周皇后也不断落泪。袁贵妃在一旁，更哭得呜咽凄楚，旁边侍立的宫女也一齐痛哭起来，连那些内侍太监也不停落泪。崇祯帝忽然向宫女内侍们说道："你们侍候朕这么多年，现在大难临头，朕不忍心你们同归于尽。各自收拾一下，赶紧逃生去吧!"内侍和太监们大半是曹化淳和王则尧党羽，一听崇祯帝吩咐，争先抢后各自去收拾些金银细软，一哄出宫散去。

只有宫女们却不肯离去，其中有一个魏宫娥，一个费宫人，两人跪下齐声说道："奴婢们蒙陛下和娘娘厚恩，情愿患难相随，虽死无怨。"崇祯帝惨然说道："你们虽然是女人，还有忠义之心。那些王公大臣平时坐享高官厚禄，现在贼兵围城，不但想不出一点办法，甚至抛弃朕逃走。这都是朕不明，豢养这些奸贼，现在后悔也晚了。"崇祯帝说到这里，放声大哭道："朕做了亡国之君，又有何面目去泉下见列祖列宗!"说完顿足捶胸，悲痛欲绝。周皇后也趴在桌子上，凄凄切切地和袁贵妃相对痛哭。这时宫中只是一片涕泣声音，凄惨景象令人心酸。帝后嫔妃大家痛哭一会儿，周皇后含泪说道："事到如今，陛下不如潜出京师，南下调兵，大举剿贼，或许能够使社稷转危为安。"崇祯帝不等她说完，立即含怒说道："朕恨自己昏庸无能，弄到这个地步，还能到哪里去？哪里有替国家出力的人？总而言之，朕已经死有余辜，现在只有以身殉国一条路可走。"

这时永王、定王两个人手拉手，笑嘻嘻地走了进来。当时永王九岁，定王七岁。两个儿子见父皇母后都哭得双眼红肿，不禁触动天性，也哇地哭出来。崇祯帝看着两个皇子，心里一阵难受，又扑簌簌地流下眼泪。他伸手把弟兄两个抱在膝前，垂泪说道："好儿子，贼兵围城，危在旦夕，你父亲快和你们长别了，可怜你们为什么要生在帝王家里，小小年纪，也要遭杀身之祸？"崇祯帝说完，声音哽咽，已经语不成声。周皇后失声哭道："趁这时贼兵还没有进城，陛下放他们两个一条生路，叫他们兄弟二人暂时住在我父亲家里，将来等他们长大成人，有出头之日，也好替国家替父母报仇。"说到仇字，周皇后早已经哭得喘不过气来，两眼一翻，昏倒在盘龙椅上。宫女嫔妃们慌忙叫唤。半天，周皇后才悠悠醒转，她把定王搂在怀里，脸对脸紧贴着，抽抽噎噎地哭个不停。

崇祯帝一面擦眼泪，一面站起身说道："现在哭也没有用，朕把这两个孽障亲自送到国丈府中，托他好好照顾，也给朱氏留一脉香烟，想国丈应当不至于负朕重托。"说完，一手一个，拉起永王、定王。他刚要出宫，忽然见太监王承恩慌慌张张地进来道："大事不好！贼兵打破外城，已经列队进入西直门，现在李国桢正在激励将士守卫内城，陛下请出宫避难吧！"崇祯帝听了，面容惨白，带颤说道："大势已去！"于是对王承恩说道："你领朕到国丈府去。"王承恩领命，在前面带路，君臣两个和永王、定王出宫，周皇后还站在门口，凄惨地嘱咐定王道："儿啊，你将来有出头之日，不要忘记国仇大恨，你苦命的母亲在九泉下也会保佑你啊！"崇祯帝不忍再听，见定王哭出来，急忙把他小手一顿道："国破家亡，现在是哭的时候吗？"定王吓得不敢出声，永王毕竟年龄大一些，只是暗暗落泪。

父子三人和王承恩走出永定门，耳边隐隐听到周皇后的惨呼声，崇祯帝暗暗流泪，却把头低垂，向前快走，一边走一边落泪，到了国丈府门前时，崇祯帝蓝袍前襟已经被眼泪湿透。王承恩道："陛下在这里稍等，等奴才去报知国丈接驾！"说完三脚两步地走进去。崇祯帝站在国丈府前，左手拉着永王，右手拉着定王，好一会儿不见王承恩回报。崇祯帝忍耐不住，拉着两个儿子，慢慢踱到国丈府大门前，见兽环低垂，双门紧闭，静悄悄地连看门人也没有一个。崇桢帝在大门缝内向里面观看，见里面悬灯结彩，二门前停满轿车，丝竹管弦之声隐隐地从内堂透出来。崇祯帝诧异道："国家将要灭亡，外戚休戚相关，周奎怎么还在家作乐，难道王承恩走错了吗？"

崇祯帝正在疑惑，只见王承恩气得满脸通红，喘着气说道："可恶！周奎在家做八十大庆，朝中百官都在这里贺寿。奴才进去时，被二门上的仆人阻拦。奴才说是奉圣旨前来，才肯放过奴才。到了中门，又有个家人出来阻止，奴才说有圣旨，家奴回道：'今天国丈寿诞，无论什么要紧事，一概不准进去！'奴才再三央求他，他竟然开口骂人。奴才万分无奈，只得高声大喊国丈接旨，周奎明明在里边听到，却故意装作没有听见似的，反而叫恶奴出来，把奴才乱棍打出。"崇祯帝听了，不禁大怒道："有这种事，周奎也欺朕太甚了！"说完命王承恩在前，崇祯帝和两个皇子随后。

到了大门前，大门不像刚才那样虚掩，早已经被家人们上了闩。王承恩这时非常气愤，一顿拳打脚踢，把国丈府大门打得像擂鼓一样。打了好一会儿，只听到里面有谩骂声，忽然大门开了，跳出一个黑脸短衣的仆人，倒把崇祯帝吓了一跳。仆人破口大骂："有你娘的鸟事，要这样打门？"王承恩喝道："圣驾在这里，奴才还敢撒野？快叫周奎出来接驾！"仆人瞪着两眼，大声道："圣驾你什么鸟？我们奉国丈命令，不许有人闹事，你再纠缠，我可要喊人出来，捆你送到兵马司里去！"王承恩气得咆哮如雷道："周奎这老贼目无君上，我进去和他理论去！"说完向大门走去。仆人把王承恩衣领一把揪住，向门外一推，王承恩站立不稳，摔出大门阶陛外。他站起来还要跑上去，崇祯帝拉住他道："走吧！还和这些小人争执什么！"王承恩气冲冲地说道："奴才拼着这条性命不要！"话音未落，砰的一声，仆人已经关上大门。崇祯帝叹口气道："承恩呀，你不用这样生气，这都是朕太宠幸小人，还有什么可说！事到如今，朕也不必再去求他，快回去吧！"说完君臣两人，领着两个皇子，垂头丧气地一路走回宫去。耳边听到炮声震天，喊声和哭声闹成一片。崇祯帝仰天垂泪道："朕没有辜负群臣，他们却这样辜负朕！"一边叹气，一边匆匆回宫。

经过庆云巷时，猛然听到前面响起鸾铃声。崇祯帝见前面尘土蔽天，大惊道："贼兵已经进城了吗？"王承恩也慌了手脚，急忙道："陛下和殿下暂时躲避，奴才去打探消息。"说完见三十四马飞快地跑过来，要想躲避已经来不及了。人马渐渐走近，马上的人一个个打扮得鲜衣美服，正中一匹高头骏马，马上坐着一位官员，不是别人，正是皇亲田宏遇。田宏遇见到王承恩，拱手微笑，一眼看见崇祯帝在旁边，慌忙滚下鞍来，急忙行礼。崇祯帝阻拦道："路上很不方便，田卿行个常礼吧！"田宏遇领命，行过礼，问陛下和殿下要到哪里去。崇祯帝听了，先叹了口气，把自己托孤的意思大致讲了一遍。又说周奎十分无礼，欺负朕太甚。

田宏遇听了，也觉得周奎太可恶，他正色说道："陛下既然有这个意思，把两位殿下交给臣吧！"崇祯帝大喜，回头叫过永王、定王，吩咐道："你们两个随外公回去，必须小心听从教导，万事顺从，孝顺外公就和朕一样，千万不要使骄任性，你们已经是离开父母的人了，不比在宫里。你们弟兄要勤心向学，不要贪玩，朕死也瞑目了。"崇祯帝一面嘱咐，一面用袍袖频频擦眼泪，两个皇子也齐声痛哭起来。崇祯帝咬咬牙，厉声说道："事情紧急，你们弟兄去吧！"说完转身对田宏遇作了三揖道："朱氏后人，责任都拜托你了！"田宏遇慌得来不及还礼，只噗地跪在地上，流泪说道："陛下要托负给臣，臣受陛下重恩，怎么敢不尽心保护殿下，以报圣上！"崇祯帝道："这样朕就放心了！"原来，田宏遇这时也是去周皇亲那里贺寿的，半路遇到崇祯帝，把永、定二皇子托负给他。他把贺寿的豪兴打消，立即令家人让出两匹马，扶定王和永王上马，自己也辞别崇祯帝，一跃上马，随后回田宏遇府去了。

崇祯帝呆呆站在那里，眼含热泪，目送两个皇子，直到看不见踪影，才和王承恩两人在道上徘徊观望。王承恩禀道："事情紧急，陛下请回宫吧！"崇祯帝凄然说道："朕的心事已了，还回宫去做什么？"王承恩大惊道："陛下是万乘之尊，怎么可以流落野外？"崇祯帝流泪说道："贼已经攻破外城，杀戮焚掠，可怜叫朕的百姓无辜受灾，朕实在不忍心，朕愿意在这里，等贼兵杀到，朕和百姓同死吧！"王承恩哪里肯答应，只是涕泣哀求，崇祯帝忽然问道："这里什么地方最高？朕要登临，看城外黎民被流贼蹂躏得怎样？"王承恩急忙应道："陛下如果要眺望外城，必须驾还南宫，那里有座万岁山，山顶有寿皇亭，登亭可以看见京师全城。"崇祯帝听了，立即和王承恩走回宫。

这时太阳已经西沉，暮鸦喳喳哀鸣，夹杂着凄楚的哭声，顺风吹来，十分凄惨。月色昏蒙，寒风凄冷，京城外的火光惨红如血。崇祯帝扶着王承恩，踉踉跄跄地回到南宫，登上万岁山，倚在寿皇亭石栏边，遥望城外烽火冲天，哭喊呼号声犹若鼎沸，兵器声和马啼声隐隐可辨。火光四处不绝，照得满天通红，眼见贼兵正在那里大肆焚掠，繁华的首都，转眼间也将变成一片焦土。这时天空月光被浓云遮掩，更加显得大地黝黑，举目都现出一种凄惨景象。崇祯帝凄然落泪道："黎民百姓有什么罪，却遭到这种横祸？"说完回头对王承恩道："朕已经心碎，不忍再看，扶朕下山吧！"

于是君臣二人狼狈下山，匆匆走进乾清门。到了乾清宫中，崇祯帝提起朱笔，草草书写手谕：命成国公朱纯臣提督内外军务，群臣辅佐东宫太子朱慈烺。写完扔笔长叹。这时王承恩已经出宫探听消息，只有一个小太监在一边站立，崇祯立即命他把诏书送到内阁。小太监捧着上谕来到内阁，阁臣已经一个不见，小太监把谕旨放在桌上，也转身自己逃命去了。

·崇祯帝上吊·

十七那天，群臣已经不来上朝，只有范景文等几个大臣还勉强进宫侍驾。君臣相见，都默默不语，只是相对着落泪。过了半天，崇祯帝挥手令范景文等人退出去，自己背手踱到皇极殿上，俯伏在太祖高皇帝圣位下放声痛哭，一直哭到泪湿龙衣，声嘶力竭，也没有内侍宫女前来相劝。崇祯帝孤零零地一个人，越想越伤心，索性倚在殿柱上仰天长号。

他独自痛哭，从清晨哭到太阳西下，后来实在哭不动了，才收住眼泪站起身，走到承仪殿中，呆呆地坐着发愣。这样坐了一会儿，不禁困倦起来，斜倚在绣龙椅上沉沉睡去。忽然见一个峨冠博带的人走进来，提一支巨笔在殿墙上写了个斗大的"有"字，写完扔掉巨笔转身离去。崇祯帝正要喝问，猛然觉得寒风刺骨，一觉醒来，才知道是梦。崇祯帝定定神，离开承仪殿，走进后宫，仔细回想梦景，觉得肯定不是吉兆。

周皇后和袁贵妃等人也彻夜未眠，见崇祯帝进宫，急忙迎接出来。崇祯帝看见皇后贵妃都蓬头垢面，面容憔悴，不禁叹了口气，把梦境说了一遍。大家胡乱猜测，魏宫人在旁边说道："'有'字上半部分似大非大，下半部分似明不明，是大明残破的意思。"

崇祯帝听了，脸色惨白，沉默不语。正在这时候，猛然听到门外脚步声杂乱，两个太监气喘吁吁地跑进来禀道："太监曹化淳已经开城降贼，陛下应该尽快出宫躲避。"说完三脚两步地跑出去。崇祯帝还在犹豫不定，见襄城伯李国桢汗流满面地冲进宫，叩头大哭道："逆阉献城投降，贼兵已经攻陷内城，陛下请暂时躲避贼锋，臣率领部下，与贼巷战去！"说完飞快地跑出去。崇祯帝也慌忙出宫来到奉天殿，他想召集群臣，商议后事，可是内侍宫监多半已经逃得无影无踪。崇祯帝没办法，只好自己走下殿，手拿钟杵，把景阳钟当当地撞了一会儿，又握着鼓槌把鼓咚咚地打得震天响，然后走上宝座，等候群臣上朝。

等了半天，不但群臣不来，简直连鬼也没有半个。崇祯帝长叹一声，走下宝座，回到后宫。恰好王承恩气极败坏地进来，大叫：“贼已经进入内城，这时正在焚掠惨杀。陛下请赶紧移驾避贼！”崇祯帝凄然说道：“事到如今，朕还躲避他们做什么？你去午门外瞭望，见到贼人进宫，来报朕知道。”王承恩含泪叩个头，匆匆地跑出去了。崇祯帝在宫内召集后妃嫔人，都聚在一起，崇祯帝命宫女取过一壶酒，自斟自饮，连喝五六大杯。这时太子朱慈烺侍立在旁边，崇祯帝回头说道：“你还在这里做什么？快逃命去吧！”太子听了，对崇祯帝和周皇后跪下磕了三个响头，凄凄惨惨地哭着出宫而去。崇祯帝热泪直流，把脸转向一边，只当做没有看见。眼眶中的泪珠却滴滴落在酒杯中，崇祯帝端起酒杯一饮而尽。

这时周皇后和袁贵妃，还有公主昭嬛，围坐在崇祯帝旁边痛哭，宫女嫔人也无不落泪。崇祯帝垂泪叹道：“大势已去！”又对周皇后道：“你自己看着办吧，朕不能顾你了。”周皇后站起身说道：“臣妾侍奉陛下已经十八年，陛下却从没有听过我一句话，以致有今天！”说完大哭走进内宫。过了一会儿，宫女报说娘娘已经自尽。崇祯帝不禁泪如雨下，半天回头对袁贵妃说：“你为什么还不自尽？”袁贵妃含泪站起身道：“妾死在陛下面前！”说完立即解下鸾带，系在庭柱上，想要上吊。不料鸾带断了，袁贵妃摔到地上，竟然悠悠苏醒。崇祯帝急忙从墙壁上拔下一口剑，向袁贵妃连砍几下，袁贵妃才昏死过去。又把嫔妃砍倒四五人。崇祯帝刚要转身出宫，昭嬛公主一把拉住崇祯帝，眼中落泪，哭个不停。昭嬛公主芳龄十五，雪肤花貌，袅袅婷婷，玉容异常娇艳。

这时哭得和带雨梨花一样，崇祯帝不禁起了一种怜惜之心，又不忍留着这样的美人受贼人蹂躏，就骗哄昭嬛公主道：“你看外面贼人来了！”公主急忙回头看时，崇祯帝乘公主不备，用袍袖掩住脸，随手一剑砍去，正砍在公主肩上，鲜血直冒出来。公主惨叫一声，翻身扑倒，躺在血泊里挣扎。崇祯帝刚要再砍第二剑，无奈两手不停颤抖，再也提不起剑。眼睁睁看着公主花容惨白，鲜血咕嘟嘟地冒个不停，那种呻吟惨状，令人不忍目睹。崇祯帝扔剑叹道：“你为什么生在帝王家？”说完硬着心肠掩面出宫。

这时王承恩来报外面乱状，崇祯帝叫他在前面带路，他手提一杆三眼枪，君臣二人走出中南门，正遇到一群逃难内侍，崇祯帝也杂在内侍当中，向东华门走去。这时东华门还没有被攻破，守城太监见一群宫监过来，怀疑宫中有了内变，喝令放箭，把一群内监射得四散乱窜。崇祯帝被众人一冲，一时站立不稳，摔倒在地。情形危急，又慌忙爬起身，脚上的朱履已经脱去一只，头上雁翎冠也不知落到什么地方去了。再回头又不见王承恩，崇祯帝没办法，只得光着一只脚，一步高一步低地往齐化门走去。

成国公朱纯臣的府第在齐化门内，崇祯帝走到成国公府前，管门的喝住他道："国公爷吩咐，现在乱世时候，没有国公爷命令或令箭，一概不许进府。"崇祯帝听了，叹息徘徊，呆呆站了好一会儿，才转身离开国公府，随着一群难民向安定门走去。到了城门前，只见门上锁着一把很大的石锁，守门兵士赶来，挺着一杆长枪向人丛中乱掷。众人一声呐喊，转身逃走，崇祯帝也只好回头，因为走得太慌忙，头上束发的簪儿掉落地上，网结脱开，弄得头发打散。崇祯帝想向北走，恰好遇到贼兵进城，难民四散狂奔，难民后面就是守城败兵。

败兵被贼兵追急了，好像丧家狗一样，狼奔豕突，人多势大，如同潮涌一样冲下来。崇祯被他们一拥，连摔两个跟斗，七跑八磕地爬起身，衣襟已经扯破，脸上沾满泥土，手指擦碎，鲜血淋漓。崇祯帝到了这时已经走得脚酸腿软，头昏目眩，自己抱定必死宗旨，一盘膝坐在大街石级上，一边喘息，一边还不停用袍袖擦泪。正在这时候，难民中忽然跑过一个人来，噗地跪在地上，抱住崇祯双膝，放声痛哭。崇祯帝定睛一看，原来是王承恩，不禁叹口气道："朕和你倒还能见面。"王承恩说道："贼兵前锋已经离这里不远，李将军率领卫兵在那里死战，陛下请回宫，以免落到贼人手中。"崇祯帝觉得有理，于是由王承恩搀扶一步一挨地回到南宫。

王承恩想扶崇祯帝进宫，崇祯帝说道："朕不愿意回宫，到万岁山上去休息一会儿吧！"王承恩没办法，只得搀扶崇祯帝登上万岁山，在寿皇亭前一块大石上坐下。君臣默默不语。崇祯帝忽然想起慈庆宫的懿安皇后，急忙问王承恩道："朕出宫时太仓促，没有通知张皇后，你领朕谕旨，说贼人进城，必然蹂躏宫眷，令张娘娘赶紧自裁吧！"王承恩领命，三脚两步地下山去了。

张皇后是熹宗皇帝的中宫，熹宗宾天，张皇后退居慈庆宫，崇祯帝继位后，封她为懿安张皇后。张皇后为人性情温婉，很持大体，严于礼节。熹宗时，客、魏当权，六宫嫔妃无不受客、魏谗害，就是张皇后一人没被他们陷害。因为张皇后举止严正，不轻言笑，熹宗很敬重她，客、魏也惧怕张皇后，不敢中伤。

有时客、魏两人正和宫人们嬉笑浪谑，就是熹宗他们也不畏惧，只是听到张皇后驾到，便立刻敛容屏息，做出十二分规矩。但张皇后对上虽然持礼严肃，对下却极其宽宏，并不过于苛究，所以所有宫侍太监，没一个不敬服她。崇祯对张后也十分敬重。每到朔望，崇祯帝总是亲自到慈庆宫朝谒张皇后。张皇后因为有叔嫂嫌疑，令宫女垂下珠帘，崇祯帝在外面拜揖，张皇后隔帘回拜，只接受半礼。几句话后，立即退进宫中，崇祯帝也格外敬重。张皇后偶尔生病，崇祯帝派嫔人看望，一天要看好几次。张皇后病愈后上疏谢恩。明宫历代后妃谢恩用奏疏的只有张皇后一人。张皇后退居慈庆宫，整年不肯轻易走出宫门，所以谢恩时才用奏疏代替。王承恩领上谕，到慈庆宫宣谕，慈庆宫宫女传谕进去，不一会儿，宫女泪盈盈地出来说道："张娘娘已经领旨自尽。"王承恩听了，转身出宫，去往万岁山复旨。

崇祯帝在万岁山寿皇亭上，远远听到喊杀声连天，金鼓声不断，接着传来一片男哭女啼的声音，忍不住遥望一会儿。他默念城破国亡，君殉社稷，自己万无生理，不如找个地方自尽吧！打定主意，举目四望，见寿皇亭旁边有一株梅树，树枝并不高，崇祯解下身上鸾带，爬上亭边石柱，把丝绦系在枝丫上，刚要引颈自缢，忽然转念想道："朕既然以身殉国，不能不留下只言片语。"想完把胸前衣襟反过来，咬碎小指，写下几行血书，道：朕德薄匪躬，上干天怒。登基十有七年，逆贼直逼京师。虽朕之不明所致，亦诸臣之误朕也。朕死无面目见列祖列宗于地下，自去冠冕，以发覆面，任贼分裂朕尸可也，切勿伤百姓一人！

崇祯帝写完，看着那株梅树，垂泪叹道："这树是朕亲手栽种，没想到今天做了朕的绝命伴侣。"说完不禁凄凄凉凉地哭起来。这时喊杀之声越来越近，崇祯帝含泪爬上石扶栏，把头套进丝绦，双脚一蹬，身体悬空，高高地挂在树枝上。王承恩走出慈庆宫，急忙上山来复旨，到了亭上，不见崇祯帝，急忙出亭四处寻找，却不见影踪。正在惊疑，猛然抬起头来，见崇祯帝已经悬在亭旁树枝上。他不禁大叫一声，昏倒在地，半天才苏醒过来，急忙爬上石栏，想去解救，觉得崇祯帝身上已经冷得和冰一样，舌头吐出唇外三四寸，鼻孔眼中都流出鲜血，知道皇帝已经驾崩。

王承恩越想越凄楚，捧着崇祯帝双脚，捶胸顿足痛哭一会儿，又自恨道："这都是我走得太慢，以致来不及救援皇上。"想完又哭，又转念想道："做了堂堂的皇帝，还得到这种结果，更不用说我是一个太监了。"王承恩想到这里，觉得天下万事皆空，眼前境地，没有一样不是空的。于是他止住眼泪，向崇祯帝拜了几拜，又深深地磕了几个头，含泪说道："陛下请等一等，奴才王承恩来了。"说完解下一根汗巾，刚要爬上石栏去系时，想起自己是个太监，怎么能和皇上并肩？他又跳下石栏，把汗巾系在崇祯帝脚上，又在下面打一个死结，把头伸在结内，身体向下一蹲，勒死在崇祯帝脚下。

宫中自从皇后贵妃自杀，皇上走出皇宫，太监们也全部走光了，所剩的只有一群纤纤弱质的宫女。她们都是十三四岁进宫，从没有走出宫门一步，到了乱哄哄的时候，叫她们到哪里去？魏宫娥和费宫人两人在宫门前大声叫道："外城内城都已经陷落，贼人如果进宫，我们女流必定遭到贼人污辱，有志的姐妹们，赶紧各自打算吧!”说完，魏宫娥跑上金水桥，耸身跳进御河，费宫人也跳进后苑井中。顿时一群宫女个个泪珠盈腮，纷纷自尽，有投河的，有悬梁的，有解带勒死在床上的，有触庭柱死的，有用剪刀刺死自己的。刹那之间黛痕脂香，都香消玉殒，自尽的宫女共计三百七十九人，真是胭脂狼藉，花凋满地，说来也真是可怜。

这天是三月十八，早上天色溟濛，密云如墨。到了下午，内城陷落，贼兵蜂拥进城，城内顿时鬼哭神号，男哭女啼。过了一会儿，却飘飘地下起大雪。这时李自成从齐化门进城，左有内监杜勋，右有降将汪之信，军师宋献策，伪丞相牛金星，大将白旺，护驾大将王宾，明降将刘承裕、杨永裕，总兵白广恩、陈永福，前呼后拥地随李自成进城。先锋小张侯一马当先，最后是副元帅李严在后面督队。明襄城伯李国桢率兵巷战，正好遇到前锋小张侯，两人交手，战到三十多个回合，李国桢大喝一声，一刀把小张侯劈到马下。

李自成大惊，急忙令贼兵四面包围李国桢，这小巷中怎禁得起这么多人马，早已拥挤得身体也不能动弹。任李国桢有三头六臂，到了这时，也英雄无用武之地。又加上寡不敌众，李自成兵不断冲上来，李国桢丢掉大刀，拔出宝剑，接连砍死几十人，宝剑也砍出缺口。李国桢扔掉宝剑，又用手格杀几人，他刚要夺刀自刎，贼兵已经一拥而上，把李国桢紧紧绑住。李国桢已经筋疲力尽，嘴里还不停大骂李自成，李自成兵抽刀要杀他，李自成急忙喝住道:“这个人忠勇绝伦，我很喜爱他，暂时把他囚禁，慢慢劝他投降，不要为难他。”说完，李自成策马进宫。

·死在洞房的李严·

京城失陷那天，天上雪花纷飞，李自成头戴毡笠，身穿缥衣，骑着高头乌骓马，手拿金鞭令旗，得意扬扬地坐在马上，前呼后拥地一路进城。到了承天门前，李自成忽然对将士说道："我如果能得到大明天下，一箭射中那个'天'字！"说完抽出一支箭，搭上雕弓，嗖的一箭，却中在'天'字下面。

李自成脸色一变，宋献策在旁边拍掌笑道："箭射在'天'字下面，正是得'天下'的预兆！"李自成转忧为喜道："军师的话不错，我能够平分天下也就够了！"说完一面下令清宫，一面缓步进宫。一群贼人来到奉天殿上，却不见崇祯帝踪影。李自成吩咐牛金星到各门贴榜，有献出崇祯帝者，赏一千两黄金，封为万户侯。藏匿不报者，一经发现立即腰斩，并要诛灭九族， 三天后仍然找不到崇祯踪迹，全城屠杀。这张告示一出，京城百姓大乱起来，"寻找崇祯，寻找崇祯"的声音，传遍大街小巷。

内宫的昭嬛公主被崇祯砍了一剑，倒在血泊中颤抖，恰好太监何新进宫，见公主浑身是血，娇声惨呼，心里不忍，匆匆背上公主去往皇亲府。还有袁贵妃，上吊时落地未死，被崇祯帝连砍两剑，却都砍在肩上，没有致命，一时痛昏过去，后来又苏醒过来，宫人柳娥担心袁贵妃受贼人蹂躏，拼命扶起袁贵妃，慌慌忙忙地走出后宫，去往民间躲避。

李自成进宫时，嫔妃们已经死的死，逃的逃了，六宫之中，已经没有一个人。费宫人投进后苑井中，不料井在几年前就已经干枯，里面没有一滴水，费宫人跳进井里，却没有伤到一丝一毫。

清宫的贼人用钩镰把费宫人钩出，端详她的面貌，见她玉容憔悴，但是不减娇艳，于是拥着费宫人来见李自成。李自成也爱她美丽，正要命左右带进后宫，忽然李严禀道："求大王把这个美人赏给小将吧！"李自成听了，心里虽然不愿意，但李严是自己部下第一功臣，沙场血战，几次从危难中救出李自成。现在攻破京城，不久可以称孤道寡，假如没有李严，哪里会有今天？况且李自成和李严又是结义兄弟，有这两层关系，李自成不得不把美人让给李严，不料这样一来，竟然送了李严性命！李自成当即叫过左右，令他们把美人送往李副元帅帐中。李严听了，急忙向李自成道谢。

李严原来是河南的武秀才，为人仗义疏财，专好结交天下英雄，把他父亲所留的百万家资都花光了。又因为他平时喜欢济困扶危，大家送给他一个绰号，叫做小侠客李严。

有一年，河南闹大灾，庄稼颗粒无收，李严要求县令开仓赈济灾民。县令胡孔孺是个贪鄙龌龊小人，见了李严的禀单，立刻召李严进府，当面训斥一顿，并对李严说道："你有钱谷，就自己赈济，本县钱谷是不能动的。"李严受到县令斥责，气冲冲地回到家里，搜刮家资和田地房产，共得到三四万两白银，如数充作赈款。那些受惠百姓人人颂扬，口口声声说"李公子救了我"，又听说胡知县不肯开仓济贫，大家齐声谩骂，把胡知县气得胡须根根倒竖，竟然说是李严一人唆使，满心要找李严麻烦。恰好此时来了三四个外方侠士，听说李严盛名，前来投奔，李严也殷勤招接，设宴款待。正在宾主欢饮的时候，不料胡孔孺派来十几名防兵把李严捉到县衙，还把席上四名侠士捉住两个。

另外两个手脚敏捷，飞身上房，才逃过一劫，于是到县里一打听，才知道是胡知县做的圈套。胡孔孺听说李严那里来了几个外方人，就唆使地甲刘二控告李严私通绿林大盗。

两个侠士得到这个消息，顿时大怒，连夜赶到邻县，和盗魁一枝花通谋，带领三五百个喽兵扮作商人模样，一个个身藏暗器，混进县城。到三更时分，放起一把火，众喽兵呐喊一声，杀进县衙，把知县胡孔孺一家老小杀得一个不剩。又把牢门打开，救出李严和两个侠士，并放出狱中所有亡命之徒。

他们打开城门，大家蜂拥出城。李严见事情已经闹大，担心省里调兵下来，自己势力又弱，他和众人商议，索性一不做二不休，大家抢些金银珠宝，去投李自成，不愁他不收留。主意已定，李严急忙收拾金银细软，率领一群好汉，来投奔李自成。当时李自成正要进攻河南。前锋小张侯已经屯兵在河南交界，专等李自成下令。李严等人见到小张侯，说明来意，小张侯正愁地理不熟，见李严是河南人，正好叫他做向导。

不久，李自成率领大兵随后到来，命小张侯火速进攻。小张侯有李严等人替他出谋划策，一路上势如破竹。攻下开封府以后，李自成论功行赏，小张侯才把李严引见给李自成。李自成也听说过李严威名，两人彻夜长谈，相见恨晚，于是结为兄弟。后来李自成榆林一战，几乎被孙传庭活捉，多亏李严拼命保护李自成杀出重围。

李自成和李严的情感又比以前深了一层。李自成兵进潼关，占城夺池，李严都立下汗马功劳。这次攻进北京，李自成自以为大功告成，很快就要做皇帝，将来大封功臣，李严至少要列土封疆，何况他只要一个美人，李自成当然不好不答应。

李严得到这样一个玉骨冰肌的美人，心里非常高兴，急忙赶回营中，想去享受艳福。李严回到帐中，叫人把美人带上来。费宫人盈盈地走到李严面前，也不行礼，竟然一倒身坐在椅子上，呜呜咽咽地哭起来。李严见费宫人哭得好像带雨海棠，不禁万分怜惜，急忙走下座位，一把搂住费宫人，安慰道："美人不要伤心，你有什么不满，对我说了，我都依你。"费宫人故意把李严一推道："我是皇上的大公主，玉叶金枝，不是路柳墙花，请将军尊重！"

李严这时闻到费宫人身上一阵阵非兰非麝的香味，早已经神思飘荡，身不由己。又听费宫人自己说是个公主，更加心痒难耐，拱手说道："美人原来还是公主，小将冒昧，失敬了！"说完去拉费宫人玉臂，觉得触手腻滑，柔弱无骨。

李严半生在戎马中出生入死，从没见过这样的美人，因此害得他心神如醉，举止乖谬。费宫人知道落在贼人手里，必然难免受辱，就装出娇笑模样，和蔼地说道："将军既然喜欢我，人非草木，谁能无情？不过我身为公主，是天潢贵胄，不同小家碧玉。将军如果有诚心，必须选择吉日举行花烛，然后共入洞房，如果要我苟合，草草成事，我宁愿死在将军面前，不愿遗羞于祖宗。"李严听了，点头微笑道："公主的话有理，我都依你。"说完传命出去，命收拾一所民房，立刻挂灯结彩，今夜成婚。

到了晚上，军营中灯火辉煌，鼓乐喧天。一群将领纷纷来给李严贺喜，李严也设筵庆贺，营内大小将领，大家猜拳行令，欢呼畅饮。大营正中挂起一幅和合图，李严浑身花团锦簇，摇摇摆摆地做起新郎。

从民间抢来的妇女扶着凤冠龙袍的费宫人站在红毯上，和李严盈盈交拜。拜完天地，三声大炮，送进洞房。过了一会儿，李严又出来陪众人嬉笑豪饮，酒席结束，众人辞别，李严已经喝得五六分醉，七磕八碰地走进新房，连呼："公主在哪里？我和你喝上三百杯！"说音未落，费宫人姗姗出来。这时，她已经卸去凤冠，梳上一个高高的云髻，鬓边插一朵碗口大的绢花，身上穿一件银红小袄，淡湖裤子，轻妆淡抹，艳丽多姿。

李严醉眼蒙眬，带笑说道："我在外面耽误些时间，害得公主寂寞。"说完把费宫人搂在怀里，不停亲吻粉脸，又笑着说道："夜已经深了，我们睡觉吧！"费宫人低头一笑，婉转说道："今天是大喜日子，夫妻白头偕老，还希望早生贵子，应该多喝几杯，你怎么和色鬼似的，不怕侍女们笑话吗？"费宫人说到这里，满脸通红，十分娇羞，更显得妩媚可人。李严哈哈大笑道："我就依公主，快斟酒来！"费宫人亲自给李严斟酒，殷勤相劝。李严乐得心花怒放，他一手挽住费宫人，再三抚摩她的粉脸，费宫人却若即若离，引得李严心猿意马，只顾一杯杯地狂饮。费宫人笑道："将军海量，这小小的杯子，喝得很不痛快，叫她们换大杯来。"李严已经大醉，又加上这如花似玉的美人，自然越喝越高兴，便吩咐侍女们拿上大杯。费宫人含笑筛满一大杯，一手搭在李严肩上，一手举着酒杯，媚眼微斜地把脸和李严的脸厮磨，低声说道："将军喝下这杯酒，等一会儿鸳鸯交颈，分外有兴。"

李严大喜，从费宫人手里伸着头，把嘴凑在杯上，咕嘟咕嘟地喝个干净。费宫人又筛上一杯，把香躯在李严怀里，笑道："将军喝个双杯。"李严已经头重脚轻，醉态模糊地见酒就喝，一手还狠命地抱着费宫人纤腰。费宫人趁势一杯杯筛个不停。李严也毫不推辞，接连又喝下六大杯，酒劲上来，实在有些支持不住，说话也含糊不清。

费宫人知道他真醉了，叫侍女们把酒撤去，自己扶李严到绣床躺下。李严虽然喝得酩酊大醉，一手还抱住费宫人玉腕，死也不放。费宫人见他烂醉如泥，轻轻地把李严那只手握住，挣脱手腕，又把罗帐垂下，自己到妆台边，草草卸下晚妆，换了一身秋色短衣，按一按头上云髻，这时侍婢都已经退出房外，各自回去休息。费宫人随手关上门，闩上门闩，又叠上两把木椅。

布置妥当，轻轻走到窗前，打开窗子，只见一轮皓月当空，大地如同白昼。这时已经三更，万籁俱寂，刁斗无声。费宫人不禁悲从中来，泪珠滚滚落下，她忍不住跪在窗前，低声说道："国家灭亡，皇上驾崩，大势已去，我所以冒称公主，不过要替皇上报仇。愿陛下在天之灵保佑我杀贼！"说完站起身，回到绣床前，揭起罗帐，低叫两声李将军，不见李严答应。费宫人柳眉倒竖，杏眼圆睁，猛然拔出一把晶莹锋利的尖刀。她一手掀开罗帐，对准李严咽喉，一刀刺下去，一口七八寸长的尖刀，全部插进脖子，鲜血冒出来，溅了费宫人一脸。李严大叫一声，从床上跳起来，又倒下去，费宫人拼命按住刀把，半点也不敢放松。李严瞪着两眼，恨不得把费宫人吞到肚里，可是喉管已经被费宫人割断，受伤过重，任你李严怎样勇猛，受到这种痛苦，手脚都已经没有气力，只有身体还能挣扎。过了一会儿，上身已经不能动弹，两只脚却不停颤抖，后来渐渐地慢下去，只见李严眼睛一瞪，挺直双脚，气绝身亡。

费宫人骑在李严身上，双手握住刀把，这时觉得李严的身体比刚才冷了许多，想必已经死了。她这才跳下绣床，到妆台前看看自己的脸，只见玉容上溅满鲜血，于是掏出一幅罗巾，慢慢擦掉血迹。忽然听到门外脚步声杂乱，接着是一阵捶门声，原来费宫人一刀刺下去，李严一声大吼，外面侍候的妇女都从梦中惊醒，又不敢询问，只是悄悄地报知外室卫兵。卫兵听了，慌忙跟婢女进来，听到房内寂无人声，从门隙中向里面张望，月光下见费宫人正在擦抹脸上血迹。卫兵知道已经出事，举手捶门。费宫人听到捶门声，知道外面的贼人已经听见，看来自己不免一死，她把银牙一咬，转身走到床前，拔出李严脖子上那把尖刀，向粉颈上刺去，猩红染衣，顿时昏倒在椅子上，一个玉琢粉成的美人，也很快玉殒香消。

门外卫兵打了半天门，不见有人来开，大家忍不住呐喊一声，把房门打倒，冲进房中。见罗帐低垂，帐上都是殷红的血迹，众人齐齐吃了一惊，急忙掀开罗帐，见李严已经血迹模糊，直挺挺地躺在床上，一摸身体，冷得和冰块一样。大家怪叫起来，回头见那个公主，一动不动地坐在椅子上，再仔细一看，只见她玉容惨白，头颈里插着一把尖刀，鲜血点点滴滴地流个不停，气息已绝，吓得卫兵慌作一团。正在这时，恰好小张侯巡逻经过，听到房中有声音，分辨出是李严的私宅，他当即带领两名巡兵走进门来。这时内外房门都已经大开，外屋连鬼也没有半个，里面却人声嘈杂。小张侯是个老于世事的人，刚开始进京城时，被李国桢一刀劈落马下，他立即装死，以免再砍第二刀。趁李国桢和其他士兵厮杀，他便一骨碌爬起，混进士兵中，拣了一条性命。这时一看这种情形，知道里面一定出了岔子，急忙三脚两步地赶进去。

卫兵们见到小张侯，齐声说道："张侯爷来了，李爷已经被人刺死了！"小张侯听了，也大吃一惊，急忙问是谁刺死的。众卫兵把听见李严吼声，等到赶进来，还看见公主在月光下站着的事说了一遍："等到打开房门，公主已经死在椅子上，不知道月光下的女子影子，是鬼是人，弄不清楚。"小张侯道："胡说！人间哪里会有鬼？这分明是那女子先刺死李爷再自杀。"说完令卫兵们在这里看守，自己带两名巡兵跑到大营，把李严被刺的事禀告李自成。

李自成正抱着美人，在大营中饮酒笑谑，他对美人说道："我不久要登大宝了，到时候封你做个贵妃好吗？"美人掩口微笑道："怕我没有那种福气。"李自成大笑道："讲什么鸟福气，当初我在陕西，不是饥一顿饱一顿吗？穷得不得了。现在那把金龙交椅眼见是我的了。那时谁不骂我是个没出息的小子，怎么会知道我有今天？"李自成说完，不禁哈哈大笑，那种得意丑态，恐怕十八个画师也画不出来。

美人听了李自成一番扬眉吐气的话，也顺水推舟道："大王能经常想起往事，真是君子不忘旧。"李自成笑笑，把大拇指跷起说道："话虽然这样讲，我之所以能一路直捣北京，势如破竹，一半也是我结义弟兄的功劳，他不但勇冠三军，简直智谋过人，是我手下一员虎将。所有争夺天下的雄主，全仗着辅助的谋士良将。以前明朝朱太祖能够建立明朝，开创一代国基，还不是徐达、常遇春、邓愈、汤和、李文忠等人的力量吗？”李自成越说越得意，到了兴高采烈时，不禁手舞足蹈。

忽然小张侯形色慌张走进来道：“不好了，李爷被那个公主刺死了！”李自成正要端起酒杯喝酒，听到小张侯说李严被刺死，吓了一跳，砰的一声，酒杯落在地上，急忙问道：“李爷怎么会被女子刺死？”小张侯答道：“具体情况，我也不明白，大概是李爷醉酒失去知觉，才遭到毒手，否则一个纤纤弱女子，怎么能刺死李爷？”李自成大怒道：“那个贱人现在在哪里？给我拿来！”小张侯道：“那个女子也自杀了！”李自成气得咆哮如雷道：“好厉害的贼人，损失我一员猛将，快把那女子尸首，立刻碎尸万段，出我胸中这口恶气！”

小张侯领命去分裂费宫人尸身，并将之扔在野外，却有无数麻雀围绕在费宫人尸体四周。京师百姓无不称奇，又敬她忠烈，偷偷买棺材把她安葬。李自成见小张侯出去，又传命把李严遗骸以王公礼厚殓，在京城西山选择一块吉地埋葬。举殡那天，营中所有将士都涕泣相送。李自成也亲自送葬。

·为国尽忠的李国桢·

李自成自从李严被刺死后，对掳来的女子异常防范。在她们侍寝之前，全身必须搜查一遍。帐外令卫兵守卫，直到第二天李自成起床。

原来李自成见费宫人被李严要去，心中闷闷不乐，忽然小张侯又献进一个美人，李自成把她仔细打量一遍，竟然要胜过李严的那个美人十倍。李自成不禁大喜过望，到了晚上，命美人在身旁唱歌陪酒。正喝得高兴，突然得到李严凶耗，李自成吓得心惊胆战，对自己跟前的美人不免也产生疑心。他急忙叫左右搜美人的身，没有带什么凶器。

李自成心才慢慢放下，一面盘问美人姓名，谁知美人不是别人，正是镇守山海关的平西伯吴三桂爱姬陈圆圆。

陈圆圆怎么会到李自成营里来？当年吴三桂奉命出京，他父亲吴襄不许他携带家眷上任，吴三桂没办法，只得把陈圆圆留在京中，自己孤零零地起程去往山海关。李自成兵进通州，崇祯帝下诏号召天下义师勤王，又加封吴三桂为平西伯，命他带领边关精兵即日进京。

吴三桂却只是观望不前。李自成攻破外城，吴三桂的父亲吴襄正做京营都督，京营溃散，吴襄被擒。吴三桂的母亲听说吴襄被擒，气绝身亡。

当时都督府中乱成一片。吴老夫人一死，老都督又做了俘虏，府中剩下一个柔媚无骨的陈圆圆，除了啼哭之外，一点事也不懂得，任凭那些家人仆妇把府中财产争夺精光。那些刁滑的仆人，用言语恐吓陈圆圆，又用甜言蜜语哄骗她，答应送她出京城，去往吴三桂那里。

陈圆圆正愁自己是个没脚蟹，没有爬处，听了仆人的话，自然感激万分。仆人见陈圆圆中计，老实不客气，又要求说："你要我送你到吴将军那里，必须和我销魂。否则千里迢迢，谁肯为你受这种苦？况且贼兵已经进城，一旦被俘虏，恐怕今生永远不能与吴将军见面。"

陈圆圆被仆人带骗带恫吓的言语说得芳心犹豫不定。仆人明明欺负她是女流，便乘势搂住陈圆圆，做他巫山好梦。

陈圆圆满心希望仆人真的送她到吴三桂那里，万不料仆人只是图个欢娱，岂能真心对待？况且陈圆圆本是禁脔，仆人们休想染指，现在趁这乱世，乐得尝她几天温柔乡滋味。

这样过了两天，京师内城攻陷的消息，早已经传遍大街小巷。陈圆圆担心自己落在贼人手中，急忙向仆人催促，仆人还是一味敷衍。不料这个仆人坐享禁脔的事，又被另一个仆人知道，他也大着胆，把陈圆圆霸占起来。

陈圆圆伶仃一人，又是弱不禁风，哪里能够抗拒，只好屈从。先前的仆人见美人被同伙占去，心里非常愤怒，两个仆人为了一个陈圆圆，也争风吃醋起来。两人你一言我一语，由斗口而至动武，最后抄起快刀，演一出尖刀相会。两个仆人在外面打斗，刀来刀往，不料都督府中的小厮癞，年纪已经有十六七岁，正在情窦初开的时候，平时对这位小夫人陈圆圆已经垂涎三尺，只是有主仆名分，不敢放肆。现在见两个仆人都和陈圆圆私通，自己也想凑个空，尝一尝天鹅肉。

这时趁两个仆人在那里打架，癞儿乘势溜进内室，扭住陈圆圆在床上歪缠。正在兴致正浓的时候，不料外面两个仆人斗了一会儿，刺得满头满脸都是鲜血，也没有人去劝他们。

两人斗到无法解决的时候，互相扭着，一面谩骂，一面到内室见陈圆圆，叫陈圆圆下个判断，到底喜欢谁。不喜欢谁，立刻用刀刺死，不得有怨言。两人约定，一齐跨进内室月洞门时，正见小厮拥着陈圆圆寻欢，两个仆人大怒，飞步冲进去，把小厮儿从床上拖下来，双刀并下，一顿乱扎，可怜又癞又丑的小厮，只因为想尝禁脔，顷刻做了刀下之鬼，总算也为了陈圆圆，才送上这条小命。

两个仆人杀了癞儿，争着在陈圆圆面前，叫她说一句到底喜欢谁。两人不停地问，仰着脖子，只等陈圆圆答复，好动手。陈圆圆左右为难，不能说喜欢谁，不喜欢谁。两人逼迫她说出来，陈圆圆无可奈何，只得说道："谁送我到山海关去，我就喜欢谁。"两个仆人听了，齐声说情愿送夫人前去。这样一来，你说愿意送，他也说愿意送，又没结果。双方争了半天，各自拿起尖刀，又动起手来，吓得陈圆圆缩在床角，只顾索索发抖。

两人正争执得不可开交，外面小张侯的卫兵挨家挨户劫掠过来。到了都督府门前，知道做官的家里一定有钱，兵丁们呐喊一声，蜂拥进府，一直冲到内室，见两个家人在室内狠斗，兵丁们不管三七二十一，一人赏一刀，将两个仆人直挺挺地杀死在地上。

为了陈圆圆，又丧了两条性命，假使他们两人不争风吃醋，早就逃走了，何至于被贼人杀死！

兵丁杀死仆人，到处搜劫财物，见床上伏着一个女子，拖下来一看，见她面似秋月，眼若明星，真是绝色美人，兵丁们大喜，拉起陈圆圆去见小张侯，小张侯又进献给李自成。李自成见了陈圆圆那种轻颦浅笑的姿态，早已经魂散魄迷，随即和陈圆圆对饮。忽然听说李严被刺，李自成也产生疑心，等到向陈圆圆一盘问，才知道她是吴三桂爱妾。李自成不禁大吃一惊，暗想吴三桂是当代豪杰，现在拥有大兵，我掳他的爱妾，他必定领兵前来报仇，那可如何是好？

想到这里，李自成急忙召牛金星和宋献策进帐，把这件事和两人说了，想把陈圆圆送回去。宋献策说道："吴三桂虽然是英雄，但是太好色，不如把他爱妾暂时留在这里，正好牵制吴三桂，何况他父亲吴襄也已经被我们捉住，可以逼他给吴三桂写信，劝他投降大王，那时再送回他的爱妾不迟。"

李自成听了，连声说有理，并下令推俘虏上来。杨承裕押着吴襄、李国桢等人进帐，李自成故意拔出刀来要斩吴襄，吴襄非常怕死，见李自成拔出腰刀，吓得大惊失色，两手不停颤抖。牛金星在旁边假装劝住李自成，对吴襄说让他写信招吴三桂来投降。吴襄只想保住性命，满口答应，当场写了一封家书，由李自成派小校连夜送往吴三桂营中。

李自成命人把吴襄领到馆驿中休息，又命宋献策来劝李国桢投降。李国桢慨然应道："要我投降不难，必须依我两件事：一、皇帝皇后遗体，应该按例成殓安葬；二、太监杜勋和曹化淳两人，应该斩首以祭奠皇帝。"

宋献策回报李自成，李自成笑道："第一件是人臣应尽之礼，当然依得；第二件，李国桢是个忠勇良将，我杀了两个卖国求荣的太监，而得到一个忠义之臣，有什么不值？这也可以依得，你去回复李将军吧！"宋献策来见李国桢，把李自成答应的事大致说了一遍。李国桢欣然和宋献策谒见李自成，李自成亲自慰谕。李国桢退出，去往东华门殓葬崇祯帝、周皇后及懿安皇后。

原来李自成进入京城，下令搜寻崇祯帝，到了第三天，才发现崇祯帝尸体在万岁山上。

李自成命人用双门板抬崇祯帝和周皇后尸身，在东华门外搭芦席棚子，遮在上面。李国桢准备朱漆梓宫，把帝后安殓起来。崇祯帝戴翼善冠，衮玉，渗金靴，周皇后凤冠，龙袍，均按例收殓。又收殓懿安皇后，去和熹宗合陵。崇祯帝后的梓宫安葬在思陵，李国桢又哭祭一番。

恰好李自成派卫兵把曹化淳、杜勋两人押来，李国桢咬牙切齿地骂道："你们这两个卖国逆贼，今天落在我手里，决不轻饶！"两人低头不语，李国桢攘臂捋拳拔出尖刀，亲自动手，把曹化淳当胸一刀剜出心肝，杜勋也一样。他把两人心肝放在盘内，在帝后灵前祭奠。

祭奠完毕，李国桢叩头大哭道："臣已经尽力，自愧没有能力保国，使社稷沦亡，这种庸臣，还活着做什么？”说完提起尖刀，向自己脖子上一刺，鲜血四溅，翻身倒地。

在一旁侍候的贼兵急忙过来抢救，已经来不及了。于是进城报告李自成，李自成大惊道：“可惜一个忠臣，我不能用他。”当即命小张侯准备棺木，厚殓李国桢。又命宋献策选择吉日准备登极。

这时忽然听到帐外人声嘈杂，李自成叫左右出去探问，原来捉住一个官员，自称是国丈周奎，要来面见李自成。兵士们不理他，周奎还大摆架子，高声喝骂，兵士大怒，把周奎两手绑住，拔他胡须。周奎骂一句，兵士们拔去一根胡须，越骂得响越拔得起劲，周奎不停骂，兵士也不停拔，拔得周奎满嘴是血，痛得怪叫起来，嘴上的胡须，也拔得半根不剩了。周奎平时最爱自己胡须，常常自称美髯，今天被士兵拔得颌下光秃一片，心里又气又恨，双手又被绑着不能动弹，索性往地下一倒，大哭大叫闹个不停。

李自成令人把周奎推进帐中。杨承裕和周奎本来是冤家对头，杨承裕投降，一半是遭周奎陷害，所以一听说捉住周奎，便认为自己报仇的时机已到。李自成攻陷京城时，杨承裕首先赶到国丈家中去捉周奎，谁知他早已经逃得无影无踪，不知怎么会被卫兵捉到。别人根本不认识他是国丈，还是周奎自己承认出来的。卫兵押周奎进帐，杨承裕在旁边一看，却不认得了，说这个不是周奎，等到仔细一看，才看出来是他。

因为周奎的胡须被兵士们拔去，杨承裕见了才分辨不出来。后来定睛看出形容举止，知道他改容是没有胡须的缘故，便立即向李自成禀道：“周奎身为国丈，平时卖官鬻爵，家里有很多金银珠宝，不如让他助些军饷。”

李自成听了，对周奎说道：“你听见了吗？人家说你家里很有钱，叫你补助军饷，你自己肯拿出多少？”

周奎磕个头道：“大王不要听信谗言，可惜国家穷得连俸金也发不起，做官的哪里会有钱？”

李自成怒道：“我也知道朝臣中你最富，你还要狡赖吗？”喝令左右：“给我把他倒挂起来！”帐下卫兵一声吆喝，如狼似虎地把周奎吊在木桩上。

李自成亲自手拿藤鞭，在周奎背上尽力抽了一下道：“你说实话吗？”

周奎杀猪一样叫喊，哀求道：“请大王饶恕下官，我愿意捐饷五万，算是赎罪。”李自成暗笑道：“只打一鞭，就有五万，打上十鞭，不是五十万吗？显见得他放刁，他不是真没钱。”想着又是一鞭，打得周奎泪流满面，他是外戚国丈，一向安富尊荣，哪里受得起军营中的藤鞭？连连说愿意助饷，又加五万。李自成仍然不满足，于是藤鞭抽一下，周奎招出几万，一直增到现银三百万，实在说没有了，周奎身上已经被打得皮开肉绽，话也说不动了。

李自成怕他死了，没处去要钱，令兵士押着周奎到他别墅后花园，把一缸缸的金银挖出来，足有三四百万，其他珠玉宝石更不计其数。周奎眼睁睁看着所有家藏都被取去，不禁眼前一黑，大叫一声翻身栽倒。兵士们急忙去扶他，只见周奎两眼上翻，牙齿紧咬，已经一命呜呼了。

李自成得到周奎许多金银，知道明朝大官都有钱，于是咨询杨承裕。杨承裕又说出内官王之心、宁远伯贾敦谨、尚书吕岱等人。李自成叫人捕获王之心，命他助饷五百万。王之心很狡猾，说自己是个宦官，皇帝国库还这样穷，宦官随皇帝走，哪里有储蓄。

李自成见他嘴硬，吩咐用刑。王之心只是熬刑，任你打得鲜血直流，仍然咬定牙关不说。李自成笑道："这阉贼狡猾，非用我制的刑具不可。"说完令人取过刑具，这是一种名叫红烟囱的酷刑。

王之心被烤得实在忍耐不住，只得招出来，献出金子二百万，银子五百多万。还有贾敦谨、吕岱等人，也用这个办法，又献出金银各三四百万。李自成大喜，重赏杨承裕。

这时李自成登极的日期快要到了，京中无聊文人纷纷上书劝进，书中说"比尧舜而多武功，迈汤武而无渐德"。李自成得到劝进书，更加兴高采烈。

到了登极那天，李自成带小张侯、杨承裕、白旺、牛金星、宋献策等人，耀武扬威地走进承天门，直到奉天殿上，把钟撞了一通。

那些无耻文武百官，宰相如魏藻德、尚书刘名扬，武臣如都督吴襄、五城兵监王焕、将军仇宁，皇族如成国公朱纯臣，外戚如周凤兰、张国纪等人，居然冠服上朝。

李自成见百官齐集，摇摇摆摆地升坐御座，百官刚要俯伏三呼，猛然见李自成两眼一白，大叫一声摔下御座。文武百官以及随从侍卫慌忙上前扶起。

李自成半天才苏醒过来，连连咋舌摇头喊着："厉害、厉害！"宋献策、牛金星急忙问原因，李自成指着殿中说道："我刚坐上御座，就有一个身高过丈，身穿白衣的人，用铁锤狠命砸下来，这把什么鸟交椅，只怕不是我坐的！"于是坐在殿旁，草草接受朝贺。

李自成令宋献策记录下百官姓名，然后指名某人献银若干，如果短少，便命人把他捉住，命侍卫凿去他眼睛一只。又命成国公朱纯臣助饷十万。朱纯臣大惊，只得搜刮家中现金，却仍不满十万。李自成狞笑道："你缺乏饷银，我也叫你缺一样东西!"喝令侍卫敲去朱纯臣牙齿，敲得朱纯臣血流满嘴。李自成反而哈哈大笑。从此，朝臣没有一个不献出金银，稍有短少，就动用刑罚。

【风蘉 细说大明第一家庭】

迷点

◎ 清军是如何入关的？清军和明朝降将吴三桂之间又有着怎样的秘密交易？

◎ 南明王朝是怎样覆灭的？李自成和陈圆圆之间又发生了什么艳事？吴三桂冲冠一怒是因为谁？

◎ 清军是怎么一步步地统一全中国的？董小宛是谁？她又是如何入宫，并被顺治皇帝宠幸的？

◎ 清朝的顺治皇帝为什么要出家？吴三桂被封在云南当王爷，他又为什么要反清？

第拾贰章

清朝建国

·吴三桂借兵·

李自成占据京城，自己尊为皇帝，只是不敢升坐御座。百官朝见都在偏殿。又命改第二年——崇祯十七年为永昌元年，传谕命工匠铸造永昌钱，结果字迹模糊不清，又命人重铸，依然铸不清楚。再命三次铸钱，还是不成。李自成大怒，令人把金银铸成每枚重一斤多的大饼，中间穿巨孔，共铸成四十三万七千五百六十枚。又命人铸永昌玺印，屡铸不成，李自成怒不可遏，下令把国库中所有玉石金银铜铁印一齐销毁。

当时朝中群臣，没有一个不受鞭掠扑笞。李自成命宋献策录名，按官级献银。一品大臣及王公外戚每天献金银各一斗。二三品的，依次照减，违抗者严惩。

当时崇祯皇帝殉国的消息传到吴三桂军前。吴三桂手握重兵，却惧怕李自成势力大，只是按兵不动。正在观望，忽然李自成派使者前来，吴三桂吃了一惊，立即命左右传进帐中。使者行完礼，呈上吴襄书信。吴三桂拆开观看，见上面写道：我儿三桂，现在先皇已经驾崩，新主登极。你手握重兵，地位显赫，不能说不是一时侥幸。明朝已经亡国，天命已定。识时务者为俊杰，你应该投降新朝，怎么你还在拥兵观望？大丈夫应该顺应天命，投降闯王，还能够封为王侯，也能够尽孝道。如果你执迷不悟，老父肯定会遭到杀戮，家属也会受到连累。既不能忠君，又不能保护家人，你要三思。

吴三桂读完父亲的书信，半天犹疑不决。想投降，又担心被世人唾骂。如果不降，又怕李自成势力强盛，自己抵挡不住。正在犹豫不决，京师有都督府仆人求见。吴三桂急忙相见，仆人叩个头站起身。吴三桂急忙问道："京中怎么样了？"仆人禀道："京城自从闯贼攻破之后，到处焚掠杀戮，不论官民，除了殉节大臣府第没有蹂躏外，其余无一幸免。"说到这里，吴三桂喝住道："别的不用你说，我只问你家中怎样？"仆人答道："都督府已经被贼兵劫掠得不成样子了。"吴三桂不等仆人说完，接口问道："人口都平安吗？"仆人垂泪答道："太老爷被贼捉去，太夫人因此急死……""死"字才吐出一半，吴三桂带怒骂道："混账！谁问你太老爷太夫人？

我问的是陈夫人？”仆人吓得屈半膝，颤巍巍地答道：“陈夫人已经被闯贼抢到营中去了。”吴三桂失惊道：“这话当真吗？”仆人哭丧着脸答道：“这是小人亲眼所见。”吴三桂听完，猛然从腰间拔下宝剑，啪的一剑把案桌砍去一角，咬牙切齿地恨道：“闯贼！李自成你这逆贼，我吴三桂和你势不两立！”说完呛啷一声，把宝剑扔在地上，帐下将士都齐齐吃了一惊。吴三桂怒气冲冲地拂袖走进后帐。这时部下众将个个惊疑不定，正不知道吴三桂是什么用意。李自成派来的使者，见吴三桂这种情形，知道有些不妙，又回想到吴三桂的父亲吴襄，现在拘留在自己军中，谅吴三桂断不至于忍心抛弃父亲，会有什么变卦，所以放大胆，在营中安心等候回音。

到了下午，吴三桂点鼓升帐，和众将商议道：“闯贼现在占据京城，逼死皇帝，这样大逆不道的流贼，还敢让我投降，未免欺人太甚！各位可有破贼良策？”说完，把吴襄书信传给众将。当时帐下总兵郭壮图、马宝，副总兵胡国柱、马雄，参议夏国相，谋士孙延龄，副将高大节、吴琛等人看了吴襄的劝降书，大家默默无言。

参议夏国相说道：“将军要讨伐闯贼，虽然名正言顺，无奈吴老将军被软禁贼寨，这不是害了他吗？”吴三桂说道：“君国之仇没有报，怎么能顾及私情？何况自古就有大义灭亲之事，项羽要煮太公，汉高祖还说分我杯羹。本爵尽忠不能尽孝，也顾不得许多了。”说完传李自成使者上帐，喝令刀斧手推出斩首。夏国相谏道：“两国相争，不斩来使，这种草寇走狗，不要污了我们名声！”吴三桂点头说道：“参议的话有理，命人割去使者耳鼻，回去报知李自成，义师不久到京，叫闯贼准备投降！”使者抱头鼠窜连夜回京。吴三桂选择吉日慷慨誓师，口口声声为国驱贼，说得声泪俱落，将士人人流涕，个个义愤填膺，都以为吴三桂是真的忠君爱国，哪里知道他这样愤兴义师，只是为了美人陈圆圆，却借君国大仇的名义，利用军心，也算狡猾极了。吴三桂又命夏国相起草一篇讨贼檄文，颁行各处。

吴三桂又和众将商议道：“本爵这次为国报仇，义师一举，天下响应。但在直捣京师的时候，要兵力雄厚，然后选择皇族近支，重立明朝。不过这句话谈何容易？现在贼人有百万之众，我如果没有相当实力，只怕未必能够成功。”众将齐声说道：“将军忠忱为国，义师必定势如破竹，何患贼兵不灭？现在寡众虽然悬殊，所谓一以当十，贼人必定难以抵挡。”吴三桂摇头道：“不是这样。我已经想好，现在建州十分强盛，他们也曾经受过明朝恩典，我写信给建州皇帝，向他借兵以平国乱，他们也不至于拒绝。”夏国相道：“建州现在强盛，虎视眈眈，正苦没有机会，现在如果借他们兵马平乱，他们以为有机可乘，如果平定贼乱，将军对这些兵强将勇的建州人又怎样处置？这引狼入室的计划，如同饮鸩止渴，还是不干好。”吴三桂志在夺回陈圆圆，把关系利害毫不计及，一心要向建州借人马，他听了夏国相的话，微笑答道："参谋果然远虑，但我去借建州兵马，将来平定叛乱，大权在我们手里，至多把辽蓟两处作为酬谢，还怕他争皇帝做吗？我主意已定，等我借到建州人马，再同心协力征讨贼人！"众将听了，面面相觑，半天没有出声。夏国相暗自叹道："吴将军不听好言，将来必定后悔。"

吴三桂不听夏国相谏劝，连夜写成一封书信，派专使到建州借人马。当时清朝太宗皇帝已经宾天，太子福临继位，年纪还只有九岁，由族叔多尔衮做摄政王，一切朝中大事都是摄政王一个人独断独行，福临不过是个傀儡。至于其他亲王大臣，只有官职而没有实权，谁敢说半个"不"字？清太祖努尔哈赤的皇子中，除了八皇子皇太极继位做皇帝外，其中最英毅有为的，要推多尔衮了。多尔衮为人外貌忠厚，胸中却机诈百出，在满洲旗人当中，的确算是个杰出人才。当年清太祖在世时，最喜欢多尔衮，满心要把大位传给他，又担心其他皇子不服，所以始终没有确定。清太祖死后，多尔衮还不满十五岁，虽然他聪明伶俐，毕竟年龄太小，做不出什么事，所以皇帝大位被八皇子皇太极占去。

·满洲文皇后·

太宗皇帝的文皇后是科尔沁部博尔济塞桑贝勒的大女儿，芳名叫玉姑，她虽然生长在关外，却出落得桃腮粉脸，一双盈盈秋水，两道弯弯蛾眉，衬上她朱砂一样的樱桃小口，轻盈一笑，显出深深的酒晕。加上她身材袅娜，柳腰纤纤，芳容妖娆，体态妩媚，娉娉婷婷，好像月里嫦娥，洛水仙女，因此在关外赫赫有名，被称为第一美人。她还有个妹妹小玉姑，和她姐姐一样婀娜妩媚，年纪才十三四岁，已经明艳秀媚，玉骨冰肌。看见的人，谁不称赞一声“好一对姐妹花，不知道谁家郎君能消受这样的艳福”。

玉姑十八岁时，塞桑贝勒把她许配给叶赫部世子德尔格勒做妻子。塞桑贝勒只顾门楣问题，以为自己是科尔沁部，和叶赫部联姻，同是皇族，门当户对，也算不辱没自己女儿。老贝勒这样想，根本没有考虑女婿配不配得上玉姑，只含含糊糊地答应婚事。等到迎娶过去，第一夜洞房花烛，玉姑偷偷看她那个丈夫，不禁吃了一惊，芳心里一阵难受，扑簌簌地掉下泪来。德尔格勒世子又黑又肥，身体很胖身高却不足三尺，相貌臃肿，不像人样，两只骨溜的眼睛深深地凹在眶内，鼻孔撩天，嘴唇斜缺，倒翻一对耳朵，颔下蓬松的茅柴胡须，说起话来，又哑又破碎，分外讨厌。玉姑有关外第一美人之称，后来连经略洪承畴都要被她迷得神魂颠倒，现在嫁给这样一个丑陋丈夫，怎能不叫她心酸落泪呢？

偏偏那个不识趣的德尔格勒见玉姑珠泪沾襟，以为她是离开家人才暗自伤心，所以十二分温存。德尔格勒娶到这如花似玉的美貌娇妻，心里实在快活，不用说玉姑不理他，就是打他几个嘴巴子，他也情愿。玉姑一味痛哭，德尔格勒只是一味向玉姑歪缠，由黄昏闹到三更多天。玉姑知道逃不出这个关口，只得叹一口气，站起身卸装安寝。德尔格勒自然异常巴结，急忙替玉姑脱衣换带，还跪在地上给玉姑褪去蛮靴，脱下罗袜。收拾妥当，夫妻双双共入罗帏。

第二天清晨，德尔格勒很早起床，吩咐卫兵准备两乘绣幔大轿，摆起全副仪仗，带六十四名亲兵，和玉姑上轿，去往科尔沁部岳父家。塞桑贝勒和老妻钮祜禄福晋，听说新姑爷来了，急忙叫家人悬灯结彩，安排酒宴。

将近晌午，锣声不绝，六十四名护兵拥着两乘绣帘大轿，一直抬到二门前停下。

吉特塞桑贝勒也迎接新姑爷德尔格勒走进中门，翁婿相见，行了一个拘腰礼。这是满洲最尊敬的礼节，不是接待贵客是不行的。翁婿行礼完毕，家役们已经摆上酒宴。塞桑贝勒让德尔格勒上座，自己在一边作陪。又命在外厅赏赐叶赫部随来的卫兵人员筵宴。

正厅上翁婿两人谈谈说说开怀畅饮，玉姑被钮祜禄福晋和众婢女迎到内室。玉姑也不说话，一头倒在她母亲怀里，抽抽噎噎地哭起来。钮祜禄福晋弄得摸不着头脑，急忙把爱女向怀内一搂，很亲密地问道："好女儿，什么事这样伤心？你只管说出来，有母亲替你做主。"玉姑哭得更加凄惨，含泪说道："父亲配得好亲事，你去看看那人的嘴脸是怎样的！"钮祜禄福晋听了，不禁诧异道："叶赫部世子，人家不是说很英俊威武吗？我刚才倒没有留神看他。"

母亲正在说话，忽然女婢报说新姑爷来谒拜岳母。钮祜禄福晋见塞桑贝勒同一个又黑又矮的丑汉一路说笑着进来。钮祜禄福晋知道丑汉就是自己的大女婿，心里寻思道："怪不得玉儿要伤心，看他这副尊容，的确难看得很。我家这样如花似玉的好女儿，去配这样一个丑汉，不是要使亲戚朋友们见笑吗？"钮祜禄福晋心里一生气，转身回房，不肯出去见礼。虽然女婢仆妇极力相劝，福晋哪里肯听？后来塞桑贝勒亲自来劝，福晋没有办法推却，只好勉强出来见了个礼，便转身回房。塞桑贝勒又陪德尔格勒到外厅入席欢饮。

等到酒席结束，德尔格勒站起身告辞。照例，新女婿上门，岳父家要留他住几天。这时因为福晋不喜欢这个女婿，塞桑贝勒也并不挽留。谁知玉姑却依在福晋怀里，死也不肯回去。福晋附在她粉耳边低低说了几句，玉姑才含泪出房。只见她妹妹小玉姑一跳一跳地进来，看着玉姑笑道："姐姐还要跟那丑汉回去吗？"福晋急忙喝道："油嘴丫头！姐夫也不叫一声，什么丑汉不丑汉！"小玉姑瞪着两只大眼睛，瘪着小嘴，把头一侧道："什么姐夫，我家放马的黑奴，要比他好看得多呢！"一句话说得婢女仆妇都掩口吃吃地笑。福晋刚要去扭小玉姑的粉腮，她已经三脚两步地跳走了。玉姑听了她妹妹小玉姑的话，不禁又触动愁肠，哭得死去活来。钮祜禄福晋又极力劝慰，玉姑只好拭掉眼泪，匆匆上轿回去。

蒙古人俗例，女儿嫁人，三天后要回家探望父母。玉姑熬过三天，独自坐一顶小轿带四名护兵回到母亲家。她打发轿夫和护兵回去，在母亲家一住半年多，再也想不到回夫家。

叶赫部世子德尔格勒也曾派人来接过几次，总是空轿回去。最后，德尔格勒再也忍耐不住，亲自来接玉姑回去。钮祜禄福晋不好阻拦，只得任玉姑回家，但过不上半个月，玉姑又回到母亲家。德尔格勒有时不许玉姑回家，她就寻死觅活，弄刀系绳，吓得德尔格勒不敢阻挡。玉姑回到娘家，整年不回去。开始德尔格勒亲自来接，还跟他回去。到了后来，任德尔格勒咆哮如雷，玉姑索性不理他。她自己想回去就回去，她自己不愿意回去，任叶赫部老部主金特石来劝她都没用。德尔格勒知道这个娇妻是收不服的，只恨自己太丑陋，不能得到闺中人欢心，德尔格勒心里一发狠，竟然悄悄地跑到莽葛尔山中披发修道。玉姑听到这个消息，好像罪犯脱去身上的镣铐，觉得浑身轻松许多。于是很高兴地天天和妹妹小玉姑到别尔台山围场中去打猎。

别尔台山在科尔沁、叶赫、玛赛别、建州卫四大部落交界处，是个公共围场，山上狐兔野鹿等兽类最多。叶赫、建州、玛赛别三大部的王孙公子常常带护兵到山下打猎。围场也算是一处贵族猎场，平民百姓是不许到这里来打猎的。玉姑和她妹妹到这里来打猎，也含有择婿的意思。

一天，事有凑巧，恰好建州八皇子皇太极领着侍卫到别尔台山打猎，打了半天，山下猛然跳出一只白兔。皇太极弯弓一箭射去，正射在白兔尾巴上，那只白兔一蹶一跳地向前跑去。皇太极马上加鞭向前追赶。转过山坡，白兔被山石一绊，撞倒在地。皇太极跳下马，伸手去捉，兔子颠了两颠，爬起来翘着尾巴又逃走了。皇太极扑个空，因为用力太猛，几乎向前摔倒，连忙使一个鹞子翻身，双脚才立稳。忽然听到山坡下面莺声呖呖地有人喝彩，把皇太极胀得满脸通红。他抬头向山坡下一看，原来是一群粉白黛绿的美人，也在那里打猎，其中有两个美人，一个二十来岁，一个十五六岁，长得玉雪花貌，身上都是贵族打扮，其他人穿的虽然富丽，但终赶不上这两个华贵，大约都是婢女。皇太极倚在马旁，两只眼睛定住，呆呆地发愣。

那个二十来岁的美人，骑在银鬃马上，忍不住用罗巾掩着朱唇斜睨着皇太极嫣然一笑，真是千娇百媚，看得皇太极身体酥麻。美人娇滴滴地吩咐婢女道："我们回去吧！"这一声在皇太极耳朵里，真好像出谷黄莺，叫人魂荡神迷。美人说完这一句，旁边的婢女围绕她飞一样跑出围场。皇太极哪里舍得，急忙也跨上雕鞍，从后面追去。看看一群女子走进一座皇府中跳下马，美人又回头对皇太极一笑，姗姗地走进二门。皇太极等到看不见人影，才掉转马头，懒洋洋地回到围场，也无心打猎，一路回到盛京，急忙打发人来打听，才知道美人是科尔沁部塞桑贝勒的格格，已经嫁给叶赫部世子。皇太极听了，心冷了半截，半天说不出话来。从此，皇太极脑海里深深有了美人的印象。

这一年因为叶赫部帮明朝攻打清朝盛京，松山一战，明兵大败。清太祖班师回来迁怒叶赫部，亲率大兵征讨，一场血战，打败叶赫部。恰好皇太极做先锋官，他一打进叶赫部，便带着士兵大肆劫掠。部下兵士掳来一个美人，美人自称是科尔沁部的格格来这里探视亲戚。皇太极出来一看，见美人正是那天打猎遇见、让他日思夜想的心上人。

原来那时正好是叶赫部部主金特石六十大寿，世子德尔格勒虽然已经出家，玉姑的翁媳名分还在，所以塞桑贝勒叫他女儿玉姑前来拜寿。正在大摆宴席，鼓乐喧天，忽然建州人马漫山遍野地杀来。叶赫部主金特石慌忙下令张号集队，准备御敌，外面清兵已经团团围住，玉姑因此来不及逃回娘家，也被困在里面。清兵攻破城堡，玉姑带两名婢女从后宫逃走，仍然被清兵捉住，送到皇太极营中。皇太极这一喜，好像天上凭空掉下一件宝贝，这一夜就在军营大帐内和玉姑成就好事。其间欢爱自然不用多说。

第二天早上，皇太极派亲信侍卫送玉姑回科尔沁部，又禀知太祖，太祖派人向塞桑贝勒求婚。塞桑贝勒见叶赫部已经灭亡，建州正在强盛，自己女儿早晚要嫁人，既然有了这个机会，正是求之不得，便一口答应下来。清太祖很爱皇太极英武，所有要求自然都会答应。他立即派使臣下聘礼，选择吉日给皇太极迎娶。过门之后，皇太极和玉姑非常恩爱。后来太祖驾崩，皇太极继位，封玉姑为孝庄文皇后。那时睿亲王多尔衮还只有十四五岁，皇帝是他八哥，又因为他年纪还小，常常出入宫禁，并不避嫌。皇太极做了皇帝，又纳了两个美貌妃子，又由于军国事务繁重，对文皇后的爱情渐渐不那么密切了。

文皇后是个爱风流的美人，她见太宗皇帝这样冷淡，春花秋月，少不得起一种香衾辜负地怨怼，于是触景生感，见她小叔多尔衮眉清目秀，齿白唇红，不免产生爱慕之心。多尔衮正在情窦初开，见他嫂嫂这样多情，岂有不领略的道理？叔嫂间开始只是眉来眼去，到了情热百度不可遏止时，就在幽宫冷殿偷尝禁果。这样鬼鬼祟祟的，文皇后嫌不能畅所欲为，声言出宫去打猎，在外面选了两名镶黄旗美貌子弟，扮作宫女混进晋福宫，从此天天寻欢作乐。

不料事机不密，被多尔衮冲进宫来撞见，不禁一缕醋意从脚跟冲到脑门，怒冲冲地走出宫。文皇后见事情弄糟，急忙跑到宫外，连声叫道："老十四，你回来，我和你商量！"多尔衮一面走，一面摇头道："没有什么商量，没有什么商量！"文皇后急得三脚两步赶上去，把多尔衮一把拉住，狠狠地瞪一眼道："老十四！你真这样硬心肠吗？"这句话才出口，文皇后早已经呜咽起来。多尔衮忍不住笑笑，两人手拉手进宫，吩咐宫女和那两名侍候少年一并退出宫外。那些宫女们只听到内室中一会儿嬉笑，一会儿哀恳，唧唧哝哝地从午后闹到深夜。忽然文皇后叫两个亲信宫侍进去，不一会儿，传出一口宝剑，令人把两个宫娥立刻赐死。这两名宫娥是镶黄旗少年子弟改扮的，只有文皇后亲信宫女知道。

·清军入关·

睿亲王多尔衮为人精明强干，十二三岁时跟随太祖皇帝出兵打仗，已经能运筹决算，策划军机，所以太祖皇帝非常喜欢他。太宗继位时，多尔衮年龄还小，经常出入宫阙。到了十六七岁，竟然和文皇后勾搭上。叔嫂两个陈仓暗度，十分秘密。太宗皇帝见多尔衮才略超群，经常派他出征。多尔衮不能常常和文皇后聚在一块，把少年风流的文皇后弄得望穿秋水。好容易盼到多尔衮回来，亲热没有几天，多尔衮又要奉命出征。这一次出征和明军大战，建州人马吃了两个败仗。后来一打听明军督师主帅，原来是号称中原才子的洪承畴。太宗皇帝听了连连扼腕叹息，又极力赞许洪承畴，意思是想叫洪承畴来投降自己。他和众亲王郡王、文武大臣商议良策，始终想不出两全的办法。后来被文皇后听到，自愿去骗洪承畴，居然被她大功告成，生生把洪承畴弄到建州。不过洪承畴虽然投降清朝，但太宗皇帝对文皇后的爱情却比以前淡薄了不少。文皇后也知道其中缘故，只有自怨自艾，想到伤心时抽抽咽咽地痛哭一会儿。

不料多尔衮不断征伐，也不大有闲工夫进宫，文皇后怎么肯香衾独抱？她悄悄地在外面弄两个少年进宫，暂时消遣寂寞。多尔衮权力越来越大，公卿大夫、亲王贝勒多半是他的党羽。大凡朝中出了杰出的枭雄，自然会有人去依附他。因此朝廷内外一举一动，多尔衮无不知道。文皇后有两个面首的事，早有心腹内侍秘密报知，多尔衮听了，不禁醋意大发，乘文皇后没有准备，冲进宫去。好在多尔衮经常进宫，不需要请旨和宣召等手续。

多尔衮跨进晋福宫门，正看见文皇后和两个宫女在那里调笑。多尔衮一眼看见，心里明白，他料定这两个宫女是男子改装，这鬼把戏只能瞒过太宗皇帝，怎能瞒过多尔衮？所以他脚步也不停，转身就走。文皇后心虚，急忙把多尔衮喊住。她还想遮掩一下，却被多尔衮道破。文皇后没办法抵赖，心里非常着急。文皇后的宫女从窗缝中偷看，见多尔衮仰着脖子坐在绣椅上，眼望屋顶，不停摇头。文皇后斜靠在椅旁，嘴里叽叽咕咕地说了半天，多尔衮依旧摇头。一会儿文皇后忽然坐在多尔衮膝上，伸出雪藕似的手臂，搂住多尔衮的头附耳说了一会儿，只见多尔衮把文皇后一推，要站起身来走出去。文皇后真急了，猛然跪在多尔衮面前，把头放在多尔衮膝上，珠泪婆娑地哭了。这时见多尔衮微微一笑，从腰间拔出宝剑，一手递给文皇后。宫女看到这里，不禁手脚发颤，不知道多尔衮把宝剑给文皇后做什么。文皇后握着宝剑，回头向宫门外低低叫了一声，跑进两名亲信宫女，文皇后命她们传出剑去命两个改扮的宫娥立刻自杀。文皇后吩咐完宫女，她一双盈盈秋水，含满眼泪。宫女领懿旨捧宝剑出去，过了好一会儿，进来回禀两宫娥已经领旨自尽。文皇后点点头，皱眉说道："他们两人的尸体怎么办呢？"多尔衮笑道："叫他们乘黑夜，丢在御河里！"文皇后听了，心里十分不忍，但一时也没有什么办法，只得叮嘱宫侍们依多尔衮的主意去做。文皇后自从杀掉两个侍候的美少年，宫中更加凄寂。幸亏多尔衮知趣，天天进宫来和文皇后欢聚，两人越来越亲密，竟然双宿双飞起来。

当时二贝勒代善已经去世,代善长子恭郡王慕赖海本来恨他父亲的大位被皇太极占去,自己稳稳的皇太子之位弄得落了空,心里怎能不生气？于是慕赖海在私底下结党,想把皇帝名分夺回来,只是找不到机会。他平时最恨的就是十四叔多尔衮。慕赖海想掌握兵权，以为一旦有了兵马，就不难举事。像慕赖海那样的庸才，怎么能和多尔衮争？结果兵权被多尔衮夺去，慕赖海一气，几乎发疯。

这时多尔衮和文皇后的秽行传遍盛京,没有一个人不知道,不知道的只有太宗皇帝一人。慕赖海听到多尔衮已经有过失，不禁跳起来道："我如果不趁此机会报仇，还等什么时候？"后来转念一想，满朝全是十四叔的党羽，自己一个没势力的挂名郡王,即使明知道多尔衮秽迹,又能拿他怎么样？思来想去，忽然想起一个人，那人是谁？是肃郡王豪格。豪格是太宗皇帝的长子，为人勇敢多智，在建州也算数一数二的人物。太宗继位后，经常和明朝开战，豪格率领建州人马，居然独当一面，立下许多汗马功劳。太宗皇帝见豪格英勇，早有传位给他的心。豪格听到太宗口风，知道自己将来希望很大，于是每战必定身先士卒，建州武将当中，谁不称赞一声肃郡王忠勇绝伦？太宗也非常喜欢他。不料天不由人，这一年文皇后忽然怀孕，太宗皇帝倒还不怎么放在心上，肃郡王豪格可急坏了，深怕文皇后生下儿子，自己的宠幸必定被夺去。偏偏文皇后临盆，竟然一举是雄，把太宗皇帝乐得眉开眼笑。其实这个孩子，是太宗皇帝的亲骨血还是多尔衮的遗种，局外人弄不清楚，太宗皇帝自己也懵懵懂懂，只有文皇后心里或许明白。但她如果不说出来，恐怕连多尔衮都没有头绪。

光阴似箭，文皇后所生的儿子，转眼已经满月。到了那天，满洲亲王、郡王、贝勒、贝子、和硕亲王、蒙古王公及满汉文武大臣，全部进宫，给太宗和文皇后叩贺。太宗皇帝传谕，亲王、郡王、蒙古王公、贝勒、贝子在勤安殿赐宴，满汉文武大臣在义恭殿赐宴。太宗皇帝自己和文皇后在晋宫设宴庆祝。

这天，盛京大街小巷没有一处不是结彩悬灯，商民一例休息一天，鼓乐庆祝。满汉王公，大小臣工，无不欢呼畅饮，其中满肚子不高兴的，只有一个肃郡王豪格。太宗皇帝哪里知道他的心事，还叫豪格跟随自己驾起銮辇到太庙行礼。行完礼回来，由礼部拟名，定了一个“福”字。太宗皇帝见儿子相貌堂堂，啼声洪亮，心中非常高兴。恰好武英郡王阿济格打胜明军，满载珠玉金宝班师归来，太宗皇帝乐不可支，笑着对文皇后说道：“这孩子福分不差！”正说着，礼部恰好拟呈一个“福”字，太宗皇帝大喜道：“巧极了，这样就赐名福临吧！”

日月如梭，福临渐渐长大，转眼已经九岁。太宗皇帝对豪格虽然依旧宠爱，而对立储两字，却绝口不提。豪格也在心里打算，表面上丝毫不露一些形迹。在这个时候，朝臣里面有人要讨好文皇后，暗中上疏，请太宗皇帝立储。消息传出来，豪格急得和热锅上的蚂蚁一样，想不出用什么手段去抵制。事有凑巧，恰好恭郡王慕赖海要报复多尔衮，亲自来见豪格。豪格和慕赖海既有兄弟名分，又是同师读书，从前交情十分深厚，后来豪格封为武职，慕赖海被多尔衮排挤，两人友谊一天天地疏远。现在豪格听说慕赖海来了，急忙亲自迎接，两人手拉手走进书斋，说了几句闲话，豪格命家人摆上宴席，两个人一杯杯地对饮起来。

酒过三巡，慕赖海先用言语试探豪格道：“我近来听说，皇上有立储打算，老哥知道吗？”豪格听了，正触动他的心事，又是在酒后，因此不禁冷笑一声道：“皇帝既然有了福临，是应该立储，还有什么话说？”慕赖海故意惊诧道：“这是什么话？老哥是皇上长子，如果真要立储，除了老哥还有谁呢？”豪格更加气愤，涨红脸悻悻地说道：“我不过是徒有虚名罢了，你和我是兄弟，怎么也来讥笑我？”慕赖海正色道：“兄弟怎么敢讥笑老哥？老实说一句，老哥不过拥有虚名，那么福临就不是吗？”

豪格见慕赖海话里有话，急忙笑道：“福临不是皇上亲生儿子吗？”慕赖海听了，缩缩头颈做一个鬼脸，鼻子里嗤地笑了一声，又喝了口酒，才慢慢地说道：“老哥不要在那里装傻，十四叔的事，难道你不知道吗？”豪格被慕赖海一提醒，不禁红了脸道：“我听过好几次，只是都半真半假，究竟怎样，却不能断定。”慕赖海笑笑，刚要开口，忽然向四周一看，见豪格身旁站着三四个亲随，慕赖海忍住没有说。豪格会意，挥手令左右退下去。慕赖海才低低地把多尔衮和文皇后的秽史一五一十地和盘托出。豪格听完，气得拍案大叫：“我如果不杀这乱伦淫贼，还有什么面目站在天地之间？”慕赖海慌忙站起身掩住豪格的嘴道：“老哥不要这样着急，要防隔墙有耳，他的党羽极多，哪一个亲王府中没有他的奸细？如果风声泄露，老兄和兄弟的脑袋恐怕难保。”豪格这才忍住气坐下，两人对饮密谈。一直到三更天，慕赖海才告辞回去。

第二天五更，亲王大臣按例入朝排班，朝参完毕，商议一些平常政事，谕旨令散朝。亲王大臣纷纷散去，只有肃郡王豪格却随驾左右，跟着太宗皇帝走进御书房。

到了中午，肃郡王退出，御书房内传出上谕，命内侍备辇进宫。左右内侍见太宗皇帝怒容满面，大家吓得一个个心怀鬼胎，静悄悄地随驾进宫，连气都不敢喘一喘。太宗皇帝的銮辇才经过德正殿，一个太监七跌八撞地跑出来，一直跑到御槽中，说有急旨宣召近臣，匆匆选了两匹关外有名的骏马，骑了一匹牵了一匹，飞一样跑出大清门。不一会儿，见那个太监跟在后面，前头一匹马上正是睿亲王多尔衮。多尔衮跑得面红气喘，还不停地加鞭，地上尘土飞扬，八只马蹄缭乱，风驰电掣一样奔向大清门。那些值日的官吏和侍卫见到这种情形，料想朝中必定有变故，皇上这样飞召睿亲王进宫，不是军情紧急，便是要戮杀亲王或大臣，那是不言而喻的。果然睿亲王多尔衮进宫还没有一会工夫，内宫跑出八九名太监，脸上都现出慌慌张张的神情，每人奔向御槽内手忙脚乱地各自要一匹马，有几个连鞍也来不及配好，飞身跳上秃背马，扬鞭飞驰出大清门。侍卫官长努勒梅是个老于世故的人，他看见太监这样急迫，知道已经发生大事，急忙下令传集通班侍卫戎装侍候，以防不测。

六百名侍卫不论日班夜班，一齐集起队来，刚点完名，便听到路上马蹄声络绎不绝。只见郑亲王济尔哈郎，武英郡王阿济格，恭郡王慕赖海，豫亲王多铎，肃郡王豪格，贝勒慕赖布、阿巴泰，满达海、汤古巴、巴布泰、巴布海、阿拜、莽古尔泰、搭拜、德勒格拉、岳立台，贝子阿达礼、罗尼洛、度艾、济尔顿、博勒和、齐喀、屯礼托达、密度礼，大学士希福刚林、冷僧机、章京图岸巴、梅勒章京礼巴，蒙古亲王克鲁图南，汉大臣范文程，大学士洪承畴，都督祖大寿，将军祖大远、祖大弼、陈光新、耿仲明、孔有德、尚可喜等人，都形色仓皇，汗流满面地纷纷在大清门前下马，蜂拥进去。

众亲王大臣到了内廷温恭殿前，有太监传娘娘懿旨：亲王大臣在这里候旨。众人听到“懿旨”两个字，知道宫内有变故。原来太监去宣召时，什么也没有说，只说皇上有急旨火速宣亲王大臣进宫。七八名太监分头传谕，那些亲王大臣不知道有什么紧急大事，距离较远的退朝回去，朝衣还没有卸去，一听到有旨宣召，随即上马赶进宫来。这时众大臣呆呆地站在温恭殿前，不知道是吉是凶，大家狐疑不定。忽然听到一阵靴声，睿亲王多尔衮手捧诏书出来，高声叫群臣跪听遗诏。众亲王大臣听到“遗诏”两个字，一齐吃了一惊，大家面面相觑，谁也没有出声，只好俯伏在地，多尔衮朗声读道：朕不幸暴病，所遗大位，命阿哥福临继承，群臣协力辅佐，不要辜负朕意。至于朝廷大政，可令孝庄文皇后会同睿亲王多尔衮协商办理。钦此！

多尔衮读完诏书，众亲王大臣才知道太宗皇帝已经驾崩。想刚才上朝，皇帝还好好的，怎地一眨眼就宾天了？大家你看我，我看你，半句话也说不出来。多尔衮大声说道："大行皇帝既然有遗诏，我们遵诏办吧！"说完转身进宫，扶九岁的福临登上宝座。多尔衮首先跪下，众亲王大臣到了这时，也不由自主，只得按例三呼万岁。于是改第二年为顺治元年，封赏功臣，大赦罪犯。追谥太宗为孝睿毅皇帝，庙号太宗，尊文皇后为皇太后。又由太后传出懿旨，尊叔父睿亲王为摄政王。这样朝事由睿亲王一个人把持，独断独行，亲王大臣都没有办法。

一天，忽然明朝平西伯有使者到来。多尔衮看完吴三桂的信件，大惊道："原来明朝皇帝已经被流贼逼死！"于是命使者退出去，多尔衮召集亲王大臣把明崇祯殉国、平西伯吴三桂借兵定乱的事对大家说了一遍。他又说道："现在明朝没有国主，我们以平定国乱为名，乘机占领明朝国土，你们以为怎么样？"亲王大臣齐声答道："听凭王爷处断！"多尔衮大喜，当即打发吴三桂使者回去，并吩咐道："我这次率兵入关，是为你们国家平定贼乱，你回复吴平西，叫他带轻骑来关前迎接我的大兵。"使者叩头站起身，连夜进关报知吴三桂。

多尔衮以豫亲王多铎为先锋，肃郡王豪格为中队，留郑亲王济尔哈朗辅佐幼主，自己和武英郡王阿济格，大将扈尔赫等人点起二十万大兵，辞别太后，浩浩荡荡地向关前进发。晓行夜宿，不久到了山海关，前锋报明军驻扎在关前。多尔衮正要派人探问，见一队人马素服剃发，直奔多尔衮军前，正是平西伯吴三桂。当时进营见到多尔衮，吴三桂自愿为大兵前锋，多尔衮递一支令箭给吴三桂，命他带明军做向导。吴三桂接过令箭，率领部下向前进发，多尔衮率领清兵随后进关，一路斩关夺锁，攻破贼兵城邑，势如风扫残雪。到了通州，李自成在京中听说吴三桂的大兵已经进入通州，急忙下令收拾金珠宝物装满七百多车，预备兵败时逃进陕西，李自成亲自率领士兵出京迎敌。

两军相遇，正在大战，清兵突然冲出。李自成的军队从没见过这种装束，一声呐喊"妖兵来了"，各自扔掉兵器，转身逃命。李自成大败，退走五六十里。多尔衮兵不血刃进入北京，又分兵两万交给吴三桂，令他追赶贼兵。李自成也担心吴三桂来追，和牛金星等人商议对策，恰好吴三桂人马赶到，李自成兵一见到满洲人马，转身就走。牛金星大叫："事情紧急，赶紧放弃陈圆圆，以减缓吴三桂的追逐！"李自成听了，还有些恋恋不舍，他正保护着陈圆圆骑马飞跑。吴三桂赶上，亲自带住陈圆圆丝缰。李自成趁机逃脱。吴三桂夺回陈圆圆，不再追赶李自成。

多尔衮听说吴三桂不再前进，担心出现变故，急忙督促吴三桂率兵西进追贼。多尔衮在北京定都，并令飞骑出关迎接幼主进关，在北京即位，又命多铎率领大兵进取江南。多尔衮在北京定都，满洲亲王大臣都以为大位必定是多尔衮自己的，不料他迎接幼主进关，第一个先俯伏称臣，他这开国功勋可真是不小。满汉大臣提议酬功办法，汉臣中有人知道多尔衮和皇太后暧昧关系，主张皇太后下嫁给摄政王。汉大学士钱谦益竟然上书奏请。多尔衮读完表章，正合私意，急忙进宫和皇太后商议，觉得这办法很美满，于是下旨准奏。好在满洲人不像汉人那样礼节繁多，嫂子下嫁小叔也不违背礼节。

龙凤旌旗，白旄银钺，一对对地经过。一阵鼓乐喧天，绿衣黄带，戴大凉帽的侍卫，列队前进。随后是锦衣太监，捧着宝瓶、金盆、金唾壶、金水盂、金交椅、金鼎、金盒、金烟袋、金提壶等，分作四人一排，很整齐地走着。接着是二十四名宫女，列为十二对，红杖四对，金纱灯两对，红纱灯两对，珠拂尘两对，金提炉两对，炉中香烟缥缈，御道上寂静无声。

这时只见六十四名太监拥着金碧銮辇，辇中坐着摄政王多尔衮。跟着銮辇的是一座又高又大的凤辇，用一百二十名太监拥护在凤辇四围，凤辇上端端正正地坐着珠冠凤帔、雪肤花貌的皇太后，满朝相卿、亲王贝勒以及各部大臣都步行随辇。

摄政王多尔衮迎太后到府中，宫女们扶皇太后下凤辇，亲王贝勒眷属福晋、格格们迎接太后走进凤仪轩。献茶进点心休息一会儿，忽然听到堂上鼓乐齐奏，内侍跪报吉时已到。宫女们扶皇太后出堂，摄政王多尔衮已经貂袍龙衮地站在红缎毡上，宫女扶皇太后和他盈盈交拜。大礼完毕，宫女们献上合卺杯，亲王贝勒都在堂前叩贺，摄政王和太后接受拜贺，随后送入洞房。亲王大臣的官眷来新房中叩贺，皇太后心里万分快乐，吩咐一声："赏！"宫女们抬过宫中带来的金珠宝玉，分赏给亲王大臣眷属。那些福晋、格格及满汉大臣夫人们，一齐谢恩退出去。

这时摄政王府中大开筵宴，异常热闹。摄政王多尔衮亲自出来应酬，喜宴一直闹到三更时分，众亲王大臣才纷纷散去。摄政王多尔衮回到新房去陪伴太后，两人对饮几杯合欢酒，酒兴初浓，手拉手上床。这一夜，多尔衮和皇太后新婚旧爱，非常欢娱。第二天早上，多尔衮上朝谢恩，皇帝下谕晋封多尔衮为父皇摄政王，和皇帝并肩听政，接受百官朝贺。从此多尔衮和皇太后做了夫妻，享受他们的鱼水之乐。

·南明灭亡·

吴三桂奉多尔衮命令，率领部下追赶李自成，想要夺回陈圆圆。李自成率领残败人马逃回陕西，吴三桂不舍，仍然率兵向西追赶，在半路上接到多尔衮定都北京的消息，帐下将士一起放声痛哭，弄得吴三桂进退维谷，不敢轻举妄动。忽然又接到多尔衮第三道飞檄，令他进兵西安，追击李自成，吴三桂只好继续前进。李自成已经势穷力竭，一听到吴三桂兵到，急忙放弃西安，连夜逃出潼关，窜到荆襄。吴三桂攻下三秦，收复河南和荆襄，李自成败走辰州，后来又逃往黔阳。当时，李自成没有粮草，四处掠劫，黔阳四境鸡犬不宁。明川广总督何腾蛟屯兵黔边，听说李自成被吴三桂击败，也率兵夹攻，在罗公山大败李自成。李自成带领十多人上山躲避，山上有座玄帝庙，李自成进庙拜神，忽然昏倒在地。那时正好是乱世，百姓大多筑堡自卫，见山上来一个绣甲金盔的大汉，腰佩宝剑，手执画戟，倒在庙中，不认识李自成，还以为是绿林强盗，于是呐喊一声蜂拥上前，一顿锄头铁耙，打死了李自成。跟来的卫兵想上山救援，也被百姓打散。百姓抬着李自成的尸身去见总督何腾蛟，何腾蛟亲自验看，见头颅已经被锄碎，血肉模糊，没法辨认，后来见身上衣甲都绣着五爪金龙，才知道是李自成。何腾蛟又命人搜李自成的身上，得到一颗用金玉镶成的宝玺，上面有“永昌之宝玺”几个字，证实的确是李自成尸身。

张献忠占据四川，自称大西国王，听说李自成已经被打死，知道自己也将不保，于是命人选美女一百人，昼夜淫乐，稍不随意，便严加惩处，众妇女恐慌万分，百般献媚。张献忠淫乐太过，渐渐身体不支，但又要进兵西安，令部将孙可望守四川，自己带病进兵。走到盐亭，正和吴三桂的清兵相遇，还没有交锋，贼兵便纷纷逃走。张献忠单骑逃奔，到了凤凰坡，伏兵四起，箭像飞蝗一样射过来，张献忠身中数十箭，落马而死，驰骋中原的两大风云人物先后毙命。吴三桂剿平李自成，杀死张献忠，攻下三秦，平定河南，收复荆襄楚豫，功劳非常大。清廷怕他拥兵助明，急忙下一道谕，封吴三桂为平西王，到云南上任。吴三桂到了这时虽然手握重兵，却惧怕多尔衮，把明朝仇恨撇在九霄云外，竟然俯首帖耳安然上任去了。后来，清廷削夺他的兵权，吴三桂后悔起来，急忙攘臂起事，可是清朝已经打平各处，天下大定，任吴三桂有再大能力，已经无力回天。清兵初定北京时，部下众将痛哭相劝，吴三桂说多尔衮不会辜负他，结果坐失时机。当吴三桂追击李自成最急迫的时候，李自成万分气愤，把吴三桂的父亲吴襄斩于军前，吴三桂痛哭流涕，发誓必定报仇。

后来把陈圆圆夺回，拥着美人昼夜宴乐，把不共戴天的杀父之仇抛在脑后。多尔衮飞檄督促才勉强率兵西进，足以说明吴三桂痛哭誓师，只不过为了一个美人陈圆圆。所以他奉旨去云南，乐得安闲自在。吴三桂到了云南，又纳个爱妾小蛾，小蛾的容貌和陈圆圆不分上下。

吴三桂此次夺回陈圆圆，爱情反倒远不如从前。这是什么缘故？其中有两个原因，一是吴三桂有了小蛾，对陈圆圆不无分爱；第二是吴三桂听说陈圆圆被掳从贼，心里十分不满。吴三桂为人相当自信，他引清兵入关，以为多尔衮可靠，不至于负约，于是多尔衮很从容地定都北京。自从陈圆圆被李自成掳去，吴三桂以为陈圆圆对自己爱情极其浓厚，未必肯失身，因此一心要夺回来。等到把陈圆圆夺回，见她玉容憔悴，娇艳已经不如过去，吴三桂以为陈圆圆太想念自己，才愁虑到这个样子，心里反而倍加怜惜。不料贼中有个婢女细柳，在贼营中专门服侍陈圆圆，这时从贼中逃回，孤身没有地方投奔，仍然依赖旧主。陈圆圆因为和细柳在贼中相依为命，也不忍抛弃她，就把她收作侍女。这个细柳很有几分姿色，吴三桂经常和她调笑，讲讲谈谈，把陈圆圆和李自成的情意竟然和盘托出。吴三桂听了，把爱陈圆圆的热度减去了五六分，而且言语里常常含讽带讥，弄得陈圆圆心里十分不安。原来陈圆圆被贼人抢去，一点没有悲伤，反而含笑逢迎。李自成见了陈圆圆，也几乎神魂颠倒，昼夜不离左右。李自成本性喜新厌旧，无论怎样的美女，三四天后也会弃如敝屣，唯独对陈圆圆始终非常宠爱。

陈圆圆和李自成调笑浪谑，形状秽亵，往往丑态毕露。李自成有侍妾二十多人，自从陈圆圆擅宠，把众侍妾抛下不顾，那些侍妾们个个恨得什么似的。陈圆圆又唆使李自成无故责打侍妾们，不到半个月，二十多个侍妾一半死在杖下，一半乘机逃走。李自成更加喜欢陈圆圆，甚至在白天宣淫。陈圆圆也喜爱李自成强壮，极尽撒娇撒痴，迷得李自成昏头昏脑，足有三个多月不理政事。陈圆圆又笑李自成独眼，经常闭上左眼，百般仿效，李自成也觉得好笑。一天，李自成大宴众将，叫陈圆圆陪酒，陈圆圆却化个半面装，盈盈地走到席前，引得众将哄堂大笑。李自成大怒，问她为什么这样装束，陈圆圆笑道："大王只有一只眼，自然只能看半面。"众将听了，又齐声大笑起来。李自成忍耐不住，气得跳起来，打了陈圆圆两个嘴巴。李自成那蒲扇般的手掌，打在陈圆圆又娇嫩又柔软的脸上，顿时红肿起来，陈圆圆含泪痛哭回房。李自成心里有些懊悔，急忙亲自去慰劝她，这时陈圆圆已经哭得好像带雨梨花，婉转娇啼，李自成分外怜惜，一面好言安慰，一面把陈圆圆抱在怀里，好容易陈圆圆才止住哭，要李自成赔不是。所谓英雄难过美人关，这样一个强悍的人，居然屈服在陈圆圆手里。从此，陈圆圆常常装作半面，李自成只是一笑罢了。什么是半面？就是涂脂抹粉只擦半面，那半面不但半点脂粉也没有，简直脸也不洗，头也只梳半边。一个美貌佳人，变作阴阳面孔，李自成虽然不高兴，然而也无可奈何。四月里天气已经十分酷热，陈圆圆用轻纱缀成斗篷，洗澡后披上轻纱，斜倚在躺椅上纳凉，被李自成看见，不禁大喜道："这才是一幅太妃出浴图呢！"

吴三桂听完细柳的话，一缕酸气几乎冲破脑门，知道陈圆圆的憔悴并不是思念自己，而是被闯贼蹂躏，于是对陈圆圆始终是淡淡的。陈圆圆生性风流，现在见吴三桂宠幸小蛾，自己常常独守空房，不免嗟怨自己命薄。吴三桂又在酒后和小蛾调笑，见陈圆圆姗姗走来，吴三桂指着陈圆圆戏称道："强盗美人来了！"陈圆圆听了，明知道吴三桂讥讽自己从贼，心里一生气，眼泪扑簌簌滴下来。经吴三桂提出"强盗美人"的名字，府中大小侍婢仆妇都私下称呼，陈圆圆也亲耳听见过几次，但自己正在失宠，没有反击余地，只好饮泣忍受。这样一天天过去，陈圆圆境地也日渐恶劣，整天自怨自艾，渐渐起了抛弃红尘的念头。

崇祯帝殉国的噩耗传到江南，明致仕大吏江督吕大器、御史史可法、总督马士英、总兵黄得功、副总兵高杰、进士黄淳耀、巡抚祁渊、大学士高宏图、都给谏刘宗周等人都齐集魏国公徐宏基府中，商议继立。马士英和诚意伯刘孔昭认为，福王朱由崧是光宗的侄子，按理应该继立。当时福王避难在凤阳，被马世英等人迎立为皇帝。史可法力争说不应该乱立福王，大家不听，竟然拥立福王继位，建号嗣统，是为宏光帝，并在南京修葺旧殿，以马士英为大学士，史可法为体仁阁大学士，吕大器为兵部尚书，高宏图为文渊阁大学士，刘宗周为吏部尚书。朝仪初定，马士英擅权，遇事独断，与史可法意见不合，马士英进谗言把史可法调到外地，令他督师江北。史可法临行时俯伏在午门，痛哭叩头。自从史可法走后，马士英更加专横，又奉承光帝旨意，杀死太子朱慈烺。南宁侯左良玉听说马士英杀了太子，不禁义愤填膺，立即亲自率领所部人马从汉阳渡江，传檄征讨马士英。不料天亡明朝，左良玉才过九江，忽然患病，过去驰骋疆场受伤太多，这时一齐并发，一病不起，部下将士也各自散去。马士英在朝廷专门排挤同僚，凡是才能比自己强的，必定设计除掉，以致人心涣散，吕大器、高宏图等人都辞职离去。马士英又选江南美女三十名，令她们学习歌唱，献进宫中，弘光帝大喜，日夜在宫内宴乐。马士英又命召淮安伶人进宫演剧，弘光帝自己也练习戏剧，让伶工教授，步履唱白，务按拍节。弘光帝资质聪颖，不到一个月，已经能唱歌剧数十出，有时也袍笏登场，高歌一曲。又选择歌妓中容貌最艳丽的封为玉妃，其他的都封为侍嫔。相传弘光帝壮健好像驴马，每天喝火酒助兴，一夜御美女十人，还不满足。江南女子大都纤弱，马士英下谕选秀，每天进献美女十人，多半被弘光帝奸淫致死后把尸体抛进御沟。御沟和大河相通，女尸一丝不挂，顺流浮下，有被父母看见的，抱着尸体在河边痛哭。这样传扬开来，江南百姓知道马士英选秀的事，人人愤恨，怨声载道，民心不服。弘光帝却一点也不知道，仍然住在深宫，天天淫乐，和玉妃侍嫔摆设夜宴，笙歌彻夜不停。

清廷派豫亲王多铎收复江南。豫亲王兵进镇江，总兵王国栋开门投降，金陵风声越来越紧，马士英还隐匿军报，不让朝臣们知道。多铎围困扬州，至攻下城池，史可法竭力拒守。多铎写信给史可法，叫他投降，史可法回信拒绝。多铎大怒，率兵士拼命攻城，并架设大炮轰城，把城墙轰去一角，清兵从缺口处冲进城，史可法见事情紧急，慌忙跑进督都府，在钟楼下面上吊而死。多铎自从进攻扬州，屈指已经九十多天，所以非常愤怒，下令闭门屠城，把城中百姓杀得鸡犬不留。清兵攻破扬州，又进攻金陵，一路势如破竹。金陵失陷，弘光帝连夜逃往芜湖。马士英投降，多铎也知道马士英奸恶，命人把他倒挂起来，下面堆放干柴，柴上点火，慢慢地烧着，马士英大叫无罪，也没人理睬他，不一会儿便熏熟了。多铎攻占金陵，又进攻芜湖，弘光帝来不及逃走，被清兵捉住。多铎令人把弘光帝押解进京。

摄政王多尔衮正和顺治临朝听政，听说捉住南明皇帝，心想自己以前是明朝属国，现在居然高坐堂皇地提审明朝皇帝，在情理上似乎说不过去，况且朝中明朝降臣很多，更有许多不方便的地方，于是授意大学士希福刚林转告刑部大臣，把弘光帝暂时监禁起来。到了第二天早朝，刑部大臣上奏：南明皇帝在夜里三更忽然病死了。多尔衮听了，只点一点头。不一会儿上谕下来，命把弘光帝用王侯礼从厚殓葬，又下御旨说，如果明朝旧臣要祭奠，可以按例祭奠，以尽君臣之谊。

·董小宛进宫·

江南如皋有一个才子叫冒辟疆，别号“巢民”，为人仗义疏财，喜欢结交朋友，家里又十分富有，江南人都称他冒半天。凡是萍水相逢，或是闻名相投的，冒辟疆无不有求必应，一时结交遍天下，其中有不少朝中亲王大臣。说起冒辟疆三个字，连妇孺也知道，就是古时孟尝君想必也不过如此。冒辟疆闺中姬妾也很多，而且个个都是绝色美人。当时吴中有四大美人，一个叫顾秋波，一个叫李蕙兰，一个叫马湘君，还有一个叫董小宛。这四个美人都是花中魁首，汉水神仙。她们都爱慕冒公子是风流才子，先后以身相许，吴中美人可算被冒辟疆搜罗全了。有人羡慕冒公子，妒忌冒辟疆的当然也着实不少。当时，贼人侵入江南，崇祯皇帝还没有殉国，有仇视冒辟疆的，到贼中报告，说他富甲天下，并且身边有很多美人。贼首通天晓派人向冒辟疆索要一百万两白银和还有十名美女，否则就要踏平江南。

冒辟疆听了，大怒道：“我的钱应当资助官军，怎么能够接济贼人？”说完拂袖送客，使者悻悻离去。冒辟疆写信给江南抚台祁扬名，请求捐白银五十万两，资助他速召各镇兵马剿贼。祁扬名是寒士出身，到任没有多久，他在贫困时曾经钟情于歌姬马湘君，但是当是没有能力为她赎身。后来祁扬名做了官，想了此夙愿，不料已经被冒辟疆捷足先得。这时接到冒辟疆的书信，以为有机可乘，亲自拜见冒辟疆，说愿意调兵剿贼，以保全公子性命财产，只求和马湘君见一面。冒辟疆听了，已经知道他的来意，不禁慨然说道：“区区一个侍妾，何必劳您大驾，您即然喜欢她，晚生把马湘君赠给您就是。”祁扬名大喜，连连称谢告辞，心里还担心冒辟疆说笑，暗想人家一个爱妾，任冒辟疆怎样豪爽，怎么肯轻易赠给别人？恐怕天下未必有这种傻子。祁扬名回到府中，只见一个美人盈盈地迎出来，仔细一看正是日思夜想的马湘君。祁扬名非常高兴，才知道冒辟疆言出必行，性情豪爽，果然名不虚传。原来，冒辟疆送祁扬名出门，立即叫过两名得力家丁，打起一乘小轿，把马湘君送到祁抚台行辕，等祁扬名回去，玉人早已经到了。祁扬名对冒辟疆的感激之情难于言表。第二天早上，祁扬名飞檄各镇，调齐人马，一昼夜夺回二十四寨，贼兵败走湖北，江西九江被保全。

后来，崇祯帝殉国，弘光帝在南京即位，马世英当国，听说冒辟疆很富有，矫旨要他助饷，冒辟疆立即捐出三百万两白银。马世英见冒辟疆这样慷慨，又听说他家中有个美人叫李蕙兰，并指名强要。冒辟疆只好把李蕙兰送去，走到半路，李蕙兰竟然投河自尽。马世英大怒，又派人来要董小宛。当时，顾秋波已经病死，冒辟疆最宠爱的就是董小宛，怎么肯让马世英夺去？于是四处去走门路，幸亏冒公子结交很多人，总算把董小宛保住，一场天大的祸事被无形消灭，可是冒辟疆的家产也挥霍一空。古人说美色是祸水，能亡国破家，这句话真是真理。冒辟疆为了一个爱妾，几乎倾家荡产。不料一波未平，一波又起，因为董小宛又弄出一桩祸事来。豫亲王多铎兵下江南，冒辟疆家里已经门可罗雀，以前的门客也大半走散。冒辟疆家的房屋本来很多，经过几番波折，房屋也全部卖掉了，和董小宛迁居在一座名叫水绘榭的别墅中，别墅后有一座花园，建筑得异常精致。佳人才子逍遥自在，过着安闲的日子，优游林泉，倒也十分快乐。冒辟疆虽然不如以前富有，济困扶危的豪侠气却并不因此改变。

一天，一个营镇督粮差官闻名来投冒辟疆，一见面便哭拜在地，垂泪要求救援。冒辟疆急忙扶起差官，问是什么事，差官又磕个头，才说道："三天前我送粮到南通州，在江中遇到风浪，粮食沉入江中，回去必定会受到军法处置。听说冒公子疏财仗义，能济人之急，于是登门求救。"冒辟疆问需要多少，差官答道："需要三千两白银。"冒辟疆叹息道："如果你三年前来求助，不用说这点钱，就是十倍、百倍都在不话下，现在我自己也很拮据，哪里还能接济你？"差官再三央求，冒辟疆沉思半天，道："看你的运气吧！我今天派仆人向太史借三千两白银，如果能如愿借来，我就把那些钱赠给你。"差官拜谢，夜里住在冒家。大约三更天，听到门外有抬东西的声音，冒辟疆叫起差官道："你的命运还好，太史恰好借给我三千两白银，你快运到船上回去复命吧！"差官感激涕零道："公子大恩大德，小人只取一半，另一半公子自己应用，小人已经感激不尽。"冒辟疆正色说道："军中粮饷是生命，如果有短少，还是要获罪。我在家里，虽然穷但是还能想办法，你是军人，不能出现这种差错。我既然答应帮助你，你就全拿去吧！"差官恭恭敬敬地磕了两个头，装上银子回去复命。

后来，冒辟疆贫困，忽然有一位大将军来拜访，自称弟子。冒辟疆想生平虽然交友遍天下，朋友极多，却从来没有收过武弟子，等到见面，又不认识。大将军忽然长跪在地，拜完，自陈是当年丢失粮草的差官，蒙公子相助，才没有被责罚，后来因军功被封为大将军。冒辟疆恍然大悟。大将军邀请冒辟疆入府，并热情款待。大将军又命门客陪冒辟疆到各处游玩，这样过了半年，冒辟疆辞别回家，大将军亲自相送，到三十里外才分别。回到家中，只家里楼阁高耸入云，婢仆往来如织。冒辟疆急忙问家人，才知道都是大将军置办，特地赠给他的。冒辟疆一生像这种事情非常多，都是他那时施惠于别人，日后受人报答。没过几年，冒辟疆依旧富甲一方，这不是仗义扶危的好处吗？

豫亲王多铎平定江南，听说吴中美女极多，想搜罗几个进京，好供自己享用，于是派人四处寻找。有和冒辟疆结怨的，暗暗到豫亲王行辕中告密，说冒辟疆家中美妾最多。豫亲王听了大喜，但以满洲亲王的身份去强占民间良家妇女，声名未免不雅。恰好太湖巢匪作乱，豫亲王便指责冒辟疆私藏巢匪，令官军到水绘榭去搜捕。早有和冒辟疆有交情的人飞报冒辟疆，叫他逃走，冒辟疆连夜逃到通州，留下眷属，被豫亲王捕去。冒辟疆悄悄派人到豫亲王府中刺探消息，得知豫亲王要夺他爱妾董小宛才陷害他。冒辟疆大怒，正要想办法挽救，不料豫亲王忽然奉诏进京，调洪承畴到两江做总督。等到冒辟疆赶来，豫亲王已经一叶轻舟载美人北去。冒辟疆因为爱妾被夺，心中不舍，也兼程进京，不久到了京城。好在京城士大夫多半都是故交，当即写好诉状，到刑部控豫亲王霸占有夫之妇。

刑部大臣冷僧机和豫亲王是亲戚，听到外面风声不好，私下报知豫亲王。豫亲王也听说御史赵谷臣要上疏弹劾自己，知道这姓冒的有些来历，心里有些胆寒，急忙和谋士商议，谋士想出一条恶计，把董小宛载入毡车，连夜献进宫中。当时，顺治帝已经十六岁，由皇太后指婚，册立科尔沁克图亲王的女儿董禄氏为皇后，大婚不到一个月，皇帝和皇后反目。顺治帝嫌弃皇后，心里万分不高兴，一见豫亲王进献一个美人，真是体态轻盈，芳姿秀媚，不禁喜出望外。董小宛进宫的消息传出去，气得冒辟疆目瞪口呆，什么诉状劾奏都没有用了，只好垂头丧气地回到南方。顺治帝得到董小宛，见她媚锁春山，常常啼哭，玉容虽然日渐憔悴，却依然非常美丽，因此天天去看董小宛，呆呆地坐一会儿，然后悄悄离去。摄政王多尔衮死后，顺治帝也十分悲痛。这三天中，顺治帝足迹不离董小宛那里，董小宛觉得这位皇帝也十分多情，芳心中起了一种感想，以为要替冒公子报仇，非取得皇帝的欢心不可。主意打定，第四天，顺治帝匆匆来看董小宛，董小宛笑脸承迎，一改往日常态。顺治帝自然高兴，当夜召幸，第二天封董小宛为董鄂妃，从此宠幸董小宛，甚至寸步不离。谁知好景不长，偏偏皇后董禄氏见顺治帝册封爱妃，视自己犹如敝履，心里一股醋意，竟然悄悄地去奏知皇太后，说皇帝年轻，迷恋汉女会荒废朝政。皇太后听了自然大怒，立刻召顺治帝进宫，当面训责一顿，顺治帝退出去。太后又把董小宛召到面前，细细打量一下，冷笑几声道："好一个狐狸精，你是哪里来的妖妓，胆敢扰乱宫禁，狐媚皇帝？"董小宛早已经把生死置之度外，倒也毫不畏惧，把豫亲王强占、私献进宫的经过朗朗说了一遍。太后听完，心里更加愤怒，一则恨皇上擅立妃子，独断独行；二则恨豫亲王私进汉女，迷惑皇上。于是下一道懿旨，宣豫亲王进宫，痛骂一顿，太后又当即传谕，把董鄂妃送到玉皇宫，永远不许召幸。顺治帝听说把董小宛幽禁玉泉宫，心里十分难过。

玉泉宫在西山，是一所清净冷宫。董小宛在这冷僻的宫殿里，形单影只，凄凉万分。想起自己身世，不禁悲从中来。又想到自己本是大家闺秀，堕落做了歌妓，幸亏冒公子多情，把自己拯救出火坑，本来能够白头偕老，不料又遇到劫难，身入陷阱，却遇见多情的皇帝，被晋封为贵妃，知道这一生可以安享到老。万不料做了皇帝，还不能庇护一个妃子，怪不得冒公子不能保全自己的爱妾。董小宛独自一人想来想去，竟然想到红颜薄命，所遇皆非，渐渐觉得红尘可厌，心境空洞，慢慢地转到修道的念头上去。顺治帝自从董小宛出宫，整天神情恍惚，笑一会儿叹一会儿，神经似乎有些错乱。一天晚上，明月当空，大地如同白昼，顺治帝忽然叫过两名小太监随驾，悄悄地跑到西山玉泉宫，和董小宛相见。两人见了面，也不悲哭，相对痴笑一会儿。半天，董小宛说道："人生万事皆空，倒不如还我本来面目。"顺治帝听了，也大笑道："好，好！我们再见吧！"说完出宫下山，还隐隐听到董小宛在山上娇声叫道："陛下如果有心，五台山上再相见。"顺治帝也不回答，匆匆地回到宫中。

侍从的两名小监看到这种情形，如同丈二和尚摸不着头脑。其中一个小太监急忙把这件事报知皇太后，皇太后担心皇上因此想痴了，秘密吩咐太监到玉泉宫放起一把火，连董小宛和许多宫女侍嫔一齐烧死在西山上。玉泉宫被烧，董小宛被烧死的消息传到顺治耳朵里，他不禁拍手大笑道："好，好！"从此不言不语，也不吃不喝。小太监慌忙去报知皇太后，皇太后自己来看，顺治帝还是呆呆地不开口，依旧抚掌笑道："好，好！"

皇太后没办法，只得命太监小心服侍，自己回到宫中，觉得对董鄂妃的事，处理得过于激烈，弄得皇帝有些痴癫。皇太后想到这里，心里也有些懊悔。又因为摄政王多尔衮已经去世，更没有人可以商量。太后正在烦恼，忽然想起一个人来。那个人是谁？原来是大学士洪承畴。洪学士和皇太后以前也有过交情，洪承畴出督两江，是摄政王和他拈酸，所以把他远调到南方。这时摄政王已经逝世，皇太后深宫孤居，非常寂寞，这时又因为皇帝的事没人可以商量，于是想起洪承畴。当即传出懿旨，令大学士苏克萨哈代督两江，调洪承畴连夜进京觐见。上谕下去，真是雷厉风行，苏克萨哈当天出京，调洪总督进京。

·刺杀吴三桂·

吴三桂自从在云南做了平西王，可谓位极人臣，一切饮食起居，无不穷奢极欲。又在云南王府后面大兴土木，建造一座花园，名叫赭玉园林，整天和小蛾在园中寻欢作乐，笙歌通宵达旦。又因为费用太大，任意增加税赋，强捐硬索，百姓叫苦连天。朝中谏臣上奏章弹劾吴三桂，顺治帝正要交付朝臣议处，忽然宫中发生董小宛的风波，从此把这件事搁起，吴三桂更加肆无忌惮。部下将士见吴三桂不理政事，自己安富尊荣，忘记众将的血战功劳，军饷不时短缺，王府中却非常奢侈，于是部下逐渐离心。而形影相吊、秋扇遭捐的陈圆圆面对着恼人春色，画楼寂处，叫这样一个风流放诞的陈美人，怎么不怨恨嗟叹？她由怨生恨，也萌生一种出家想法。一天，吴三桂在赭玉园林大宴宾客，召徽班女伶入园演唱，一时觥筹交错。正在兴高采烈的时候，猛然见陈圆圆扶着一个婢女披发进园，走到吴三桂座前，噗地跪在地上，垂泪说道："我侍奉王爷已经好几年，蒙王爷不嫌弃，这一生没有办法报答，只有等到来世。我现在已经看破红尘，从今天起，希望王爷赐我一所草堂，能够遮风避雨，我就心满意足了。"说完从袖中抽出一把金铰剪，嗖嗖几剪刀把万缕青丝剪断。吴三桂想要阻住，眼见得来不及了。这时吴三桂心里也不免有些感动，顾不得座上宾客，一把搂住陈圆圆，忍不住落下泪来。陈圆圆更是呜呜咽咽哭得悲痛欲绝。

吴三桂扶起陈圆圆，再三慰劝，陈圆圆一味痛哭，任吴三桂怎样抚慰，陈圆圆只是不出声。直到酒席结束，宾客各自散去，吴三桂亲自扶着陈圆圆进入绣闼。两人共入鸳帏，重修旧好。这一夜温存缠绵，自然不用多说。等到日上三竿，香梦初回，吴三桂睁开眼，枕上不见了陈圆圆，他打了个呵欠，站起身笑道："怎么起得这么早？"连说几句不见陈圆圆答应，掀开床帘一看，房内静悄悄地不见陈圆圆影踪。吴三桂叫过婢女，道："陈夫人到哪里去了？"侍婢听了，愣了半天说不出话来。吴三桂心里疑惑，急忙披衣下床，命侍女仆人到各处寻找，哪里有陈圆圆的影踪？听侍女们说，昨夜陈夫人进房睡觉，没有见到她起身出房。吴三桂叫各处管门人来诘问，才知道花园门开着，吴三桂顿足道："圆圆果然走了！"说完立即命仆人分四路去追寻。不一会儿，有个仆人回报，说陈夫人已经找到，在离这里半里多路的栖云寺中。那座寺院是一座荒寺，只有西楼一角，隐现在丛林碧树中。陈圆圆到过栖云寺，所以认识路。此时遁迹荒寺，香草美人和木鱼石磬、佛像心经结下不解之缘。

碧树浓郁，万翠丛中隐隐有一角红墙。墙内黄瓦朱檐，小楼半楹，远远望去好像九重宫阙。小楼纱窗半掩，木鱼声隐隐从窗中传出，使人到了这样清寂的地方，往往萌生出家想法。

小楼里幽居参经的是抛弃红尘的美人陈圆圆。这时林中野鸟飞翔，石泉水声潺潺。忽然听到远处传来马蹄声，有十多人骑马飞一样跑过来。为首一位官员，红顶花翎黄马褂，龙蟠箭衣，佩带宝剑，足蹬乌靴，风采不凡。官员到了荒寺面前，把鞭子递给侍从，自己跳下马来，三脚两步走进寺门，一口气走上小楼，嘴里还不停叫道："沅娘，沅娘！你真的抛下我走了吗？"陈圆圆正在诵经，听到有人叫她小名，略略回眸看了一眼，见是吴三桂，依旧垂下粉颈，只顾自己诵经。吴三桂叫她，只当做没有听见一样。

吴三桂走到楼上，在窗口吩咐侍从都在楼下等候，自己挨近陈圆圆身边坐下。他见陈圆圆只是不理不睬，忍不住把经本一把夺过来，却是救拔苦厄的大悲咒。陈圆圆没了经本，停下诵经，不禁冷冷说道："王爷已经有了新欢，早已经抛弃旧爱，我既然已经脱离红尘，不需要王爷来假慈悲，快骑马回去，不要冷落新人，去陪伴她要紧！我是天生薄命，寄居荒寺，了此残生，已经万幸。"陈圆圆说到这里，声音带颤，不禁十分悲伤。

吴三桂听到陈圆圆的话中含有一股酸意，急忙站起身深深鞠个躬道："以前的事，都是我不好，请你看在往日情分上，饶恕我吧。从今以后，我决不再这样了，求你原谅。现在我带来一匹空鞍马，我们一起回去吧！"陈圆圆收住眼泪，正色说道："天下没有不散的筵席，王爷的确是一片诚心前来。无奈韶华易老，岁月如流，但是将来我年老色衰，王爷必定还会抛弃我，苦海无边，回头是岸！王爷请回去吧，我宁愿陪伴野草苍松度此光阴，如果要我回去，是万万办不到的。王爷如果不死心，请砍下我的头颅回去！"陈圆圆说完，伸手抽出吴三桂的佩剑。

吴三桂急忙按住剑鞘，两条腿软绵绵的，不知不觉跪倒在地。陈圆圆这时丝毫没有回心转意，见吴三桂跪着，她故意掉头坐下，仍然去诵她的经卷。吴三桂见陈圆圆意志决绝，粉脸冷若冰霜，想必她已经伤心过度，一时不可能被打动，只得等她气小一些的时候，慢慢劝她。想完没精打采地站起身，叹口气道："沅娘，我始终不能忘情于你，此时我暂时忍耐吧！"说完懒洋洋地走下楼，跳上金鞍，回头看陈圆圆，还在那里埋头诵经。吴三桂点头道："从来说女子心肠比男子残忍，这句话我今天才相信。"

吴三桂回到王府，第二天派四名婢女来服侍陈圆圆，又替她在荒寺旁边盖起一所尼庵。庵堂共屋宇五楹，一轩两厢，一楼一大殿，殿上塑慈航道人全身，高九丈，旁边塑龙女善财，左边是弥勒阿难，右边是金刚伽蓝。轩中作为客厅，陈设古玩，悬挂书画，琴棋弓箭无不俱备。小楼一座，是陈圆圆的寝室，绣幕珠帘不减王府闺房。楼后小园种满花草树木，还凿沼养鱼。布置清静，华丽中含着幽雅。吴三桂对陈圆圆也算费尽苦心。

庵宇落成那天，吴三桂发出请柬，宴请宾客，云南缙绅大夫来了很多，尤其是那些官员眷属，听说是平西王爱妾出家，早就知道平西王有个宠妾叫陈圆圆，是个绝色美人，谁不想瞻仰一下？得到这样的好机会，当然争先恐后，昆明城里城外，大家都来看热闹，几乎万人空巷。庵中金碧交辉，殿宇巍峨，佛像壮丽。这样精致的尼庵，众人生平从来没有见过，啧啧的称赞声不绝于耳，都说平西王的如夫人出家到底和寻常妇女不同。妇女们等到环境恶劣，被逼迫得走投无路，才萌生剃发念头，如果稍有余地，绝不肯走这条路。所以削发为尼的妇女，大都困苦不堪，从没有陈圆圆那样的富贵出身，好好的王爷夫人不做，却来过清苦日子，在常人眼中更加显得奇怪。于是大家三三两两，议论纷纷。吴三桂这天却十分得意，打起全副精神，在大殿两厢及客轩中亲自招呼来客。吴三桂向缙绅们说起建庵缘故，只是推说陈圆圆生性好佛，特地修建这座茅庵以从她心愿。众绅士听了都绝口赞扬，吴三桂也万分快乐，拱手请绅士们赐庵名。

大家推让一会儿，又讨论半天，一个年龄稍长的缙绅，崇祯年间也做过一任督粮道，这时起立躬身道："过去慈航修成正果，相传是四月十九日，现在王爷夫人悟真皈依的吉日，恰好也是四月十九日，我们盼望陈夫人早证大道，也和慈航道人一样，就取个'证慈禅庵'吧！"说完众绅土一齐哄然附和。吴三桂大喜，刚要叫左右拿过笔砚来题名，忽然见服侍陈圆圆的近身侍女从小楼上连滚带爬地哭嚷下来，嘴里不停喊着："夫人不好了！"

吴三桂吃了一惊，急忙问什么事这样惊慌。侍女垂泪说道："陈夫人已经自尽！"吴三桂和众绅士听了，都惊得目瞪口呆，急忙三脚两步跑上小楼，只见陈圆圆高高地悬着。吴三桂大踏步冲进去，飞身上椅解下陈圆圆，却已经气息全无，玉体如冰。吴三桂这时也顾不得别人，一把搂住陈圆圆的尸体放声痛哭。众人见到这种情形，也个个摇头叹息。

吴三桂哭了一会儿，叫过服侍的四名使女，含怒说道："陈夫人自尽，你们都在哪里？"使女齐齐地跪禀道："夫人在自尽之前把我们一起赶出房外，半天不见夫人声息，才撬开门进去，见夫人已经自缢死了。"吴三桂长叹一声，吩咐左右把陈圆圆以王妃礼盛殓，即日安葬在栖云寺松林下，并建石碑，写上"陈姬圆圆之墓"。

吴三桂葬了陈圆圆，命人把那座茅庵关闭起来，至今茅庵遗迹还在。

明朝江南被袭破，弘光帝被擒遇害，大臣多半殉节。当时唐王朱韦键在福建登位，是为隆武帝，鲁王朱以海占据浙江绍兴，号称监国。降清将领李成栋率兵围攻杭州，大破明军，进军萧山，和钱壮武战于瓜沥。钱壮武败退铜鼓山，绍兴震动。鲁王朱以海见孤城难守，从海道逃到舟山。清兵又围攻舟山，郑之龙投降，舟山陷落，鲁王被清兵押解送往京师，半路遇害。清兵又攻破福建，擒住唐王朱韦键，把他杀死在军中。唐王弟弟朱韦镈在广州继位，是为绍武帝。清总兵李成栋攻破广州，捉住绍武帝朱韦镈，砍下朱韦镈的头颅送到京师。当时只有桂王朱由榔在肇庆即位，是为永历帝。清总兵李成栋投降明朝，张献忠部下骁将孙可望降明，明军声势大盛。

这时吴三桂在云南声势很大，清廷异常怀疑，靖南王耿精忠、平南王尚之信和平西王吴三桂，清初称为三王。这三位王爷都是汉人，都手握重兵，清廷经常派人监察。吴三桂兵力最强盛，而且有通明嫌疑，清廷削藩风声非常紧急。吴三桂部下众将，人人替吴三桂担忧，参议夏国相急忙来见吴三桂，把清廷撤藩的消息大略讲了一遍。吴三桂正迷恋小蛾，把这件事抛在一边，猛然听了夏国相的话，好像兜头浇下一桶冷水，半天说不出话来。这样愣了一会儿，才慢慢说道："如果清廷真下旨撤藩，应该怎么办才好？"夏国相道："清廷虽然加封王爷王爵，但怀疑王爷的心理却一点也没有消除，如果稍微出现差错，一道上谕下来，使王爷迅雷不及掩耳，这倒不可不防。第一要扩充实力，万一有变化，好预备抵御。云南境内不用担心，再联合耿、尚两位王爷，有事互相呼应，外援这一层，也非常重要。"吴三桂听了，连连点头道："参议说的有理，我这几天精神很坏，麻烦参议代我去办理。"夏国相领命，辞别吴三桂，出去办理。

吴三桂自己只是和小蛾豪饮歌舞，穷奢极欲，云南百姓怨声载道。夏国相奉命令，在各处要隘布防一切，外面哄传吴三桂要叛清，清廷听说吴三桂调兵遣将，担心一旦出现变故，西南必定没有办法收拾，于是急忙下一道上谕，令吴三桂移师关东，又密嘱图海在半路袭击吴三桂。

吴三桂接到上谕，行又不是，不行又违抗旨意，觉得进退两难。参议夏国相说道："朝廷谕旨已经下达，如果违抗命令，清廷立即出师征讨，就有了借口。现下明永历帝被清兵逼迫逃往梧州，我们立即出师相助，看清廷动静再定计策吧！"吴三桂大喜，派马保为先锋，率兵两万出兵夹击永历帝。瞿式耜等人殉节，永历帝守不住梧州，连夜逃往永昌府。吴三桂的兵马也乘胜进攻永昌，推说出兵，徘徊观望，不肯移师关东。

清廷已经看出吴三桂心理，知道他早晚要变心，又密谕图海，收夺吴三桂兵权。图海得到上谕，私下和左右商议道："吴三桂之所以雄视一方，就是拥有兵权。我如果夺他兵权，必然激出大变，朝廷不是要怪罪我吗？"这时有个中军冯壮士，应声答道："我有一个计策，保管吴三桂三军瓦解。"图海听了大喜道："你如果能有好办法，我必定重赏你。”冯壮士攘臂说道：“吴三桂在云南剥削百姓，百姓人人怨恨。我愿意用三尺龙泉刺杀吴三桂，那时他军中群龙无首，还怕他不一鼓荡平吗？”图海欣然道：“计是好计，只是要慎重，不可太鲁莽，以致弄巧成拙。”冯壮士点头应允，连夜扮作一个贩药客商，偷偷混进云南。

当时清廷削藩声浪很高，云南由夏国相防范，搜查行人十分严密。冯壮士暗藏利刃，天天在王府前后巡视，吴三桂却躲在赭玉园中笙歌夜宴，一个月中难得有一两次外出。冯壮士等候四五天，得不到一点机会。一天晚上，冯壮士又到王府花园门前等吴三桂，抬头见园门外有一棵大樟树，树干正斜倚在园墙上。冯壮士暗叫一声：“惭愧！有这样一个机遇，为什么要在门前傻等？”想完飞身上树，抱在枝干上，向园内一望，恰恰对着园中玉雪亭。这天晚上，吴三桂携爱姬小蛾和十几名侍姬，正在亭上夜宴，卫士保住在身后侍立。保住是河间人，练得一身好武艺。

吴三桂在园林大宴宾客，小蛾在一旁相陪，吴三桂命她唱歌，却没有好琵琶。其中一个宾客说道：“我有一只琵琶，是数百年前的古物，可惜现在家中，否则倒可以一试。”保住在旁边应道：“我愿意替王爷去取来。”宾客笑道：“我家离这里有五十多里，又藏在密室中，就是我家中仆人也找不到，何况是你？”保住竭力请行，当即向宾客问明室宇样子及藏琵琶的地方，然后跳上屋顶，身轻似燕一点声息都没有。去了不多一会儿，见屋檐上好像有飞鸟下地，保住已经含笑上亭，双手捧着一只琵琶，对宾客说道：“琵琶已经取到。”宾客仔细一看，果然是自己藏在密室的琵琶，不禁连连赞叹。

吴三桂命他把琵琶给小蛾弹唱，弦音清越，与寻常琵琶不同，听得座上宾客个个心迷神往。从此吴三桂对保住比以前更加宠任，进出命他随在左右护卫。吴三桂自从引清兵进关，人心都很愤恨，吴三桂自己也知道，怕被人暗算，无论什么时候，身边都有勇士保护。在设宴玉雪亭前一夜，吴三桂喝得酩酊大醉，踉踉跄跄地走进罗帐，醉眼蒙眬中觉得自己身处半山腰，脚下全是云雾，遥瞰山中翠柏苍松浓绿欲滴，吴三桂信步下山，只觉得山谷中一个美人，桃腮杏眼，看着吴三桂微笑，吴三桂这时身不由己地向美人走去，猛然听到大吼一声，一只斑斓猛虎向吴三桂头上扑来。吴三桂大吃一惊，吓出一身冷汗，睁开双眼，原来是南柯一梦。吴三桂这时也不再睡，听到楼正打三鼓，把梦境向左右说了。左右众口一词说猛虎是恶人，必须防止暗算。吴三桂听了，令保住带利器随在左右。这天夜里在玉雪亭夜宴，正喝得兴高采烈，忽然见一道金光向吴三桂身上飞来，保住眼快，急忙抽刀一挡，只听当的一声，一把宝剑落在席前，接着亭阶上跳出一个大汉，手执明晃晃的尖刀向吴三桂刺过来。

当时亭上顿时大乱起来，保住挺刀把大汉迎住，两人一来一往在玉雪亭上打斗。吴三桂已经避往亭后，指挥卫士一拥上前，把大汉擒住。吴三桂立即升座，亲自审问，问他姓名，受谁指使。大汉朗声说道：“我叫冯壮士，来替国家除贼，我如果杀死你，自然富贵封侯。今天大事不成，任你砍杀就是！”吴三桂听他的语气，好像受清廷派遣，吩咐左右把大汉拖出去砍了，又召夏国相、胡国柱、郭壮图、马雄等将士，开帐前会议。

吴三桂首先说道：“本王忠心辅佐清朝，不料清廷不但不体谅，反而对我十分猜忌，甚至派遣刺客来刺杀本王。这样下去，早晚要撕破脸，各位以为怎么样？”胡国柱答道：“王爷请清兵入关时，我们阻谏王爷不要引狼入室，现在后悔已经晚了。”吴三桂叹口气道：“那件事已经过去，不必谈它，只想眼前办法。”夏国相说道：“王爷目前如果要自保，非举旗起义索性大干一番不可。”吴三桂踌躇说：“话虽然如此，但是现在还不是起义的时候。我们这时先暗中慢慢筹备，看势头不好，再起义也不晚。”

吴三桂等众将散去，独自一人坐在堂上。他回想自己剿平李自成，收复秦楚，对清廷也有一番汗马功劳。而且清朝之所以得到天下，还是自己去请清兵入关才把大明江山断送，弄到这种结果，不但不能安享荣华富贵，反而遭到清廷监视，想来想去觉得自己实在不值得。吴三桂想了一会儿，叫左右排起香案，设怀宗灵位，亲自素服致祭，祭完俯伏在地上，放声大哭。

吴三桂这时良心发现，正哭得万分感伤，忽然报说清廷又有圣旨来到。吴三桂听到清廷有旨，急忙把怀宗神位撤去，迎接钦差。原来谕旨是催促吴三桂移师关东。钦差读完圣旨，笑着对吴三桂说道：“皇上很想念王爷，不久还要召见呢！”吴三桂点点头。钦差转身告辞。吴三桂送出大门，钦差回京复旨。吴三桂急忙召众将商议，说清廷步步相逼，现在情况紧急，应该怎样对付。众将都劝吴三桂起事，弄得吴三桂好像九头鸟，拿着帽子不知道戴在哪个头上好。正在犹豫不决，忽然飞骑报道清廷顺治皇帝驾崩。吴三桂听了，不禁大吃一惊，暗想清帝正在壮年，怎么忽然崩逝，其中必有隐情。这时帐下众将听说顺治帝驾崩，都劝吴三桂乘朝廷无主举旗起义，吴三桂依然犹豫不定。

·顺治帝出家·

顺治帝自从董小宛出宫后，偷偷地到玉泉宫去过一次。后来皇太后把玉泉宫焚烧，顺治帝听说董小宛被烧死，整天呆呆痴痴，一会儿笑，一会儿哭。皇太后没有办法，下谕把洪承畴从江南召回京城，把皇帝的情形告诉他。洪承畴也觉得束手无策。顺治帝却闹得越来越厉害，想自己身为一国之君还不能保护一个妃子，心里越想越生气。旧恨新愁一齐涌上心头，到伤心的时候，索性大哭一场。看见宫女太监，便大声把他们骂出去，然后静悄悄地独自一人默坐呆想。

这样闹了两个多月，一天晚上，猛然哈哈大笑起来，笑了一阵就把宫门关闭。宫女们不敢进去，只在外面侍候。听到顺治帝在里面背着手踱来踱去，忽然研墨吮毫奋笔疾书，又扔笔大笑一会儿，然后又哭了起来。三更以后，房中已经寂静无声，宫女太监也都已经睡熟。第二天，已经红日照窗，还不见房中有动静。太监们有些心疑，轻轻地把宫门一推，门却是虚掩的。其中一个胆大的太监蹑手蹑脚地走进去。四面一看，不见皇帝，再向御床上一看，哪还有皇帝影踪？太监吓得怪叫起来，顿时宫女太监纷纷进房。有几个稍有头脑的太监说道："先不要这样慌张，或许皇帝临幸别宫，或者到皇后那里去了，我们分头去找，再去报知太后。"众太监宫女见说得有理，各人分头去寻找皇帝。不料到处找遍了，只是没有皇帝踪迹。太监们这才有些心慌，急忙去报知皇太后。

皇太后听了，急忙亲自到宸寿宫来看，见皇帝平时的服用器物仍旧在那里，单单不见皇帝。皇太后也急得泪珠滚滚。这时皇后以及各宫嫔妃都知道皇帝失踪，大家挤在宸寿宫内议论纷纷，有哭的，也有叹息的，顿时乱成一团。忽然一个妃子在皇帝御床上找出一张纸，上面潦潦草草地写着几行汉文。妃子不认识汉文，呈给皇太后。皇太后也不认识汉文，下谕宣洪学士进宫。

不一会儿，洪承畴跑得满头是汗地走进宫，见到皇太后行过礼。太后把皇帝失踪的事大略说了一遍，又把那张纸递给洪承畴。洪承畴一看，原来是顺治帝传位诏书，不禁大吃一惊道："皇帝不会回来了。"他把那张诏书一句句解释给太后听，诏书中说道：朕以冲龄践祚，忽忽十有八年，德薄才疏，毫无政绩。上负祖宗创基之苦心，下失臣民望治之本意。所幸元臣辅导之功，得歼贼殄叛，享今日太平之乐。然清夜默思，愧据神器，抚心不无内疚。此朕所以弃国而去也。矧富贵浮云，人寿几何？朕已彻悟禅机，遁出红尘，尔等无庸悬念。至于大位，自不可久虚，朕子玄烨，为佟佳妃所出，聪敏颖慧，克承宗祧，着令继统即皇帝位。内大臣鳌拜，大学士苏克萨哈等，皆先皇股肱之臣，忠心为国，亦朕素日所信任，堪以辅佐嗣皇帝，庶不负朕寄托，祈各凛遵无违！钦此。

皇太后听完，半天没有出声。最后还是洪承畴禀道："皇帝既然留下诏书，只有照办。"他建议皇太后命人飞召苏克萨哈来京，然后再派亲王外戚秘密寻访皇帝踪迹，万一找不到，只有扶玄烨继位。但眼前皇帝失踪的消息，千万不可泄漏出去，否则必定酿出乱子。太后听了，只得含泪点头，叫洪承畴拟旨，召苏克萨哈回京。又下谕立皇三子玄烨为太子。又密宣郑亲王、和硕亲王、贝勒、贝子进宫，令他们秘密访寻皇帝，不得在外面声张。又把当天的管门太监及侍候皇帝的宫女内侍一齐监禁起来，以防走漏风声。皇太后把总管太监宣来，痛骂一顿，立即革职留任，并吩咐嫔妃宫女，不许传扬出去。皇太后处理妥当，自己和洪学士回到慈宁宫。直到三更多天，才由两名小太监手提碧纱灯领洪承畴出宫。

那天晚上，顺治帝写好遗诏，在床上假寐一会儿，所以宫女们听到室内已经寂静无声。三更时分，顺治帝一觉醒来。他悄悄打开宫门，见宫女内侍都已经酣睡如雷，一口气跑出宸寿宫。只见星辰满天，微微的一线月光被云朵遮掩。一看宫外，黝黑一片。顺治帝也不管什么，沿着御道越过跨虹石桥走进御花园。当时守园太监也已经睡着，还有一两个值班侍卫在园外踱来踱去。顺治帝担心惊动他们，便悄悄地走到御花园西门。幸亏园门没有落锁，顺治帝走出御花园，不辨天南地北，脚下七高八低地向前走去。到了皇城门前，城门早已经关闭。顺治帝喝叫开门，守门官见他仪表非凡又有皇帝信物，以为是内宫近侍，急忙开门让他出去。这样经过外城，也没有遇到阻拦。顺治帝这时也不打算到哪里去，低头只顾向前走。

晨曦初上，大地如同黄金。顺治帝向丛林深处走去，猛然听到当当的云板声，好像晨钟清磬，把顺治帝惊醒过来。他抬头一看，见一个癞头和尚，一只眼已经失明，还跛着一足，挑着一副破香担，担上悬着一幅墨龙。癞头和尚左手拿云板，右手握木棰，走一步打一下。顺治帝见和尚来得蹊跷，停住脚步问道："你这个疯和尚，在这荒山野地走来走去干什么？"癞头和尚听了，举手答道："我在找我师父。"顺治帝说道："你师父叫什么名字？"癞头和尚指着担上的画道："你没看见那幅画吗？我师父叫龙空和尚，在圆寂那天，对我说道：'我将要投生尘俗，有墨龙一幅，还没有画上双眼。二十七年以后，你下山去寻找，有人替你画上龙眼，那就是我的后身到了。'"说完，又从香担内取出破衲一袭，拂尘一柄，念珠一串，紫砂钵一个，都递给顺治帝道："这是我师父的遗物。"

顺治帝检视破衲、拂尘、念珠、紫砂钵等物，好像是自己的旧物，心里不禁十分感慨，叫癞头和尚在担上取出一支秃笔，向那幅墨龙添上眼睛。果然，墨龙有了眼睛，张牙舞爪好像要驾云上天。癞头和尚看了，慌忙跪倒在地下，不停磕头道："师父到今天才来，几乎想死我了。"顺治帝被他一叫师父，心里顿时有所感悟，脱去身上箭衣，披上破衲，笑着对癞头和尚说道："你看三十年故物，今日还我本来面目。"癞头和尚笑道："忽去忽来，忽来忽去。来来去去，都是幻梦浮云。去即是来，来即是去，无非浮云幻梦。"顺治帝大笑道："是哪里来？是哪里去？什么幻梦浮云，实是无什么幻，更无什么梦。幻是更非幻，梦亦更无梦，都是空空无无。"癞头和尚拍掌说道："阿弥陀佛！西方路上有莲台，无叶无枝雪玉堆。"顺治帝道："色是空兮空是色，碧云拥护踏风来。"癞头和尚笑道："好了！好了！女菩萨等候多时了。"顺治帝道："哪里的女菩萨？"癞头和尚合掌闭目笑道："玉泉宫的女菩萨师父难道忘了吗？"顺治帝笑道："真的吗？"和尚笑道："似真似假，似假似真；真真假假，假假真真。"顺治帝大笑道："好！好！"于是癞头和尚挑起香担，顺治帝拿起拂尘念珠，托起紫钵，师徒两个走上清凉山。

清廷的众位亲王，四处找寻顺治帝，毫无影踪。皇太后也无可奈何，只得传谕出去，说顺治帝已经驾崩，召集亲王大臣，奉皇三子即位，改第二年为康熙元年，追谥顺治帝为世祖皇帝，尊佟佳氏为太后，晋封皇太后为太皇太后。

顺治帝暴崩的消息传出去，一时议论纷纷。当时是专制帝国，就是耳闻目睹也不敢直言。到了乾嘉时代，才有人吐露出来，但是也不能直书，只是假名记载。康熙帝继位后，太皇太后想起小太监跟顺治帝去西山，董小宛有"清凉山再见"一句话。于是和八岁的小皇帝康熙，驾着銮辇临幸清凉山。到了清凉寺，有一个癞和尚闭着一只眼，歪着嘴，浑身泥垢足有三四寸厚，坐在石阶上捉虱子。见太皇太后和康熙帝进寺，也不知道迎接行礼。太皇太后问他话，三句不答两句。再和他说话，原来是个聋子，太皇太后问他半天，仍然没有头绪，只得和康熙帝游玩一番，见山色如黛，松声盈耳，流水潺潺，怅望一会儿，扫兴而回。

光阴如箭，转眼康熙帝已经年满十二岁，居然临朝听政。他批答奏疏，连元勋老臣也为之折服。而对政事尤其明察，朝中大小臣工都凛凛自守，不敢有非分行为。这时三藩叛变的风声越来越紧，康熙翻阅过去谕旨，见有命平西王吴三桂率师出镇关东一事。他立即召内大臣鳌拜问道："平西王吴三桂，现在仍然坐镇云南，这上谕是什么时候颁发的？"鳌拜奏道："吴三桂手握重兵，先帝曾经几次下谕旨，令他移镇关东。吴三桂拖延到现在，本来应该削藩逮问，但怕一旦激变，所以一直不敢实行。"康熙帝怒道："现在天下太平，外藩手握大兵，总不是朝廷之福。应该设法解除他们兵权，让他们移师关东。他们如果不听，只好出兵征剿。”鳌拜顿首同意。

康熙帝亲下手谕，命平西王吴三桂立即移师关东，如果再拖延，就是藐视国法。又命豫抚哈铭，总督蔡毓荣，云南抚台鲁镜元暗中秘密戒备，提防吴三桂有变，立即会师征剿。这道上谕下来，吴三桂接到，急忙召众将商议。夏国相攘臂大叫道："王爷今天再不做决定，只好束手待毙！"吴三桂见清廷逼迫太急，正在迟疑，恰好总兵郭壮图从外面进来。听说清廷钦差来催促移师，郭壮图不禁大怒道："我们如果移师关东，就不会再有活路，这怎么能行？横竖有这一天，不如今天干吧！"说完，拔出佩剑，把钦差飞起一剑，砍作两段。吴三桂大惊道："斩杀钦差，这祸可不小。"夏国相说道："事到如今，骑在虎背上就干他一遭。"郭壮图大叫："反了吧！反了吧！"一声吆喝，胡国柱、高大节、马雄、马宝等人一齐叫道："反了！"于是纷纷上马，调兵的调兵，布置的布置，顿时将风声传扬出去。

吴三桂反叛的事，一时宣传得无人不知。豫抚哈铭这时已经接到密旨，一面布防，一方面命总兵何文雄率兵进剿。吴三桂部下以胡国柱为先锋，领兵抵御。一场鏖战，清兵大败。胡国柱连夜追逐，连破清军四十四寨、二十三城，军威大振。总督蔡毓荣亲自率领大军来战，被夏国相伏兵袭击。清兵再次大败，蔡毓荣连夜逃到贵州，夏国相追踪进兵，贵州巡抚孙叔雍开城投降。吴三桂大兵进入贵州，蔡毓荣只得退守桂林。

吴兵一路进军，势如破竹。不到一年，云贵及两广，凡是原来永历帝的地方，以前被清兵攻陷，这时都归了吴三桂。当时孙可望已经降清被杀，靖南王耿精忠在福建响应吴三桂，平南王尚之信也在广东呼应。吴三桂兵克四川，一时声势大振。这时部下众将，见自己领地越来越广大，大事已经很有希望，大家商议好，上疏劝进。吴三桂再三谦让，最后实在不能推辞，便选择吉日筑坛即皇帝位，国号周。改当年为利用元年，以夏国相为宰辅，胡国柱为大将军，郭壮图为左将军，马雄为右将军，高大节为总兵官。其余大小将士都按级封赏。这样一来，清廷大震，急忙把总督蔡毓荣革职，以前豫抚图海为征西大将军，赵良栋为副将军，任傅宏烈为参军，张勇为先锋。大兵浩浩荡荡杀奔云南。张勇想先夺取两粤，傅宏烈不同意，赵良栋也附从傅宏烈，张勇坚决反对，弄得老将图海一时拿不定主意。傅宏烈说道："云南是吴三桂老巢，擒贼先擒王，破敌必须先攻破敌人老巢。云南如果光复，周军全功尽弃，各省必定率众来救。那时我们领兵从间道进攻，夺取两粤和川中易如反掌。羽翼剪除，还怕吴三桂飞到天上去吗？"图海听了，毅然说道："傅参军的话有理。"当即下令进攻云南。

这时，夏国相驻兵琼崖，听说云南被困，匆匆领兵回来救援，清兵抵挡不住内外夹攻，后退五六十里下寨。图海急忙和傅宏烈、赵良栋商议道："吴三桂兵马锐气正盛，我们和他力战，恐怕不是他的对手。为今之计，只有先去掉他的外援，使他军心涣散，然后云南不难一鼓攻破。"傅宏烈笑道："吴三桂外援不过耿、尚两王。如果能除去这两个人，吴三桂势单力孤，攻破他就容易了。"图海拍掌说道："我正是为这件事，想了好几天，却没有良策。"傅宏烈奋然说道："耿、尚两个人，虽然已经响应吴三桂，但是他们意志并不坚决，只要有人对他们说清楚利害关系，保管他们放弃吴三桂投降大清。我愿意凭三寸不烂舌游说耿、尚两个人投降。"图海道："参军忠心为国，只是太冒险。万一不成，那不是枉送性命？"傅宏烈笑道："人固有一死，我就是死在耿、尚手里，也是为国而死，有什么悔恨？"说完退入后帐。

第二天早上，傅宏烈只带两名亲随，辞别图海，先到福建去游说靖南王耿精忠。耿精忠是耿仲明的孙子，父亲名叫耿继茂。清兵进关，耿仲明血战保定，身中六枪，反败为胜。顺治帝定鼎北京，封耿仲明为靖南王。后来耿仲明病死，耿继茂袭爵。不久，耿继茂也死了。耿精忠接过他祖父部众，仍然袭靖南王封号。吴三桂在云南起事，约耿精忠援助，耿精忠叛变响应。

傅宏烈到了福建，直接去见耿精忠。耿精忠也知道傅宏烈是个名士，在清廷任职，他这次来必定是做说客。于是下令点鼓升堂，传集大小将校，一律顶盔贯甲，弓上弦，刀出鞘，戈戟森严，旌旗耀目。将士从厅前一直排到二门外，两旁雁行排列，一个个精神抖擞，显出十二分威武。布置妥当，才命人打开中门，传傅宏烈进见。傅宏烈故意旁若无人昂首挺胸地走进来。到了大厅上，见耿精忠高高坐在上面，傅宏烈忍不住哈哈大笑道："傅某千里来见足下，没想到足下度量这样狭窄，却把我当做蒋干看待，只怕足下未必赶得上周公瑾啊！"说完也不行礼，转身就走。

耿精忠急忙走下座，一把挽住傅宏烈道："先生不要生气，我们有话慢慢说。"说完把傅宏烈让进书房，两人重新见过礼。耿精忠笑道："听说先生在清廷任事，很受重用。这次不远千里，是到我这里来做说客吗？"傅宏烈正色说道："我和王爷虽然是同乡，从小到大，却一面都没有见过。只是听说过王爷威名，知道王爷是个识时务的俊杰。现在王爷掌握重兵，身份显贵，不安然坐享富贵，反而去依附吴三桂。要知道吴三桂本是豺狼，只能共患难，不可共太平。当年他迎清兵进关，首先剃发投降，忘记明朝恩典。不料归顺本朝没多久又拥兵反叛，显见他是个反复小人。何况云南又是四面受迫的地方，现在只需要两广一破，吴三桂孤守云南，必定成为瓮中之鳖。王爷扶助吴三桂，事成也不过位列封侯，或许还不如现在；如果一旦失败，后果不堪设想。为了一个痛痒不关的吴三桂，弄得戮首灭族，身败名裂，不是太不值得吗？本朝广施恩德，处处包容。如果王爷放弃吴三桂，仍然效忠本朝，朝廷绝不会怪罪，我可以用全家性命担保。孰是孰非，请王爷度势量力而行，我愿意听指挥。”说到这里，傅宏烈停住不说，看着耿精忠，等他回答。

耿精忠被傅宏烈一番话打动心坎，不禁叹口气道：“本王附和吴三桂，原本不是出于本心。那时平南王尚之信派人向本王说，清朝三藩都是汉人，屡次遭到朝廷猜忌。削藩之声已经传遍京城，吴三桂一败，平南王和本王自然唇亡齿寒，因此不得不响应。现在见吴三桂处事横暴，百姓怨恨。他绝不可能成就大事，本王这时也有些懊悔。但不知道平南王心里怎样想？”傅宏烈奋然说道：“王爷放心，平南王那里，我可以保他投降本朝。”耿精忠说道：“平南王如果愿意归顺，本王必定照办。”傅宏烈大喜，当天和耿精忠欢饮通宵。到了第二天，傅宏烈辞别耿精忠，到粤中见尚之信。

傅宏烈先把耿精忠已经愿意投降的话细细讲了一遍，尚之信答道：“靖南王如果放弃吴三桂，我这里随靖南王降清就是。”傅宏烈听了，立即和尚之信约定日期。他重新又回到福建，把举事的时间说定，并匆匆回报图海。到了那天，平南王尚之信、靖南王耿精忠同时竖起清朝龙旗，去掉吴三桂利用年号。警骑飞禀吴三桂，吴三桂听了大惊道：“耿、尚两个人反复，我的羽翼已经被剪去，大事可就难成了。”说完痛哭起来。夏国相在旁边劝道：“陛下不用急躁，事在人为，即使没有耿、尚两王相助，当年明太祖孤身起义，难道就不能干大事了吗？”一句话说得吴三桂破涕为笑。

·清朝统一全国·

永历帝败走桂林，被清朝总兵李成栋所逼，又逃往梧州。正在人心惶惶之际，忽然听说李成栋有个爱妾，名叫珍珠，是明末宫女。李成栋袭破通州抢到这个珍珠，见她雪肤冰肌，美丽非凡，就把她纳为侍妾。珍珠虽然从了李成栋，心里却从没有忘记明朝。每次见李成栋红顶花翎回府，珍珠总用话嘲笑他。李成栋进攻桂林，珍珠忽然问道："明朝皇帝到哪里去了？"李成栋说在梧州。珍珠说："将军为清朝北讨南征，不过做个总兵，何不再次归顺明朝，博个忠臣美名。"李成栋叹息道："我不是忠于清廷，其实也有不得已的苦衷。"珍珠正色道："将军抛弃故国而投降异族，我虽然微贱，不愿做遗臭万年的姬妾。"说完猛然抽出尖刀，向粉颈上一抹，鲜血喷到李成栋袍袖上。

李成栋急忙挽救，珍珠已经香消玉殒，尸身仆倒尘埃。李成栋顿足嗟叹，并恨恨地说道："我一心效忠清朝，反而失去一个爱妾。"愣了半天，奋然跳起道："我一个堂堂男子汉大丈夫，难道还赶不上一个女子吗？"于是立即传令，竖起明朝旗帜，称为反正军。又命人取来戏班衣冠袍褂，换上明装，上疏请永历帝回驾。这样一来，从桂林到贵州，九十三城依旧归属明朝。清廷听说李成栋反正，派大将塔哩布进兵征剿。一场鏖战，清兵败走，明军声势再振。不料李成栋因胜骄兵，被清军深夜偷袭。李成栋没有提防，只领了三十多人从后营逃命。这一阵厮杀，明军二十万逃的逃，死的死，投降的也不少。李成栋只身逃脱，觉得没有脸面去见永历帝，立即披发改装，锡杖芒鞋，做了云游头陀，进入四川峨眉山中，不知去向。

李成栋逃走，永历帝守不住肇庆，率领一群亡国之臣，仍然回到梧州。不久，梧州又被清兵围困，只得再逃往永昌。那时驾前群臣多半是尸位素餐，如庞天寿、丁楚魁、孙崇绮、马吉翔等人，一听说清兵到来，除了和永历帝逃跑外，别无他法。只有一个瞿式耜还死守梧州，何腾蛟又在湖北被杀，郑成功也死在台湾，儿子郑经继立，明军声势逐渐衰落。永历帝在永昌缺衣少食，嫔人宫女都饿得互相对泣。大家又勉强支持几天，忽然报说吴三桂前锋马宝离永昌已经不远。那时驾前明臣听到这个消息，各自携带家属，纷纷逃命。

第二天早上，马宝的人马围住永昌府，城里人心惶惶。随驾的只有一个镇国公沐天波和刘金景等几人。马吉翔倡议道："吴兵锐气强盛，我们没有粮草兵马，万万不能抵抗。这里离缅甸不远，不如投奔缅甸。况且缅甸国君世世代代受我明朝厚恩，现在去投奔他，他应该不会拒绝。"永历帝听了，觉得现在也没有别的办法，只得草草收拾一下，开城门逃往缅甸。宫中嫔妃都啼哭相随，还有几个忠心内侍，饿得路都走不动，也竭力跟随。永历帝急于逃出虎口，见人多累赘，深怕吴军来追。马吉翔握在车辕上，把奄奄一息的嫔人内侍纷纷推到车下。一时哭声遍野，哀惨情形惨不忍睹。永历帝车驾离开永昌，飞快地向缅甸进发。

缅甸国君罗平南听说明朝皇帝驾到，急忙召各头目商议道："现在明朝皇帝被清兵追到我这里来。如果收留他，清廷必定加兵，我们这个小地方，怎么能抵挡清朝大军？如果拒绝他，在自己良心上好像说不过去。"众头目齐声说道："我们暂时把他留住，万一清廷有什么举动，我们就立刻把他们君臣献出去。"国君听了，一面下令迎接明朝君臣，一面打听清廷消息。

当时缅甸的风俗极其混乱，男女不分。永历帝见到这种情形，心里非常难过。瞿式耜的噩耗又传来，永历帝大哭一场。正在感伤，有人密报，说缅甸国君知道吴三桂人马将要进攻缅甸，缅甸国君要把明朝君臣送到吴三桂军前，叫永历帝立即逃走。永历帝听了大惊，想要逃走，又没有粮饷。正在疑惑不定，猛然听到馆驿门外，一声呐喊冲进几个缅甸兵来，喝叫明朝皇帝出来。

镇国公沐天波见情况不妙，挺身大喝道："皇帝是万乘之尊，怎么会轻易见你们？"缅兵大怒道："亡国庸臣，还要逞强吗？"说完一拥冲进馆驿。沐天波仗剑拦住，尽力抵挡，无奈缅兵人多势众，不到一会儿，沐天波已经被剁倒在地。缅兵潮水般冲进来。内侍宫监还想阻拦，无奈赤手空拳，都被缅兵剁翻，一时被缅兵杀死的男女不下三四十人。缅兵把永历帝押出来，绳穿索绑地捆住。内侍王化声破口大骂，被缅兵一阵乱刀剁成肉泥。

永历帝这时一言不发，看着皇后周氏不停流泪。缅兵头目押着永历帝来到吴三桂军中。当时左右大臣已没有半个，只有六七个太监还跟随他死也不离去。马宝接到永历帝，急忙派护兵六十名把他押解到云南。吴三桂听说永历帝到来，自己和清廷已经破裂，想留住永历帝假名号召。左右拥永历帝进见，吴三桂正高坐堂上，猛然看见永历帝进来，不禁良心发现，想要下座来迎接。刚走出案前，永历帝高声说道："吴三桂，认识朕吗？"吴三桂听了，好像当头一个霹雳，两条腿软绵绵的，忍不住跪倒在地。永历帝朗声说道："你引清兵进关，断送大明天下。到了现在，还敢自己拥兵称王，像你这样不忠不孝的人，有何面目去见地下先皇？"这一番话说得吴三桂汗流浃背，俯伏在地上半天不敢站起身。帐下部将以及左右亲随无不变色。夏国相劝永历帝暂时住在馆驿。吴三桂伏在地上，几乎不能站起来。左右连忙把他扶起。吴三桂呆呆坐了半天，一句话也没有说。这样过了半天，心情才平静下来。

吴三桂想杀死永历帝，恰好夏国相进来，回报说永历帝已经住进馆驿。吴三桂勃然说道："孺子可恶！我如果不杀他，总觉得心里不安。"说完，叫过一名亲随，吴三桂解下佩剑，附耳说了几句。第二天驿卒来禀告，永历帝已经驾崩。永历皇后见皇上被杀，立即悬梁自尽。太监七人投水的投水，自刎的自刎，死得一个不剩。明朝遗裔到了此时，众王已经死丧殆尽。只有郑成功长子还占据台湾。郑经死后，弟弟郑克塽继位，后被清兵打败，郑克塽投江而死。清廷收复台湾，又赐平南王尚之信自杀，又杀靖南王耿精忠。明代旧臣也被杀戮得半个不留。当时各处义兵已经多半平定，清廷专力对付吴三桂。夏国相、郭壮图先后受伤病死。马宝被图海捉住，斩首示众。高大节在川中自杀，孙延龄中箭受伤，流血过多而死。吴三桂部下众将，死伤一大半，清兵又四面逼迫。很快，武定失守，吴三桂正在惊疑，又得报曲靖陷落。接着罗平失陷，四处兵败，警耗接二连三地报来。警骑络绎不绝，帐下将士都惶惶不安。吴三桂和热锅上的蚂蚁一样，忽然又有两个警探，一个报宣威陷落，一是报绥江兵败。吴三桂急得不知所措，大叫一声跌倒在盘龙椅上。

左右慌忙叫唤，叫了好一会儿，见吴三桂手脚逐渐变冷，牙齿紧咬，两眼上翻，已经呜呼哀哉了。这时左右顿时杂乱起来，御前尉马雄急忙出殿对众人宣谕道："皇上已经驾崩，现在大兵临境，大位不能空虚，立即扶嗣皇帝继位要紧。"众人听了，觉得马雄的话有理，于是急忙扶出吴三桂的长孙吴世璠登上帝位，改当年为永熙元年。因为很匆忙，礼节都很草率。吴世璠虽然继承大统，竟然连冠服也没有准备，只用吴三桂旧日衣服，装饰得非明非清，怪状百出。

这时清兵已经攻破石云寨，直逼云南城下。马雄上城去巡逻，被箭射中左眼，贯穿脑后，死在城墙边。兵士飞报吴世璠，吓得吴世璠抖作一团，半句话也说不出来。忽然兵丁又报说清兵攻进西门，侍卫官杨颤打开东门投降。吴世璠听了，慌忙走到后院，一把拉住爱妾云娘，七跌八撞地逃出后门，杂在百姓队里想逃到南门，被乱兵冲散。吴世璠身上中了两枪，右脚又被刀砍伤，勉强跑了一程，见路旁有一座山神庙，吴世璠支持不住，只得走进山神庙，一倒头躺在神前拜台上，身上疼痛难忍。正在迷迷糊糊的时候，见一个蓬头光脚的少妇走进庙来。仔细一看是爱妾云娘，两人相见抱头痛哭。突然三四个壮丁冲进来，把云娘连拖带拽拉出去。吴世璠眼睁睁地看着爱妾被人抢走，心里一阵难受，一口气喘不过来，竟然死在拜台上。后来有一个跟随吴三桂多年的小兵，从山神庙经过，见到吴世璠的尸身，他不禁起了恻隐之心，把吴世璠的死尸背到土山边埋葬。

清兵进入云南，一面出榜安民，一面飞奏清廷。当时清廷康熙皇帝已经大婚，大学士洪承畴已经去世，太皇太后还在，明朝众王和遗臣多半已经不在。那些没有被杀的，也都埋姓隐名。天下呈现出一片太平景象。康熙给太皇太后庆祝万寿，热闹异常。大小臣工都上疏庆贺，太皇太后登殿受贺时，忽然掉下眼泪。康熙不知道太皇太后为什么事伤心，急忙跪在地上再三询问，才知道太皇太后见康熙给她祝寿，不免想起儿子，想起顺治帝弃国，至今没有消息。康熙听了，急忙传出谕旨，命内侍驾起銮辇，康熙帝亲自陪太皇太后驾幸清凉山。

那时正是冬尽春初，碧草如茵，桃红似锦，清凉山谷，浓翠欲滴，花香满谷。康熙帝和太皇太后銮辇一直到了山下。内侍抬过黄缎绣幔的凤舆两乘，太皇太后和康熙帝改乘凤舆。两边侍卫保护上山，到清凉寺前停舆。当时寺中僧人很少，只有师徒两人。徒弟就是那年所见的癞头和尚，还有一个八十多岁的老僧，须发如银，状态龙钟。见了太皇太后和康熙皇帝，行完礼就回到自己房中。太皇太后同康熙在内外大殿，各处禅室中游览一会儿，觉得并没有顺治帝和董鄂妃的踪迹。又到山林幽壑看些风景。只见林木荫翳，修篁夹道，山花欲笑，一路观着山景，又回到山门前。猛然见到一个黄衣和尚，约有四十上下年纪，紫钵竹杖，朱拂芒鞋，广额丰颐，目如朗星。见到太皇太后，行礼问道："荒山野寺，太后光临，莫非是来找出家的菩萨吗？"太皇太后听和尚话中有话，随口答道："正是寻找出家的皇帝？和尚知道他吗？"和尚笑笑道："皇帝怎么会出家，出家的哪是皇帝。这里只有出家修行的菩萨。"太皇太后道："什么叫出家的菩萨？"和尚大笑几声，用手指着林木深处说道："看啊！那不是菩萨来了。"太皇太后和康熙皇帝顺着和尚所指的地方望去，却毫无影踪。

转过头来已经不见和尚，正在惊诧，远远看见树林丛中，一个身穿团龙箭衣，白面无须的中年人，头上不戴帽子，脚蹬乌靴，急匆匆地向树林中走去。仔细辨认他的相貌，正是顺治皇上。太皇太后叫声"哎呀"，康熙帝也看得亲切，慌忙飞步追上去。太皇太后也扶着宫女在后面紧紧跟随。顺治皇上弃国时康熙已经八岁，自己阿玛相貌还依稀认识。这时越追越近，越看越像。康熙帝不禁失声叫了一声："皇阿玛！"中年人的脚步好像更快了。康熙帝虽然竭力追赶，渐渐地距离却越来越远。中年人已经走进树林丛中。康熙帝也赶到丛林内，太皇太后随后也赶到，却不见中年人踪影。这丛林是个山凹，只有一处可以进出，没有第二条路，不知道中年人从哪里走的。

当时只有山岚迷漫，松涛盈耳，春风袅袅，鸟声唧喳。再看穷谷中，云烟苍茫，流瀑奔茫，哪里有什么人迹？这时侍候的宫女内侍及护驾侍卫挤满一谷。康熙帝愣了半天，惆怅出谷。到了谷口又徘徊好一会儿，不禁嗟叹几声。太皇太后也已经热泪盈眶，靠在一棵老松树上怅望良久，才扶宫女出谷。太皇太后还依恋不忍离去。直到夕阳西斜，暮鸦归林，康熙帝才陪同太皇太后乘凤舆下山。到了山下，仍然改乘銮辇。

太监侍卫保护辇车回宫。太皇太后坐在銮辇中，一路上还不停地流眼泪。当时有个名士吴梅村，咏康熙帝陪太皇太后到清凉山寻找顺治帝，诗中写道：

双成明靓影徘徊，玉作屏风璧作台。薤露凋残千里草，清凉山下六龙来。

又咏顺治帝显示形迹：

登崖望远柳丝丝，流水年华昼夜驰。休道禅心归也未，从今返国终无期。

又见到董小宛倩影，有名士题诗在清凉寺墙壁上道：

妩媚窈窕气如兰，豆蔻相思意亦欢。好似汉江神女迹，相逢只作画图看。

图书在版编目（CIP）数据

细说大明第一家庭／西江月色编著．－合肥：安徽文艺出版社，2012.3
（乱宫系列）

ISBN 978-7-5396-3528-6

Ⅰ.①细… Ⅱ.①西… Ⅲ.①历史小说－中国－当代 Ⅳ.① I247.5

中国版本图书馆 CIP 数据核字（2010）第 178224 号

出 版 人：朱寒冬
特约编辑：李 布 泊 钦　　责任编辑：欧子布
装帧设计：浩 典 道·光

出版发行：时代出版传媒股份有限公司　www.press－mart.com
安徽文艺出版社　www.awpub.com
地　　址：合肥市翡翠路 1118 号　邮政编码：230071
营 销 部：（0551）3533889
印　　刷：北京睿特印刷厂大兴一分厂（010）60244002

开本：710 × 1010　1/16　印 张：41　字数：620 千字
版次：2012 年 3 月第 1 版　2012 年 3 月第 1 次印刷
定价：69.80 元（上、下）
